A Noite Triste

Frances Sherwood

A Noite Triste

Tradução:
Roberto Franco Valente

ZAHAR
Rio de Janeiro

A meu filho Lark William Madoo

Título original:
Night of Sorrows
(a novel)

Tradução autorizada da primeira edição norte-americana,
publicada em 2006 por W.W. Norton & Company, Inc.,
de Nova York, Estados Unidos

Jorge Zahar Editor Ltda.
rua México 31 sobreloja
20031-144 Rio de Janeiro, RJ
tel.: (21) 2108-0808 / fax: (21) 2108-0800
e-mail: jze@zahar.com.br
site: www.zahar.com.br

A noite triste é um livro de ficção. Muitos personagens existiram de fato e vários dos acontecimentos narrados ocorreram da maneira descrita no texto. Eles foram a inspiração para que um mundo imaginativo e com vida própria fosse criado.

Capa: Sérgio Campante
Ilustração da capa: © Akg Images/LatinStock

CIP-Brasil. Catalogação-na-fonte
Sindicato Nacional dos Editores de Livros, RJ

Sherwood, Frances, 1940-
S557n A noite triste / Frances Sherwood; tradução Roberto Franco Valente. — Rio de Janeiro: Jorge Zahar Ed., 2008.

Tradução de: Night of sorrows
ISBN 978-85-378-0104-8

1. Astecas – Ficção. 2. Cortés, Hernán, 1485-1547 – Ficção. 3. México – História – Conquista, 1519-1540 – Ficção. 4. Ficção histórica americana. I. Valente, Roberto Franco. II. Título.

CDD: 813
08-4114 CDU: 821.111(73)-3

Uma por uma, vou reunindo suas canções.
Vou juntando as jades,
com elas faço um bracelete
de ouro eterno.

Enfeite-se com eles:
são sua riqueza
na região das flores,
são sua riqueza sobre a Terra.

– UM DOS ANTIGOS POETAS
DE *Fifteen Poets of the Aztec World*,
DE MIGUEL LEÓN-PORTILLA

Parte I

Houve alguns sinais.

O primeiro deles foi o longo risco produzido por um raio. Tão intencional quanto a serpente diante da presa, ele provocou um incêndio no templo mais alto da capital. Na mesma noite, os prisioneiros misteriosamente escaparam das jaulas. Poucos dias depois, foi encontrado um pássaro com um espelho nas asas. O lago espumou feito um animal acuado e transbordou. Uma estrela cadente lançou centelhas, como um gambá expelindo seu odor sob a pelagem preta-e-branca. Uma mulher foi vista caminhando pelas ruas chorando de maneira inconsolável.

Os profissionais da corte disseram ao imperador que não havia melhor forma de evitar a catástrofe do que por meio de uma guerra florida. Mas antes que esta pudesse ser preparada, foram avistados templos flutuantes no mar Oriental. Do interior subterrâneo deles emergiram criaturas de duas cabeças, com pernas compridas como árvores jovens e os pés duros o bastante para esmigalharem um homem como milho numa pedra de mó. Mais aterrador, entretanto, foi que das costas desses monstros surgiram criaturas semelhantes aos humanos, com os rostos semi-ocultos pelo cabelo espesso. Eram coroados com elmos duros, feitos de duas placas presas uma à outra. A parte superior dessas criaturas era encoberta por uma carapaça. Levavam nos membros superiores – nos braços, se quiserem – bordões que podiam lançar fogo. Não só podiam controlar seus próprios relâmpagos como de seus templos*

* Batalha ritual para capturar prisioneiros para sacrifício. (N.T.)

flutuantes projetavam tubos que descarregavam bolas de pedra, com um estrondo alto como um trovão.

Então, da Costa Leste vieram mensageiros com a notícia de que, afinal, aquelas "coisas" não eram criaturas unas, mas sim dois seres separados, uma parte era como um veado grande, e montados nestes gigantescos seres, homens estrangeiros em vestimentas ultrajantes. Os sacerdotes conjecturaram que devia ser a segunda vinda do deus banido, pois estavam no Ano 1 do Junco, o ano previsto para a volta de Quetzalcoatl.

Capítulo 1

Nascida em Mali no mês da relva, no ano cristão de 1500, Malintzin foi um bebê forte e saudável. O parto aconteceu conforme o costume, e seu nascimento foi acompanhado pelas tradicionais palavras: "Serás o coração desta casa, não irás a parte alguma." O cordão umbilical e a placenta foram enterrados no chão, perto das cinzas dos mortos da família, ao lado do *metlsatl*, a pedra de mó, e do *comalli*, da frigideira, do forno e das caçarolas, das esteiras de palha usadas para sentar e das caixas para os estoques.

Como seu pai era um alto funcionário daquela cidade de dominação asteca, situada entre o México, dos nahua, e Yucatán, dos maias, na região de Tabasco, sua *calli* era mais do que uma cabana de quatro lados sem janelas e com uma pequena abertura no meio do teto de palha. A casa da família dela tinha muitos quartos, as paredes externas eram de pedra, com vigas de cedro perfumado sustentando o teto e as passagens que se abriam para um amplo pátio plantado com arbustos floridos e ervas medicinais. O terreno incluía um celeiro de milho, uma casa de banhos de vapor e um pequeno santuário para adoração. O nome dela tinha o sufixo *tzin* porque ela era filha de um nobre, era uma princesa. Sua mãe, inferior ao pai pelo nascimento, guardava uma faca de obsidiana no fundo de uma tigela com água para proteger a casa contra feiticeiros.

Única filha de seu pai, Malintzin mostrou-se muito falante, o que mesmo numa família nobre não era adequado para uma menina. Homens adultos precisavam ser circunspectos ao falar, pois só o próprio imperador, chamado *tlatoani*, "aquele que fala", tinha esse privilégio, e pela tradição era o porta-voz do povo. O pai dela, entretanto, dizia que por ser uma criança tão inteligente, quando estivesse na idade apropriada ela seria enviada para o *calmecac* para estudar com uma sacerdotisa, juntamente a outras moças bem-nascidas, antes de seus casamentos. Correndo pelo pátio, Malintzin ia dando novos nomes para as coisas, e na linguagem secreta dela as coisas respondiam. Às vezes ela não conseguia acalmar aquelas vozes e à noite os deuses do mundo inferior cochichavam para ela: "Malintzin, saia e venha brincar conosco." Eles lhe faziam sinais com seus dedos constituídos apenas por ossos, batendo com os dentes nos crânios nus e dançando desconjuntados, seus esqueletos criavam uma assustadora música chacoalhada. O pai dela era quem ia buscá-la longe da esteira e a trazia de volta para o interior da casa.

— Malintzin, minha filha, de noite os demônios Tzitzimitl saem e comem as criancinhas.

Os piores eram os fantasmas de mulheres mortas ao darem à luz e enterradas nas encruzilhadas. Malintzin devia também se precaver contra o jaguar, o puma, o leão da montanha e o coiote. O pai, após resgatá-la daquele traiçoeiro mundo noturno, esfregava-lhe os pés e com gentileza ordenava que os maus espíritos se aquietassem e não atraíssem sua filha para perigosas aventuras noturnas. E borrifava água na soleira da porta e pedia ao céu para garantir a ela um sono sem lembranças, de modo que ela pudesse despertar sem nenhuma idéia do mal. A mãe achava que o pai a mimava e que ela deveria ser mantida dentro de casa dia e noite.

Na verdade, o pai permitia que ela negligenciasse a tecelagem e a pedra de mó, a vassoura e a roca – atividades comuns às mulheres. Deixava que ela se sentasse a seu lado quando negociava com os coletores de impostos da capital, que apareciam a cada 80 dias em busca de um terço das mercadorias da cidade: algodão, conchas, pérolas, sal, milho e plumas de quetzal verde. A mãe declarava que nenhum bem poderia advir daquilo e que a menina acabaria por ignorar o verdadeiro destino de uma mulher. Como alto funcionário, era o pai quem supervisionava os campos de milho para ver se estavam sendo administrados corretamente e se tudo seguia em ordem. Ele, junto aos sacerdotes, determinava as datas propícias para os casamentos e comparecia às celebrações de nascimentos. E se assegurava de que todos os festejos fossem realizados segundo os costumes.

Quando Malintzin estava com sete anos, terminou o ciclo do 52º ano, e o mundo mais uma vez se encontrava em perigo pela morte do sol. Ela teve permissão para acompanhar o pai a Uixachtecatl para celebrar o festival da primeira luz. Quando as plêiades chegaram ao centro do céu, marcando o momento para uma nova cerimônia do fogo, a vítima do sacrifício foi estrangulada com uma corda e depois seu coração foi retirado com um punhal de pedra. Nesse momento, o sacerdote apanhou um bastão de madeira inflamável e um pequeno tabuleiro, inseriu-os dentro do peito da vítima e ficou torcendo-os até que esquentassem e produzissem uma nova chama. Só então as estrelas deram sinal de que o mundo iria continuar existindo. O sacerdote imediatamente agradeceu ao deus do fogo, e mensageiros corredores se espalharam por todo o império, a partir da capital, Tenochtitlán, e de todas as grandes cidades, acendendo lareiras nas casas com as chamas do fogo original. As pessoas agradeciam pela renovação do ano furando e sangrando suas orelhas, línguas e pênis com espinhos de cacto. Novas esteiras de dormir foram trazidas, o chão varrido, as paredes caiadas.

Foi nessa ocasião que Malintzin se deu conta pela primeira vez de que o pai participava dos ritos sacrificiais e que as cicatrizes no corpo dele testemunhavam a devoção auto-infligida. Depois disso, ela compreendeu que os prisioneiros das guerras floridas eram levados a subir os 114 degraus da mais alta pirâmide de Tenochtitlán, a capital dos mexicas,* e tinham seus corações arrancados sem darem um grito. Disseram-lhe que eles seguiam imediatamente para o céu para lá permanecerem com o deus Sol, Huitzilopochtli, que também era o deus da guerra e o padroeiro dos mexicas. Outros mortos passavam anos perambulando e tinham de suportar muita angústia até poderem se juntar ao deus Sol, de forma que era melhor morrerem com uma pedra de jade presa ao cabelo para pagarem ao cão amarelo que os atravessaria pelo rio das trevas.

Os prisioneiros, assim como os guerreiros, eram considerados heróis, e alguns, durante o ano que precedia os sacrifícios, eram tratados como se fossem as próprias entidades dos deuses, sendo festejados e alimentados, recebendo virgens adoráveis e sendo enfeitados com flores e belas roupagens antes de morrerem para depois renascerem. Esses homens eram muito honrados, disse a mãe para Malintzin, e sentiam-se felizes por serem sacrificados, pois iriam morrer segundo a lei e o dever. Mas em sua cidade, durante

* Os astecas também são chamados de mexicas, palavra que deu origem a México. (N.T.)

o festival dos flagelados no início da primavera, Malintzin observou que os prisioneiros em fila pareciam apavorados. Alguns precisavam ser arrastados aos gritos, e outros, enquanto subiam vagarosamente os degraus sagrados, defecavam de medo, deixando o rastro de fezes e urina como testemunho do mais absoluto pavor.

E então aconteceu o caso daquela escrava da casa do pai dela, uma mulher que ajudara a cuidar de Malintzin e cujo bebê fora escolhido pelos emissários da capital para ser sacrificado no festival de Tlaloc, o deus da chuva. Eram as lágrimas de muitos bebês atirados aos poços que faziam Tlaloc ficar feliz o bastante para enviar nuvens pesadas e parti-las como cascas de ovo. A chuva nutria as colheitas e salvava o povo. Mas a escrava não queria saber do grande privilégio que seria sacrificarem seu filho pelo bem-estar da terra. Não estava nem agradecida nem orgulhosa. Acima de tudo, ela amava seu bebê. A mãe de Malintzin observou que aquela mulher não era uma boa súdita do império e devia ser punida por seu comportamento insolente. Confiando apenas em Malintzin, a escrava tramou esconder o filho recém-nascido dos oficiais – crime cuja punição seria ainda pior do que a morte.

No início, a angustiada mãe planejou colocar o bebê num cesto e escondê-lo numa moita de flores, deixando apenas um espaço para o narizinho e a boca respirarem, dizendo aos oficiais que ele havia morrido. Mas com certeza, argumentou Malintzin, o choro haveria de denunciá-lo. A pobre mulher pensou então em suspendê-lo nos galhos de uma árvore, mantendo-o numa urna fechada, ou entregá-lo para que um parente ficasse com ele em outra cidade. Mas haveriam de encontrá-lo também nesses lugares e os parentes seriam mortos em retaliação. Então ela fugiu para a floresta com o filho. O marido dela foi morto, é claro, mas ela e a criança não foram encontradas. A mãe de Malintzin disse que o próprio Tlaloc iria punir a escrava e o filho pela desobediência. O que era uma criança para colocar em risco as colheitas do império?

Um ano depois, Malintzin ouviu falar de uma mulher com uma criança vivendo entre os macacos no interior da floresta. Dizia-se que eles comiam o mesmo que os macacos, que jamais acendiam um fogo, faziam coisas próprias de macacos, como pentear uns aos outros e catar piolhos para comer, e que à noite, quando todos se reuniam nos ramos mais baixos das árvores para dormir, a mãe e seu filho dormiam junto deles. O cabelo da mulher cresceu até cobrir-lhe a testa e o rosto, dizia o povo, e o menino não aprendeu a linguagem humana, mas se comunicava por guinchos e gritos e caminhava bastante curvado e de lado, com as mãos se arrastando pelo chão. Isso tudo não era impossível, pensou Malintzin, pois os interpretadores de sonhos diziam que cada pessoa ao sonhar se transforma no animal especial relativo ao seu nome, e havia sacerdotes que podiam se transformar no que quisessem, caso comessem *peyotl* – os brotos do cacto do norte – ou *teonanacatl*, um cogumelo sagrado.

Então chegaram os rumores de que o menino fora morto por um outro grupo de macacos quando estes quiseram copular com sua mãe. E no ano seguinte foi encontrado um conjunto de ossos humanos descarnados no outro lado da casa de banhos a vapor. Jaguares, foi o que se comentou. A pequena família não pudera chegar muito longe. Acreditava-se que a mulher, temendo que seus gritos revelassem seu esconderijo, mantivera-se em silêncio.

Para Malintzin, esses acontecimentos serviram como uma premonição, uma sinistra advertência contra a desobediência aos deuses. No entanto, pensou ela, por que viveriam os deuses apenas por intermédio da morte, por que a terra precisaria se saturar de sangue para que as safras crescessem, por que sua cidade, e outras mais, pagavam tributos tão altos à capital, e por qual motivo o pai dela – que sobrevivera a tantas guerras floridas e cujo corte de cabelo era igual ao daqueles que capturaram muitos homens – havia adoecido? Pois foi isso que aconteceu. Fizeram-no comer pimentas como laxativo, figueira-do-inferno e papoula para a tosse, *toronjil* para o estômago indisposto, folhas de anis e chá de capim-limão para acalmar-lhe o espírito. Conhecedores de ervas e de maus espíritos foram chamados, e da cidade vizinha chegaram adivinhos que liam o futuro jogando caroços de milho e ossos. A doença o fazia delirar de febre; sua carne definhou. Não conseguia se erguer da esteira ou mesmo suspender a cabeça sem ajuda. Por fim, não pôde mais mover a boca para comer e fechou os olhos, abrindo-os apenas para contemplar afetuosamente sua linda filha.

Malintzin, então com nove anos, ficou segurando a mão do pai enquanto ele morria. Apesar do grande medo que sentia, ela desejou poder acompanhá-lo até o outro mundo. Quando enterraram suas cinzas sob a lareira, próximo ao local onde se encontravam o cordão umbilical e a placenta de Malintzin, ela se recusou a ir dormir no local de costume e estendeu sua esteira por cima dele. Sonhou que o pai estava de pé, com o manto esvoaçante e o colar de turquesas refletindo os raios do sol enquanto ele caminhava pela cidade saudando as pessoas. Os cãezinhos enterrados com ele saltavam de alegria por estarem vivos. E ele recitava poesias, *xochicuicatl*, canções de flores.

Malintzin, pequena flor do meu coração,
Cante-me quando eu já tiver partido.
Senhora da minha canção,
Minha língua de plumas.

Passados os dias do luto, a mãe dela se casou com um homem que não esfregava os pés de Malintzin nem a levava para passear, tampouco lhe permitia sentar-se a seu lado quando conversava com os outros. Tão logo se mudou para a casa, jogou fora todas as armas do pai dela, o arco e as flechas, o bordão, os punhais. Embora ele também fosse funcionário da cidade, não era bem-nascido e não possuía o conhecimento da escrita e da leitura, também não sabia as canções e a história dos ancestrais. Era da classe da mãe de Malintzin, filho de um agricultor que se distinguira por capturar muitos homens nas guerras floridas. Era severo, duro, com os lábios finos como uma lâmina de obsidiana. E os modos eram como o de alguém que não tem o hábito da boa comida e da espuma das sementes de cacau. Considerava uma afronta os dedos delicados e os passos ligeiros de Malintzin. Não suportava ser todo dia apresentado às evidências de que sua mulher já pertencera a outro homem. Não deixava que Malintzin escapasse de seu exame, saísse ou fosse passear. Por acaso ela pensava ser livre como um pássaro, um animal da floresta ou um homem que pudesse falar abertamente e aprender danças e poemas? Ousaria ela se levantar e ficar de pé, deixando a poeira da lareira para os primeiros ares da madrugada ou para a brisa do entardecer?

Sua mãe disse:

— Todos esses seus refinamentos só trouxeram desarmonia para nossa casa.

O pai verdadeiro a consolava quando ela tinha sonhos ruins, enquanto o marido de sua mãe aparecia nesses sonhos tenebrosas. Semi-acordada, ela tinha consciência de que ele lhe levantava o *cueitl* e o *huipilli* e tomava a mão adormecida dela para envolvê-la ao redor de seu membro duro, o *tepolli*. Ele era como um dos demônios que ela temia, espreitando e vagueando durante a noite, cobrindo a porta com sua sombra negra. Depois ela o ouvia despertar sua mãe e em seguida escutava aqueles ruídos ritmados romperem a noite.

Durante o dia, ele se comportava como se nada houvesse acontecido, e batia exemplarmente em Malintzin com os bastões que mantinha pendurados junto à porta. Ele arruinava os dias dela e ainda assustava o seu sono. Às vezes, ao trocar palavras ásperas com a esposa, ele dizia que alguém ali, não ele, teria que deixar aquela casa. A mãe de Malintzin lhe assegurava que em breve sua filha já teria seios e se casaria, indo morar com o marido. E ele explodia:

— Duas mulheres em casa? Duas mulheres e um homem? Se fossem duas esposas seria diferente.

Malintzin ficava em silêncio, arrancava pedrinhas do chão, fazia buracos na terra e comia a terra debaixo das unhas. À noite, fechava os olhos com força e se curvava num círculo apertado para que os sonhos maus da noite não a dominassem – sentindo o hálito azedo dele em suas costas, com as mãos grandes agarradas ao corpo dela feito tartarugas de cascos pesados.

— Não fale nada para sua mãe, isso iria matá-la, não conte a ninguém, senão te mato.

É claro que ela nunca contaria. A mãe não sabia de nada. Dormia como alguém que caiu num poço e jamais voltará à tona. E então, quando estava com quase dez anos, sua mãe lhe revelou que iria ter o filho que por tanto tempo ela e o marido desejaram. Foi um menino, e quando nasceu deram-lhe um pequeno escudo e um arco-e-flecha.

Certa vez, no dia do sinal do sol, data em que se esperava que todos tirassem sangue das orelhas e da língua usando cordas com nós e espinhas de peixe, enquanto seu padrasto ia de casa em casa conferir a devoção e a fidelidade de todos os chefes de família, Malintzin se esgueirou para fora de casa só para correr pelos campos de milho, por entre caminhos de folhas verdes e escorregadias, com as espigas a ponto de estourarem com o milho maduro. Ela dava voltas, como um cachorro querendo coçar as costas. E cambalhotas, como os acrobatas a que certa vez assistira num festival, e pulava e saltava, escoiceando com as pernas esticadas, como as patas de trás de um coelho. Então ela ouviu um som estranho e ficou muito quieta, como faria um coelho, revirando as orelhas silenciosamente. As folhas farfalharam numa parte do campo, mas não com aqueles pequenos estalidos curtos, como durante uma ventania, ou como o lânguido suspiro de um redemoinho rasteiro antes da chuva, ou das batidas cansadas, fortuitas, aqui e ali, de algum agricultor trabalhando nos pés de abóbora que cresciam por entre as videiras baixas, em meio aos pés de milho. Aquele som era zangado, desrespeitoso. As plantas eram brutalmente afastadas para os lados, *uip-uap,uip-uap,uip-uap*, e acompanhando o som, como batidas de tambor, ouvia-se o monótono ruído surdo de homens arrastando sandálias pesadas. Então ela viu as capas desbotadas, as plumas brilhantes como as do tucano negro e do papagaio de crista vermelha. Não era permitido o uso de cores e plumas em gente comum.

Malintzin já tinha visto mercadores maias antes. Sabia que eles eram do sul e que comerciavam com a capital do império dos mexicas. Eles levavam ouro, prata e esmeraldas, que seriam convertidos em pinos para os lábios e aros para o nariz; além de placas ornamentais, cestos e cerâmica preta e vermelha de Oaxaca. Ela sabia que eles não deviam estar ali, no meio dos milharais do marido de sua mãe.

Então ela começou a correr, primeiro devagar, pois os pés não queriam obedecer a sua mente, em seguida mais rápido e depois, a toda a velocidade, ela investiu pela porta de entrada da casa, foi depressa para o pátio a fim de encontrar a mãe, mas não a viu e correu até o cercado da cozinha.

— Mãe, mãe, socorro – gritou ela.

Seu irmão estava enrolado às costas da mãe enquanto ela atiçava a lareira.

— Não deixe que me levem – e ela se arrastou até os braços da mãe.

A mãe, pela primeira vez em muito tempo, apertou-a contra o peito, bateu-lhe levemente nas costas e alisou seu cabelo. Mas quando os homens entraram, ela afastou a filha de si.

— Podem levá-la.

Malintzin esperneava e gritava. Dois homens lhe agarraram os braços e outro segurou as pernas.

— Tenho sangue nobre! Meu pai...

Os gritos e rogos de Malintzin só provocaram ódio e escárnio. Em troca, os mercadores deram à mãe dela um saco de grãos de cacau, uma torta de favos de mel e um pouco de jade. A mãe virou o rosto para o outro lado sem olhar a filha e cuspiu sobre o fogo.

— Vou dizer aos vizinhos que minha filha entrou na floresta durante o sono e foi levada pelos macacos para viver com eles nas árvores. E também que foi picada por escorpiões, mordida por cobras, engolida por um lagarto do rio e desaparececeu. Os coiotes desceram das montanhas para comê-la. Levem-na para longe de mim.

Será que as cinzas do pai ressuscitaram para salvar Malintzin das garras malvadas dos comerciantes de escravos?

Não.

O cordão umbilical dela gritou lá de dentro do buraco perto da lareira? Sua placenta chorou as lágrimas do ventre?

Não.

A pedra de mó rolou pelo chão em protesto?

Fiou a roca o fio da negação e teceu uma história de tristeza?

Os instrumentos da guerra vieram em seu socorro? E os deuses no céu, com seus pesados e elaborados cocares, desceram para lutar contra os mercadores? A vassoura, o sagrado símbolo da ordem, permaneceu em seu lugar e nada fez. O gentil Quetzalcoatl nada fez. A mãe de Malintzin imediatamente matou um filho de escravo, cuja falta ninguém sentiria, e o enterrou no lugar de Malintzin. Foi tão triste, disse ela aos vizinhos, que sua filha tivesse morrido. Felizmente, a mãe de Malintzin tinha um outro filhinho para consolá-la daquela perda, um filho que herdaria a terra, a casa e as posses de seus dois maridos.

Capítulo 2

Os mercadores maias prenderam Malintzin, por uma coleira no pescoço, a uma prancha de madeira que corria pelo meio das duas fileiras de escravos. Por ser ainda uma criança, e de muito baixa estatura, ela tinha de caminhar rápido e nas pontas dos pés para não ser arrastada pelos demais, sentindo a madeira áspera cortar-lhe os ombros frágeis. Aqueles mercadores em particular transportavam grãos de cacau e baunilha, peles de jaguar e jaguatirica, plumas de quetzal verde, pedras de turquesa, lascas e pepitas de ouro, pulque destilado da seiva do agave e fibras feitas com as folhas do mesmo. Malintzin foi vendida em Baak, à sombra das velhas ruínas maias onde macacos-aranha viviam nos santuários desmoronados e videiras selvagens invadiam as escadarias íngremes. Pequenos lagartos, a víbora palanca e as cobras-coral listradas de preto e vermelho deslizavam por entre as rachaduras das pedras.

Até chegar a Baak, após muitos dias de caminhada, os pés de Malintzin, sem a proteção dos cactli de fibra ou de pele de veado, estavam cheios de bolhas e ensangüentados quando ela foi vendida, com gaiolas de coelhos, pequenos papagaios, montes de grãos vermelhos e chili seco. Ela foi comprada por um rico senhor maia de barriga grande e com um pino de âmbar na boca.

Na casa do pai, Malintzin costumava comer carne de cachorro, peixe, aves aquáticas, doninhas e, nos dias de festa, peru. Agora, seu alimento era o mesmo dos escravos: abelhas, escórias do lago que ficava ali perto, insetos, gafanhotos, lesmas e o que mais ela conseguisse catar, e também o máximo de milho que pudesse enfiar na boca quando ninguém estivesse olhando, raspas de fieiras de abóboras, raízes de pimenta, frutas roubadas e sobras de torta de milho, antes que os cachorros as alcançassem. Seu cabelo espesso, antes lustroso, ficou sem volume e fino, e o calor de sua pele esfriou, deixando-a pálida como um sabugo de milho. Ela deixava as coisas caírem, mostrava-se sonolenta em suas tarefas e de manhã era difícil fazê-la se levantar da esteira.

Em seus sonhos, ela continuava a ser a pequena criança na casa do pai, na cidade de sua infância, onde a praça se voltava para leste, oeste, norte e sul, ouvindo a música das flautas e das trombetas feitas com cascos de tartaruga. Estariam os deuses punindo-a? Teriam eles conspirado para castigá-la por ter traído a mãe, fazendo com que a mãe a traísse? Teria a mãe descoberto tudo e a vendido por vingança? Teria o marido da mãe, depois de conseguir ter o filho que tanto queria, dito que era necessário se livrar dela? Malintzin tentava decifrar essas coisas na língua nahuatl e também em maia, pois, apesar de sua resistência, ela acabara aprendendo o idioma deles. E agora ela conhecia todos os festivais e costumes maias. Mas que palavras, que poema de celebração, quais sons secretos, quais significados em qualquer língua poderiam fazer com que uma mãe que não necessitava de comida para os filhos vendesse a filha? Talvez as sementes do ódio de sua mãe tivessem sido plantadas quando Malintzin ainda era um bebê que engatinhava para os braços abertos do pai, e quando era uma menina, ao deixar a roca e o tear para acompanhar o pai nas viagens oficiais. Teria sido porque ela, a filha, desabrochara como a flor da yucca, enquanto a mãe, cuja planta já secara havia muito, definhava? Teria Malintzin falado demais, rido excessivamente alto, mostrando os dentes e as curvas vermelhas da garganta? Ao aprender os nomes das coisas, cujas ilustrações podiam ser encontradas nos rolos escritos, teria ofendido sua mãe, que não era capaz nem de decifrar um glifo? Filha zelosa, a princesa do pai, Malintzin sentira orgulho ao aprender os poemas de Quetzalcoatl, ao entender como o espelho fumacento ludibriou o deus da serpente emplumada, fazendo-o olhar para seu reflexo e então, reconhecendo sua feiúra, fazendo com que ele passasse a usar uma máscara.

A mãe dela tinha sua própria cultura, Malintzin afinal se deu conta, pois aquela mulher sabia que, assim como o verme aguarda pelo momento propício, no chão, até poder penetrar nos calcanhares e envolver o coração, assim também todas as meninas pagam o preço da juventude e absorvem as lições da idade. Malintzin podia apenas se consolar com a idéia de que, como o pior acontecera, nada mais lhe restava a temer. Nada poderia machucá-la.

Mesmo assim, isso oferecia pouco conforto, e além disso provava não ser verdade, pois em vez de se transformar no tipo de pessoa endurecida pelos maus-tratos e pelo infortúnio, Malintzin passou a ter propensão a se ferir, e a cada erro ou insulto acrescentava algo à sua dor original. Ela tropeçava, cortava a mão, perdia-se ao retornar do rio; era aquela a quem não se podia confiar que carregasse os pratos, que vomitava a todo instante, que cochilava em pé, que precisava evacuar durante o dia inteiro, que sofria de dores no estômago assim que se deitava na esteira e que chorava incontrolavelmente.

Assim, no decorrer de vários anos, apesar do treinamento duro, ela se mostrou frágil demais para seus deveres e mais uma vez foi levada para junto dos escravos. Segundo a lei, na terceira vez que fosse colocada à venda, ela poderia ser comprada para sacrifício pelas associações de mercadores ou por algum grupo de operários que não possuía cativos para oferecer em troca do favor dos deuses. Desta vez, quando ficou no quarteirão dos escravos naquela situação patética, quase ninguém olhou para ela. Mas o homem que a comprou, um outro senhor maia, também rico e arrogante, com os lábios recurvos e cruéis, não estava preocupado com a magreza dela. Examinou-lhe os dentes e a forma do nariz e dos olhos. Passou as mãos sobre seus quadris infantis.

— Dizem que ela tem sangue nobre – informou o vendedor.

— É possível – respondeu o maia. — O arco dos pés, a maneira como sustenta o pescoço.

— Ela é bem-nascida, fala bem, conhece a língua nahuatl da corte e o maia chontal, de Yucatec. Logo será mulher e saberá como agradar a um homem.

Durante os primeiros dias, esse novo senhor permitiu que ela dormisse até que a manhã já estivesse avançada, e à noite uma outra escrava, uma moça maia chamada Cuy, trazia-lhe um ensopado com tempero forte e fatias finas de carne, enroladas com tomate e bolo de milho, além de purê de grãos de baunilha e mel. Essa escrava, que era maia, jamais conhecera os pais. Cuy disse a Malintzin que também vinha de família nobre, que sua querida mãe morrera e o pai rico expirara pouco depois, de desgosto. Ela revelou que via essas coisas em seus ossos e dentes, em suas unhas e nas raízes de seu cabelo. Ela não nascera para ser escrava, e sim para ser esposa de algum homem sábio e poderoso, mãe de guerreiros e de filósofos. "Mas eu de fato sou uma princesa", Malintzin quis dizer, mas não o fez, pois na outra casa todos haviam rido dela.

Cuy já desabrochara como mulher e era crescida o bastante para vez por outra levar os filhos do senhor para a esteira em troca de comida extra. Ela fazia isso à noite, após terminar o trabalho na cozinha, e presumia ser um segredo, embora Malintzin, na cabana ali perto, pudesse ouvir os sons cujo significado já conhecia bem. Havia mulheres que não se casavam: aquelas que serviam aos jovens rapazes que viviam no calmecac – os alojamentos – treinando para se tornarem guerreiros. Malintzin ouvira também falar das mulheres da capital, que nada tinham a ver com as escolas ou com os prisioneiros cativos. Em vez disso, percorriam as ruas depois do pôr-do-sol, algumas em canoas, pelos canais, detendo-se ao verem algum homem, perguntando-lhe se desejava uma auianime para a noite. Essas mulheres costumavam pintar o rosto e manchar os dentes de amarelo, não eram modestas e participavam dos festivais de danças dos homens. Cuy não era corajosa, de modo algum. Pequena como um brotinho, ela nunca olhava para cima, mantendo a cabeça sempre baixa, os ombros curvados e as mãos sempre adiante do busto, como se estivesse se protegendo de prováveis golpes.

No início, nessa nova moradia, Malintzin temeu estar sendo mantida enclausurada para sacrifício, e assim, como Cuy, ela precisaria permanecer magra e feia. Mas não podia fazer nada. Ela comia e ia ficando mais forte. Na época em que chegaram as chuvas, ela desabrochou: tornou-se uma mulher linda, com quadris largos e seios bem desenvolvidos. O cabelo voltou a crescer espesso e brilhante. Cuy o escovava para ela toda noite, de modo que ele chamejava com vida. Sua boca era provocante e rubra como uma orquídea da floresta, e sua pele tinha a cor de um filhote de veado. Os olhos, embora não fossem oblíquos como os de um maia, eram bem delineados e grandes, dois carvões negros incandescentes sobre um leito de fogo.

Quando Malintzin desabrochou, Cuy avisou:

— Maax Cal, sua macaca tagarela, não conte a ninguém que já és mulher. Irei ensinar como você deve se enfaixar e se lavar para que não sintam o cheiro.

Mas a notícia se espalhou. Todo mundo naquela casa era espião. Maax desconfiou que Cuy tivesse contado a um amigo de juventude, Garra de Jaguar, o açougueiro, que contou para o cozinheiro, que contou para sua primeira mulher, que foi correndo contar para o senhor. A casa estava cheia de mexericos, os quatro filhos retornaram da escola e tudo que os escravos e criados podiam dizer era que os jovens logo iriam entrar em guerra.

Na noite em que terminou seu fluxo, Malintzin foi retirada de sua cabana e vestida com um novo cueitl e um lindo e limpo huipilli com desenhos bordados ao redor do pescoço. Deixaram que ela usasse um colar de conchas brancas, as quais, sobre a pele morena, brilhavam como damas-da-noite, e escovaram-lhe o cabelo com uma escova de espinhos de cacto. Em seguida, foi escoltada até o quarto do filho mais velho do senhor, e mandada se deitar com ele. Embora soubesse como agir, ele chorou de medo e de embaraço, e ficou agachado num canto do quarto, cobrindo o rosto com as mãos. Ela também chorou, com medo de ser vendida de novo. Entretanto, na noite seguinte, o segundo filho deitou-se sobre ela e a penetrou corretamente. Aquilo não a machucou, mas enquanto ele estava em ação, ela virou o rosto para o lado, escutando os grilos no meio da relva alta e o vento a cantar pelas árvores, imaginando o que de bom lhe dariam para comer na manhã seguinte. E foi como, quando o marido de sua mãe a tocava e a forçava a tocá-lo, certa vez em que ela fingiu que dormia e ficou lembrando das histórias que o pai havia lhe contado.

Agora Malintzin tomava banho todos os dias e se vestia lindamente todas as noites. Às vezes era um dos irmãos que vinha, ou mesmo o próprio senhor, ou senhores em visita, mercadores e autoridades astecas de passagem, homens da mesma posição que o pai dela. Malintzin aprendeu vários dialetos maias, e seu conhecimento da corte nahuatl se tornou muito útil para impressionar os convidados nobres vindos de Mexica. Ela nunca precisou colorir o rosto ou os dentes de amarelo, tampouco pintar o corpo. As orelhas tinham brincos, mas ela não tinha de quebrá-los durante os festivais, ou de fazer sulcos sangrentos nas pernas em homenagem aos deuses. Sua pele era mantida sempre suave, esfregada com gordura de pato e óleo de aloé. Pediam-lhe que tocasse flauta feita com ossos de veado, que cantasse, recitasse poemas e, algumas vezes, apresentasse a dança da serpente. E Cuy mostrou a ela o truque secreto para poder sobreviver.

— De agora em diante, ponha sempre um pedacinho de seiva de borracha das árvores da costa norte, da região de Olmec, enrolada numa pequena bola achatada na entrada da sua gruta dos bebês, pois, embora não seja o homem quem coloque os bebês no ventre da mulher – só os deuses podem fazer isso –, a seiva deles é necessária para fazê-los crescer. Para gente como nós, um bebê é pior do que a morte. O exílio, a falta de teto, a morte solitária na floresta.

Maax ficou mais alta que Cuy e também que Garra de Jaguar, o açougueiro amigo de Cuy. Quando bebê, Garra de Jaguar era tão curvado que provocara a morte da mãe ao nascer, e quando o pai o viu, com aqueles membros malformados e o lábio fendido até o nariz, ele o vendeu e partiu para a capital. Era isso o que se contava. O rosto de Garra de Jaguar era redondo como o sol e cada mão era tão grande quanto o rosto. Ele contava que, se precisasse, seria capaz de estrangular um jaguar com apenas uma delas. O nariz de Cuy era estreito como um bico de papagaio, com uma pequena saliência na parte de cima, e seu rosto era engraçado, inquisitivo, transmitia uma inteligência aguda. Embora ninguém soubesse nada sobre seus pais, aparentemente alguém tivera a preocupação de colocar duas tábuas em sua cabeça para achatar e alongar sua testa, e os olhos tinham sido cruzados no tradicional estilo maia, pendurando-se um pequeno objeto que pendia à sua frente quando ela ainda era bebê.

Cinco anos depois que Malintzin amadureceu, computados segundo a conta cerimonial de 20 dias no mês, 18 meses por ano e cinco dias deixados para o tempo das trevas – ou, na estimativa cristã, quando ela estava com 19 anos –, o senhor dela, os filhos deste e todos os homens da cidade foram novamente para a guerra. Houvera várias nos últimos anos, disputas com cidades vizinhas, guerras floridas para obter cativos para sacrificar aos deuses. Entretanto, desta vez parecia diferente. Não houve a apresentação cerimonial das armas do inimigo, nenhum anúncio oficial ou dias e noites passados em preparativos rituais. Os arcos e as flechas armazenados no arsenal, no centro da cidade, foram apanhados e distribuídos com muita rapidez. Cocares, pinturas de guerra, poemas e danças foram dispensados. Na fraca luz da madrugada, os homens partiram. Passou-se um dia, dois. As mulheres ficavam em suas casas ovais com teto de palha rezando para que seus homens lutassem com coragem e, caso fossem presos, que morressem com bravura. Na terceira noite, o cacique voltou derrotado, com o cocar caído de lado, as canelas arranhadas e sangrando, o rosto manchado de suor e sujeira. Atrás dele, arrastava-se o que restara de suas enlameadas tropas: os feridos, os aleijados e os mutilados.

Parece que seriam necessárias 20 jovens mulheres para uma oferenda de paz, assim como o suprimento de milho dos armazéns, o máximo de perus que se pudesse conseguir, peixes defumados e ornamentos de ouro. Todas as famílias tinham de obedecer. Cuy e Malintzin foram selecionadas como duas das mulheres disponíveis. Ambas foram banhadas e esfregadas com ungüento de aloé ligeiramente salgado, para que os seios e as nádegas cintilassem, e os lábios foram obscurecidos com um tom profundo, com tintura de amora, e os olhos delineados com bastões de carvão. Vestiram-nas com cueitls tingidos de cochonilha vermelha, e seus huipilli, a despeito da lei que proibia o algodão para as pessoas comuns, eram de algodão branco.

Maax estava terrivelmente angustiada. Ser vendida pela terceira vez podia significar o sacrifício. Cuy agarrava-se à sua esteira, pois não queria abandonar tudo o que conhecera: a cozinha, onde lutava para conseguir suas migalhas, a feira, onde vendia seus trabalhos a mão para o lucro do senhor, o lago dos patos, onde tinha de permanecer até os dedos enrugarem como cogumelos, o templo no centro da praça, onde os prisioneiros eram sacrificados, a senhora, que lhe batia regularmente.

Garra de Jaguar, que recebera ordens para escoltar as mulheres, estava excitado, até mesmo em êxtase. Ouvira dizer que as tropas inimigas estavam se preparando para seguir para a capital dos mexicas, a sede imperial, a mais bela cidade sobre a Terra, Tenochtitlán. Durante toda a vida ele sonhara em ver a cidade-ilha, com o templo em forma de pirâmide em honra a Huitzilopochtli, o palácio do imperador Montezuma, o palácio do pai de Montezuma, a grande quantidade de canais e jardins floridos, o famoso zoológico, o campo de treinamento e as guarnições dos guerreiros do jaguar e da águia.

Cuy implorou à sua senhora, a quem chamava de mãe por jamais ter conhecido nenhuma outra.

— Cuy, eu cuidarei de você – ofereceu-se Malintzin, odiando Cuy naquele momento por sua fraqueza e falta de orgulho.

— Como pode tomar conta de mim? Você também é uma escrava.

Se Malintzin tinha alguma esperança, era a de estar mais uma vez, antes de morrer, com pessoas que falavam nahuatl.

— Serei sua mãezinha, Cuy. Não tenha medo.

— E eu serei seu pai – acrescentou Garra de Jaguar, alteando a voz até ficar com a falsa estridência de uma mulher.

Maax não queria saber dele por nada. Embora ela procurasse parecer cordial, em consideração a Cuy, acreditava que Garra de Jaguar na verdade não era o melhor amigo e protetor de Cuy. Ele a trairia sempre que fosse vantajoso.

— Nosso novo senhor deverá ser um homem de importância, algum guerreiro poderoso, para merecer um presente generoso como este: 20 mulheres, comida, brilhos – disse Garra de Jaguar enquanto caminhavam em direção à praia.

O cacique e sua comitiva encabeçavam a procissão. Tambores mantinham o ritmo, lento e profundo, um ribombar pesado, marcando a humilhação da derrota. As cestas com espigas de milho eram levadas por carregadores que vestiam apenas sungas, maxtlatl, os peixes nas cordas iam entre eles e os perus vivos eram pendurados de cabeça para baixo perto de seus pés, com suas infelizes asas abanando freneticamente. Atrás dos carregadores, em duas fileiras retas, vinham as 20 mulheres, algumas soluçando, outras mais valentes olhando em frente, para as fogueiras acesas na praia. Os grandes templos, com as gigantescas asas brancas iluminadas pela Lua, alinhavam-se sobre a água negra. A garganta de Malintzin se contraiu. Esses eram os deuses estrangeiros avistados ao longo da costa. Os sinais na capital tinham previsto a chegada deles. Era tudo verdade. Profetizara-se que Quetzalcoatl haveria de retornar do mar Oriental para reclamar a terra. Agora ele estava ali, e ela haveria de ver por si mesma. Malintzin, vendida pela primeira vez pela mãe aos dez anos de idade, fora escrava durante nove anos. Era o Ano 1 do Junco, primavera de 1519.

Capítulo 3

Após alguns dias horríveis viajando pela costa dentro de uma pequena alcova em um daqueles templos alados, Malintzin se deu conta de que aqueles barcos não eram templos, e que os forasteiros não eram deuses. Quando canoas menores foram abaixadas pelos flancos dos grandes barcos e eles remaram até a praia, os forasteiros desembarcaram feito lagostas que despertam depois de anos em hibernação. Como verdadeiras aves de rapina, eles logo se espalharam pela praia e pelos limites da floresta como se pretendessem acabar com qualquer vegetal que vissem. As duras carapaças prateadas que usavam ao redor dos ventres protuberantes, e que subiam pelas costas até o pescoço, faziam com que parecessem besouros de feijão, e seus braços e pernas, cobertos por faixas de um tecido bem justo, faziam Malintzin se lembrar, pela finura, de gafanhotos verdes. Alguns deixavam a pele das pernas à mostra, o que era nojento, pois tinham tantos pêlos quanto uma tarântula. A cabeça daqueles forasteiros ficava curiosamente encoberta por um material igual ao que protegia o peito e as costas. Não tinham antenas, mas um feixe de plumas – não exatamente um cocar, em absoluto – que se irradiava da parte de trás dos elmos, como se, apesar de toda a feiúra deles, ainda pretendessem atrair as fêmeas da mesma espécie.

— São inacreditavelmente esquisitos e exóticos, mas com certeza não são deuses. E se são pessoas, devem ser uns bárbaros – cochichou Malintzin para Cuy na língua maia chontal. Ela estava com muito medo, mas pior ainda eram aqueles enormes monstros que eles tinham, que fremiam e se sacudiam ante a ameaça das forças do mundo inferior. Os relinchos que produziam eram semelhantes aos gritos de dor das mulheres. Os gigantescos cães enjaulados, do tamanho de homens, esticavam-se, rosnavam e espumavam pela boca. Cachorros são para se comer, nada mais.

No entanto, alguns dias antes, quando o cacique e sua escolta sumiram pela praia, com os mantos a ondularem atrás deles como um vasto bando de águias voando, as tochas desaparecendo como o passado, Malintzin percebeu que sua vida seria outra a partir daquele momento. No chão do templo flutuante ela tinha ficado apavorada demais para poder prestar a devida atenção. Ela também estivera tão enjoada por causa do movimento oscilante que mal podia dominar o desconforto do estômago. Agora ela via que os selvagens se agrupavam num grande e estranho exército. Será que ela teria que se deitar com cada um daqueles homens? Tremia só de pensar na falta de conforto. Se não fora sacrificada para seus próprios deuses, será que iria sofrer uma morte ainda mais terrível?

As 20 mulheres escravas e Garra de Jaguar se agacharam sob uma gigantesca árvore de *ahuehueti*, mal dominando o terror. Então, um daqueles bárbaros, o chefe deles, ao menos parecia ser graças à sua postura autoritária, avançou alguns passos, tocou os braços das mulheres e separou umas das outras com sua pata forrada. O pagão peludo, um brutamontes fedorento, não conseguia manter os próprios olhos concentrados e quietos, como um verdadeiro guerreiro, ou abaixados, como uma pessoa comum em sinal de respeito. Ele os deixava rolar pelas órbitas – eram pretos, da cor dos morcegos – enquanto ia avaliando as escravas, tal como faz um macaco curioso. Depois ele fixou os olhos sobre ela, pareciam dois abutres gêmeos.

— Não eu – suplicou Malintzin em silêncio. — Por favor, não eu.

Evidentemente, ela manteve os olhos abaixados, como era apropriado. Mas havia tempos ela dominava a arte de ver sem precisar olhar. Era como se pudesse enxergar através das pálpebras, pois pôde observar os olhos dele divagarem, subindo até o cabelo dela, assim como moscas a saborearem o sargaço que apodrece na praia. Em seguida, as moscas vieram repousar sobre a boca dela. Malintzin as queria engolir todas de um só trago. Ou espantá-las para bem longe. Que as deixassem cair aos seus pés, onde pudesse esmagá-las na terra. E elas voltaram a subir por sua cintura, peito, testa, cabelo. Ela odiava o seu cabelo. Ao contrário do das outras mulheres, o de Malintzin era impossível de se dominar com uma escova de espinhos de cacto, de se comprimir em cachos sobre as orelhas ou de se amarrar em tranças bem apertadas dos lados da cabeça. Precisavam jorrar livres e soltos, uma confusão emaranhada.

Ela curvou o pescoço e olhou para os pés de Cuy em seus *cactli*. As unhas dos pés da amiga eram ásperas e estragadas, pois ela as roía de noite, segurando as pernas ágeis entre as mãos e cuspindo fora as lascas. Caçoando, ela se referia às unhas de seus pés como o seu sacrifício, já que não se esperava de mulher alguma que sangrasse as orelhas ou as pernas em honra aos deuses. Os pés de Malintzin eram grandes, as pernas, ligeiramente arqueadas, pois, como todas as crianças indígenas, ela fora carregada nas costas da mãe até poder dar alguns passos sozinha. As pernas agora estavam tremendo. O senhor bárbaro ainda olhava para ela por trás de toda aquela pelagem do rosto. Seus lábios ficavam quase escondidos, embora na parte mais espessa surgissem perturbadoramente cor-de-rosa, como a parte úmida no interior de uma mulher. Como ele era repulsivo... E o ruído que fazia – ela presumiu que aquilo fosse uma linguagem humana – rolava da boca dele como se fossem bolas de borracha fina entremeadas com o monótono arrulho dos pombos quando se banham na poeira da tarde. Ela não conseguia escutar nenhum outro som.

O chefe bárbaro então fez um gesto e as mulheres e Garra de Jaguar foram conduzidos até o cercado da cozinha do acampamento, e os selvagens, que haviam se mantido em pé, atentos, começaram a se apressar como formigas atordoadas saindo do formigueiro.

— Como ficam gostosas as formigas grandes quando são embebidas e mergulhadas em suco de limão e depois em molho chili – disse Malintzin para Cuy, tentando superar o pavor por meio das palavras. Todas as escravas tinham sido conduzidas até o cercado da cozinha. Malintzin ficou encarregada de fatiar; Cuy, de mexer. — Mas prefiro gafanhotos. Gosto deles fritos com chili vermelho e salpicados com sal das salinas.

Cuy respondeu que gostava das formiguinhas cruas, vivas, mas que precisavam ser comidas bem depressa, senão escapuliam da boca.

Os preferidos de Malintzin eram o cozido de cachorro com suco de fruta e moranga, tão cheio de gordura que assobiava na panela, e o pato assado, suave e suculento por dentro mas com a pele tostada e crocante. Ela sabia preparar muito bem esses pratos. Cuy logo pôde conhecer os muitos talentos de Malintzin. Ela tocava muito bem as canções cerimoniais, executadas nos festivais do milho verde, na flauta de cinco notas. Também era muito versada nas preces a Chicomecoatl, a deusa do milho. Era tão talentosa nos sons quanto na fala, e sabia dizer os nomes de todas as coisas em nahuatl e em maia, tanto nos termos da corte como do linguajar comum. E conhecia dez palavras que se referiam à cor verde em cada uma dessas línguas. Iam desde o musgo até a cor do mar quando o fundo é de areia e o sol marcava meio-dia, passando pela casca dura dos limões e pelas folhas das árvores da floresta a escurecerem no crepúsculo.

— Cuy — lembrou Malintzin –, também tenho o dom de ser sua pequena mãe. Isso significa que tudo o que digo dá certo.

— Você não é minha mãe.

— Só um dia fora da barriga e já está me desobedecendo?

Garra de Jaguar lançou-lhes um olhar desaprovador. A tarefa dele era esfolar cerca de cem coelhos numa só manhã. Isso não era nada engraçado. Mas ele sabia que quanto mais indispensável se mostrasse, mais tempo viveria.

O acampamento bárbaro, como observou Malintzin, era disposto de forma bastante canhestra. Apesar de ser junto a um rio, mesmo assim eles armaram suas casas de pano de maneira desordenada, sem prestarem qualquer atenção às sombras. Malintzin os viu abaterem arbustos e pequenas árvores, descarregando a raiva deles contra a vegetação inofensiva, que poderia, no calor do dia e no frio da noite, servir-lhes de abrigo. Além disso, por não possuírem conhecimentos, seus hábitos matinais asquerosos atraíam mosquitos à noite, tão grandes e ferozes que Malintzin, mesmo que esfregasse suco de limão azedo no corpo e a suave e escorregadia aloé na parte de trás dos cotovelos e dos joelhos, desejava poder ficar enterrada num buraco ou mergulhada na água só com o nariz para fora. Entretanto, ali estava ela no chão, naquela noite, com o crepúsculo a sangrar, numa difusão de vermelhos, laranja e azuis se misturando ao cinza de modo tão belo que ela nem conseguia expressar em palavras. Sentia as centenas de flores, cujos nomes não conhecia, exalarem seus perfumes como se fosse a última noite delas sobre a Terra. Olhando por entre as frestas, ela e Cuy, bancando as espiãs, puderam ver o negror fluir pelos limites da floresta e se espalhar como a tinta do polvo pelo chão e por todos os cantos do céu. Os gritos e guinchos estridentes dos macacos maiores, e as risadas dos macaquinhos vieram a seguir. Depois, os cantos, os silvos, os trinados e o grasnar dos pássaros passaram a dominar.

— Viram como são tolos e insignificantes esses homens esquisitos que moram em casas de pano e se vestem com prata dura? – tagarelou a arara-vermelha.

— Nós, daqui das árvores, em nossos esconderijos da floresta, vamos barrá-los com nosso riso – assobiaram e gritaram os chachalacas, os jamacares, os adoráveis cotingas, os tucanos de crista preta.

— Eu falei, eu falei! – avisou o papagaio velho.

Em seguida, uma centena de periquitos verdes, que passeavam de dia como homenzinhos gorduchos e emplumados a executar alguma importante tarefa imperial, cacarejaram seu riso sobre as cabeças dos incansáveis conquistadores.

— Vão para o inferno! Esses malditos percevejos estão me mordendo sem parar! – resmungou Alvarado dentro de sua pequena barraca. — Não estou conseguindo dormir.

— Fica quieto ou então o diabo te carregará – disse Cortés, que era capaz de dormir até sobre uma pedra durante uma tempestade ou sob um sol inclemente se estivesse realmente cansado.

Nesse meio-tempo, por baixo dos gritos dos pássaros e das gargalhadas dos macacos, grandes felinos circulavam por ali em silêncio. Famintos e muito astutos na caça, os pumas, as jaguatiricas e os jaguares estavam quase dando um bote em Malintzin, que também estava em uma tenda de pano, e a arrastando até a boca do outro mundo.

— Não, não! – gritou ela no meio do sono.

— Calma, calma, é só um sonho, Maax.

— Eu vi...

— *Shhhh*, mãezinha. Conte uma história.

Cuy sabia que, para Malintzin, falar lhe acalmava os medos e punha sua mente numa trilha de luz.

— Conta a de Quetzalcoatl.

— Quetzalcoatl? – perguntou Maax. — Isso é para você, Cuy, não para mim. Não preciso de histórias.

— É, sei disso.

— Está me ouvindo, Cuy?

— Estou.

— Nosso deus Quetzalcoatl foi, durante certo tempo, um homem de verdade. Era sacerdote e rei, poeta, artista da arte plumária, dedicado à fé e à pureza. Passou grande parte de seus dias em Tule, jejuando e orando, em obediência aos deuses. E então aconteceu algo que o obrigou a sair pelo mundo para ir ao encontro de seu destino. Não podemos fazer menos do que isso, Cuy, minha filha.

— Espero estar de acordo, mãezinha Maax, minha macaquinha. Durma. Durma. Seus olhos estão ficando sonolentos.

Capítulo 4

De manhã, Malintzin, Cuy e as outras 18 mulheres tiveram que se reunir sob o teto da cozinha, feito com folhas de palmeira colocadas de través sobre postes de madeira. Os grãos de milho, que tinham ficado de molho em suco de limão durante a noite, precisavam ser esmagados, misturados com água, moldados como bolinhas e depois achatados, amassados, sovados e em seguida assados na grelha de pedra. O feijão, uma vez limpo, logo era colocado para ferver para que pudesse amaciar lentamente, e o feijão e as abóboras da véspera eram reaquecidos. Era necessário cortar os tomates frescos em fatias, e a pimenta devia ser picada. Os perus, depois de mortos, pendurados numa triste seqüência, retorcidos para a direita e para a esquerda, deviam ser depenados, limpos e assados. Lagartos vivos aguardavam nas gaiolas para serem devidamente estrangulados, retirando-se depois o veneno deles e transformando-os em deliciosos aperitivos colocados sobre os finos bolos de milho.

O cercado da cozinha ficava em frente às fileiras de casas de pano. Atrás do acampamento, na baía, flutuavam os galeões. Agora que Malintzin não mais achava que fossem templos, mais do que nunca eles se pareciam com pássaros. Ela podia imaginá-los, a todos os 11, num bando, alçando vôo. No descampado próximo à praia, aqueles animais enormes em cima dos quais os bárbaros andavam, comiam apenas mato. Nem homens nem perus, só mato.

Na terceira manhã, depois da refeição, o chefe deles convocou todos os homens, as escravas e os diversos criados indígenas trazidos das ilhas de Hispaniola e Cuba, inclusive o homem mais escuro que Malintzin já tinha visto, com pequenos cachos que pareciam besouros pretos e cintilantes agarrados à cabeça. Vários estrangeiros, com bastões compridos e pontudos, batiam em tambores pendurados ao pescoço por cordões. Outros sopravam cornetas, que não eram espiraladas como as conchas, mas feitas de um material que mais parecia ouro. Ouviu-se uma saraivada de sons, com notas muito mais altas, distintas e variadas que os tons de qualquer instrumento que Malintzin jamais conhecera. Aquela música a fez pressentir que algo maravilhoso estava prestes a acontecer. Ela imaginou uma mulher se elevando das águas, no dorso de uma foca. Ou uma revoada de pássaros surgindo no céu como pequenas manchas brancas, muito longínquas, mas que quando se aproximavam se tornavam maiores e deixavam cair dos bicos pétalas de flores sobre todos eles. Ela podia até imaginar os deuses sentados na crista superior do sol, com as pernas penduradas balançando, desfrutando a cena. E talvez tudo aquilo se tratasse apenas dos preparativos para outras maravilhas, guardadas escondidas bem no fundo das casas flutuantes dos estrangeiros. Eles já haviam revelado muitos outros truques desconhecidos do povo do Sol. Possuíam grandes tubos que arremessavam bolas tão pesadas que pareciam pedaços das montanhas. Malintzin viu os comedores de mato empinarem e dançarem com colares de sinos pendurados no pescoço. Um dos bastões de fogo fora usado para matar um desafortunado tatu, muito vagaroso, que ainda não aprendera a fugir.

Quando aquele trinado todo cessou, o chefe, montado sobre um comedor de mato, galopou para lá e para cá na praia, espalhando areia em todas as direções. Em seguida, com seu comprido e brilhante punhal, cortou os troncos nodosos de diversas paineiras. Com um gesto exageradamente floreado, fincou um estandarte azul e branco na areia, com um sinal vermelho no centro. Um outro pano preso a um poste foi posto ao lado. Este tinha a imagem de uma mulher com um comprido manto azul e um toucado dourado na cabeça. Sem dúvida, uma conhecida deusa deles. Depois de um sinal, todos do grupo – que tinha mais de algumas centenas, pelos cálculos de Cuy – tiraram seus chapéus de metal e fizeram uma genuflexão. Uma linha de gaivotas, que estivera catando caranguejos mortos entre os sargaços, deteve-se e olhou para o alto. Os biguás, que circulavam ao redor gritando com estridência e com o pescoço esticado, aquietaram-se de repente.

— O que será que eles irão fazer agora? – perguntou Malintzin a Cuy.

— É um ritual – respondeu Cuy num cochicho.

Garra de Jaguar disse:

— Agora eles vão comer areia. É o sinal de polidez deles.

— *Shhhhh!* – fez Cuy.

O chefe dos bárbaros, o cacique deles – aquele a quem Garra de Jaguar chamava de "Barata" – gesticulou com a espada, brandiu-a num círculo acima da cabeça e emitiu um grande blablablá.

— Deixe eu me corrigir – emendou Garra de Jaguar –, eles não irão comer areia. O Barata está é reclamando a terra para si, como o coiote ganancioso que faz xixi em cima de todos os tocos de árvore para marcar seu território.

Então, os dois homens que não vestiam túnicas de escamas prateadas como as dos peixes – um deles descalço, com a roupa da cor de um velho tronco de árvore – prostraram-se no chão. Esses dois estranhos tinham o alto da cabeça raspado em círculo e traziam ao redor do pescoço um ornamento representando alguém que aparentemente fora torturado. Na verdade, os de armadura também levavam, sobre postes compridos, que agora estavam fincados na praia, perto dos estandartes, esculturas daquele mesmo homem nu com os braços abertos. Era uma visão aterradora para Malintzin, pois aquela fileira de postes a fazia pensar no cadáver do homem torturado. Era como se um sacrifício tivesse sido realizado naquele local e a evidência permanecesse ali para assustar os recém-chegados, ou então as figuras dos homens mortos eram como os espantalhos fincados nos milharais para espantar os pássaros famintos. Esses postes macabros eram como os crânios dependurados após um sacrifício.

Depois daquilo, os homens brancos se ocuparam em derrubar árvores com um instrumento com dentes pontiagudos, como os de um grande peixe perigoso. E cortando os troncos compridos eles fizeram tábuas que foram fixadas às paredes com pregos de prata escura. Era evidente que eles estavam construindo a própria cidade deles no litoral. Mas será que tinham permissão para isso? Não estaria Montezuma, por intermédio de seus inúmeros espiões e mensageiros, vendo o que eles estavam fazendo? Grandes alojamentos para os homens dormirem? Um curral para manter juntos os comedores de relva? Uma construção junto ao rio, onde os animais pudessem ser mortos e esquartejados? Havia ainda uma outra construção quadrada, com o mesmo emblema de tortura amarrado no teto de palha. Num galho de uma paineira maciça, revestido de musgo estriado, eles penduraram uma corda de fibra.

Malintzin, que despejava na floresta a água suja da refeição matinal, olhou aquilo com espanto. A corda balançava feito uma cobra que acabou de nascer e ainda não sabe se irá voar ou rastejar.

— É para as execuções – explicou um deles em maia chontal.

Era um homem alto, esguio, quase tão moreno quanto ela própria, com os braços compridos a se sacudirem como os de um macaco que não consegue se manter quieto. Ela sabia que ele era o único ali que falava a língua maia.

Ele prosseguiu:

— Eu estava numa canoa, uma daquelas grandes – e apontou para as casas flutuantes ancoradas na baía. — Ela foi arremessada contra os rochedos – ele ergueu a mão espalmada e bateu-lhe com o punho. — Bum! – Agitou-se e depois encolheu bem os ombros. — Fui aprisionado pelos maias.

Deu algumas passadas curvando o corpo, como alguém que vai preso a uma coleira. Mas embora ele falasse em maia, a segunda língua dela depois da asteca, e demonstrasse tudo o que dizia por gestos, ela tinha dificuldade para entendê-lo.

— Vivi entre os maias como escravo. Foi *el Capitán* que me salvou.

Ele mostrou a casa que tinham construído para o Barata. Havia dois estandartes fincados à frente dela.

— Canoa. Choque. Escravo. Salvação – e ele erguia e baixava as sobrancelhas e se inclinava para a frente e para trás. — Canoa. Choque. Escravo. Salvação – e balançou os braços, livre como um pássaro.

Mas Malintzin queria saber de onde todo aquele Exército tinha vindo, o que existia para além das águas, qual a razão para eles estarem no Império do Sol. Mas fingia não estar tão interessada assim, nem tão ávida, tampouco demonstrar inteligência, pois isso jamais seria próprio de uma escrava, ou de uma mulher. Assim, o melhor era redobrar a cautela. Ela se inclinou para o lado, como se prestasse atenção a uma brisa ligeira ou ao canto de um passarinho. Manteve a fisionomia inexpressiva e teve paciência, pois sabia que aquela tribo branca costumava falar só para preencher o silêncio. Eram piores que os pássaros.

— Viemos para lhe trazer a Palavra – falou finalmente o branco.

Malintzin procurou pensar. Que palavra? Por que tantos homens para uma só palavra? Devia ser uma palavra bem pesada, difícil de levantar, difícil de dizer. Muitos homens, uma palavra. Precisava ser uma boa palavra. Ela então apontou para a tora de madeira com a corda dependurada com um nó.

— É o cadafalso – disse ele, demonstrando qual era o uso do mesmo com um rápido gesto de cabeça e depois esticando a língua comprida para o lado.

— Ca-da-fal-so.

Mais tarde, Malintzin soube que o cadafalso era usado para estrangular fugitivos, fossem eles escravos ou brancos, pois havia no grupo aqueles que desejavam voltar para casa atravessando o mar Oriental. Se alguém dissesse algo assim para o Barata, iria para o cadafalso. Também se usava o cadafalso para aqueles que tivessem ofendido os deuses. De fato, havia muitas faltas punidas com a ida para o cadafalso, principalmente quando se tratava de algum escravo com mau comportamento. Poderia ser enforcado ou até mesmo amarrado e queimado na fogueira.

Naquele momento, ela por fim compreendeu que os bárbaros não eram simplesmente bufões, cheios de intenções confusas. E o sonho que ela tivera, que fora deixado de lado, retornou e renasceu, muito maior. O medo tomou conta de Malintzin e ela sentiu que não lhe restara palavra alguma para orientá-la.

Capítulo 5

Cortés não tinha medo de nada, nem mesmo de morrer, embora, verdade seja dita, não gostasse nem um pouco de falar em público. Quando criança, caiu doente e por duas vezes o padre foi chamado para ministrar-lhe os últimos sacramentos. Aos 19 anos, ao atravessar o Atlântico, da Espanha para Hispaniola, nas Índias Ocidentais, o navio se desviou da rota. Só quando o capitão avistou uma gaivota e acompanhou o vôo dela é que eles puderam encontrar o litoral e um porto seguro. Cortés esteve com Velázquez quando este conquistou Cuba dos índios arawac em 1511. Esteve presente no período mais duro da luta. Assim, mesmo sabendo que o Ceifador Macabro – aquele feito só de crânio e ossos, debaixo de uma capa preta e empunhando uma foice comprida – haveria de ceifá-lo no devido tempo, até lá ele não precisava temer as conseqüências de uma batalha.

— Compostura, dignidade, Hernán. Lembre-se de olhá-los sempre direto nos olhos. Não divague nem seja evasivo. Mostre-se seguro de si mesmo, encantador, muito encantador, embora viril. Viril, afável e confiante. Faça o seu discurso!

A mente de Cortés, em geral clara, ficou confusa porque, pela primeira vez em toda a vida, ele não fora capaz de dormir bem na véspera. Em algum ponto, bem no interior da floresta que o cercava, alguns macacos encontraram um motivo ridiculamente tolo para ficarem gritando, até não poder mais, a noite inteira, e a eles vieram se juntar uns passarinhos que também ficaram cantando até seus pequenos corações não agüentarem mais, só pelo mero intuito de incomodar. O diabo o levaria se ele não tivesse percebido uma intensa agitação entre as folhagens. "Lagartos, cobras, patos, vão embora, todos!" Quem sabe o que seria aquilo? Nem praguejar as piores expressões – "Pela minha fé, malditos sejam!" – conseguira pôr um fim àquela algazarra interminável. O único momento calmo aconteceu poucos instantes antes de o sol nascer. Uma pausa para inspirar um pouco de ar, e a densa cortina de obscuridade se levantou. E então, tudo recomeçou, mais uma vez. Jesus Cristo. Maria.

Agora os oficiais estavam reunindo os soldados. As ordens eram para se reunirem na praia, junto da fileira de cruzes e estandartes. Cortés planejava se dirigir a todos de um promontório mais elevado. Ele ensaiou algumas palavras, examinou as mãos, cruzou-as atrás das costas, deu algumas passadas, franziu o cenho.

"Deus, rei, missão". Ou seria "Missão, rei, Deus"?

Exemplo e discussão, discurso e argumentação: estes deveriam ser o seu forte. Fora treinado exatamente para esse tipo de coisa na escola de leis. Agora ele não conseguia lembrar mais daquilo que aprendera no curso, não só porque este terminara cerca de 16 anos antes, mas porque os seus tempos como estudante desinteressado que deveria estar freqüentando a Universidade de Salamanca haviam se passado em meio ao constante estupor da embriaguez. Além disso, desde aquele tempo que ele não tivera oportunidade de se dirigir a uma platéia para proclamar, protestar, convencer. Dissimular, sim. Mas verbalizar? Não.

Esta ocasião que marcaria uma virada decisiva, afastando-o da ignomínia e do anonimato dessa vida até então desperdiçada, exigia que todas as suas faculdades estivessem bem afinadas. Era sua maior oportunidade, esse novo mundo, esse novo tempo, o seu mundo, o seu tempo. Cortés descerrou os olhos e espiou em volta: os capitães, em meia armadura – como ele exigira, pois a ovelha que não carrega a sua própria lã não é boa – e, atrás destes, o Exército de 300 homens: mosqueteiros, lanceiros, arqueiros, homens portando machados e disparadores de canhão, outros armados com clavas e martelos, marujos, carpinteiros, tocadores de tambor, corneteiros, um padre, um frade, um cirurgião, um barbeiro vidente, um escravo negro e uma variedade de outros sem uma função específica digna de menção. E as escravas indígenas.

Mulheres nativas, como esse termo evocava prazeres... Sugeria submissão, domínio, aquele vai-e-vem risonho: "Sou teu senhor, és minha escrava."

"Cortés," repreendeu-se ele, "mantenha a cabeça no discurso." As palavras que ele iria usar hoje teriam o mesmo valor da conquista de amanhã. Na verdade, sua posição não podia ser mais forte. Ele não só, por assim dizer, era um príncipe entre os seus pares, um homem entre os homens, um comandante de legiões, como em breve seria o supervisor de uma multidão de pessoas inferiores de cor morena, num continente abençoado por tesouros subterrâneos. Em uma palavra: ouro.

A maioria dos homens, agora ele compreendia, nasce para o seu destino, que lhes é entregue ou numa salva de prata ou por meio de um golpe atrás do outro. Outros precisam achar seus caminhos na trilha da experiência. Ele era um destes. Durante anos, seus pais, orgulhosos embora pobres (ou pobres embora orgulhosos?), sempre esperaram o pior dele. Por exemplo: seu pai sempre descobria algum problema em tudo o que o filho fizesse ou deixasse de fazer. E a mãe, uma santa, um mártir, sofria incessantemente pelo filho tão instável, com os olhos sempre lacrimejantes e com uma paciência infinita, cada sorriso doloroso entrecortado por choramingos. Sua atitude, sempre derrotada, era mais exasperante do que as imprecações do pai. "Admita, *señor* Hernán Cortés," repreendia-se ele agora, "você foi mesmo um garoto problemático, e um fracasso nas leis, desdenhando o zumbir das repetidas lições, cantadas no lento ritmo das tardes arrastadas." Ele retornou a Medellín para assumir a posição do inútil da comunidade. Medellín, na província de Estremadura, coração da Espanha, uma região seca e opressiva na beira da estrada, onde havia o castelo abandonado de um nobre – um lugar desprovido de cor, quente, sonolento. Ali, até um boi cego seria capaz de morrer de tédio. Alguém disse árvores? A paisagem era imperdoavelmente desprovida de árvores.

Cortés fora criado no meio de soldados. O pai dele se destacara na luta contra os mouros. Em 1492, em Granada, os mouros afinal foram derrotados de uma vez por todas, e o país foi unificado sob o domínio da rainha Isabel e do rei Fernando. Assim, quem ainda iria querer lutar?

Sendo um dos melhores, ele brincara com a idéia de se engajar como condottiere numa cidade-estado da Itália. Não era do tipo que costumava se juntar à Igreja. Que outro emprego poderia haver para um jovem de sua época? Então, surgiu a possibilidade de ele navegar para as Índias. De fato, aos 19 anos de idade, ele decidiu que o Novo Mundo, com suas histórias sobre ouro e terras ilimitadas era bem melhor que a guerra para a renda. Entretanto, mesmo com família, criados, terras e sendo um funcionário público mediano, ele não havia se transformado numa pessoa notável. Sua estada na ilha de Hispaniola, e depois em Cuba, o tornara rico, mas não extraordinariamente rico. A agricultura implicava um esforço árduo, e ele não viajara toda aquela distância desde a Espanha só para sujar as mãos.

Entretanto, para fazer justiça a todos os seus adiamentos e ao seu lento florescer, quantos homens não se redimem apenas com um passo, uma ação, uma decisão? O homem tem as suas fragilidades, do contrário seria Deus. A fraqueza dele era com relação às mulheres. Mas que homem não é fraco quando se trata de mulheres? E a questão das mulheres nativas, que ele descobrira depois de muitos encontros secretos e de uma ou outra gravidez não desejada, era esta: elas se submetiam em silêncio. Não eram como as filhas de famílias espanholas, de fortuna medíocre e dotes ridículos, mandadas para as ilhas para encontrarem sustento em meio a uma população de homens rústicos e solteiros. Aquelas *señoritas* já começando a fenecer e com o olhar desesperado faziam o jogo da virgindade, apresentando-se em absolutamente todas as atividades sociais da colônia, tais como a chegada de peças de cetim ou de um piano vindo da Espanha, um casamento, um jantar cujo cardápio era carne de javali ou tartaruga marinha. Elas iam para os bailes desfilando feito cavalos importados, agitando os pés bem calçados, exibindo um pedacinho do tornozelo, perambulando, brandindo seus adornos, rebolando as cadeiras por sob as camadas de tafetá na esperança de serem notadas. Os homens, na esperança de uma legítima descendência cristã, e na falta de algo melhor, realmente as notavam.

Por outro lado, as mulheres nativas não eram delicadas nem tinham um ar afetado. Na verdade, não faziam questão de serem cortejadas, tampouco contavam com a proteção intrometida de alguma mãe ambiciosa. Verdade seja dita: as índias eram sábias, dotadas de um conhecimento capaz de provocar um verdadeiro redemoinho, como a Lua no mar, na zona erógena de um homem plenamente maduro, de 33 anos.

Fale! Fale! Hernán Cortés caminhava de um lado para o outro, pensativo, com os olhos voltados para o chão, para as botas. De um lado para o outro, de lá para cá. Mas, na verdade, a sedução de uma mulher e a persuasão de um homem não eram assim tão diversos. A adulação, a atenção, o ar de resolução e de competência – talvez fossem estes os costumes da corte. Ele sorriu. Gostava mesmo era dos penteados das nativas, o cabelo negro, liso e brilhante em espessas tranças enroladas na cabeça perfeitamente modelada, ou enroladas em dois pequenos coques na frente, lembrando dois pequenos chifres. "Ah, que o diabo as carregue!" Entretanto, a mulher que o atraiu de verdade usava o cabelo jogado para trás do rosto, como asas negras, ao estilo das prostitutas. Gavião da noite. Amante do mal. Dezoito, 19 anos, ela era uma mulher plenamente desenvolvida, com os pés largos de um marujo, lábios da cor de uma ameixa, olhos de animal, ônix – vigilantes, imóveis –, nariz aristocrático. Escravas, 20, e um açougueiro mal-humorado com lábio leporino.

— Cavalheiros... – começou ele quando finalmente chegou o momento e o trinado das cornetas foi diminuindo.

Limpando a garganta com um ar dramático e encarando os subordinados, ele colocou sobre os lábios um cone de couro bem esticado para projetar sua voz até a região mais distante da praia. Preocupando-se em falar devagar, fazia uma pausa ao final de cada frase, de forma que suas palavras pudessem ser repetidas ao longo das fileiras pelos soldados encarregados de cada grupo de 40 homens. O efeito daquele eco era estimulante, o poder de seu discurso trouxe sangue novo para todos.

— Meus leais seguidores... cidadãos de Villa Rica de la Vera Cruz, da rica cidade de Vera Cruz.

Eles já contavam com uma bela fortificação, uma prisão, um cadafalso, é claro, uma pequena capela e um abatedouro, embora ainda não houvessem localizado nenhum porco, vaca ou carneiro naquela terra esquecida por Deus.

— O destino nos aguarda.

O suor escorria-lhe pelas costas e alguns mosquitos pareciam se insinuar formigando dentro do seu guarda-sexo.

— Destino, destino – a palavra propagou-se pelas fileiras.

— *Mis compañeros*, não esqueçam de Deus, nunca, saibam que só com Ele é possível encontrar a fortuna.

A imagem da fortuna, para Cortés, era a de uma roda-d'água, com os baldes tão cheios que transbordavam na subida. As fortunas deles estavam nitidamente no caminho da ascensão, e se algum dia os baldes viessem a se esvaziar na descida, ele colocaria um prego para deter o mecanismo no mesmo instante. Ele mudou de posição, apoiando o pé sobre uma pedra e deu ao próprio perfil um ar mais digno. A espada estava sempre pronta, fazendo um ângulo à sua esquerda. A adaga estava embainhada no lado direito, e no interior da bota havia uma faca afiada, para a eventualidade de ele vir a ser desarmado. O arco estava atravessado às costas, com uma bolsa de flechas, e ao seu lado os arcabuzeiros tinham armado os canhões sobre tripés, para o caso de alguém não gostar do que ele dizia.

Enquanto isso, o sempre atarefado Bernal Díaz, um excelente cronista, estava sentado numa pedra ali perto, tendo a seu lado um jarro com uma mistura de tintas e o seu suprimento de penas de asa de gaivota presas ao cinto numa fileira.

Cinco de maio, anos de Nosso Senhor 1519

Isso foi escrito no canto superior direito da primeira página. Ele não se decidia se deveria começar por "Sua majestade" ou por "Meu nome é Bernal Díaz Del Castillo".

Um dia o mundo inteiro haveria de ler seu relato.

A conquista
por Bernal Díaz Del Castillo

Quando as futuras gerações perguntassem "Quem foi Cortés?", Bernal Díaz responderia: "Nosso comandante era um homem que estava sempre na linha de frente das batalhas, não hesitava nem procurava se refugiar covardemente em sua tenda de comando. Nobre nas atitudes e nas ações, era um homem que sabiamente temia a Deus e levava Sua Palavra aos pagãos, um homem...

Talvez a abertura devesse ser: "Sou Bernal Díaz Del Castillo, oficial escrivão, cronista fiel, o grande e único escritor das aventuras do grande e único Hernán Cortés, fidalgo da Espanha, residente de Hispaniola e Cuba, enviado pelo Governador de Cuba, um tal senhor Velázquez, para explorar, comerciar..." Ou então: "Nós, homens valentes, nos nossos 11 navios, deixamos Cuba com destino ao continente no dia 4 de março de 1519 ... Após muitas ameaças de um mar tempestuoso, avistamos terra, primeiro a ilha de Cozumel, depois a região de Tabasco, onde lutamos corpo a corpo com selvagens cruéis e sedentos de sangue. Saímos vitoriosos e fomos justamente recompensados com algumas fêmeas escravas."

Bernal Díaz achava de suma importância relacionar todos os 14 cavalos trazidos na expedição, assim como os nomes e as cores deles. Cada cavalo dava mais despesas do que aquele único escravo africano negro, Adu.

— Cavalheiros... – recomeçou Cortés.

— Ele nos chama de cavalheiros – murmurou dom Quintaval para Adu –, como se fôssemos príncipes do reino.

Quintaval, além de ser um mestre da esgrima, era proprietário de um belíssimo cavalo, o que o tornara um candidato precioso para aquela viagem. Também possuía uma magnífica espada de aço temperado de Toledo, botas de couro de Córdoba, um escravo negro e dois criados indígenas de Hispaniola, Manuel e Juan. Com uma estrutura frágil e luxuoso na maneira de se vestir, a barba cuidadosamente aparada, dom Quintaval apresentava todos os requisitos de uma pessoa muito importante da Espanha. Adu, que tinha uns 16 anos, vestia-se de forma apropriada à origem do senhor dele, como se também ele procedesse da Europa. Sua meia armadura fora fabricada na França por um ferreiro alemão, sua túnica de veludo verde fora confeccionada na Itália, uma dupla gola de brocado viera dos Países Baixos, e a lã de suas meias listradas fora tosada de um carneiro da Inglaterra. O único detalhe discordante no seu traje era que ele andava sem sapatos.

— Homens, minha intenção é fazer de todos vocês príncipes do reino, pois aqui estamos na mais honrada das missões.

Cortés fez uma pausa, umedeceu os lábios com a língua, engoliu em seco e se aprontou para anunciar em público o que já decidira em particular, quando ainda negociava com aquele tolo governador cubano, seu assim chamado patrono: Velázquez.

— Não estamos aqui meramente para comerciar, investigar, apanhar novos escravos ou resgatar marujos naufragados. Não, viemos para cá pela causa mais elevada de todas: nosso rei, nosso país e Deus.

Bernal Díaz escreveu "Deus, rei e país". Ou deveria ser "País, Deus, rei e império"? Pois não só a Espanha fora unificada e desvinculada dos mouros em 1492, durante o reinado da rainha Isabel e do rei Fernando, expulsando os judeus, como havia rumores de que o rei Carlos V, neto da rainha Isabel, estava distribuindo subornos em sua ascensão à coroa de imperador do Sacro Império, o que o tornaria o mais rico proprietário de terras de toda a Europa.

— Estamos numa cruzada de conquista! – exclamou Cortés fechando os punhos e os erguendo contra o céu.

O piloto, cartógrafo e encarregado do único relógio, Raphael Núñez, não gostou da palavra "cruzada". Os cruzados haviam matado todos os que surgiam à vista, os judeus na Europa, os muçulmanos em Jerusalém, deixando um rastro de sangue por onde passavam. Considerado um convertido por Cortés e pelos outros, Núñez voltou os olhos para o cadafalso recém-construído, apanhou seu lenço – refinamento estranho aos demais –, retirou os óculos e começou a limpar as lentes, que estavam embaçadas pelo calor.

— Meus bravos soldados.

— Bravos soldados – sorriu Quintaval maliciosamente. — Podem acreditar.

Adu assentiu com a cabeça, esperando que seu senhor parasse de atrair a atenção para si.

— Cavalheiros? – murmurava Quintaval sem se importar. — Lavradores falidos das colônias, isso sim, cujo suprimento de escravos se esgotou por completo; alguns artesãos desempregados, um vidente que se diz boticário, um dominicano e um franciscano. São esses os cavalheiros a quem ele se dirige. Todo o nosso conjunto, 400 fracos, não tem sequer a resistente qualidade dos bucaneiros, aventureiros, piratas ou bandidos.

Adu pôs o dedo sobre os lábios e ergueu as sobrancelhas.

— Depois de fazerem o anúncio eles irão matar a gente – cochichou Garra de Jaguar, o açougueiro maia, para Maax.

— Já te mataram? – perguntou Malintzin, pois ela sabia que na residência maia de onde os três tinham vindo, a senhora batia em Jaguar praticamente todos os dias. A mulher começava batendo em Cuy pela manhã e terminava com Garra de Jaguar à noite. Malintzin era poupada porque seu corpo tinha de ser mantido sem marcas para as tarefas da noite.

— Você já destripou um peixe, Maax? – retrucou Garra de Jaguar com brandura. — É mais fácil destripar homens.

Malintzin desconfiava que Garra de Jaguar já matara coisas muito mais perigosas do que perus cacarejando, cachorros dóceis ou lagartos preguiçosos. Com seus lábios fendidos e retorcidos até o nariz, a fala atrapalhada e fanhosa, ele deixara passar a oportunidade de ser o palhaço nas diversões particulares do imperador, pensou ela.

— Houve, anteriormente, duas expedições a este continente. Foram as mais desprovidas de aventuras, não tiveram sucesso e retornaram às pressas para Cuba, com o rabo enfiado entre as pernas. Mas cada uma dessas viagens experimentais voltou a Cuba com boatos. Aliás, com notícias confiáveis sobre existência de ouro, com informações sobre uma esplêndida cidade, a oeste desta praia, onde as ruas são pavimentadas com ouro. Estou tão certo disso que vos faço a seguinte promessa: farei de todos vocês, em muito pouco tempo, os homens mais ricos que já cruzaram os mares – e Cortés fez um movimento rápido com o braço esquerdo para mostrar tudo o que se estendia diante deles.

Glória, ouro, um continente rico para ser saqueado. Cristóvão Colombo, o italiano azarado, aportara em várias costas ocidentais e fundara colônias nas ilhas, sonhando ainda com a Ásia e sem conseguir abrir os olhos. Cortés não, era um homem amadurecido. Não se iludia, não acreditava estar sobre a lendária Atlântida ou no domínio do Grande Khan, o reino insular de Cipango, tampouco que havia "descoberto" a rota marítima para as potências orientais de Marco Pólo. Pelo contrário, este era o Novo Mundo, que deveria se tornar a Nova Espanha.

Ele dirigiu o olhar para o capitão Alvarado, seu vice-comandante, e percebeu a afirmação no rosto dele. O capitão Alvarado, conhecido como "o Belo" por seu cabelo ouro-avermelhado e suas feições de garoto, devolveu o olhar a Cortés, com um sorriso que esperava comunicar força e coragem. Ergueu o queixo, rezando para que esse "Novo Mundo" não estivesse cheio de serpentes. O movimento contínuo, as escamas secas e, acima de tudo, os olhos dourados delas, sem contar, é evidente, a comprida língua bifurcada e a maneira como elas retorciam o corpo antes de atacar inspiravam horror ao seu coração. Que Deus o protegesse de semelhante visão. E quem sabe o que mais se poderia encontrar atrás de uma árvore, debaixo dos pés, balançando-se no ar? De pé, ali, um daqueles que compunham a força de cerca de 400 homens, com o sol transformando sua armadura numa verdadeira panela de assar, Alvarado tamborilava com os dedos e batia os pés nervosamente no chão, pois no humor que estava não conseguia se movimentar um pouco que fosse, ou sua mente acabaria por se fragmentar completamente. À noite ele não conseguiria dormir, a menos que bebesse duas bolsas de vinho cheias, e com toda certeza haveria de despertar aterrorizado ainda na escuridão.

Ele pensava dissimular bem suas apreensões e controlar seus pequenos tiques. Lembrava-se de uma vez ter pulado de uma mesa sobre o que pensava ser os braços abertos do pai e de cair de cara no chão. O mundo era um lugar árduo e amargo, ele nunca deveria se esquecer disso, informou-lhe o pai. Então, como podia estar ali, agora, como pudera ter sido tão tolo? Um dia em que estava em sua varanda, sentado, pensando no que iria almoçar, os homens de Cortés, com seus corcéis a escoicearem nuvens de poeira, aproximaram-se da sua *encomienda* – o seu rancho, sua fazenda cubana de cavalos – e lhe perguntaram se não queria se juntar a eles. Yucatán era inexplorado, disseram, selvagem e livre para a apropriação. No dia seguinte, Alvarado deixou seus cavalos aos cuidados de um assistente que não tinha a menor sensibilidade para animais e, como um verdadeiro tolo, fechou as portas e cavalgou para Santiago. A impulsividade era outro de seus defeitos. Agora, de pé ali, sob o sol inclemente, ele daria todo o Novo Mundo em troca de seus cavalos. Cerca de cinco anos antes, ele trouxera as éguas e um garanhão de Estremadura, na Espanha, para as ilhas. Fora uma travessia terrível, metade da carga precisou ser lançada nas águas como se fossem escravos. Árabes puros-sangues. Pobres árabes.

— Chegamos muito longe e não naufragamos – e com um gesto abrangente Cortés indicou a Europa, a África e a Ásia.

Padre Olmedo, sacerdote nomeado para a expedição, não gostou das palavras "Chegamos muito longe", pois a viagem de Cuba até a costa da Nova Espanha não demorara tanto assim, cobrira uma distância de apenas 20 quilômetros. Além do mais, todos já sabiam que o planeta não era plano, com uma terra incógnita assinalando seus limites e o Oceanus Occidentalis e o Mare Tenebrosum por baixo, engolindo homens e terras da mesma maneira. O astrolábio, a bússola magnética, o sextante, o quadrante, os mais modernos instrumentos de navegação e os gráficos e mapas astronômicos garantiam que um bom piloto pudesse encontrar seu caminho no mar aberto.

— Suportamos os monstros marinhos.

— Que absurdo – cochichou dom Quintaval. — O que nós suportamos foram muitas carpas miúdas. Ouvi dizer que um certo Magalhães está negociando com os espanhóis uma expedição que irá circunavegar o globo inteiro.

Entretanto, alguns dos homens de fato temeram a ira de Netuno, mesmo naquela curta travessia entre Cuba e a costa de Yucatán. Botelho, o vidente, precisou lançar seus dados, analisar borras de chá e abrandar os temores da tripulação por meio de encantamentos ciganos. E o capitão Alvarado o Belo, realmente avistara criaturas que pareciam sereias, que não eram exatamente moças e sim, para ser mais preciso, sereias matronas, com peles que pareciam couro duro, sobrancelhas muito enrugadas, pescoços gordos e até barbas. Inofensivas, mesmo assim não era nada prazeroso se deparar com elas enquanto se nadava. Em águas mais profundas foi avistada uma lula do tamanho de um navio. Tudo o que essa lula precisava fazer para destruir um navio seria simplesmente envolvê-lo e puxá-lo para baixo.

Frei Francisco, monge enviado para auxiliar padre Olmedo na obtenção de novas almas na nova terra, com sua tonsura tostando debaixo do sol incansável, perguntava-se se poderia amar os monstros das profundezas tanto quanto tentava amar todos os animais, assim como são Francisco, a não ser aquele porco muito mau que são Francisco encontrou e que havia mordido uma ovelha, mais tarde morrendo de barriga para cima, inchado e apodrecendo numa poça. Frei Francisco tinha que lutar com a idéia de amar uma lula, em particular aquela imensa, avistada da proa por Puertocarrero.

— *Lula ahoy!* – avisara Puertocarrero lá de cima da vigia.

Frei Francisco pôs-se a imaginar se devia entender aquela lula como uma mensagem de Deus, isto é, como a história de Jonas e da baleia. O orgulho e a desobediência colocaram uma pessoa dentro da barriga de uma fera. Será que são Francisco amava também as feras?

O *señor* Isla, de pé junto ao frei Francisco, não pôde resistir quando ouviu a menção aos monstros marinhos: contou ao delicado frade que as sucuris de Yucatán podiam comer um homem inteiro, dois homens até, se estivessem realmente com fome. E também disse que as coisas mais mortíferas que existiam – os escorpiões – costumavam entrar nas botas, "mas no seu caso, frei Francisco, que não usa sapatos, eles ficam entre os dedos dos pés". O capitão Isla sentia prazer em ficar provocando o inocente Francisco, um bobo muito fácil de ser enganado.

Cortés prosseguia:

— Lutamos muitas batalhas.

Até onde sabia Quintaval, Cortés não lutara em batalha alguma, a não ser na pequena escaramuça na praia. No grupo que conquistou Cuba, Cortés se gabava de atos audaciosos, mas na verdade os índios arawac haviam fugido do ataque. Quintaval passava, em voz muito baixa, esses fatos para Adu, que acenava com a cabeça, na esperança de não parecer conspirador. Dom Quintaval acrescentou que ele, que praticava sua esgrima todos os dias, poderia se destacar em qualquer disputa. Adu, seu parceiro nos duelos, estava muito bem familiarizado com as fintas de Quintaval, com seus falsos lances e defesas inesperadas. Cortés não passara de um notário de segunda categoria em Hispaniola, prosseguia Quintaval, um senhor de fazendas em Cuba cujos escravos tinham todos morrido de exaustão, um homem que abandonara a escola de leis em Salamanca antes de se formar um vagabundo dissoluto na Espanha. Dizia-se até que, da primeira vez que Cortés veio para Hispaniola, ele trabalhou como escrivão, desses que ficam pelas praças ajudando os analfabetos a escreverem cartas, cobrando um maravedí ou dois, e ainda tinha de dividir a tenda com outros dois. Além do mais, Quintaval sabia por fonte segura que Velázquez, governador de Cuba, lamentou amargamente a escolha de Cortés como capitão e no último instante tentou retirar o apoio e as verbas que destinara para a expedição. Enquanto Cortés disparava a toda a velocidade do porto em sua nau – a *Santa María de la Concepción*, hasteando sua bandeira pessoal com a frase em latim "Irmãos, vamos seguir a cruz e por nossa fé iremos conquistar" –, os mensageiros enviados à praia pelo governador Velázquez ficavam acenando com cartazes, que mais pareciam bandeiras de rendição, em que estava escrito: "Voltem! Voltem!"

Adu parecia escutar seu senhor com uma orelha e Cortés com a outra, mantendo a boca sempre fechada. O que ele estava pensando ali era apenas em se deitar sobre aquela areia quente e dormir. Em todas as manhãs de seu cativeiro, sem incluir a passagem intermediária preso num navio, quando desejou morrer, ele concentrava a mente na pergunta: "Como poderei escapar hoje?" Mal tinha iniciado o dia e ele já sonhava em dormir. Durante o sono ele era livre, embora dom Quintaval, que o fazia dormir em sua própria cama, junto dele, o mantivesse desperto por um longo tempo com suas narrativas de infância na Espanha e sobre todas as pessoas em Santiago, em Cuba, que eram suas inimigas, assim como acerca de seus motivos para odiá-las. Se Adu cochilasse, dom Quintaval dava-lhe uma cotovelada nas costelas. "Acorda, Adu, ainda não acabei." Quando terminava, Adu tinha de se ajoelhar ao lado de seu senhor enquanto eram feitas orações pelos inúmeros Quintavais que haviam perecido de uma forma ou de outra. Adu, que não acreditava no deus de Quintaval, fazia uma oração silenciosa para sua família na África, pois pensava em sua família como "minha família", como se ele fosse dono de si próprio.

Cortés procurou no cinto e puxou um comprido rolo de pergaminho. Era o *Requerimiento*, uma elaborada e longa missiva do papa, datada de 4 de maio de 1493. Trazia a informação de que todas as terras descobertas a 300 milhas a oeste dos Açores pertenciam aos monarcas da Espanha, observando também que todas as populações deviam saber que a humanidade inteira se originara em Adão e Eva e constituía uma única família sob a autoridade do papa, o qual era "senhor, rei e superior do Universo", além de dizer que todo povo conquistado estava sob a soberania do papa e da Espanha, alguns de Portugal, como de fato acontecia mas não era mencionado. O mais importante de tudo era que no caso de haver uma revolta de vassalos rebeldes do rei da Espanha, eles seriam punidos como inimigos da fé e da verdade, que estariam agindo a serviço do demônio.

— O que é aquilo? – perguntou Cuy a Garra de Jaguar.

— Aquilo é o livro deles – presumiu Garra de Jaguar.

Os livros maias e astecas eram escritos em papel feito de casca de árvore e dobrados como leques.

— Se eu fosse homem, gostaria de ser escrivão – disse Malintzin.

— Se você fosse homem, seria um guerreiro ou um prisioneiro, e provavelmente já estaria morto – respondeu Cuy brincando.

— Nossa missão, homens valentes e determinados, é a de espalhar a palavra do Senhor, ou morrer tentando.

Às vezes Malintzin compreendia as palavras estrangeiras, tantas e tantas vezes repetidas, tais como os nomes de pessoas ou de objetos muito usados: espada, cavalo, arco, flechas, Cortés. Ela sabia que muito em breve novas palavras iriam ser acrescentadas ao seu vocabulário e que tudo o que ouvia iria fazer mais sentido, até o significado deslizar para ela numa onda de compreensão.

— Nossa missão é chegar até o coração do país.

Todos se ajoelharam, fizeram o sinal-da-cruz: "Pai, Filho, Espírito Santo, amém", e se levantaram.

— Nossa missão é encontrar o imperador Montezuma cara a cara e converter todos eles ao cristianismo – então Cortés fez uma pausa e inspirou profundamente. — E não vamos deixar de mencionar o seguinte: homens, viemos até aqui para encontrar ouro… – e Cortés ergueu o rosto em direção ao sol, encarando-o sem medo. — Ouro, *mis* amigos. Ouro.

— Finalmente – disse o *señor* Isla para o frei Francisco. – Finalmente Cortés está dizendo o que precisa ser dito.

— Ouro, ouro, ouro para os valentes! – o brado ecoava em todas as direções entre as fileiras.

Frei Francisco não disse nada, mas em silêncio pediu a Deus que o ajudasse a amar Isla, pois ele era um homem, um companheiro, e portanto merecedor de ser amado. Contudo, era impossível Francisco evitar o fato de não gostar dele.

Isla – o quarto no comando, depois do general Cortés, do capitão Alvarado o Belo e do *señor* Quintaval o Espadachim – tinha conhecimento de que aquelas duas viagens anteriores dos espanhóis a Yucatán tinham revelado a presença de ouro. Por qual outro motivo, então, ele teria vindo? Isla era capaz de saboreá-lo na ponta da língua. Na Espanha ele tivera muitas oportunidades para aliviar os velhinhos muito ricos e trôpegos do fardo que era o dinheiro deles, vender terras onde não havia água ou que só existiam na sua imaginação, comerciar cavalos que mancavam, oferecer porcos cheios de vermes, dentes de anciãos, cabeleiras femininas cortadas de mulheres desesperadoramente doentes. Isla havia estimulado transações com navios negreiros portugueses cheios de escravos mortos ou moribundos, partidas de canela que eram apenas carvalho perfumado e de pão que não passava de um grude feito com rebotalho. Ele não queria prejudicar ninguém. Assim eram os negócios. Mas quando os inimigos conspiraram contra ele, precisou deixar a Espanha a toda a pressa e partir para as ilhas. Não levou muito tempo em Cuba para ele adquirir um belo conjunto de roupas, uma espada e um cavalo. Talvez a coisa tivesse dado mesmo certo.

— Ouro para os valentes.

— Cidades de ouro! – gritou um dos homens, fazendo menção aos boatos.

Cidades de Deus,* era o que pensava frei Francisco. Embora ele fosse franciscano, admirava a *Cidade de Deus de santo Agostinho*, livro que tratava da elevação espiritual.

Para padre Olmedo, cidades de ouro significavam incontáveis almas novas para a Igreja, particularmente importante nesses dias, desde que cada tecelão, cada impressor enriquecido recentemente, cada humilde moleiro do norte e do leste da Europa declarasse conhecer a palavra e a intenção de Deus sem a intercessão de nenhum sacerdote. Padre Olmedo não queria desonrar sua boca, muito menos entulhar a mente com gente da espécie de John Hus, que foi corretamente queimado na fogueira; John Wycliffe, que se atreveu a

* No inglês, ouro e Deus (*gold* e *god*) são palavras muito parecidas. (N.T.)

traduzir a Bíblia para a selvagem língua saxônia; e agora o patife do Lutero, afirmando que todo homem era seu próprio sacerdote.

— Cidades de ouro! – o brado de 400 homens ganhou força.

— Rios de ouro!

A expressão passou pelos soldados até eles a cantarem em uníssono.

— Fontes da juventude.

— Canteiros de pedras preciosas.

— Montanhas de prata.

— Os índios pensam que eu sou Deus! – gritou Cortés, excitado pela reação de apoio dos soldados.

Não seria qualquer coisa possível com o apoio dos próprios homens?

— Os índios acreditam que sou Quetzalcoatl, o deus deles. Bem, talvez eu seja mesmo um Deus!

— Cortés é um deus! – seguiu a frase, percorrendo as fileiras.

De repente, os gritos cessaram. Os homens reunidos olharam para a direita, para a esquerda, para trás. Deus? Um Deus? Quem poderia imaginar tal coisa? E um vasto silêncio encheu o ar, como se os pássaros e os animais também estivessem horrorizados.

— Não, não é isso o que quero dizer.

O calor insuportável estava provocando tonturas em Cortés. Por que havia ele abordado ali o mito de Quetzalcoatl, que o padre Aguilar, um sacerdote excomungado, havia mencionado. "Alguns índios acham que o senhor é um deus que retornou." Aguilar relatara isso a Cortés numa conversa particular na cabine da nau capitânia. Ele explicou as profecias, que se referiam à pele clara de Quetzalcoatl, à barba dele, ao Ano 1 do Junco.

— Ele falou Quetzalcoatl? – perguntou Garra de Jaguar a Cuy.

Em maia, o nome do deus era Kukulcán. O começo do mundo era descrito no Popo Vu.

— É isso o que ele pensa que é? Se ele é Quetzalcoatl, eu sou Huitzilopochtli.

— Se você é Huitzilopochtli, então sou Coyolxauhqui – disse Malintzin.

— Você não pode ser Coyolxauhqui. Ela foi esquartejada – lembrou-lhe Cuy.

— Silêncio – falou Garra de Jaguar, olhando por cima do ombro. — As duas estão desonrando os deuses. Querem que o mundo pare por causa da irreverência de vocês?

— Ele vai parar?

— Não sou ninguém – emendou-se Cortés, retratando-se de suas palavras presunçosas. — Não sou ninguém, nem nada. Apenas pó.

— Somos apenas pó – afirmou padre Olmedo.

— Pó – ecoaram as tropas.

— O que será que eles farão agora? – quis saber Cuy.

— Agora eles irão comer a praia inteira – respondeu Garra de Jaguar. — A praia, as montanhas, a floresta, o deserto.

Capítulo 6

Garra de Jaguar esfolou o tatu que, por causa de uma ferida provocada por enorme bala, não iria render muita carne. Mas os forasteiros, poderosos caçadores que eram, queriam comemorar comendo-o. Foram apanhadas várias iguanas, que observavam tudo pacientemente com cordas amarradas a seus pescoços rugosos.

— Vocês ficam para mais tarde – disse-lhes Garra de Jaguar.

Os animais piscavam, desfrutando o sol matinal.

— Eles vão distribuir a gente, uma para cada homem diferente – disse Cuy a Malintzin enquanto cortava alguns sapos em fatias.

Ela mascava folhas de cilantro, para depois cuspi-las na comida, a fim de acentuar o sabor. Como só tinha duas mãos para cortar, punha os dentes para trabalhar também.

— Você já reparou nos pêlos grossos nas caras dos estrangeiros? Não são nojentos, Maax? Parecem uns tamanduás...

Malintzin sabia que os maias eram um povo particularmente limpo, tomavam vários banhos por dia. Mas os estrangeiros eram sujos. Nunca tinham aprendido a fazer quartos com juncos altos para ali defecarem, isolados, com a matéria sendo retirada à noite e espalhada pelos campos para o crescimento das plantações. Em vez disso, evacuavam sem qualquer consideração pela decência, agachando-se como cachorros na praia, no campo, nas barragens, afrouxando a esquisita roupa de baixo e deixando-a cair em volta dos joelhos. E escarravam muito. As moscas seguiam todos os movimentos deles. E a maneira como comiam? Pareciam crianças gulosas, deixando a comida e a bebida escorrerem pelo queixo e espirrarem no rosto. Além do mais, falavam o tempo todo e em voz alta desde bem cedo. À noite, cantavam desafinados. Até conversavam com seus grandes animais, fazendo estalidos com a língua junto das orelhas deles, ao que as criaturas rolavam os imensos olhos e respondiam com sons selvagens. No início, algumas mulheres achavam que aqueles animais imensos podiam falar a língua dos homens.

Os cachorros, menores que os comedores de relva, eram de uma espécie jamais vista antes. Quando filhotes, os cachorros maias e astecas costumavam ser postos para dormir com as crianças para mantê-las aquecidas. Quando os animais – sem pêlo algum – cresciam e engordavam, eram mortos para se fazer guisado. Mas os cachorros dos forasteiros não eram comidos. Pelo contrário: aquelas imensas e ferozes criaturas, com suas bocas espumando, é que podiam comer um homem ao receberem um simples comando, e eram usadas (ela fora alertada disso por Cuy, Garra de Jaguar e outros) para caçar os fugitivos.

Naquela manhã, um grupo de homens-lagartas estrangeiros ficara praticando o lançamento de flechas. Os arcos eram pequenos mas muito potentes. As flechas, puxadas sobre um elástico e depois lançadas, atingiam grandes distâncias. Outros homens corriam empunhando lanças, com as quais perfuravam árvores. Outros seguravam machados de cabo comprido, que eles giravam acima das cabeças antes de golpearem violentamente os arbustos. Alguns marchavam até a praia e depois retornavam, ao ritmo de um tambor, exclamando em uníssono: *izquierda, derecha, izquierda, derecha*. Os comedores de relva, todos os 16, estavam sendo lavados e escovados sob a orientação de Alvarado o Belo.

Para Malintzin, a postura do Barata se parecia com a do pai dela. Jamais ela diria isso a Cuy ou a Garra de Jaguar. No entanto, o homem branco se mantinha tão garboso quanto o pai dela, e tinha as pernas curtas e a parte superior do corpo bem larga. Ele foi o único homem, além de seu pai, que a olhara diretamente nos olhos. Não que em outros aspectos ele se parecesse com seu pai. Cuy chamava o grupo deles de lagartas por causa das meias compridas e listradas que lhes cobriam as pernas. E quando eles se encontravam numa nudez alva e desprotegida, ela os chamava de larvas. Mais tarde, quando Malintzin dominou aquele vocabulário, ela soube que *cucaracha* significava barata. Mono, macaco; oruga, lagarta; e gusano, larva. Aguilar, que havia lhe explicado sobre o cadafalso de Vera Cruz, ensinava a ela uma palavra nova por dia. Como forasteiro e ex-escravo dos maias, ele conhecia as duas línguas, o maia e o espanhol. Além disso, a pele dele era morena, e não amarela e pálida ou cor-de-rosa, tampouco de um branco suave e transparente. Ele comia muito curvado sobre o chão e parecia não se sentir confortável nas roupas dos estrangeiros. Era quase um deles, uma pessoa do sol, embora Garra de Jaguar dissesse que não confiava nele mais do que em qualquer dos outros.

Se o povo dela podia ser chamado de povo do Sol, Malintzin achava que os pálidos bárbaros poderiam ser chamados de povo da Lua, a Lua cortejada pelo mar. Alguns tinham olhos da cor do mar, e outros, os cabelos como a palha seca do sargaço, sem serem nitidamente aparados e cortados como o dos guerreiros. Os lábios do chefe eram como os de um peixinho, não como os de um homem, em absoluto; e tal como a carapaça que todos usavam, a dele também era de escamas prateadas superpostas.

— Só fico imaginando a qual deles irão me entregar, Maax – insistia Cuy.

Todas as mulheres ainda estavam agrupadas numa tenda.

— Garra de Jaguar diz que eles têm hábitos próprios. E contou que viu costumes muito estranhos, que seriam punidos pelas nossas leis.

— Garra de Jaguar é muito observador, Cuy.

Na verdade, Garra de Jaguar era dotado dos olhos furtivos de um roedor. Açougueiro muito eficiente, podia esfolar coelhos e cachorros da mesma forma que as outras pessoas descascam frutas. Acreditava que se tivesse sido mais bem-nascido, e sem aquela aparência tão estranha, seria um sacerdote, um daqueles que têm a elevada honra de cortar o coração dos prisioneiros, remover a pele na cerimônia de retirada da pele, vestir a pele recém-retirada, usar o cabelo comprido emaranhado com sangue. No mínimo teria sido um guerreiro, um jaguar ou uma águia de verdade.

— Não me importo em saber a qual homem serei entregue – disse Malintzin.

Ficava surpresa de que Cuy se preocupasse tanto assim, pois ela não os odiava, a todos eles, tanto quanto Garra de Jaguar? Entretanto, Malintzin sabia que Cuy era uma pessoa que de vez em quando mudava de posição, como um peixe encalhado na areia, indo da felicidade à tristeza, da esperança à depressão. Às vezes Malintzin se cansava de se esforçar para conhecê-la, mas Cuy era sua única amiga. As outras mulheres do grupo não se davam ao trabalho de conversar durante suas tarefas de cozinhar, servir, limpar e voltar a cozinhar. Assim que deitavam a cabeça, caíam no sono, penetrando num sombrio esquecimento, sem sequer agitarem as pálpebras até serem puxadas de suas esteiras.

Malintzin e Cuy, embora cansadas depois do trabalho, gostavam de ficar observando os estrangeiros pela abertura da tenda. Aqueles homens esquisitos surgiam como vermes brancos, larvas frágeis em seus pesados casulos de prata e em suas roupas de lagartas. Junto a uma enorme fogueira, com os pés voltados para as chamas, deitados com a cabeça descansando sobre os braços, a secarem aqueles dedos malcheirosos, eles riam e falavam todos ao mesmo tempo, abandonando os velhos que já haviam bebido muito pulque em um casamento. Dois deles estavam tocando instrumentos: um tocava uma cabaça com uma haste comprida, com cordas presas nela, o outro soprava uma flauta. O da cabaça com cordas, cujo nome era Botello, tinha um feixe de cabelos pretos ondulados que lhe dava a aparência de ter sobre a cabeça um ninho de víboras negras. Ele usava um brinco de ouro e mancava de um pé, lançando-o para adiante, fazendo cabriolas quando caminhava. O outro músico, o belo Alvarado, tocava sua flauta com alegria e muitos floreios, com a pele irradiando a paixão dos jovens, os olhos como lascas de turquesa e o cabelo da cor amarelo-avermelhada do sol ao meio-dia. Era um capitão, um dos que pertencia ao círculo íntimo. No coração estava Cortés, e os outros se dispunham ao redor dele em anéis concêntricos.

Alvarado, amavelmente
Quintaval, raivosamente
Isla, cruelmente
Aguilar, nervosamente
Núñez, timidamente
Botello, misteriosamente
Puertocarrero, derramadamente
Frei Francisco, bondosamente
Padre Olmedo, sagradamente
Adu, inocentemente

As duas amigas discutiam sua nova vida todas as noites, enquanto Malintzin, com toda delicadeza e cuidado de uma verdadeira mãe, soltava os cabelos trançados de Cuy e os penteava com uma escova de espinhos de cacto, em seguida espalhando e esfregando no couro cabeludo, ponto por ponto, gordura de pato perfumada com bastões de quina doce. Na luz bruxuleante do fogo, com seus olhos oblíquos e o rosto estreito, Cuy parecia uma princesa, ou uma feiticeira. Mas a princesa ali era Malintzin, lembrava-se ela. Então isso faria de Cuy uma feiticeira? A palavra "*cuy*" significa passarinho preto em maia, mas às vezes Malintzin achava Cuy mais para um corvo do que para um tentilhão, com aqueles olhos pequenos que nunca piscavam.

— Os roupas-marrons não querem mulher – refletiu Cuy. — Gosto mais daquele roupa-marrom gordo. Ele sempre acena com a cabeça, sorri e cumprimenta a gente na língua dele. Dos outros, eu gostaria daquele que é tostado como se tivesse caído numa fogueira ou ficado perto demais do sol. O cabelo dele é crespo como um feixe de raios querendo retornar ao céu.

A não ser o dono dele, Quintaval, os espanhóis chamavam o negro de perra negra, cadela preta.

— Ele é um forasteiro entre os forasteiros, é um escravo assim como nós, Cuy. De qualquer forma, é só um menino. Não vai querer mulher.

— Tem um que parece maia.

Com os pés ágeis, Núñez, assim como os maias, tinha o rosto estreito. Usava um estranho aparelho na frente dos olhos, duas lâminas redondas e claras, e não vestia as camisas curtas bufantes dos outros, e sim calças de couro fino até o joelho, e em vez da carapaça de prata sobre o peito e as costas, usava uma túnica sem mangas, com uma fileira de botões prateados sobre a camisa branca de mangas compridas. Não tinha espada, mas levava uma sacola com marretas e pequenos machados, além de rolos daquele papel deles. Numa outra bolsa que carregava presa ao ombro ele trazia um grande objeto de prata. De tempos em tempos, quando lhe pediam, ele o retirava e o examinava.

— Você quer o vidente deles, com o brinco e o cabelo preto feito verme, Maax?

— Também não acho que ele esteja querendo mulher.

— E aquele do cabelo dourado, com a boca cor de tinta de cereja?

Mais tarde, quando seu cavalo foi morto enquanto ele o montava, varado por uma chuva de flechas como um gigantesco porco-espinho, desabando debaixo dele, Alvarado tomou a grande cabeça do animal em seu colo e cortou sua garganta, exclamando: "*Pobrecito, pobrecito!*"

— Uma beleza daquelas é coisa muito perigosa, Cuy.

O único estrangeiro com quem decididamente Malintzin não desejava estar era aquele homem mau, aquele com a unha do dedo tão comprida quanto a dos sacerdotes astecas, o que significava – pensava ela – que ele não precisava usar as mãos, ou que seria um feiticeiro a serviço do mundo inferior. Seu rosto era como uma máscara de jade, estático, sem qualquer movimento, buracos no lugar dos olhos, com um sorriso sarcástico nos lábios. Seu nome era Isla. Malintzin pensava que sabia muita coisa sobre os homens, pois em sua segunda residência maia – a casa de onde também tinham vindo Cuy e Garra de Jaguar – ela fora uma auianime. Embora ela não fosse uma auianime da espécie reverenciada como cortesã, ou das que acompanhavam os jovens guerreiros em seus calmecac, tampouco daquelas que atendiam aos preciosos prisioneiros no ano final deles antes de enfrentarem os degraus, Malintzin, apesar de tudo, era uma auianime.

Garra de Jaguar vaticinou que o chefe dos oficiais, o que ele chamava de Barata, haveria de escolher Maax para si. Ele já vira o homem descansando seu olhar sobre Maax, porém avisou a ela para ficar muito alerta, sobretudo em relação a ele. Malintzin sabia que Jaguar estava certo, pois embora Cortés a olhasse com avidez, depois desviando os olhos para longe, e o rosto dele não tivesse nenhuma harmonia – a boca enganosa em sua pequenez e o queixo, por debaixo de todo aquele pêlo, com um toque de crueldade –, ainda assim o poder dele o tornava atraente. Sua mulher seria algo assim como a primeira-dama do grupo. Malintzin nem em sonhos pensara em se tornar algum dia uma primeira-dama. Antes de ter sido oferecida aos estrangeiros, ela nunca tivera a sorte de servir a um homem só. Assim, ela tinha esperanças de que haveria de ser um, apenas um, e embora ela o achasse assustador, tornar-se a mulher do Barata seria a melhor opção. Mas em lugar de tomá-la para si, Cortés a destinou a um homem muito dócil, que costumava ficar sugando os pêlos acima dos lábios e enrolando os do queixo, e que quando estava sem capacete ficava fazendo cachos com os dedos no cabelo da cabeça. Era Puertocarrero.

Então, antes que qualquer uma das 20 mulheres fosse levada para a esteira de seu homem, elas tiveram de ficar diante das estacas esculpidas com o homem torturado, que tinham sido fincadas em fila ao longo da praia, e foram forçadas a se ajoelharem em homenagem a ele, sob pena de morte ou de perderem as pernas. Um daqueles de roupa marrom aspergiu gotas d'água sobre elas e falou muitas palavras em uma terceira língua. Depois Malintzin compreendeu que aquelas larvas não podiam levar mulher para suas camas de palha, a não ser que as mulheres declarassem obediência ao deus torturado deles. Mais tarde Aguilar lhe explicou que aquele torturado tinha um pai que era um deus do céu, que vivia numa nuvem, e a mulher de manto azul era a mãe do que fora torturado. Ela era uma deusa da terra, mas não tinha uma roupa de cobras como Coatlicue, ou um colar feito de mãos e corações. O que era muito estranho é que era o sangue daquele homem-deus sacrificado que era bebido, e os pedaços do seu corpo que eram comidos, e não o contrário.

Cuy foi entregue ao homem que carregava seus instrumentos nas costas, Núñez.

— É como se ele tivesse se mutilado com espinho de cacto ou com escama de peixe e feito muito sacrifício sangrento com seu pênis – contou ela na manhã seguinte. — A pele é puxada para trás. Ele botou um pano em cima de mim com um buraco no meio. O que o seu fez?

— O que eles sempre fazem.

O de Malintzin chupou seus mamilos, depois o próprio polegar. Era um homem que evidentemente não passara muito tempo junto da mãe.

— O meu sabe como dirigir aquelas casas de asas, e faz sinais naquele papel deles – vangloriou-se Cuy.

— Ele é escrivão?

— Não.

Cuy apontou para Bernal Díaz, que sempre ficava perto do general e o seguia por toda parte feito um cachorrinho. Para Malintzin, Bernal Díaz era alguém que não passara muito tempo junto do pai. Quando não estava escrevendo, carregava sua pena de escrever presa à orelha, com ares de importância, e tinha outras prontas no cinto, além de tinta seca em pó num saquinho. Sempre que o general falava alguma coisa ele assentia com a cabeça e anotava aquilo, como se uma palavra perdida fosse alguma perda irreparável. Dos que vestiam a roupa marrom, Malintzin gostava de frei Francisco. O rosto dele era redondo como a Lua, o corpo era suave e flácido e se espalhava pelos lados como o algodão deixando seu caule. Ele beijava as flores, curvava-se diante das árvores e inspirava o perfume das rosas. Os homens sagrados astecas usavam cabelo comprido e embebido no sangue dos sacrificados. Não podiam tomar banho. Seus mantos muitas vezes eram feitos com as peles retiradas dos homens. Cheiravam a carnificina.

— Você descobriu por que eles estão aqui? – perguntou Garra de Jaguar às duas mulheres, como se o ato sobre a esteira fosse revelador o bastante para se conhecer as intenções e os pensamentos secretos de alguém.

— Acho que eles vieram para se encontrar com o grande imperador mexica, Montezuma, em Tenochtitlán – disse Malintzin. Ela ouvia essas palavras de vez em quando. E claramente os bárbaros se encontravam nesse caminho.

— Encontrar Montezuma? – duvidou Garra de Jaguar. — Com esses túneis que lançam balas, esses bastões de trovão e essas facas compridas, mais afiadas que obsidiana? Com flechas, lanças e montados em animais que só com um chute podem matar um homem, seguidos por cachorros comedores de gente?

Malintzin gostava dos comedores de relva. Quando ela saía caminhando pelo campo na direção deles, os animais se aproximavam para recebê-la, tocavam as mãos dela com suas grandes bocas, aninhando-se ali como bebês querendo o peito.

— Maax, como você sabe disso tudo, sobre Montezuma e o ouro? – perguntou Cuy.

— Escuto e observo. E Aguilar me ensina as palavras deles – admitiu ela.

Aguilar, que fora escravo do cacique na região de Tabasco, chamava-a de Malinche, e não de Malintzin. A mãe e o pai dela a chamavam Malinali, por causa do mês em que ela nascera. Cuy a chamava de Maax, que na língua maia quer dizer macaco tagarela. No seu íntimo, ela não sabia quem ela era – relva, macaco, princesa ou escrava.

— Você os viu comerem ouro? – perguntou Cuy.

Comer ouro evocava-lhe suaves brotos de abóbora dissolvendo-se na boca.

— Eles não comem ouro, Cuy. É duro demais, e quando derrete é muito quente.

— O que então eles fazem com ele?

— Acho que eles o colocam junto do coração. Eles sofrem de doenças do coração, e só o ouro pode curá-las. É por isso que estamos indo para a capital encontrar Montezuma.

— Eles sofrem mesmo de doenças do coração, e só a extração deste pode trazer a cura – disse Garra de Jaguar.

Mas no fundo do seu coração, ele sempre sonhara em viajar para a capital, ver a grande cidade – Tenochtitlán, as mais altas pirâmides, os nobres mais eminentes, as ruas largas e os muitos canais.

Perto da mesa de açougueiro de Garra de Jaguar, pendurados em três galhos, viam-se veados mortos, içados pelas patas traseiras – uma fileira de 20 animais – balançando-se sob a brisa matinal. Malintzin podia sentir o cheiro da estação chuvosa se aproximando, notava-a na forma como a luz mudava e na maneira como as flores que desabrocham à noite e se abrem para a luz do luar permaneciam muito juntas entre si, protegendo suas frágeis pétalas contra o próximo ataque.

— Será que vamos morrer na capital? – perguntou Cuy.

— Ah, Cuy – exclamou Malintzin, olhando-a. Cuy, que era mais velha que Maax, às vezes parecia uma menininha. — Você não vai morrer logo, não antes de envelhecer.

— Você promete isso, Maax?

— Prometo.

Malintzin sabia que não podia prometer coisa alguma, mas que mal havia em dizer isso? Era possível que fossem todos capturados pelos astecas e usados para sacrifícios. Ou que os forasteiros as enforcassem no cadafalso. Talvez algum dos grandes vulcões entrasse em erupção ou a terra se abrisse. Qualquer coisa poderia acontecer.

— Os deuses deles são muito fracos – acrescentou Garra de Jaguar.

Malintzin também estava confusa com tudo aquilo, pois por qual motivo um dos deuses deles iria escolher ser sangrado e torturado? As pessoas costumam sacrificar a si mesmas pelos deuses. Os deuses astecas e maias bebiam sangue humano, e não o contrário. O sabor do sangue do deus-homem dos brancos – pois todos tinham de bebê-lo – era como o de cerejas colhidas muito cedo, azedas, apenas com uma leve promessa de doçura.

— Dos nossos deuses, só Quetzalcoatl não era forte – disse Cuy. – Ele foi derrotado, sofreu no exílio durante o período em que foi um homem e não exige sacrifícios, a não ser de codornas e cobras.

— Ele era forte, sim. Foi traído. Mas deverá voltar mais uma vez – acrescentou Malintzin.

— Os estrangeiros não possuem muitos daqueles bastões de trovão – prosseguiu Garra de Jaguar –, e podem perdê-los facilmente. A água deixa eles impotentes.

— Os bastões de trovão são vigiados pelos enormes cães – observou Malintzin.

— Você já viu um cachorro morrer por causa de um sapo? – perguntou Garra de Jaguar, que conhecia bem os venenos.

Malintzin sabia que as pontas de flechas e dardos eram embebidas nas costas viscosas de alguns sapos, mas isso raramente era usado pelos caçadores ou guerreiros. O veneno contaminava a carne.

— Somos escravos – disse Cuy –, seremos trocados. Será que nossos senhores se importam conosco?

— Cuy, você era a mais preocupada em saber quem seria o seu senhor – lembrou Malintzin.

— Os senhores se importam sim — declarou Garra de Jaguar. — Pena que sejam forasteiros.

— Núñez é um bom senhor – declarou Cuy.

— E o seu senhor maia, que você teve em Tabasco? – perguntou Malintzin a Garra de Jaguar.

— Era um monstro. Também fui escravo de um asteca – disse Garra de Jaguar.

— E ele foi bom com você? Alimentou-lhe bem?

— Um demônio, cruel como uma víbora. Mas eu o admirava muito. Um aviso para vocês duas, Maax e Cuy: aonde as suas palavras forem, seus pés também irão.

Capítulo 7

Aguilar não estava no grupo de Cortés quando este saiu de Cuba. Foi encontrado naufragado no litoral de Yucatán. Era uma bela manhã, oito horas pelo relógio de Núñez. O ar ainda não estava quente e pesado, e as flores de hibisco, semelhantes a longos tubos vermelhos, pareciam se esticar e até mesmo se deleitar com a leveza do ar. As 20 escravas oferecidas aos conquistadores na noite anterior estavam agrupadas perto de uma árvore alta de *chicozapote*, cujo visgo se chama chicle e pode ser mascado. A distribuição delas entre os homens ainda estava para ser realizada. Enquanto isso, elas se mantinham imóveis e em silêncio. O açougueiro deformado estava destripando veados, padre Olmedo acabara de rezar a missa e Bernal Díaz corrigia algumas notas em seu caderno. Botello esmagava folhas que colhera em sua procura por plantas com efeitos afrodisíacos. Quintaval praticava com Adu alguns movimentos com os floretes.

— *En guardia* – ordenou Quintaval a seu parceiro. — Contragolpe *en quarte*. Contragolpe *en tierce*. Contragolpe semicircular. *En merchant* e *advance*. Retirar. Pausa.

— Um selvagem, *ahoy*! – anunciou Puertocarrero.

— Um selvagem! – chegou o eco dos soldados.

— Um selvagem, aqui? — perguntou Quintaval a Adu, como se este fosse conhecer os costumes europeus.

— Um índio? – replicou Adu. — Está armado?

— Está armado? – gritou Quintaval para Puertocarrero. — É um índio?

— Armado, índio – continuou o grito.

— Não está armado mas vem correndo depressa – respondeu Puertocarrero.

— Não está armado.

— Ah, pela graça de Cristo, Puertocarrero – exclamou Cortés. — Não é preciso que todo mundo saiba de tudo. Guarde um pouco para você.

— Talvez um dos nativos esteja faminto pelo mundo de Deus – sugeriu padre Olmedo.

— Muito provavelmente. Ele está faminto, mas por um pedaço de pão – sussurrou Quintaval no ouvido de Adu.

— É possível que seja uma armadilha, *señor* – preveniu Isla a Cortés. — E que 50 outros como ele estejam atrás, esperando.

— Preparem os arcos – ordenou Cortés.

Os arqueiros tiraram suas flechas, preparando-se para lançar uma saraivada sobre aquela figura solitária.

— Desembainhem as espadas.

— Desembainhem as espadas – transmitiu Puertocarrero.

O homem solitário, apesar daquela grande exibição de armas, continuou correndo na direção deles. Nu, exceto por uma tanga amarrada por nós e um saco preso às costas, ele não parecia um índio, pois era alto, não tinha uma estrutura compacta, era só pele e ossos e o cabelo dele era louro e caía em tranças pelas costas.

Frei Francisco pensou: "Aí vem Adão em seu estado original."

— Alto! – gritou Puertocarrero para o homem. — Em nome do rei Carlos! *En el nombre del Rey Carlos!*

Espantosamente, o homem se deteve.

— Prossiga.

— *Yo soy español* – implorou o homem.

— Um espanhol.

— Sim, um espanhol.

Ele se atreveu a se aproximar mais. A cabeça balançava, frouxamente presa ao pescoço, como se fosse a de um boneco. Os olhos azuis brilhantes faiscavam cheios de lágrimas.

— *Loco, señor* – disse Isla a Cortés.

Puertocarrero repetiu a frase.

— Louco! – ecoaram todos.

— *Yo soy cristiano. Gracias, Santa María* – e o homem caiu aos pés de Cortés.

— Levanta-te, *hombre*, és um espanhol e um cristão.

Cortés odiava o servilismo. Ele pegou o homem pelos braços, puxou-o para cima e o manteve firme.

— Sou o capitão Hernán Cortés, o chefe dessa expedição.

Embora tivesse recebido instruções para procurar marinheiros náufragos, Cortés não esperava encontrar europeus naquelas praias tão isoladas.

— Gerónimo de Aguilar, a vosso serviço – balbuciou a pobre criatura.

Bernal Díaz imediatamente escreveu em seu caderno:

26 de abril del 1519

Encontramos um nobre espanhol devoto e desprovido...

Tremendo muito, o refugiado precisou ser carregado até o bote, enquanto Cortés imaginava de que forma um homem fraco como aquele poderia servi-lo. Obviamente, ele não estava apto para trabalhos viris, teria de ser alimentado, vestido e acomodado. Os outros botes estavam cheios de barris de água, frutas, carne de veado salgada, peixes frescos, perus que haviam recebido do cacique derrotado e das mulheres escravas, que por decisão de Cortés seriam mantidas no convés do navio debaixo de toldos esticados. Ele precisava dos seus alojamentos de capitão para reuniões estratégicas.

— Para os navios – exclamou Cortés, erguendo a espada de modo dramático.

— Para os navios.

— Para os navios.

Os cavalos, que estavam pastando e foram de grande importância na batalha na cidade de Tabasco, foram levados a nado até a nau capitânia. Aguilar, que esquadrinhava tudo ao redor, ao ver aquelas grandes patas se agitando na límpida água azul-turquesa se lembrou de Pégaso, cavalgando pelos ares. Alvarado, com seu corpo musculoso nu, nadava pouco à frente deles, de modo que Aguilar pareceu compreender por que os índios haviam achado que homens e cavalos, assim como os centauros, eram um único ser. Os cavalos foram içados por um mecanismo similar a um guindaste, por uma roda dentada no convés do *Santa María*, embarcados e conduzidos ao lugar que lhes estava destinado. As escravas foram levadas aos outros navios da flotilha e abrigadas no convés de maneira muito semelhante aos cavalos na nau capitânia. Deram roupas e um pedaço de pão de mandioca a Aguilar. Ele se sentou com as pernas cruzadas, levando o pão à boca com ambas as mãos. Os oficiais, curiosos para ouvir a história dele, formaram um círculo em volta.

— Há muitos anos – começou ele com a voz fraca e hesitante –, eu estava a bordo do *Santo del Niño*, indo da Jamaica para Hispaniola.

Alvarado o Belo ouvira falar de náufragos se alimentando de moluscos e caranguejos durante anos, fazendo sinais por meio de fogueiras na praia e abrigos rústicos com folhas de palmeira. Eles enlouqueciam em silêncio, de tanta solidão e frustração, a não ser que um índio de alguma tribo os matasse por piedade.

— Morreram todos, exceto quatro de nós.

Enquanto Aguilar descrevia sua provação aos oficiais, as âncoras foram levantadas e os soldados comuns e os marujos ocuparam suas devidas posições, pois o convés estava tão apinhado que não era possível dar dois passos em qualquer direção. Cordas grossas de cânhamo, rolos de lona, barris com carne-seca de porco, vinho e vegetais em conserva, tripés para manter os grandes arcabuzes em posição de disparo, enormes canhões de bronze ajustados sobre rodas, capazes de projetar uma bala com mais de 13 quilos, um bando de falconetes, canhões de menor porte, jarras de pólvora muito bem tampadas e caixas com contas ordinárias de vidro verde, oriundas de Veneza, ocupavam a maior parte do espaço. Entretanto, o *Santa María* era uma nau, um grande galeão de velas quadradas e três mastros. A manjedoura dos animais ficava junto à cabine do capitão e próximo a uma pequena cozinha. O porão fedorento sob o convés era dividido em duas seções: os alojamentos de dormir dos oficiais e os dos soldados comuns. Os membros daquela expedição, entretanto, podiam se considerar afortunados, pois quando Cristóvão Colombo fez sua viagem da Espanha para as Índias, os marinheiros não dispunham de porão e dormiam no convés. Além disso, não havia cozinha: o alimento era preparado sobre pequenas fogueiras.

— Qual era a carga do seu navio? – perguntou Cortés a Aguilar, pois não podia imaginar o que poderia ser transportado da Jamaica, uma ilha montanhosa, coberta de florestas, segundo ouvira dizer, e que não tinha ouro.

— Escravos indígenas a caminho de Cuba. Morreram todos juntos, acorrentados. Quatro de nós, brancos, fomos capturados pelos maias. Fiquei como escravo do cacique nos últimos dois anos, mas vejam, vejam o que eu tenho – e ele retirou de sua surrada sacola de algodão um exemplar desbotado, encadernado em couro e com relevos dourados do *Livro das horas*. — Minha salvação.

— E os outros três espanhóis?

— Um se tornou general maia. Fez furos no corpo e se tatuou, usa anéis no nariz e na boca, pegou uma mulher maia como esposa e teve filhos maias.

— Inacreditável – exclamou Puertocarrero. — Como pode um homem branco renunciar à civilização?

— E os outros dois? – perguntou Cortés.

— Sacrificados.

— Bem. Isso é muita falta de sorte – falou Cortés rapidamente. Não queria seus oficiais, muito menos seus soldados, preocupados com sacrifícios. — Você precisa comer uma comida apropriada. Uma comida, uma boa massa. Felizmente, temos um padre entre nós, padre Olmedo, que tomará as confissões, e um franciscano, frei Francisco.

— Ah, *bueno*. Assim que chegarmos à Espanha farei uma peregrinação a Santiago de Compostela, em homenagem àquele que chefiou o ataque contra os mouros de Granada. A batalha decisiva.

Aguilar se persignou. Embora fosse fiel às orações das horas, não tinha intenção de fazer peregrinação alguma. O que ele de fato queria fazer, agora que se salvara, era dormir em uma cama decente, dormir, dormir e dormir.

— Não estamos indo de volta a Cuba ou à Espanha – voltou-se Cortés para ele, fitando aqueles olhos azuis como a água. — Estamos aqui, nesta terra de pagãos, *mi amigo*, numa missão muito importante. Diga-me, *señor* Aguilar, o senhor fala a língua dos índios?

Aguilar olhou apreensivo ao redor. Missão?

— Falo o maia chontal, que é a língua da maioria das tribos do sul, mas não falo nahuatl, a língua do império.

— Império?

— O senhor sabe, dom Hernán Cortés, meu *Livro das horas* não é um exemplar impresso, mas copiado a mão, com iluminuras. Preciso saber a hora em que fui resgatado, para poder fazer a devida oração. O senhor teria uma ampulheta disponível?

— Núñez, que horas são?

Núñez retirou o pequeno relógio de mesa da sua mochila.

— São dez horas, senhor.

— Deus do céu, mas o que é isso? – disse Aguilar horrorizado. — Parece obra do diabo.

— Fique tranqüilo, Aguilar. Não é feito pelo diabo nem é um milagre. É um relógio feito pelo homem, um relógio de mesa, um relógio em miniatura acionado por uma chave e uma mola, uma cópia em tamanho pequeno daquele que existe no alto das torres que podemos ver no centro da maioria das cidades européias. Núñez, com o relógio dele, é, por assim dizer, o nosso anunciador. Ouvi dizer que já são feitos alguns para se pendurar como um pingente e outros para serem colocados no pulso, como um bracelete. É uma nova era, uma época de maravilhas, mas em resumo, Aguilar, o que você sabe sobre a existência de ouro aqui?

— Tão pequeno assim?

— Ouro, *señor* Aguilar, os índios têm ouro? Rios de ouro, montanhas de prata, fontes da juventude? Você tem um mapa do ouro?

— Ah, infelizmente, não. Nem ouvi falar sobre uma fonte da juventude, como a que Juan Ponce de León procurou na Flórida. O ouro é guardado muito mais ao norte, e controlado pelo imperador dos mexicas, Montezuma.

Um imperador? Eles têm um imperador?

— O mundo é um lugar muito estranho – comentou Bernal Díaz. — Pagãos com um imperador?

— Inacreditável – acrescentou Puertocarrero.

— Você é que é inacreditável – exclamou Alvarado. — E pare de comer sua barba.

— Você ainda é jovem, Bernal Díaz, e há de ver muito mais coisas impressionantes – disse padre Olmedo.

Botello ficou imaginando o que teria em mente padre Olmedo, pois as únicas coisas que o padre conhecia eram a sua litania, as bocas abertas dos paroquianos, como a dos passarinhos na hora de comer, e um contínuo desfile de homens de batina cantando orações tristonhas. Ele, Botello, já fora a Paris, Madri, Praga, Veneza e, com um pouquinho de ouro, conseguiria retornar à Europa com um belo conjunto de trajes e possuir seu próprio cavalo. Pagaria a alguém para ler para ele. Aprenderia os segredos dos gregos, dos romanos, dos árabes de Bizâncio, dos judeus do norte da África e dos códigos babilônicos.

— O que me impressiona é como alguém pode atravessar oceanos até uma terra desconhecida e ali encontrar um espanhol. Isso não deixa você maravilhado? – disse Cortés

— Embora, segundo o governador de Cuba, Velázquez, parte de nossa missão seja encontrar marinheiros náufragos – completou Quintaval.

Cortés dirigiu um olhar de reprovação a Quintaval mas comentou que, para sua grande surpresa, seus soldados haviam encontrado uma fêmea mastim que fora esquecida pela expedição a Yucatán no ano anterior. Aquele cão, que veio saudá-los na praia, tinha vivido como um animal selvagem, caçando para comer, e ainda assim não esquecera dos homens brancos nem perdera seus hábitos afetuosos de animal de estimação. Para Cortés, isso era um indício de que o grande mundo, o mundo que astrônomos blasfemos diziam não ser o eixo do Universo, na verdade era o eixo do Universo, um lugar familiar, e não indiferente. Ele se revigorava com tais indícios e não precisava de Botello, seu vidente e cartomante, para lhe dizer o que significavam. Comparados a essas questões, os relógios não passavam de brinquedos. Isso era um milagre. Deus estava com a conquista.

E então, em honra à primeira vitória sobre os índios, à aquisição das 20 mulheres e ao salvamento de Aguilar, assim como ao seu novo cachorro e ao suave clima de abril, naquela noite eles realizaram uma grande celebração a bordo do *Santa María*. Botello tocou seu violão, um instrumento levado para a Espanha pelos mouros; Alvarado, sua flauta, e os homens dançaram com as canções "*Señorita bonita*", "*Algún dia yo me casaré contigo*" e "*Bésame otra vez, tu puta horrible*". Além disso, Aguilar foi chamado à cabine de Cortés como convidado especial.

Ao adentrar aquele *sanctum sanctorum*, o agradecido refugiado tentou realizar uma reverência seguindo a tradição cavalheiresca e fez uma genuflexão e abanou seu chapéu até o chão. "Ele é só ombros e cotovelos", observou Cortés. O talhe dele era fino como um assobio, o homem era mesmo esquisito e desajeitado, material de mau soldado.

— Então, meu amigo, sente-se. Vamos nos conhecer melhor.

Aguilar sentou-se num banco alto que Botello costumava usar para cortar o cabelo da tripulação e Cortés ficou do lado oposto, numa cadeira italiana de pés dobráveis e braços de mogno escuro da África, com o assento e o encosto feitos de um tipo de couro bovino. Aguilar, com sua vestimenta lastimável, composta por um colete justo, capa, meias frouxas, calções bufantes e uma grande boina de veludo com uma pluma murcha, não olhava diretamente para Cortés, deixando que seus olhos vagassem pelos lados. Poderia Aguilar ser algum espião pago pelos índios, perguntava-se Cortés.

— Vivi com os maias, não com os astecas, comandante. Os maias ocupam Yucatán e algumas regiões do sul. Os astecas controlam as planícies e montanhas centrais, o norte e o sul.

— Pode me chamar de Cortés, dom Aguilar, como fazem todos os meus homens. Sou um de vocês.

— Vejo que o senhor é um homem humilde, comandante, quer dizer, Cortés.

— Um servo de Deus.

Cortés observou que Aguilar falava como alguém que estava havia muito tempo distante da língua espanhola. Suas frases eram pomposas, esquisitas.

Aguilar notou que Cortés não era um homem grande, mas que sua presença sempre dominava o espaço em que ele se encontrava. Tinha ombros largos, testa proeminente, sobrancelhas grossas, olhos escuros bem próximos de um nariz reto e comprido que mergulhava sobre a boca, cabelo liso e negro, cortado como o de um pajem. O queixo era oculto por uma barba aparada e ele se mostrava sempre determinado. Mas seu atributo mais imponente era a voz, que saía de seus lábios úmidos, vermelhos e pequenos, quase femininos. Em contraste, o tom era pleno e ressoante, a emoção penetrava cada palavra e envolvia as pessoas em sua sonora articulação. Aguilar podia perceber que aquele homem era capaz de convencer a todos de qualquer coisa: que o papa tinha várias esposas, que o rei estava louco ou que o paraíso estava cheio de gente desonesta. Além disso, Cortés fixava os olhos nas pessoas até forçá-las a desviar os delas. Para um escravo, o melhor era ficar sempre invisível, e Aguilar, havia tanto tempo submetido àquela condição, sentia-se ao mesmo tempo desconcertado e envaidecido pela enlevada atenção do comandante.

— Maia chontal, não nahuatl, é isso o que eu sei falar.

— Conhaque, *señor* Aguilar? *Aqua vitae?*

— Não, obrigado. Preciso usar minhas pernas marinhas para voltar.

"Agora devo ter ofendido meu salvador", temeu Aguilar. "Esqueci a forma adequada de um espanhol se comportar."

Cortés pousou as mãos sobre os joelhos e se curvou para a frente, tentando avaliar se Aguilar poderia manejar uma espada, montar num cavalo.

Ele queria interrogá-lo. Estivera ele tanto tempo assim com os índios, a ponto de aquele feixe de ossos não se lembrar mais de baladas, versos e aventuras de El Cid, o grande herói espanhol?

— Diga-me apenas o que você sabe, meu amigo. Comece pelo imperador.

— Montezuma, o imperador do povo mexica, pertence à classe sacerdotal, é um homem culto, mas também é um guerreiro, um governante impiedoso, de humor instável, temperamento incompreensível. Poeta, músico, um homem que se assusta com qualquer coisa, que já sacrificou milhares de pessoas, é um estrategista de guerra...

— Parece que você o conheceu bem e o admira bastante, Aguilar.

Aguilar piscou os olhos e respondeu:

— Admiro a Deus, *señor* capitão geral.

— Correto – disse Cortés, endireitando o corpo. — E esse imperador é amado pelo povo dele?

— Ele é o governador absoluto, porém Mexica já declarou guerra a muitas outras cidades e povos, recolhe taxas e impostos. Por isso Montezuma é muito odiado por aqueles a quem conquistou. Os maias também o odeiam, pois hoje o império asteca eclipsou o deles. Mesmo os povos do império, todos de índios morenos, sem a menor dúvida não se consideram um povo único. Há tribos diferentes, os tlaxcalas, de Tlaxcala, uma cidade a dois dias da capital, que desprezam Montezuma por ele não permitir que obtenham algodão, sal ou pedras preciosas...

— A capital? Prossiga.

— A capital de Montezuma, Tenochtitlán, é a cidade mais linda do mundo. Fica em um vale com grandes montanhas, numa ilha no meio de um lago, e é muito bem fortificada.

— Pontes levadiças?

— Sim, três caminhos elevados e fortemente vigiados levam até a cidade.

— E esse lago? Água fresca?

— Salobra, praticamente salgada. A água vem, por um aqueduto, de uma fonte em uma cidade na montanha. Vem de Chapultepec, na montanha dos Gafanhotos.

A câmara do capitão ficava muito próxima da manjedoura dos cavalos, do chiqueiro e do galinheiro. O cheiro era horrível, mas Cortés parecia não se dar conta disso. Aguilar, entretanto, notou que os próprios espanhóis exalavam uma morrinha forte e achou que o cachorro, perdido há tanto tempo e descoberto depois na praia, provavelmente tivesse sido guiado para a salvação unicamente pelo mal cheiro.

— Tenochtitlán, a capital mexica-asteca, é como a antiga cidade de Esparta, comandante.

Cortés sorriu.

— Você esteve lá, em Tenochtitlán?

— Só ouvi falar. Mas a fama e a inveja se espalham por toda parte. Os mexicas são construtores, artesãos, comerciantes, mas acima de tudo guerreiros. A guerra é a religião deles, o maior deus. O deus do Sol deles, Huitzilopochtli, é o deus da guerra.

— Então eles adoram o diabo?

— Bem, eles não têm nenhum conhecimento do deus cristão.

— Você quer dizer Deus. Deus é Deus.

— Quero dizer Deus.

É claro que ele sabia que Deus é Deus.

— Posso confiar em você, *señor* Aguilar?

Cortés chegou mais para perto e Aguilar pôde sentir seu hálito ácido, ver os dentes amarronzados e amontoados, além de sua língua coberta de um branco doentio.

— Claro que o senhor pode confiar em mim, comandante, quero dizer, Cortés. O senhor salvou a minha vida.

— Qual era a sua posição social antes de ser capturado pelos maias, Aguilar?

— Sacerdote, comandante Cortés.

— Você não parece um padre nem se expressa como um – disse Cortés. Aguilar ergueu os ombros. — Uma vez padre, sempre padre. É como ser judeu, Aguilar.

— É? Mas não me considero mais merecedor.

— E o que você fez?

— Deitei-me com uma mulher, comandante Cortés.

— E quem não se deita?

— Ela não era batizada.

— Ah, compreendo. Mas por que você não a batizou antes? Você tem esse poder, conferido por...

— Estava com muita pressa.

— Para aquilo?

— É, mas eles pouparam minha vida. Fui feito escravo pelo cacique. Se o senhor não se importa, preferia que o senhor e todos os seus homens me considerassem simplesmente um homem. Sou menos do que um homem. Sou seu humilde servidor.

— Todos os servidores são homens, e os meus homens me servem muito bem. Mas irei levar isso em consideração, Aguilar. Bem, posso então dizer-lhe uma coisa?

Aguilar não sabia se deveria entender essa informação como uma confissão e quis prevenir Cortés de que não mais se sentia qualificado, não mais desejava escutar problemas e angústias, tampouco podia absolver ninguém, muito menos a si próprio.

— Fomos enviados pelo governador de Cuba, Velázquez, em missão exploradora, numa investigação, se quiser: um pouco de comércio, um pouco de ouro, nada ambicioso demais.

— O senhor conta com 11 navios.

— É, alguns eu mesmo financiei.

— O senhor possui muitas armas.

— Você tem os olhos na cabeça, *señor*. O que estou pretendendo, e os meus soldados precisam aprender a conviver com isso, é construir uma colônia, fundar uma cidade em nome do imperador Carlos V, e depois, em nome do imperador, reclamar e conquistar este país.

Aguilar foi tomado de surpresa.

— O senhor é mesmo ambicioso, comandante Cortés.

— Todos os índios em breve serão declarados vassalos oficiais do rei Carlos e a rebelião entre os súditos se pune com a morte. É a vontade de Deus, é o desejo do papa.

— E o governador de Cuba, que enviou o senhor, está de acordo?

— Aquele tolo, medíocre, gordo, um malfeitor infecto, incapaz de governar o próprio lombo, esse governador Velázquez, ele não entende nada de destino. Vai ficar com ciúme da nossa glória, ávido por nossos despojos de guerra. Ele não merece nada, a não ser a desobediência.

— Entendo.

— Entende? O próprio descontentamento mesquinho de Velázquez pode significar que ele enviará seus navios para nos deter, levando-nos acorrentados de volta. Apesar de tais obstáculos, nossa aliança é com Carlos, com o papa e com Deus. O senhor estará pronto para isso?

Tudo para o que Aguilar estava pronto era uma cama, e depois jantar numa mesa, ler um livro à luz de uma vela e viver seus dias longe dali, como professor paroquial em alguma cidade remota e sonolenta. Ao fugir de seu senhor de escravos, ele não previu que poderia se envolver em tramas, saques, execuções e traições transcontinentais

— Eu lhe admiro muito, comandante, mas não mereço. O senhor entende, sou desprovido de talentos. Meu honorável senhor e seus belos oficiais são mais capacitados para essa tarefa sagrada.

— *Correcto*. Somos as pessoas próprias para isso. Experiência *es todo*. Deus, glória e ouro, não existe nada além disso, a menos que o senhor deseje sujar as mãos numa atividade de lavrador.

Cortés, que estivera dando passadas ao redor da pequena cabine, sentou-se de novo.

— Conte-me mais sobre esse povo guerreiro.

Aguilar suspirou.

— Os conflitos armados ocorrem com muita freqüência, às vezes para apaziguar os deuses, outras para espantar a fome, ou apenas por diversão. Os combates são chamados de guerras floridas porque o sangue dos prisioneiros traz alimento e provocam o crescimento das plantações.

— Guerras rituais?

Cortés serviu uma taça de vinho a Aguilar. Este não quis dar nem um gole. "Pobre sujeito", refletiu Cortés, "será que os maias o corromperam de tal forma que ele não pode mais nem desfrutar dos prazeres da vida?"

— Eles procuram não matar os inimigos durante as guerras.

— São jogos de guerra?

— Jogos sim, porém mortais. Capturar para sacrificar, esta é a ordem. Eles conduzem os prisioneiros até o topo das pirâmides, onde os sacerdotes arrancam seus corações ainda pulsando e os oferecem ao seu deus Sol, Huitzilopochtli. Os guerreiros comem os membros dos sacrificados. Os maias têm o mesmo costume.

O alojamento de Cortés tinha como mobília apenas um beliche, sua cadeira, o banco alto, a mesa do capitão, usada para cirurgia quando necessário, e mais alguns bancos. As janelas de vidro, manchadas de excremento de gaivota e de jorros de água salgada, tinham cortinas de veludo vermelho empoeiradas, com franjas de seda amarfanhada. Aqueles tecidos luxuosos foram então cerrados por Cortés numa pressa atemorizada. Não seria bom ter alguém ouvindo aquela conversa. Tão onipresente quanto as traças era a maldita raça dos espiões que, se quisessem, seriam capazes de desviar a lealdade dos homens, fazer com que se aliassem aos interesses do governador Velázquez encorajando-os a velejar de volta para casa. Verdade seja dita, Cortés sabia que havia covardes e descontentes em sua tripulação. E só de pensar nisso ele já começava a suar, com a angústia se arrastando pelas costas acima. Sabe-se lá o que abrigava sua barba? Reinos de insetos. Sua virilha coçava terrivelmente. Só um louco poderia ter inventado a proteção do sexo. Ele já vivera nos trópicos de Hispaniola, pela graça de Deus, então por que achava tão desconfortável estar aqui?

— Eles têm uma história escrita muito elaborada, e a escrita deles é muito bonita. Os maias têm um sistema numeral complexo e inventaram uma coisa chamada zero. Eles são astrônomos.

— Muito cuidado, Aguilar, ao admirar pagãos. Durante o tempo que você ficou em cativeiro, houve um monge blasfemo e herético que se apresentou nos estados germânicos, um monge charlatão e cruel chamado Martinho Lutero, pregando a insurreição e a dessacralização. Com certeza ele será queimado na fogueira. Ele também acha que é muito avançado, embora pertença ao partido do demônio.

Aguilar não tinha ouvido falar de Martinho Lutero.

— Aguilar, nós aqui na Nova Espanha somos a esperança da Igreja. E a Europa é um leito infecto de protestos. As almas que aqui aguardam a conversão estão sedentas de luz.

— Eles já se consideram filhos do Sol, capitão.

— Bem, então já percorremos metade do caminho. Você pode notar que tenho fé na natureza dos homens, Aguilar; desejo o que é melhor para eles. É por isso que minha tropa confia em mim.

— O senhor confia neles e eles confiam no senhor?

— Com certeza. Para onde vai o boi que não puxa o arado?

Entretanto, Cortés não tinha tanta certeza enquanto proclamava. Em quem ele de fato confiava? Havia aquele dândi do Quintaval, que abrira a primeira escola de esgrima de Cuba. Não se podia perambular por Havana sem a cada instante tropeçar com alguém armado com um espadim. E o escravo negro de Quintaval, que com sua cabeça grande e seu cabelo furioso acima da gola redonda lembrava são João sobre uma bandeja, o que pensaria ele daquele seu senhor idiota? Os negros eram literalmente opacos. Isla?

Seria ele do partido do governador? Ele tinha cara de cobra, estava sempre pronto para dar o bote. Padre Olmedo era neutro, na melhor das hipóteses, e inútil na pior. O franciscano solitário, Francisco, homem de proporções tão gigantescas que já era um fenômeno ele conseguir dar dois passos, que dirá atravessar um continente. E Alvarado, cujos pés não podiam seguir o ritmo de sua mente incansável e cujos poros transpiravam medo. Bernal Díaz era um bajulador, mas como se comportaria numa batalha? Núñez era extremamente valioso, como cartógrafo e carpinteiro, porém era judeu, e por isso não tinha permissão de usar armas na Espanha, sendo assim inexperiente na esgrima. Puertocarrero tinha uma boca tão grande quanto um barril de conhaque. Botello, o vidente, cartomante e médico era, sem a menor dúvida, um cigano sem fé. Mas era valioso por ser um homem capaz de amputar e costurar. Além disso, seu poder de ver o futuro era indispensável. Cortés voltou-se para Aguilar:

— Não tolero traição e estou vendo que você tem muito a contribuir. Pretendo fazer de você um de meus principais tenentes.

— Eu, senhor?

— Por que não? Você é perspicaz, corajoso, e com algum treinamento posso fazer de você um excelente soldado – disse Cortés antes de fazer uma pausa e erguer o dedo. — E você conhece a língua deles.

— Só o maia chontal.

— Já é um excelente começo.

— Nunca tive treinamento nas artes militares.

— A hesitação não é, em absoluto, uma característica dos cavalheiros espanhóis.

— Não sou um cavalheiro, capitão.

— Vamos, vamos, você aprendeu a ler e escrever com o sacerdote da sua paróquia, não foi? Depois veio o catecismo e o latim. Seu espírito está em equilíbrio, apesar das horríveis provações que sofreu. Diga-me que não é muito sensível. A própria vida é uma guerra. Dignidade e posição chegam com a ação.

— Mas sou completamente ignorante no uso de escudos, dardos, lanças, mosquetes, canhões, albardas, fundas, catapultas e bestas, comandante.

— Você já conhece as armas.

Aguilar suspirou. Teria ele trocado um senhor, cujos objetivos eram cruéis, porém simples, por outro com objetivos cruéis e complexos?

— Mais uma coisa, comandante – e Aguilar apresentou uma informação que estava guardando para si, embora soubesse que era de crucial importância.

— Bote para fora, homem, ou o mal cairá sobre você.

— Ouvi dizer o seguinte a respeito dos astecas, os mexicas de Tenochtitlán, ou pelo menos do imperador: por mais estranho que possa parecer, eles acham que o senhor é Quetzalcoatl.

— Questa o quê?

— Quetzalcoatl é o deus do vento, da paz e da criação. Num passado lendário ele encarnou como homem, um poeta-sacerdote, rei de Tula, e por causa do ciúme dos outros deuses, uma vez que ele foi um grande benfeitor da humanidade, Quetzalcoatl foi trapaceado e teve que deixar Tula. Também se diz que Tula não pôde suportar o cerco de outros toltecas. De qualquer modo, em grande desgraça, Quetzalcoatl fez uma peregrinação para o leste e nas grandes águas do mar Oriental ateou fogo em si mesmo e se tornou a estrela Vênus. Quetzalcoatl, a Serpente Emplumada, tinha pele branca e barba, e profetizaram que ele viria reclamar o trono dos mexicas no Ano 1 do Junco. E este ano é o Ano I do Junco.

— Eles acham que sou um deus?

— Ouvi dizer que o imperador Montezuma acha que o senhor é Ele.

— Você me prestou um grande serviço contando-me isso, Aguilar.

"Ele", atreveu-se a pensar Cortés. "Eu sou Ele. Vim da poeira mas irei subir ao trono, irei sim." Cortés começou a dar passadas pelo quarto mas se lembrou da presença de Aguilar e se deteve.

— Então eles estão acreditando que eu sou Ele.

Os dias de cansativos subterfúgios em Cuba e Hispaniola já estavam no passado, as soturnas manhãs em que cavalgava pela *encomienda*, as noites entediantes em polidas conversações com uma mulher que era chamada de sua esposa. Recuando muito na memória, Cortés podia até ver a si próprio como um jovem em sua cidade natal, Medellín, na Estremadura, na Espanha, passando longas tardes na cama lendo histórias de cavalaria, sonhando em reproduzir essas aventuras. Antes disso, vivera dentro dos estreitos limites do seio de sua mãe, debatendo-se numa escuridão indefinível. Haveria alguma escolha? Cortés precisava abraçar o destino dele aqui neste continente. Estava com 33 anos.

— O senhor já leu os quatro livros de Amadis de Gaula, comandante?

— Com certeza, Aguilar.

Cortés, um homem já feito, ainda apreciava romances, adorava as ilhas encantadas, sonhava com tesouros e explorações de cavernas misteriosas. Quando vivia em Cuba e em Hispaniola, ele corria até as docas toda vez que chegava algum navio trazendo os livros mais recentes da Espanha. Ele os consumia como um alimento. Ambicionava os reinos pavimentados com pedras preciosas. Não conseguia pensar em nada melhor do que se tornar um cavaleiro glorioso e conquistar uma princesa.

— Se existe alguma coisa no mundo semelhante a esses relatos míticos, comandante, é Tenochtitlán, a cidade dourada, a capital dos mexicas.

Capítulo 8

Enquanto Aguilar e Cortés discutiam os planos deste – a situação da terra, quem era e quem não era deus – o sempre curioso Puertocarrero foi se colocar junto à janela, tal como temia Cortés, para escutar todos os detalhes da narrativa de Aguilar sobre as atrocidades dos astecas, indo imediatamente depois relatar o que ouviu a Bernal Díaz. Este, sentado sobre a amurada do convés, esvaziava os intestinos de uma congestão causada por pão de mandioca.

— Sacrifício ritual e canibalismo – Bernal Díaz foi logo sussurrar para Isla.

Isla sabia que ninguém em perfeito juízo gostaria de saborear uma carne tão cheia de nervos como a de Bernal Díaz. Este então perguntou a um grupo que jogava dados num tabuleiro se eles seriam capazes de comer um homem ou uma mulher caso estivessem num bote salva-vidas no meio do mar e sem nada para comer. A pessoa poderia arrancar um membro dela mesma e comê-lo, declarou Isla, embora ele preferisse comer o do vizinho. Alvarado perguntou a Botello se ele o comeria se fosse forçado. Claro, respondeu Botello. Alvarado então perguntou a Quintaval se, por luxúria, alguma vez ele arrancara carne de uma mulher com uma dentada. Francisco declarou que preferia morrer de fome a comer alguém. Ninguém acreditou muito naquilo, pois de todos ali, o menos provável de morrer de fome era Francisco, cujo costume de se esgueirar pela cozinha, filar o que encontrasse e enfiar na boca era bem conhecido.

— Canibalismo é pior do que sodomia – declarou Bernal Díaz, virando-se para olhar Adu.

Adu sabia o que Bernal Díaz estava pensando, mas ele jamais comera ninguém, e esse não era um costume com o qual estivesse familiarizado. De onde ele vinha, a comida predileta era o inhame.

— A palavra "canibal" vem do nome dos caribes, uma tribo carnívora caribenha da ilha de Granada – explicou Quintaval, que tinha estudado os costumes dos índios. Seus dois criados indígenas, Juan e Manuel, estavam sentados calados ali perto sem sequer piscarem.

— O encontro entre caribenhos e europeus foi trágico, pois eles preferiram se suicidar a serem capturados. Pularam todos em um precipício – contou frei Francisco.

— Não chamaria isso de trágico – disse Isla. — Chamo de escassez de trabalho.

— Um cacique, apanhado antes de pular, ao qual foi dada a oportunidade, caso se convertesse, de ser enforcado em vez de queimado na fogueira, preferiu a fogueira, já que assim iria se encontrar com uma porção de cristãos no céu dos cristãos.

Adu podia compreender isso, tanto a paz a qualquer preço, para quem preferisse passar a eternidade na companhia dos que o mataram, quanto pular de um precipício, uma vez que em Cuba ele várias vezes pensara na possibilidade de dar fim à sua vida. As tentações vinham de toda parte. Mas naquela noite ele adotava a mesma expressão entorpecida dos dois criados indígenas, que todos achavam que não entendiam espanhol. Na verdade, pensavam até que fossem totalmente surdos-mudos.

Frei Francisco sabia que quando o excelente padre Las Casas assumira a causa dos índios, sugerindo que se trouxessem escravos da África e documentando o acontecimento do suicídio coletivo no precipício, ele se referiu a cachorros que comiam carne humana e que perseguiam as pessoas. Frei Francisco teria corrido atrás dos caribenhos exclamando:

— Não pulem! Não irei comê-los nem queimá-los, tampouco enforcá-los.

Botello não achava que os canibais fossem assim *tão* raros. Ele ouvira dizer que nas regiões mais distantes da Irlanda, no início da primavera, chefes tribais tinham de pagar com a própria vida pelas colheitas da primavera e depois eram comidos. O rei está morto, longa vida ao rei, era este o refrão. E por falar em sacrifício, os velhos reis não enviavam os jovens para a linha de frente das batalhas enquanto ficavam bem longe? E os cristãos, à sua maneira, não comiam e bebiam a carne e o sangue de Jesus, o seu deus-homem?

Cortés, agora sozinho em sua cabine, deu-se conta de que a mão de Deus é que guiara aquele padre depravado, Aguilar, diretamente até ele. Desatando, finalmente, a proteção do sexo, ele deixou que os órgãos genitais pulassem para fora. Afrouxando a fivela do cinturão, abriu a placa metálica do peito e a armadura como um livro, colocando-as sobre o chão. As botas compridas ele precisou segurar pelo calcanhar e puxar. Desatou as meias dos nós presos por baixo do colete e da blusa. "Então eles pensam que eu sou um deus", refletiu. Endireitando as costas, com as mãos sobre a cabeça e avançando o queixo de maneira orgulhosa, ele fez uma pequena dança cigana, talvez mourisca. Girando os dedos na elegante forma de um leque e mantendo-os juntos como castanholas, ele os estalou seguidas vezes. Os pés sapateavam sobre as tábuas da cabine, batiam, batiam, batiam. Rachaduras no edifício do império, crac, crac, crac. Talvez estivesse em andamento uma guerra civil. O que poderia ser melhor que isso? "Eu sou um deus", pensava ele. "Sou um deus, um deus. Deus."

Então Cortés ouviu o ruído de um trovão.

— Jesus e Maria santíssimos, o céu esteve o dia inteiro sem nenhuma nuvem.

Em seguida, outro ribombar alarmante. O som era como o de rochas do tamanho de montanhas a desmoronarem do céu, chocando-se umas contra as outras na descida. Cortés enfiou a cabeça pela porta. Os homens corriam em todas as direções, certificando-se de que as velas estavam bem enroladas e amarradas com segurança. Os cavalos começaram a relinchar e os porcos grunhiam sem parar. Galinhas se arremessavam para debaixo do toldo. "E as mulheres a bordo do outro navio, será que elas estavam em segurança? Especialmente aquela, que parecia uma prostituta com os cabelos como duas asas negras e os olhos em brasa." Por que não a conservara junto de si? Ouviu-se mais um ribombar e em seguida, da negra caverna do céu, uma longa serpente de relâmpagos, reforçada por diamantes e com a língua bífida, chicoteou o navio. Cortés fechou a porta com força e se retirou para o fundo da cabine. O navio adernou, o protetor de sexo de Cortés, feito de chifres, deslizou pelo chão, foi até o outro lado do quarto e deslizou de volta. Sua cadeira virou e foi vagarosamente se arrastando de lado pelo chão, como uma casca jogada fora. Deslizava para a frente e para trás à medida que o barco balançava para um ou para outro lado. "Estamos ancorados", lembrou-se Cortés. Para um lado e para o outro. Para trás e para a frente. Agulhas furiosas de chuva perfuravam o convés. "Calma, *capitán*, calma." Apenas um temporal, só isso. A porta da cabine de repente se abriu sozinha, bateu, fechou-se de novo com estrépito e tornou a abrir. Vestindo apenas uma camisa, com o vento a fustigar-lhe o rosto e a chuva parecendo esmurrar-lhe as costas, Cortés aventurou-se a sair. Agarrou-se à balaustrada do convés e de forma gradativa, passo a passo, foi se aproximando do timão, na proa do navio.

— Pare logo, pare logo! – gritou ele para o dilúvio. — Para baixo do convés, para baixo do convés! Onde está Francisco? Francisco! Francisco!

Não faria mal algum ter um santo ao seu lado. "Meu Deus amado, ajudai-me." Mal podia ele abrir a boca sem que a mesma se enchesse de água, mas ele conseguiu balbuciar: "Ave Maria, cheia de graças, o senhor esteja convosco, bendita sois entre as mulheres, bendito o fruto do vosso ventre, Jesus. Santa Maria, mãe de Deus, rogai por nós pecadores agora e na hora da nossa morte. Amém." Abriu caminho para adiante. Todos, com exceção do piloto, Núñez, já se encontravam sob o convés.

— Núñez.

— Não está bom, *capitán*. *Muy malo*. Volte, volte lá para dentro. O senhor pode ser arrastado pelas ondas.

— *Sí*.

Voltando-se para desbravar seu caminho de volta à cabine, Cortés avistou os cavalos, que ainda estavam lá acorrentados e de pé, as galinhas, todas juntas debaixo do toldo, e com elas os porcos, todos amontoados como os passageiros da Arca de Noé. Foi quando ele viu Alvarado de pé junto a Alonzo, o cavalo de Cortés, segurando-lhe sua grande cabeça, abrandando o terror do animal no meio da tempestade por meio de suaves pancadinhas e encorajamentos sussurrados. Os cabelos de Alvarado, emplastrados no rosto, eram tão negros quanto a chuva. No entanto, para Cortés, que conhecia a verdadeira cor deles, a cabeça de Alvarado parecia coroada de ouro, com um halo semelhante a uma chama sagrada.

— Que tempo mais imprevisível. Vai continuar nos castigando – disse Alvarado, pondo as mãos em concha para conseguir ser ouvido.

— Que péssima noite – gritou-lhe Cortés de volta, pensando que Alvarado talvez fosse um anjo, um anjo da guarda, e não o irresponsável e agitado Alvarado.

"Controle-se Cortés, *capitán*, comandante, general, conquistador", repreendeu-se Cortés, e devagar, avançando contra o vento, abriu caminho até sua cabine, e com toda a sua força, os pés empurrando, os ombros curvados, os braços cruzados, ele conseguiu fechar a porta. Deixou-se escorregar até o assoalho, agarrou o pé da mesa fixado ao chão e rezou para não ser lançado ao ventre da besta, como fora Jonas por sua desobediência e seus modos excessivamente autoconfiantes. "Pare logo com isso, Deus amado, faça com que isso pare." Cortés tentava ser um bom homem, um homem justo, e realizar Suas ordens na Terra. "Você é meu coração, meu verdadeiro amor, meu doce e sofredor Jesus. Não sou Quetzalcoatl. Não sou ninguém. Não creio nos deuses pagãos. Por favor, Deus, perdoe-me." Ele cerrou com força os olhos e orou com toda a sua devoção. Então, de repente, reparou um leve abatimento no vento. Manteve-se imóvel e escutou com cuidado. Estariam as ferozes rajadas se amansando, os poderes do céu se aplacando por suas orações? Era isso que ele estava percebendo? Estava parando, já estava parando, ele poderia jurar. Cortés começou novamente a rezar. "Lembra-se de mim, Hernán, que fez Vossa vontade durante toda vida." A tempestade prosseguia? "Lembre-se, Deus, vim do nada." A tempestade *estava* passando. "Não sou nada, apenas Vosso humilde escravo." E o barco se endireitou, estremeceu, agitou-se, depois sacudiu-se como um grande animal secando o couro e foi se acalmando.

Parte II

Capítulo 9

Como indicado pelo relógio de Núñez e anotado por Bernal Díaz em seu livro *A conquista*, os conquistadores deixaram a Villa Rica de la Vera Cruz – a colônia deles na Nova Espanha – no dia 19 de agosto de 1519 às oito horas da manhã. Em três meses, Vera Cruz se tornara uma guarnição com alojamento, prisão, matadouro, cadafalso, capela e uma residência para o prefeito (Cortés, que fora eleito por unanimidade). Cempoala ficava a apenas dois dias de Vera Cruz, um de navio e outro de caminhada desde a embocadura de um rio conhecido pelos espanhóis como Chachalacas. Essa cidade ficava no caminho para Tenochtitlán e, segundo Aguilar, era conhecida por sua hostilidade contra Montezuma.

Os conquistadores entraram na cidade em formação militar: Cortés, com suas principais autoridades – Alvarado, Isla, Puertocarrero, Quintaval, Aguilar, Bernal Díaz e Núñez – encabeçavam o cortejo, depois vinham os *caballeros*, seguidos pelos que portavam os pesados arcabuzes. Os canhões vinham puxados por cavalos. Em seguida estavam os homens com lanças e machados. Uma divisão marchava com as espadas em riste, de modo que o aço de Toledo cintilava ao sol como uma floresta de plumas de prata. Arqueiros flanqueavam padre Olmedo. E as mulheres, como serventes do acampamento, caminhavam na retaguarda. A última pessoa era frei Francisco, que por ser muito pesado era um caminhante lento e inepto.

— *Izquierda, derecha, izquierda, derecha* – cantavam os soldados em uníssono, fortes como uma legião.

— Esquerda, direita, esquerda, direita...

— Depressa, Francisco – repetiam os do final da fila. — Depressa, Francisco!

Embora estivessem na estação chuvosa, o dia estava muito agradável. Os campos de milho tratados com capricho se difundiam a partir do centro da cidade. Como o solo era seco e o tempo com freqüência era frio naquela região, os habitantes de Cempoala precisavam cultivar suas propriedades com muita habilidade e cuidado. Mesmo assim, árvores e arbustos altos formavam diversos abrigos de folhagens e flores. Mais perto da praça da cidade, no *zócalo*, o ar estava perfumado pelas muitas flores que cresciam em uma ordenada exuberância. Frei Francisco por pouco não desfaleceu. Enviado a Cuba por um monastério espanhol que ficava em uma planície árida, com chão de tábuas duras e paredes manchadas, até a palidez do Cristo da capela parecia de um marfim de cera, e as gotas que escorriam das feridas e dos cortes profundos eram de um marrom de sangue pisado. Francisco não estava acostumado com aquela profusão de tons de verde, de vermelho tão profundos a ponto de se tornarem misteriosos, de púrpura brilhantes que lembravam línguas, de azul tão pálidos que pareciam em pranto. As flores formavam cornetas e sinos, e as pétalas de algumas delas não se curvavam com recato. Pelo contrário, desenvolviam-se amplamente, como pequenos braços abertos, algumas com o miolo amarelo forrado de penugens, outras com delicadas gotas jorrando em arco, em cachos, em blocos. E nas áreas ensombrecidas e multicoloridas as magnólias rosadas e os tremoços azuis pareciam acenar como crianças brincando, sálvias escarlate e zínias saltavam sobre a superfície da terra como se desejassem saudar o sol.

Como ele, Francisco, um monge inferior, pudera ser tão abençoado a ponto de testemunhar um mundo como aquele? Era possível ver a mão de Deus ali, sentir Seu toque sagrado e Sua doce respiração por toda parte. Tal beleza lhe era dolorosa, e ele se deu conta de que estivera se protegendo de tudo que fosse inusitado naquela expedição, fechando-se contra a possibilidade do novo, e agora, com a mais graciosa rendição, ele reconhecia o mundo inteiro como um lar, como se nada que fosse estrangeiro pudesse ser temido.

Mas ele devia ter percebido que a perfeição pertencia apenas a Deus, pois enquanto entravam na cidade ele viu, no centro do *zócalo*, um templo em forma de pirâmide construído pelos habitantes de Cempoala. Sobre um painel na base do mesmo, via-se pendurada uma seqüência de cabeças humanas, em diversos estados de decomposição. Cabisbaixo, o humilde monge se lembrou da Torre de Babel, das tumbas dos faraós egípcios nas pirâmides, das muralhas de Jericó e até mesmo, ele se atrevia a pensar, dos altíssimos arcobotantes das catedrais, das gárgulas, das cornijas, naves, torres – tudo isso não passava de uma tentativa presunçosa de imitar o poder divino.

— Francisco! – advertiu padre Olmedo. — Não fique para trás!

— Sonhador – gracejou Botello.

Às vezes Francisco chamava o vidente de *Señor Diablo*, mas sabia que eles dois, um cristão, outro pagão, tinham espíritos muito semelhantes. Francisco guardava um pequeno livro de desenhos das plantas e animais novos que encontravam na expedição, e procurava interrogar as escravas para saber os nomes das coisas do mundo na linguagem delas. Quando Botello recolhia alguma folha, ele a provava com uma leve lambida de sua língua comprida e em seguida amassava-a entre os dedos, trazendo o odor dela para bem perto do nariz. Ele procurava era pelas alucinógenas e afrodisíacas, aquelas que provocavam visões e produziam orgasmos. Ele saía em busca de botões de alegria, sementes de felicidade, cogumelos de êxtase ou, como chamavam os astecas, da carne dos deuses: o *teonanacatl*. Francisco, outro incansável admirador do mundo natural, partia à procura de prazeres mais mundanos, como o da classificação, comparação e contraste, ou da simples explicação. Ele às vezes julgava a si próprio um segundo Adão, dando nomes às plantas e às feras do Novo Éden, trazendo a mensagem da graça de Deus aos homens.

— Francisco, meu irmão – disse Botello com brandura e passando o braço ao redor dos ombros pesados do frade –, você precisa manter o compasso. Cortés não vai esperar por você. Ele é governado pelo relógio, pela passagem veloz de cada dia. A intenção dele é deixar uma marca no livro da história.

— Você viu aquelas cabeças penduradas, Botello?

— Vi, *mi amigo*. Preste atenção: aja como se não estivesse vendo nada estranho.

Além das flores trepadeiras e dos grandes sapotizeiros que pareciam saudá-los enquanto entravam na cidade, pequenos cachorros sem pêlo, que não latiam e abanavam as caudas pulando de alegria, retorcendo-se e dando voltas, pareciam fazer o mesmo, assim como as mulheres e as crianças que afluíam em ondas na direção deles numa calorosa acolhida. As vozes eram ouvidas na suave língua nahuatl. Mais abismadas do que atemorizadas diante dos cavalos, as pessoas ficavam seduzidas pelos guizos no pescoço dos animais e espantadas diante do esplendor cintilante dos espanhóis.

— Núñez, que horas são?

— Tarde, *señor* Cortés.

Até Núñez tinha dificuldade para ser preciso diante da ternura do povo e do lugar.

— Alto– anunciou Cortés.

— Alto – propagaram-se as vozes pelas fileiras.

No *zócalo* da cidade, os espanhóis esperaram que o cacique e os dignitários de Cempoala fizessem sua grande entrada, e logo um grupo de nobres, introduzidos por muitos trinados de flautas feitas de ossos e madeira, apareceram vagarosamente. Francisco achou que eles pareciam filósofos romanos, com suas vestes brancas de algodão amarradas aos ombros, as tangas como se fossem togas curtas e calçando sandálias. Isla reparou nos pinos colocados perto do queixo, puxando o lábio inferior para baixo dos dentes. Achou que eles se pareciam com chacais. Alvarado ficou se perguntando por que todos tinham o cabelo cortado como se levassem tigelas emborcadas e pintadas de laca preta sobre a cabeça. Poderiam ser cortesãos do rei Artur, comentou Quintaval com Adu, que achou que o cabelo deles se parecia com tartarugas que brilhavam sobre suas cabeças, ou com as cabanas cilíndricas dos hausa, um povo que vivia no rio Níger. Cortés estava interessado nos brincos de ouro que eles usavam, pois eram tão pesados que esticavam os lóbulos das orelhas até os ombros. Um dos nobres falou algo e alguns servos se aproximaram com jarras de incenso penduradas em cordas, que eles balançavam para a frente e para trás diante dos espanhóis, como na missa da meia-noite no Natal. Então chegaram quatro homens sustentando um equipamento feito com fibra tecida, que trazia um homem sobre ele. Aquele cacique era tão imenso que não podia andar. Na verdade, reparou Francisco, o homem era ainda mais volumoso do que ele próprio. Para ficar de pé, esse chefe precisava ser erguido da sua rede por vários homens fortes. Aguilar, o intérprete temporário, tirou sua boina de veludo emplumada, arrastou-a pelo chão à frente dele fazendo muitos floreios, avançou o pé com elegância e fez uma reverência.

— Aguilar com toda certeza não é mais aquele miserável refugiado encontrado seminu na praia – cochichou Quintaval para Adu. — Parece mais um maluco degenerado, um ridículo metido a elegante. Gostava mais dele quando estava nu.

Adu também. Ele não entendia por que os espanhóis se vestiam daquela maneira em um clima tão quente. Para ele, a maior indignidade era quando tinha de se apresentar em armadura completa e obrigavam-no a usar uma concha de madeira sobre os órgãos genitais, que os tornava proeminentes e exagerava o tamanho dos mesmos. Uma simples tanga seria muito mais decente, embora menos protetora nos combates.

Francisco também concordou com Quintaval que Aguilar ficava muito melhor nu. Não havia são Francisco tirado várias vezes as roupas para dá-las aos pobres e abandonado a casa do pai sem sequer um fiapo para cobrir o traseiro?

Quando o cacique de Cempoala começou a falar, Aguilar se curvou para a frente, tentando captar alguma palavra que conhecesse da língua maia e se esforçando para entender o que aquele homem dizia. Mas não compreendeu uma só palavra.

— Esta cidade foi idéia sua, Aguilar – falou Cortés com arrogância. — Pensei que você fosse capaz de compreendê-los.

— Não o nahuatl. Eu falo maia.

— Por Cristo, Aguilar, por que eles não falam a mesma língua? Eles não são índios? Índios são índios!

— Você não lembra que eles *não* se consideram um povo, comandante? Os franceses também são brancos, mas não falam espanhol.

— Mas deveriam.

O cacique gordo voltou a falar.

Aguilar pareceu impotente.

— O chefe está perguntando de onde vocês vêm – disse uma voz que partiu das fileiras dos espanhóis. — O cacique de Cempoala está perguntando se o senhor é ou não Quetzalcoatl?

— Quem é *você*? – perguntou Cortés. — Adiante-se e mostre quem é.

Não houve resposta.

— Aguilar, diga em maia: "Quem é você? Adiante-se."

— Quem é você? – falou Aguilar em maia. — Adiante-se e será recompensado.

Ninguém se adiantou. Os soldados começaram a ficar inquietos e a conversar entre si.

— Calem-se! – ordenou Cortés. — Diga, Aguilar: "Adiante-se ou será punido."

As fileiras se abriram e a pessoa que havia falado caminhou até o círculo interno dos oficiais, do cacique e de sua corte. Era uma das escravas de Tabasco.

— Você sabe nahuatl? – Cortés disse e então voltou-se para Aguilar. — Ela sabe falar nahuatl? Fale com ela, ela é uma escrava maia.

— Já conversei com ela em maia – disse Aguilar. — Mas não sabia que ela também falava nahuatl, a língua dos mexicas.

— Como ela se chama?

— Malintzin.

Cortés a reconheceu como aquela que o atraíra, a dos cabelos incandescentes e dos olhos como a meia-noite. Não a tinha tomado para si, mas dera-a a Puertocarrero simplesmente para mantê-la afastada, longe da vista, salva, por assim dizer, para um outro dia em que tivesse mais tempo.

— Mande-a dizer a esse cacique gordo, esse monte de banha preguiçoso com essas marcas horrorosas no rosto, que eu, Quetzalcoatl, presto-lhe minhas reverências – disse Cortés a Aguilar em espanhol. — E que desejamos ficar aqui por alguns dias. Diga também que estamos todos com muita fome e somos capazes de comer um urso.

— Nosso comandante, Quetzalcoatl, diz ao famoso e venerável cacique de Cempoala que estamos felizes por estar em Cempoala e muito agradecidos pela hospitalidade.

Falando em nahuatl, Malintzin disse ao cacique que os visitantes vinham de muito longe, que tinham ouvido falar da Suma Alteza, o cacique de Cempoala – tão sábio e justo, devoto e prudente, astuto e inteligente – e que ele os honrava recebendo-os em sua linda cidade.

O cacique fez um sinal de assentimento com a cabeça, em seguida três de seus homens se abaixaram em frente a Cortés e começaram a comer o chão.

— Diga a eles para ficarem de pé, pelo amor de Deus! – exclamou Cortés. — Odeio essas coisas.

— É um sinal de respeito – explicou Malintzin.

— O que ela disse, Aguilar?

— Ela falou que comer terra é um sinal de respeito, e mais fácil do que comer um urso, quero dizer, um javali.*

---

* No original há um trocadilho entre *bear*, "urso", e *boar*, "javali". (N.T.)

— Ela não falou em urso ou nada parecido, Aguilar.

— Não, ela não falou.

Os joelhos de Malintzin tremiam. Sua boca, pelo esforço de falar, estava seca. Seus ouvidos retiniam. Ela não sabia de onde partira sua própria voz, se do peito, da boca, por entre os dentes... Jamais tivera tanta coragem em toda a sua vida, e ela voltou rapidamente os olhos para o céu, pois talvez tivesse se tornado uma deusa por um instante e esta é que estaria falando por seu intermédio. Os sacerdotes costumavam entrar em transe a fim de poderem ouvir os deuses e depois falar por eles. Prisioneiros especiais, como as mulheres escolhidas para o festival do milho verde, eram por algum tempo tidas como a personificação dos deuses.

— Maax, o que você está fazendo? – disse Cuy, puxando a roupa de Malintzin.

— Não sei, Cuy. Não sei.

— Quem está com ela? O que ela disse?

— Comandante, ela diz que não entende como Malintzin tem tanta coragem.

— Jesus e todos os santos! Esse não é o momento para modéstias. Que horas são, Núñez?

— São 11 da manhã, Cortés.

— Hum, até este momento ainda não fiz uma boa refeição.

Francisco também sentia-se fraco. Os índios fabricavam um pão fino de milho que era maravilhoso. O nome era *tlaxcalli*, os espanhóis chamavam de tortilha. Os tomates, aquelas frutas deliciosas, eram de um tom de vermelho tão vivo quanto o da casca macia e oleosa deles. E também havia uns melões laranja, com cachos de sementes negras escorregadias, como ovas de peixe, bem no meio. O sabor delas cozidas com chili era um tanto picante.

O cacique gordo, impaciente com aquela algaravia incompreensível, começou a falar em voz alta.

— O que ele está tagarelando? – Cortés falou e logo olhou para Malintzin. Ela olhou para Aguilar. Aguilar olhou para o cacique. Cortés ficou se perguntando se os mamilos de Malintzin seriam da mesma cor sombria dos lábios dela. E a língua, em contraste, era cor-de-rosa, e a garganta era uma espiral rósea. Quando pensou em viajar por tal túnel, uma sensação de aspereza surgiu, mas depois deu lugar ao mais delicioso conforto.

— Que horas são, Núñez?

— Onze e trinta, dom Cortés.

Garra de Jaguar, que não se afastava de Cuy, resmungou:

— O que eles estão dizendo?

— O cacique disse alguma coisa sobre Montezuma – respondeu Cuy sem ter a menor idéia do que dizia.

— Eles odeiam Montezuma em Cempoala – disse Garra de Jaguar.

— O que ele está falando? – perguntou Cortés. — Esses escravos estão cochichando coisas a meu respeito?

— O comandante não gosta que cochichem sobre ele – disse Aguilar a Malintzin.

Garra de Jaguar, compreendendo o linguajar maia de Aguilar, que era sua língua natal, disse:

— O general está pensando que é um conspiração.

Então o cacique falou algo para Malintzin.

— O cacique apreciaria muito se os espanhóis não ficassem tão próximos dos cempoalas. Eles precisam acender incensos de copal e sacudi-los por causa do repulsivo mau cheiro que emana da pele de vocês. O cacique quer saber se os estrangeiros tomam banho.

Alvarado comentou com Núñez:

— Estou gostando daqui.

— Eu também – respondeu Núñez.

— O quê? Fale mais alto! – disse Cortés alvoroçado. — Vou cortar pessoalmente a cabeça de quem falar sem ser autorizado.

Alguém então gritou:

— *Quédese callado!* Cale-se!

— Silêncio! – e a ordem se propagou em ondas até o último homem das filas.

— O cacique me perguntou se os espanhóis são amigos do grande Montezuma – disse Malintzin a Aguilar, que traduziu para Cortés.

— Diga ao cacique desta bela cidade – falou devagar Cortés para Aguilar, enquanto olhava intencionalmente para Malintzin –, aliás, mande ela dizer a ele que não conhecemos Montezuma e que por isso não podemos dizer se somos seus amigos ou inimigos. Somos amigos para os amigos e inimigos para os inimigos.

Quintaval sorriu. Dom M., *el señor* Maquiavel, ficaria orgulhoso desse mestre da dissimulação, Hernán Cortés.

Malintzin traduzia do nahuatl para o maia. Aguilar traduzia do maia para o espanhol.

— O cacique declara que odeia Montezuma.

— Bem, então diga a ele – replicou Cortés com um sorriso largo — que nós odiamos a quem ele odeia, e que *su enemigo es nuestro enemigo, su casa es nuestra casa.*

Depois que Malintzin traduziu isso para os cidadãos de Cempoala, todos pareceram ficar muito contentes e Cortés e seus principais assessores foram conduzidos imediatamente para a casa de banhos a vapor para ali se lavarem na água esquentada por uma fogueira, onde também receberam hastes de bambu para retirarem a sujeira do corpo.

Capítulo 10

— Por que você falou em nome do Barata, Maax? – quis saber Cuy. — Como pôde fazer uma coisa dessas?

As escravas também estavam se banhando, mas não na casa de banhos da cidade, a *temazculli,* e sim no afluente do rio, mesmo com o frio que fazia. Cuy e Malintzin esfregavam cascas de limão na pele e emplastravam o cabelo com pasta de abacate. O sabonete delas era feito de lama de aloé.

— Você não entende que esses homens brancos são nossos inimigos, Maax?

Malintzin estava se lembrando dela própria na praça, no *zócalo*. Naquele momento ela ficara alta e falara com toda confiança. Agora, entretanto, ao pensar naquilo, ela se dava conta do quanto estava desacostumada a ser o centro das atenções. Isso a apavorou. Ela se colocara fora da ordem, da sua ordem – a da escravidão – enquanto traduzia, mas ela conhecia as palavras e nada podia fazer para evitar. No íntimo, em seu coração, ela era uma princesa, não uma escrava.

— Você fala em nome deles, fala em nome da guerra, Maax – prosseguiu Cuy.

— Sempre há guerra. Os governantes dizem que os deuses precisam se alimentar de sangue humano, e que por isso há guerras.

— Esta vai ser diferente, Maax.

— Como você sabe?

— Garra de Jaguar me disse. Eles irão matar todos nós, a não ser que matemos todos eles.

— Você quer que Núñez morra, aquele com quem você divide a esteira, aquele de quem você gosta?

Cuy hesitou.

— Se tiver de ser assim...

— E quanto àquele chamado Francisco? Ele caminha conosco, é como se fosse nosso irmão.

— Ele... ele parece um quincaju com os olhos tristes e a sola das patas rosadas.

— E Aguilar? Você também quer que ele morra, Cuy?

Aguilar estava ensinando espanhol a elas. Malintzin escutava, Cuy tentava fingir que não escutava, e Garra de Jaguar, que não suportava ouvir uma só palavra naquela língua estrangeira, saía para caminhar. Enquanto padre Olmedo lhes mostrava imagens de um homem com a barba e o cabelo compridos, Aguilar dizia que eles viveriam para sempre caso acreditassem nele.

— E o adivinho deles? – disse se referindo a Botello, que também era bondoso com elas. — E aquele preto, Cuy? – Adu comia com as escravas quando não tinha que atender ao senhor dele. — E aquele lindo, com o cabelo da cor do sol, o que a gente chama de Tonatiuh? Eu gostaria de estar com ele só para me sentir aquecida. Você acha que a beleza dele pode se extinguir? Quer dizer: se você se deitasse com ele, debaixo dele, em cima dele, você não ficaria linda?

— Você não tem vergonha, Maax? É claro que todos eles têm de ser mortos.

Lavando as costas de Malintzin, Cuy pôs as mãos sobre os ombros da amiga e a fez se voltar para ela, de modo que pôde olhá-la diretamente nos olhos.

— Lembre-se de quem você é, Maax, lembre-se do seu povo. Garra de Jaguar se lembra. Eu me lembro.

— Eu me lembro.

Malintzin devolveu o olhar para a amiga com os olhos fixos.

— Eu me lembro que fui vendida por minha mãe asteca para ser escrava. Os maias me fizeram usar uma coleira que me estrangulava e andar muitas léguas sem sapatos. E arrancaram meu *cueitl* e meu *huipilli* para que os homens pudessem olhar para mim. Meu primeiro senhor maia quase me deixou morrer de fome. O segundo me fez ser uma *auianime*, e assim eu jamais poderia viver a vida honrada de uma esposa. *Meu* povo, Cuy? Sim, eu me lembro dele.

Ela mergulhou a cabeça na água e permaneceu submersa o máximo que pôde.

— Esse foi o seu destino, escolhido pelos deuses – disse Cuy quando Malintzin emergiu em busca de ar.

— E o que os deuses estão dizendo agora? – perguntou Malintzin enquanto jogava os cabelos molhados para trás.

— Você é uma escrava, Maax, mas sem nossos deuses, sem nosso povo, nossos costumes, você seria menos do que isso. Seria soprada para longe, você se tornaria pó.

— Os bárbaros estão me alimentando bem. O único homem que tenho me trata com gentileza.

— Os deuses irão te punir.

— Cuy, os deuses vêm me punindo há muito tempo.

— Você acha que já sofreu o suficiente e que não há nada mais para sofrer? Você pode ter ouvidos, Maax, e uma língua, mas será que tem olhos?

— Você gostaria de voltar para sua senhora, a sua "mãe" maia, Cuy? É isso? Você lamenta não estar recebendo suas chicotadas diárias? Você está com fome de moscas, Cuy? De um pedaço de carne de pato cheia de vermes e cheirando a esterco? Você preferia servir a 20 homens numa só noite do que a apenas um? Você não se queixava naqueles tempos, Cuy, porque estava fraca demais.

— Garra de Jaguar diz que...

— Garra de Jaguar é um açougueiro, não um profeta.

As duas mulheres saíram da água e, ainda na margem do rio, secaram os cabelos com uma toalha. Sem dizer uma palavra, escovaram os cabelos uma da outra com escovas de espinhos de cacto e esfregaram um creme feito de sementes de cacau nos calcanhares, entre os dedos, nos seios e no ventre. Depois da refeição, elas teriam que se separar e ir para as esteiras dos senhores, para os deveres da noite. O cacique destinou aposentos espaçosos no palácio para os oficiais. Os soldados ficaram alojados em tendas de lona nos campos próximos ao local onde foram guardados os cavalos.

— Não estou querendo ser desagradável, Maax – falou Cuy sob a sombra do templo, depois de comerem, enquanto as mulheres faziam a limpeza e os oficiais retornavam aos alojamentos. — É verdade que Montezuma pensa que o Barata é Quetzalcoatl?

— Não sei o que Montezuma pensa, Cuy.

— Se nós todos pudéssemos ser tão valentes e sábias quanto Quetzalcoatl – disse Cuy, referindo-se ao deus morto, não a Cortés.

— Somos escravas, Cuy, não temos que tomar decisões, nem que pensar em nada. Faremos o que nos disserem para fazer.

— Podemos fazer o que as pessoas disserem para fazermos, mas sei que você pensa diferente. Diga-me alguma coisa, Maax. Vamos sentar aqui um instante.

Cuy pegou a mão de Malintzin e a puxou para o chão.

— Fale-me, para que eu possa ser tão forte quanto você.

— Não sou forte.

— Você é mais forte que eu. Conte-me alguma coisa.

— Os deuses se reuniram – começou Malintzin, adotando a voz de alguém mais velho, enquanto a noite crescia ao redor delas – e se perguntaram uns aos outros: "Quem viverá na Terra?" Quetzalcoatl, antes de ser o deus do vento e do milho, da poesia e da lembrança, disse: "Eu sei." E decidiu ir para a terra dos mortos e anunciar a Mictlantecuhtli, o deus do mundo inferior, que tinha vindo para buscar os velhos ossos dos deuses mortos para fazer as pessoas. Mas Mictlantecuhtli lhe disse: "Você pode levar os ossos se soprar a minha corneta e andar em círculo quatro vezes." Mas a corneta não era oca e não tinha furos, portanto não era possível soprá-la. Era uma trapaça, Cuy, uma brincadeira cruel. Entretanto, Quetzalcoatl tinha seus recursos. Convocou os vermes para que fizessem os buracos e as abelhas para que voassem por dentro da concha, fazendo com que ela soasse. Mictlantecuhtli ficou muito zangado ao ver que Quetzalcoatl conseguira e mandou seus demônios fazerem um grande buraco no chão para que Quetzalcoatl caísse dentro dele. Quetzalcoatl de fato caiu, mas pôde voltar à superfície e fugiu levando os ossos. Depois reuniu-os e os colocou numa tigela de jade. Então ele feriu o *tepolli* dele, isto é, o pênis, derramando o sangue na tigela. Foi assim que as crianças do sexo masculino foram feitas, e depois as do sexo feminino. As pessoas nasceram, Cuy, e o mundo teve início. E aqui estamos nós. As pessoas.

Capítulo 11

Quando Malintzin voltou para a esteira que teria de dividir com Puertocarrero no palácio do cacique de Cempoala, o homem a quem ela estava destinada dormia. Ela se estendeu ao lado dele, mantendo o corpo afastado para que não se tocassem. Observando as grossas vigas que sustentavam o teto e distinguindo apenas os contornos sombrios, ela tentou dizer a si mesma que não cometera erro algum ao falar abertamente. As palavras que pronunciou nem mesmo eram dela, e assim talvez não tivessem tanta importância. Ela só fez reproduzir o que Aguilar falou, e este havia dito o que o Barata mandara. Três falas, duas que lhe foram dirigidas, mas as palavras não eram dela.

Barata era o apelido que Garra de Jaguar dera a Cortés, *señor, el capitán, el general, el comandante*. Assim como Malintzin, ele tinha muitos nomes. A maior parte de seus homens o chamava de Cortés, e ela sabia que todos gostavam dele, pois ao falar ele dirigia o olhar diretamente para o rosto da pessoa. Isso a espantava, pois ela jamais fora ousada ou privilegiada o bastante para olhar diretamente nos olhos de um homem, a não ser Garra de Jaguar. Se tivesse um marido, ela o olharia assim. À meia luz que passava por debaixo da porta, vinda da tocha sempre acesa no corredor vigiado do pátio, Puertocarrero, o homem dela, tinha um aspecto envelhecido e enrugado. Ela quase sentiu pena dele.

Mas não conseguia dormir. Maus pensamentos chegavam à sua cabeça, assim como os *muyumeh*, mosquitos famintos de sangue. Talvez Cuy estivesse certa. Os deuses poderiam puni-la por traição.

No entanto, ela poderia responder-lhes com as seguintes perguntas: "Quando meu pai, meu único protetor neste mundo, jazia definhando sobre a esteira dele, falando coisas incompreensíveis, com a mente confusa, isso não foi uma punição?"; "E quando fui levada pelos mercadores de escravos, por acaso os deuses me salvaram?"; "Quando as pessoas cantavam, dançavam e faziam sacrifícios aos deuses para obter chuva e boas colheitas, recebi alguma gratificação ou favor dos deuses?" Além disso, se por um lado foi Quetzalcoatl, o deus-herói, quem roubou os ossos dos deuses para confeccionar as pessoas, foram as pessoas que tiveram de pagar pelo roubo original com suas vidas.

Enquanto ela pensava nessas coisas, a descida do sol para o mundo inferior se completou. Nuvens da estação chuvosa atravessaram a face iluminada da Lua. Um coiote uivou nas montanhas manifestando a própria solidão. Então Malintzin escutou passos e viu alguém se deter diante da porta. Era Aguilar. Ele pôs os dedos sobre os lábios. Por gestos, pediu que ela o seguisse. Furtivamente, os dois atravessaram o pátio principal e chegaram até o quarto de Cortés. O capitão geral estava sentado na cadeira dele. Tubos de cera estavam acesos, de modo que o aposento estava cheio de uma luz suave e delicada. O homem retirara sua pesada casca de prata, a blusa caía folgada sobre o ventre, e em lugar dos saiotes bufantes ele estava usando calções até os joelhos. Sem as botas, os pés se pareciam com fatias de carne de peru. O cabelo, comprido e despenteado, fora levantado e amarrado na nuca. Naquela luz fulgurante ela pôde ver os olhos dele brilharem como pequenas lascas de pedra sob a chuva. O homem de Cuy, Núñez, também estava no quarto.

— Que horas são, Núñez?

— São dez da noite, *señor* Cortés.

Núñez teve vontade de dizer que já era hora de ir dormir. Se, quando precisou sair da Espanha, tivesse ido para Praga se encontrar com seus parentes asquenazes e não tivesse vindo para a América, não estaria em Cempoala às dez horas da noite do mês de agosto de 1519.

— Como se explica que ela conheça a língua asteca – Cortés voltou-se para Aguilar.

Em maia, Aguilar interrogou Malintzin. Núñez a observava com curiosidade. Ela era amiga de Cuy, por isso ele gostava dela.

— Repito: como se explica que ela fale a língua asteca?

— Cortés quer saber – disse Aguilar – por que você conhece o nahuatl?

Ela respondeu da maneira mais sucinta possível.

— Em resumo, comandante, ela diz que é de uma cidade nahuatl, que é asteca, e que tem sangue nobre.

— Em resumo? Mas eu quero fatos, homem, só quero fatos.

— Ela é, digamos, como uma princesa.

— É ou não é uma princesa? *Princesa o no?*

— Sangue nobre.

— Bastarda?

Aguilar transmitiu a pergunta para Malintzin.

— Ela está dizendo que é a primeira e única filha de seu pai, nascida de sua única esposa oficial.

— E é escrava?

Malintzin relatou aquela parte de sua história para Aguilar, que por sua vez passou-a para Cortés.

— Como o hebreu José, que foi vendido como escravo – comentou Núñez. No mesmo instante em que as palavras foram pronunciadas, ele preferiu que elas não tivessem saído da sua boca.

— O sufixo *tzin* do nome dela significa sangue nobre – explicou Aguilar. — Na sociedade deles, ela é uma princesa. O nome verdadeiro dela é Malinali.

— Como nós a chamamos?

— Alguns de nós a chamam de Malinche.

— Malinche? Mas ela não foi batizada antes que eu a desse para Puertocarrero? Qual é o nome cristão dela?

— Marina.

— Bem. Então deve ser *doña* Marina. Diga a ela, Aguilar, que se ela atuar como nossa tradutora e intérprete de nahuatl e maia, iremos conceder-lhe nossa proteção.

Malintzin abaixou a cabeça e ficou observando as grandes pedras do chão.

— Proteção extra poderia significar... – Aguilar pigarreou — Ela é uma mulher, senhor.

Núñez tirou os óculos, limpou-os com o lenço imaculado e os colocou de novo. Cuy, que ele considerava como sua esposa, era oficialmente sua escrava, da mesma maneira como os patriarcas tinham concubinas, muitas esposas e, sim, escravas.

— Não, não, isso não, não estou me referindo a isso. O que quero dizer é que... Diga que ela terá mais do que a liberdade.

Aguilar então conversou um pouco com Malintzin em maia.

— Ela quer saber, senhor, o que *isso* significa.

— Explique a ela, estúpido, que se ela me servir, um dia, quando o seu trabalho tiver terminado, ela será livre. Daremos a ela uma casa, terra e ouro, ouro também.

— Eles não dão ao ouro o valor que nós damos, senhor.

— Bem, pensaremos em alguma coisa a que ela dê valor, não é mesmo Aguilar? E nesse meio-tempo, dê a ela um quarto só para ela.

— Ela é de Puertocarrero.

— Puertocarrero, esse bêbedo, não merece uma mulher de cultura, deixe ele sem nenhuma, a nossa princesa-tradutora não pode ficar grávida em nossa viagem, pode?

Malintzin se esforçava para compreender mas só conseguia pegar uma ou outra palavra: "sim", "mulher", "casa", "ouro", "liberdade"...

— Agora você pode ir – disse Cortés para Aguilar. — Você também, Núñez.

Os homens deixaram o quarto. Cortés sentou-se em sua cadeira, olhando para ela. Um momento antes, ela se sentira invisível, agora estava excessivamente visível. O homem avançou em sua direção, com a sombra tremulando por trás dele. Pousou as mãos sobre os ombros dela, as duas mãos, duas grandes patas peludas. Contra a parede do quarto, a sombra dele parecia aveludada, como a pele de alguns animais do norte.

— *¿Sí?* – perguntou ele, deslizando as mãos até o queixo de Malintzin. Ele ergueu o rosto dela.

— *Sí* – respondeu ela, que sabia o que significava aquela palavra.

Ele suspendeu seu *huipilli* por sobre sua cabeça e recuou um pouco.

— *¿Sí?*

— *Sí.*

Tomou os seios dela entre as mãos. Eram fartos, com mamilos roxos, como ele previra. Ele entreabriu os lábios dela. Os dentes eram grandes, brancos, bons. Mulheres com dentes ruins lhe provocavam repulsa.

Ela não entendia por que estava tremendo. Seu corpo continuava sendo seu corpo, apenas. Muitos homens já o haviam tocado.

Ele afrouxou o laço do seu *cueitl* e o deixou cair. Ela não calçara suas sandálias para ir até aquele quarto com chão de pedras. O chão de repente ficou frio. Ela tremia um pouco.

— *¿Sí?* – perguntou ele.

— *Sí.*

Ele reparou que as proporções dela não eram como as das mulheres espanholas. A cintura era grossa, os quadris, estreitos, e as pernas, fortes como as de um homem.

— Você está com frio, vem – e ele a conduziu até sua esteira e a cobriu com sua capa.

Alguns momentos antes ela se sentira como se estivesse imersa numa correnteza veloz, mas agora sua pele estava em chamas. Quando ele despiu a blusa e o calção, ela viu que ele era como todos os homens, não como um gafanhoto, um inseto, uma lagarta, um tamanduá, um tapir ou um deus. O seu *tepolli* e todas as demais partes eram normais. Ele mexia os pés para cima e para baixo tocando as pernas dela com as pontas dos dedos. Ninguém jamais se comportara assim com ela. Será que é como os deuses fazem? Nunca alguém demonstrara cuidado ou afeto por ela. E seria o poder dele, sendo um deus, que a fazia se render, entregando-se a ele sem que a mente se distanciasse do corpo, sem pairar acima dele ou se remeter ao dia seguinte. Com ele, sua mente juntava-se ao corpo.

— *¿Sí?* – perguntou ele.

— *Sí* – respondeu ela.

Com seus cílios compridos ele fazia cócegas na garganta dela. Com as mãos fortes ele esfregava os pés dela e a reentrância das costas, depois apoiava o rosto no peito dela como se quisesse lhe escutar o coração. Então ele começou a falar em espanhol com suavidade, e quando a atingia de alguma forma perguntava: "*Sí?*"

Ela teve uma recordação – ou teria sido um desejo – de ser acalentada entre os braços da mãe, em tempos de uma ternura espessa como o mel, mas distinta como a barbatana pontuda de um peixe. Mas ele não verteu nela a semente dele. No último instante ele deslizou para fora, como uma enguia, deixando aquele homem pulque se lançar sobre a esteira. Eles permaneceram juntos por algum tempo, numa doce imobilidade.

— *No niños* – disse ele. — *¿Entiende?*

Ela não compreendeu.

Ele manteve a mão um pouco acima do chão.

— *No niños.*

— Ah, *sí* – assentiu ela.

De dentro das dobras de sua saia, no chão ao lado deles, ela retirou um pequeno objeto preto e macio, apertou-o e colocou-o entre as mãos dele. Cuy dera-o a ela depois de sua primeira menstruação.

— *Ulli* – disse ela em nahuatl.

— *¿Chicle?*

Parecia a seiva endurecida da árvore do sapoti.

— *Ulli.*

— *¿Hule?*

Malintzin se referia à seiva de uma árvore encontrada nas terras dos olmecas. Era um material usado para fazer bolas de jogo.

— *Ulli* – ela repetiu e, levantando a saia, mostrou-lhe como podia colocar aquilo dentro dela.

— *Ulli. No niños* – disse.

Capítulo 12

Duas semanas mais tarde, pouco depois da refeição da noite, Cortés, seus oficiais e o cacique de Cempoala, além da entourage especial deste, reuniram-se mais uma vez ao redor da fogueira ao ar livre, tão apreciada pelos espanhóis naquelas maravilhosas ocasiões de descanso. Aquele era um ritual muito importante. Folhas cortadas eram dispostas sobre uma folha maior, que em seguida era enrolada. Uma das extremidades dessa folha maior era então acesa. Nesse momento, a pessoa que pretendia se impregnar daquilo devia aspirar, depois soprar, e aspirar, e soprar novamente. Às vezes as folhas cortadas eram colocadas dentro de pequenos cachimbos de barro com a forma de um cotovelo. Outras vezes eram mascadas como uma pasta grossa misturada com mel e limão. Essa delícia divina era muito boa para as viagens longas. Mantinha a pessoa desperta e com energia. Aquela ambrosia também era perfeita após um banquete. Acalmava. Botello adorava o tabaco. Os outros oficiais também. Cortés gostava de passear pelos arredores com um grosso rolo marrom entre os lábios, de maneira que ficava parecendo uma chaminé ambulante, ou um bebê sugando uma teta. Quando ele o tirava da boca, conservava-o entre os dedos, acenando como se fosse um cetro. Fumar era como conquistar o fogo.

Naquela noite, com um aroma balsâmico fora de época e a Lua cheia, os oficiais e suas mulheres se reclinavam em um jardim ligado ao palácio do cacique, um local sereno com um lago, uma pequena queda-d'água, espatódeas, *bougainville*, trepadeiras de alamandas... "Um paraíso", pensou Francisco, observando, com uma pontada de medo, que ele talvez jamais voltasse a ser tão feliz. Os soldados estavam diante das próprias fogueiras do acampamento, nas cercanias da cidade, ou em suas tendas com alguma das jovens que o cacique tão solicitamente providenciara. A maioria dos habitantes de Cempoala estava dormindo, uma vez que o trabalho deles tinha início todos os dias ao entardecer. Cortés estava sentado em sua cadeira renascentista, que o seguia por toda parte. Malintzin e Aguilar, os dois intérpretes, sentavam-se no chão, um de cada lado dele. O cacique gordo, em sua rede portátil, estava falando, por intermédio de Aguilar e Malintzin, de quando comera sozinho um veado inteiro.

— Comi, Quetzalcoatl – disse ele a Cortés –, os olhos, as orelhas...

Como estavam munidos de armas que podiam matar a grande distância, usavam estranhas vestimentas e possuíam animais jamais vistos, o cacique de Cempoala tinha certeza de que os estrangeiros eram deuses.

— E o couro? – perguntou um dos nobres astecas. — Você também comeu o couro?

Isso foi traduzido para o espanhol.

— Sim, o couro. Digam a Quetzalcoatl: comi o couro – e o cacique assentiu com a cabeça. — O couro, com pimenta.

Ele sentia muito orgulho desse feito.

— Ele comeu o couro – disse Malintzin em maia, e Aguilar em espanhol.

— E os cascos? – quis saber Cortés.

Tinham destinado a Malintzin um quarto exclusivo, com sua própria esteira, embora normalmente ela dormisse com Cortés. Diversas mulheres de Cempoala foram destacadas para servi-la. Ela era convidada a fazer as refeições com os oficiais e às vezes recebia alimentos especiais, como cacau espumante com sementes de baunilha e mel batido. Garra de Jaguar via isso com grande desconfiança. E os escravos e servos de Cempoala, as pessoas que lavavam as roupas dos conquistadores, que cozinhavam e que por fim iriam carregar os pertences dos europeus nas costas até Tenochtitlán, olhavam-na com ódio e inveja, referindo-se a ela como Malin*tzin*, com a última sílaba do nome exagerada, em zombaria. O fato de ela ser da realeza asteca, vendida por sua mãe para uma abjeta situação de escravidão, não a tornava mais estimada entre eles. Uma vez princesa, sempre princesa, observava Garra de Jaguar, sem querer com isso desrespeitar a hierarquia. Mas ele acreditava que, ao aceitar o favor dos espanhóis, Malintzin se tornara a rainha da traição.

— Os cascos são muito gostosos quando cozidos – admitiu Alvarado –, viram uma geléia.

Botello estava lendo a sorte das pessoas nas linhas das mãos delas. Até ali, todos seriam ricos, viveriam muito e teriam muitos amores.

— Você já comeu rim de bode? — perguntou Quintaval. — Enrolado nos intestinos, recheado com azeitonas e rodelas de pão, mas antes embebido no sangue?

A pergunta foi transmitida por Malintzin ao cacique da melhor maneira que ela pôde, pois jamais vira um bode e também não sabia o que eram azeitonas, embora as rodelas de pão ela conhecesse graças ao pão de mandioca duro que os espanhóis comiam. O sangue? O sangue não era problema.

Francisco estava quase dormindo sentado. Ele, Botello, Aguilar e Malintzin passavam as tardes, enquanto todos faziam a sesta, vagando pelas redondezas. Botello se interessava particularmente por papoulas, eles deviam ter papoulas nos campos, e as ipoméias azuis, ele tinha certeza, deviam crescer nas terras tropicais baixas, próximas da costa. Entretanto, tudo o que ele consumia de suas várias amostras só lhe dava dores de estômago.

Às vezes Adu também participava desses passeios com Francisco e Botello. Ele gostava de calcular as dimensões dos campos, avaliar a proximidade da selva fechada e traçar rotas de fuga. Se ele fugisse, até que distância poderia alcançar? Como viveria? Iriam os índios, vigiando do mato, capturá-lo? Seria sacrificado? Cempoala ficava perto do litoral, e enquanto o terreno e o clima ali estivessem agradáveis, ele não poderia calcular se mais para o interior existiam manguezais, florestas, savanas, planícies, desertos ou montanhas, também não saberia se os animais de lá eram perigosos.

— Adu – dizia Quintaval –, pare de se mexer senão vou te mandar para o acampamento dos soldados.

A comida predileta de Alvarado, como ele mesmo disse enquanto todos continuavam a falar de culinária, era testículo de boi. Quando ele falou isso, todos olharam para padre Olmedo, cujos grandes dotes haviam sido revelados na casa de banhos. Malintzin jamais vira um boi. O cacique e todos os seus homens riram quando ela tentou traduzir.

— *Bolas* – disse o espanhol.

Os que estavam ali descansando sem as armaduras seguraram os próprios órgãos para indicar. Os cempoalas fizeram o mesmo, por baixo dos *maxtlats*. Crianças, pensou Malintzin. *Niños*.

— Cérebro de porco – admitiu Isla numa rara demonstração de sentimentos.

Adu, sempre alerta aos ruídos, escutou um barulho de pessoas caminhando sobre a terra macia. Não seria aquele grupo de espiões de Mexica, presentes por toda parte, que tinham seguido os espanhóis desde o desembarque em Yucatán e que pareciam macacos pendurados nas árvores, guinchando por detrás do mato, que agora estariam saltando dos galhos para o jardim? Malintzin também escutou as batidas. Talvez fossem quatro homens? Os passos ouvidos eram mais arrastados que um deslocamento normal dos pés. "Sandálias com sola macia de veado", pensou ela.

Padre Olmedo perguntou se alguém ali já estivera junto ao fogo ao se cozinhar uma cabeça de carneiro e então apanhou os olhos. Podiam ser sugados num único sorvo.

— Delicioso – confirmaram várias pessoas do grupo.

— Sopa de rabo de boi – propôs Botello, levantando-se para demonstrar como era o animal e correndo ao redor do fogo, com os dedos sobre a cabeça, investindo aqui e ali.

— Estou escutando alguma coisa – disse Alvarado olhando ao redor.

Os cachorros dos espanhóis começaram a latir de dentro das jaulas. No campo, os cavalos se puseram a relinchar.

— Quem vem lá? – exclamou um dos guardas em espanhol, como se esperasse obter uma resposta em sua língua. Todos os homens ficaram satisfeitos por Cortés ter insistido para que ao menos eles usassem os peitorais das armaduras. Eles se puseram de pé de maneira bastante desajeitada, como tartarugas que tentam se endireitar, e apanharam as espadas. Então, escutaram o som sinistro e baixo de uma batida de tambor. E à medida que o grupo se aproximava, Malintzin podia ver pelas insígnias aplicadas ao tecido das túnicas – a águia sobre a flor do cacto – que eram representantes do império. Não eram guerreiros, pois os cabelos deles eram compridos e estavam soltos, e não amarrados com o coque arrogante dos homens incumbidos de recolher prisioneiros. E também não usavam as longas capas dos *pipiltin*, os membros da nobreza. Não usavam pinos nos lábios ou no nariz, o que só era permitido aos nobres. Tampouco eram comerciantes, pois não transportavam mercadorias. O cacique gordo tentou se desembaraçar de sua rede, necessitando de ajuda.

— Quem são eles? – perguntou Cortés.

— Império – respondeu Aguilar.

— Império – seguiu a exclamação pela noite escura, fazendo com que os soldados que estavam dormindo ou deitados com as mulheres nas tendas se reunissem depressa e marchassem para a principal região da cidade com a mão sobre o punho das espadas.

O grupo de estranhos avançou.

Os soldados estavam apenas alguns passos atrás deles.

Dois dos estrangeiros usavam guirlandas de flores acima do nariz.

Os guardas do cacique se postaram em torno dele.

Um dos intrusos se adiantou. Eram apenas quatro e não traziam escudos. Suas únicas armas eram punhais de obsidiana na cintura.

— Coletores de impostos da capital – segredou Malintzin a Aguilar.

— Coletores de impostos – seguiu a onda de sussurros em espanhol e em maia. — Querem tributos.

O líder dos quatro bateu no chão com seu cajado de madeira, elaboradamente entalhado em espiral com o desenho de um jaguar lutando com uma cobra.

— Qual é a forma de tributo aqui? – quis saber Cortés.

Ele já tinha soldados escavando a região em busca de minas de ouro. Na verdade, muitos do espanhóis estavam designados para trabalharem na prospecção de ouro e tinham que passar os dias peneirando areia na correnteza. Quando os habitantes da cidade estavam fora, nos campos, eles eram enviados em buscas furtivas pelos armazéns, cabanas e casas mais sofisticadas. O palácio estava sempre vigiado, infelizmente, mas antes de partirem para Tenochtitlán, Cortés haveria de descobrir uma forma de explorar por completo as possibilidades de Cempoala. Ele prometera isso a seus homens.

— Os coletores de impostos querem milho, sal das salinas, feijão, chili, abóbora, couro de animais, algodão... – Malintzin começava a transmitir para Aguilar quando foram interrompidos por um brado lamentoso.

— O que foi isso? – Cortés perguntou enquanto olhava para Malintzin.

O cacique, com as mãos cobrindo o rosto, exclamava aos soluços uma série de palavras, cheias de toda a dor do mundo.

— E Montezuma quer dez mulheres virgens – informou Malintzin a Aguilar.

— Para serem escravas? Concubinas?

— Sacrifício.

O cacique se agitou afundado em sua rede e pôs seu leque emplumado sobre o rosto, sem querer olhar para ninguém.

— É o Uey tecuilhuitl. Mulheres puras de todo o império são trazidas para a capital no festival do milho verde. Elas dançam diante das pirâmides de Huitzilopochtli e Tlaloc. Na última noite da dança, homens armados com espadas chegam se arrastando por trás delas e cortam-lhes as cabeças.

O jardim cheio de flores, até então festivo, agora parecia fúnebre.

— O que significa isso para nós? – perguntou Cortés a Aguilar.

— Eles não estão pedindo que nos sacrifiquemos, comandante.

— Quero dizer em termos estratégicos. Em relação à nossa tarefa aqui no México.

O cacique murmurou por trás do leque:

— Vamos festejar os honrados coletores de impostos. Levem-nos para a casa de banhos.

— O que estão fazendo? – perguntou Cortés a Aguilar.

— É um sinal de respeito ser gentil com os convidados – respondeu Malintzin.

— Por que não afogamos esses coletores de impostos na própria água do banho, Cortés? – disse Isla, que ficava sempre de olho na mão direita do comandante para saber a verdadeira situação das coisas. — Ou cozinhá-los lentamente até a morte, feito caranguejos?

Cortés girou os olhos.

— Isso significaria guerra com a capital.

Logo surgiram os criados por ali, trazendo *maxtlats* limpos e preparando comidas e bebidas. Os espanhóis retornaram aos seus aposentos e tendas se lamentando, a *fiesta* havia terminado. Alvarado, Núñez, Isla, Puertocarrero, Bernal Díaz, Botello, Aguilar e Quintaval foram convidados para um gole de conhaque no quarto de Cortés. Puertocarrero declinou: estava cansado demais e preferia beber sozinho, sem as interrupções da conversação polida. Adu, no entanto, teve de permanecer no grupo, pois Quintaval necessitava dele. Francisco, despertado pela comoção, também estava presente porque Botello gostava de ter alguém para conversar depois das reuniões importantes. Padre Olmedo se juntou a eles porque alguém poderia precisar de consolo religioso imediato. Malintzin foi porque Cortés não suportava que ela ficasse fora da vista dele.

— Então, Aguilar... – perguntou Cortés.

Os homens sentaram-se no chão, ao longo da parede, já que só Cortés possuía uma cadeira, sua cadeira renascentista trazida da Espanha até Hispaniola e transportada a bordo da nau capitânia *Santa María* até as novas terras. Os índios não costumavam encher suas casas com mobília: de manhã, enrolavam as esteiras de dormir e as colocavam em um canto.

— Os cempoalas foram derrotados numa batalha pelas forças da tripla aliança entre Montezuma, Tacuba e Texcoco, uns quatro anos atrás – informou-lhes Aguilar. — Eles têm de pagar à capital um terço de seus recursos a cada 80 dias. Esta visita dos coletores de impostos não está no tempo marcado. Nossa presença pode ter alguma coisa a ver com isso, e o cacique de Cempoala tem várias filhas virgens.

— Então é isso?

Cortés ficara com a impressão de que toda mulher solteira seria dada de presente para eles.

Em seus aposentos, o cacique gordo falava a seus cortesãos.

— Mexica está nos fazendo passar fome – gemia e se lamentava ele. O pulque era uma indulgência usada de forma muito comedida, mas aquela era uma noite em que ele precisava estar presente. A jarra foi passada em volta e consumida diligentemente. — Quando todos estivermos mortos, que benefício isso trará para Montezuma? Será que o novo Quetzalcoatl, o justo, irá nos salvar?

— Esta poderia ser uma oportunidade – disse Cortés a Aguilar – para enviarmos uma mensagem a Montezuma, para causar impressão.

— Que horas são, Núñez?

— São nove horas da noite, *señor* Cortés.

O cacique estava muito nervoso em sua rede, agitando os braços e as pernas como um bebê deitado.

— Como poderemos colocar um ponto final nisso? Não vai restar mais ninguém para sacrificar em nossos próprios templos.

Ele então mandou que três cortesãos sangrassem suas orelhas, cortassem as canelas e pedissem aos deuses que o perdoassem por não observar os ritos com a devoção que eles exigiam.

— Montezuma sabe que estamos aqui – falou Adu.

— O que esse cão preto está fazendo aqui? – perguntou Cortés a Quintaval. — Ele não é capitão.

— Preciso de uma segunda mente – respondeu Quintaval.

— Uma mente? O escravo tem mente própria? – Cortés disse e sacudiu a cabeça com tristeza. — Onde foi que você deixou a sua própria mente, Quintaval? Você traz esse perro, esse *pedazo* de negro, esse vira-lata a uma reunião de oficiais? *No sabe nada*. Como é que você sabe que Montezuma tem conhecimento que estamos aqui, escravo?

— Os espiões dele – respondeu Adu – estão por toda parte. Entre os pés de milho, no rio, no meio das flores, atrás das pedras... Eles vêm nos seguindo desde a costa, desde o primeiro dia, *el primer día*.

Cortés olhou para Aguilar e Isla. Deveria ele acreditar num escravo?

— Isso significa que Montezuma está planejando nos matar – Quintaval olhou para todos em pânico –, e portanto acho que o melhor é irmos embora, voltar para Cuba.

— Ir embora, Quintaval? Nem pensar. Que tipo de soldado é você?

— Somos apenas 300 homens. Montezuma tem milhares. Não seria uma batalha. Seria um massacre.

O cacique ponderava em voz alta:

— Temos que sacrificar alguns dos nossos próprios homens para apaziguar os deuses. É claro que nossos problemas com a capital é por causa da nossa negligência para com os deuses. Sempre foi assim. Alguns precisam morrer para que outros vivam.

— E por que você veio para esta terra de pagãos? – perguntou Cortés a Quintaval. — Não foi para lutar?

— Porque Velázquez, o governador de Cuba, que patrocinou essa viagem, é meu parente – disse Quintaval, que parecia perdido. — Não vim para marchar até a capital, apoderar-me do país para a Espanha e para o papa e enviar o ouro para a Espanha. Não sei nada sobre esse país, nem me sinto aliado do jovem rei Carlos V que, se me permite lembrar-lhe, foi educado na Holanda e aprendeu o espanhol como uma língua estrangeira. A mãe dele é Juana la Loca, que carrega sempre com ela o cadáver do marido. Por que deveria eu morrer por eles?

Adu prendeu a respiração e tentou transmitir sua preocupação erguendo as sobrancelhas. Quintaval falava demais e iria causar problemas para ambos.

— Nossas armas, por que foi que as trouxemos, Quintaval? – perguntou Cortés, que se erguera da cadeira e caminhava ao redor do quarto. Então ele puxou Quintaval, que estava sentado, e forçou-o a se levantar.

— Defesa, pequenas batalhas, Cortés.

Cortés riu, virou-se e apontou para Alvarado.

— Alvarado, por que você veio?

— Eu, senhor?

— Sim, você.

— Para servir o meu *capitán*.

— Vim pelo ouro – declarou Isla.

— Ouro! – a exclamação cresceu dentro no quarto, propagando-se pela noite, tanto que os homens que tinham retornado às suas tendas interpretaram a declaração como se estivesse sendo pronunciada como se fosse uma oração comunitária.

— É isso – declarou Cortés. — Está decidido. Estamos absolutamente de acordo. Será uma invasão completa, nada menos. Atacaremos Tenochtitlán e arrancaremos pela raiz essa prática bárbara de sacrifícios em seu próprio centro. Se vocês não repararam, temos cultivado a amizade com o cacique de Cempoala, de forma que ele irá nos fornecer homens para nossa valorosa causa. Vocês acham que eu gosto de passar o dia todo deitado numa rede?

— Eu pensava que estávamos apenas tendo um descanso antes da nossa viagem até o coração, quer dizer, até ao centro do país – disse Bernal Díaz, erguendo os olhos de seu livro.

— Há muitas coisas que você não sabe, Bernal Díaz, e alguns – Cortés percorreu o aposento com os olhos – de vocês têm muito pouca fé.

— Em Deus? – perguntou padre Olmedo, olhando em volta com desconfiança.

— Em mim, o comandante de vocês, capitão geral e prefeito de Vera Cruz, se posso lembrar-lhes isso, a primeira cidade espanhola neste continente.

A voz de Cortés alteava-se e caía enquanto ele caminhava de um lado para o outro. O grupo se juntou mais. Malintzin, que só compreendia algumas palavras, também tinha a sensação de estar fazendo parte de algo muito importante. A garrafa de conhaque, feita em vidro trabalhado, foi passada para todos no aposento, não apenas em sinal de amizade, mas para selar uma promessa.

— Tenho um plano – falou Cortés, apontando o dedo para cima – que envolve os coletores de impostos.

— E que também incorre no ódio de Montezuma? – interrompeu Quintaval. — E a respeito dos espiões que Adu nos falou, Cortés?

— Com certeza você não está com medo desse esconde-esconde no mato, Quintaval?

— Na verdade, estou com medo sim, Cortés. Minha vida vale mais do que ouro.

— Você é um covarde muito desprezível, Quintaval. Não um homem. Não é um de nós.

Francisco sentiu-se sufocado e cobriu a boca, fingindo que estava para tossir.

— Vocês pensam que eu não sei o que estou fazendo, homens? – disse Cortés com calma e de pé, pois um homem ereto sempre sabe o que está fazendo. — Nós temos inimigos, vocês não estão vendo?

Até então, o maior perigo para o grupo, como acreditava Núñez, tinham sido os mosquitos e, é claro, o sol quente. Botello até certo ponto conseguira dominar esses inimigos, fabricando um ungüento fedorento feito com ervas e gordura de porco trazida do navio. Botello também recomendara que os homens pusessem lama sobre a pele exposta, a fim de que os raios do sol não a atingisse. Além disso, Núñez pudera obedecer ao sabá na sua maior parte, pois os soldados quase sempre ficavam de pé até tarde fazendo farra e bebendo, e por causa disso acordavam tarde na manhã seguinte. Ele trocara a Espanha pelas Índias porque os judeus tinham sido expulsos pelos novos regentes, Isabel e Fernando. E deixou Hispaniola porque a crueldade e a ostentação da ilha a tornavam quase tão pouco habitável quanto a Espanha. Também aqui a atmosfera agora estava se mostrando pouco hospitaleira. Ele já estava com 45 anos. Um homem velho.

— Aqui é o Rubicão – disse Aguilar em voz baixa.

— Fale mais alto, Aguilar.

— Aqui é o Rubicão – repetiu Aguilar.

— Pode ser.

Se a referência fora a Julio César, Cortés sentiu-se lisonjeado.

— Onde existe ouro, existe império. Quanto mais mouros, maiores botins. Aguilar, vá dizer ao cacique que nós dois iremos visitá-lo.

Depois que todos os demais se retiraram para suas esteiras e os sentinelas se puseram em guarda, Malintzin, Aguilar e Cortés se dirigiram aos aposentos particulares do cacique. Ele estava se balançando tranqüilamente em sua rede, com um trapo úmido cobrindo-lhe a testa. Os pés estavam sendo massageados por uma jovem atraente, e os melhores guerreiros estavam ao redor dele, abanando-o com plumas. Ele estava com uma terrível dor de cabeça.

— O fim dos nossos dias está próximo, Quetzalcoatl – disse ele a Cortés por intermédio dos dois intérpretes. — Fomos, no passado, um grande povo.

— Não diga isso, querido cacique – respondeu Malintzin em nome de Cortés. — Vocês ainda são, e continuarão sendo.

— É claro que os deuses estão zangados conosco. Quetzalcoatl, você também está zangado conosco?

— Não, venerado cacique. Mas o senhor precisa rebaixar seus ídolos, acabar com os sacrifícios e limpar seus templos do sangue. O senhor precisa da proteção do nosso Deus. Do nosso Deus maior. Ele é poderoso.

Malintzin relutou em proferir essas palavras e as pronunciou em voz bem baixa.

— Mas o seu jovem deus foi torturado – replicou o cacique. — Como podem seus deuses nos proteger? E quanto a você, Quetzalcoatl?

— *No, no* – Cortés respondeu e olhou em volta em busca de ajuda. — Diga a ele, Aguilar, diga a ele, Malintzin.

— Nosso jovem Deus, depois de sua morte, subiu aos céus – disse Aguilar. — Ele se juntou ao pai dele, que é o mais forte Deus de todos. Não há nada que o nosso Deus pai não possa fazer.

Malintzin traduziu isso com grande perturbação, esperando até que a terra tremesse.

— Mas ele deixou o filho morrer.

Malintzin traduziu.

— Porque nos amava muito.

Malintzin tentava pronunciar as palavras com monotonia, como se fosse um simples canal, pois quase não compreendia o que Cortés estava querendo dizer.

— O quê? – o cacique parecia confuso.

— Quetzalcoatl – disse Malintzin, esperando não ser mal interpretada –, o antigo Quetzalcoatl, quero dizer, foi punido pelos deuses, cacique, por ter feito os homens e trazido para eles as artes e as colheitas.

— Deuses! – suspirou o cacique. — O que eles desejam? É isso que eu gostaria de saber.

Aguilar disse a Cortés que era melhor mudar o tema da discussão. Cortés concordou com um aceno.

— Não temos o suficiente para dar aos coletores de impostos – prosseguiu o cacique. — E não estou me referindo apenas às jovens para serem sacrificadas.

— As provisões do cacique se esgotaram – disse Aguilar a Cortés.

— Somos muito gratos por sua hospitalidade. Vocês são nossos irmãos. *Hermanos* – disse Cortés, que teria dado um grande abraço no cacique se achasse que isso iria consolá-lo. — Diga-lhe para ter esperanças. Diga-lhe que ele precisa pôr os coletores de impostos na prisão e mostrar a Montezuma a resistência dos homens bravos – concluiu.

— E ter milhares de mexicas cercando nossa cidade e matando a todos, Quetzalcoatl?

— Nós lhes daremos proteção com o nosso poderoso Deus-Pai. E é dessa forma que eu, Quetzalcoatl... – e então Cortés tropeçou nas palavras –, que vocês poderão ser ajudados. Com meu plano, com nossos homens.

— Mas vocês são tão poucos.

— Estão chegando mais dos nossos.

— Das nuvens?

— O mais importante é que temos nossos bastões de trovão, nossas bolas lançadas, nossos grandes cavalos, espadas mais afiadas que qualquer faca de vocês, além de nossos cães comedores de gente.

— Sim – reconheceu o cacique.

Aguilar olhou para Cortés e perguntou se era verdade que mais espanhóis estavam para chegar.

— Só Deus sabe – Cortés respondeu e puxou Aguilar para mais perto. — Ela compreende bastante espanhol, Aguilar, você não notou? Precisamos vigiar nossas palavras.

— Mas com certeza o senhor confia nela, certo, comandante?

Aguilar sentiu-se encorajado por essa conversa. Se outro navio estava para chegar, ele poderia conseguir uma viagem de volta à Espanha. Talvez.

— Estaremos sempre ao seu lado, poderoso cacique.

Cortés lançou um olhar de soslaio para Malintzin que, como o pulque que certa vez ela bebeu furtivamente num funeral, animou-a. Tal olhar vindo de Cortés a convenceu de que ele já pensava nela como sua esposa. Ela ficou um tanto orgulhosa.

— Você tem a nossa palavra, cacique – Cortés disse e depois comprimiu o coração, esquecendo por um instante os costumes locais relativos àquele órgão. Dirigiu o olhar para *doña* Marina, pensando: "Ela está apaixonada, minha escrava em cima e fora da cama." — *Doña* Marina, você sabe o que estou dizendo em espanhol? – perguntou ele.

— Às vezes – respondeu ela. — *Quizás*.

— *¿Puedes leer mi mente?*

— *No solo puedo leer su mente, también el corazón.*

Enquanto falava, vinha-lhe uma grande sensação de poder. Usar palavras para se expressar em voz alta era como refazer o mundo à sua vontade e ficar menos à mercê dele. Dizer que estava com medo, ser capaz de colocar as próprias palavras ao redor daquele sentimento, era o mesmo que sentir menos medo. Ser capaz de dizer medo em três línguas era quase como dominar esse medo. Medo, em espanhol era *miedo*. Não ter coragem, em nahuatl, era *mahui*. Medo, em maia, era *saahkil*. Seu silêncio de escrava, longe de ter sido um meio de sobrevivência, parecia, agora, ter sido uma forma de cooperação com a própria subjugação. Fale alto, seja ouvida, Malintzin.

— Iremos ajudá-lo a colocar um fim nesse reinado de terror promovido por Montezuma, cacique – declarou Cortés por intermédio de Aguilar e Malintzin.

— Podemos ter um grande sacrifício amanhã, com muito sangue e comida – sugeriu o cacique.

— Eles irão fazer *una grande fiesta mañana* – informou Malintzin a Cortés.

— Não foi isso que eu quis dizer. Diga ao cacique que Quetzalcoatl não gosta de sacrifícios. Cacique, escute-me. Prenda esses coletores de impostos, mostre a Montezuma que você não se deixa intimidar por ele. Como poderia o venerado cacique de Cempoala ter medo de alguma coisa? Montezuma é apenas um homem.

— Mas ele acha que é um deus – observou Aguilar.

— Aguilar, diga a ele que sou um deus mais poderoso.

Malintzin disse ao cacique, com sua voz ficando mais elevada a cada palavra:

— Quetzalcoatl-Cortés é mais corajoso que Montezuma, mais corajoso que qualquer outro homem. Ele é forte. É poderoso.

— Isso é verdade – respondeu o cacique. — Sou corajoso, forte e poderoso.

O cacique então se voltou para os guardas:

— Prendam os coletores de impostos. Coloquem-nos em jaulas, vamos engordá-los.

— Prender – exclamou Cortés, avançando com o dedo em riste. — Prender é uma boa idéia, e as jaulas também. Mas não vamos nos apressar para nenhum sacrifício.

Os COLETORES DE IMPOSTOS, refrescados pelo banho e satisfeitos com uma refeição de sopa de abóbora cozida com bolinhos de milho, deliciosas larvas de salamandra – a *aaxoolootl* – e uma bebida fria feita com flores de hibisco e mel, tinham acabado de se recolher para passarem a noite no palácio em esteiras limpas, com algumas mulheres para lhes darem prazer, quando foram brutalmente agarrados, amordaçados para não acordarem ninguém com seus gritos e empurrados até o *zócalo*, onde foram postos dentro de jaulas.

— Somos representantes do império – eles ficavam repetindo no dia seguinte ao ficarem expostos para todos verem. Crianças batiam-lhes com varetas. Os cachorros levantavam a pata de trás e urinavam nas barras das jaulas. Mulheres faziam gracejos sobre seus órgãos genitais. Enquanto isso, uma enorme comemoração estava sendo planejada, pois embora a cidade estivesse com poucos recursos, agora que não iria mais pagar os impostos todos podiam se permitir algum luxo. As mulheres foram para suas tarefas de moer, cortar e cozinhar, e os homens de Cempoala saíram para pescar e caçar. Garra de Jaguar esteve o tempo todo ocupado em torcer pescoços, cortar cabeças fora, esfolar e destripar. Só os guerreiros mais importantes participariam do consumo da carne humana, que deveria ser preparada com milho, limões e tomates – o *tlacatlaolli*. Quetzalcoatl poderia se juntar a eles caso desejasse.

Capítulo 13

— NÃO ESTOU GOSTANDO nada disso – queixou-se Garra de Jaguar a Malintzin diante de um monte de coelhos esfolados, quando afinal condescendeu em se dirigir a ela. — Desonrar os coletores do império é uma ofensa contra todos nós. Jamais alguém deixou de pagar os impostos. Nunca se ouviu falar nisso.

Malintzin sabia dizer "jamais" em espanhol: "*Jamás.*"

Cuy disse que Malintzin não estava com a cabeça boa naqueles dias, que a Maax que ela conhecia desaparecera, e que pretendia procurar por ela atrás das árvores, no interior da selva.

— Maax Cal, Maax Cal.

Depois ela chamou pela princesa Malintzin, procurando em seu quarto, debaixo de sua esteira de dormir.

— Malinali, Malinali. Malinche, Malinche – gritava ela para dentro da panela na cozinha. Afinal, desistindo da busca, ela disse:
— Ah, aí está a senhora, *doña* Marina, não a reconheci.

Naquela tarde, os criados e os escravos obtiveram um curto descanso, e os espanhóis, com o sol de meio-dia alto no céu, e tendo recentemente adotado a idéia das redes, estavam sendo balançados suavemente, para a frente e para trás, por crianças designadas especialmente para este fim. Estava quente, pegajoso, com o ar espesso e estagnado. Parecia que iria chover em breve. Até os cavalos pararam de mastigar capim e por um momento, a não ser pelo gemido baixo de um prisioneiro covarde confinado em uma jaula, ficou tudo quieto. Mesmo os espiões astecas por trás do mato haviam se aninhado em seus postos e fechado os olhos por alguns momentos.

Mas Cortés, Aguilar e Malintzin, os três descalços, se esgueiraram furtivamente de seus quartos e se dirigiram até as jaulas dos prisioneiros, no *zócalo*. Cuy e Jaguar, escondidos por trás do mato, seguiram os três. E atrás de Cuy e de Jaguar vinha o quarteto formado por Quintaval, Adu e os dois servos mudos. O chefe dos coletores de impostos estava trancado numa jaula junto com o segundo na hierarquia deles, os outros dois dormiam em outra jaula, debaixo do lixo que fora lançado sobre eles.

— Vou libertá-los – disse Cortés aos dois primeiros cativos, por intermédio de Malintzin. Silenciosamente, o conquistador abriu a jaula, amarrada por cordas de fibra de agave. — Vocês dois, a quem estou libertando agora, quero que voltem à capital e digam ao seu imperador que fiz isso por vocês, e que sou um amigo do império. Diga a ele que vim de muito longe para me encontrar com o imperador Montezuma, a quem amo e reverencio. Liberto vocês em nome dele. Não façam barulho algum quando escaparem.

Quintaval lançou um olhar significativo para Adu, que não ficou surpreso com o comportamento de Cortés, pois concluíra, já havia algum tempo, que Cortés era um desgraçado traiçoeiro e falso.

— Montezuma ficará confuso com isso – cochichou Garra de Jaguar no ouvido de Cuy.

— Com todos os seus conselheiros e sacerdotes, você acha que ele seria enganado, Garra de Jaguar? – cochichou Cuy em resposta. — Não, ele vai saber que é um truque.

— O que tenho ouvido dizer é que Montezuma não tem sido o mesmo homem de antes – falou Garra de Jaguar. — Os presságios e a aparência dos bárbaros enfraqueceram suas idéias e sua coragem. Alguém deveria ir correndo até a capital para contar a ele tudo que está se passando, e então ele saberá a verdade. Você, Cuy, você deveria ir lá.

— Como posso eu falar com ele? Não conheço a língua nahuatl. Assim que chegasse lá eu seria acorrentada e levada para o sacrifício. E se os espanhóis me capturassem eu seria enforcada como uma escrava fugitiva.

— Há espiões mexicas à nossa volta, Cuy. Eles lhe ajudariam.

— Maax é que pode contar para eles em nahuatl. Eu só falo maia.

Os dois coletores de impostos não compreenderam logo que estavam sendo libertados. Juntaram-se no lado mais distante da jaula e de lá não queriam sair. Precisaram ser tranqüilizados até que por fim foram arrastados para fora, com a garantia de que não se tratava de nenhum complô para executá-los e que não se pretendia impor-lhes nenhuma desonra. Disseram-lhes que o dever nacional deles era servirem como mensageiros entre o capitão Quetzalcoatl-Cortés e o imperador Montezuma.

Então, sem qualquer ruído, os dois saíram correndo para a mata densa e desapareceram pela floresta, onde, para a surpresa deles, muitos conterrâneos dormiam em pequenos círculos sob uma frondosa paineira. Os coletores soltos tiveram de chutá-los para que acordassem.

Cortés, Aguilar e Malintzin voltaram nas pontas dos pés para seus aposentos, onde fingiram estar cochilando. Cuy e Jaguar retornaram à área dos servos, pegaram panelas da cozinha e agiram como se estivessem muito ocupados. Quintaval e Adu se dirigiram ao alojamento deles para dar início a uma fascinante partida de xadrez. Os dois criados dormiam do lado de fora, debaixo de uma mesa na área dos criados. Às quatro e trinta, segundo o relógio de Núñez, os moradores da cidade, os soldados e a corte do cacique despertaram com os clamores e os gritos dos guardas do palácio.

— O que houve? Que barulheira é essa – perguntou Cortés, pulando de sua esteira.

— Dois dos coletores de impostos escaparam – informou Aguilar.

— Patifes miseráveis! – exclamou Cortés. — Precisamos ver o cacique imediatamente.

E para lá se encaminharam.

— Traidores! – exclamou o cacique para Malintzin, que transmitiu a expressão para Aguilar.

— Cachorros de cachorros, *perros de perros* – concordou Cortés, que logo sugeriu que os outros dois cativos, que não tinham conseguido escapar, fossem mantidos presos num dos barcos espanhóis ancorados ao largo da costa, próximo à embocadura do rio. — Pode ter havido – e Cortés mostrava-se relutante até mesmo em mencionar o fato – traição aqui dentro. Na verdade – ele tinha dificuldade para encontrar as palavras –, traição entre os próprios cidadãos de Cempoala.

— Traição? Jamais! – retrucou o cacique.

— *Jamás!* – repetiu Malintzin.

Cortés não podia responder por ninguém a não ser por si mesmo e seus homens. Mas em sua vida, confidenciou ele ao cacique, sempre ficara espantado com a duplicidade de homens que se acreditava serem leais.

— Se os dois malfeitores que ficaram forem mantidos no barco – observou Cortés –, eles poderão ficar enjaulados para sempre.

O cacique argumentou que o povo estava contando com o sacrifício e que, como cacique, ele deveria manter sua palavra. Cortés sorriu e acenou com a cabeça, como se compreendesse o fardo de ser governante.

— Um sacrifício honrado seria bem recebido pelos coletores de impostos. Muito melhor seria que fossem humilhados.

Então ele disse:

— Já sei. Esses coletores infectos poderiam sofrer a pior indignidade que o homem conhece. Podiam ser deixados para morrer de fome.

— Morrer de fome?

Isso não havia ocorrido ao cacique. Era uma punição incomum.

— Mas a prisão deles e posterior morte devem ser organizadas com toda calma, venerado cacique, ou seja: não se deve dar permissão a ninguém para vê-los. Seria como se eles tivessem desaparecido da face da Terra – disse Cortés, que, animando-se com o assunto, caminhava para lá e para cá com expressão pensativa. — No meu grande e glorioso país, liberto recentemente do controle de invasores estrangeiros mouros e devolvido aos verdadeiros donos da terra, Isabel e Fernando, havia prisões assim, em barcos que jamais vinham ao porto.

Mas Cortés, dando-se conta de como isso iria deixar confuso o cacique, disse:

— Precioso e encantador cacique, você não tem de honrar essa escória enviando-os para o sacrifício. Eles implorarão para serem sacrificados, em vez de morrerem de fome. Imagine que vergonha para eles!

O cacique ouviu com atenção ao melhor que Aguilar e Malintzin podiam fazer com aquela retórica e concordou que se tratava de uma idéia realmente nova. Em sua cultura, impor ao inimigo a morte pela fome jamais fora praticado, e tal rompimento dos costumes seria equivalente a... bem, ele nem podia pensar nisso. Havia a possibilidade de que os deuses, sedentos de sangue, ao não ser-lhes oferecido nenhum alimento, ficassem enfurecidos. O cacique sempre agira da maneira como o pai dele havia agido, que era como o avô se comportara, e tudo isso tinha sido profetizado pelos ancestrais que tinham ouvido os deuses. Era seu destino, era o destino de todos, seguir as regras. Fazer como sempre fora feito era a única forma de proceder. Não existia outra forma.

Aguilar disse a Cortés que o cacique tinha muita cautela em relação a se desviar da tradição.

— Sim, sim, sei muito bem como são essas coisas. Lembre a ele quem eu sou. Diga-lhe que compreendo. E que também amo muito o meu pai.

Cortés só conseguia suportar o pai quando era forçado a isso, embora por várias vezes tivesse desejado que aquele vira-lata nojento estivesse ali, no Novo Mundo, para vê-lo como comandante. Era filho único, e depois que fracassou na tentativa de se tornar advogado ou magistrado e não conseguiu um emprego na Espanha, seu pai, sem saber mais o que fazer e sem verter uma lágrima, assistiu à partida de Hernán para Hispaniola com grande alívio. Escrevendo-lhe de Hispaniola e de Cuba, Cortés tinha sempre dificuldade para provar-lhe que era um respeitável cidadão, alguém que conseguira obter os favores do governador e que estava destinado à glória. Ocupando uma posição de poder, com toda certeza ele deixaria o pai orgulhoso.

— Cacique, podemos lutar juntos contra o tirano Montezuma – acrescentou ele, mantendo-se ereto e semicerrando os olhos, pois também estava tentando convencer a si mesmo de tudo isso. — Contra Montezuma, com o nosso Exército sendo reforçado por leais e bravos cempoalas, além de guerreiros de outras cidades-estado insatisfeitas com os tributos, não há como sermos derrotados. Montezuma irá aprender duas ou três coisas a respeito de quem é poderoso e de quem é submisso – prosseguiu ele. — E Cempoala, como uma nação independente, irá prosperar e o cacique será registrado nos anais da história como o melhor líder de sua cidade. Os escribas irão louvá-lo.

Cortés já tinha visto os livros deles, feitos de fibra de agave batida até virar páginas planas. Os livros se abriam como leques. A escrita era composta de pequenas figuras.

O cacique começou a falar rapidamente com seus nobres e fez um sinal a Malintzin para que se aproximasse.

— A resposta é sim – disse Aguilar. — Sim à morte pela fome dos dois outros coletores de impostos a bordo de um dos barcos.

— Está bem, então – falou Cortés. — Diga a ele que isso será feito hoje à noite.

Os coletores de impostos, já resignados a terem seus corações arrancados, ficaram perplexos quando foram levados rio abaixo e, ao final de um dia de caminhada, chegaram até a praia. Ali seguiram em barcos a remo até o templo alado. Cortés os alojou em sua própria cabine. Cuy, Garra de Jaguar, Quintaval e Adu, além de todos os espiões astecas, observaram tudo de seus esconderijos secretos, e os representantes do cacique de Cempoala que haviam acompanhado os presos permaneceram na praia, satisfeitos por verem que a justiça estava sendo feita.

— Quando os cempoalas estiverem dormindo – disse Cortés aos coletores, por intermédio de Aguilar e Malintzin –, meus homens irão soltá-los. Vocês devem retornar ao seu imperador e informá-lo que Quetzalcoatl os libertou. Digam-lhe que sou seu amigo e que não desejo prejudicar seu povo ou sua terra. Digam-lhe que venho em paz. Estou libertando vocês dos maus e irreverentes cempoalas em nome dele. Reverencio e protejo os coletores de impostos do império. O cacique prendeu vocês erradamente, por estarem cumprindo o que devem fazer. Quetzalcoatl-Cortés colocou as coisas em seus devidos lugares.

Malintzin disse a Cortés que os coletores estavam consternados, pois achavam que o dever deles era ter os próprios corações arrancados no topo da escadaria.

— Diga a eles – respondeu Cortés – que, se pensam assim, podemos matá-los aqui mesmo.

— Precisa ser na escadaria, com o punhal de obsidiana e na cerimônia correta.

— Diga-lhes, Aguilar, que ou aceitam a liberdade ou ganharão uma punhalada rápida e desonrosa pelas costas.

Malintzin explicou-lhes, aguardou a resposta, e em seguida disse a Aguilar:

— Eles decidiram ser os mensageiros do herói, querem falar com Montezuma a respeito do valor e da bondade de Quetzalcoatl-Cortés.

Tarde da noite seguinte, já de volta ao conforto do palácio de Cempoala e descansando em sua esteira, Cortés pediu a Aguilar que solicitasse a Malintzin esclarecimentos a respeito de seu homônimo, Quetzalcoatl.

— Malinche diz que não sabe muita coisa. Ela não é sacerdotisa nem escriba, tampouco um homem. O pouco que ela conhece obteve de seu querido e falecido pai. Não é próprio de uma mulher falar de coisas sagradas, e...

— Aguilar, diga a ela que nós, entre amigos, não temos de nos preocupar com o que é apropriado e o que não é. Não contarei para ninguém.

— Quetzalcoatl é o deus do vento e da mudança, os maias o chamam Gucumatz, o deus do milho – começou Malintzin. — Concebido divinamente, ele é a Serpente Emplumada (quetzal é um pássaro verde do sul, e *coatl*, serpente da terra, a cobra primitiva), tanto da terra quanto do céu, nascido de uma virgem, Chimalman. Alguns dizem que ele tinha um *coatl*, um gêmeo, Tezcatlipoca, o céu da noite, que sentia ciúmes dele e lhe desejava mal.

Cortés gostou do detalhe da concepção divina. *Isso* mostraria a seu pai quem era quem.

— Quetzalcoatl também era o rei de Tula e o chefe do povo tolteca, cujos costumes foram adotados pelos povos Aztlán, os astecas, se preferirem, ou mexicas. Em Tula, Quetzalcoatl construiu quatro templos e mais as casas dos nobres, dos homens comuns e a casa da serpente. Era muito devoto, era um sacerdote, um poeta que não acreditava no sacrifício humano porque amava muito os homens. Ele só sacrificava cobras, pássaros e borboletas. Quando desapareceu no mar Oriental, em seu barco de cobras em chamas, ele subiu ao céu e se tornou a estrela da manhã. O povo diz que ele retornaria à Terra no Ano 1 do Junco, por ter deixado nosso planeta em um Ano 1 do Junco.

— Ah, muito bonito. Um santo, um salvador, com direito a retorno e tudo mais.

Malintzin voltou a falar.

— Malinche diz – traduziu Aguilar – que, no entanto, meu senhor, quando Quetzalcoatl era um homem, ele foi tentado.

Cortés não gostou do tom daquilo.

— Ele foi exilado e começou a errar pelo mundo, não só por causa da derrota de Tula para as outras tribos. Ele pecou de forma lamentável. Os deuses invejosos estavam sempre procurando um modo de punir Quetzalcoatl por ele ter roubado os ossos para confeccionar as pessoas. Por isso, um dia Tezcatlipoca, o deus ardiloso, veio até ele e lhe ofereceu pulque. Infelizmente, Quetzalcoatl ficou tão embriagado que, em seu delírio, deitou-se com sua querida irmã.

— Ah, meu Deus – exclamou Cortés. — Você disse irmã? *¿Hermana?* Que bom que não tenho irmã.

Capítulo 14

NÚÑEZ ERA UM HOMEM MUITO EXIGENTE. Não só trazia sempre com ele um pedaço de pano para enxugar a testa, o que chamamos de lenço, como usava os óculos na ponta do nariz, além de ser a pessoa encarregada pelo relógio. Este não lhe pertencia, e a maneira como fora adquirido não era algo que pudesse ser tema de conversas. Ninguém sabia ao certo. O importante é que havia um relógio a bordo do barco, leve o bastante para ser transportado nas expedições ao interior e, caso se desse corda nele todas as noites, estava calibrado para funcionar perfeitamente. Pouquíssimas pessoas, mesmo as mais ricas, possuíam seu próprio relógio doméstico. Como acontecia desde cem anos antes, o tempo na Europa era marcado por meio de grandes relógios colocados no topo de edifícios municipais. As torres das igrejas tinham relógios para mostrar as horas aos devotos, assim eles sabiam quando seriam realizados os serviços religiosos. Ainda eram usados relógios de sol nos jardins e ampulhetas nas escrivaninhas, e as rotas no mar eram traçadas de acordo com a observação das estrelas. Para tanto, eram usados astrolábios, sextantes e muitas ampulhetas.

O relógio de Núñez, fabricado em Nuremberg, cabia na mão de um homem e era fechado por dobradiças. Uma fina fita de aço era a mola dele, que dava voltas por meio de uma chave que Núñez trazia sempre pendurada ao pescoço. As horas eram indicadas por algarismos romanos, os ponteiros pareciam lanças heráldicas, os minutos eram pequenos pontos dourados e o corpo metálico tinha figuras de esqueletos entalhadas – a morte numa veste com capuz, e por baixo estava gravado: *memento mori*. O relógio ficava guardado num estojo de couro vermelho que Núñez levava nas costas dentro de uma sacola de lona.

— Que horas são, Núñez?

— São oito horas da manhã, dom Cortés.

— Que horas são agora?

— Dois minutos depois das oito.

Botello, claro, só precisava olhar para o alto para fazer uma avaliação bastante acurada das horas. Mas Francisco e padre Olmedo, que tinham de fazer suas orações na hora devida, encantavam-se com a exatidão com que podiam realizar suas observâncias religiosas e sabiam precisamente quando deviam abrir seus breviários e recitar as orações, os salmos, as lições e os hinos corretos. E Aguilar, a despeito de seu desapreço e descaso pelas roupas, estava sempre com o *Livro das horas*, ajoelhando-se nas Matinas, a última oração da noite, na Laude, a chegada da luz; na Prima, o início do dia; na Tertia, o sinal da Anunciação aos Pastores; na Sexta, o sinal da Adoração dos Magos; na Nona, a Apresentação ao Templo; na Véspera, a Fuga para o Egito; e na Completa, que marca a Coroação da Virgem. O evento de cada hora era ilustrado em seu livro por imagens pequenas e perfeitas, emolduradas por plantas retorcidas e pequenos flocos de ouro: a Madona Entronizada, a Virgem Tecendo, a Virgem de Misericórdia e cenas do Velho Testamento, tais como a de David e Golias.

Naquela mesma manhã, às 11 horas, depois de os espanhóis prolongarem o desjejum – torta de milho, truta assada temperada com sálvia do deserto, limão e sal das salinas do sul, além de compota de cerejas e melão – fumando um pouco e conversando, o cacique se dispôs a dar a Cortés um presente muito precioso. Queria expressar sua gratidão. Os coletores de impostos estavam definhando no barco, na baía. Era um novo dia em Cempoala, que não podia passar em branco.

— Chame *doña* Marina – disse Cortés ao ver o cacique e sua entourage se aproximarem.

Muito nervosa e com os cabelos esvoaçantes, ela chegou secando as mãos, molhadas porque ela estava lavando as tigelas e os pratos. Sua posição como pessoa mimada e privilegiada, isenta do trabalho das mulheres, não fora bem aceita pelas outras escravas, e para apaziguá-las, e também por ela ser uma pessoa que gostava de se manter ocupada, Malintzin havia retomado suas responsabilidades de cozinhar, limpar e varrer. Normalmente muito eficiente na tradução, desta vez ela ficou hesitante ao escutar as palavras do cacique. Na verdade, por um momento ela chegou a perder a voz. As palavras foram muito difíceis para ela.

— Malinche?

— Estou sem fala, Aguilar.

— Uma frase ao menos – implorou Aguilar.

— Devo ser a porta-voz da minha própria destruição?

— O que está acontecendo? – disse Cortés furioso por não estar compreendendo o que se passava.

— O cacique está dizendo que Quetzalcoatl-Cortés deve tomar a linda sobrinha dele como esposa – disse Malintzin com a voz embargada e o corpo gelado como o rio na escuridão da noite. — Ele ficaria muito feliz se Quetzalcoatl-Cortés se tornasse membro da família dele.

A sobrinha, como observou Bernal Díaz, o cronista, em suas notas, era uma reprodução do tio em forma feminina. Ela também mal conseguia andar e precisava ser amparada de ambos os lados por suas servas. As papadas sob o queixo chegavam até o peito, os seios caíam-lhe sobre a cintura, a barriga e até sobre os joelhos. Por debaixo da saia volumosa, surgiam dois pezinhos delicados. Os lóbulos das orelhas se esticavam exageradamente com o peso dos brincos que usava. O cabelo era emplastrado com argila e coberto de plumas. Os olhos se perdiam nas dobras da face. Bernal Díaz não pôde encontrar nenhum traço que a redimisse para descrever.

— Ela é feia, não? – falou Aguilar para Cortés. — *Fea*. Como o tio.

— *¿Fea?* – disse Cortés enquanto observava os dentinhos perfeitos dela, parecendo duas fileiras de pérolas, e o nariz delicado, arrebitado, como os dos morcegos frugívoros. Em todos os dedinhos, gorduchos como salsichas, ela usava anéis. Ele pôde imaginar o prazer naquele corpanzil, como seria afagá-lo e afundar-se nele, cada dobra dando um profundo prazer, as ondas sucessivas de alegria, a carne em estoque, a carne para ser usufruída. As mulheres com nariz irregular, cintura larga, braços e pernas muito compridos, traseiros achatados, dedos torcidos e muitos outros defeitos – exceto dentes ruins – costumavam deixá-lo fascinado. Tais mulheres eram misteriosas, como se tivessem sido marcadas por Deus para seguirem na vida com dificuldades. Elas sabiam alguma coisa que as bonitas não sabiam. Algumas eram tão arrogantes quanto as belas, e outras, muito modestas, como se sentissem a responsabilidade e a culpa pela própria aparência. Aquela era imperiosa, como o tio, com um olhar malvado nos pequenos olhos embrulhados. "Que diabos, ela é encantadora."

— Você nunca viu uma mulher que não lhe atraísse – comentou Alvarado.

— É verdade, é verdade.

— Você tem uma esposa em Cuba, Cortés – disse Quintaval.

— Como você mesmo disse, em Cuba. Peça a *doña* Marina para dizer ao cacique que estou muito satisfeito, Aguilar. Diga a ele que em todas as minhas viagens jamais encontrei uma mulher assim.

— Malinche não vai gostar de dizer isso.

— Bobagem. Ela é a tradutora oficial.

Cortés tentou captar o olhar de Malintzin e depois deu de ombros, como se dissesse: "Sou um homem, o que posso fazer?" Tentou se justificar perguntando para si: "O que faria Quetzalcoatl? Uma desfeita ao cacique?" Quetzalcoatl, o homem-deus, contara-lhe Malintzin, não era um homem comum. Por amor a Deus, o deus-rei-poeta-sacerdote dormira com a danada da irmã dele. "Malin, Malinche, Malintzin, Maax, minha própria *doña* Marina," ele se viu murmurando, "você queria que eu colocasse em risco nossa aliança com o cacique por algo tão pouco importante?" Se ele não a conhecesse melhor, diria que sua raposinha estava com ciúmes, mas como era possível? Na cultura dela os homens podiam ter muitas esposas e concubinas. Além do mais, essas mulheres primitivas não tinham sentimento algum em relação aos homens. O amor romântico era uma noção européia, oriunda das poesias líricas e dos romances, de histórias trágicas como as de Celestina, Abelardo e Heloísa, e de Paolo e Francesca no *Inferno* de Dante. Se ela estivesse com ciúmes, seria apenas como mais uma mulher espanhola. E, ainda por cima, era uma escrava expatriada, que não pertencia a lugar nenhum e não possuía nada que fosse seu. Como poderia se queixar?

A garganta de Malintzin estava seca, com comichões de tanta sede. A língua parecia ter sido picada por um escorpião, inchando até ficar do tamanho de uma abóbora. Era como se o estômago dela tivesse sido raspado com uma concha afiada. Ela queria sumir para sempre de tanta vergonha.

— Está vendo, está vendo? – deleitava-se Jaguar, cutucando Cuy ao verem a apresentação da sobrinha do cacique. — Veja a sua pequena Maax. Ela parece um cachorro que foi alimentado pela mão do dono e depois foi lançado longe com um pontapé.

Cuy também estava confusa. Assim como Maax, parecia que alguém havia botado um lagarto dentro de sua boca e uma rocha sobre seu peito.

— Fica quieto – falou ela para Garra de Jaguar.

— Diga ao poderoso cacique que agradeço muito pela sobrinha dele – declarou Cortés.

Aguilar disse:

— Muito obrigado.

Malintzin repetiu:

— Muito obrigado.

A sobrinha sorriu, seu tio também.

— Cortés diz que está extremamente lisonjeado por esta oferta tão generosa e que irá cobrir de carinho a sobrinha do cacique como sua querida esposa – disse Aguilar para Malintzin.

— Ele vai – e Malintzin sentiu-se como se estivesse para se partir em duas – se casar com ela?

Isla segredou a Francisco:

— Cortés já é casado.

— Ele não pode se casar com ela – cochichou padre Olmedo na outra orelha de Francisco, certificando-se de que Malintzin não poderia ouvir.

— Se não for um casamento cristão, não será levado em conta.

Francisco estava surpreso por ter que chamar a atenção de um sacerdote para esse detalhe, ele que era um simples monge.

— Mas ele não pode... – e nesse momento padre Olmedo procurou as palavras mas logo resolveu não dizê-las. — Sim, sei o que você quer dizer. Antes ele terá de batizá-la.

Francisco ficava surpreso com a sagacidade de Cortés em tais situações. Ele supunha que esse tipo de inclinação ficara embotado nele, graças à brutalidade de sua juventude. Para Francisco, casamento e ligações dessa natureza eram uma licença para matar, e por isso ele jamais experimentara essa premência que os outros homens sentiam, mesmo os monges e os padres, que muitas vezes também eram pais. Seu amor a Deus e a todas as Suas criaturas, inclusive homens e mulheres, quase não requeria a união dos corpos. Ao contrário do que se poderia imaginar, ele achava que a neutralidade, se quiserem, inspirava a desconfiança nos homens. Mas as mulheres confiavam nele. Ele podia olhar para *os rostos* das mulheres. E, na verdade, essa afeição especial pelas mulheres se inspirava na necessidade de reconhecimento e simpatia por parte dos oprimidos, agredidos e esquecidos.

— Então, já que ela precisa ter um batismo cristão antes, ele… Cortés…

— Na guerra – disse Isla – dispensam-se os modos civilizados.

— Alguns escapam da guerra – disse Francisco.

— Bem, meu irmão, você está indo diretamente para uma – rebateu Isla. — Os sentimentos mais belos devem ser deixados de lado.

Francisco, depois de permanecer algum tempo em seu monastério na Espanha, mandou-se de repente para a América a fim de converter os pagãos em Cuba. Algumas vezes, seguir as ordens religiosas era o mesmo que dar a vida a César, ou seja, aos cardeais, bispos, sacerdotes, governadores e reis.

Quintaval, que sabia da esposa de Cortés em Hispaniola, teve de abafar o riso diante desses disparates todos. *Doña* Cortés, segundo sabia, era uma jovem senhora mal-humorada e mimada. Sem qualquer dote, sem a menor chance de poder se casar na Espanha, era uma daquelas mulheres trazidas, com as irmãs, pelas mães para um lugar onde havia escassez de jovens senhoras espanholas, na esperança de que ali pudessem ser admiradas e cortejadas, que se casassem, que fossem legalmente levadas para a cama e que procriassem. Era parenta de Velázquez, que forçara o casamento ao perder a virgindade com Cortés.

Alvarado ficara surpreso com a generosidade dos índios. Excelentes anfitriões, eles atendiam a todas as necessidades de seus hóspedes. Cada capitão recebera uma mulher para si – na verdade, várias mulheres. Não que os oficiais fossem fiéis, isto é: todas as mulheres, com exceção de Malintzin e Cuy, circularam por todos eles; foram, por assim dizer, provadas por todos. A mulher inicial dele estava agora com Isla, mas nem todos eram irmãos de armas, ele não podia pensar num só homem da turma que ele gostasse. Na Espanha e nas ilhas, o homem tinha que pedir a mão da mulher ao pai dela. Uma mulher, uma mão, bem, na verdade duas mãos; e depois era preciso conseguir-lhes criadas, para que as mãos delas jamais se sujassem. As mãos de um homem eram atadas. Ele acreditara nisso durante a guerra, pois era assim que funcionava, embora com uma só mão as mulheres fossem "tomadas". Faziam parte da conquista: o estupro, a pilhagem, o direito a todas, os rituais de posse.

Após o batismo, que Aguilar informou ao cacique ser a maneira espanhola de se casar, o borrifo de água e algumas palavras, a noiva foi conduzida aos aposentos de Cortés.

Cortés nem esperou a hora da sesta. Estava ávido para mostrar que valorizava o presente e não iria insultar o generoso cacique.

O cortejo do casamento passou pelo quarto de Malintzin. Ela havia se refugiado em sua esteira e virara o rosto para a parede.

— *Buenos días, doña* Marina – falou Cortés educadamente.

— *Buenos días* – disse ela com a voz abafada.

— Ah, *señorita*, você está aprendendo novas palavras em espanhol a cada dia – ele disse e depois se voltou para Aguilar. — A jovem tem lhe dado muito trabalho, *no?*

— Não seria bom fazer a menina aprender muito espanhol, Cortés – advertiu Isla, que fazia parte do grupo. — As mulheres têm o poder de influenciar um homem num piscar de olhos.

Cortés estava com o braço em volta dos ombros da noiva.

— Se existe alguém que conhece o coração humano, esse alguém sou eu, Hernán Cortés. As mulheres precisam ser domadas. Não é bom que elas se sintam seguras em relação a um homem. Devem ser mantidas instáveis. É a única maneira.

A sobrinha do cacique pensou que todos falavam de sua beleza, por isso contraiu a boca com petulância. Cortés apertou-a um pouco, para garantir-lhe que ela estava em boas mãos. Um adorável dia se abria para eles: rolar sobre a esteira, fazer a refeição da tarde, a da noite, e uma bela sessão de tabaco. Ele se curvou e cochichou algo em espanhol para ela.

— Vou foder você, foder você, e foder você. *Te lo voy a joder.*

Ela pensou que ele dizia que a admirava, que ela seria a sua esposa número um, a sua favorita, que ela era preciosa. *Yo te admiro, tú serás mi esposa numero uno, tú eres mi favorita, tú eres preciosa.*

Capítulo 15

Durante o dia Malintzin conseguiu suportar, fingindo que nada havia de errado, apesar de saber que todos riam dela, alguns até mesmo estavam satisfeitos por ela não ser mais a mulher de Cortés. Mas quando retornou ao seu quarto à noite – que ficava ao lado do de Cortés – ela chorou copiosamente, na esperança de poder afogar a tristeza nas muitas lágrimas que derramou. Ela chorava de humilhação, e também por sentir uma dor terrível no peito, como se tivesse subido os degraus para ser sacrificada e lhe tivessem arrancado o coração. Pensava em si como uma casca de milho sem espiga por dentro, perdera a alegria de acordar toda manhã enlaçada pelos braços de Cortés. Sem a atenção dele, ela não se sentia viva. Assim, quando os olhos de Alvarado passaram a segui-la como dois cachorros se enroscando em seus pés, ela se sentiu grata, pois alguém estava afirmando a vida dela. O fato de Alvarado observá-la, ele que era tão digno de ser observado, devolveu-lhe novamente um corpo e lhe fez sentir que estava viva. E ela poderia usar Alvarado como uma flor nos cabelos. O corpo alto dele, o cabelo cor de coral marinho, os olhos como pedaços de turquesa eram segredos dela, eram o conhecimento oculto que ela detinha. Olhar para Alvarado era sentir-se fadada à beleza. Era como ter o privilégio de comer um abacate ou escutar uma flauta – que ele tocava tão lindamente quanto um criado do imperador. Vê-lo devolver o olhar *dela* era o mesmo que subir aos céus e habitar o sol como um herói de guerra.

As chuvas haviam chegado. Era final de outubro pelo calendário cristão e os conquistadores já se encontravam em Cempoala desde setembro, cada dia sendo mais úmido e sombrio que o anterior, mas à noite as nuvens se moviam para o leste e os homens empilhavam lenha, acendiam fogueiras, traziam suas esteiras para perto e se reclinavam ao redor. A fogueira dos oficiais ficava no meio do *zócalo*, junto do templo, onde eles se posicionavam de costas para o painel de crânios. As pequenas fogueiras dos soldados acompanhavam os limites da cidade.

Naquela noite em Cempoala, através do ar enevoado, a Lua estava cheia, muito próxima e grande, como em nenhuma outra parte do mundo. Derramava um halo em volta do corpo de Malintzin quando ela se encontrava diante do quarto de Alvarado. Malintzin era tão morena, tão suave, parecia uma semente espremida de um melão gigante. O cabelo caía-lhe de ambos os lados da cabeça como serpentes se retorcendo, e os olhos brilhavam como brasas lançando fagulhas vermelhas em pequenos estalos.

— Eu vim... – disse ela.

Ele não falou nada.

Ela deixou sua roupa cair.

Alvarado se livrou de suas muitas cobertas sem dizer uma palavra.

Tomado pelo desejo, ele a comprimiu, por fora e por dentro, com as gotas de suor a tremularem em seu peito, tombando do pescoço, formando um V desde o peito até o umbigo. Sua respiração ficou ofegante, e as costas dela, arranhadas pelas arestas dos tijolos de adobe rejuntados da parede, abriam-se em linhas correspondentes de sangue brilhante. Ele estava em brasa. Então, de repente, foi como se houvessem lançado um jato de água fria. Ele perdeu a coragem. Recuou olhando para baixo, para o seu *tepolli* murcho.

— Que Deus me perdoe, o que eu fiz? Meu melhor amigo, meu companheiro de armas, meu comandante...

Ele se arrastou até um canto do quarto e, despido, miseravelmente curvado, começou a chorar.

Ela, se isto fosse possível, sentia-se menos ainda do que nada. Precipitou-se para pegar suas roupas.

— Cordeiro de Deus – lamentava-se Alvarado –, lave os pecados do mundo.

Apanhando as roupas, ela se enrolou em seu *cueitl*, lançou o *huipilli* sobre a cabeça e fugiu correndo dali. O gosto rançoso em sua boca fê-la querer se livrar do cozido de carne de veado com ameixas, que fora a refeição da noite.

Mal sabendo para aonde ir, seguiu pelos labirintos de quartos enfileirados e sobrepostos aos pátios do palácio. Ia amaldiçoando Cortés.

— Veja o que você me fez – murmurava ela, cuspindo no chão enquanto prosseguia.

Na fogueira dos oficiais, o odre de vinho passava de mão em mão, enquanto Botello fazia uma serenata, improvisando uma canção sobre um *hidalgo* que se apaixonava por uma prostituta e ambos acabavam em desgosto. Alguns homens dançavam uns com os outros, enlaçados. Um deles, que pegara um pedaço de pano e com ele fizera uma saia de mulher, batia os calcanhares no chão enquanto os demais assobiavam e gritavam. Cortés, como sempre acontecia em suas rondas noturnas, conferindo se os sentinelas estavam em seus postos, se os cavalos estavam selados e verificando também se os mosquetes, as flechas, os machados e as lanças estavam prontos para serem usados, apareceu na fogueira dos oficiais. Ele reparou que Alvarado não estava ali, nem Quintaval com seu escravo negro, tampouco Isla? Núñez, ele sabia, estava fascinado por sua índia, Cuy, e passava as noites com ela. Mas estavam ali o idiota do Puertocarrero, Botello, frei Francisco, padre Olmedo e Aguilar, o resgatado, que já começava a engordar com o *tamal** dos cempoalas.

— *Buenas noches.*

Ele se sentou na terra úmida junto de Botello, enrolou um pouco de folha picada de tabaco dentro da folha maior e começou a fumar. Então, com as costas apoiadas numa tora puxada para lhe proporcionar maior conforto, ele passou a regalar os oficiais com histórias das aventuras de El Cid, como a da vez em que poupou a vida de um sultão muçulmano, outra em que obteve a liberdade de uma cidade em uma justa, e quando foi ignorado pela mulher que amava.

— A vida é assim – comentou Puertocarrero.

— É verdade, é assim mesmo – e um brinde foi erguido por todos ao redor. — *La vida.*

— *La vida, la guerra y las mujeres.*

— É verdade que o Exército francês já foi liderado por uma donzela? – perguntou Puertocarrero a Cortés, pois não tinha leitura e apenas sabia das coisas por ouvir contar. Para agradá-lo, Cortés relatou num tom solene que

* Iguaria mexicana preparada cozinhando-se milho moído misturado com carne picada temperada com pimenta-vermelha e óleo. (N.T.)

62 anos antes de 1492, quando a última fortaleza dos mouros infiéis lhes foi tomada na famosa batalha de Granada, chefiada por são Jaime, e no mesmo ano em que o irascível italiano Cristóvão Colombo descobriu as Índias para a rainha Isabel e o rei Fernando, no mesmo ano em que a rainha Isabel recebeu de presente um livro de gramática espanhola e declarou que a linguagem havia sido conquistada, 62 anos antes disso muitas coisas no mundo moderno tinham acontecido, e a donzela de Orleães, que ouvia vozes do céu, fora queimada na fogueira.

— Joana de Orleães pensava ser uma amazona. *Loca.*

Cortés sacudiu sua coberta como um cavalo que está com moscas no lombo.

— *Loca,* como *Juana la Loca,* a mãe do rei Carlos? Ouvi dizer que Juana carregava com ela por toda parte o cadáver do marido, Felipe o Belo, mesmo sabendo que ele morrera de tanta fornicação com outras mulheres – disse Botello, que tampouco tinha leituras mas que conhecia muito bem tudo o que se dizia confidencialmente.

— Boatos – replicou Cortés. — Todo mundo fala isso, mas é puro boato. Só os franceses se comportam dessa forma abominável.

Então ele baixou o tom da voz e se dirigiu exclusivamente a Botello:

— Onde está Alvarado? Vi vocês dois com os outros homens ontem à noite, perto da fogueira. Seus ouvidos estão bem abertos, como ordenei?

— Ouvi dizer que o rei Carlos V, que breve será o próximo imperador dos Habsburgo se o suborno der certo, tem um queixo tão grande e deformado que baba em cinco línguas.

— Não repita esse tipo de coisa, soldado.

Mas Cortés sabia que Botello não estava querendo zombar do regente. Era o vinho, era o fato de já ser muito tarde. Era o calor do companheirismo que soltava a língua dele. Numa noite daquelas, que mal havia em um pouco de irreverência, até mesmo em uma pequena blasfêmia? Podia-se dar e também tirar. Ele era capaz de ambas as coisas. Se os seus homens sentissem que ele era um deles, então todos morreriam por ele. De qualquer forma, Botello, como cigano que era, jamais falava totalmente a sério, a não ser que estivesse oficialmente engajado em suas funções de vidente da companhia.

— Ontem à noite deixei você sozinho com Quintaval. Ele manifestou aquele descontentamento de sempre? – perguntou Cortés, que considerava Botello um extraordinário vidente, pois previra a vitória deles em todas as batalhas, além da riqueza de Cortés no futuro. Era como se ele, Cortés, tivesse nascido para viver entre tecidos de brocado.

— Quintaval fala em defesa de seu parente, o governador Velázquez, *mi amigo*, mas ele fala... como posso dizer? Quintaval é um homem orgulhoso, com toda certeza, não é ganancioso apenas por interesse próprio, mas sim graças a uma preocupação genuína com a capacidade das nossas forças, ou seja, ele não acredita que tenhamos número e força suficientes para a tarefa diante de nós.

— Está fomentando a rebelião, estou vendo, um patife. Que a desgraça caia sobre ele.

— Ele diz em voz alta o que muitos estão sentindo. Os homens estão com medo.

— Que vergonha! Os santos hão de chorar por isso.

Cortés aproximou-se mais.

— Duas coisas, Botello. Foi você que fez com que protelássemos nossa estada aqui quando os homens estavam loucos para marchar. Ficamos aqui esperando os seus "sinais" propícios. Cada dia em Cempoala é um dia perdido para o ouro. E você sabe, Botello, que pode ser substituído – disse Cortés a fim de instilar um pouco de medo no cigano, de modo que ele não se sentisse muito confiante e convencido.

— *Señor* Cortés, será que existe por aí algum outro vidente que possa substituir uma percepção aguda como a minha?

— Voltando a Quintaval, a punição por traição precisa ser absolutamente justa. Não gostaríamos que a nossa expedição começasse produzindo mártires.

Cortés jamais se detinha na opinião dos outros.

— Traição é uma palavra que eu não usaria nesta situação, *mi amigo*.

— Tenho mantido meus olhos nele, Botello. Às vezes é necessário dar um exemplo.

— E há vezes em que pequenas discussões crescem como as nuvens no céu.

— Você é um bom sujeito, Botello, talvez até demais.

Cortés quase disse "um bom cristão", mas Botello, um sujeito moreno, se não era propriamente pagão, também não era um verdadeiro crente. Cortés já observara que, em qualquer quarto ou tenda que Botello ocupasse, ele ia logo erguendo santuários – pequenas coroas feitas de ervas, pedaços de tecido que poderiam ser relíquias caso ele fosse cristão, um osso de algum santo, uma lasca da verdadeira cruz. Contudo, Cortés não acreditava em nada daquilo, achava que aquelas peças poderiam ser algum pedaço de roupa da mãe dele ou algo inquietante e desagradável, um trapo maldito de uma feiticeira, por exemplo. Certa vez, numa tarde de muito calor, Cortés vira Botello dormindo com uma porção de lagartinhos verdes pegando sol em cima do rosto dele. E ele estava sorrindo.

— As pessoas estão entediadas, *aburridas*, e eu também já estou farto de Cempoala. Estamos começando a nos sentir demasiadamente paparicados.

Quando fumava as folhas picadas enroladas na folha seca maior e umedecida, Cortés gostava de tirar aquilo da boca, observar a ponta em brasa e depois bater nas cinzas com um delicado toque do dedo.

— Vamos todos ficar tão gordos quanto o cacique. Cada dia que passamos aqui, permanecemos a léguas da capital. Vamos apodrecer aqui.

Cortés tivera, havia pouco tempo, um pesadelo no qual era surpreendido por musgos que lhe cresciam da cabeça aos pés.

Botello ia dizer algo mas pensou melhor e desistiu. Pessoalmente, não estava com a menor vontade de entrar numa guerra.

— Não tenha tanta pressa assim, *correcto*? É isso que você está pensando, Botello? Seja piedoso com Quintaval? Eu, Cortés, piedoso? Ora, Botello, não estou querendo causar problemas. Sou eu, Cortés, que lhe dou ordens. Cortés, seu amigo, amigo de todos os homens da nossa expedição.

Não havia nenhuma vantagem em amedrontar o pobre sujeito, Botello, o grande urso, o bicho-papão. Quando criança, Cortés vira colocarem num ringue um urso e um touro. O touro tinha vencido.

— Não quero causar nenhum dano, Botello, e você sabe disso. Vejo você amanhã de manhã, não?

Ao se aproximar de seu quarto após a conversa com Botello, era óbvio que Cortés se encontraria com Bernal Díaz, que se não estivesse no quarto do capitão sentado no banco de três pés, estaria sentado numa pedra diante da porta.

— Meu senhor, do que se trata?

— Não é nada, Bernal Díaz, nada. Mas diga-me uma coisa.

Cortés conduziu seu fiel cronista para o interior do quarto, sentou-se em sua cadeira renascentista e esticou as pernas.

— Senhor?

— Quais são os amigos de Botello?

— O monge Francisco, Adu, o negro, e Malinche *la Lengua*.

— Eles a chamam de a Língua?

— Bem, alguns chamam, às vezes.

— E Botello? Do que ele mais gosta?

— Ele gosta de certas ervas, certas sementes, certos moldes, certos...

Cortés fez um sinal com a mão.

— Então quer dizer que Botello, segundo sua avaliação, é alguém em quem posso confiar? – Cortés disse e passou os dedos em seu guarda-sexo. O tecido, embora não fizesse parte da armadura, ainda assim beliscava-lhe as coxas e produzia irritação nos órgãos genitais.

— Se Botello é de confiança? Pelo que eu saiba, é sim, meu senhor.

— Vá chamar Quintaval.

— Há algo errado?

— Vá lá, Díaz. Chame Quintaval. Faça isso, agora.

Cortés ficou se perguntando por que precisava suportar Bernal Díaz. Ele era tão entediante. Não importa. Levantou-se e deu a volta na escrivaninha, que nada mais era do que um simples pedaço de madeira lisa sobre dois barris de vinho. Não havia portas, cortinas, nada que garantisse a privacidade naqueles quartos situados ao longo do pátio no primeiro andar do palácio do cacique em Cempoala. As portas eram consideradas uma impolidez.

Qualquer um pode me espionar, pensou Cortés irritado.

— Você queria me ver, Cortés? – disse Quintaval.

— Quintaval, seu avô não era um ladrão na Espanha? E também não há um ou dois mouros pendurados em sua árvore genealógica, além de um judeu, talvez? Com certeza o tom escuro da sua pele indica essa possibilidade. Um mourisco, um judeu converso?

— Não sou mais escuro do que você, meu senhor. Meu pai era um homem importante, que enfrentou tempos difíceis, mas foi honesto até o último suspiro. Minha mãe era uma mulher virtuosa, uma mãe.

— Olhe, Quintaval, você sabe que não me interessa quem foi seu pai, se sua mãe era uma puta ou o que eles fizeram ou deixaram de fazer. Também não quero saber se eram nobres ou pobres.

Quintaval semicerrou as pálpebras. Ele sabia que Cortés se importava muito com as ligações de *sua própria* família e que fazia o máximo para servir ao rei como melhor lhe aprouvesse.

— Não me interessa se você precisou atravessar as montanhas dos Pireneus carregando sua mãe nas costas para chegar até a Espanha, como fez Alvarado.

— Senhor?

— O que quero dizer é que Núñez é um judeu converso, e embora eu dê tanta importância à fé quanto qualquer outro castelhano, peço apenas lealdade absoluta a mim e à nossa missão sagrada aqui na Nova Espanha. O que você faz no seu quarto, na sua esteira, no porão da sua alma, e que lembranças você traz dentro dessa sua mentezinha quintavaliana ou que retrato em miniatura você fica olhando todas as noites, mesmo que seja uma reprodução fiel do próprio diabo, não cabe a mim perguntar.

— Você é, então, um homem novo, moderno?

— Pode-se dizer isso. Acredito na honra, claro, mas na honra mais ampla, que vai além do indivíduo e da família.

— Você acredita com firmeza no indivíduo, no poder do homem para construir sua própria vida?

— Não estamos aqui para analisar sentenças, meu amigo. Mas ações traiçoeiras, incitação a motins e conspirações contra mim poderão custar-lhe a vida. Sei que você é protegido do governador Velázquez e que talvez tenha vindo para cá como espião dele. Entretanto, dei a você a oportunidade de me provar sua lealdade. Está avisado. Não brinque comigo, Quintaval, não me provoque, não seja conivente com os inimigos ou trabalhe contra mim. Estamos aqui numa missão por Deus e pela Coroa.

— Você me compreende mal, Cortés. Gosto de você e vou servi-lo até minha morte.

— Com certeza. Não tenho mais nada para lhe dizer. Convoque Alvarado.

Cortés levantou-se de sua cadeira, aproximou-se e deu um abraço forte em Quintaval.

— Fico satisfeito por termos nos entendido.

Assim que Quintaval saiu, a sobrinha do cacique surgiu na porta com um sorriso namorador no rosto.

— Não, não. Esta noite não. Não vê que estou ocupado? *Jesucristo y todos los santos.*

Ela fez um biquinho com os lábios, como se dissesse "Beije-me, meu querido homem, beije-me muito", e saiu bamboleando. Foi quando surgiu Alvarado à porta.

— Ah, Alvarado, estava esperando pelo senhor. Vou ser rápido e franco. Você sabe que Quintaval, bastardo de 20 gerações passadas de cachorros vira-latas, não vale nada? Você sabe disso, eu sei, e agora todo o acampamento sabe, e talvez até mesmo o cacique gordo de Cempoala também esteja sabendo. Já discutimos isso, não é mesmo?

Alvarado não se lembrava, mas assentiu com a cabeça sem olhar o comandante nos olhos.

— Quintaval fala demais – disse.

— É. E Puertocarrero bebe demais, Alvarado. Mas ele se levanta de manhã, consegue montar em seu cavalo e participar das manobras.

Puertocarrero nem mesmo havia protestado quando Cortés lhe tomara a mulher, Malinche, e a fizera sua. Quanto a ela, ele podia escutá-la soluçando no quarto ao lado, como fazia todas as noites desde que ele ficara com a sobrinha do cacique. No início, Cortés pensava que *doña* Marina teria lágrimas suficientes para encher uma poça, mas agora estava achando que o estoque dela poderia encher um lago.

— Em breve, se é que já não está fazendo isso, Quintaval irá recrutar outros descontentes. São todos como fungos no pão podre, um bando de gananciosos.

Alvarado se apoiou primeiro num pé, depois no outro, olhando para os pés de Cortés. O comandante descalçara as botas e Alvarado reparou que os dedos dele estavam róseos.

— Do que você mais gosta, Alvarado, posso saber?

Alvarado ia responder que era de seu cavalo, porém se conteve.

— De Deus, senhor, depois do rei, depois...

— Deixa disso, homem.

— Pode parecer bajulação minha, mas depois é do senhor. Meu pai, uma ótima pessoa, já morreu.

— Você não gosta de mim mais do que de todo o resto?

— Bem, eu ia dizer isso mas achei que devia mencionar Deus, o senhor sabe...

— Correto, correto. Estou me fazendo de bobo com você. Deixe-me dizer uma coisa na mais profunda confiança: Velázquez, o nosso venerado governador, quer que nós fracassemos, mas só depois de lhe enviarmos todo o ouro. Ouça bem: Velázquez não compreende que ele não vem antes de Deus e do rei. Alvarado, faça uma coisa por mim. Siga Quintaval, mantenha sempre os olhos nele, faça-me um relato diário de tudo o que ouve e vê. Vamos desmascará-lo. Estou ouvindo barulho de alguém arrastando os pés? Quem está na porta?

— Sou eu, seu humilde servidor, *capitán general*.

Isla, o quieto. Que diabos queria ele?

— Vá agora, Alvarado. Lembre-se do que lhe disse. E diga a Malinche, no outro quarto, para que pare de chorar, assim ela irá se esgoelar. Ela acha que é uma princesa. Mas é apenas uma mulher. Basta. Basta.

Capítulo 16

Isla tinha um jeito de falar cheio de circunlóquios, contornando o assunto como uma abelha escolhendo onde dar uma ferroada.

— Hoje só choveu duas vezes. O dia foi muito agradável aqui em Cempoala, Cortés.

— Acabei de fazer o mesmo comentário

Cortés percebia alguma traição no ar. Já tivera de se desvencilhar de uma mulher e agora uma outra estava estragando a noite dele com aquele choro infantil. Além disso, ele estava empacado com seus soldados num encrave pagão no meio do nada. Um dia realmente adorável.

— E o que você tem em mente, Isla?

Isla era um homem solitário, que não falava muito, não comia feito um porco nem bebia como um peixe. "Deve existir algum ponto fraco nele", pensou Cortés. Aquele diabo malévolo deveria ter algum defeito fatal, que pudesse ser explorado por ele. O homem era circunspecto, frio, calculista. Verdade seja dita, Cortés não gostava nem um pouco daquele sujeito, mesmo com todas as adulações.

— Não se ofenda, *capitán general*, se eu lhe contar uma coisa que está me perturbando, impedindo-me de dormir, deixando meu coração apertado com tantas preocupações... Tem a ver com o senhor.

—Vamos, homem. Não sou nenhum vaidoso.

Que Isla tivesse um coração, já era algo curioso. Talvez ele fosse um espião do rei, um homem do imperador. Mas era bom com a espada e o cavalo. É preciso ter a cabeça fria durante a batalha para mantê-la em cima do pescoço.

— A sua pequena amante.

— Qual?

— Malinche, Malinali, Malintzin, *la Lengua, la puta*.

— Ah, sim. *Doña* Marina. Um tesouro. Está chorando por minha causa.

— Ela é cúmplice de Alvarado.

— Não entendi.

— Ela anda se encontrando com Alvarado. Ele põe...

— Já ouvi.

Cortés pulou da cadeira, foi até a esteira e com a espada perfurou-a seguidas vezes, depois a ergueu, fazendo as palhas de milho caírem, e a lançou contra a parede. Então, vendo uma porção de formigas caminhando em fila pelo chão, esmagou-as no mesmo instante com os pés descalços. Olhou ao redor, procurando alguma outra coisa para matar. Alguém pusera um vaso de flores na mesa dele. "Quem fez isso?" Ele jogou o vaso no chão. Teve vontade de pisotear os cacos de argila, mas se conteve. Malditos índios. Flores por toda parte. Ele odiava flores.

O choro no quarto ao lado parou de repente.

— Não é verdade – disse ele diante do rosto de Isla, mantendo a voz baixa. — Como se atreve a me transmitir um boato tão indecente como esse.

— Detesto ser mensageiro de más notícias.

— Estou certo que sim – e Cortés lançou um olhar de aço sobre Isla. Botello bem que o avisou que aquele dia seria terrível. Todos os sinais indicavam, disse o vidente, que Cortés não deveria nem se levantar de sua esteira.

— Alvarado é meu homem mais leal. Acabo de vê-lo. Um ato tão covarde assim iria ficar evidente no rosto dele, iria retorcer os traços da face, escurecer os olhos, ele ficaria menos tempo aqui. Ele cairia morto. Ele não me trairia, mesmo se *doña* Marina fosse a última mulher neste mundo. *Doña* Marina é minha concubina. Essas acusações partem de rumores malignos, maledicência, perfídia, ciúmes, são migalhas deixadas por ratos. Este acampamento é um caldeirão fedorento de mexericos. Gente que não tem nada o que fazer se reúne para espalhar comentários maldosos sobre os outros, como presunto podre ou pão estragado. Não existe um mandamento contra o falso testemunho?

— Mas é verdade. Gostaria que não fosse, *capitán general*.

Isla permanecia atento, como se estivesse diante de um tribunal militar que investigava sua conduta.

— Por que você está me contando isso?

Cortés era malicioso até à medula.

— Para o seu próprio bem.

— Verdade?

Cortés não estava se sentindo nada bem. Sua boca ainda guardava um gosto de torta de milho, que lhe forrava os dentes com algo viscoso. Pelo que podia se lembrar, não sabia mais o que era uma boa fatia de carne de boi. Por que não havia bois naquela terra? Nem cavalos para cavalgar? Inacreditável.

— Quando você está com a sobrinha gorda do cacique gordo, ela se arrasta até o quarto de Alvarado. Feito uma gata traiçoeira. Feito uma leoa.

— Vou perguntar de novo. Por que você está me contando todo esse absurdo?

— Porque, *capitán general*, ela é sua intérprete e tradutora. Sua falta de lealdade pode colocar em risco a nossa missão aqui. E Alvarado, ele não é seu vice-comandante?

— Prometi mais do que a liberdade àquela mulher.

Isla agora estava com uma postura mais relaxada. À vontade, ele ficou com os pés um pouco afastados um do outro, as mãos cruzadas às costas. Era um homem alto, mais alto que a maioria, muito mais alto que Cortés, e de compleição robusta. No entanto, a cabeça, em cima de um pescoço muito comprido, era curiosamente pequena. Era estranho, grotesco. Tinha olhos de gavião, profundos, mas ficavam muito afastados um do outro. E o que era pior, seus olhos não piscavam. A boca era larga, o lábio superior, quase invisível; normalmente seus lábios se comprimiam um no outro. Com o cabelo escovado para trás e emplastrado bem junto ao crânio, ele lembrava uma enguia, *una ángula*. E os dedos eram extraordinariamente brancos e frágeis, como os de uma mulher. O dedo mindinho da mão esquerda tinha a unha muito comprida. O que significaria isso? Seria ele um feiticeiro ou algo assim? Cortés precisava perguntar isso a Botello.

— O que você fazia antes de vir para Cuba, Isla?

Cortés o havia conhecido nas docas. Ele parecia um homem educado. E, o que era mais importante, possuía um cavalo.

— Eu era cordoeiro em Sevilha, Espanha, e vim fazer fortuna nas Índias.

— Verdade? – indagou Cortés, que não acreditou numa só palavra. Fabricantes de cordas não possuem cavalos nem aprendem esgrima. Ele viera da Espanha com recursos.

— Sim. Meu pai tinha uma loja.

— E você não foi para a universidade? Você não tem patente ou posição?

— Sei ler latim. Sou leal ao imperador, *capitán general*, comandante Cortés. Sou cristão e sei manejar uma espada. Não sinto medo.

— Você mataria um homem se eu ordenasse?

— É claro.

— Não falo de um inimigo, mas de um homem que fosse seu compadre?

— O senhor deseja que eu mate Alvarado e a escrava?

— Não, não... – Cortés estava de pé e dava passadas pelo quarto. — Não agora. Só estava perguntando.

Então, o homem não era apenas um soldado, mas um matador. Talvez fosse um assassino profissional?

— Por enquanto, apenas siga Alvarado. Observe-o de perto e me faça relatórios.

Ouviu-se um ruído leve.

— *Jesucristo y todos los santos, y ahora qué.*

— *Señor?* – e então Francisco passou a cabeça pela porta.

— Não vê que estou conversando com Isla, Francisco?

— Chegou uma delegação. São presentes vindos da capital, presentes de Montezuma.

— Mais mulheres? Já temos muitas.

— Trouxeram ouro.

— Ouro?

Cortés despachou Isla e seguiu Francisco, instando para que o frade acelerasse o passo. Uma grande multidão se juntara no *zócalo*. Um contingente de carregadores com a insígnia do império em suas roupas – a águia sobre o cacto – traziam muitas coisas lindas em seus braços, as quais depositaram diante de Cortés.

Dois discos de ouro e prata
Um colar de ouro com pérolas e pedras preciosas

Outro colar de fios retorcidos de ouro com 102 pequenos rubis e 172 pequenas esmeraldas.
Um capacete cheio de ouro
Um capacete de madeira folheada a ouro
Um elmo com 25 sinos de ouro pendurados na frente
Uma arca revestida de placas de ouro
Um bracelete de ouro fino
Uma vareta com dois anéis de ouro nas extremidades e adornada com pérolas
Ganchos cobertos de plumas amarradas com fio de ouro
Sandálias de couro de veado costuradas com fios de ouro
Sapatos de couro ornamentados com prata, pérolas e ouro
Um escudo com sinos de bronze à volta e com o bojo feito de uma placa de ouro
Quatro peixes de ouro
Patos feitos de ouro
Um grande espelho com adornos de ouro
Leques e apanhadores de insetos feitos de plumas e ouro
Mantos tecidos com fios de ouro

O cacique de Cempoala, que, é claro, precisava saber o que significava todo aquele tumulto, chegou imediatamente. Malintzin, até pouco antes aos prantos, foi para o seu posto junto de Aguilar, pronta para interpretar e traduzir. Ao vê-la, Cortés quase não conseguiu se conter. Teve vontade de se lançar sobre ela com as mãos esticadas e estrangulá-la ali mesmo, na frente de todo mundo. Porém, com a luz de tantos objetos de ouro arrumados diante dele, e também precisando dos talentos dela, ele se conformou em apenas mostrar uma expressão enraivecida.

— Diga ao cacique – falou Cortés para Aguilar –, sem que os mensageiros e os carregadores possam ouvir, que podemos considerar essa exibição de riqueza apenas como um suborno da capital para obter nosso favor. Cortés não será subornado. Temos a intenção de devolver tudo, assim que for possível.

Aguilar transmitiu a mensagem a Malintzin, que solenemente caminhou até o cacique e lhe disse com tranqüilidade o que Cortés desejava que ele ouvisse. Cortés tentou detectar o adultério na maneira em que ela balançava os quadris, na forma como empinava os seios, porém ela parecia como sempre fora, modesta, sossegada no seu próprio interesse, uma escrava consentida, uma escrava belíssima. Era uma mulher, uma mulher inteligente, sem dúvida, mas ele estava com vontade de açoitá-la até o sangue escorrer pelas costas dela e a pele se abrir fazendo franjas. Tinha vontade de arrancar toda a pele dela, polegada por polegada, até que ficasse parecendo um tomate descascado, cru e macio. Queria que ela tremesse de dor e gritasse por misericórdia. Queria cortar-lhe o coração, mesmo que ela não tivesse coração. E Alvarado, esse seria bem simples: era só cortar-lhe a cabeça. Mas isso seria muita gentileza. A forca era a forma mais ignóbil de ser executado, a fogueira, a mais dolorosa. Mais tarde ele decidiria. Aqueles loucos infelizes.

— A delegação tem uma mensagem para Cortés – declarou Malintzin.

O porta-voz do grupo do império avançou alguns passos e falou algo diretamente a Malintzin. Ela se voltou, repetiu para Aguilar e este traduziu para Cortés.

— Ele diz – falou Aguilar – que Montezuma saúda o grande capitão Malintzin com respeito.

— Não sou Malintzin.

— Foi assim que eles falaram. É a maneira deles. Ela fala por você, então ela é você e você é ela. Você é o senhor dela. Malintzin e você falam como um só.

— Nós falamos como Cortés, não como Malintzin. Você tem certeza de que a tradução dela foi fiel?

— Até onde sei, sim. Ainda não fomos prejudicados.

— Prossiga, Aguilar.

Malintzin traduziu para Aguilar com a voz tranqüila, de forma que o cacique não pôde ouvir.

— De guerreiro para guerreiro – disse Aguilar em espanhol –, do senhor para Montezuma e de Montezuma para o senhor, ele deseja lhe agradecer por ter poupado seus homens das garras desse nefasto e desprezível cacique de Cempoala, que é um súdito ingrato e pervertido, conhecido por sua preferência por jovens rapazes, macacos-aranha e cobras venenosas. Ele é sujo em todos os hábitos, já nasceu ridículo, e de todas as maneiras é indecente e indesejado. E com esses presentes o imperador Montezuma cordialmente sugere que Quetzalcoatl compreenda a apreciação do império por sua grande generosidade ao salvar os coletores de impostos. Receba-os, sugere Montezuma, com um espírito alegre, pois ele deseja que Quetzalcoatl seja feliz e próspero, que desfrute plenamente desses presentes e que se lembre para sempre dos mexicas como um povo generoso e...

— Vá direto ao ponto, Aguilar.

— Ele diz para você voltar para o lugar de onde veio e deixá-los em paz, mesmo que o senhor seja Quetzalcoatl.

— Voltar para o lugar de onde vim? Voltar para Hispaniola, aquela ilha desprezível, onde não há ouro e não existem mais escravos? Cuba? Aquele buraco do inferno?

— Talvez ele esteja querendo se referir à Espanha, o país do *seu* imperador – sugeriu Aguilar.

— Espanha? Ficar sentado naquela cidade decadente, querendo entrar no primeiro navio que sair de lá?

— *Mi capitán* – exclamou Alvarado. — *¿Está usted bien?*

O que Cortés estava a ponto de dizer a Alvarado era: "Você, seu cachorro de merda, *tu, tu perro de mierda...*" Mas se controlou, como era próprio de um cavalheiro, capitão, general, comandante, senhor, lorde, prefeito.

— Pensei que o Barata gostasse de ouro – comentou Garra de Jaguar com Cuy.

Cuy olhou para Núñez. Este arqueou as sobrancelhas de maneira interrogativa. Ela ergueu os ombros. Os dois estavam adotando os maneirismos um do outro, observou Francisco, o judeu errante e sua escrava maia, dando de ombros, erguendo as sobrancelhas, em posturas respeitosas, embora sempre inquisitivas. "Seriam esses os gestos do exílio? Mas então," raciocinava Francisco, "desde o Éden que somos todos exilados, todos errantes." No entanto, esta cidade não se parecia com o Éden em sua beleza, que brevemente seria destruída. Assim como Adão e Eva, ninguém pode deixar nada em paz.

— Adu – disse Cortés ao escravo negro –, convoque a ajuda dos criados de Quintaval, Juan e Manuel, e levem esses presentes aos meus aposentos. Vamos deixá-los lá, até podermos devolvê-los. Transmita isso ao cacique, Aguilar, diga-lhe que recusamos os presentes e os enviaremos de volta, com uma mensagem muito aborrecida. Não, nós não seremos subornados. Mas até que sejam devolvidos, ficarão guardados sob nossa responsabilidade.

Cortés voltou-se para Bernal Díaz e disse:

— Você. Faça uma avaliação do valor total de tudo isso no seu livro de registros. Vamos contá-lo, pesá-lo e derretê-lo, um quinto será enviado para o rei Carlos. Poupe algumas peças como curiosidades, para mostrar ao estimado imperador o que os vassalos dele na distante América são capazes de enviar para a Espanha. Depois, separe a minha cota e, após serem deduzidas as despesas com armas e alimentação, entregue o restante aos homens.

Então Cortés se dirigiu a Botello:

— Não me importo com o que dizem os sinais para amanhã. Seja como for, vamos nos preparar para partir.

Depois gritou para Puertocarrero:

— Então, meus amigos, ouro para todos, e todos para o ouro!

O brado se repetiu pelas fileiras:

— Então, meus amigos...

— Para a capital! – prosseguiu a gritaria. — Para o ouro, mais ouro!

— Aguilar – Cortés puxou-o para fora do grupo. — Diga a Malintzin que quero vê-la em meu quarto amanhã de manhã, depois do desjejum, e mantenha aquela maldita sobrinha do cacique longe de mim.

Em seguida ele foi até Alvarado e sussurrou em seu ouvido:

— Toque nela de novo e vou matá-lo como um cachorro de rua.

— Eu não queria... ela veio...

— Mais uma palavra e corto sua mão direita, dedo por dedo.

O que Cortés estava querendo dizer era: "Como você pôde, Alvarado querido, fazer isso comigo?"

Cortés lançou um olhar para Malintzin que parecia dizer: "Você é uma puta, uma marafona suja de merda."

Ela ergueu o queixo em desafio.

Cortés murmurou para si: "Veremos quem é que manda aqui." Tinha vontade de matá-la aos poucos.

Na manhã seguinte, entretanto, ele já não queria matá-la, absolutamente. Vendo-a de pé a sua frente, como um pavão orgulhoso diante da mesa, mantendo a arrogância e a altivez, não importando as possíveis conseqüências, ele não pôde deixar de admirá-la. Ali estava uma mulher em busca do próprio coração. Cortés se deu conta que Malintzin haveria de enfrentar qualquer situação com estilo e distinção.

Por dentro, contudo, Malintzin tremia. Uma centena de diferentes torturas se confundiam na mente dela. Mas ela mordia os lábios, continha a própria língua e olhava diretamente nos escuros olhos de Cortés, os quais, camuflados e baixos, muitas vezes exprimiam coisas diversas de suas palavras.

— Vou cortar sua língua, mulher. Vou fazê-la calar-se de uma vez por todas. E você entende perfeitamente o que estou dizendo.

Ele se levantou da cadeira, chegou até o lado da mesa onde ela estava e ficou bem próximo dela. Malintzin podia ver o peito dele, normalmente estufado como o de um peru, bem alto. Mas a respiração estava desigual, tomada às vezes pelo que quase poderia se considerar um soluço. Os olhos dele eram ásperos, os lábios, secos e gretados. Vestia um camisão, estava sem botas ou meias e com aquela concha dura e ridícula cobrindo-lhe o membro. O cabelo estava desalinhado. Ela ergueu o rosto e lhe dirigiu um sorriso arrogante.

— Você não está com medo? – ele avançou para ela e puxou a adaga da bota.

Ela ergueu ainda mais o queixo. Seu pai fora um guerreiro, ela era descendente de um povo guerreiro.

— Você *não* está com medo.

Ele sacudiu a cabeça com tristeza e admiração.

Ela estava com medo sim, porém preferia morrer a deixar que isso transparecesse em sua expressão.

— Por que está fazendo isso comigo – resmungou ele. — *¿Por qué me está haciendo esto a mí?*

Malintzin dizia consigo mesma: "*Limítese a respirar*, respire apenas, mas não diga nada." O silêncio era a regra e o poder do escravo. "*Muérdase la léngua, cómase sus palabras.*"

— Você é uma escrava. Mas não escrava de todo mundo, só minha. E se quer saber, há outras pessoas na minha tropa que estão aprendendo nahuatl. Podemos achar pessoas que conheçam nahuatl e maia nas fronteiras de todas as cidades. Não tenho necessidade de você.

— Eles não sabem tanto quanto eu. Você não pode confiar neles.

— Não confio em você.

— Confia sim.

— Como posso confiar em você? Você acabou de me trair.

— Você é que *me* traiu.

Se ela conhecia o poder do silêncio, também acabara por saber que as palavras valem ouro. Dizer ouro era dizer tudo.

— Lembre-se, *doña* Marina. Sou um homem. Trair é prerrogativa dos homens.

— Sou uma mulher.

— *Usted sabe lo que yo quiero decir* – disse ele formalmente.

— Sei o que você está querendo dizer – assentiu ela com um gesto de cabeça.

— Malinche – Cortés pôs as mãos sobre os seus ombros. — *¿Qué hacer con usted?*

"Agora ele é meu", pensou Malintzin exultante. "*Él es mío ahora.*"

Parte III

Capítulo 17

Não era difícil fazer amizade com Francisco. Ele a chamava por seu nome verdadeiro, Malintzin, escutava-a com toda atenção, e quando ela terminava de dizer o que desejava ele se sentava quieto por alguns instantes, comprimia os lábios, espalmava as mãos juntas, como em uma oração, buscando as palavras certas bem no fundo de si, e então, extremamente pensativo, respondia:

— Sim, sim, estou entendendo, Malintzin.

Embora as conversas deles em geral começassem com uma referência ao deus dele, logo eles chegavam ao tema chamado por frei Francisco de "a família terrena".

De vez em quando, Malintzin falava sobre o pai, Maxtl, de como ele era gentil, das muitas coisas que ensinou a ela e como ainda sentia sua falta.

— Parece-me, Malintzin – disse um dia frei Francisco –, que você precisa falar mais sobre sua mãe.

— Foi ela que me vendeu como escrava. Ela me odiava, eu a odeio.

Malintzin não queria falar mais nada. Como poderia? Sua mãe havia feito algo inconcebível.

Francisco respondeu com delicadeza:

— É verdade. Sua mãe vendeu você. Mas alguma vez você já pensou que ela pode ter sido forçada a agir assim?

— Ela fez isso por causa do meu irmão. Da herança dele. Por causa do então novo marido dela, ele me odiava.

— O marido da sua mãe sentia apenas ódio por você?

— Ele me odiava mais do que tudo.

— Por quê?

— Porque... Porque...

— Porque...

— Porque ele me mataria se eu contasse, porque minha mãe morreria se soubesse.

— Isso me deixa tão triste, minha querida.

— Isso não é assim *tão* triste – respondeu ela, rompendo em lágrimas.

Ela não sabia se ficara triste porque Francisco estava triste, se estava com pena de si mesma ou se o que acontecera fora triste o suficiente para deixar os outros tristes. Havia muitas coisas tristes: a mãe e o bebê que fugiram para morrer na floresta, as pessoas que seguiam para o sacrifício, os guerreiros que morriam em combate. O que sucedera a ela não era a pior coisa que poderia acontecer a alguém. Talvez ela não tivesse direito algum de se entristecer.

— De qualquer modo, isso se passou há muito tempo — disse ela, esforçando-se para animar Francisco.

— Nossas lembranças podem ser muito poderosas.

— Bem, não estou mais triste agora – disse ela com um sorriso entre as lágrimas.

— Você não está triste porque...

— Porque Cortés me ama.

— Ah, minha criança – Francisco sacudiu a cabeça. — *Atención*. Cuidado.

Em vez de prosseguir para o interior, partindo de Cempoala, a expedição retornou a Vera Cruz. Era final de agosto e chovia todos os dias. Mas o motivo do retorno não foi o mau tempo. Cortés declarou que desejava conferir os progressos dos 50 homens deixados em Vera Cruz, que ficaram encarregados da construção, proteção e manutenção da cidade. Vera Cruz, situada na costa leste, era uma base fortificada na Nova Espanha, e na qualidade de prefeito da colônia, eleito por um conselho, sua reivindicação da terra em nome da Espanha estava solidamente firmada. Debaixo de chuvas torrenciais, Cortés fez os homens empilharem pedras para erguerem uma muralha na cidade. Nos dias sem chuva, uma profusão de novas fundações foram feitas. Em dias úmidos, realizavam-se manobras sobre a lama. E nos dias chuvosos,

Adu e Quintaval praticavam esgrima com as roupas ensopadas e as espadas escorregadias.

A comida estragava num só dia e a água pingava dos tetos de palha das construções, numa incansável monotonia. Os ânimos andavam baixos. Após três perfumadas semanas em Cempoala, eles estavam parados onde haviam começado, em Vera Cruz. Seis meses naquele país, e o único ouro que viram, os presentes de Montezuma, estava sendo guardado, assim dizia Cortés, para comprovar ao monarca espanhol a necessidade daquela expedição.

— Um dos problemas é que Cortés primeiro paga ao rei e só depois a ele próprio – comentou Quintaval com Adu. Estavam se exercitando sob a chuva. — E quanto a nós? E o nosso patrono, o governador Velázquez?

Adu sabia que o pronome "nós" não o incluía. Jamais ele seria pago, independentemente das circunstâncias.

— Chegue um pouco mais perto, Adu. Cruze, cruze, cruze!

Quintaval sempre começava aquelas sessões conjuntas como se fosse a primeira vez, fazendo o desafio com os clássicos movimentos básicos. Na esgrima de estilo espanhol, a investida era proibida, mas Quintaval se considerava um entusiasta da tradição francesa – um internacionalista, se quiserem – e assim dava destaque às investidas e a outros refinamentos cosmopolitas.

— À frente, mexa-se, mexa-se!

Às vezes Botello e Francisco, durante alguma de suas excursões botânicas debaixo do aguaceiro, protegendo a cabeça com pequenas lonas, paravam para observar os dois espadachins treinando. E naquela manhã, o campo diante do forte de Vera Cruz estava cheio de homens fazendo exercícios de marcha. Os que não eram espadachins se exercitavam com os cavalos, pondo-os para correr, fazendo-os pararem de repente e novamente esporeando-os para partirem a toda a velocidade em manobras circulares. Alvarado dirigia os exercícios.

— Eleito, e estou empregando esta palavra com ironia, meu amigo – insistia Quintaval. — *Eleito* capitão da expedição e agora prefeito de Vera Cruz. Fique perto, fique perto! Adu, vá para lá! Adu, venha para cá!

Adu preferia se juntar a Botello e Francisco na busca por flores do que cansar os punhos naquele jogo idiota. Com eles, Adu não se sentia um escravo, um protegido, um padre confessor, um leva-e-traz.

Nesse meio-tempo, Garra de Jaguar se protegia da chuva na entrada da cozinha, enquanto costurava pedaços de couro curtido de veado para fazer uma capa para si. Ele usava um espinho de agave como agulha, e o fio também era dessa fibra. O agave devia ser adorado, acreditava ele. Fabricava-se um tecido rústico com suas fibras, que era usado para fazer capas e outras vestimentas da gente pobre. O pulque era feito com a seiva fermentada do mesmo e provocava uma sensação de felicidade. Como os ancestrais puderam penetrar no mistério dos muitos dons das plantas era algo que o deixava maravilhado. Que soubessem transformar a suave lã do algodão em um fio, moer farinha com os caroços duros da espiga de milho, fazer tinturas com caramujos e insetos e que tivessem descoberto que a casca dura da papaia ocultava um fruto delicioso e suave...

— Tenho certeza de que outros estarão do nosso lado, Adu. Rivera, Cortázar, Cabeça de Vaca, Manito, Arturo, além de nós dois, e quem sabe quantos outros ainda se juntarão contra Cortés. E todos os homens que mencionei têm também os seus homens, que se unirão a eles.

Adu tentou fazer um sinal com as sobrancelhas para que Quintaval não fosse tão sincero ou falasse tão alto enquanto eles lutavam esgrima no campo. Bernal Díaz estava fuçando em torno e se colocara sobre uma rocha não muito distante dali, com a chuvinha fina pingando da ampla barra do chapéu, que ficava na cabeça dele como um prato raso. Suas orelhas bem avantajadas, rodeadas de cabelos, eram ajustadas para escutar o menor trecho de uma conversa.

— Adu, não, não, não chegue tão perto, você quer ser morto? Recue!

— Senhor – disse Adu baixinho quando os cabos de suas espadas cruzadas se tocaram –, o cronista está escutando tudo o que o senhor diz. Fique atento.

Quintaval voltou-se e viu Bernal Díaz.

— Quem sabe ele não venha a fazer parte do nosso grupo.

— Isso é bastante improvável, senhor Quintaval. O senhor não reparou como ele anota cada palavra, como se pudesse guardá-la para comer mais tarde? Ele está amarrado a Cortés pela bolsa e pela boca, e pregou suas esperanças como uma broca no peito de Cortés. Não leve a sua confiança tão longe.

— Nunca me diga "não faça tal coisa", Adu. Lembre-se do seu lugar.

Ah, sim. O seu lugar, o lugar errado, pois ele não tinha poder algum e ainda seria arrastado para o complô de Quintaval, sendo forçado a desempenhar o papel de conspirador e a receber uma punição por isso, graças à sua ligação nada natural com o espanhol. Ele também sabia que ficar calado seria trair tanto seu senhor quanto seu inimigo, e que falar seria trair seu senhor e fornecer munição ao inimigo de seu senhor. Estar livre de culpa exigia liberdade completa. Diariamente ele pensava nas probabilidades. Se saísse para uma caminhada com Francisco e Botello e desaparecesse, conseguiria ele passar parte da manhã sem ser notado ou será que Francisco se preocuparia e alertaria a todos, pensando que ele tivesse se perdido pelo caminho e sido capturado pelos índios? Ou se, deixado sozinho no meio da floresta, distante da sociedade dos homens, seria ele devorado pelos animais? Era um preço elevado a ser pago pela liberdade.

Naquela noite, clara e seca, eles fizeram uma fogueira no meio da praça, a única área aberta de Villa Rica de Vera Cruz. Estavam todos cansados e desanimados, e Quintaval, como se estivesse se sentindo obrigado a preencher o silêncio, já bêbado de tanto pulque, deixou a língua se soltar. As mariposas arremetiam para dentro e para fora da fogueira, algumas chegando perto demais do centro, tendo as pontas das asas marrons chamuscadas. E então mergulhavam naquele destino ardente. Na fogueira dos servos, agora acrescida dos muitos carregadores vindos de Cempoala, Garra de Jaguar apanhava as mariposas em pleno vôo, colocava-as dentro da boca, sentindo-as baterem as asas junto da garganta dele, e depois, abrindo novamente a boca, deixava-as sair. Adu, que também estava com os cempoalas e os escravos, superava a façanha de Garra de Jaguar, pois engolia as mariposas que punha na boca. Então, é claro, Garra de Jaguar começou a fazer a mesma coisa. Todos no círculo dos servos gostaram muito daquela brincadeira, apostando grãos de cacau em quem colocasse mais mariposas dentro da boca de uma só vez.

Alvarado, em geral uma pessoa de muito espírito e um trovador do círculo do capitão, com suas canções e sua flauta, estava silencioso. Cortés o impedira de falar com ele. Se ele ao menos pudesse explicar a seu capitão que Malintzin era apenas uma mulher e que não poderia ser motivo de controvérsia entre dois cavalheiros tão capazes.

— Então, Alvarado, como vão as coisas? – perguntou Quintaval.

Alvarado voltou a cabeça, lançou um escarro amargo na escuridão e suspirou.

— É a escrava? – perguntou Quintaval. — Foi um incidente infeliz.

— Um escravo é um escravo, não estou certo?

— Alvarado, você está certo, um escravo é um escravo.

Quintaval lançou um olhar para Adu, que enchia a boca de mariposas, e refletiu: "Foi esse homem que ensinei a esgrimir como um cavalheiro?"

— As mulheres são escravas e dissimuladas por natureza. Ela estava nua, que culpa tenho eu?

— Nenhuma. Cortés é um lunático.

Alvarado sobressaltou-se. "*Será* que Cortés é um lunático?" Ele ergueu os olhos para a Lua. Supunha-se que os lunáticos fossem governados pelas fases da Lua, e na Espanha e na Itália, e particularmente na França, havia pessoas que se transformavam em lobos ferozes na claridade da Lua cheia. Deitavam-se na cama como pessoas e, à medida que a Lua ia ficando mais brilhante, os pêlos cresciam em seus rostos e em seguida na cabeça inteira e no pescoço. As orelhas ficavam cada vez mais pontudas e as unhas se alongavam como garras. Quando se sentavam na cama, viam que não possuíam mãos, como um ser humano, e com as quatro patas pulavam a janela e corriam em direção à floresta e nunca mais voltavam a ser homens.

— Você acha que Cortés é um lunático, Quintaval? Essa é uma acusação muito injuriosa.

— Estou querendo dizer que ele perde a razão quando surge alguma mulher.

— Entendi.

Alvarado então ficou em silêncio, examinando os próprios pés, que tinham adquirido a coloração das botas, de um marrom-avermelhado.

— Gostaria de estar na minha *encomienda* em Cuba com meus cavalos. Eu tinha sete andaluzes e tenho esperanças de conseguir alguns árabes. Um cavalo baio, um malhado garanhão, um castanho, dois alazões, pode imaginar? E também uma égua malhada e outra cinzenta. Estou pensando em entrar na atividade da criação de cavalos. É um negócio muito lucrativo nas Índias, por causa da ausência deles lá. Você sabe que simplesmente não se encontra, lá ou aqui, um só cavalo de criação doméstica. Assim, não surpreende que eles não usem rodas, não há animais de tração. É triste dizer, mas dos importados, poucos sobrevivem à travessia do Atlântico, então os que conseguem precisam ser bem alimentados. Quando vim da Espanha eles eram como os escravos negros, que eram lançados ao mar quando adoeciam e morriam. Uma grande lástima.

Quintaval se aproximou mais um pouco.

— Alguns entre nós, e falo isso sem a menor dúvida, sentem-se assim como você, isto é, nossos interesses, assim como os do nosso governador não estão sendo atendidos aqui nesta expedição farsesca. O rei da Espanha, segundo ouço dizer, louco para se tornar imperador do Sacro Império Romano, dificilmente fica na Espanha. Passa a maior parte do tempo viajando com toda sua corte. Seu queixo é tão pontudo que se atrever a chegar muito perto dele é correr o risco de sofrer uma punhalada. Você sabia disso?

— Não, não sabia.

— Mas é verdade. Ele foi educado na Holanda, um nortista com sangue frio, lá onde pregam a blasfêmia contra a Igreja. E o ouro que nos custa a vida permite que aquele farsante viva em grande estilo. Alguns dizem que ele é tão louco quanto a mãe, Juana *la Loca*. Pode imaginar isso?

— Tento não pensar muito. Normalmente isso leva à melancolia.

Quintaval chegou ainda mais perto de Alvarado e sussurrou em seu ouvido:

— O que estou querendo dizer a você, Alvarado, precisa ser mantido em segredo. Você me jura pela vida de sua mãe que não irá comentar com ninguém?

— Eu juro, eu juro – disse Alvarado, cuja mãe, lamentavelmente, falecera muitos anos atrás.

— Alguns dos nossos não querem mais seguir adiante e irão retornar para Cuba.

— É verdade?

— É. E, na minha opinião, Cortés está nos conduzindo para um poço onde a morte é certa. Você não ouviu falar da quantidade de homens que Montezuma comanda?

— Mas Deus não está do lado deles, Quintaval.

— Diga-me, Alvarado, de que lado estava Deus quando os muçulmanos capturaram Constantinopla em 1453, a Sérvia em 1459 e depois a Albânia em 1470? E não estou nem mencionando a Espanha.

— Isso é diferente.

— Será?

— Que aventura há em ficar em casa, em Cuba, Quintaval?

— A de uma vida longa, como você mesmo diz, com seus cavalos. Eu tenho uma escola de esgrima.

Alvarado olhou sonolento para Quintaval. Ele odiava complicações. Que falta de consideração confiar nele quando ele já tinha suas próprias dificuldades.

— Nós vamos nos reunir amanhã no início da noite, atrás da capela, e depois seguiremos para os navios. Já temos tripulação suficiente para irmos de barco até Cuba, e isso é tudo de que precisamos. Na manhã seguinte, quando eles perceberem que não estamos mais em nossas cabanas e que um dos barcos não está mais ancorado, já teremos partido há muito tempo.

— E depois?

— Não demora muito até Cuba com bom tempo. E então, bem, quando Velázquez souber o que está acontecendo, vai querer prender Cortés por fraude, traição e insubordinação. Enviará suas próprias forças para assumirem a conquista.

— Vocês irão assumir a conquista? – disse Alvarado irritado.

— Não tenho o menor interesse em prosseguir com este fiasco. Deixemos outros serem mortos.

— Só estamos aqui há uns cinco meses.

Isso também parecia uma eternidade para Alvarado, mas ele não ia se queixar de Cortés. Até ali seu comandante lhe poupara a vida.

— Seis meses é tempo suficiente para perceber que o vento sopra na direção da Casa dos Habsburgo.

— Mas uma vez nós...

— Isso aqui não é Catai, com a seda, ou as ilhas de Cipongo. Não é a Índia com as especiarias. Não somos Cristóvão Colombo nos iludindo. O pouco ouro que descobrirmos terá de ser desenterrado do chão e irá de navio para a Europa ou será guardado por Cortés.

— Existem rios que correm com ouro, e outros com pedras preciosas. E muitas e muitas terras férteis, e diversos índios para serem escravos. E também há o delicioso cacau, as batatas-doces, o milho, os tomates. Existe alguma ave mais carnuda que o peru? E o tabaco haverá de ser o bálsamo da civilização. Como somos soldados do Exército, devemos aceitar a hierarquia de comando – e então Alvarado se lembrou que a penalidade para a traição era a morte.

— Um Exército? Você acha que somos um Exército?

Quintaval abanou a mão e apontou para os homens que dormiam junto ao fogo, parecendo caranguejos com suas armaduras, com os pés sujos e descalços, pulgas nas barbas, e quem sabe também em seus ouvidos e narizes. Os homens de Cempoala, por outro lado, eram barbeados, sentavam-se ao redor das fogueiras de maneira organizada, os joelhos tocando o peito, escudos e lanças ao lado, o arco atravessado no peito e a aljava de flechas pendurada nas costas.

— Você não percebe? Vai haver uma guerra civil, Alvarado, entre as forças de Montezuma e as cidades descontentes que são forçadas a pagar tributos. Índios contra índios. É a única forma pela qual ela pode ocorrer. Estamos nos intrometendo em um distúrbio interno. Mesmo que o império asteca fosse esmagado, nossos "aliados" poderiam então se voltar contra nós, os estrangeiros, os brancos. Somos tão poucos.

— Mas se vencermos, será a conquista, Quintaval, o vencedor fica com tudo. Pense em todos aqueles que serão trazidos para Deus, em todas essas almas salvas para Jesus. Isso não é algo sem preço?

— Você quer aparecer no livrinho de recordações de Bernal Díaz? Quem irá se recordar, quem irá se importar se iremos prosperar ou morrer? Trazer para Deus? Seremos todos lançados para o diabo.

Alvarado alisou sua barba.

— Você se expressa bem, Quintaval.

— Então você está conosco. Está decidido. Esta noite.

Capítulo 18

Os CEMPOALAS CHAMAVAM-NA de Malintzin Tenepal – a palavra *tenepal* significa aquele que possui o discurso – e os espanhóis a conheciam como *la lengua*, "a língua". Porém, ela era muito mais ouvidos do que língua. Para ela, tudo que existe era dotado de linguagem, bastava escutar com bastante atenção. A comida cantava e assobiava na chapa, chamando tentadoramente, "Coma-me, coma-me, sua barriga se sentirá cheia e aquecida, irei me depositar no fundo dela e provocar murmúrios de prazer". Cada animal tinha a sua própria voz, e até mesmo as pedras não eram de todo mudas e falavam de sua longa e silenciosa moradia sobre a Terra.

No quarto de Malintzin, no prédio do dormitório recém-construído em Vera Cruz, ela tinha um espelho de obsidiana e uma pequena bandeja para colocar a escova de cabelo e as pinturas para o rosto. Os espanhóis tinham fabricado cadeiras com barris, mesas com tábuas cortadas a machado e bancos de caniços com couros esticados por cima. Alguns dos homens haviam erigido pequenos oratórios em diversos locais. Malintzin gostava dos deuses deles, por não exigirem sangramentos ou sacrifícios, mas considerava ingênua a crença em seu poder, pois qual bem poderia advir de se fincar cruzes no chão e recitar palavras estranhas? Francisco dizia-lhe que ela devia considerar Maria, a mãe deles, como sua própria mãe, e o deus-pai deles como seu próprio pai. Se ela agisse assim, jamais ficaria sozinha. Ela se preocupava com Francisco porque, apesar da forte fé em seus deuses, ele, como todas as pessoas, e talvez mais do que a maioria, estava à mercê dos homens ao redor dele. Isla o provocava; padre Olmedo, que deveria ser seu melhor amigo, parecia indiferente a ele; o próprio Cortés o desprezava. Mas quando Malintzin abordou esse assunto, Francisco objetou, declarando que quando se ama, se é amado. Se era mesmo assim, ela ainda não percebera.

Em nahuatl, "amar" era *tetlazohlaliztli*, em maia, *yaakuntik*. Malintzin sabia que aquela palavra descrevia uma ação, um sentimento e uma idéia. Entretanto, ela não achava que a ação, as emoções e o pensamento estivessem sempre juntos. Cortés a amava, ele tinha dito isso, e a tratava com grande delicadeza. E ela o amava. Essa palavra fazia com que por um lado ela se sentisse boba, infantil, mas, por outro, não era uma descrição que desse conta do que ela de fato sentia. Cortés foi o primeiro homem que prestou atenção ao seu corpo. Bem, praticamente o primeiro. O marido de sua mãe já o percebera e usara para o próprio prazer, e aqueles a quem ela servira como *auianime* realmente observaram-no para terem certeza de que ela era uma jovem. A questão era que desde menina, quando sua mãe dava-lhe banho e cuidava dela, e seu pai esfregava-lhe os pés à noite, ninguém tratara dela com cuidado.

Ela desprezava os homens que usavam o corpo dela para o próprio prazer, sentindo-se entorpecida de tanta repugnância, embora pudesse fingir que sorria e suspirava, como qualquer outra mulher. Quando chegava o momento, a espada desembainhada, o *tepolli* em sua forma ativa, ela semicerrava os olhos e pensava em outras coisas, outros fatos, outra época, outro lugar, para poder suportar sem fugir com desgosto. Ela ficava se lembrando do dia anterior, ou de um dia antes desse, ou de uma vez em que ela fizera uma boa refeição, ou da vez em que ela e Cuy riram muito juntas, ou de quando era menina, protegida pelo pai. A primeira vez que a penetraram ela não prestou atenção, pois se deu conta de que era aquilo que o padrasto fazia com a mãe dela depois de se ter excitado com ela, Malintzin. Ele saía da esteira do quarto dela e se dirigia à esteira da mãe já em condições de fazer filhos. Quando o irmão dela nasceu, sua mãe disse que ela e o marido tinham tentado por muito tempo ter um filho. Olhando para o bebê, Malintzin pensou: "Você deveria me agradecer."

Cortés não a deixava entorpecida, abobalhada ou flutuando de tanta felicidade. Ele a deixava bem naquele momento, carne com carne. O tempo, durante o enlace deles, comprimia-se naquele instante, e o círculo desintegrador da inevitabilidade, o ciclo das estações e dos anos, eram produzidos por eles e giravam segundo as batidas do ritmo deles. Soltar-se, desenlaçar-se, levantar-se da esteira e sair do quarto era caminhar de volta ao outro mundo, um mundo que ela não fizera, e ficar novamente à mercê de seus caprichos e indiferenças. No entanto, para retornar à segurança, bastava transpor o pórtico do quarto dele, agachar-se no cerne do tempo. Voltar a ser era tocar o braço dele, pôr a cabeça junto ao pescoço dele, senti-lo brincar com as orelhas dela, envolvendo-a com suas pernas longas e beijando-a na boca. Ela podia aninhar o rosto no ventre dele, e ficava em total quietude enquanto o mundo inteiro ao redor daquela esteira ganhava velocidade e girava cada vez mais rápido, passando pelos estágios da colheita, da fome, da guerra, da paz, da morte e do nascer do sol, do sacrifício, da ressurreição, do eterno retorno. Tudo dependia deles.

Naquela noite ela escovou os cabelos até deixá-los lisos e brilhantes, depois esfregou pétalas de flores que colhera durante o dia nos braços. Menos de uma semana antes ela estava aos prantos. Às vezes ela pensava em si mesma como uma bola de borracha, dessas que os jogadores usavam em seu campo estreito, entre duas paredes. Os jogadores derrotados perdiam a cabeça e eram sacrificados. Ela mantivera sua cabeça no lugar. Mais do que isso: estava certa de que Cortés desejava que ela se tornasse sua esposa. Não podia haver nenhuma outra explicação para Cortés ter lhe perdoado sua indiscrição com Alvarado, que na realidade nascera de seu grande amor por Cortés. Ela queria, quando procurou Alvarado, simplesmente tirar Cortés da cabeça, lembrar-lhe que ela continuava viva, apesar da desatenção dele, que ela o amava tanto que fora procurar outro homem só para provar isso. Era muito difícil de explicar, e ele não deixou que ela explicasse, mandando-a se calar quando ela pretendeu se desculpar. Agora ela se dava conta do que ele queria dizer ao declarar que lhe daria mais do que a liberdade. Ela sabia das intenções dele. Ela nunca mais seria uma *auianime*, uma simples escrava. Cortés iria se casar com ela, que seria honrada como mulher casada, esposa, mãe, senhora.

Ao se olhar no espelho de obsidiana polida, achando-se linda, e não feia como Quetzalcoatl ao ser ludibriado pelo espelho que Tezcatlipoca colocou diante dele, ela escutou um arrastar de calçados. Calçados espanhóis, botas de couro, e sandálias que, feitas com cordas, tinham a sola grossa, cada passo chapinhando e absorvendo a lama da terra. Apenas uma fina parede de talos de palmeira e reboco de barro separavam os quartos. As paredes externas, feitas ao modo espanhol com tijolos de barro chamados de adobe, eram mais espessas. Ela colou o ouvido na parede divisória.

— Botello, jogue os dados – ordenava Cortés. — *Tira los dados*.

— Não quero jogar meus dados por algo tão grave, *capitán*.

— Jogue-os. Se der um, será enforcado; dois, queimará na fogueira; três, será estripado e esquartejado; e se der quatro os membros serão amputados.

— Cortés – protestou Alvarado, passando a mão pelos cabelos alaranjados –, expulsão, prisão, isso não é o bastante?

— Expulsão, para ele depois reunir forças e nos alcançar? Prisão, para desperdiçar um guarda e ainda por cima ter de alimentá-lo à nossa custa? Alvarado, ficamos muito agradecidos pela informação que você trouxe, por sua vigilância, sua lealdade. Não queremos agora negar a importância da sua contribuição ao nosso sagrado empreendimento.

— Quintaval há de reconhecer o erro de sua atitude – afirmou padre Olmedo – e por conseguinte se recuperará.

Puertocarrero, bastante nervoso, chupava os cachos de sua barba.

— Uma vez ladrão, sempre ladrão. Uma vez traidor, sempre traidor. Infidelidade... Será que preciso prosseguir com todos os pecados dos homens? – disse Cortés, que estava agachado, com os homens fazendo um círculo à sua volta.

— Se for executado, ele se tornará um mártir – observou Botello.

— Será um exemplo do que acontece com quem desafia a autoridade. Seja forte, Botello.

— Mas ele é um soldado de valor, um excelente espadachim – interveio Aguilar, com seus joelhos pontudos projetando-se de maneira esquisita. Às vezes ele lamentava seu resgate na praia.

— Do grupo de Velázquez, não do nosso. Ele prega o motim para as tropas, instila o medo em seus corações, não é alguém que pode ser útil.

— Talvez se você conversasse com ele – sugeriu Núñez, ajustando os óculos com os nós dos dedos. Normalmente eles lhe escorregavam pelo nariz. Na floresta, ficavam embaçados. No navio, ficavam as lentes manchadas de água salgada. Mesmo assim ele insistia em usá-los, e também não escutava direito sem eles.

— Sobre o quê? Ele recebeu uma advertência antes. Que horas são, Núñez?

— São dez horas da noite, *señor* Cortés.

Já era tempo de pôr um ponto final naquilo, pensou Núñez, temeroso de que, uma vez iniciadas as execuções nas fileiras, elas não fossem cessar até que todos os acusados estivessem mortos. E, é claro, ele estava particularmente cansado daquela conversa sobre obediência ao dever cristão ou de se guerrear numa cruzada santa.

— Você pode embarcar Quintaval para a Espanha – sugeriu padre Olmedo.

— Eu iria junto, como vigia – ofereceu-se Aguilar.

— Ir para a Espanha e lá organizar uma insurreição particular contra nós, que estamos dispostos a realizar um sacrifício supremo por Deus e pela pátria?

Cortés preferia não ter empregado a palavra "sacrifício". Mas não importava, pois estavam todos confusos demais e muito ansiosos para prestarem atenção ao vocabulário.

— Ele simplesmente é muito jovem, cabeça dura, esse é o pecado dele. Além do mais, ele é dono de um cavalo – lembrou Aguilar. — Sejamos práticos.

— Você está sugerindo que perdoemos crimes abomináveis só porque a pessoa ainda é jovem? Tomaremos o cavalo dele, Aguilar, será mais um para nós. Senhores, tendo Montezuma para enfrentar, dificilmente poderemos suportar uma ação de Velázquez em nossa retaguarda ou uma discórdia entre nossos próprios combatentes. Seremos esmagados entre ambos. Não fiquem com medo de tomar uma decisão difícil, homens. Pensem em vocês, e também em Quintaval. Numa guerra, muitas vezes é preciso escolher o menor entre dois males, e sempre, sempre, primeiro e antes de tudo, proteger a nós mesmos, não é esse um dos mandamentos?

— Não estou certo – arriscou Núñez. — Já se passaram dez minutos das dez. Acho que está na hora de dormir.

— Colocar a si mesmo em primeiro lugar e antes de tudo não é um dos mandamentos – disse Francisco.

— Mas deveria ser. Você não viu os cavaleiros de Velázquez galopando até a beira das docas quando saímos de Cuba. Ele queria nos chamar de volta. A próxima intervenção contra nós será chegar um navio de Cuba sob o comando de Velázquez ou de um de seus lacaios.

— Humildemente, proponho um julgamento – declarou Núñez – para decidir pela culpa ou pela inocência. Justiça e honestidade de mãos dadas.

Núñez precisava ter cautela e não demonstrar suas simpatias.

— Um julgamento? Um debate público? Judas não lavou as mãos dele, Núñez? Não pode haver discussão neste caso. A pena para traição é a morte.

— Traição é contra Deus – acrescentou Bernal Díaz, lançando um olhar significativo a Núñez.

— Acho que eu poderia julgar o que é contra Deus – disse padre Olmedo. Ele fazia questão de se manter longe das discussões, mas uma execução já era ir longe demais.

— Coração mole, cérebro fraco – concluiu Cortés.

— Bem, *capitán* Cortés – disse padre Olmedo —, nunca escutei alguém dizer isso, "Coração mole, cérebro fraco". Nunca escutei isso em missa alguma, ou em sermões, missivas, hinos, epístolas, evangelhos, máximas... E o meu latim, se o senhor me permite, vai muito bem. Posso já estar com 35 anos, mas ainda consigo conjugar um ou dois verbos e rezar a minha Ave-Maria.

Padre Olmedo por pouco conseguira escapar da Espanha, pois seu espírito ortodoxo constituía, desde a reconquista de Granada, uma ameaça a todos os que tinham opinião própria. E aqui estava ele, a léguas de distância, confrontando-se com o mesmo tipo de profanação da missão sagrada. Uma Inquisição no Novo Mundo.

— O que você me diz, Isla?

— Digo que o senhor é o comandante, *capitán general*, e o que o senhor disser é lei.

— Falou muito bem.

Padre Olmedo insistiu:

— Você deixará os homens desencorajados com essa severidade, se me permite dizer.

— Em minha cabeça, não há nada tão encorajador quanto uma boa execução.

— Não devemos matar um dos nossos – disse Alvarado, que só informara as palavras confidenciais de Quintaval para recuperar a confiança de Cortés. Agora ele estava alarmado com o que havia desencadeado. Se ele pudesse apenas retomar suas palavras originais, engoli-las todas... Para obter um favor, ele traíra um homem cujo único crime real, até então, fora beber demais e ficar com a língua solta. Quintaval teria de morrer por isso? Para Alvarado, parecia que, não importa o que tivesse feito ou de que lado estivesse, ele não poderia fazer nada. Uma aflição levava à outra.

— Foi você quem me trouxe esta informação, Alvarado. Trate de ir até o fim daquilo que você começou. Onde estão seus *cojones*? Apertados contra minha concubina, *doña* Marina?

Os testículos de Alvarado se contraíram abaixo do ventre. Se conseguisse ficar sem molhar as calças, ele prometia servir a Deus pelo resto de sua miserável vida.

Malintzin, na escuridão do seu quarto, mantendo-se quieta e agarrando com força o abdômen, compreendeu que Cortés não perdoara tanto quanto lhe parecera, e já que sua traição fora mais profunda, mais séria, talvez a mais séria de todas para uma mulher, por que então ele não a castigou? Porque a amava muito. Era isso. Ou talvez, e esse pensamento era terrível, ele estivesse apenas protelando sua punição por aquele crime, acrescentando ansiedade à tortura. Não, ele não faria isso. Ou então, ao punir Quintaval, Cortés estivesse querendo mostrar a Alvarado a força de seu poder. Cortés não insistiria numa execução. Morrer em combate era algo ditado pelo dever e pela necessidade. E a questão de Quintaval? Simplesmente uma artimanha.

— Não me envolverei nisso – declarou Francisco, saindo do quarto.

— Você *já está* envolvido, e em tudo mais que se passa aqui, goste você ou não – gritou Cortés. — Sua presença em nossa marcha é um consentimento. Você está conosco, não pense o contrário.

Cortés foi até a porta:

— Você não veio conosco, frei Francisco? Não é um espanhol, uma pessoa, se ouso dizer, de Deus?

Malintzin, espiando de sua esteira, pôde ver Francisco sair depressa pelo corredor, com a face tensa de preocupação. Ela esperou mais um pouco, pôs-se de pé, prendeu o cabelo e saiu em seguida, dando alguns passos em direção ao quarto de Cortés. A luz das velas fazia com que os rostos dos oficiais brilhassem, como se rosas grotescas tivessem desabrochado de seus pescoços. O rosto de Aguilar contraíra-se feito uma cereja seca. O de Alvarado parecia estufado como o de um castor roendo madeira. A cara comprida do padre Olmedo apresentava os olhos de um cavalo, um garanhão ossudo e assustado. O rosto de Núñez estava vermelho, ele havia bebido muito pulque. A face de Bernal Díaz parecia ocultar dentes podres e gengivas inflamadas. Isla parecia alguém que acabara de receber um anel de ouro e desejava provar que podia comê-lo. O rosto de Botello, bexiguento e marcado pela varíola, estava manchado como um morango.

— *Doña* Marina – disse Cortés com delicadeza –, estarei com a senhora daqui a pouco. Por favor, volte para o seu quarto. É um assunto de homens que estamos tratando aqui, minha querida.

— Mas Hernán... – disse ela com uma timidez incomum em sua forma de falar, usualmente direta e sem malícia. Ela balançou o quadril e passou a língua pelos lábios, adotando a maneira das *auianimes* das ruas.

— Um momento – Cortés disse e se aproximou. Deu-lhe uma palmadinha nas nádegas e a espantou dali. — Mais tarde, meu pequeno puma.

— Você não irá ferir ninguém, irá Hernán?

— Você me conhece, *doña* Marina, eu não faria mal a uma mosca.

— Estarei no meu quarto – ela falou e depois lhe lançou um sorriso cheio de promessas.

— Mulheres... – disse ele ao retornar. — *Las mujeres...*

— É verdade – concordou Puertocarrero, e logo, lembrando-se que ele e Cortés haviam provado da mesma, baixou os olhos para seus grandes pés.

— Jogue – Cortés ordenou novamente a Botello.

Botello, agachado em um canto, parecendo não mais do que um mendigo esfarrapado das ruas de Sevilha, escondeu o braço nas costas. Jamais usara uma armadura, pois confiava no destino, nem possuía uma capa enfeitada, um broche ou um colete. Vestia uma camisa comprida de lona, uma corda como cinto, um colar de conchas, uma calção e não usava meias. Mesmo quando estava de pé, suas costas tinham uma corcova, de modo que ao se curvar mais ele ficava parecendo um gambá gordo se fingindo de morto. Seu modo de caminhar, com os pés feridos, era como o de um coxo. Não nascera bonito, e a vida o tratara com dureza. E ali estava ele, imperfeito, dando-se conta de estar sendo o instrumento do destino de outro homem.

— Jogue.

— Faça a aposta – disse Isla.

— Já é tarde – disse Núñez. — Muito tarde.

Botello tinha apenas um dado, o qual ele sacudiu dentro da mão, pronunciando freneticamente uma prece para que algo ou alguém lhe ajudasse. Padre Olmedo também fez uma oração:

— Por favor, meu Deus, não permita isso.

Alvarado procurava pensar em coisas agradáveis, como cavalos galopando ao vento. Puertocarrero pensava numa bela garrafa de vinho.

O único dado caiu no chão, com o lado um para cima.

— A forca, é isso – declarou Cortés. — Deus é misericordioso.

Embora fosse uma das formas menos dolorosas de execução, caso o carrasco fosse bom o bastante para quebrar instantaneamente o pescoço da vítima, os homens saíram do quarto de Cortés sem olhar um para o outro ou dizer uma palavra. Na verdade, eles não puderam se afastar muito depressa. Alvarado, dirigindo-se para o seu quarto, parecia verificar se estava sendo seguido. Não havia ninguém atrás dele, e então, tremendo como uma folha na ventania, foi pé ante pé até onde Quintaval dormia. Tendo sido ele o informante, compreendeu que seria diretamente culpado pela morte de Quintaval, devendo assim ser ele também a alertá-lo. Era uma questão de justiça. Sua pobre velha mãe sempre dizia: "Pense antes de falar. *Piensa antes de hablar.*" Se ele avisasse Quintaval, quando o viessem buscar pela manhã ele não estaria mais ali, logo não haveria execução. O único problema, bem, na verdade um enorme obstáculo, era: Cortés suspeitaria dele? As conseqüências seriam terríveis.

Mas então, uma vez mais, Alvarado raciocinou: "As paredes têm ouvidos." E têm mesmo. Para ser mais preciso, as paredes tinham ouvidos, narizes, bocas e línguas, pois todo mundo sabia de tudo. Os espiões eram tão numerosos no acampamento quanto as moscas. Com certeza aquele não seria o primeiro segredo a misteriosamente circular por ali. Seu medo se abrandou. Alvarado se arrastou para mais perto do quarto de Quintaval, mas quando já estava a ponto de entrar, escutou vozes de várias pessoas falando.

— Em menos de uma hora – estava dizendo a Quintaval.

Alvarado pôde olhar por uma fresta na parede. Ele no mesmo instante adivinhou quem tinha feito aquela parede: o descuidado Puertocarrero. Distinguiu um grupo pequeno de pessoas: Quintaval, Manuel e Juan – os dois servos mudos –, Adu e mais dois homens da infantaria, todos conversando em voz muito baixa.

— Assim que chegarmos ao barco, você poderá manobrá-lo.

— Eu?

Adu não tinha nenhuma experiência como piloto e nunca fora treinado no uso do compasso, do sextante e dos outros instrumentos de navegação. Não sabia ler as estrelas, não tinha nenhum mapa das correntes e dos ventos, mal diferenciava estibordo do posto de vigia, e mesmo assim ficou imaginando se seria capaz, caso estivesse ao leme, de orientar o navio para além de Cuba, colocando-o como se fosse em direção à Espanha, mas desviando-o, contornando a ponta projetada da África Ocidental e seguindo para sua terra. Desviar-se de Cuba poderia ser considerado um erro, uma questão de ventos e correntezas, coisas que escapavam ao seu controle, e então, uma vez próximo da Espanha, ele poderia se dirigir para o sul se não houvesse ninguém mais experiente por perto. Ninguém mais experiente? Que idéia mais improvável. Era bastante improvável que ele pudesse iludir os outros, que ao perceberem as intenções dele, o lançariam ao mar no mesmo instante.

Era um pensamento, uma idéia impossível. Adu, cujo verdadeiro nome era Oduduwa, do povo iorubá do império de Oyo, foi capturado primeiro pelos iorubás de uma aldeia vizinha, em seguida vendido para o povo Ijo, que era especializado no comércio de escravos. Foi o povo Mande que o conduziu rio abaixo até um lugar chamado Benin, onde foi posto numa prisão dirigida por muçulmanos negros de uma região bem acima do rio Níger. Na prisão ele foi vendido por um muçulmano árabe de Timbuktu a um português cristão de pele cor de azeitona, de Lisboa, depois para um espanhol de Sevilha, e então para um inglês ainda mais branco de Liverpool, e por fim para Quintaval em Havana, Cuba. Foi trocado por conchas de cauri, hastes de cobre, tecido tinturado, três libras inglesas, dinheiro português e ducados espanhóis. Pensar na mãe África como um abrigo, um lar ou um refúgio seguro era ignorar tudo o que havia se passado com ele.

— E Juan, você levantará a âncora. Os outros içarão as velas de madrugada, quando já estivermos bem longe. Tem uma bela brisa vindo do sul. Eles nem saberão que partimos, a menos que algum deles venha olhar os navios.

— Senhor – disse Adu.

— O plano é bom, tenho tanta certeza disso quanto tenho da existência de minha mãe, e da mãe de Jesus, de todos os santos e do próprio Jesus. Quando chegarmos a Cuba, assim que relatarmos a Velázquez os grandiosos e independentes planos de Cortés, com certeza ele despachará uma frota para deter esse glorioso empreendimento e trazê-los de volta algemados e acorrentados, ao menos os que não forem mortos.

Alvarado, que se colocara atrás da porta, sentia a respiração presa e uma tosse subir-lhe pela garganta. "Deus do céu, o que devo fazer?" O que ele preferia, matar ou morrer? É claro que não queria ser morto, mas como poderia aceitar a si próprio como matador? Padre Olmedo nunca contou o que disse Jesus sobre esse assunto, e ninguém dotado de razão haveria de oferecer a outra face caso se tratasse de decapitação, a não ser, é evidente, que fosse um santo. Mas ele era um *caballero*, não era? "Meu Deus," implorou ele, "dai-me um sinal. Só um sinal. Qualquer coisa."

E então, uma mariposa surgiu. Ela era grande, sua cor era amarelada, com asas finas como papel. Ela se deteve em meio ao vôo e se virou na direção de Alvarado.

"Deus do céu, um sinal, um verdadeiro sinal." Ele se voltou e, na ponta dos pés e em silêncio, caminhou de volta para seu quarto. Um anjo decidira a questão. Ele não tinha que fazer nada.

— Olhem isso! – exclamou Adu acompanhando com o olhar a mariposa entrar no quarto de Quintaval. Ele abriu a boca e nem sequer teve de pegá-la no ar. Ela veio pousar sobre sua língua, abriu as asas por um momento e depois alçou vôo de novo, com as patas úmidas, mas nada de mais sério.

Alvarado caiu num sono profundo e sem culpas na sua esteira de palha de milho, enquanto Quintaval e seu grupo seguiam imperceptivelmente para os navios, que se balançavam na Baía de Vera Cruz. Seguindo pelas sombras, atentos à luz da Lua, chegaram até a praia. Empurraram dois barcos a remo para a água. Mergulhando os remos envoltos em panos na água suave e sedosa, remaram em silêncio até o navio que se encontrava mais longe da praia, o *Santa Teresa*, uma nau de quatro velas e três mastros. Um por um, o bando de amotinados galgou a escada, subiu a bordo e içou as provisões até o convés.

— Conseguimos – exclamou Quintaval. — Adu, para o timão, rápido!

Subitamente, uma faca colou-se à sua garganta, os outros foram agarrados.

— *¡Cuídate mi amigo!* – disse Cortés com tranqüilidade. — Cuide-se!

Isla, com grande satisfação, Bernal Díaz, numa rara demonstração de força, e Puertocarrero, inusitadamente sóbrio, miraram seus mosquetes contra os insurgentes, como se não fosse preciso antes acender o pavio que faria explodir a pólvora que acionaria a bala para matar os prisioneiros.

— Estávamos inspecionando os navios, Cortés – explicou Quintaval.

— Muito atencioso de sua parte.

Cortés fez então um gesto com a mão. Doze guerreiros cempoalas, que ficaram à espera do outro lado do navio, chegaram ao convés, amarraram e derrubaram Quintaval e seus homens com os rostos voltados para o chão.

— O que você me diz agora, Quintaval? – disse Cortés, pondo um pé sobre as costas de Quintaval.

— O senhor sempre insiste para que ponhamos nossa armadura, comandante Cortés, com o equipamento pronto para qualquer eventualidade. Íamos examinar os barcos para saber se estão em boas condições.

Cortés apertou mais o pé nas costas de Quintaval.

— Somos por Maria – falou Quintaval com a voz rouca – *y todos los santos en el cielo.*

Cortés deu-lhe um chute num lado do corpo, depois no outro, e então ficou chutando-o até que ele ficasse com os membros deslocados, os braços para trás, rendido.

— Por Maria e todos os santos do céu? E não por mim? Isla, você acha que devemos destripá-los aqui como peixes ou levá-los para a praia, castrá-los e transformá-los em mulas de carga?

— Aqui e agora, rápido e limpo, *el capitán*, é o que sugiro.

Isla estava sempre cheio de boas idéias.

— Bernal Díaz, espero que você anote bem em seu livro todas as ações desses traidores pérfidos – disse Cortés, com a ponta da espada sobre o coração de Quintaval.

— Os outros não são traidores. Obriguei o escravo e os outros, sob ameaça de morte – protestou Quintaval. — Juan e Manuel são mudos, não podem se defender.

Embora Adu estivesse com o rosto pressionado contra o chão do convés e só conseguisse ver as tábuas e os buracos na madeira, ele tinha a sensação de estar em mar aberto, ouvindo as ondas baterem contra o casco do navio. O ruído, tão distante do que se passava no convés, era musical. Ele desejou mergulhar na água negra, livre de qualquer preocupação e terminar sua vida de forma limpa. Por que perder seus últimos minutos com palavras dirigidas a ouvidos surdos? Por que lhes dar a satisfação de sua tristeza? Os outros homens capturados, inclusive os servos surdos-mudos, tinham começado a gemer e chorar, bradando que era verdade que Quintaval iria matá-los caso não lhe obedecessem em seu infame complô. Também disseram que ele ameaçara suas esposas e pais, e que as próximas gerações também seriam punidas se eles não concordassem com o plano dele. Adu não tinha nada a dizer.

Cortés fez com que eles se calassem.

— Se existe algo que eu odeio mais do que um traidor é um covarde.

O pai de Adu morrera depois de grande sofrimento, que começou com um corte, produzido por um objeto que ele estimava muito: uma lâmina de ferro com cabo de madeira, que ele trocara por couro de crocodilo e carne de hipopótamo num mercado situado mais acima do rio. O corte se transformou numa chaga esverdeada e purulenta, e a perna, que inchou até atingir o tamanho de uma árvore jovem, precisou ser amputada. A mãe de Adu já havia morrido, ao parir um irmão dele, sobrando apenas sua avó e seus irmãos e irmãs, todos levados para a propriedade de um tio que vivia com a esposa e os filhos. Será que sua avó ainda estaria viva? Em Cempoala, quando viu mulheres idosas trabalhando, quase teve a esperança de ver a avó erguer os olhos da pedra de mó. Às vezes, nas manhãs enevoadas, ele via de relance um bracinho magro de criança, uma perna correndo entre o pés de milho e se lembrava dos irmãos e irmãs menores.

— Vocês sabem o que estou pensando? – falou Cortés, erguendo o rosto como se estivesse se dirigindo às estrelas que brilhavam no céu noturno. — Eis o que estou pensando: vamos afundar esses navios e acabar de uma vez por todas com qualquer idéia de navegar de volta, de navegar para longe da vitória. Ninguém conseguirá *nadar* até Cuba, não é mesmo?

— Não podemos afundar os navios, *capitán* – disse Aguilar, que, arrastado para aquela aventura com muita relutância, horrorizou-se com a idéia de eliminar qualquer chance de retirada. Os problemas estavam se agravando cada vez mais. Desejou que Núñez pudesse parar o relógio e voltar os ponteiros até antes de ele ter sido "resgatado". Primeiro, a punição de Quintaval, decidida num lance de dados; depois, Quintaval e seus comparsas seriam enforcados por quererem retornar para casa. E agora Cortés vinha com essa: afundar os navios. Isso prejudicaria a todos. Ele via os oficiais, os soldados e os carregadores cempoalas que seguiam as ordens de Cortés viajando para o interior daquela terra, arrastando-se sem medo em direção ao coração efervescente do país. Imaginou aquilo como uma loucura, como se subissem até a beira de um vulcão, com a lava vermelha lá embaixo, pulsando e saltando em bolhas, e então, num verdadeiro transe, pulassem no poço em chamas, onde seriam consumidos vivos, sem que alguém pudesse ouvir o último grito deles.

Isla, por sua parte, estava muito bem disposto. Ele é que havia se esgueirado até a janela de Quintaval, na parte de trás do alojamento, surpreendendo o vilão e seus comparsas na conspiração. Ele não percebera Alvarado no lado oposto. No final de sua ação secreta, o que lhe faltaria espionar senão aquela grande mariposa branca se agitando através da porta, do outro lado do quarto.

E não apenas isso: aquele selvagem, Adu, comeu a mariposa, assim como se fossem pétalas de alguma flor perfumada. Aquele africano era um canibal.

— Talvez devêssemos pedir a Botello para interpretar o incidente da mariposa – sugerira Aguilar quando Isla fez o relatório.

— Sei muito bem o que vi – insistiu Isla. — Meus olhos não me iludiram. Aquela mariposa era o diabo, e a conspiração naquele quarto, o bando do diabo.

— Você disse que a mariposa era amarelada.

— O diabo, meu caro Aguilar, tem muitos disfarces.

— Falou bem, Isla – disse Cortés naquele momento. Sem qualquer hesitação, ele convocou aqueles em quem mais confiava. Seu leal grupo seguiu o nefasto Quintaval ao longo do percurso até a baía, em seguida todos avançaram escondidos e, do lado mais distante da praia, subiram num barco a remo, acompanhados de perto por cerca de dez cempoalas, para o caso de uma luta, e seguiram em silêncio pelo mar, raciocinando que os outros haveriam de tomar o último navio. Então ficaram emboscados nele.

— Para que precisamos de navios? Não temos intenção de voltar – declarou Cortés agora que os criminosos haviam sido apanhados. — Quem se atreve a discutir comigo?

— Voltar para Cuba... um dia? – começou Bernal Díaz, mas logo se corrigiu. — Um meio de sair do país... – Ele também não podia se imaginar residindo para sempre naquele lugar bárbaro. Como faria para publicar seu livro? —Precisamos de navios para carregar o ouro, *el capitán*, para o rei, para a Espanha – continuou Bernal Díaz, que jamais expressara uma opinião contrária a Cortés e por isso ficou com medo de ter falado o que não deveria.

— Velázquez vai enviar navios para cá, não é, Quintaval? – perguntou Cortés, com a ponta da espada ainda pressionando o coração do conspirador.

— Não faço idéia – respondeu Quintaval, que via, com os olhos da mente, o teto de sua academia de esgrima desabar.

— Fale, homem. Acho que você deve ter alguma idéia.

— Cortés – disse Aguilar. — Assim que o pior passar... bem, o que quero dizer é que um comandante tem sempre planos para uma fuga de emergência. Sem os barcos, ficamos abandonados.

— Sem os barcos, ninguém poderá bater em retirada. Devemos construir o nosso destino, Aguilar.

— Como ficaremos ricos – perguntou Bernal Díaz – se ninguém souber que estamos ricos?

— Díaz, será que a sua cabeça está tão cheia de tinta que você nem consegue pensar? – disse Cortés, obviamente exasperado, e então deu outro chute em Quintaval.

— O ouro não flutua – prosseguiu Bernal Díaz. Ele olhou ao redor e pensou: "Meu Deus, estou sozinho com as minhas intuições, a não ser por aqueles deitados de barriga para baixo no convés, debaixo da sola do comandante."

— Lembre-se de um simples detalhe – e Cortés olhou para Quintaval. — A pena por traição, por rebelião, *mi amigo*, é a morte, de acordo com a lei do país que agora pertence ao rei Carlos, e todos somos vassalos dele, não se esqueça disso. Afundar os navios está definitivamente dentro da nossa fidelidade a Deus e à nossa missão aqui. Deus é bom.

Quintaval refletiu que mesmo ali, tão próximo da morte, ele não tinha a menor importância. Ia morrer, e estavam falando em afundar navios, em missão, em fidelidade. Ele nunca pagara uma taxa de indulgência à Igreja. Será que por isso ele, se não fosse diretamente para o inferno, haveria de permanecer para sempre no purgatório?

— Um navio *irá* para a Espanha com os presentes que já recebemos – concedeu Cortés – e um outro ficará disponível. Os outros nove serão afundados. Deixaremos a maré encalhar o restante, os outros nove. E para esses cães amotinados, felizmente já temos uma nova cadeia.

— Mas não caberemos todos num só navio – objetou Bernal Díaz.

— Bernal Díaz, você está querendo me dizer que é um covarde como Alvarado? — Eles tinham deixado o infeliz Alvarado dormindo o sono dos justos. — Ou que ficará contra Deus?

— Não, não, meu senhor e mestre. Quem pode ficar contra Deus e todos que O servem tão bem?

— Então não diga mais nada.

Com o máximo de pressa, todos os canhões, armas e provisões foram retirados do *Santa Teresa*, colocados em barcos a remo, conduzidos até a praia, desembarcados e escondidos na floresta, com velas de lona, cordas, correntes, lastros, canhões e todos os equipamentos que teriam utilidade na marcha para o interior, enquanto Quintaval, Adu, Juan, Manuel e os outros homens ficavam na praia observando tudo, com as mãos amarradas às costas.

Depois que os navios flutuaram para as partes mais rasas da praia, Cortés resolveu desmantelar postes, vigas, parafusos, compartimentos e todas as pranchas, para que fossem usados nas construções de Vera Cruz. Quando o sol surgiu, buracos foram feitos no convés e nos porões de cada navio. Quatro deles afundaram imediatamente. Os outros cinco adernaram e, sem âncora, flutuaram para a praia até encalharem nas partes mais rasas durante a maré crescente.

Capítulo 19

Naquela manhã, de volta à colônia de Vera Cruz, Cortés reuniu os soldados e anunciou que tinha havido um ato de traição durante a noite, que os barcos foram destruídos e que os traidores seriam enforcados.

— Lágrimas de Maria! – gritou alguém olhando em direção à praia. — Nossos barcos...

Nenhuma das nove embarcações ficara inteiramente submersa. Nas primeiras luzes da manhã, os mastros despidos eram como esqueletos acenando adeus. Os cascos oscilavam, lutando contra a agitação das ondas, e as proas se agarravam à areia. Como pensou Aguilar, aquilo era um túmulo, uma ruína, e ele, que sonhara com um final em que passaria o tempo a se empanturrar de comida, vagabundeando e novamente dormindo numa cama macia, chorou diante do que ele próprio fizera. Se apenas pudesse fechar os olhos, voltar para casa, regressar, nada mais ter a ver com discursos bombásticos e atitudes afetadas, traições e artimanhas. Como ele ansiava por paz e tranqüilidade.

— Lágrimas de Maria! Lágrimas de Maria! – lamentavam-se os soldados. — Nossos queridos barcos!

— O que eles estão dizendo? – perguntou Cuy a Malintzin.

Elas estavam com as outras mulheres embalando os carregamentos para a longa viagem até Tenochtitlán. As panelas de ferro das tropas foram embrulhadas em tecido de algodão para serem colocadas em carroças puxadas pelos cempoalas. Os apetrechos de Garra de Jaguar iam pendurados em duas varas colocadas sobre os ombros de dois cempoalas, enquanto outros desses carregadores se aprontavam para levar tipóias nas costas, presas por faixas nas testas deles, com sacos de fubá. Alvarado examinava os cavalos que iriam transportar os oficiais vestidos com suas armaduras.

— Cortés disse que alguns traidores pretendiam fugir e que foram essas mesmas pessoas más que afundaram os navios para não poderem ser seguidas.

Malintzin sabia, no entanto, que a divisão entre pessoas más e boas era muito obscura, e seria muito improvável que Quintaval, mesmo contando com a ajuda de Adu, Manuel e Juan, pudesse ter afundado os navios. Ela também sabia que Quintaval seria enforcado. Numa tropa espanhola, assim como entre os astecas, falar mal de um general era um ato que se punia com a morte. Mas Quetzalcoatl não faria uma coisa dessas. Contudo, para encarar de frente a verdade, o fato era que Quetzalcoatl havia fugido do seu reino. Por outro lado, já que os navios tinham sido afundados sob as ordens de Cortés, será que isso significava que ele pretendia permanecer ali para sempre, estabelecer-se em Vera Cruz ou em Cempoala, cultivar seu próprio milho, ter seu próprio lar e se casar?

— Não queremos gente de coração fraco ou que não esteja plenamente comprometida com nosso empreendimento sagrado, vivendo entre nós. Devemos arrancar pela raiz as idéias e atos dissidentes, e deter logo no germe qualquer rebelião ilegal.

"Isso soa como os problemas no Jardim do Éden", pensou Francisco, que não se atreveu a expressar seus pensamentos em voz alta.

Cortés, após passar a noite inteira abrindo buracos nos navios, estava a ponto de morrer de exaustão.

— É por isso que Quintaval, aquele escravo dele, Adu, Manuel e Juan serão executados. Por crimes contra a Espanha e a cidade de Vera Cruz, contra o papa e o exército de soldados cristãos, e por desobedecerem às ordens do capitão. Os comparsas deles na conspiração terão os pés decepados. Esses malfeitores conspiraram contra as leis dos homens e de Deus e ainda, numa inglória retaliação e desconsideração pelo bem-estar de todos, afundaram nossos navios, propriedades legítimas de Cuba.

A verdade era que dois dos barcos tinham sido custeados por Cortés, que hipotecara sua substancial *encomienda* cubana. Dois outros eram de Velázquez.

— Eles *irão* permanecer aqui – murmurou Garra de Jaguar para Cuy e Malintzin, que estavam junto dele. — Sem os navios não haverá meios para eles irem embora. Eles irão ficar, mas não abertamente.

— Dois barcos foram poupados da destruição dos traidores. Em um deles, mandaremos ouro para a Espanha, um presente dos súditos leais do rei Carlos. Assim obteremos a confiança dele em nosso empreendimento. Os homens que agirão como nossos emissários neste assunto retornarão com uma frota, uma frota comissionada, se quiserem, de modo que aqueles entre nós que desejarem levar nossas riquezas de volta à Espanha sob a proteção da comitiva real com total regalia... Puertocarrero será o capitão – Cortés estava improvisando – e com documentos que nos instituem como governadores legais e oficiais, como senhores que possuem propriedades... escravos e ouro...

Enquanto Cortés via a si mesmo firmemente estabelecido como governador de Yucatán e de todas as terras dos mexicas, príncipe e protetor dos interesses espanhóis no Novo Mundo, quando dera as instruções para afundar as naus, tudo que ele tinha em mente era impedir a fuga dos desertores nostálgicos e consolidar os soldados em uma unidade guerreira com um só pensamento. Teriam de agüentar, ou morrer. Não haveria outra saída. De qualquer forma, uma ou duas boas execuções iriam aplacar tais ânsias e extinguir prováveis motins.

— Será Puertocarrero que irá para a Espanha com uma carta e com o ouro? – protestou Aguilar, dirigindo-se a Francisco. — Representar Cortés, quero dizer nós, diante do rei? Mas ele mal sabe falar o idioma!

— Atenção com o que diz, Aguilar – disse Francisco. — Também está querendo uma corda no pescoço?

Os soldados se dispuseram de maneira que todos pudessem ter uma boa visão dos enforcamentos. Seria a última diversão antes de partirem de Vera Cruz.

— Núñez – perguntou Cortés –, que horas são?

— Sete horas da manhã.

Núñez lançou um olhar para Cuy enquanto ela estava entre as escravas e os carregadores cempoalas. Ele parecia querer dizer: "Sim, é horrível, não se apavore, protegerei você."

— Então já está na hora.

Cortés fez um sinal e, com o rufo dos tambores e os trinados das cornetas, os culpados foram trazidos da nova prisão, desfilando para que todos vissem.

Era uma linda manhã, sem chuva, sem muito calor. As duas cordas para Quintaval e Adu já estavam balançando de maneira convidativa, e os troncos já estavam posicionados para a amputação dos pés dos outros. Quintaval seria o primeiro, Adu o segundo. Padre Olmedo estava lá para administrar os últimos sacramentos.

— É apenas uma exibição – disse Malintzin para Cuy. — No último instante, nada irá acontecer. O cadafalso está ali apenas para assustar, não para execuções de verdade.

— É mesmo? – perguntou Garra de Jaguar.

— Traidores! Traidores! – gritavam os soldados em uníssono ao verem aquelas figuras deploráveis. Quintaval estava aos prantos. Adu olhava para a frente, inexpressivo, e os demais gritavam. Francisco fugiu para o mato, foi vomitar.

— Cortés – disse Alvarado, avançando alguns passos e passando pela multidão. — Você não acha que está sendo muito severo?

— Já não discutimos isso antes?

Quintaval lançou um olhar desapontado para Alvarado. Ele sabia que Alvarado fora a fonte original da traição, e quis que ele vivesse com esse peso pelo resto de seus dias. Francisco, de volta do vômito no mato, sentia vergonha de si próprio. Acreditava que seria forte o bastante, pelo menos para testemunhar a morte de companheiros.

— Só respondo a Deus e ao rei, portanto não tolero nenhuma oposição – concluiu Cortés, silenciando quaisquer objeções.

Francisco sabia que o rei se encontrava muito distante e de todo inconsciente da presença deles ali, na beira do oceano. O rei, brevemente o Sacro Imperador Romano, jamais ouvira falar de Vera Cruz. De fato, o local não existira até alguns meses atrás, e Montezuma e Tenochtitlán não eram nem sequer palavras que se conhecesse na Espanha, e talvez nem em Cuba ou em qualquer outra parte das Índias. Será que o imperador dos Habsburgo já vira um beija-flor, um tatu, ouvira um macaco guinchando, olhara para um cravo, assombrando-se diante daquele tom de vermelho tão brilhante quanto o da flor de sálvia? E Deus? Onde estava Ele? Não estaria presente ao que estava prestes a acontecer bem debaixo de Seu nariz?

— *Señor* Cortés – exclamou Francisco. — *Señor* Cortés, eu suplico...

— É, Francisco. Você e toda a sua ordem não passam de mendigos. Não era isso que distinguia são Francisco, ele e sua famosa tigela de esmolas?

— Não estou certo de que nosso tão amado são Francisco possuísse uma tigela própria, mas ele não queria fazer mal a nenhuma criatura, dom Cortés. Os homens sempre se queixam quando estão juntos – Frei Francisco respirou profundamente e prosseguiu. — Os homens se queixam da sorte e criticam aqueles que lideram. Há desavenças sobre quem ficará com o que e quanto, quem é melhor nisso ou naquilo. Isso é da natureza humana, e talvez castigar Quintaval e seus amigos, quem sabe com um período no tronco para que o ostracismo corrija o comportamento deles, faça com que o senhor seja mais querido por suas tropas. Como poderiam eles ter afundado todos os navios? E por quê?

— Para que não os seguíssemos, é claro.

Ouviu-se um murmúrio de afirmação entre os homens reunidos, mas também resmungos e altercações. Não que eles não quisessem o espetáculo de uma execução. Mas o fato era que cada homem daqueles, respirando na privacidade de suas tendas, já manifestara insatisfação e poderia ser culpado por isso. Quem poderá conquistar um país com 400 homens? Tal perspectiva causava vertigem. E muitos deles não acreditavam que Quintaval afundara os navios sozinho. Um estratagema desses parecia estar além da capacidade de um punhado de conspiradores que agiram no meio da noite. Roubar um navio, talvez, mas destruir uma frota?

— Insisto em um duelo – gritou Quintaval por cima dos murmúrios.

— O quê?

— Sim, um duelo! – gritou ele de novo.

Esse pedido surpreendente foi passado adiante. Por um momento, os soldados ficaram completamente confusos.

— Um duelo? – exclamou Cortés. — Para um descrente, um conspirador, um homem condenado? Quem já ouviu coisa semelhante? Os duelos são feitos pela honra ou, como no caso de El Cid, pelo destino de uma cidade.

— Se tenho de ser morto, deixe-me morrer de forma honrada.

— Fora de questão.

— Duelo! Duelo! – exclamava em coro a multidão.

Cortés olhou para Bernal Díaz, que olhou para Isla, que olhou para Alvarado, que olhou para longe.

— Jesus Cristo, um maldito duelo?

— Duelo! – o clamor voltou a se repetir.

Cortés se aproximou de Isla.

— É a ralé – segredou-lhe Cortés. — Não sei como controlá-los.

— Não demonstre medo – aconselhou Isla. — Nunca demonstre medo.

— *Que el mejor guerrero gañe.* Que o melhor homem vença, Cortés – exclamou Quintaval. — Se eu vencer, meus homens ficam livres, o africano também.

Cortés reuniu os oficiais à sua volta.

— Ele é o melhor espadachim de Cuba, ou melhor, das Índias.

— Os homens que ele fala em libertar são bons soldados, bons espadachins, Cortés. Podemos nos permitir perdê-los? – perguntou Alvarado.

— Se eu perder, se for ferido ou morto, vocês ficam sem capitão. Vocês não podem me substituir.

— Você não perderá – declarou Bernal Díaz. — Pois se virmos que você está em apuros, daremos fim ao duelo, e a Quintaval também.

— Tirano! – gritou Quintaval. Ele se mantinha ereto. Talvez toda sua prática de esgrima fosse uma preparação para aquele momento.

— Esse homem precisa ser amordaçado – disse Cortés. — Com uma corda.

— Se não duelar com ele – disse Isla –, ficará com a cara no chão, comandante.

— Estamos no Exército, e em guerra, Isla. A cara é minha menor preocupação. As pernas e os braços, sim... – Cortés estava sentindo a pressão e o cheiro dos muitos corpos, o peso e a agitação de cerca de 300 homens, sem contar os carregadores indígenas, os guerreiros, os servos e os escravos. Ele viu Malintzin de pé, um pouco afastada, com seus dois amigos ao lado dela, a magrinha Cuy, aquele fiapo de mulher, e o escabroso Garra de Jaguar, cuja miséria precisava ser logo extinta. Depois olhou para Núñez, que se mantinha sem qualquer expressão. Bernal Díaz, de cabeça baixa, rabiscava algo em seu livro. Iria a história qualificar Cortés como um covarde, uma nulidade? Ele tinha horror a essa idéia. Isla lhe enviou um olhar extremamente significativo.

— Duelo! – repetiu em voz alta um dos soldados.

"Quem falou isso? Morte a esse homem", pensou Cortés. "Morte, duas vezes morte, e que depois o diabo o carregue diretamente para o inferno."

— Duelo, duelo! – o clamor se elevava, agora envolvendo centenas de homens.

Cortés fez um sinal aos trombeteiros e aos que tocavam os tambores, porém eles não conseguiram abafar os gritos.

— Duelo, duelo – partia o coro de todos os lados. Até os índios, que não sabiam o significado da palavra, exclamavam. — Duelo! Duelo!

— Tudo bem – concedeu Cortés, enquanto segredava aos compadres. — Que venha o duelo, mas você, Isla, e você, Alvarado, ao menor sinal de fraqueza de minha parte, coloquem um fim no combate!

Cortés virou-se para a fila dos condenados, depois para os soldados, pôs a espada em riste, beijou o cabo – decorado com serpentes entrelaçadas – e bateu os calcanhares no chão.

— Cortem-lhe as cordas, joguem uma espada para ele. *En guardia.*

Supostamente, um novo homem. Cortés. Um homem que defendia a importância do indivíduo, que leu Maquiavel, que conhecia muitas frases em latim, que lera todos os mais recentes romances de entretenimento, que conhecia um pouco sobre Leonardo da Vinci. Cortés. Ele, que adotava os relógios e as máquinas de guerra, que achava, em segredo, existir no céu um lugar para Aristóteles. Esse homem novo, dom Hernán Cortés, sabia lutar como qualquer desordeiro de rua medieval, usando o sabre e a adaga, desferindo cortes e golpes violentos com ambas as mãos.

Hernán Cortés não era alguém que adotasse a elegância e o imperativo moral das regras e regulamentos da esgrima técnica se as mesmas não se ajustassem perfeitamente a ele. Seu jogo era arcaico, descuidado, sem estilo. Ele não seguia as regras da esgrima técnica e ainda lutava de forma totalmente desordenada, atacando as costas de Quintaval, visando a cabeça e os órgãos genitais, chutando o adversário, batendo-lhe com os pés quando ele estava caído. E quando Quintaval se reergueu, Cortés investiu com a espada sobre suas pernas, enquanto o atingia com a adaga no estômago.

Esse duelo foi insignificante, concluiu Cortés, vendo Quintaval estatelar-se no chão com os membros abertos, totalmente à sua mercê.

— Preserve minha honra – implorou Quintaval. — Mate-me agora, como um cavalheiro.

Cortés riu e comprimiu mais a espada sobre o peito do adversário.

— Ao diabo com a honra. Você vai para a forca.

— Poupe os outros. Eles serão fiéis.

Assim, no dia 15 de agosto de 1519 às oito horas da manhã, segundo declarou Rafael Núñez, o responsável pelo relógio, e registrou o cronista oficial e então futuro historiador Bernal Díaz del Castillo, pouco antes de recomeçar a chover, Quintaval foi do duelo para o cadafalso. Padre Olmedo lhe declarou que ali mesmo o absolvia de todos os pecados, e assim ele iria diretamente para os braços de Deus. Enquanto os navios ainda afundavam, com muitos ruídos sendo emitidos, Quintaval percorreu os olhos em volta, percebeu os de Adu e deu-lhe uma piscadela.

— Repare bem nisso, Maax – disse Garra de Jaguar. — Seu senhor e dono Quetzalcoatl-Cortés vai enforcar um de seus próprios homens.

— É assim que eles fazem. É a maneira deles, assim como o sacrifício é a nossa. Cortés é um homem justo, Garra de Jaguar.

— Sei... Não é um deus? Podemos chamá-lo novamente de animal? Talvez Barata seja *mesmo* um nome adequado.

No último instante, Alvarado não quis olhar, afundando a cabeça no flanco de seu cavalo, Alonzo. Frei Francisco sentiu-se novamente enjoado. Botello apanhou o violão, foi até a praia e ficou tocando uma canção triste que ninguém conhecia. Isla procurou se ocupar. Núñez saiu para um canto. Algumas pessoas o viram cantarolando algo e balançando a cabeça. Aguilar ficou lendo seu *Livro das horas*, após conferir que horas eram com Núñez. Primeiro ele entoou "*Ora pro nobis*", orai por nós, que em geral se diz após a recitação dos Salmos. Cortés, entretanto, estava exultante, cheio de força e determinação. Completamente purgado de sua exaustão, ele precisava levar *doña* Marina imediatamente para a esteira, porém ao fazê-lo descobriu que seu membro, apesar de todas as tendências do momento, não estava apto para a tarefa, e assim ele precisou recorrer à aguardente. Infelizmente, no dia seguinte ele teve que iniciar a gloriosa marcha para o interior – o caminho para a glória e a conquista – debaixo de chuva e com uma terrível dor de cabeça.

Capítulo 20

Às oito horas do dia seguinte à execução de um certo Roberto Antonio Federico Quintaval, na manhã de 16 de agosto de 1519, conforme o registro feito por um certo Bernal Díaz, os espanhóis partiram para Tenochtitlán, a grande cidade dos mexicas.

16 de agosto de 1519

Temos 350 espanhóis, 16 cavalos, 3 canhões, 2 arcabuses, 30 mosquetes, muita pólvora, que felizmente foi conservada seca, 100 balestras, 600 cempoalas carregando nos ombros equipamentos pendurados entre 2 varas, puxando carroças cheias de peças de barracas de lona e levando às costas, seguro por faixas atravessadas à testa, o peso de outros suprimentos.

Esses números não incluíam Adu, que não era considerado um ser humano, e o contingente cada vez maior de mulheres. Juan e Manuel, poupados de terem os pés amputados por participarem de uma traição, usaram os mesmos para fugir na noite anterior, abandonando atrás de si suas roupas espanholas.

Seria uma marcha de dois dias de Vera Cruz até Cempoala, e de três dias de Cempoala até Jalapa. Depois disso, as montanhas começavam a crescer de maneira abrupta e o ar ficava mais frio. A chuva se transformava em granizo. No quarto dia eles avistaram Xicochimalco, porém não pararam ali. Cortés decidira não tomar o caminho direto porque, após discutir o assunto com Aguilar, Isla e Núñez, achou possível seguir pelas cidades e aldeias que eram inimigas do imperador e do império. Esses inimigos poderiam se tornar, supôs Cortés, amigos dos espanhóis. Enquanto avançavam para o coração do país, em direção à refulgente ilha metrópole de Tenochtitlán, ele imaginava suas fileiras se dilatando com novos aliados.

No início, o tempo parecia estar contra eles. Em certos dias, era tanta chuva que chegava a enrugar a pele. Em outras regiões, um insuportável calor seco de dia, e à noite um frio impiedoso. Quando durante o dia o céu estava sem nuvens, o sol incidia sobre eles como uma vingança de Huitzilopochtli, o deus asteca da guerra. À noite, se estivesse nublado, as estrelas, que poderiam oferecer alguma companhia, não apareciam. Às vezes o campo era desprovido de qualquer sinal de vegetação. Havia dias tão sombrios que todos se sentiam perseguidos pelas más lembranças e pelo rosto do enforcado Quintaval. Até mesmo Botello, em geral tão cheio de expedientes, parecia soturno, dominado. A fome mantinha a mente de Francisco longe de sua vocação.

Não que o frade não quisesse amar aquela terra. Jesus não lutara contra o demônio no deserto, e os hebreus não enfrentaram uma desolação semelhante durante 40 anos? Ele sabia que o povo de Tenochtitlán, bem no fundo de seus corações, estava aguardando a palavra de um Deus misericordioso e a vida eterna. O mínimo que ele pudesse fazer nesse sentido valeria centenas de pés sangrando e um barril cheio de estômagos roncando de fome. Ele prometera perseverar.

Bernal Díaz, vendo a areia se misturar às suas tintas e cansado demais à noite para poder escrever, tornou-se rabugento. Núñez se preocupava com Cuy, que, sempre magra, agora estava quase desaparecendo. Aguilar, normalmente estóico, parecia perdido sem a proximidade das árvores, dos macacos barulhentos, do zumbido dos insetos e do bater constante das ondas do mar. Padre Olmedo se preocupava com Francisco. Só um monstro poderia ter designado os trópicos para Francisco viajar, e pelo que o padre sabia das hierarquias dos monastérios, desconfiava que Francisco estivesse sendo punido por sua disposição sempre tão doce e por uma santidade que poderia rivalizar com a de um anjo.

Puertocarrero, que aceitara ser capitão da árdua jornada para levar ao outro lado do oceano os objetos de ouro e uma carta muito longa e importante para o rei Carlos na Espanha, fora poupado daquelas montanhas e desertos. Com um piloto e uma tripulação experientes, dois barris de vinho e mais um outro prometido para depois da conclusão bem-sucedida da tarefa, ele se separou dos demais quando estes deixaram Vera Cruz. Aguilar se apresentou como voluntário para integrar a tripulação, porém seu pedido foi negado, sendo ele declarado indispensável para a viagem a Tenochtitlán. Que injustiça, ninguém mais do que Aguilar merecia viajar para a Espanha. Mesmo assim, ele teria aceito a sua sorte se a viagem não fosse tão dura.

O Exército atravessou um morro alto, passando por um desfiladeiro de uns cinco quilômetros, ao qual Cortés batizou *en el nombre de Dios*. O lugar, sem qualquer trilha e completamente selvagem, estava cheio de videiras e abelhas. Subindo até o platô central, com o ar cada vez mais seco e a terra mais árida, Francisco, que no começo seguia na retaguarda com as mulheres, acabou atrás dos cavalos e dos canhões e logo se viu caminhando sozinho. Gostaria de ter um cavalo. Maria tinha um burro, refletiu ele, e são Paulo estava a cavalo quando a glória de sua fé o atingiu no caminho para Damasco. E são Francisco, ao ficar doente, também tinha um burro, mas nesse momento ele se lembrou que são Francisco abriu mão de seu burro quando viu gente mais desafortunada do que ele andando a pé. "Agradece, mortal, por estares na terra de Deus", repreendeu-se Francisco e prosseguiu se arrastando.

— Botello – disse Adu, apontando para trás, indicando a figura solitária de Francisco.

Botello e Adu deixaram então o resto seguir à frente e, amparando aquele homem grande em seus braços, alcançaram novamente o grupo. "Agradece, mortal, por teres amigos." E durante uma tempestade de areia, sem nada à vista que pudesse oferecer abrigo, foi Malintzin quem o protegeu dos milhares de grãos de areia que o chicoteavam. "Agradece, mortal, por essa moça ter um coração de ouro." Quando eles chegaram à região montanhosa, o solo arenoso e mole entrava pelas solas dos pés de Francisco. Ele podia ver cactos secos agarrados às frestas das rochas e pequenos lagartos marrons correrem em disparada sobre o xisto lascado. Roedores esguios, de alguma espécie desconhecida, olhavam fixamente para eles e de vez em quando se enroscavam como perguntas sem resposta. Francisco temia ver cobras. Mais alta, mais fria, a terra estava coberta de pinheiros, e os ramos se sacudiam para a frente e para trás, sibilando como vassouras varrendo o solo.

— Quetzalcoatl, o deus do vento, está aqui – disse Malintzin para Francisco, a fim de confortá-lo. — Coragem, respire fundo. Vento antes da chuva. Primeiro Quetzalcoatl. Depois, Tlaloc.

"Agradece, mortal, pela chuva."

Foram recebidos na cidade de Xocotlan num dia frio e de muito vento. A cidade, apesar de seus 13 templos, não pôde oferecer-lhes uma festa, mas o cacique permitiu que dormissem em quartos do palácio dele e lhes forneceu cobertas feitas de grossas camadas de fibra de agave, que espetava. Comeram bolos de milho, aquilo que os espanhóis chamam de *tamales*, com recheio de frutos de cacto. Quando os espanhóis deixaram Xocotlan no dia seguinte, o cacique lhes deu sementes achatadas de flor vermelha de sálvia, que são mascadas ou usadas para se preparar uma bebida. Essas sementes eram utilizadas pelos mensageiros corredores de Tenochtitlán. Chamada de *chia*, elas davam força. O cacique, que tinha 30 esposas, também lhes presenteou com escravas, que imediatamente foram batizadas e se juntaram ao crescente número de mulheres que seguiam atrás dos espanhóis, dos guerreiros e carregadores de Cempoala e dos escravos homens.

Malintzin seguia com as outras mulheres. Havia um número maior delas. Houve noites em que Malintzin se sentiu cansada demais para se preocupar se Cortés estava ou não com outra mulher, e ocasiões em que ela se importava, sentindo que seu coração fora oferecido a algum obscuro deus só para ser esmagado e jogado fora. Sua pequena vitória em Cempoala, na questão da sobrinha do cacique, parecia já estar num passado muito distante, mas ela não teve força para protestar ou para apresentar uma argumentação. Naqueles dias ela estivera sempre desolada, não descansava durante o sono e não sentia fome. Foi frei Francisco quem observou isso e, atraindo-a até ele, insistiu para que ela comesse algo para se fortalecer e poder agüentar. Quando ela lhe perguntou o porquê, esperava que Francisco falasse sobre o deus dele, dizendo-lhe que ela precisava viver porque Deus tinha dado sua vida por ela, mas ele não falou nada disso. Ela precisava viver porque ele, Francisco, a amava.

Quanto mais áspero o terreno, quanto mais longa a marcha, mais feliz ficava Cortés, e quando o ar ficava escasso era como se ele o tivesse armazenado todo, exclusivamente para si. Ele repreendia a todos pela lentidão e falta de ânimo, gostava de repassar as regras da conquista, para o caso de alguém as ter esquecido. Além do uso constante da armadura, havia missa todas as manhãs, não se permitiam blasfêmias, não se podia destratar aliados, não se podia sair do acampamento, nenhum jogo era permitido, exceto os organizados por Cortés, e ninguém podia dormir enquanto estivesse de guarda. Adu, embora não tivesse sido vendido ou dado a um novo senhor, compreendeu que também ele devia obedecer a essas regras. Desde a morte de Quintaval, ele não tivera ânimo nem mesmo para ansiar pela liberdade. O melhor que podia fazer era permanecer em seu lugar na fila, colocando um pé após o outro. Verdade seja dita, ele sabia que não teria sobrevivido um só dia naquela paisagem sem água, onde às vezes o calor e a monotonia eram tão grandes que seus olhos lhe pregavam truques e ele começava a enxergar coisas que na verdade não estavam ali. Ele via Quintaval caminhando atrás deles, sendo às vezes lá em cima, no céu. Quando chegaram mais alto, ele sentiu o enjôo das montanhas. Procurava o ar com dificuldade. Os oficiais precisavam ficar juntos para se aquecerem. Um homem sozinho morreria de frio, concluiu Adu. Alguns entre os cempoalas de fato morreram.

No entanto, conforme o tempo se passava, o deslocamento diário e o sentimento de estarem avançando, indo para algum lugar, penetrando fundo no coração daquele país, acendiam fagulhas de esperança no peito de Adu. Não ter de ouvir as tagarelices de Quintaval lhe permitia recorrer à memória. Houve um tempo em que ele não pensava em nada, nem mesmo no passado, mas ali, naquele país de homens morenos com seus próprios costumes, ele se lembrou de quando foi capturado, muito tempo atrás, com tanta nitidez quanto o céu que podia admirar a cada noite, semeado de estrelas brilhantes. A rede, cruzando-se diante de seus olhos, colhendo-o como se fosse um peixe, fizera-o mais infeliz do que a morte dos pais. No porão do navio, durante a travessia marítima, com os joelhos colados ao queixo, ele pensou estar sofrendo as torturas dos maus no outro mundo, ou fazendo a jornada para a terra dos mortos. A própria Sacerdotisa da Morte o visitou muitas vezes. Principalmente durante o sono, ela vinha passar seus dedos brancos e ossudos pelo rosto dele. "Acorda, Adu, e morre."

Agora, na longa trilha para o interior do país, ele se dava conta de que mesmo no litoral, quando planejava fugir, ele reconhecia sua grande afinidade com tudo que se relacionasse aos índios. O povo moreno, o cacique e os nobres de Cempoala, os artesãos e os habitantes da cidade não eram escravos, nem apenas servos mudos, tampouco animais entorpecidos, dormindo como sombras nas cozinhas dos espanhóis, enfiados em minas espanholas ou circulando de um lado para outro nas plantações dos espanhóis. O ritmo dos dias em Cempoala lembravam-lhe o de sua terra, o modo como os pescadores carregavam o que tinham apanhado em cestos de folha de palmeira, e como as mulheres confeccionavam cântaros e potes com a argila úmida das margens do rio. Os abrigos dos índios, as cabanas de barro com teto de palha, e mesmo as casas com pátios muito bem cuidados e grandes agrupamentos familiares se pareciam com os que o haviam cercado durante toda sua infância.

Adu gostou da comida de Cempoala, dos melões doces e da pimenta, da papa de milho comida com a mão diretamente de uma tigela comum, como o *kuku;* de seus adornos de ouro e turquesa, conchas e prata, de suas peles morenas. Ele gostou do calor úmido do litoral, do sol imprevisível, da faixa de areia branca quente cintilando como um fio de saliva ao longo da praia. A floresta, com sua folhagem verde exuberante, não era um mistério para ele, tal como era para os espanhóis, que a cada passo se detinham com medo do que poderia ser uma pequena agitação no mato – uma cobra, uma fera, algum inseto venenoso prestes a picá-los. Os espíritos das árvores, no solo escuro da floresta, davam as boas-vindas a ele. E embora jamais tivesse estado mais acima do rio, no Saara, onde segundo ouvira dizer havia camelos, achou que lá devia ser como estes desertos que agora atravessavam em direção ao México. Por mais difícil que fosse respirar nas montanhas, por mais frias que fossem as noites, aquele ar fazia Adu sentir-se vivo. Ele estava vivo. "Adu," sussurrou-lhe o Novo Mundo, "faça as pazes comigo."

Cerca de duas semanas depois de saírem de Xocotlan, em uma grande altitude no planalto central do país, a mais de quatro mil metros de altura, perto do vulcão de Matlalcuéyatl, eles se aproximaram de Tlaxcala, uma grande cidade-estado conhecida por sua animosidade com relação a Montezuma. Os espanhóis encontraram um grupo de sentinelas tlaxcalas. Na vasta planície, eles haviam chegado a um conjunto de imensos penedos, dispostos de forma que lembravam grandes cabeças derrubadas, como se alguma raça de gigantes tivesse, ao fugir, deixado seus crânios para trás. Cortés deteve seu cavalo e fez sinal para que as tropas parassem. Os tlaxcalas jamais haviam se submetido aos astecas, disse-lhe Aguilar, e dessa maneira poderiam vir a ser aliados naturais dos espanhóis. No entanto, aqueles guerreiros, no estreito limite entre os penedos, estavam pintados para a guerra, de azul, tal como as tribos selvagens da Inglaterra, e suas túnicas eram vermelhas e brancas. Cada homem, bem armado com arco-e-flechas, trazia uma maça na mão direita coberta de lascas pontiagudas de obsidiana.

Malintzin foi à frente para fazer os cumprimentos de cortesia.

— Atenção – preveniu Isla a Cortés, pois achava que o que Malintzin falava em nahuatl nem sempre era uma versão fiel do espanhol.

O fato de ela ser indígena já era uma boa razão para desconfiar dela. E ainda era mulher. Por outro lado, o que Cortés costumava dizer em espanhol deixava Isla muito impressionado por ser impossível de acreditar, como se suas tropas – agora ampliadas para cerca de mil homens, somando-se os cempoalas, com armas, suprimentos e canhões – estivessem apenas de passeio por ali, de passagem, numa visita, ou mesmo em peregrinação, como se Tenochtitlán fosse algo assim como Canterbury ou Santiago de Compostela.

— Os tlaxcalas não acreditam que viemos em paz – disse Malintzin a Cortés.

— Diga a eles que somos amigos.

— Eles não acreditam nisso. Dizem que não somos amigos.

— Diga-lhes que somos convidados de Montezuma – falou Cortés, pois se eles odiavam Montezuma, como Aguilar lhe informara, haveriam de o temer. Se não eram amigos, o melhor seria que fossem temidos.

— Estamos sob a proteção do grande Montezuma – transmitiu ela.

Ouvindo isso, um dos guerreiros tlaxcalas pegou seu machado de obsidiana e decepou a cabeça de um cavalo.

— *Dios mio*, minha linda criança! – gritou Alvarado, que partiu para cima do tlaxcala agressor e o decapitou.

Por um segundo, todos permaneceram imóveis. Então Cortés, que saltara de seu cavalo, desembainhou a espada e puxou Malintzin para trás de si.

— Protejam as mulheres. Preparem-se para atacar! – gritou ele aos oficiais. Matar um cavalo era uma grande provocação. Além disso, os índios, que até então consideravam que os cavalos eram monstros imortais, agora encarariam os espanhóis como homens comuns e vulneráveis, com suas máquinas de guerra falíveis.

— Preparem-se para atacar – a ordem seguiu através da longa procissão, como peças de dominó caindo umas sobre as outras. — Preparem-se para atacar!

Enquanto essas palavras ecoavam, os tlaxcalas, saltando pelos flancos rochosos do desfiladeiro, formaram uma falange, erguendo as espadas de obsidiana em uma das mãos e as maças crivadas de pontas na outra. Um deles se adiantou com rapidez e decepou a cabeça de outro cavalo. Alvarado estava horrorizado. Como alguém podia ser tão cruel? Ele avançou e matou o homem ali mesmo.

— Atacar!

— Atacar!

O espaço era demasiado estreito e a distância era muito curta para as longas espadas, os mosquetes e os canhões dos espanhóis, e não havia espaço para engatilhar e disparar as balestras.

— Usem os sabres, os escudos, as adagas e os machados! Cada um por si, corpo a corpo!

— Cada um por si – a ordem ecoou pelos soldados.

Malintzin, empurrada para trás, ficou no meio de um grupo de mulheres que não sabia se deviam ficar quietas, correr ou se render. Elas se agarravam umas às outras, prontas para morrerem ali mesmo.

— Mirem embaixo, sem compaixão – instruía Cortés.

— Mirem embaixo, sem compaixão.

Em pouco tempo aquilo estava terminado. Cabeças rolaram, membros foram mutilados. Quando a poeira baixou, aos pés dos espanhóis jaziam alguns corpos de índios. Entretanto, a maioria deles fugiu pelas rochas dos penhascos, atirando pedras e insultos atrás de si, dois deles carregando duas cabeças de cavalos como troféus.

— Eles irão colocar essas cabeças nas armações de crânios, diante da cidadc, para provar que não cavalgamos seres imortais – disse Aguilar.

Alvarado chorava.

— Posso suportar tudo, menos a morte de um cavalo.

— Controle-se – admoestou Cortés.

Embora ele não sentisse o mesmo que Alvarado pelos cavalos, a perda de um deles era mais custosa do que a de um homem em termos estratégicos. Restaram apenas 14 animais. Além disso, depois dos encontros amistosos e das recepções hospitaleiras ao longo do percurso, aquele ataque fora inesperado. Os espanhóis, afinal de contas – raciocinou Cortés –, nada tinham feito para provocá-lo. Talvez fosse apenas uma demonstração de valentia, de soldadinhos querendo se fazer importantes.

— Isso é só o começo – disse Isla, esfregando as mãos profeticamente. Ele desprezava, pois era algo que ia além de sua capacidade como soldado, o balanço de uma rede numa praça da cidade, a associação decadente com autoridades locais, as atividades de embaixador e diplomata. Ele ansiava era por ação. Estava com Cortés quando seu grupo de Hispaniola conquistou Cuba, tendo Velázquez, o atual governador, como general. Que os povos indígenas tivessem fugido ao vê-los em seus cavalos foi uma decepção, e um segredo muito bem guardado.

Adu jamais estivera numa batalha, e só manejara uma espada ao esgrimir com seu mestre, Quintaval. A perspectiva de uma luta verdadeira o atemorizava, pois ele vira e experimentara tanta violência quando fora capturado e vendido como escravo que achava impossível atingir alguém com a mão, muito menos com uma espada. Quando Quintaval foi enforcado, ele observou com horror as pernas de seu senhor continuarem tremendo, como se, mesmo depois de morto, ele estivesse correndo, ou subindo degraus. E apesar de toda a beleza daquele país e daquele povo, o painel de crânios em Cempoala era uma clara evidência de que mesmo ali, como em toda parte, os homens eram cruéis.

Capítulo 21

Tudo ficou devidamente registrado. Naquela noite, Garra de Jaguar, o açougueiro-chefe, retalhou os cavalos decapitados. Algumas peças foram salgadas e enroladas, outras foram assadas e consumidas na refeição da noite. Alvarado declarou que não comeria nem um pedaço.

— Não seja criança – disse-lhe Cortés, que prosseguiu contando que, quando Gengis Khan invadiu a Ásia, seus soldados sobreviveram bebendo o leite das éguas e sugando o sangue dos cavalos. E por fim acabaram sendo forçados a comer os próprios cavalos. Quando faltou também aquela fonte de alimento, de cada dez homens o décimo era morto e comido.

— Que idéia mais animadora – disse Aguilar com um estremecimento, pois os sacos com alimentos secos (peixes, cerejas e ameixas) e com milho e feijão moído diminuíam com rapidez. Agora a norma era uma refeição por dia. O racionamento de água aumentou. Se a pessoa ainda sentisse fome, que comesse mato. Carne de cavalo era uma iguaria rara.

O acampamento foi erguido depois do conjunto de rochedos, de onde se podia perceber qualquer aproximação vinda de qualquer direção. Fincaram-se varas, esticaram-se lonas, desenrolaram-se as esteiras de dormir, o local da cozinha foi demarcado e vigias foram colocados nos limites do terreno para darem o alarme caso a menor nuvem de poeira se elevasse no horizonte. O acampamento estava bem fortificado. Cortés, nada negligente em questões militares, organizou tudo conforme as instruções de Núñez. Sua barraca ficava no centro, em volta dela vinham as dos oficiais, depois as tendas do resto dos cavaleiros, depois as da infantaria, dos servos e escravos, dos cozinheiros e das mulheres, e por último vinham as dos aliados indígenas. Trincheiras foram escavadas ao redor do acampamento e estacas pontiagudas foram colocadas em seu interior e camufladas com terra solta.

Naquela noite, Alvarado teve dor de barriga e se retirou para sua barraca assim que pôde. Isla estava muito irritado, ninguém podia se aproximar dele – e de qualquer modo, ninguém estava mesmo querendo se aproximar dele. Os pés de Francisco sangravam.

— Eu é que deveria estar cuidando de você, minha criança – disse Francisco, com os pés sobre o colo de Malintzin. Ela lhe aplicara um ungüento de aloé, pastoso e relaxante, que preparou para ele.

— Não sou uma criança, meu irmão.

Ele era o irmão, e ela, a irmã. Malintzin não achava que poderia ser a um só tempo irmã e criança para ele. Francisco lhe dissera antes que ela era tudo de mais caro para ele e que cada amigo era como uma família inteira. Teria essa outra conversa ocorrido durante a chuva, ao abrigo de uma folha grande e muito larga? Francisco sempre lhe falava com delicadeza. Ela e Cuy costumavam alfinetar uma à outra, não exatamente com maldade, mas o fato é que não se mostravam amistosas o tempo todo. E Cortés... bem, Cortés não perdia seu tempo com amizades íntimas. Enquanto Malintzin repetia as palavras dele em diversas línguas, ele jamais lhe perguntava o que ela pensava sobre isso ou aquilo, tampouco a interrogava sobre coisas que não fossem estritamente úteis para ele a respeito dos costumes e práticas dos astecas e maias.

— Por que Quintaval teve de morrer, irmão Francisco?

— Não sei responder, Malintzin.

— Será que Cortés... – ela procurava a palavra certa.

Por ser um oficial, seu pai comparecia aos sacrifícios, aceitando sua responsabilidade como cidadão devotado. Ser um cidadão devotado era o melhor que alguém poderia querer. No entanto, a mãe que ela admirara quando criança fora aquela que fugira para a floresta para livrar o filho do sacrifício. Ela não poderia ser considerada uma cidadã devotada. Malintzin afinal encontrou a palavra: "bom".

— Será que Cortés é um homem bom? – perguntou a Francisco.

— Não, não acho que seja.

— Mas os modos dele são os mesmos dos outros homens, dos senhores, da maioria dos homens, da maioria dos senhores.

— É, Malintzin, a maioria dos homens é como Cortés.

— Então não há nada errado com as coisas que ele faz?

Francisco suspirou.

— Você quer saber se a maior parte dos homens pode estar errado? É isso que você quer saber? Sim, a maioria dos homens está errada.

Ela estava a ponto de fazer mais perguntas sobre a quantidade de erros que se podia praticar antes de ser forçado a parar, e também a quem cabia dizer "pare", quando Botello apareceu na entrada da barraca de Francisco.

— Ah, Botello.

— Posso entrar? – disse ele, abaixando-se e ficando sobre as mãos e os joelhos parar entrar. — Trouxe folhas de menta dissolvidas em água de rosas para você, é para esses pés machucados. Sabe, Francisco, você precisa fazer as pazes com os sapatos, seja são Francisco ou não. Malinche, vejo que você vai bem.

Botello também não tinha cavalo mas, apesar de mancar de uma perna, conseguia acompanhar os demais soldados sem muita dificuldade.

— Preciso ajudar a preparar a comida. A carne de cavalo – disse Malintzin se desculpando.

Ainda não havia escurecido mas o sol não estava mais visível em parte alguma. Nuvens de tempestade se acumulavam na planície. Ela se apressou até o cercado da cozinha para acender o fogo antes que a chuva começasse a cair. Mas o preparo da comida não aconteceu. Em vez disso, um ondulante clamor de cornetas de metal e o rufo dos tambores irromperam pelo céu cinzento.

— Homens chegando!

— Homens chegando!

— Vinte, talvez 40.

— O quê? – perguntou Cortés a Aguilar.

Uma fileira de homens desarmados seguia por entre dois rochedos distantes. No início eram apenas silhuetas negras, mas conforme se aproximavam, parecia algum tipo de procissão. Os homens pareciam ser tlaxcalas.

— Talvez estejam querendo propor paz ou apresentar desculpas – disse Cortés.

À medida que se podia distinguir melhor os índios, era possível ver que estavam trazendo comida. Ao chegarem ao acampamento, espalharam panos sobre o chão e empilharam perus assados sobre os mesmos, além de cestos com tortilhas, tigelas de feijão, muitos abacates, pimentas secas presas a cordões e jarras com água fresca. Em seguida, a procissão deu meia-volta e marchou silenciosamente, se distanciando dali.

— Não entendo – disse Cortés a Malintzin.

— Não existe honra alguma em se lutar contra gente com fome. É uma das regras da guerra.

— Aquilo não foi guerra. Apenas um pequeno grupo nos atacando, não houve nenhuma baixa de nossa parte. Eles viram nossa superioridade e fugiram.

— Não penso assim, Cortés.

Ela raras vezes o chamava de Hernán. Apesar da intimidade, que crescia no silêncio e na escuridão das noites que passavam juntos, quando estava de dia parecia haver uma linha traçada no chão, estabelecendo que ela deveria se manter do outro lado, a não ser que seus serviços fossem solicitados.

— Que as escravas provem a comida antes de comermos – disse ele aos soldados.

As escravas experimentaram e nenhuma caiu por cima do prato ou morreu. Sem qualquer efeito ruim, a comida dos tlaxcalas foi declarada segura. Todos se sentaram diante das barracas e comemoraram.

— Está vendo – disse Garra de Jaguar a Cuy e Malintzin quando elas faziam a limpeza após a refeição. — Um comportamento civilizado.

Malintzin não estava falando com ele e tentava não escutar suas palavras venenosas. Na demorada marcha para o interior, ele não se continha e ficava a todo momento lembrando Malintzin da morte ignominiosa de Quintaval.

— O Barata mostrou sua verdadeira cara, não foi?

Ou então:

— Forca? Que modo interessante de morrer.

E ainda:

— Não adianta ser cuidadosa demais, Maax. Ele mata os amigos e não respeita tradição alguma. Ele acredita realmente que é um deus, com os poderes de um. Você está servindo a um assassino.

— Você é que gosta de assassinos – replicou Malintzin contra sua vontade. — Seu deus favorito não é Huitzilopochtli, o deus da guerra?

— Se você se recusar a traduzir, Maax, se decidir não dar prazer ao general, se não quiser acompanhá-lo, o que você acha que irá lhe acontecer?

— Nada.

— Lembre-se de se preocupar com isso.

Garra de Jaguar vinha se sentindo ansioso nos últimos tempos. Não via mais os espiões mexicas, que antes, no litoral, ficavam farejando cada movimento deles. Os tlaxcalas, ele sabia, odiavam o domínio de Tenochtitlán, e Cortés, ao se apresentar a eles como amigo de Montezuma, havia desencadeado aquele ataque. Por outro lado, os guerreiros cempoalas, que com toda a certeza estavam do lado de Cortés, também eram inimigos do império. Ele ficou imaginando que, como parecia provável que iria acontecer uma batalha entre lealdades confusas, esse era o momento certo para ele tomar uma iniciativa contra Cortés.

Naquela noite as fogueiras do acampamento queimaram furiosamente, com o vento oeste soprando naquela direção e fazendo o mato alto se curvar como longos cabelos ondulados ou como folhas felpudas de ciprestes à beira-mar. Os homens precisavam ficar a certa distância de onde o fogo ardia, por isso não recebiam todo o calor que buscavam. Malintzin não se sentou em volta de nenhuma daquelas tolas fogueiras, em que os espanhóis ficavam brincando como crianças num festival. Tampouco quis se juntar às reuniões de soldados comuns ou ao círculo dos oficiais. Preferiu ficar distante de todas as rodas, no frio e no escuro, cobrindo os joelhos com a saia e abraçando as pernas. Se Cortés a quisesse na barraca dele, haveria de procurá-la e fazer-lhe um sinal com a cabeça. Se não desejasse, ela iria dormir em sua própria barraca, ou agachada junto a Francisco, que sofria muito por causa do frio. Cortés não procurou por ela naquela noite. Era raro ele dormir sozinho. Uma lágrima surgiu no canto de um de seus olhos.

— Está com ciúme, não é, Malinche?

Era Isla se exibindo depois da refeição. Ainda podia se ver gordura no lábio superior dele. Isla se propusera a perambular pelo acampamento, nas proximidades da barraca de Cortés, para verificar o bem-estar dos oficiais e dos outros.

— Não compreendo a palavra "ciúme".

— Compreende sim, Malinche. E muito bem. Ciúme é o que você sente quando Cortés está com outra mulher, quando odeia essa mulher e odeia a si mesma.

Malintzin havia se prevenido contra Isla desde o início. Primeiro por causa daquela unha comprida, depois pela posição dos olhos dele, que de tão espaçados pareciam naturalmente feitos para espionar. Sua cabeça pequena sobre a espessa haste do pescoço lembrava uma dessas grandes serpentes que dançam ao som de uma flauta. E assim como Garra de jaguar, a boca de Isla se fixava sempre numa expressão de escárnio. Ele ria demais, e sua alegria era sempre à custa dos outros, mascarando no humor o que na verdade era crueldade.

— Não sou ciumenta e não odeio ninguém!

— Você o ama, Malinche.

— Eu amo Francisco.

— Ah, todo mundo ama Francisco, ele não ameaça ninguém... – Isla ia dizer mais alguma coisa mas se deteve. — Você acha que o negro pode fugir e passar para o lado dos tlaxcalas?

— Não.

Ela se perguntava, agora que Quintaval estava morto, se Adu seria o próximo da lista a ser punido. Juan e Manuel já tinham fugido.

— Tem gente que acha que sou muito desconfiado.

Malintzin não respondeu.

— Cortés é casado, você sabe disso, não?

— Não entendi.

— Com uma linda espanhola. Ela mora em Hispaniola e é um belo exemplo da terra natal dela, a Espanha. É nossa tradição ter apenas uma esposa – disse Isla, voltando-se para ir embora.

— Ele é casado com ela?

— Sim, e muito bem casado. Um casal feliz. Casados, Malinche. Casados pela lei.

Todos sabiam que Cortés e sua esposa levavam uma vida lastimável juntos, que ele fora forçado a desposá-la por um parente dela, o governador Velázquez.

— Cortés é invejado por todos os homens do nosso país.

Malintzin sentiu um sobressalto no coração. Ela já vira acrobatas torcerem seus corpos inteiros e equilibrarem toras sobre os pés. Ela se sentia toda contorcida. Mas... casado? Ela se levantou, tropeçou, endireitou-se, cerrou os maxilares e avançou o queixo. "Eu sei que ele é casado", pensou e depois se dirigiu para o cercado da cozinha. A não ser os homens colocados de vigia, naquele momento os demais já haviam se recolhido para as barracas. As fogueiras não fizeram sucesso naquela noite. A atmosfera estava sombria demais, mesmo para fumar e beber. Estava tarde. As tochas e as velas já estavam apagadas. Ela se sentou novamente sobre o chão frio. O fogo brilhava em seu leito de cinzas como um olho inflamado. O vento soprou sobre sua roupa e uivou como uma mãe que perdeu seu bebê.

"Quetzalcoatl," murmurou ela, "você pode me ajudar? Não tenho nada."

Garra de Jaguar tinha sua vingança, Cuy tinha Núñez, Francisco estava com o deus dele, todos eles – os espanhóis, os cempoalas, os xocotlanos, os tlaxcalas, todos os oficiais – contavam uns com os outros, tinham seus próprios nomes, seus nomes verdadeiros, suas casas. Cortés tinha sua esposa.

Ela ficou sentada ali, deixando que a grande solidão da planície a impregnasse. Não importava que Cortés fosse casado. De qualquer modo, ele jamais se casaria com ela. E se o fizesse, haveria de querer outras esposas, concubinas, cortesãs, amantes, uma *auianime*. As primeiras esposas sempre sofriam esse tipo de coisa – era o costume – por não terem outra escolha, e às vezes não se importavam porque também não ligavam para os maridos. Algumas simplesmente ficavam à espera, ela sabia disso, até que os maridos ficassem velhos e gastos, exaustos demais para as outras. "Agora ele é meu", diriam elas, como se tudo o que ocorrera desaparecesse como fumaça no ar.

Ela ouviu passos, passos de pés descalços. "Os demônios estão vindo me pegar", pensou ela. "Eu mereço. Não estou pensando como deve pensar uma mulher. Não estou aceitando o mundo superior e por isso os demônios e o deus jaguar da noite irão me levar para o mundo inferior." Quando as pessoas morriam, não os homens que morriam na guerra ou as mulheres que não suportavam o parto, mas que faleciam pela idade e por doença, precisavam ter com elas uma peça de jade, para pagarem por sua travessia pelo rio subterrâneo, e um cachorro amarelo, para as guiar ao longo caminho. Ali ela não tinha nem uma nem outro.

— Por que você está aqui fora?

Era Adu.

— Porque eu gosto.

Adu podia ser muito irritante. O fato de ele também ser um escravo não o valorizava aos olhos dela. Pelo contrário.

— Venho de um lugar quente. Chove durante a estação das chuvas, mas não faz frio como aqui – ele disse enquanto se sentava perto dela.

Ela não estava se importando se o país dele era frio ou quente, nem de onde ele vinha. Eles estavam a caminho de Tenochtitlán. Cada dia era mais um passo nessa direção. E o que viria depois que chegassem lá? Iriam lhe dar uma casa, sua própria terra? Ela não seria a esposa de Cortés. Na verdade, ninguém sabia o que iria acontecer quando chegassem a Tenochtitlán. Nem Cortés, ela se arriscava a supor. Francisco acreditava que a entrada deles em Tenochtitlán anunciaria um glorioso reino de amor e reconciliação. Isla tinha certeza de que seria uma batalha até a morte. Alvarado esperava importar cavalos para o Novo Mundo. Bernal Díaz imaginava poder sentar-se em alguma sala do palácio, terminar sua narrativa da conquista, enviá-la por um mensageiro até Vera Cruz, de onde seguiria de navio para a Espanha, onde seria publicada sob grande aclamação. Malintzin achava possível que a marcha para Tenochtitlán fosse até a boca do mundo inferior, pois, se fossem capturados, teriam de subir os degraus e sentir o punhal lhes atravessar o peito. Se ela não fosse usada para o sacrifício, o que mais poderia aguardá-la? Nenhum asteca ou maia desejaria tê-la. Ela era uma *auianime*. Uma mulher sozinha, à mercê de todos os homens.

— Meus parentes estão todos mortos – disse Adu.

Ela sabia o que viria depois. Falaria sobre a terra dele, diria que os pais estavam mortos, que era órfão... Ela queria lhe dizer que ele falava para o vento.

— A minha aldeia toda se acabou. Sou órfão. Você também é órfã. Somos parecidos.

— Não, não somos.

Ninguém a considerava uma órfã, e embora realmente fosse, ela não era.

— Não sou órfã.

Ela estava começando a ficar com frio. Se chovesse eles poderiam encher as jarras, talvez até mesmo ter água suficiente para se lavarem. Ela conseguia pensar melhor quando estava limpa.

— Se você não é órfã, o que é então?

Ele deveria ter deixado o assunto morrer.

— Sou... – ela não pôde dizer que era filha de, nem esposa de, mãe de, avó de, sobrinha, tia... Ela não queria dizer que era uma escrava, uma prostituta, às vezes amante do capitão.

— Sei falar três línguas – respondeu ela.

— Você é abençoada pelos seus deuses. Tem muita sorte e é muito, muito inteligente.

— Não, não sou, não.

Adu talvez estivesse com 16 anos. Ela estava com 19. Ele parecia muito jovem para ela. Adu tinha o queixo fino, o peito magro, os membros esguios, um modo de caminhar saltitante, a voz esganiçada e os modos de alguém que ainda não se tornou homem. Seu sotaque era diferente dos outros, pois ele falava como se projetasse delicadamente as palavras, não permitindo que elas saíssem com naturalidade de sua boca. Ela ficou imaginando se ele sonhava em espanhol mas não quis perguntar, pois isso poderia levar de volta à história de onde ele vinha, e que era órfão, e que ela também era.

— Sou de muito longe.

Quintaval tinha um mapa. Os continentes estavam pintados de verde e os mares de azul. A Espanha estava pendurada embaixo da Europa. A África ficava gloriosamente sozinha. A Ásia, que ocupava a maior parte do espaço, ficava do outro lado do mar, do outro lado da Europa. Quintaval dizia que aquele mapa era antigo, pois havia outros mapas feitos depois de Colombo apresentar o Novo Mundo, além de um novo mar. Ele costumava apontar para Cuba. Era uma pequenina mancha de terra flutuando ao longe de uma costa desconhecida.

— Não importa onde estivemos – disse Malintzin –, pois agora estamos aqui.

No entanto, era verdade que quando os espanhóis chegaram em seus templos flutuantes, com seus enormes animais, uma linguagem engraçada e costumes incompreensíveis, ela se dera conta de que a costa, as montanhas, a capital, nada disso era o mundo inteiro, e que muito longe dali as pessoas eram diferentes. O povo dela era apenas parte de um povo maior. Esse conhecimento fez com que ela se sentisse ao mesmo tempo maior e menor, como se pudesse inchar feito aquele peixe que pode se transformar numa bola cheia de espinhos ou encolher até atingir o tamanho de uma formiga. E agora ali estava Adu, o único da espécie dele, que vinha de um lugar absolutamente diferente.

— Por que você não usa sapato? – perguntou Malintzin, que achava muito esquisito ele se vestir com as roupas de um cortesão, com colete curto, calções bufantes, mangas grandes e com aberturas que deixam surgir o tecido que está embaixo, meias justas, uma peça de ferro cobrindo o peito, as costas e o ventre, além de um inflado protetor de sexo ajustado entre as pernas mas não usar nada para proteger os pés. Francisco também não calçava sapatos.

— Não gosto de sapato, e por isso Quintaval não me obrigou a usar, mas agora... bem, agora seria bom ter sapatos, mas Quintaval não pode mais consegui-los para mim. Ele está morto.

— É, eu sei.

Ela não queria falar sobre *aquilo*.

— Ouço coisas – disse ele – que os outros não ouvem. Às vezes não quero ouvir nada. Escuto os coiotes uivando de amor e também os ratos quando vêm ao acampamento procurar restos de comida.

Ela podia contar para ele uma ou duas passagens sobre ouvir coisas. Na planície ela podia ouvir o chicotear de cada maço de grama, a tristeza destes por não ter árvores por perto. No deserto, ela conseguia escutar um cacto crescer em direção ao sol e guardar o pouco de água que havia poupado para beber mais tarde.

— Posso ouvir meu senhor gemendo.

— Ele não era bom para você.

— De certa forma ele era horrível, sim, é verdade, mas ele também era muito bom. Sinto falta dele. Não tenho mais ninguém.

Ela podia compreender isso. Era assim com Cortés. Mas Cortés estava vivo. Quando ela estava com Cortés, tudo que ela podia ouvir era ele. Com Adu ela ouvia Quetzalcoatl, o verdadeiro, dançando num ritmo lento, pesado. Ele dançava pela chuva quando estava quente demais, e quando chovia muito ele dançava pelo sol. Ela podia pôr o ouvido junto à terra e escutar o coração dele.

— Agora que ele está morto, posso ouvir ele gemendo. Para não ouvir a agonia dele, coloco pequenos pedaços de pano nos ouvidos. Coloco pequenos pedaços de pano nos ouvidos.

Ela olhou para ele.

— Você não precisa dizer as coisas duas vezes, Adu. Compreendo o que você diz. Mas você vai continuar escutando, mesmo que coloque panos nos ouvidos.

Além de poder ouvir o cacto e a relva, também escutava o ciciar de vozes, um coral de mexericos, tudo o que as pessoas sussurravam em suas barracas. Agora ela ouvia aquele refrão como um lamento fúnebre: "Cortés é casado. Ele é casado."

— Quando você faz alguma coisa para não ouvir, não fica tão alto, os sons se misturam e não atravessam como pequenas flechas espetando os ouvidos – disse Adu, que então se levantou e limpou com a mão a poeira do seu colete de veludo.

— Boa-noite, Malinche.

— Esse não é o meu nome. Meu nome verdadeiro é Malintzin.

— Malintzin? Meu nome verdadeiro é Oduduwa. Malintzin é um nome bonito.

— Não é tão bonito assim.

— É sim. Para mim é muito bonito.

Capítulo 22

Cortés amava as mulheres mas odiava sua esposa. A não ser pelo status social, a riqueza e os legítimos herdeiros que lhe oferecia, ela era uma verdadeira pedra pendurada em seu pescoço. Ironicamente, era pelas mulheres casadas que ele tinha preferência, contanto que não fossem casadas com ele. As mulheres experientes pareciam feitas para a aventura. Ele também gostava das defloradas, aquelas que caíram em pecado, como ele também, quando jovem, caíra do alto de varandas, escadas, árvores, machucando as costas.

Antes de conhecer Botello, o vidente da expedição, o que se previa para o futuro de Cortés era que a morte lhe viria pelas mãos de algum marido ciumento, ou que seria enforcado por assassinar a esposa. Ele *poderia* matar sua esposa quando voltasse a Cuba. Catalina, a *señora* Cortés, morava no alto da montanha em sua *encomienda* e dormia sobre um colchão de plumas trazidas da Espanha, como se naquela ilha não existissem aves para se rechear um colchão. Ele fora injustamente ludibriado para se casar com ela. Coisas da política. O primo dela, e patrão dele, era o governador Velázquez.

Por outro lado, Malinche, a sua *doña* Marina, tinha sido uma prostituta. Era isso que se comentava. Aguilar ouvira por acaso Garra de Jaguar repreendê-la em maia, referindo-se a ela como puta. Não importa. Na verdade, Cortés tomou isso como um desafio não apenas à satisfação de seu prazer, mas ao prazer dela também. Mulheres da vida costumavam ser frígidas. Acostumadas a imitar e fingir sensações, elas eram lentas até se acenderem e ignoravam o prazer verdadeiro. Não gostavam de beijos nos lábios, ou que lhes olhassem dentro dos olhos, nem que se murmurassem seus nomes com afeição. Ele estava decidido a dobrar esta mulher.

Antes de Malinche, ele costumava se vangloriar das vitórias de uma só noite. Saboreava a caçada, os olhares furtivos perto de uma fonte, o tocar mais demorado da mão durante a apresentação, o namoro com voz infantil, a troca de amuletos. De fato, em tempos de desespero ele contratara os serviços de videntes e de feiticeiras para favorecer seus interesses. Por exemplo: em seu romance predileto, *Celestina*, de Rojas, um jovem perdidamente apaixonado procurava uma bruxa, Celestina, para fazer um feitiço a favor dele. Perguntado a respeito de qual era sua religião, o herói da história respondeu não ter religião alguma, apenas sua amada. Não que Cortés fosse o mais devoto dos católicos, mas não existia nada que ele odiasse mais do que um infiel. Entretanto, havia espaço em sua mente para pensamentos bonitos assim. Havia espaço para inúmeros pensamentos. Um de seus heróis era El Cid, um homem dedicado à guerra, que lutou tanto pelos católicos quanto pelos mouros. Entre os pagãos ele admirava Alexandre o Grande, por sua ambição, e Júlio César, que foi político e soldado. Havia também Rolando e, nas ilhas Britânicas, o rei Artur. Mas este fora corneado por um fiel seguidor, o brilhante Lancelot.

Alvarado era o problema de Cortés, o espinho em sua coroa, o osso atravessado na goela, a coceira nas costas, o esporão no calcanhar. E, verdade seja dita, por mais maldita que seja, Malinche era... Cortés tinha de admitir que a amava muito, de verdade. Por mais atraentes que as outras mulheres pudessem ser, depois que as saboreava pela primeira vez, Malintzin voltava a ser muito mais atraente do que qualquer uma delas. Ela lutava contra ele, isso ele sabia muito bem, resistia aos sentimentos que nutria por ele, mas por outro lado não o deixava ignorá-la, nem ficar ocioso, entregue à preguiça, tampouco lhe permitia deixar cair a guarda a ponto de perder seu jeito para o romance. Ao lado dela, ele não incorria nos hábitos descuidados da falta de atenção. Ela o mantinha sentado num formigueiro, pisando em ovos. Estar junto dela era como dançar sobre a luz. Dificilmente uma outra mulher poderia lhe inspirar uma mazurca. E sempre que seus outros casos, esses passatempos temporários próprios de um homem cheio de apetites, começavam a deixar o coração dela insensível, ele a chamava de volta e a fazia sua mais uma vez.

Na manhã seguinte, eles desmontaram o acampamento e se puseram em marcha. Mas o progresso deles em meio a formações rochosas era retardado por flechadas ocasionais, chuvas de dardos e pedras lançadas em suas cabeças por atiradeiras.

— Tlaxcalas irritantes!

No terceiro dia de caminhada, Cortés afinal se deu conta de que aquela escaramuça inicial com os guerreiros no desfiladeiro fora apenas o começo das hostilidades. Se era para haver uma guerra verdadeira, então ele queria acabar logo com aquilo. Mas como o inimigo era tão esquivo e suas táticas tão indefinidas – um golpe ali, um malogro aqui, em seguida o sumiço –, ele não sabia ao certo como enfrentá-los. As guerras deviam ser lutadas diretamente, em linhas frente a frente, essa era a tradição militar. Além do mais, apesar dos aborrecimentos daqueles dias, todas as noites – por cortesia dos tlaxcalas – um generosa refeição lhes era trazida.

— Que horas são, Núñez?

— Seis horas – declarou Núñez sem olhar para o relógio. Estava vendo a procissão dos carregadores surgir na paisagem plana, como se viessem de algum buraco no solo. Aquelas mesmas pessoas que de dia os atormentavam depois traziam mel de sálvia, codornizes, abóboras, coxas de sapos assadas, cerejas, uma grossa cobra cortada em fatias, tudo ainda quente e crocante.

— Querem nos engordar para depois nos matar – disse Aguilar.

— Não podem comer a todos nós – observou Alvarado, embora fosse inteiramente possível.

Um estremecimento percorreu os oficiais. O jantar ocorreu debaixo de um toldo de lona esticada. Tábuas lisas e barris de vinho foram trazidos para se montar a mesa. Cortés tinha sua cadeira renascentista, que era dobrável e portátil. Os oficiais sentaram-se sobre barris e pilhas de objetos. O restante se dispôs em anéis concêntricos, espalhando-se a partir do centro formado pelos oficiais. Os cempoalas e xocotlanos ficaram sentados no chão. As escravas xocotlanas e a sobrinha gorda do cacique de Cempoala cozinhavam quando necessário. Tochas iluminavam toda a circunferência externa. Eles formavam um pequeno oásis de luz e de ordem humana naquela paisagem vasta e vazia.

— Precisamos fazer com que eles se mostrem – falou Cortés para os líderes. — Eles irão nos apanhar um por um. Até aqui tivemos sorte por não termos sofrido nenhuma baixa, mas eles ficam nos provocando e vão querer nos matar em pouco tempo. Se botarem em prática esse plano covarde, será um desastre para nós. Esta comida que nos trazem parece uma zombaria proposital, com a intenção de minar nosso ânimo. Será que é isso que eles pretendem?

Foi Isla quem resolveu o enigma.

— Vocês conhecem os clássicos antigos? – começou ele, exibindo sua unha comprida e flexível que, retorcida para dentro, fazia todo mundo sentir-se pouco à vontade ao olhá-la.

— Sim, sim – murmuraram todos os oficiais, nenhum deles querendo admitir que tinha pouca leitura.

— Então já ouviram falar do Cavalo de Tróia.

— Um cavalo? – Alvarado pareceu se interessar.

— Um presente, a enorme reprodução de um cavalo que os gregos construíram e levaram para dentro da inexpugnável cidade de Tróia. Os gregos – e nesse nomento Isla baixou a voz – estavam escondidos no interior do cavalo. E quando passaram pelas muralhas da cidade, eles pularam para fora e atacaram a cidade. Minha sugestão é que examinemos bem os dentes dos cavalos que nos estão dando de presente todas as noites.

— Eles não irão nos envenenar, Isla, senão os escravos já estariam mortos – disse Bernal Díaz, cujos dedos estavam cobertos de uma gordura de consistência especialmente fina. "Seria de cobra", perguntou-se ele. Sem dúvida era muito gostosa.

— Esses que nos trazem comida todas as noites são espiões, é isso que eu acho – falou Isla, mantendo sua comprida unha cor-de-rosa erguida. — Eles vêm aqui para saber quantos somos e que armas temos. Querem ver o que os cavalos podem fazer, quantos guerreiros cempoalas se juntaram a nós. Vocês não repararam que, quando chegam dentro dos limites do acampamento, eles ficam olhando tudo em volta? Não há dúvida de que estão contando as cabeças, fazendo uma avaliação do nosso poder de fogo, avaliando a nossa situação, e por conseguinte estão se aprontando para um ataque com base nessas informações.

— Isla, não sei o que eu faria sem você.

— Detesto pensar nisso, comandante.

Na noite seguinte, Cortés aceitou agradecido a comida dos tlaxcalas e logo em seguida lançou seus homens contra eles. Após capturar todos os 25 deles, ordenou que Isla e dois outros homens fizessem as honras. Depois, 20 pares de mãos decepadas foram lançadas nos cestos, que foram levados de volta pelos cinco carregadores remanescentes.

Francisco desmaiou e só voltou a si quando agitaram chili quente perto do nariz dele. Botello precisou comer sementes de ipoméia. Alvarado se agarrou com toda força ao pescoço de seu cavalo. Padre Olmedo fez uma oração rápida, absolvendo os espanhóis, mas teve de desviar o olhar daquela cena. Foi *mesmo* muito sangrenta. Os homens receberam rações extra de vinho. Os cempoalas e os xocotlanos que tinham se juntado à viagem se permitiram – o que era raro – uma gratificação com pulque. Núñez e Cuy se retiraram mais cedo para a tenda deles, como faziam sempre. Aguilar se arranjou com o tabaco. Cortés teve de possuir *doña* Marina, e só *doña* Marina aquela noite. Estava cheio de ânimo, porém ela não, e o recebeu com desagrado. Quando ele chegou ao fim, ela virou o rosto para a lona inclinada da tenda e começou a sonhar com mãos que pulavam para fora dos cestos, movendo-se como caranguejos até a tenda dela, subindo em seu corpo, arrastando-se sobre seu ventre como ratos em um cadáver, atacando seus olhos, sua boca, suas narinas e suas *cihuaayootl*, todas as partes úmidas.

— Bem – disse Garra de Jaguar ao vê-la na manhã seguinte. Ele estava sentado no chão, fumando, num pequeno cachimbo de barro, uma espécie de erva que acalmava os nervos –, sua barata decepou a mão dos tlaxcalas.

— Ele não é a minha barata.

— Então é o seu escorpião?

— Deixe-me em paz, Garra de Jaguar. Eles mataram nossos cavalos.

Ela não pretendia dizer nada daquilo.

— *Eles mataram nossos cavalos? Nossos* cavalos? Você é dona desses monstros do mundo inferior?

Jaguar pôs-se a examinar as próprias mãos, constatando que elas estavam presas com firmeza aos punhos.

— Não foi isso o que eu quis dizer.

Ela estava quase chorando, mas não ia se permitir derramar uma lágrima sequer diante de Garra de Jaguar. Francisco lhe dissera que ela devia ser gentil com ele, pois aquele homem era incapaz de se curvar aos novos tempos de mudança. Ela perguntou ao frade se as pessoas deviam sempre se sujeitar a novos senhores, novos lugares, apesar de saber que a posição de um escravo seria sempre de submissão. Mas e se Garra de Jaguar estivesse certo, e se devesse permanecer fiel, apesar de tudo, ao seu povo, à sua cidade, à sua primeira família? Ela imaginou até que ponto Francisco poderia se curvar.

Na manhã seguinte, bastante cedo, com o campo começando a despertar para a vida e a reunião estratégica daquele dia ainda em andamento na tenda de Cortés, uma sentinela deu o alarme.

Cortés ergueu os olhos e os dirigiu para além de uma rocha. Aguilar o havia informado que, antes de uma guerra, a tribo ou cidade-estado agressora apresentava ritualmente as armas aos seus adversários e expedia uma declaração de guerra. Os astecas e os maias só guerreavam em épocas determinadas, e os preparativos eram formais, não no impulso do momento. Além do mais, eles não guerreavam para matar. Lutavam para capturar, levando os prisioneiros vivos para subirem as escadarias e então serem sacrificados. Botello, que mexia o seu chá, olhou casualmente ao longe. Alvarado, escovando seu cavalo favorito e cochichando palavras de carinho nas inquietas orelhas de Alonzo, avistou uma nuvem de poeira. Isla, sempre alerta, contraiu o nariz como um roedor nervoso. Ele farejou a chegada deles. Uma multidão de tlaxcalas corria em direção ao acampamento com força total e em grande velocidade, com as lanças erguidas e as flechas ajustadas. Ao se aproximarem mais, cerca de 200 deles lançaram um horripilante grito de guerra.

— Aos cavalos! – ordenou Cortés.

— Aos cavalos!

— Ajustem os arcabuzes, aprontem os canhões, os lançadores de balestras ficam atrás, eu vou na frente, os oficiais fazem uma formação em arco, dois, três, quatro e assim por diante, lado a lado.

— *Uno, dos, tres, cuatro, cinco y así sucesivamente.*

Cortés e seus homens logo estavam montados em seus cavalos e, com a vantagem da altura e da velocidade, perseguiram os guerreiros, que bateram em retirada tão depressa quanto chegaram. Os espanhóis os seguiram, mas não puderam encontrá-los. Os guerreiros tlaxcalas desapareceram em meio à formação rochosa.

— Isso não irá acontecer de novo – declarou Cortés quando todos retornaram ao acampamento. — Posso lhes prometer. Confiram seus armamentos. Aguilar, você, como sempre, estava errado. Hoje eu tinha me preparado para receber a declaração de guerra deles. Mas em vez disso fomos atacados. Que vergonha, não?

O dia foi dedicado a lubrificar o metal dos mosquetes e os mecanismos de lançamento das balestras. As espadas foram areadas, os cavalos exercitados e os oficiais passaram a manhã na tenda de Cortés, curvados sobre um mapa e um plano de coordenadas elaborado por Núñez com base nas especificações de um cempoala. Este índio, segundo ele próprio explicou por intermédio de Malintzin, já estivera na capital e viajara pela região dos tlaxcalas. Núñez então, usando um bastão como indicador e um pedaço de carvão negro sobre o pedaço de lona bem esticado, elaborou uma estratégia, mostrando a Cortés como ele deveria proceder e como cada oficial ficaria responsável por sua cota de homens. Na primeira manobra os soldados não obedeceriam à formação firme preferida pelos espanhóis do continente. Usariam o estilo europeu mais cosmopolita, ilustrado nos manuais bélicos e reproduzido pelos meninos com seus soldados de brinquedo: blocos de 40 homens marchariam em direção ao inimigo. Núñez já estudara esse modelo e acreditava em sua eficácia.

Ainda que Núñez não tivesse estudado formalmente as práticas de guerra, ele conhecia bem os escritos de Maquiavel sobre o assunto, e certa vez tivera a oportunidade de dar uma olhada numa cópia das anotações de Leonardo na casa de um senhor muito rico e letrado. Aprendera carpintaria sentado sobre os joelhos do pai, e suas habilidades como piloto foram aguçadas em navios mercantes que navegavam pelo Mediterrâneo. Parecia muito mais jovem do que os seus 45 anos e carregava seus conhecimentos sem arrogância. Sua preocupação particular agora era com Cuy, em mantê-la viva, embora ele também não pretendesse morrer. Se era apenas uma questão de destino estar do lado dos espanhóis, faria o que pudesse para sobreviver. Alguém agiria de outra forma?

— Uma vez diante do inimigo – prosseguiu Núñez com suas instruções, transmitidas em voz muito calma –, a formação em bloco irrompe, formando uma ampla linha que se afinaria e se expandiria de acordo com o terreno. Os homens com espadins e escudos atacam primeiro, seguidos por aqueles armados com achas e lanças. Os mosqueteiros darão cobertura a essas fileiras, e os canhões viriam por último, sendo que todos devem se abaixar quando o sinal for dado. A descarga das armas não deve ser simultânea, mas sincronizada, de forma que o ataque dianteiro seja contínuo, impossível de ser detido.

Como fora Núñez que traçara o plano da batalha, foi-lhe permitido, embora fosse judeu, ter uma espada, e muito boa. Alvarado informou que o aço era alemão, que segundo ele era melhor que o de Toledo. No dia seguinte, preparados desde antes da madrugada para uma importante batalha, os espanhóis, em excelente forma, encontraram os tlaxcalas frente a frente. Porém, mais uma vez, de modo geral os tlaxcalas fugiram e foram se esconder entre as fendas de um pequeno cânion.

— Malditos, malditos, malditos! Em sã consciência, não posso me conformar com esse tipo de batalha. Atacam e depois fogem feito mosquitos. Feito covardes. É tão irritante!

No entanto, os espanhóis, como antes, não sofreram baixas. E nessa mesma noite, sentindo-se encorajados, ou talvez frustrados, Cortés e seus oficiais partiram sozinhos, chegaram em uma cidade, atacaram-na e a incendiaram, matando todos os que ofereceram resistência. Depois trouxeram as mulheres e as crianças para serem escravos. Cada prisioneiro rendido foi marcado a fogo na testa e declarado escravo pelo resto de suas vidas.

No dia seguinte, a força espanhola avançou até os limites de Tlaxcala sem perceber o menor sinal de resistência. Então, com aquele talento para aparecerem sem que ninguém pudesse perceber e logo desaparecerem, surgiu uma delegação de tlaxcalas descendo numa fila tripla pelo caminho montanhoso que levava até a cidade. Traziam uma mensagem do cacique deles. Segundo a tradução de Malintzin, a mensagem anunciava que Tlaxcala estava disposta a se render ao senhor de Malintzin. O cacique desejava paz. Os estrangeiros seriam bem-vindos em sua cidade. Toda aquela luta fora um equívoco, um erro de avaliação. Queriam apresentar desculpas.

— Já é tempo que todo esse aborrecimento acabe – disse Cortés, que ficou imaginando se algumas jovens lhe seriam apresentadas. Mas no mesmo instante Adu, olhando para cima, avistou um tlaxcala aparecer na crista da montanha. Seria apenas um vigia? Mas outro homem surgiu, seguido de vários outros que se posicionaram.

— Olhe, Cortés! – Adu apontava para as centenas de tlaxcalas dispostos acima deles. Assim que soou um toque de alarme, soprado num búzio, começaram a chover flechas, pedras e lanças sobre os espanhóis, enquanto hordas de guerreiros armados com achas começaram a jorrar das ravinas, atacando com fúria total.

— Deus e Maria! – bradou Cortés. — É uma armadilha, uma emboscada! Vai, Marina, vai! – disse ele, empurrando Malintzin, que estava a seu lado, para que ela se abrigasse sob uma pequena pedra saliente. — Alvarado, proteja Marina, leve-a com as outras mulheres. Depressa!

Mas antes que ela pudesse dar um passo, um tlaxcala, com a espada erguida, partiu correndo em sua direção. Ela ia ser abatida. Horrorizada, paralisada, com a garganta incapaz de emitir qualquer som, ela achou que era o fim, o momento de sua morte. "Não, ainda não terminei, ainda não terminei minha vida, não terminei nada ainda." No entanto, era o que tinha de ser. Ela se debateu aguardando o golpe, curvando-se, cobrindo o rosto com as mãos, quando um súbito ruído sibilante foi ouvido. Ela não se atrevia a espiar por entre os dedos. Mas logo o fez. O tlaxcala que a atacara jazia aos seus pés com um punhal cravado às costas. Cortés gritou:

— Leve *doña* Marina daqui. *Pronto, pronto*!

Alvarado pegou o braço de Malintzin e a empurrou pela multidão até a retaguarda. Então, ainda empunhando a adaga, Cortés atirou o espadim extra que trazia no lado direito da cintura para Adu, que por ser escravo não podia ter armas.

— Faça o melhor que puder! – gritou Cortés para ele.

Ao soar do búzio, mais tlaxcala*s* desceram as montanhas lançando ganidos, como coiotes ao acuarem suas presas. Os guerreiros mais jovens estavam pintados de vermelho. Os dentes eram enegrecidos, e o cabelo, solto e comprido. Os generais se distinguiam por um grande cocar de penas brilhantes, com o peito protegido por placas de madeira e grossas camadas de algodão. Todos, é claro, estavam a pé, portando maças revestidas de pontas, escudos de bronze e pequenas espadas de obsidiana. Um batalhão de exímios arqueiros, ainda na parte mais elevada do terreno, atacava os espanhóis. Para trás e através da multidão, Malintzin foi sendo empurrada para mais e mais longe, em direção às fileiras, passando por um homem, depois por outro, até chegar a um agrupamento de mulheres reunidas num círculo apertado. A sobrinha do cacique de Cempoala e Cuy estavam entre elas. Eram protegidas por um anel de robustos cempoalas.

— Cortés salvou minha vida! – as palavras jorraram de sua boca.

— Você viu o meu Rafael?

— Cortés salvou minha vida, Cuy.

As trombetas espanholas soaram, os tambores rufaram.

— Cada um por si!

— Cada um por si!

"Por que sempre tem de ser cada um por si?", perguntava-se Alvarado. Ele odiava aquilo, não podia suportar. Achava-se capaz de matar tanto quanto qualquer um, porém não apreciava nada se ver bem no meio luta. Essa era a função de Cortés, não dele. Mas a perspectiva de poder ser morto o mantinha cortando, ferindo, apunhalando, perfurando. Uma cabeça aqui, um braço ali, um estômago...

— *¡Por Dios y España!* – bradou Cortés de cima do seu cavalo e com a espada em riste.

— *¡Por Dios y España!* – repetiram os soldados.

— Não existe nada como a morte na guerra – recitou em resposta o general tlaxcala, à frente de seu grupo de guerreiros. — Nada como a morte florida, tão preciosa para Huitzilopochtli, aquele que concede a vida. Eu a vejo de muito longe, meu coração aspira por ela.

— Santiago! – os soldados espanhóis clamavam pelo santo padroeiro da Espanha.

— Santiago!

— Avançar! – ordenou Isla.

— Avançar! – seguiu o brado pelas fileiras.

Capítulo 23

ADU NÃO SABIA AO CERTO ONDE ESTAVA, se nas linhas de frente ou na retaguarda. Tinha apenas consciência dos homens a seu lado, a se deslocarem como serpentes compridas seguindo para o vasto espaço da luta. Os espanhóis, que instantes atrás estavam sendo encurralados numa estreita garganta, agora se lançavam aos montes para fora do desfiladeiro entre as montanhas, dirigindo-se para o campo aberto. Junto de todos os outros, Adu se deu conta de que também seguia adiante. O momento não era para executar os belos golpes ensinados por Quintaval. Nada de passos elegantes ou regras. Era preciso se lembrar sempre de conservar o corpo de lado, inclinado, jamais expor plenamente a dianteira, ir progredindo em pequenos passos rápidos, adiantando o pé direito, tocando-o por trás com o pé esquerdo. Passo, toque, passo, toque, passo, passo, passo... Ele manteve um pouco mais abaixo a altura em que investia com sua espada do que o faria diante de um espadachim adversário, pois os índios eram mais baixos. Jamais curvava os ombros, a não ser que fosse para retirar sua espada de algum corpo. Algumas vezes ele mantinha o duplo gume de sua grossa espada de combate na horizontal, o que era bom para as investidas rápidas, para arrancar um pedaço, do topo ao fundo, de alto a baixo, ou para destripar, finalizando o golpe com uma ligeira virada. Adu batia, cortava, perfurava, enfiava, arrancava, avançava de novo, rodopiava, chicoteava no ar, enfrentando todos os oponentes com golpes confiantes e firmes, penetrando fundo, fazendo o outro em pedaços, e até mesmo, vez ou outra, aparando golpes que podiam vir de todos os lados.

Em determinado momento, os tlaxcalas dividiram suas forças em quatro setores. O primeiro a combater foi o grupo chamado Lugar da Montanha. Uma hora depois foi a vez dos Pinheiros. Na terceira hora, o Planície Branca. Depois foi o grupo Água que se posicionou. Com os rostos pintados com bixa vermelha, os tlaxcalas pareciam demônios para os espanhóis. No terceiro dia, os esquadrões tlaxcalas se aglomeraram e vieram com uma formação em alas, acompanhados do clamor das trombetas de búzios, do rufar de tambores de couro de cobra e do piado grave de compridas flautas de madeira. Os espanhóis responderam.

— Retaguarda, para a frente! – bradou Núñez.

— Retaguarda, para a frente!

Após uma deixa, mais homens se adiantaram.

— Reforçar!

— Reforçar!

Adu podia sentir a multidão ao redor e um enxame de homens atrás. Via-se governado pela movimentação da horda inteira. Descia recuando com sua linha, depois seguia para a frente, tornava a recuar com os companheiros e depois, oscilando numa fila indiana, era como se fizesse parte de uma onda no oceano ou de um campo com o mato alto se movendo para trás e para a frente ao capricho do vento. O estampido e o cheiro fumegante dos canhões ao serem disparados, o áspero som das balas, o zumbido das flechas, o constante ir-e-vir das trombetas, era como se a guerra fosse tudo o que já conhecera até então. Apenas por um curto momento da batalha incessante ele pôde ficar quieto, sem estar em guarda ou sob ameaça. Alguém, de algum lugar, pressionou um odre de couro contra sua mão. Ele deitou a cabeça para trás e bebeu uma água tão suave que fez lágrimas lhe surgirem nos olhos. Ele devolveu o odre. Fora Cortés.

— Linhas da frente, para os lados!

— Linhas da frente, para os lados!

E então Adu se viu empurrado e notou que agora a fila de soldados espanhóis, com seus aliados cempoalas, não estava mais engrossando, e sim que, como na batalha inicial no primeiro daqueles três dias, novamente um bando de homens ia se espalhando pelos flancos e as faixas mais distantes da retaguarda chegavam numa única fila, cercando os tlaxcalas dentro de um longo círculo. Os espanhóis apertaram o círculo, fechando-o cada vez mais e matando muitos que se encontravam no centro.

— Deixem o campo!

— Deixem o campo!

Os espanhóis recuaram. O tumulto se aquietou. Aqui e ali ainda havia algumas escaramuças, prisioneiros eram levados, mas de modo geral, ao final do dia o que se viu foi uma horripilante pilha de guerreiros tlaxcalas decapitados, desmembrados, esmagados, esfaqueados, cortados, com os olhares estáticos. Oficiais espanhóis caminhavam cautelosamente em meio à carnificina, contando os corpos e avaliando os danos.

— Trinta e cinco dos nossos estão mortos – anunciou alguém.

— Trinta e cinco mortos.

Cortés achou que isso não deveria ser anunciado assim tão alto, pois logo os homens iriam descobrir por si mesmos. Não havia necessidade de desencorajá-los. Considerando-se tudo, dado o tamanho das tropas inimigas, 35 baixas era um número pequeno.

— Que Deus dê descanso a suas almas. O dia foi ganho – anunciou ele.

— O dia foi ganho.

— O dia foi ganho.

A Adu, nenhum dia parecia ter sido ganho. Tocou os braços, as pernas. Continuavam ligados ao corpo. Passou as mãos sobre o peito. Nenhuma ferida. Enquanto a seu lado alguns homens se mostravam muito animados, pulando de alegria, abraçando-se e congratulando-se, ele não sentia nada. O que desejava mesmo era se enterrar no chão e ir se juntar aos mortos. Alguns soldados espanhóis queriam ir até a cidade de Tlaxcala para saquear o tesouro. Desejavam novas prisioneiras para fazerem o que bem entendessem. Tinham vontade de mergulhar em carne de fêmea, como legítimos conquistadores.

— Nada disso – gritou Cortés, ajoelhando-se no chão. Imediatamente, um bando deles também caiu sobre os joelhos. Enquanto os cempoalas permaneciam de pé, confusos diante daquela algazarra, os espanhóis deram graças pela vitória.

— Deus – começou Cortés.

E os soldados repetiram:

— Deus.

Depois, os homens se limparam o máximo que puderam e a uma ordem de Cortés se dirigiram todos para o acampamento, enquanto as mulheres iam preparar uma refeição comemorativa.

— Cortés salvou minha vida – disse Malintzin a Garra de Jaguar, que, após estar ausente durante o combate, surgiu de repente, disposto a ajudar da melhor forma que pudesse.

— Eu estava a ponto de ser cortada em duas e Cortés apunhalou o tlaxcala.

— É claro que ele salvou a sua vida, *doña* Marina – disse ele, enquanto esfregava o peito com a palma das mãos, como se estivesse todo suado e empoeirado depois de um combate violento. — Você acha que ele poderia se arranjar sem a tradutora e intérprete dele?

— Foi mais do que isso, Jaguar.

— Ah, sei, ele quer se casar com você.

Todos, a não ser Malintzin, sabiam que Cortés era casado.

— Sei que ele não pode se casar comigo, mas ele salvou minha vida.

— Muito bem, Maax. Agora você está viva, para morrer num outro dia. Pensei que você o odiasse.

— E odeio.

— Claro que sim.

— Onde está Cuy?

— Por que você pergunta a mim? Não sou marido dela – rosnou Garra de Jaguar.

— Cuy! – chamou Malintzin, percorrendo o olhar pelo aglomerado de mulheres reunidas para preparar a refeição. As tendas agora estavam sendo armadas. Malintzin procurou pelos ajudantes. Cuy não se encontrava ali. Os oficiais estavam em conferência em algum ponto do campo de batalha. Núñez não estava com eles. Francisco, que ficara encurralado com as mulheres, também não vira Cuy. Adu estava deitado de costas no chão, olhando fixamente para o sol poente. Ele não a viu se aproximar. Botello cuidava dos feridos: apenas alguns espanhóis, a maioria era de aliados cempoalas e xocotlanos.

— Botello? – chamou Malintzin. Ela não queria ir até o campo de batalha e ver os mortos, os feridos, o sangue, os pedaços de corpos, a carnificina.

— Sim, sim, venha para cá, ajude-me. Vamos seguir pelo meio dos que estão caídos e cuidar dos soldados.

— Você viu a Cuy?

— Faça o que eu digo, Malinche. Siga-me. Você limpa as feridas, eu costuro.

Botello tinha rasgado uma camisa e andava com um feixe de retalhos no ombro para usá-los como ataduras. Estava com sua conhecida sacola cheia de ervas e muitas outras coisas.

Núñez surgiu detrás de uma fila de lonas e estacas.

— Não consigo encontrar Cuy – disse ele. — Vocês a viram?

— Não, você acha que…

— Talvez ela tenha sido ferida – falou Botello.

— Ela estava com as mulheres, eu a vi – disse Malintzin. — Ela estava perto da sobrinha do cacique de Cempoala. Ela estava bem.

Acima deles, pássaros sobrevoavam, mergulhando, elevando-se, circulando lentamente. Eram gaviões, corvos, abutres.

— Socorro, socorro! – uma voz fraca chamou em meio aos corpos espalhados.

— Cuy! – gritou Núñez, e os três correram ao local onde Cuy estava caída. Havia uma flecha atravessada na perna e prendendo-a ao chão.

— Deus do céu! – lamentou-se Núñez.

— Não é nada – falou Botello. — Só temos de puxá-la.

— Não consigo puxar.

— O que está havendo? – perguntou Adu, que se juntara à busca e acabara avistando Cuy, que parecia tão apavorada que ele achou que ela poderia morrer de medo.

— Não consigo me mexer – disse Cuy com extrema brandura, para não mover as pernas e rasgar a carne.

— Meu pai teve o pé cortado fora – disse Adu. — A coisa não foi boa.

Cuy olhou para Núñez.

— Será que vou morrer, Rafael?

— Não, não – respondeu Adu. — Posso tirá-la.

Mas quando Adu examinou a situação mais de perto, verificou que a maior parte da flecha penetrara na perna e estava profundamente fincada no chão. Tentar puxá-la só causaria um ferimento maior. O que ele tinha de fazer era puxar *a perna* pela parte remanescente do cabo. Podia cortá-lo próximo à perna, mas mesmo assim, puxar a perna para cima, estando ela atravessada por inteiro, seria algo extremamente doloroso. E a própria ferida iria sangrar muito e inchar.

— Núñez – disse ele, olhando-o diretamente nos olhos e com a voz trêmula. — Temos de segurar a perna e, com muito cuidado, sem muita força nem pressa, deixar a flecha presa no chão, sem agitar, nós temos de... – as palavras lhe faltaram.

— Vai doer muito, Adu. Não podemos fazer isso – disse Núñez.

— Se não fizermos, ela irá morrer. Ela não pode viver com uma flecha infeccionando a perna. Precisamos retirá-la.

— Cuy não irá morrer, não é? – disse Malintzin, que tinha começado a chorar. Cuy, no entanto, estava em silêncio, com os olhos arregalados de medo.

— Você é só um menino – falou Núñez para Adu.

— Eu seria mais velho se pudesse – replicou Adu. — Mas não sou...

Botello interrompeu:

— Amarrem um laço bem apertado acima da ferida, para impedir que o sangue saia em grande quantidade. Malintzin, procure na minha bolsa um xarope de rosas. Também tem um ovo lá. E uma garrafa de conhaque. Tenho uma agulha de prata verdadeira, e uma linha autêntica. Vamos precisar disso também. Você vai ficar ótima, Cuy, minha menina, de pé e andando dentro de um dia ou dois – disse Botello com um sorriso forçado. — Não é nada.

Malintzin tirou seu *huipilli*, estendeu-o sobre o chão, apanhou na sacola de Botello o ovo envolvido em folhas de musgo e o xarope de rosas numa pequena garrafa de vidro. Ela se surpreendeu que ele pudesse carregar coisas assim tão frágeis numa viagem tão árdua como aquela. Ela misturou o ovo e o xarope de rosas numa pequena tigela de barro que Botello usava para amassar ervas. Embebeu algumas tiras de pano no conhaque, seguindo as instruções dele, achou a agulha e a linha e arrumou tudo sobre sua blusa.

Botello disse a Cuy:

— Eu podia dar a você umas raízes para aliviar a dor, mas não temos tempo até elas fazerem efeito. Tome aqui – e entregou a Cuy um pedaço de madeira macia para ela prender entre os dentes. — Só morda com força quando sentir a dor chegar.

Então, colocou o torniquete e o amarrou com bastante força.

— Pense em Quetzalcoatl, Cuy. Pense em como ele foi corajoso – disse Malintzin.

— Você não irá morrer, Cuy. Nunca deixarei você morrer – garantiu Núñez.

— Você promete, Rafael?

— Prometo.

Adu pegou uma das facas de Botello e cortou a ponta da flecha que saía pela parte posterior da perna de Cuy. A perna então foi segura com firmeza por Núñez e Malintzin.

— Está pronta? – perguntou Adu.

— Pronta – respondeu Cuy.

Lentamente e com bastante cuidado, Adu e Botello, mantendo a perna de Cuy num determinado ângulo, foram puxando-a para cima, soltando-a da parte da flecha que ficara enfiada na terra. Conseguiram fazer isso sem quebrar a flecha ou rasgar mais a ferida.

— Está feito – disse Adu, descansando a perna de Cuy sobre o chão.

Cuy não gritou nem derramou uma lágrima sequer, mas seu rosto ficou sem cor e ela quebrou dois dentes de cada lado da boca, de tanta força que fez ao morder o pedaço de madeira.

— Que Deus te abençoe, Adu – disse Núñez.

Botello limpou os ferimentos, deu pontos onde a flecha entrara e onde saíra, colocou a mistura de ovo e xarope de rosas nesses locais e fez uma atadura perfeita ao redor da ferida. Eles amontoaram alguns panos sob a cabeça de Cuy e a deixaram descansando ali mesmo.

— Bem – disse Adu.

— Adu, por favor, estou precisando me cobrir.

Adu baixou os olhos para os seios nus de Malintzin, fartos e maduros, os mamilos como uvas púrpura. Sua blusa, sobre o chão, estava rajada de barro e sangue. A bainha fora cortada para se fazer a atadura.

— Claro, claro, desculpe – e ele tirou a própria blusa. Era igual à de Quintaval, de tafetá com largas listras verdes e pretas. Ele a passou pela cabeça dela, puxando-a até a cintura. — Pronto, agora sim – disse. Continuava segurando a flecha numa das mãos. Tocou com a outra no rosto dela, curvou-se até sua orelha e cochichou: — Malintzin, preciso te falar: essa flecha é de uma balestra. É uma das nossas.

— O quê?

— *Doña* Marina! – gritou alguém. — *Doña* Marina, o cacique tlaxcala está aqui. Estão precisando da senhora.

E de repente Isla já estava a seu lado, ansioso para escoltá-la através do campo da morte até uma pequena elevação, em que o jantar estava sendo preparado e as tendas armadas. Era final da tarde e as nuvens estavam se juntando no céu. O cacique tlaxcala, com suas belas plumas e sua vestimenta com cauda, com todos os adornos da riqueza e do poder, tendo a seu lado sua mais alta nobreza, parecia preparado para uma festa. Mantinha a cabeça erguida com arrogância, como se estivesse fazendo um favor aos espanhóis ao se apresentar.

— Honrado Malintzin, vejo que vocês são uma nação forte e poderosa – disse ele a Cortés –, cedemos diante de sua força superior. Vejo que há alguns cempoalas com vocês.

Malintzin traduziu tudo em maia para Aguilar, exceto a parte do tratamento honorífico.

— Honrado Malintzin, os cempoalas odeiam Montezuma mas você é convidado protegido de Montezuma. Por que isso?

— Ele está lhe chamando de Malintzin – disse Aguilar a Cortés.

— Diga-lhe que meu nome é Quetzalcoatl-Cortés, não Malintzin.

— É um costume, é o costume deles. Você e ela falam com uma só língua.

— Com a minha língua. Diga a ele que eu, Quetzalcoatl-Cortés sou seu amigo, que sou um só, o único Cortés. Amizade para os meus amigos. Morte aos meus inimigos. Sabemos que Montezuma oprime os povos deste país e viemos de muito longe, dos mares do leste, para libertá-los dos tributos, da escravidão, dos sacrifícios. Trazemos a palavra do maior deus de todos e os declaramos vassalos do maior imperador do mundo. Se vocês nos garantirem seus homens e seu apoio, venceremos Montezuma, aquela força do mal.

O cacique escutou atentamente o que Malintzin lhe transmitiu.

— Somos um povo pobre, mantido em dívida por Montezuma – começou o cacique, que continuou falando por mais algum tempo e por fim encerrou seu discurso com as seguintes palavras: — Não tenho alternativa senão aceitar seus termos.

— Eles se rendem – disse Aguilar.

— Eles me consideram um deus?

— Não. Viram que podem ser todos mortos.

— Entretanto, nenhum cavalo foi morto, a não ser aqueles dois, no início. Graças a Deus.

— Eles querem conhecer seus termos.

— Meus termos? – Cortés soltou uma gargalhada.

— Diga-lhe: comida, vinho, mulheres.

Bernal Díaz chegou se esgueirando até ali. Malintzin lançou-lhe um olhar sem graça.

— Diga ao cacique que queremos homens, seus guerreiros mais fortes, seus carregadores mais bem dispostos. Temos mulheres suficientes, obrigado – Cortés disse e depois lançou um sorriso para Malintzin. Ela lhe sorriu de volta. "Você salvou minha vida." Mas aí outro pensamento veio se sobrepor ao primeiro. "Ele me salvou. Mas será que isso significa que lhe devo minha vida?"

Capítulo 24

Naquela noite, os oficiais se reuniram na barraca de Cortés para fazer uma análise retrospectiva da batalha. O comandante-geral sentou-se em sua cadeira, os oficiais, no chão.

— Que horas são? – perguntou Cortés.

— Faltam 20 minutos para as nove horas – respondeu Núñez. Ele não falou sobre Cuy ter sido ferida. Adu havia lhe comunicado que a flecha que a atingiu era espanhola. Seria possível que ela simplesmente se encontrasse no meio da trajetória, que a flecha fosse destinada a um tlaxcala?

Mergulhando a pena no frasco com tinta recém-misturada, Bernal Díaz escreveu em seu livro:

17 de septiembre de 1519

— Vencemos – exclamou Isla.

— Eles combatem para conseguir prisioneiros vivos – contrapôs Aguilar. — Prisioneiros que mais tarde serão sacrificados. Por isso, Isla, tínhamos vantagem desde o início. Nós atirávamos para matar.

— Acho que no calor da luta eles esqueceram essa questão dos prisioneiros – retrucou Isla. — Acho que foi uma questão de matar ou morrer.

— Eles lutam pelo país deles.

— Francisco, você está sempre dizendo algo contra. Deixe-me corrigi-lo – disse Cortés. — O país é do rei Carlos, o país é da Espanha, e talvez agora, se o rei Carlos tiver sido declarado Sacro Imperador Romano, o país é parte do Sacro Império Romano. Em suma, estamos lutando por *nosso* país. Eles são insurgentes, não se esqueça.

— Como eu poderia esquecer – respondeu Francisco.

— Vocês não contaram os cempoalas que lutaram conosco, e os xocotlanos – declarou padre Olmedo. — Muitos deles estão mortos ou agonizantes.

— Adu, o negro, mostrou-se excelente no campo – acrescentou Núñez. Adu acreditava que a flecha que atingira a perna de Cuy visara intencionalmente o alvo.

— Você tem razão – concordou Cortés. — Ninguém lutou melhor do que Adu. Ele precisa ser reconhecido. Vamos recompensá-lo. Vou buscá-lo, eu mesmo.

Botello, Malintzin, Francisco e Adu caminhavam por entre os corpos caídos, tentando proporcionar-lhes o máximo conforto e ajuda que podiam. Os cempoalas e xocotlanos tinham pago muito caro por sua aliança com Cortés. A gordura dos tlaxcalas mortos estava sendo derretida para ser derramada sobre as feridas abertas. Malintzin preparava compressas de papoula, de capim-limão e cozidos de folhas de agave. Tiras de panos limpos e talas de madeira eram amarradas aos membros que poderiam ser recuperados. Garra de Jaguar, especialista em carnagem, foi chamado para fazer as amputações. Deram a ele um machado especialmente afiado para fazer o trabalho.

— Adu – disse Cortés, avançando em meio aos corpos dos mortos e feridos.

Adu não vira o general.

— Não tenha medo. Quero vê-lo na minha tenda.

Adu olhou para Malintzin e depois para Botello. Ambos encolheram os ombros. Agora iria acontecer o que ele temia. Sentiu as pernas tremerem, como se não mais suportassem o peso dele. Seria para um enforcamento? Conseguiria escapar das chibatadas? Ele olhava nervoso ao redor, à procura de algum lugar por onde pudesse fugir. Ali estava ele, num campo cheio de índios esfaqueados ou moribundos, vários deles sem dúvida mortos por suas próprias mãos. Não havia onde ir, nada a fazer, e ele na verdade não era de parte alguma. Deslocado, em pânico. Porém, seguiu Cortés de volta à grande tenda, sem que nenhuma espada se dirigisse ao seu coração ou algum mosquete mirasse sua cabeça. Estava sem camisa e, é evidente, sem sapatos, como sempre estivera, e sua espada não lhe pertencia. Obediente como um bom escravo, ele foi se arrastando para o seu destino. A Sacerdotisa da Morte não estabelecera o momento certo para todos os homens? Não deveria ele receber sua morte como uma amiga?

A tenda de Cortés não era do tipo que para entrar era necessário se agachar. Era bastante alta e cônica, a ponto de muitos homens poderem ficar de pé em seu interior, com um toldo na frente, estandartes, todos os equipamentos próprios de um posto de comando. Adu já tinha visto algo semelhante quando o levaram para ser vendido no golfo: casas de pano com tapetes no assoalho, doces e caldas servidos em bandejas de prata, músicos tocando enquanto em volta havia pessoas acorrentadas sendo vendidas e compradas.

— Você é um homem corajoso, Adu – disse Cortés, sentando-se em sua cadeira. Seus tenentes, acomodados no chão ao seu redor, faziam Cortés parecer, mais do que nunca, um potentado.

— Repito: um homem corajoso. Você lutou muito bem.

Adu inclinou um pouco a cabeça.

— Você compreende o que digo?

— Sim.

Cortés gostava que seus homens o chamassem de Cortés, mas não ficou satisfeito por Adu não ter lhe chamado de *capitán*, ou *comandante*, ou general ou mesmo *señor* ou dom. E aquele escravo tinha alguma coisa dos modos hostis de seu antigo dono, que Cortés não admirava. Porém não era servil e choramingueiro como o falecido Quintaval. Sua pele era muito escura e, com o corpo de talhe extremamente fino, ele mais parecia uma vara carbonizada. Os lábios eram muito grossos, o nariz se alargava ao se aproximar da boca. As orelhas eram pequenas e bem unidas à cabeça; o pescoço, comprido; os joelhos, salientes sob as meias; e os músculos do tórax, expostos por ele não estar usando colete, eram firmemente desenvolvidos, assim como os braços.

— Quero recompensar você por serviços prestados além do seu dever. Vou dar-lhe o cavalo de Quintaval.

Adu não sabia quem estava montando aquele cavalo, mas com certeza quem quer que ocupasse sua sela não ia gostar nada de caminhar a pé.

— Não preciso de um cavalo.

— Você será um dos meus oficiais.

— Sou um escravo.

— Quando tudo isso terminar, prometo a você mais do que sua liberdade.

Adu sabia que Cortés poderia lhe ordenar o que bem entendesse. Uma promessa feita a um escravo? O que poderia ser maior que a liberdade, pôs-se ele a imaginar. Ficou observando Bernal Díaz tomando notas em seu livro, aqueles garranchos e garatujas em forma de aranha, as linhas cheias de algo que pareciam fezes de rato do mato, caindo aos pouquinhos, ou insetos mortos. Ele sabia o quanto aqueles sinais eram importantes para os espanhóis, assim como os adornos de ouro que os índios lhes davam. Mas para ele, tudo aquilo não tinha significância.

— Isso é oficial. Bernal Díaz documentou tudo. Está registrado. Terá sua liberdade quando tudo terminar.

— E quando terminará tudo? – perguntou Alvarado, que no mesmo instante se arrependeu de ter falado.

— Terminará quando terminar, Alvarado. Terminará quando libertarmos os astecas de sua sujeição ao diabo, de Montezuma e suas ações bárbaras. Que horas são, Núñez?

Núñez olhou de novo para o relógio.

— São dez minutos depois das nove, *señor* Cortés.

Ele estava preocupado com Cuy. Ela precisava que se levasse água e comida até a tenda dela. Ele olhou para Adu.

Adu pensava. "Um cavalo só meu. Cavalos nasceram para correr, não é mesmo?" Ele poderia fugir com mais facilidade montado em um cavalo do que sobre seus pés cansados e feridos. Não pensava em fugir fazia alguns dias. Era como se os pensamentos dele se transformassem em carne. Carne de cavalo.

— Aqui está sua espada, dom Cortés. Agradeço-lhe por me deixar usá-la.

Adu apresentou a espada a Cortés.

— Não, Adu. Agora ela lhe pertence.

— A mim?

— Para guardar com você.

— Muito obrigado.

Adu estava realmente surpreso. Um cavalo e uma espada.

— Fico pensando, o que é mais do que a minha liberdade, senhor?

— Terras, Adu, terras.

Terras? Adu estava intrigado com o fato de Cortés poder distribuir terras, com as pessoas poderem possuí-las e depois dá-las. As terras eram da Terra.

— Quais terras, posso saber, *señor*?

— Terras do imperador Carlos, terras da Espanha, nossa terra aqui, depois que for libertada do domínio asteca. Cada homem receberá uma *encomienda*, além de escravos para trabalharem nela. Não viemos até aqui para ter as nossas mãos sujas com a agricultura. Terras, escravos e ouro. Temos muitos amigos agora. Os tlaxcalas lutaram contra nós porque pensavam que fôssemos amigos de Montezuma. Agora que as nossas intenções foram esclarecidas, nossas forças incluem os cempoalas, os xocotlanos e também os tlaxcalas. Juntos, iremos construir alianças poderosas. Estamos progredindo.

— Aceito o cavalo – disse Adu rapidamente. É claro que ele aceitaria, como deixar de fazê-lo? Dizer não seria apenas ter uma palavra antes da morte, um ato final de desafio que lhe custaria a vida – e tudo pela fugaz idéia de vitória. Adu se lembrou da piscadela de Quintaval e dos grandes equívocos dele: falar demais e não entender a natureza do poder.

— Fico muito satisfeito que você aceite o cavalo. Você será um *caballero*, como o restante de nós.

Cortés percorreu os olhos por seus homens – Alvarado, Núñez, Aguilar, Bernal Díaz, Isla. Padre Olmedo também era um deles. Mas ali também estava Francisco, uma pedra em seu sapato.

— Alguma coisa mais, Adu?

Adu olhou para os pés.

— Gostaria de uma camisa, senhor, e também de sapatos.

Seus pés descalços tinham sido bons para a areia da praia, mesmo quando estava quente, e também para os macios caminhos da floresta, até quando estavam enlameados, mas agora o solo se tornara muito pedregoso.

— Francisco também está precisando de sapatos, senhor.

— Não preciso de sapatos – protestou Francisco. — São Francisco não tinha sapatos.

— Fica quieto, Francisco – disse Isla –, antes que alguém corte seus pés.

Adu olhou para Núñez. Estava pensando em Cuy. Quando seu pai se feriu, teve febre e começou a chamar pela mãe durante a noite. Um homem adulto, com esposa e filhos, chamando pela mãe... Era aterrador o que a dor e a febre podiam causar a uma pessoa. Momentos antes ele quisera fugir, e podia se imaginar correndo pela escuridão, fugindo sem parar, até que uma flecha lhe atingisse as costas e o coração. Núñez pigarreou. Adu ergueu os olhos. Núñez assentiu com a cabeça. Sim, era melhor nada dizer a Cortés e seus oficiais sobre Cuy.

Capítulo 25

Quetzalcoatl era adorado em Cholula, onde havia um grande templo dedicado a ele. A população acreditava que o exilado e errante Quetzalcoatl ali se detivera, fazendo do local um ponto de repouso antes de sua última viagem para o mar Oriental. Por isso, Cortés achou que seria um lugar seguro e acolhedor para fazer uma parada. Situada a dois dias de marcha de Tenochtitlán, Cholula, cujos habitantes falavam a língua nahuatl e também pagava tributos, ficava próxima do caminho entre Popocatépetl, "a montanha da fumaça", e Iztaccihuatl, "a montanha da mulher branca" — dois vulcões que em épocas anteriores, segundo se dizia, tinham sido amantes.

As casas em Cholula não consistiam em fileiras de cabanas dispostas sobre a superfície seca e poeirenta do deserto, tampouco em barracos dilapidados apertados nos flancos de uma ravina. Os templos e edificações da cidade, assim como todas as moradias, eram construídos numa seqüência de terraços ajardinados, com tanques cheios de peixes nos pátios, onde por toda parte se viam flores, embora o clima da cidade fosse seco e frio. Cuy, cuja perna estava cada dia melhor, seguia no cavalo de Núñez. Adu pusera Francisco em seu novo cavalo, e o conduzia. Ambos estavam calçados com sandálias de sola de cânhamo, chamadas *huaraches*, encontradas nos estoques de suprimentos espanhóis. Os cholulas acolheram gentilmente aquele grande pelotão de homens, que de imediato foram presenteados com 12 jovens mulheres.

— Leve a minha querida sobrinha – cochichou Maax ironicamente para Cuy. — É boa para qualquer ocasião: cozinha, mói, costura, tece, agüenta cargas pesadas debaixo de sol ardente, e se for necessário também carrega *o senhor* nas costas. Alimente-a só um pouquinho e toda noite ela lhe abrirá as pernas sem a menor queixa.

— Mais mulheres! – sorriu Cortés com alegria. Mas aquele crescente número de mulheres precisava ser alimentado, não combatia e, embora proporcionasse prazer à noite e mais mãos para as panelas da cozinha, atrasava o ritmo da expedição. Isla sugeriu que elas fossem treinadas para serem amazonas, porém Cortés, é claro, não quis nem ouvir falar da idéia.

Malintzin vigiava Cortés observando as moças, e imaginava qual delas ele escolheria como sua favorita. Seria aquela com os olhos levemente salientes, ou a do sorriso de criança, aquela dos seios pontudos como bicos de flechas ou a que meneava os quadris? Ela sabia do que ele gostava. Bons dentes, nariz forte, pés grandes, pescoço longo, pêlos pubianos bem cheios, mas ele estava sempre aberto às variações, e a língua não representava nenhuma barreira. Ela disse consigo que não se importava, e como poderia, se ele era uma fera capaz de enforcar seus próprios homens, decepar mãos e que não se encolhia diante de qualquer brutalidade. Jamais se casaria com ela, a menos que a esposa dele morresse. Por outro lado, ele era apenas um homem, não é mesmo, um general agindo da forma como os generais tinham de agir. Não havia salvo a vida dela? Isso já era suficiente para ela lhe ter lealdade, afeição, dedicação e paixão.

O alojamento dos oficiais em Cholula possuía cômodos espaçosos, construídos ao redor de pátios cobertos por trepadeiras com ipoméias azuis e brancas. Borboletas negras e beija-flores de peito verde e escarlate voavam em meio às dálias laranja. Pequenos caminhos de pedra cobertos margeavam as alas dos quartos. A brisa da montanha era purificante, renovadora.

Na tarde do primeiro dia os espanhóis e seus aliados cempoalas, xocotlanos e agora tlaxcalas caíram exaustos, cada qual sobre sua esteira, sem necessidade alguma de companhia. A não ser Núñez, que conservou Cuy a seu lado, jamais adormecendo sem que sua mão repousasse em alguma parte dela, o cabelo ou a cintura, com suas pernas enlaçadas às dela, aninhando sua cabeça nas costas dela. Os outros homens o provocavam por isso, dizendo que ele era escravo de uma escrava.

No primeiro dia em Cholula, as mulheres, que agora formavam uma verdadeira legião, ocuparam-se em desembalar os pertences, separando os utensílios de cozinha, sujos de areia, e arejando as esteiras e os cobertores. Garra de Jaguar também teve uma rápida oportunidade para descansar, pois tivera que esfolar o mais novo lote de animais – grandes aves e bichos que andavam bem próximo ao chão, com a pelagem vermelha e longas caudas, que os espanhóis chamavam de zorros.

— Você sabia que o veneno do sapo não é usado em dardos nas batalhas porque pode envenenar a carne? – disse ele para Maax. — Dizem que Tenochtitlán é uma cidade de ouro. Brilha com a luz do sol, o que satisfaz bastante Huitzilopochtli – Garra de Jaguar continuou falando.

— Francisco diz que é uma cidade de Deus – replicou Malintzin.

— Francisco não sabe que a cidade é dos *nossos* deuses – rebateu Garra de Jaguar, que quando menino ouvira descrições do lugar, com suas avenidas margeadas por canais, de forma que o povo podia remar nas canoas até as portas de suas casas. Os templos de Huitzilopochtli, o deus da guerra, do Sol e padroeiro dos mexicas, e de Tlaloc, o deus da chuva, situavam-se no topo de uma pirâmide de 114 degraus que rivalizava com o Templo do Sol em Teotihuacán. Ali eles mantinham as tochas acesas dia e noite, e existia um cômodo secreto repleto de tesouros. O palácio de Montezuma era o mais elaborado entre todos sobre a face da Terra. Ele tinha centenas de esposas, concubinas e seu próprio jardim zoológico, com animais vindos de todas as localidades do império: jaguares, tamanduás, pacas, antilocaprídeos, cotias, raposas, lobos, coiotes, quincajus, preguiças, várias espécies de macacos, pecaris, marmotas, esquilos, 500 tipos diferentes de cobras, crocodilos, grandes lagartos e o mais delicioso animal sobre a Terra, a pequena salamandra *axolotl*, com guelras que parecem samambaias. Isto para não mencionar outros peixes, tartarugas e aves marinhas, além de um aviário com ninhos que cobriam centenas de árvores irrigadas pelos jardineiros reais.

Além disso, Garra de Jaguar ouvira dizer que as mulheres em Tenochtitlán usavam *huipillis* com bordados um tanto elaborados, e suas blusas eram de um algodão mais suave do que plumas. Suas sandálias tinham incrustações de turquesa e âmbar e eram atadas aos pés por fitas tingidas de vermelho, azul e verde. As mulheres eram as mais lindas de todo o império. Garra de Jaguar também ouvira dizer que em Tenochtitlán os bebês nunca choravam, a não ser os que eram tomados para serem lançados em um poço durante o festival das chuvas em honra a Tlaloc. E todos os meninos e meninas freqüentavam as escolas.

Na primeira manhã após chegarem em Cholula, o que ocorreu à noite, Malintzin e Cuy foram até o rio com as outras mulheres para lavar as roupas e recolher água em jarras para cozinhar, beber e usar na limpeza. As jarras de Cholula eram negras como as de Oaxaca, e o tecido das roupas incluía o amarelo e o preto, além dos vermelhos do norte. As mulheres idosas com quem elas conversaram confirmaram-lhes que na verdade aqueles potes vinham de Oaxaca. Os cholulas obtinham sal nas salinas dos maias e trocavam suas cerejas, que descaroçavam e secavam, por couros de animais do sul e milho do norte. As plumas vinham do litoral sul. Era lá que vivia o pássaro quetzal, cujas longas plumas verdes eram reservadas com exclusividade para o imperador. As mercadorias tecidas ou cuidadosamente modeladas, além de toda joalheria, eram provenientes da capital, onde os mais talentosos artesãos trabalhavam nos armazéns do imperador.

Uma senhora idosa ficou observando Malintzin quando esta tirou seu *huipilli* e seu *cueitl*. Viu-a entrar na água com algumas roupas nas mãos. Levava duas camisas brancas de Cortés, uma de seda e outra de lã, a ceroula de seda branca e o colete listrado dele, com os colchetes no meio e mangas bufantes pregueadas. Cuy, que ainda mancava por causa da flechada e era tímida, mergulhou vestida e, só quando viu que ninguém a espiava, tirou as roupas debaixo d'água.

— Quem é o seu marido? – perguntou a senhora idosa a Malintzin.

— Não tenho marido.

— Como é possível que uma senhora tão linda como você não tenha uma escrava para lavar suas roupas?

— Sou uma escrava.

A água naquela parte do rio era muito límpida, e a areia do fundo fluía por entre os dedos de Malintzin. Peixinhos negros nadavam por entre suas pernas, e muitas pedras na margem eram perfeitas para que as roupas fossem estendidas para secar. Malintzin se permitiu achar que Cholula seria seu destino final. Ela podia se imaginar vivendo naquela pequena cidade. Por que as coisas não poderiam ser fáceis assim? Às vezes, durante a marcha, ela sentia como se sua vida fosse uma estrada pela qual estivesse viajando desde sempre, sem jamais parar ou chegar a parte alguma, tampouco se deter em algum ponto particular. Depois de Tenochtitlán, se ela sobrevivesse àquilo tudo, o que mais aconteceria? Ela não tinha como saber. Botello, que previa o destino lendo as linhas das mãos, e também pela maneira como as folhas do seu chá de *manzilla* se colocavam no fundo da taça, disse que ela morreria jovem, mas que as gerações futuras a conheceriam. E quando ela perguntou sobre Cortés, ele acenou com a mão, como se tentasse afastar um mau pensamento.

— Na vida, muitas vezes não recebemos o que desejamos, e ficamos tristes por causa disso – disse-lhe Botello. — Querida Malinche, recebemos aquilo que recebemos, e precisamos aprender a viver com isso.

Malintzin disse que não precisava de um vidente para saber disso.

Botello suspirou.

— Se você insiste em saber, Cortés está destinado a matar brutalmente a esposa dele. Ele será, por ter violado a lei, arrastado para diante do nosso rei e da nossa corte. As próximas gerações irão esmagar o nome dele. Cortés não receberá o poder porque já é muito poderoso. Vai morrer como um homem desiludido. Até os ossos dele serão profanados.

Malintzin achou que Botello não podia estar certo, pois como poderia Cortés violar a lei? Ele era a lei. Jamais morreria desiludido.

— Como ele irá matar a esposa?

— Estrangulada.

De algum modo ela acreditou naquilo, o que a oprimiu por um momento, antes que ela se pudesse controlar.

A velha senhora do rio agora não cessava de falar com ela.

— Já ouvi dizer que você não é uma escrava verdadeira, mas sim uma princesa, e que seu nome é Malintzin. Por que a chamam de Malinche?

— Tenho muitos nomes – respondeu Malintzin.

— Nunca tive um nome oficial – disse Cuy, de cima da pedra em que estava.

— Vocês são duas boas meninas – disse a velha senhora –, eu odiaria vê-las morrer.

Na batalha contra Tlaxcala, Malintzin temera pela própria vida, e em outras ocasiões durante a marcha ela tivera medo, mas ali, naquela cidade linda, os deuses do submundo pareciam adormecidos, quietos. Além disso, ela não mais sentia a presença enervante dos espiões mexicas, como sentira no início da viagem. À medida que se aproximavam de Tenochtitlán, os tlaxcalas diziam que todos precisariam passar por um desfiladeiro entre as montanhas que jorravam fogo e que estariam a uma altura tal que quase tocariam os deuses. Então, teriam que viajar debaixo de uma espessa chuva branca, tão fria que se empilhava no chão, como se pássaros de plumagem branca tivessem caído do céu e dormissem o sono dos mortos, dispostos em camadas. Os espanhóis a chamavam *la nieve*, a neve. Tinham de atravessar florestas e montanhas onde a respiração iria faltar-lhes, disseram os tlaxcalas. Malintzin queria ficar quieta, fechar os olhos.

— Não iremos morrer, minha velha mãe – disse Malintzin para a senhora, que seguia delirando sobre a beleza de Malintzin e a pena que seria ela morrer com todo o resto.

ENQUANTO MALINTZIN LAVAVA as roupas de Cortés, ele, com sua cadeira e sua mesa já montadas em seu quarto, escrevia uma carta.

— Como devo começar, Bernal Díaz?

— Ao querido e mais supremo imperador do mundo.

— Não acho que seja respeitoso o bastante. Que tal: "Ao mais elevado, poderoso e excelente dos príncipes, o mais católico e poderoso dos reis e soberanos"?

— Parece bom.

Bernal Díaz se perguntava como o imperador poderia receber aquela carta. Eles não tinham pombos nem falcões, como os mouros, e nenhum pássaro que ele conhecia poderia atravessar o oceano e ir até a Espanha. Os tlaxcalas e cempoalas tinham mensageiros corredores, mercadores e coletores de impostos por todo o país, mas uma vez que o mensageiro chegasse ao litoral, o que aconteceria depois? Puertocarrero içara as velas e se fora. Havia a colônia de Vera Cruz, onde tinham deixado homens, mas nenhum deles ousaria embarcar no último navio remanescente na baía. Naqueles tempos, Bernal Díaz sabia bem, os mares estavam cheios de ladrões, piratas e ingleses.

— Eles dizem, Bernal Díaz, que o rei Carlos é tão santo que costuma ensaiar os próprios funerais, ocasião em que sua família e toda a corte precisam se vestir de preto e são obrigados a ficar assistindo, enquanto ele entra no caixão, com os braços cruzados sobre o peito e os olhos fechados. Então cantam loas para ele.

— *Qué lástima*. Isso é péssimo. Então ele é mais louco que a mãe, Juana la Loca.

Bernal Díaz então ficou se perguntando como Cortés, que parecia conhecer todas as estranhas tendências do rei, poderia reverenciá-lo tanto e conquistar um continente em seu nome. Mas o rei era o rei.

— Será que eu deveria pôr: "Querido Imperador Carlos, o império de Montezuma logo vos pertencerá. Temos muitos itens curiosos que vos darão prazer"?

— Use sempre o termo "vassalos". Ele gostará disso.

— Uma excelente palavra, Bernal. Você já reparou na mulher com os dentes de coelho, no grupo das cholulanas?

— Já – disse Bernal Díaz, que gostava de ter uma mulher em sua esteira à noite mas nunca perto dele durante o dia. — Provocante.

Além disso, Bernal Díaz ouvira falar de uma doença que os italianos pegaram ao viverem com mulheres selvagens, uma doença terrível que começava nas regiões secretas do corpo e aos poucos subia até a cabeça e destruía o cérebro. Ele orava fervorosamente para que não existisse aquela doença por ali. Também era estranho que, entre todos os índios que vira, nenhum apresentasse marcas de varíola. Jamais algum deles contraíra varíola. Houvera muitos casos dessa doença em sua aldeia na Espanha, mas ele nunca pegara.

— Então você nunca pensou em se casar? – a velha senhora do rio insistia.

— Como já lhe disse – respondeu Malintzin –, sou uma escrava.

Cuy já lavara suas roupas, estendera-as sobre as pedras, cobrira-se com a capa de Núñez e fora embora. Ainda mancava, mas a cada dia sentia-se mais forte. Ela adotara o hábito espanhol de descansar ao meio-dia.

— Bernal Díaz, a respeito do ouro, você acha que devamos mencionar uma quantidade para o imperador?

— Melhor falar primeiro sobre as almas salvas, e depois, mais para o fim, sobre o ouro, e não com muita precisão.

— Certo. Você está certo. Compreendo.

Francisco encontrara um lugar sob uma árvore. Lavara-se no rio antes que as mulheres chegassem, e em lugar da pesada vestimenta de lã, estava apenas com uma leve coberta de algodão sobre o corpo. O frio não o incomodava. Seus sapatos novos encontravam-se junto dele. Aquilo não era o paraíso? Como se precisa de pouca coisa para deixar um homem feliz, confortável. Ele sentia Deus tão perto de si que quase chegava às lágrimas. Mais tarde percebeu que não conseguira manter Deus entre os seus pensamentos com as dificuldades da viagem. Beijou sua cruz de madeira, rezou e lembrou-se de que, independentemente do que acontecesse, ele deveria conservar sempre perto do coração a sensação de paraíso daquela manhã, para que sempre pudesse contar com ela em sua mente, assim como as mulheres que costumavam olhar para miniaturas em seus medalhões para se consolarem nas épocas difíceis.

Adu excursionava com Botello pelas redondezas.

— Dizem que os brotos de cacto e as sementes brancas de ipoméia, chamadas *ololiuhqui* ou *badoh* são boas, e as sementes pretas são usadas para produzir visões. Os cogumelos sagrados, os *teonanacatl* e a figueira brava são usados para curar dor de dente, e a papoula, como remédio para tosse. O broto de cacto, ou *peyotl*, produz vários estágios: superexcitação, contentamento, euforia, tranqüilidade. Você está escutando, Adu?

— Estou sim.

— O que se passa em sua mente, Adu? Você *não* está me ouvindo. O que há de errado com você?

— Acredito, sim, realmente acredito, dom Botello, que já estou na idade de me tornar um homem.

Botello deteve-se e olhou para aquele belo rapaz.

— Ah, isso quer dizer... E com quem?

— Malintzin.

— Deus tenha piedade de você, menino.

— Você é uma mulher muito atraente – disse a velha senhora para Malintzin enquanto subiam a ladeira até a área da cozinha. Ela acariciou os cabelos molhados de Malintzin com um ar de aprovação. — Você *deveria* se casar. Tenho um filho solteiro.

— Existem muitas mulheres lindas aqui em Cholula, mãezinha.

— Putas, todas elas – a velha disse e depois cuspiu. — Meu filho tem princípios. Quando era menino, apaixonou-se por uma corça. Toda noite em seus sonhos ele ficava esperando por ela, que tinha pintas brancas na parte de trás, orelhinhas empinadas e uma pequena cauda, que se retorcia quando ela estava excitada. Nos sonhos dele, eles copulavam, construíam uma casa e tinham filhos, com corpos humanos e cabeças de veado, e cascos no lugar dos pés. Ele estava enfeitiçado.

— O QUE PRETENDO É IMPRESSIONAR o imperador com a urgência da nossa missão, a grande necessidade que os índios têm do amor de Cristo.

— Sem Deus, meu capitão – disse Bernal Díaz –, tudo é possível.

— Você quer dizer que *com* Deus tudo é possível, não?

— É exatamente esse o meu pensamento.

— É por isso que precisamos estar certos da aprovação do rei. Ele concordará com qualquer coisa que lhe proponhamos, contanto que o ouro esteja lá, no papel.

— SE VOCÊ SE CASAR com meu filho – disse a velha para Malintzin –, você será poupada.

— Poupada?

Malintzin sentia que a velha senhora era desequilibrada, que as idéias dela eram confusas. Talvez ela bebesse pulque em demasia pelas manhãs. Isso era permitido aos velhos.

— SÓ OS SACERDOTES DELES compartilham os cogumelos, os botões e as sementes, Adu – murmurou Botello. — Mas sou um sacerdote, graças às minhas próprias atividades.

— Que tipo de sacerdote é você, Botello? – Adu perguntou enquanto observava as mulheres retornando do rio. Malintzin vinha caminhando ao lado de uma velha senhora e curvava a cabeça de maneira respeitosa. Ele sabia o que homens cruéis haviam falado a respeito dela. Esqueciam que era uma escrava. Ela tinha de fazer o que lhe mandavam.

— Sou sacerdote da terra, Adu, da relva, das árvores, das plantas, e herói da minha própria história, que também há de ser uma longa história.

Botello não podia predizer o próprio destino. Sempre que tentava, uma nuvem se aproximava ou as folhas no fundo da taça se fundiam em manchas incompreensíveis. A linha da vida em sua mão era curta, mas sua mão recebera um corte durante uma luta, de modo que aquilo não contava.

— VASSALOS – disse Cortés. — Que linda palavra, tão cheia de honra. Você sabe, Bernal Díaz, que o termo "El Cid" significa "senhor", mas que ele se considerava apenas um vassalo dos reis a quem servia?

— Mas El Cid não serviu também aos sultões, ou seja, aos mouros?

— Naqueles tempos a Espanha não era um país cristão unificado, Bernal Díaz. Além disso, existem mouros que são bons.

— Existem? Quem são?

— Adu.

— Não acho que ele seja um mouro, capitão. Ele não adora Alá. Ele é como Botello, sem Deus.

— Disseram-me que os muçulmanos escravizam seus próprios convertidos. Cristãos jamais fariam isso com outros cristãos.

— Gostaria de me casar – admitiu Malintzin para a velha –, se é que um dia isso venha a ser possível.

A cerimônia entre os astecas envolvia amarrar os mantos dos noivos. Havia nos livros imagens de casais amarrados. Era tão doce ver aquilo...

— Eu odiaria ver você ser morta com os demais.

— O que a senhora está me dizendo?

Elas se aproximavam do conjunto de quartos onde os espanhóis tinham dormido na noite anterior. As incoerências da mulher estavam começando a fazer sentido.

— Vamos nos sentar, senhora – disse Malintzin, conduzindo lentamente a mulher até uma grande pedra.

— Você será poupada se casar com meu filho.

— De quê?

— Ele é realmente muito forte.

— Ele é como o jaguar, feroz e destemido?

— É forte como uma árvore que não se dobra com a ventania.

— É belo?

— Não como Quetzalcoatl, com aquela pele pálida e o cabelo no rosto. Mas sim como Huitzilopochtli, quando está vestido para a batalha. Tem as pernas de um puma, os braços de um macaco, o corpo de um príncipe.

— E o rosto, mãezinha?

— O rosto... Ele caiu numa fogueira, pobrezinho, quando era bebê. Dizem que é um sinal de santidade. O próprio jaguar tem manchas por se ter aproximado demais do sol. Meu filho gosta de tortilhas servidas bem quentes e de feijões temperados com muito chili. Certa vez ele comeu carne de tapir.

Seu apetite é o de um guerreiro, e seu cabelo é cortado em honra aos três prisioneiros que ele já capturou. Comemos muito bem em nossa casa.

— Como vocês são afortunados, senhora.

— Gosto que façam massagem nas minhas pernas com gordura de pato e que o meu cabelo seja escovado com escova de espinhos. Toda manhã, minha nora deverá fazer isso para mim. Nosso pequeno lote de milho, os pés de abóbora e os tomateiros também necessitam de cuidados, pois sem uma mulher não conseguimos atingir a cota de impostos nos últimos anos. Temos três perus e vários cachorros. Gostaria que nossa família pudesse vender comida cozida no mercado.

— É um objetivo muito elevado.

— Somos cumpridores dos deveres e fazemos nossos sacrifícios religiosamente.

— Isso é muito importante.

— Hoje à noite as mulheres e as crianças irão para a floresta, princesa Malintzin, para se esconderem, até que tudo esteja terminado.

— Esconder? Por quê? Quando tudo estará terminado?

— Para que as mulheres e as crianças não sejam mortas por engano durante a emboscada pela manhã. Venha para nossa casa depois do jantar. É aquela ali – a velha indicava uma cabana bem rústica que certamente não era a de um guerreiro. Um dos muros estava quase desmoronando. A palha do teto estava aberta em diversos pontos. Os perus eram magros. Um dos cachorros mancava. — Venha conosco. Você encontrará seu noivo. À noite iremos nos esconder, e amanhã, depois da batalha, vamos nos preparar para o casamento.

— A batalha é de manhã?

— Deve acontecer no *zócalo*, com a rapidez do vento e a bênção de Quetzalcoatl.

— Quetzalcoatl amava a paz. Cholula não é a cidade dele? E o nosso líder, Cortés, é na verdade Quetzalcoatl-Cortés. Montezuma sabe que ele é o deus que retornou.

— Ele não é Quetzalcoatl. Pois este não é tão alto e conhece nossa língua e nossos costumes. E não anda em cima de monstros. Quetzalcoatl disse: "Defendam-se dos inimigos quando o vento soprar contra vocês." É um sinal. Ultimamente, tivemos muitos ventos fortes. Quetzalcoatl disse que "aquele que não luta não é um homem".

— Onde ele diz isso?

— Meu filho irá capturar muitos. Nossa família será honrada. Esses cempoalas preguiçosos e os tlaxcalas traidores, o povo cachorro dos xocotlanos e todos esses brancos cabeludos, além dos monstros em que montam e seus cachorros, todos serão atacados e massacrados.

— Você percebeu, Adu – Botello ia dizendo –, que os pássaros nas árvores perto do rio estavam muito ansiosos enquanto caminhávamos por ali? Quando os macacos começam a guinchar todos ao mesmo tempo e os animais menores se escondem em suas tocas é porque uma tempestade se aproxima. Os pássaros estavam falando sobre isso.

— Você está tão quieta hoje – disse Cuy a Maax quando elas se ajoelharam para comer a refeição da noite.

— Meu fluxo.

Durante todo o dia Malintzin estivera tentando atrair a atenção de Cortés.

— Aquela senhora no rio com certeza está meio perturbada – prosseguiu Cuy.

— É.

Malintzin olhou para o outro lado, onde os homens estavam sentados em bancos diante da mesa. Núñez, Adu, Francisco, padre Olmedo, Botello. Nem mesmo Alvarado ela gostaria de ver morto. Cortés? Ficar livre de Cortés? Para onde iria ela? O que faria? O que poderia fazer?

Capítulo 26

A REFEIÇÃO AFINAL CHEGOU AO FIM, as mulheres tiraram os pratos, lavaram-nos e os colocaram de volta em suas caixas. Os caroços de milho foram embebidos em suco de limão, os feijões secos despejados no molho dentro das devidas jarras, as roupas secas retiradas de cima das pedras à margem do córrego, as varetas para se acender o fogo de manhã foram recolhidas e cobertas, e as fogueiras apagadas. Os homens, exaustos, já tinham se dirigido para suas esteiras. Não haveria fogueiras aquela noite, estava ventando muito. Ao se dirigir para seu quarto, Malintzin temia encontrar alguma das novas mulheres que Cortés havia escolhido. Mas, felizmente, ele estava só, e dormia.

— Cortés – sussurrou ela. — Acorde!

— *Doña* Marina, o que foi?

Ele estivera sonhando que pessoas na Espanha tentavam localizá-lo.

— Os cholulas estão planejando nos matar de manhã.

Cortés sentou-se. Quando ele queria dormir, o máximo que precisava fazer era abaixar a cabeça. Costumava dormir despido, deitado de costas, com os braços estendidos para os lados e as pernas abertas. Naquela noite ele estava coberto com sua capa. Quando levantou, lembrou-se no mesmo instante que estava em um quarto em Cholula, Nova Espanha.

— O que foi?

— Cortés...

— Ah, *doña* Marina, meu deleite, que bom ver você.

Ele passou o braço pelas costas dela. A sensação que ela teve já era familiar. Era como se deslizasse para dentro da água aquecida da casa de banhos, primeiro os dedos do pé, depois as pernas.

— Tenho de lhe contar uma coisa.

Francisco lhe dissera que compreendia por que motivo ela sentia amor por Cortés, pois desde que estava com ele não era mais uma *auianime*, não precisava mais se deitar com diversos homens. É claro que ela sentia gratidão pela proteção que ele lhe dava.

— Cortés é o homem mais forte de todos. Ele exige atenção. É o pai do nosso grupo. Mas, por outro lado, Malintzin…

Cortés sentou-se.

— O que foi?

— Quando terminarmos o nosso desjejum, os homens cholulas irão nos perseguir, cercar-nos e matar-nos a todos. Todas as mulheres e crianças sairão da cidade durante a noite.

— O que você está dizendo? – ele perguntou. Sentia a boca pastosa.

— Eles vão nos matar!

Ela então se deu conta de que estava se incluindo no grupo dos espanhóis.

— Aguilar diz que os índios sempre anunciam suas batalhas e apresentam seus escudos e lanças. Não atacam sem as formalidades. O que você está querendo dizer com "eles vão nos matar"? Eles nos acolheram tão bem. Esta é a cidade de Quetzalcoatl.

— Cortés, escute-me. Aguilar se enganou da outra vez – ela se afastou um pouco para que ele não pudesse tocá-la e assim distraí-la. — Os tlaxcalas não anunciaram a guerra. Apenas atacaram. Uma velha, quando lavávamos a roupa no rio, contou-me, uma mulher com a língua solta e a mente perturbada. Todas as mulheres deixarão a cidade esta noite, Cortés.

— E negligenciarão seus deveres matrimoniais?

— Estou lhe falando a verdade. Você está achando que sou uma criança.

— Não, não estou – ele disse e então se moveu na direção dela, pôs as mãos sobre os ombros de Malintzin e a olhou diretamente nos olhos. — O que devemos fazer? Diga-me, minha pequena, o que Quetzalcoatl faria?

Era a primeira vez que ele lhe fazia uma pergunta assim. Malintzin sabia que Quetzalcoatl não era conhecido por seu amor às batalhas. Sua cidade,

Tula, capital do império Totonac, fora derrotada. Embora fosse corajoso contra os deuses e agraciado com uma grande inteligência, ele jamais tivera sucesso em uma guerra. Os louvores a ele não incluíam as vitórias no combate. A velha estava errada ao dizer que Quetzalcoatl aprovaria a armadilha que estavam preparando para os espanhóis.

— Quetzalcoatl teria abandonado a cidade à noite, de maneira rápida e silenciosa. Ele deixaria a cidade dos cholulas – disse ela. *Quetzacoatl* não desafiava os povos das cidades nem tinha sonhos grandiosos de conquista. Dizia aos homens para não sacrificarem outros homens. — Quetzalcoatl sairia antes de ser emboscado. Esperaria até que as mulheres e as crianças saíssem da cidade após o jantar e, depois de agradecer polidamente ao cacique, dando a impressão de ir se retirar para sua esteira, ele orientaria seus homens a saírem, um por um, em outra direção. Pela manhã, os guerreiros cholulas não teriam quem atacar. Não teriam ninguém para matar. Nenhuma pessoa iria morrer.

— Não lutar? Quetzalcoatl não permaneceria em seu posto para lutar?

— Com certeza essa é a melhor maneira de salvar a todos. É isso que você deveria fazer.

— Você está me dizendo que devo fugir da minha própria guerra? Ser um covarde?

Quetzalcoatl era um covarde? E por acaso isso era a pior coisa de todas?

— E deixar que nos chamem de mulheres?

— O que importa de que eles lhe chamem? Por que ser mulher é tão ruim assim? Sou uma mulher.

Mas ela sabia que isso *era* bem ruim, pois uma mulher precisava ter um homem para protegê-la de outros homens.

— *Doña* Marina – disse Cortés, vestindo suas roupas e acendendo a vela –, você está tão adorável, minha querida. Eu poderia comê-la. Por enquanto, preciso passar a ordem. Mas volto mais tarde. Espere por mim.

Malintzin segurou o braço dele.

— Você não irá matar a velha, irá? Ou qualquer outra pessoa?

— Uma mulher? É claro que não.

Capítulo 27

Acobertado pela noite, um contingente de aliados indígenas – cempoalas, xocotlanos e tlaxcalas – foi enviado para cercar Cholula, de modo que a cidade sofresse um ataque em duas frentes, interna e externa. As mulheres, e também Francisco, foram levados para a floresta, a leste do local onde tinham ido se esconder as mulheres cholulas. Mesmo em número muito menor, Cortés estava confiante, uma vez que o fator surpresa mudara de lado. E as espadas dos espanhóis eram mais afiadas, e os arcabuzes eram mais poderosos que qualquer lança, as buchas dos mosquetes era o que havia de mais moderno, e suas balestras conseguiam ser mais rápidas que os arcos e as flechas comuns. Além disso, possuíam cavalos. E o simples fogo – que seria ateado naqueles tetos de palha – era a maior arma de todas. Lado a lado, os cavalos se deslocariam galopando em bloco, desnorteando os arqueiros cholulas. Em vez dos longos espadins, pequenas espadas e escudos que deveriam ser usados no limitado espaço do *zócalo*. Uma saraivada de balas, depois de flechas, e de balas, e de flechas, com as lanças. Em seguida as espadas em lutas corpo a corpo.

Malintzin foi orientada a acompanhar as mulheres cholulas e a agir como se concordasse com o que a velha esperava dela. Ela de fato fez isso, mas assim que se viu em meio aos altos pinheiros, com as outras mulheres e as crianças, revelou à velha senhora que era preciso avisar às outras mulheres o que estava para acontecer. Elas poderiam retornar juntas à cidade e deter todos os homens.

— Mãe – disse ela, puxando a senhora para perto de si –, os espanhóis desconfiaram do que ia acontecer. De algum modo souberam que os cholulas decidiram matá-los de manhã. Eles estão cercando a cidade inteira neste instante. Vamos voltar para a cidade e ficar no *zócalo* para que nenhum dos lados possa lutar.

— O quê? O que você está dizendo? Isso não é possível!

— Avise seus homens, apresse-se para que eles se juntem às mulheres e às crianças, assim todos poderão sumir juntos pela floresta. E quando não houver ninguém na cidade pela manhã, não haverá ninguém para os espanhóis atacarem. Então eles irão embora.

— Meu filho é um guerreiro poderoso – replicou a mulher. — O que você está me dizendo não é verdade, como poderia alguém desconfiar das nossas intenções? Ninguém em Cholula é traidor. Ninguém iria contar.

— Senhora, fale com as outras mulheres. O que estou dizendo é verdade.

— Você não está vendo quantas nós somos, uma cidade inteira contra um bando de bárbaros?

— Há também os aliados deles: cempoalas, xocotlanos e tlaxcalas.

— Não importa. Quetzalcoatl está conosco.

Quando Malintzin tentou avisar as jovens *cholulas*, ninguém acreditou que Cholula não conseguisse sair vencedora numa batalha contra os estrangeiros. Isso era impossível de se pensar. Além do mais, Malintzin, na qualidade de um deles (pois não era a mulher do comandante?), estava lhes preparando uma armadilha. Malintzin. Princesa... Elas cuspiram no chão. Era uma mulher fácil, de hábitos fáceis, bonita na aparência mas feia por dentro. Então, um grupo de mulheres moças e fortes, pelo menos dez delas, cercaram Malintzin e a impediram de sair do lugar em que se encontrava. E assim passaram a noite inteira – Malintzin com as mulheres e as crianças de Cholula – ao relento, sob as árvores.

Os pássaros já haviam alçado vôo. Parecia que os poucos animais que ficaram estavam enfiados bem no fundo de suas tocas. Malintzin em geral ouvia o pássaro canoro vermelho e o papa-figo nos platôs e nas cordilheiras, e na montanha ela se habituara a sentir o perfume dos pinheiros. Mas o frio naquela noite era intenso e ventava muito. Os galhos mais altos das árvores oscilavam violentamente para a frente e para trás, sem descanso, e as árvores mais baixas se curvavam e estalavam. Por toda parte era como se um imenso gigante, arrancado de seu sono, estivesse a resmungar e rosnar, e lá no alto um som sibilante dava voltas, como um pássaro perdido em meio ao seu próprio canto. Malintzin se abaixou, cobriu as costas com uma pele de veado e tentou ser sua própria caverna, mas doíam-lhe os pés e as mãos, como se tivessem sido deixados em uma forte correnteza. Seu nariz formigava e os dentes estavam doloridos por causa do frio. E então ela ouviu o *pah, pah, pah* de algum animal se aproximar. *Pah, pah, pah, pah*... Ela não se atrevia a abrir os olhos. *Pah, pah, pah*... Chegou mais perto. Ela ficou tão imóvel que parecia uma árvore caída ou uma pedra. *Pah, pah, pah*... De algum modo aquilo caminhou por entre o círculo das mulheres ao redor dela. *Pah, pah, pah*... Então um focinho chegou bem perto do nariz dela. Malintzin não ousava abrir os olhos. Era um jaguar. Ela não conseguia se mexer, nem gritar ou fazer qualquer coisa que fosse. Aqueles olhos amarelos com uma fina faixa negra eram como os olhos de uma cobra. Ele encostou o focinho no nariz dela de novo, sacudiu os bigodes, cheirou-a e depois, com a cauda erguida, se afastou.

Sua mente desabou como rochas rolando montanha abaixo. Aquilo era um deus. Um jaguar. Era o deus jaguar do mundo inferior. Era um cholula vestido como um nobre jaguar. Era Garra de Jaguar que viera matá-la. Era um sacerdote transformado em animal durante o ritual da busca visual divina. Não, não. Era um jaguar verdadeiro, que a protegeria com o espírito dele.

Ela adormeceu. Na manhã seguinte, viu um grande tapir fuçando a terra em busca de comida e logo ficou espantada por dois *cacomixtles* estarem fitando-a. Os animais pareciam olhá-la de maneira afetuosa, garantindo-lhe que ela não seria ferida. Só podia ser isso. Todas as mulheres e crianças à sua volta ainda dormiam, mas quando ela se pôs de pé elas também começaram a se levantar. No entanto, ainda não tinham acendido a fogueira, nem posto água para ferver ou feito juntas a primeira refeição do dia. Sentavam-se à espera. Passados alguns minutos, começaram a escutar gritos de homens sendo mortos. Malintzin tapou os ouvidos com as mãos e curvou o corpo.

Todas a olharam e começaram a rir, pois estavam confiantes no resultado. Mais ou menos uma hora mais tarde, quando tudo se aquietou, elas juntaram as crianças e se prepararam para retornar à cidade. Malintzin não quis acompanhá-las. Ficou presa em seu lugar. Dentro de pouco tempo, os gritos delas também foram ouvidos. "A culpa é minha", pensou ela, e esforçou-se para se levantar e ir lá ver.

Corpos e pedaços de corpos de cholulas estavam sendo arrastados para se erguer uma pilha funerária. Em trajes de batalha, com pinturas e plumas de guerra, membros arrancados, cabeças decepadas, buracos no peito, eles estavam tão mortos que Malintzin não conseguia imaginá-los de outro modo. Parecia que eles sempre haviam estado mortos ali, mutilados, eviscerados, cobertos de sangue. Por que ela não os viu antes, aquela pilha de cadáveres, quando os espanhóis entraram na cidade sobre seus cavalos? A velha, que desejava ser sua futura sogra, tão faladeira no rio, chegou procurando o filho entre os mortos.

— Onde está ele? – ela gritava. Agarrou a mão de Malintzin. — Onde está o seu noivo?

Alguns espanhóis haviam cortado os pênis e testículos dos cholulas e depois os penduraram, ainda sangrando, em seus cinturões. Outros reuniam orelhas para fazer cordões.

— Onde está meu lindo filho? – lamentava-se a senhora, com o rosto devastado pela tristeza. — Quem aqui o conhecia? Onde está meu filho? O meu guerreiro, a razão da minha vida?

Malintzin, assim como Francisco, correu para vomitar no mato, mas a velha não se dava por vencida.

— Meu filho é um homem valente, um homem forte, vocês o viram?

Então eles avistaram uma pessoa saindo de entre as árvores.

— Jaguar! – exclamou Malintzin.

— Vivo, para lutar mais um dia – disse ele.

— Meu filho, meu filho, onde está ele? – a velha lhe perguntou. — Você viu meu filho?

Trouxeram do interior do palácio uma fila de homens sobreviventes, com os punhos atados atrás das costas. Dois guardas os empurravam para a frente com lanças. O filho daquela mulher estava com o rosto, cheio de cicatrizes, erguido, olhando diretamente para o sol.

— Meu filho, meu filho! – a velha lançou-se aos pés dele mas ele a ignorou.

Os espanhóis ergueram as fogueiras, juntando galhos secos para acendê-las e os depositando embaixo delas. Não havia lenha suficiente para se fazer fogueiras para todos os 50 prisioneiros. Por isso amarraram dez prisioneiros juntos, dispostos em círculo ao redor de cada uma das cinco fogueiras. Nenhum deles tentou escapar, o que Malintzin com certeza teria feito. Parecia ser pequena a distância entre as fogueiras e a floresta. Embora o fugitivo pudesse ser rapidamente abatido por uma flechada, pelo menos lhe era oferecida uma chance, acenava-se com uma morte menos dolorosa do que ser empurrado e incendiado numa fogueira.

— Meu filho, meu filho – a velha continuava chorando.

— Ela precisa ser amordaçada – disse Cortés.

— Se o senhor me permite traduzir – falou Malintizin, avançando na direção dele –, ela diz que o filho é um príncipe, e que é parente de Montezuma. Ela me contou isso. E se ele for morto, Montezuma vai fazer tudo para punir quem o executou.

Cortés riu.

— *Doña* Marina, a senhora está se superando nas suas traduções. O filho dela não é príncipe coisa nenhuma, e mesmo que fosse agora não seria mais. Não cometa o erro, minha querida, de não saber quem são os seus amigos. Não foi você mesma quem veio me avisar?

— Irei te matar – murmurou Malintzin em nahuatl.

— O que você disse, querida?

— Que Quetzalcoatoal não agiria assim.

— Se há alguém aqui que é Quetzalcoatl, sou eu. E já que não sou, Quetzalcoatl é uma história para crianças. Vivemos num mundo cruel e precisamos ser homens. Acendam as fogueiras.

— Acendam as fogueiras! – seguiu o grito pelas fileiras.

Demorou a tarde inteira para que todos fossem completamente queimados. Os espanhóis, os cempoalas, os xocotlanos, os tlaxcalas e todos os escravos, servos e concubinas assistiram. As mulheres cholulas e as crianças tiveram de ficar assistindo. Núñez manteve seu rosto erguido, mas abrigou o de Cuy em seu peito para que ela não visse aquela cena. E disse:

— Lembrar dos acontecimentos é sofrer novamente e também transcender o sofrimento.

Adu fez como Alvarado, que afundou a cabeça no comprido pescoço de seu cavalo, Alonzo, que batia nervosamente as patas no chão. Os lábios do padre Olmedo balbuciavam uma oração. Bernal Díaz, sentado sobre uma pedra, concentrava-se em seu livro. Isla ficou com as mãos cruzadas atrás das costas, com os pés bem afastados um do outro. Tentava parecer estóico, mas seus lábios tremiam e os olhos piscavam. Francisco não era visto em parte alguma.

Naquela noite, durante a reunião no novo quarto de Cortés no palácio, já que o cacique estava entre os cholulas mortos, muitas gente tossia por causa da fumaça densa que ainda pairava sobre a cidade. O cheiro de carne queimada e da palha fumegante sufocava a respiração. Tudo o que sobrou da cidade foram as mulheres, as crianças e os mais idosos. Essas pessoas, enquanto as fogueiras ainda ardiam, foram marcadas a fogo na testa para indicar que haviam sido escravizadas.

— Você ouviu aquele da cicatriz nojenta na cara chamar por "Mexica"? – observou Isla. — Como se o Exército da capital pudesse vir salvá-lo.

— Todos eles eram usurpadores que desafiavam o grande Carlos V, imperador do reino. Eles se rebelaram, agora precisam aprender – disse Cortés exultante.

— Fica difícil aprender quando se está morto – comentou Núñez.

— Você não é cristão – replicou Isla. —Você não consegue compreender.

— Ele é cristão sim – interveio Botello. — É um legítimo convertido. Eu não sou cristão, mas perguntei a Francisco, que é o mais cristão entre nós todos, se ele compreendia, e ele não compreende.

— Francisco é um imbecil – falou Cortés.

— Agradeço-lhe do fundo do meu coração, *señor* – disse Francisco, avançando alguns passos e detendo-se com tranqüilidade. — Anseio pela imbecilidade e procuro de todas as formas superar o desdém daqueles que possuem um intelecto superior. Esse pecado é duas vezes mais grave, pois o pecador sabe mais coisas. Não permito que o trabalho da mente me distancie de qualquer homem ou criatura. Detesto essa idéia.

— Você é detestável, Francisco. É tão gordo que nem pode se mexer, e tão covarde que supera até Alvarado. Você é guloso e abominável. Que bem você já fez a alguém? Você sente pena de selvagens que matam sua própria gente em sacrifícios? Você, irmão, beijaria seu próprio assassino? Que vergonha, Francisco.

— Dessa forma, *señor* Cortés, como o mais humilde dos humildes, como são todos a quem admiro, a começar por Cristo, nosso Salvador, ainda não compreendo a necessidade de matar cada vez mais pessoas.

— Meu filho, meu filho – chegava até eles a voz da velha, que ainda vagava pelas ruas chamando pelo filho.

— Ela irá nos aterrorizar – disse Isla. — A menos que a silenciemos.

— Alguém retire aquela velha bruxa das ruas – ordenou Cortés a Bernal Díaz, que ficou feliz em poder escusar-se. — Afogue-a no rio.

— Senhor capitão, comandante, sou um escritor.

— Bernal Díaz, suas mãos estão tão sujas quanto as de qualquer um. Faça o que lhe ordeno. Iremos partir amanhã deste lugar esquecido por Deus, compreende? *Mañana nos vamos de este sítio del demonio.* Você está aqui, agora, e não nas páginas de um livro.

A partida deles de Cholula, entretanto, foi protelada por alguns dias. Primeiro caiu uma tempestade tão violenta que os céus se partiram e os raios desabaram. As gotas da chuva eram tão pesadas que feriam a terra. Todas as flores que desabrochavam perderam as pétalas durante a noite e suas hastes ficaram esmagadas sobre o chão. O barro das paredes das casas se dissolveu e correu pelas ruas, misturando-se ao sangue, às folhas espalhadas e ao lixo. As famílias tentaram resgatar seus mortos do meio da pilha e das fogueiras, mas a tempestade era muito forte.

— Tlaloc está furioso – disse Garra de Jaguar a Cuy e Malintzin.

No terceiro dia a chuva parou e o sol saiu com tamanha força que permanecer do lado de fora era pedir para ser derrubado por ele.

— Os muitos guerreiros mortos subiram para o céu e foram se juntar ao sol – disse Garra de Jaguar. — É por isso que ele está brilhando tanto. Este local logo se tornará um deserto.

Mas durante a tarde, apesar do risco, Francisco saiu para um passeio. Estava com seus sapatos novos, o que lhe permitia caminhar melhor. Sentia-se cheio de uma força incomum e continuou andando. Naquela noite, ele se deitou sob as estrelas, sentiu a companhia delas e não teve frio. Na manhã seguinte, dirigiu-se até um pequeno platô, bem distante da cidade. Estava retornando ao litoral, afastando-se das montanhas. Bem longe da cidade, já na planície, ele chegou a um vasto e infindável deserto. Estava com muita sede. Deitou-se para passar a noite. De manhã, despiu-se, tirou as sandálias novas e até mesmo a grande cruz de madeira que pendia no pescoço dele por uma corda. Sentia-se como são Francisco quando saiu de casa totalmente nu, sem nada sobre o corpo. Fazia muito calor. Francisco cambaleava devagar, com os braços estendidos, a areia quente machucando-lhe os pés. Depois de alguns instantes, ele não podia mais se manter ereto. Mas conseguia enxergar muito bem. Então se arrastou, deixando que o sol lhe açoitasse as costas até ficar da cor do sangue. A boca espumava, e o que restara em seu estômago veio para fora como uma amarga bile aquosa. Ele cantou uma música, uma última canção que compôs para celebrar o lindo mundo de Deus. Chamava-se "Ode ao cacto".

Parte IV

Ode ao cacto

Cacto con hojas de hule, bordeadas por los dos lados de filas de dientes afilados, yo te quiero.

Cacto com folhas de borracha, margeadas de ambos os lados por fileiras de dentes afiados, eu te amo.

Cacto con ramitas de largas y delgadas hojas, suave pelucita que protege la piel, como filas grandes de montañas de hormigas cruzando el terreno arenoso, tu eres mi inspiración. Pequeños cactos saliendo de la arena gateando, avanzando poco a poco, dáme tu valor.

Cacto com pequenos ramos de folhas largas e delgadas, suave pelugem que protege a tua pele como grandes fileiras de montanhas de formigas que cruzam um terreno arenoso, tu és a minha inspiração. Pequeno cacto, que sai engatinhando da areia, avançando pouco a pouco, dá-me tua coragem.

Cacto, como una almohadita cubierta de botones verdes con espinas suaves y amarillas entrelazadas, espinas que parecen una malla de encajes, amplias, como una hoja larga de agave que sirve de cojin cerca del corazón.

Cacto, como uma pequenina almofada coberta de botões verdes com espinhos entrelaçados, suaves e amarelos, espinhos que parecem uma rede de encaixes, grandes como uma folha larga de agave que serve de coxim perto do coração.

Asientos ásperos con verrugas verdes y espinas suaves y amarillas entrelazadas, espinas que parecen una malla de encajes, amplias como una hoje larga de agave que sirve de cojín cerca del corazón.

Assentos ásperos com verrugas verdes e espinhos entrelaçados, suaves e amarelos, espinhos que se parecem com uma rede de encaixes, grandes como uma folha larga de agave que serve de coxim perto do coração.

Cacto de rojo profundo, sanguinolento, cacto que se extende como chales del musgo, alfombra de cacto, cacto de cacto, ángeles, denme serenidad, cúrenme al corazón.

Cacto de um vermelho profundo, cacto que se estende como xales de musgo, tapete de cacto, cacto de cacto, anjos, dêem-me serenidade, curem meu coração.

Cacto déjame mirarte, déjame morir mirando a ti.

Cacto, deixe-me olhar-te, deixe-me morrer olhando para ti.

Dios te ha hecho con todo tu eplendor y toda tu gloria.

Deus te fez com todo teu esplendor e tua glória.

Amen.

Capítulo 28

Quando Malintzin viu neve pela primeira vez e a provou e a sentiu na cabeça e nos ombros, foi como se estivesse mergulhando no peito de uma gaivota gigantesca ou tivesse ficado presa às barbas brancas de algum deus forasteiro. A neve estava em cima, ao redor, empilhava-se no chão. Não conseguia respirar, a neve entrava-lhe pelo nariz. Era tão fria que causava formigamento. Olhou para cima: os flocos caíam, chocavam-se, entrelaçavam-se, lançados fora de uma tigela grande como o céu, fragmentando-se na queda. O céu era uma tigela cheia de flocos picadinhos de algodão, aveludados, como plumas brancas.

— Calma, calma, calma... — disse Alvarado para seu cavalo.

A neve caía sobre o cabelo de Malintzin e o enrijecia. Ela pôs a língua para fora. Comprimiu sua sandália no chão e formou uma pegada: os calcanhares ardiam com o frio. Ela riu e as lágrimas congelaram sobre seu rosto. Alguns espanhóis rolavam pela neve. Outros se deitavam e agitavam os braços. Os cavalos começaram a relinchar alegremente. Mas não havia muito espaço para as movimentações, pois os espanhóis e todos os aliados deles se encontravam em meio a uma subida muito íngreme, aglomerados na passagem entre dois vulcões, o Ixtaccíhuatl e o Popocatépetl, que desafiavam a neve e lançavam uma fumaça ardente. O vale dos mexicas se estendia por alguma parte abaixo deles. A jornada estava quase chegando ao fim.

Malintzin, apesar do frio, sentia-se aquecida. Sua cabeça parecia se expandir com o esforço para compreender a neve. Era algo completamente alheio a todas as suas experiências anteriores. "Querido Francisco," pensou ela, "por favor me perdoe, mas adoro a neve. Ela me deixa feliz." Desejou que ele tivesse vivido por mais algumas semanas para poder assistir àquilo. "Ver a neve teria feito você viver mais, Francisco. A gente precisa viver muito para poder ver tudo. Sem você, Francisco, a quem irei contar sobre a neve?" Ela acreditava que ele se arrastara até algum local escondido para ali morrer como um animal ansiando por solidão e paz em seus instantes derradeiros. Francisco fora sua única testemunha, e ao que parecia, a única pessoa que a conhecera de verdade. Os sofrimentos dela, seus esparsos momentos de felicidade, seus revezes e pequenos triunfos, tudo isso agora passaria despercebido. Jamais Bernal Díaz, o historiador oficial, iria registrar a vida *dela*. Sua amiga Cuy, quando passou a se dedicar a Núñez, voltou as costas para ela e para a amizade que mantinham desde meninas. Cortés não era seu amigo. Ela não tinha ninguém. Certa vez, Francisco lhe disse que as pessoas podiam, ao morrerem, ver o mundo de lá do céu, porém Malintzin não acreditava nisso, como também não acreditava que os guerreiros fossem viver no sol junto de Huitzilopochtli. Viver fazia parte do mundo superior, morrer, do mundo inferior. Mesmo o pensamento de que Quetzalcoatl ainda estava de algum modo circulando e que possivelmente vivia num vaporoso reino do céu, visitando a Terra em épocas predeterminadas, era mais uma esperança acalentada do que uma crença verdadeira.

— A neve! – berrou Adu, lançando uma bola em sua direção. — Pegue!

Malintzin pegou a bola congelada e a lançou de volta, mas ela se desmanchou. Adu fez outra. Ela então modelou uma mulher na neve, com a cabeça branca, a barriga branca, dois seios brancos e olhos negros feitos de carvão. Como cabelo, ela enfiou varetas, e o nariz foi feito com uma pedra. A boca era uma fileira de sementes. Ela e Adu chamaram a boneca de *señorita* Payaso, senhorita Palhaço. Por estar nua, Botello a chamou de *señora* Desnuda. Malintzin queria fazer-lhe um vestido, porém não tiveram tempo.

— Avante!

— Avante!

Colocando as patas com extrema cautela na neve, os cavalos da expedição começaram a descida sinuosa pelas montanhas. Um lugar plano aqui, um outro à direita, mais abaixo um parapeito, uma rocha firme. As mulheres se deram as mãos e desciam em fila.

— Atenção, alto!

— Alto!

Ainda havia um longo caminho a ser percorrido montanha abaixo. Mas a névoa que pairava abaixo, sobre o vale, foi se desfazendo. Todos puderam ver o anel de montanhas cercando o solo plano do vale, onde havia um lago, e neste uma ilha, e nesta uma cidade. Bernal Díaz ficou tão emocionado com o que viu que no mesmo instante redigiu algumas notas.

9 de noviembre de 1519
Tenochtitlán, Mexica.

Jamais estive diante de uma concepção de tal grandiosidade, transformada em obra de veracidade tão impressionante. Uma metrópole magnífica, sobre uma ilha encantada, no centro de um lindíssimo lago espalha-se diante de nós e brilha ao sol como uma esteira de jóias.

Aqueles que já sonharam alguma vez com a Atlântida não poderiam invocar visão mais esplêndida.

A cidade é ligada à terra por três altas passarelas de pedra.

Os espaços entre elas são conectados por pontes levadiças de madeira artisticamente lavrada.

Engenhosos aquedutos de pedra acompanham as passarelas.

O sol ilumina tudo e um brilho emana da cidade como se fosse o olho do mundo.

As grandes pirâmides de pedra são pintadas com cores ofuscantes.

Bernal Díaz estava diante de um enigma: ele não conseguia compreender como algo tão maravilhoso como aquela cidade pudesse existir sem os europeus, ou seja, como aquilo podia acontecer sem que ao menos os europeus tivessem conhecimento, como pudera existir por tanto tempo sem que eles soubessem? Ou talvez simplesmente não tivesse existido até aquele instante. Não seria o ato de descobrir que tornava as coisas reais, e o próprio olho um instrumento de quem evoca? O fato de uma cidade de tal sofisticação ter brotado no outro lado do mundo sem a percepção dos homens brancos civilizados estava além da compreensão deles. Todas aquelas pessoas tinham se ocupado com suas atividades, que eram belas, sem que o conhecessem, a ele Bernal Díaz, e sem que contassem com o benefício de Cristo. Nada sabiam sobre cavalos, canhões, turcos ou sobre o rei Carlos. No entanto, pareciam ter se arranjado muitíssimo bem. Era impressionante.

Enquanto os espanhóis e seus aliados desciam até o vale e começavam a atravessar uma daquelas três passarelas, mulheres e crianças começaram a sair aos montes para fora das residências, as ruas começaram a ficar apinhadas de administradores, funcionários, estudantes, agricultores, soldados, limpadores de rua, mendigos e prostitutas. No próprio lago e nos diversos canais que dali convergiam para a cidade propriamente dita, pescadores e trabalhadores remavam, aproximando-se para ver os recém-chegados. Os cidadãos de Tenochtitlán olhavam fixamente e com grande curiosidade para os cavalos com seus cascos ferrados, suas bridas e suas selas, e que para aquela ocasião ainda traziam faixas com sinos pendurados. Também observavam os enormes cães que os homens puxavam por correntes, os soldados, com suas armaduras metálicas, portando lanças e piquetes, flechas penduradas nas costas, pequenos arcos presos aos ombros, todos levando espadas que pendiam embainhadas à esquerda dos quadris, os arcabuzes, tão difíceis de se manejar, os canhões, os falcões, além dos carregadores e dos guardas tlaxcalas, xocotlanos e cempoalas, seguidos pelo pequeno exército de mulheres.

No meio da passarela, os estrangeiros foram recebidos por uma procissão imperial asteca conduzida por batedores de tambor vestidos com *maxtlatl* de tecido branco feito de algodão. O ritmo da marcha era lento e firme. Os tambores eram seguidos por filas de homens importantes, com longos *tilmatli* amarrados ao ombro direito, soprando búzios. Depois vinham duas perfeitas linhas de homens segurando galhos de árvores para varrerem a rua. Por fim, no meio de um grupo de homens armados, surgiu uma liteira, com toldo e cortina, transportada sobre duas espessas vigas e adornada com turquesas e madrepérolas. Quando a liteira foi baixada sobre a estrada que ia de Iztapalapa a Mexica, os tambores começaram a tocar mais forte e mais depressa. Cortés saltou do cavalo. Uma esteira de penas foi estendida ao lado da liteira. O povo asteca, aglomerado nas laterais, descalçou os sapatos rapidamente e se pôs a olhar para o chão. Os tambores se calaram. O imperador desceu. Cortés se apressou na direção dele, pronto para lhe dar um grande abraço. Um sobressalto percorreu a multidão. Cortés se viu empurrado para trás pelos guardas. Aquele forasteiro pretendia tomar a liberdade de tocar no grande Montezuma? Além do mais, o bárbaro não descalçara os sapatos em sinal de respeito e ainda se atrevera a olhar Montezuma diretamente nos olhos.

Malintzin então lhe passou as instruções:

— Cortés, fique mais atrás, olhe para baixo, tire os sapatos. Não toque nele, nunca toque no imperador, não olhe para ele nos olhos.

Bernal Díaz pôde constatar que Montezuma era um nobre assim que o viu, isso estava evidente em todos os detalhes.

> *Mais alto que Cortés, mais velho, talvez com 40 anos de idade, uma elegante musculatura, espantosamente belo, é um homem sem o menor defeito. Usa sandálias de couro de jaguar, a parte de trás cobrindo os calcanhares, com cordões de ouro amarrados em volta dos tornozelos e solas incrustadas de jade. Com uma grande capa de plumas finamente trabalhada, parecia um pássaro exótico prestes a alçar vôo. Lábios finos, cor de púrpura, olhos profundos entre pômulos bem salientes, testa plana e larga, o imperador indígena usa mais jóias no pescoço e nas orelhas do que qualquer potentado europeu.*

Bernal Díaz, apesar de jamais ter estado na presença de algum personagem da realeza européia, achou que o pino que perfurava o lábio de Montezuma parecia ser de esmeralda verdadeira. Na cabeça do imperador havia uma guirlanda feita com as raras plumas do quetzal, tão verdes quanto uma esmeralda. Ele segurava um bastão de plumas arrumadas de modo que se pareciam flores.

Aguilar não conseguia evitar a comparação entre o imperador asteca e um faraó egípcio do Velho Testamento, pois Montezuma também vestia uma túnica branca, suas esguias pernas morenas eram queimadas de sol, e ao redor dos bíceps ele usava braceletes de ouro bem apertados, com a forma de serpentes enroscadas. Na verdade, com aquela arquitetura de pirâmides, sua pompa tropical e a absoluta reverência comandada pelo monarca, a comparação entre egípcios e astecas não parecia infundada. O imperador era orgulhoso, altivo, com um ar cruel. Entretanto, Adu, que por sua longa experiência como escravo era muito sensível a sutilezas e estados de humor, achou que aquele rei-sacerdote tinha um olhar trágico. Os olhos de Montezuma guardavam certa tristeza. Sua postura, embora firme e direta, revelava medo. Se Francisco estivesse lá, haveria de sentir simpatia por aquele homem. Botello viu a morte no rosto do imperador. Malintzin manteve a cabeça abaixada, como era apropriado, e não tirou os olhos de seus pés descalços. Seu *huipilli* era simples, sem graça, de fibra rústica de agave. O cabelo estava enrolado e apertado junto à cabeça, comprimido por dois discos de prata fina. Ela mantinha os braços e as mãos modestamente escondidos atrás das costas. Para saudar o imperador, empregou o seu mais formal nahuatl, repleto de exagerados tratamentos honoríficos, chamando-o de governador do mundo, de deus encarnado. Malintzin encerrou com a seguinte frase:

— Sou a humilde tradutora, se vós me permitis tal privilégio.

— Uma mulher? – a voz de Montezuma era profunda e tão branda que ela precisou se esticar para conseguir ouvi-lo.

— Grande Montezuma, rei beija-flor do oeste, senhor de Tenochtitlán, sou uma simples mulher, sim, e me atrevo a falar porque não sou uma pessoa comum, sou filha de um nobre, já tristemente falecido, que vos prestava serviço nas regiões a leste e ao sul daqui, em Tabasco. Imploro vossa indulgência, permitindo minha presença em vossa companhia. Se me tolerardes, traduzirei vossas veneráveis palavras da nobre língua nahuatl para o idioma dos visitantes.

Montezuma cruzou os braços sobre o peito.

— Diga a Quetzalcoatl que mantive este reino pronto para ele.

— O que ele disse? – Cortés reconhecera a palavra "Quetzalcoatl".

— O grande Montezuma se dirige a você como Quetzalcoatl, Cortés.

— Isso quer dizer que ele acredita que eu sou Quetzalcoatl?

— Não sei.

Ela também se chocara com aquele tratamento. Qualquer um poderia ver que Cortés não era um deus. As rugas do pescoço dele estavam emplastradas de sujeira. Um pêlo solitário brotava do nariz. Entre os dentes era possível ver restos de carne de coelho e vestígios de uma tortilha mal mastigada. Ele cheirava mal. E como um deus, não deveria ele conhecer a língua dos súditos?

Cortés, é claro, estava exultante com a pomposa recepção que lhe fazia o imperador. Apesar de todo seu entusiasmo pelo imperador de Habsburgo e rei da Espanha, Carlos, e a despeito de sua própria e inconsistente reivindicação de nobreza, jamais se vira ele em companhia de alguém com aquela estatura social, a menos que se pudesse chamar o governador de Cuba de importante, o que ele absolutamente não era. E essa pessoa – um rei, o senhor do reino, governador de milhares de pessoas, imperador de 28 cidades-estado e cuja influência geográfica ainda deveria ser mapeada, indo de norte a sul e de leste a oeste, um homem mais rico do que Midas – reconhecia que ele, Hernán Cortés, era mais do que um joão-ninguém da província, mais do que um fracassado estudante de leis ou um simples notário de uma pequena ilha. Sem estudo ou posição, ele não só havia sido reconhecido como um general de grande capacidade e inteligência como fora colocado no panteão dos deuses-heróis. Ele gostou muito de Montezuma.

Bernal Díaz contou 78 edifícios, observou os pátios imensos ao ar livre, passagens, câmaras de assembléias, celeiros, armazéns, escolas de artesanato, monastérios e santuários. Na pirâmide mais alta havia dois templos, um dedicado a Huitzilopochtli, o deus padroeiro dos astecas, deus da guerra e das colheitas, e outro a Tlaloc, o deus da chuva.

Com as devidas honras, Quetzalcoatl-Cortés e seus oficiais foram imediatamente escoltados até o palácio de Montezuma, onde, sentados no chão com as pernas cruzadas, foram regalados com discursos de boas-vindas pronunciados com todo respeito por diversos dignitários. Em seguida, foram entretidos por dançarinas, músicos, acrobatas capazes de equilibrar, deitados, toras de madeira sobre as pernas, e bufões corcundas que lembravam os anões das cortes que, segundo se dizia, os reis europeus gostavam de manter perto de si. Guerreiros com peles e cabeças de jaguar, portando bordões e escudos, conduziam um desfile de soldados já aposentados, e jovens guerreiros com cabeças de águia investiam abruptamente com os tornozelos cheios de garras, seus cocares faziam com que parecessem águias gigantescas. Cheirando a carnificina, com o cabelo raspado dos lados e no meio deixado longo e sem escovar, emplastrado de sangue coagulado e lama, os sacerdotes astecas formavam um desfile ilustre. Alguns dos membros daquele grupo horripilante vestiam roupas confeccionadas com pele de vítimas humanas que haviam sido esfoladas, e suas unhas eram tão compridas que se curvavam, tal como a unha cor-de-rosa de Isla. Alvarado estava particularmente apavorado.

Depois dos discursos e dos desfiles, um luxuoso jantar foi servido na sala de refeições do imperador, em mesas baixas diante das quais os oficiais tinham de se sentar no chão com as pernas cruzadas. O cardápio incluía *tamales*, cuja consistência era tão fina que se dissolviam na boca como manteiga batida, *mixiotes*, carne cozida em saquinhos feitos de folha de agave, abacates amassados e misturados com pimentas-vermelhas e verdes, peru assado, faisão, perdizes, codornas, uma variedade de patos, carne de veado cortada em fatias grossas amaciadas com um molho de chocolate delicioso, peixe branco marinado em suco de limão, pargo-vermelho servido com molho de tomate, goiabas, tamarindos, salsaparrilha, várias espécies de abóbora, cozido de milho e ameixas frescas. Satisfeitos com aquela comida excelente, todos puderam facilitar a digestão com jarras de chocolate espumante trazidas por lindas virgens. Montezuma comeu na mesma sala, porém não junto deles; em vez disso, segundo o costume, fez sua refeição atrás de uma cortina dourada.

Depois do banquete, perguntaram a Cortés e aos oficiais se eles queriam usar os banhos públicos, o que polidamente eles declinaram, já que banhos em excesso podiam causar febre, e então foram conduzidos aos seus aposentos num palácio das proximidades, que outrora pertencera ao imperador Axayácatl, o falecido pai de Montezuma. Os soldados comuns, os servos, o vasto grupo de mulheres, os carregadores e guerreiros de Cempoala, Xocotlan e Tlaxcala ficaram hospedados em modestas cabanas com teto de palha por toda a cidade. Os oficiais que desejavam a companhia de alguma de suas amantes precisaram procurar pelas quatro divisões cuidadosamente separadas que formavam um X em torno do centro da cidade.

— Cuy? Onde está você, Cuy?

— Estou aqui — gritou ela.

Núñez trouxera-lhe um pouco de comida do banquete. Como escrava, ela só tinha direito a feijão e tortilha, e dessa forma pôde saborear os pedaços de carne macia e bem temperada. Mas estava muito cansada para caminhar até onde Núñez estava hospedado. Não conseguia nem mesmo conversar. Logo depois de comer ela mergulhou num sono profundo, com Núñez deitado a seu lado. O sono dele, entretanto, foi perturbado por sonhos confusos e inacabados. Ele, com os outros oficiais, sem estarem informados dos planos de Cortés, tinham chegado a Tenochtitlán após uma viagem cheia de paradas e recomeços, tendo durante todo tempo a sensação de que estavam perdidos. Desde março que estavam em terras mexicas. Estavam agora em novembro. Ao longo da expedição, os soldados conseguiram o apoio de centenas de guerreiros indígenas. Dos 16 cavalos originais, ainda restavam 14. As armas estavam em excelente condição, as caixas de pólvora, cheias, pois dois homens haviam se debruçado à beira de um dos vulcões para escavar enxofre para completar o suprimento. Mesmo assim, o número do grupo estava no mínimo dez vezes maior. Seria aquela uma guerra total? Haveria diplomacia e negociação, uma conquista pacífica e sem derramamento de sangue? O imperador tratara Cortés com nobreza, ao que parecia. Estaria simplesmente exagerando a cortesia exigida pela tradição, ou todo aquele palavrório mascarava intenções menos hospitaleiras?

Malintzin também não conseguia entender. Como tradutora oficial, tinham-lhe concedido permissão para participar do banquete comemorativo. A voz de Montezuma mal podia ser ouvida por detrás da cortina diante dele, porém teria sido grosseiro da parte dela pedir que ele alteasse a voz, por isso ela chegou mais perto, colando o ouvido ao papel de casca de árvore adornado com folhas de ouro. A primeira coisa que Montezuma lhe pediu foi que descrevesse em detalhes Quetzalcoatl-Cortés, enumerando-lhe todas as qualidades dele. Ela teve a tentação de prevenir Montezuma e ficou se perguntando se não ocorria a ele que o Quetzalcoatl verdadeiro era de aparência reservada e humilde, enquanto Cortés era barulhento e arrogante. Mas ela se conteve, pensando no painel com os crânios sob os degraus do templo, com guirlandas feitas de cabeças humanas, como enfeites de festividades, em vários estágios de decomposição, alguns crânios limpos, outros com a carne e o cabelo ainda presos a eles. Vários eram de mulheres. Se Montezuma de fato acreditava que Cortés era Quetzalcoatl encarnado, ela seria condenada por blasfêmia. Mas se não acreditasse, ela poderia ser punida com os demais como traidora, culpada por blasfêmia e por conspirar a favor de uma insurreição. Parecia não ser possível haver uma discussão sincera.

O nahuatl, entretanto, era uma língua metafórica, em que uma palavra podia significar várias outras ou até mesmo o seu oposto. Os equívocos eram bastante comuns, pois cada palavra do nahuatl falado na corte detinha a possibilidade da ironia e até mesmo da falsidade. Da mesma forma, os atos da nobreza de alta cultura convidavam a diversas interpretações. Seria possível, refletiu ela, que aquela grande demonstração de dançarinos fantasiados, de trombetas feitas de conchas, de flautas vibrantes, das repetidas batidas dos tambores e especialmente a exibição dos guerreiros e sacerdotes a acolherem a entrada da expedição de Cortés na cidade fosse mais uma demonstração de poder do que uma recepção sincera? Aquilo poderia ter sido interpretado como uma zombaria pelos que conheciam melhor os mexicas. O imperador, cercado como era por homens sábios, conselheiros, escribas e sacerdotes, não poderia acreditar que Cortés fosse o deus Quetzalcoatl. Do contrário, ou a sabedoria dele se extinguira ou ele estaria em algum transe causado pela papoula.

Malintzin ouvira, muito tempo atrás, boatos de que Montezuma II, apesar de sua engenhosa conduta nas guerras, da meticulosa promulgação dos tributos e das severas exigências de submissão, era sujeito a lapsos de discernimento, perseguido por pensamentos posteriores e cheio de fraquezas incomuns. Por exemplo: dizia-se que ele era impotente e que seus "filhos" não eram dele mesmo, e que às vezes ele era inseguro nas avaliações, inclinado a ver maus presságios nos eventos mais díspares. Insinuava-se até que ele costumava se equivocar em seus julgamentos. Às vezes, havia notícias acerca da existência de descontentes não só entre os estados que pagavam tributos, mas entre os próprios habitantes de Tenochtitlán. Tal situação não era impossível, pois afirmava-se que a antiga cidade de Teotihuacán, local da grande Pirâmide do Sol, da Pirâmide da Lua e da Avenida dos Mortos, convertidas depois em montanhas de mato, fora incendiada e destruída por sua própria população.

Por causa de todas essas considerações, as descrições feitas ao imperador por Malintzin sobre os espanhóis foram circunspectas, circunstanciais e dolorosamente conscientes, retratando Cortés e seus oficiais como não sendo nem deuses nem homens. Eram como ele os estava vendo, insinuou ela, deixando que o imperador, já que era tão astuto e inteligente, chegasse às suas próprias conclusões. Com certeza as opiniões de uma simples mulher não poderiam competir com as de um imperador.

Ela conseguiu se comportar com uma segurança digna, a despeito de toda a estranheza e confusão que a perturbava. Seriam aqueles atos de cortesia, toda aquela pompa e circunstância, além da excessiva polidez, um mero prelúdio? Mas prelúdio de quê? O fato era que a marcha para o interior havia se encerrado. Os conquistadores tinham atravessado a passarela e chegado à ilha. Depois da longa e monótona jornada, da grande expectativa de estarem se dirigindo a Tenochtitlán, o coração do país, eles agora estavam lá, na cidade dourada. O que aconteceria depois? Se por um lado Malintzin achava que as demonstrações de cortesia poderiam continuar por algum tempo, ela sabia que cedo ou tarde haveria conflito. Será que Cortés iria se apropriar de Tenochtitlán e de todo o império de Montezuma, ou os espanhóis iriam ficar se balançando alegremente nas redes pelo resto de seus dias? Haveria um banho de sangue ou um banho de vapores? Cortés, é evidente, mostrava-se encantador, amável, mas no fundo era mortífero. A natureza de Montezuma era um enigma.

Malintzin fazia parte do grupo de Cortés, isto era certo, mas sua ligação com ele estava desgastada e enfraquecida. Ela não podia mais dizer que Cortés era um homem, e por isso mesmo imoral, e que os erros dele eram conseqüência do nascimento e dos costumes. Se isso fosse verdade, gente como Francisco, Núñez, Botello ou mesmo Adu não poderia existir. Aguilar não era cruel por natureza. Puertocarrero era apenas um bêbado. E o pai dela, também, enquanto servira fielmente ao império, ao menos não tinha inventado o sacrifício. O fato de Montezuma e os membros da elite governante asteca – o seleto grupo dos nobres – serem igualmente cruéis não diminuía a culpabilidade dos espanhóis, tampouco podia servir como desculpa para as inclinações e fracassos dela própria. O fato de ela ser sozinha, uma mulher sem a companhia de um homem forte, uma pessoa sem aliados, uma simples escrava submissa aos caprichos de um senhor – nada disso bastava como desculpa para uma cumplicidade silenciosa. A fim de pensar com clareza, ela precisava separar o homem terno que a paparicava de noite daquele que enforcara um homem inofensivo ao entardecer, decepara 20 mãos de madrugada e assassinara uma cidade inteira pela manhã. As mãos de Cortés sobre a pele dela traziam-lhe visões de mãos decepadas, que em seus sonhos se arrastavam como caranguejos, molestando-a e torturando-a.

Aquela noite ela se deitou na esteira, numa pequena cabana perto do Grande Teocalli, o Templo Mayor, e se preparou para dormir. Uma sombra se formou à sua porta.

— O que você quer aqui?

— É assim que você fala com o seu predileto? – perguntou Isla.

Malintzin não lhe concedeu nem um olhar.

— Cortés está querendo você.

— Estou dormindo.

O soldado se manteve de pé, com a espada desembainhada, em frente ao corpo deitado dela.

— Você se atreve? Escrava fugida, traidora pagã, puta – ele se abaixou, agarrou-a pelo braço, puxou-a para cima e cuspiu-lhe no rosto. — Você faz o que eu digo, bandida!

Malintzin vestiu a capa, virando-se de forma que esta formou uma onda à sua volta e deu uma bofetada na cara de enguia de Isla. Ela caminhou furiosa pela cidade adormecida, deu a volta pelo palácio de Montezuma I, o Grande Templo, e prosseguiu como uma criança malcriada até o palácio de Axayácatl, que fora do pai de Montezuma. Tochas estavam fixadas em nichos ao longo dos muros. Eles entraram no palácio, subiram uma escada e caminharam por um corredor ao ar livre que margeava um pátio central. E ali, num quarto, estava ele, o deus deitado de costas, com sua esteira colocada em cima de uma prateleira numa das paredes do quarto, a armadura no chão, suas pernas descobertas. Estava com uma pequena jarra de pulque ao lado e algumas folhas de tabaco cortadas num pequeno prato, prontas para serem colocadas no cachimbo. Também havia suas velas, uma prateleira cheia de objetos variados e sua famosa cadeira. Ao ver Malintzin ele abriu os braços.

— *Doña* Marina, meu amor. Isla, pode ir agora.

— Estou menstruada – mentiu ela, enquanto ele a puxava para seu peito.

— Não faz mal.

— Meu estômago está doendo.

— Deixe-me beijá-lo.

— Não prefere que eu chame outra pessoa?

— Ora, ora, *doña* Marina, não banque a cachorrinha tola. Quando você era só uma pequena escrava da cozinha, alguma vez pôde sonhar em ser recebida assim, olhar, falar, estar tão perto a ponto de poder tocar no grande Montezuma? Você reparou em todo aquele ouro em volta do pescoço dele? Eu só quero saber onde ficam as minas. Essa é a chave. *Ésta es la llave*. Talvez, minha querida, numa pequena conversa com ele... Ele parece ter lhe aceitado. Ele gostou de você. Vem cá. Você está chorando, minha menina, o que foi?

— Francisco.

— Eu não mandei Francisco se afastar do acampamento, sair e se expor à morte, cozinhar até morrer, torrar até morrer, seja lá como tenha acontecido. Talvez algum animal tenha comido aquela carne polpuda dele ou algum cholula o tenha pego pelas costas.

— Você matou todos eles.

— Foram os cholulas que começaram, minha cara. Na verdade, foi você que nos avisou. Não se esqueça. Você não pode seguir nas duas direções, ou está conosco ou contra nós, a meu favor ou contra mim.

Cortés suspirou e se manteve sentado, apoiando as costas na parede. Ele odiava demonstrações de tristeza, de falta de força, e se por um lado as emoções das mulheres eram louváveis nas canções, ele não estava querendo um encontro desagradável naquela noite histórica. Eles estavam em Tenochtitlán. Ela deveria estar entusiasmada. O que antes ele louvara em *doña* Marina era a capacidade de se aventurar, de se ajustar às novas situações, de agir sem pensar em lealdades deslocadas, afetos, lembranças sentimentais. Não fora

Lot que, apesar de ter sido avisado para não fazê-lo, olhara para trás e por isso sua mulher se transformara numa estátua de sal? Ou foi sua mulher que olhou para trás? Seja como for, ali havia uma lição.

— Esse choro não adiantará, Malintzin. Não fica nada bem e pode lançar sérias dúvidas sobre o nosso empreendimento. Você irá descobrir que, longe de atrair simpatia, as pessoas se ressentem de sua autopiedade. Além do mais, precisamos parecer unânimes em todos os nossos atos. Cuidado com a melancolia, com a bile negra, com as fases da Lua. *Melancolia, bilis negra, las fases de la Luna*. Podemos pedir a Botello para sangrar você, vai se sentir melhor.

— Não quero ser sangrada.

Ela havia observado a versão espanhola da medicina. Diante da menor tosse, uma veia era cortada. Uma dor de dente merecia uma extração sem o benefício da aplicação de compressas contra a dor. Uma ferida precipitava a amputação, quando a colocação de ungüentos e plantas medicinais teriam proporcionado uma cura adequada.

— Você não quer que lhe sangrem? Que vergonha. Vocês se sangram em homenagem aos deuses. Qual deles em especial exige o sangue? São todos viciados, pelo que sei. Tezcatpocapoac? É ele o mais sedento por sangue? Pronunciei certo o nome?

— Tezcatlipoca.

— Também não é ele que exige que se lance alguém no fogo e depois lhe arranquem o coração?

— Esse é Xihutechuhtili, o deus do fogo.

— Desculpe-me. E aquele para quem se jogam os bebês aos gritos?

— Tlaloc, para que caia chuva.

— Sim, sim, por favor, desculpe-me. Ele fica em cima da pirâmide, perto do grande pai Huitzilopochtli, o deus da guerra, o grande deus chefe, patrono dos astecas. Não foi ele que matou 400 irmãos e esquartejou a irmã enquanto ela dava de mamar a seu bebê? E, me refresque a memória: quem é o deus esfolador?

— Xipe Totec.

— Sim, o bom e velho Xipe Totec, que é celebrado com um combate entre gladiadores, só que não com justiça, pois o cativo é amarrado pelo tornozelo a um disco de pedra e tem que lutar contra três guerreiros ao mesmo tempo.

Ela não quis lhe dizer que também achava terríveis os deuses do povo dela. Malintzin não contaria a ele sobre a mulher da cidade dela que encontrara a morte na floresta com seu bebê, para não vê-lo sacrificado, ou que lindas virgens corriam o risco de serem sacrificadas, ou que o pai dela, que não morrera na guerra nem sacrificado, tivera de permanecer, depois da morte, durante quatro anos no mundo inferior, antes de lhe permitirem se unir ao deus Sol e se transformar num pássaro ou numa borboleta; tampouco que as mulheres que morriam no parto, embora guerreiras por sua própria atividade, eram queimadas nas encruzilhadas e condenadas a perseguir suas aldeias. Ela não contou a ele que havia gente que acreditava que o imperador e seus nobres iniciavam as guerras floridas não por devoção, mas para controlar o império por meio do terror.

— Deixe-me dizer qual é o seu problema, *doña* Marina. Você me ama tanto que não sabe o que fazer – disse ele, socando o cachimbo. — Você me ama mais do que ao alimento que você come, mais do que à água, você me ama mais do que à vida. Você me ama tanto que isso a faz me odiar. Sua paixão é forte demais, *doña* Marina. Moderação em todas as coisas: Marco Aurélio.

— *Doña* Marina não é o meu nome. *Ése no es mi nombre, ninguno de ellos es mi nombre.*

— Sei qual é o seu nome, venha cá, deixe-me cochichar para você.

— Não, não irei até aí.

— Estamos um pouco geniosos, não? Você está querendo morrer, é isso? Nesta noite mesmo? Isso vai ser fácil – ele então pegou a adaga que mantinha sempre ao lado da cama. Ela quis se afastar. Ele a puxou até ficar perto do rosto dele e sussurrou com seu hálito quente e úmido na orelha dela: — Puta. Puta.

Depois torceu-lhe o braço por trás das costas e prendeu o outro sobre a esteira.

— Não! – gritou ela.

— Não? Grite de novo, minha querida, e vai se juntar a Francisco no inferno!

Adu estava sentado sobre sua esteira, entalhando uma pequena flauta num pedaço de madeira.

— Olá – disse Alvarado, espiando pela porta.

— Olá – respondeu Adu.

— Então, conseguimos chegar à capital, não?

— É.

— O jantar estava ótimo.

— É.

— Ouvi dizer que amanhã iremos dar uma volta pela cidade.

— Não sabia...

— Muito desagradável a história do velho Francisco. Que loucura ele sair por aí sem chapéu.

— E Quintaval, foi muito ruim ele ter sido executado – acrescentou Adu.

— Bem, Quintaval, sim – Alvarado baixou os olhos para o chão de pedra. — É, foi um mau negócio. Tem gente que diz que ele teve o que estava procurando.

— E você, *señor* Alvarado, o que acha? O que o *señor* deseja?

Adu olhava de perto para Alvarado, cujo lábio inferior tremia. As bordas do nariz fino dele ficaram vermelhas.

— Acho que vou voltar para a minha esteira – disse ele. — Foi um dia muito longo.

— Sim, foi.

Padre olmedo estava sentado com Aguilar enquanto este rezava a oitava oração do dia, a Completa, que marcava a coroação da Virgem.

— Gostaria que Francisco ainda estivesse vivo – disse padre Olmedo quando Aguilar terminou.

— Ele está com Deus, não é mesmo? Diga-me, padre, o suicídio é um pecado muito grave, não? O desespero não é o pior dos pecados?

— Vejo a coisa de um modo um pouco diferente, Aguilar. Acho que o frei Francisco pode ter sido um mártir.

— Será que o papa consideraria a questão dessa forma?

— Acho que não, mas o certo, Aguilar, é que nosso irmão está com Deus e, por conseguinte, além do alcance do papa, do prelado, do imperador, do rei, do comandante e do que mais você quiser.

— O senhor viu o painel com os crânios, padre Olmedo?

— Vi sim, Aguilar. Assustador.

Isla lixava suas unhas com uma pedra.

Bernal Díaz colocava suas notas em dia.

Botello, que sentia terrivelmente a falta de Francisco, achou ter visto o rosto dele no céu, delineado por um anel de estrelas.

Montezuma se recolhera mais cedo. Embora muitas vezes costumasse conversar com os conselheiros antes de se deitar, naquela noite ele não o fez, pois desejava refletir sozinho sobre os acontecimentos do dia. Não sabia se o homem que encontrara era Quetzalcoatl ou se era alguma criatura fantasmagórica, designada pelo malévolo deus ilusionista com o objetivo de confundi-lo. Montezuma não tinha mais certeza de nada. Sua vida até aquele ponto tinha sido uma seqüência de presságios, bons e ruins, cada evento sendo assinalado pelo alinhamento das estrelas, pelo vôo dos pássaros, pela ordem dos objetos. Tudo que aconteceu havia sido previsto, e seus deveres e responsabilidades estavam de acordo com a tradição. O padrão dos anos, com cada mês contendo uma celebração particular e um conjunto de costumes, fora predeterminado e era a reprodução de um modelo ancestral.

Esse homem, esse comandante, Cortés, esse deus, Quetzalcoatl, mesmo com os agouros que o precederam, estava profundamente além dos limites de tudo o que havia sido ensinado a Montezuma. Ele era tão estranho que Montezuma não sabia como lhe responder, independentemente de quem ele fosse. O imperador não fora treinado para se desviar do modelo que lhe fora indicado. Faça a guerra contra as outras tribos, observe os deuses com devoção, governe de forma dura e sábia. Um deus, pelo que ele sabia, podia penetrar em qualquer pessoa e fazer o que bem entendesse. Ele, Montezuma, havia sido educado para honrar os deuses, que por sua natureza estavam isentos das limitações humanas. Fora ensinado religiosamente a não ofender os deuses, não importando a forma que assumissem.

Havia outra coisa sobre aquele homem, se é que era um homem: Montezuma jamais encontrara alguém, de nascimento elevado ou inferior, com tamanho sentido de direito, de autoconfiança e tal atrevimento. Apenas um deus, alguém não nascido como homem nesta terra, poderia ser tão desdenhoso em relação aos costumes e aos hábitos. Cortés possuía o comportamento arrogante de um deus e a incomum forma de se vestir de um outro reino, tomando como legitimamente seu tudo o que estivesse diante dele, indiferente à hierarquia humana. E também não parecia ter consciência do custo de se presumir ser um deus, caso não fosse um.

Até então, as pessoas temiam por suas vidas diante do poderoso Montezuma, não ousando se aproximar dele de maneira extravagante. Aquele homem, ou deus, ou o que quer que fosse, caminhava diretamente até ele e tinha o inominável atrevimento de olhá-lo nos olhos. Não se tratava de uma mera questão de civilidade – o que com certeza não seria de pouca importância –, mas do total destemor de suas ações. Aquele ser não reconhecia grau, dever, tradição. Na verdade, seus modos se pareciam com o ultrajante e inadequado comportamento dos deuses não governados pela expectativa humana. Quem mais poderia adotar tais comportamentos impunemente? Como aquela pessoa, ou o que quer que fosse, reunira tantos seguidores à sua volta, pessoas que tinham conhecido a reputação dos astecas por gerações e que tremiam diante deles. Os cempoalas, os xocotlanos, os tlaxcalas e aquela mulher que falava por ele. Como ela poderia ser tão dotada se não fosse uma emissária dos deuses?

Capítulo 29

Garra de Jaguar, por ser o açougueiro dos conquistadores, tinha acesso às facas de aço com lâminas serrilhadas, aos pequenos machados e a outros instrumentos de corte, assim como a diversos tipos de conchas para destripar animais. Podia pôr as mãos em utensílios de ponta fina para perfurar e estourar, em ferramentas para esfolar, em grandes aparelhos de moagem. Sabia onde encontrar o osso que ligava o pescoço ao ombro num veado, num macaco, em qualquer animal corredor. Não existia lagarto que ele não conseguisse destripar em questão de instantes. Peixes eram uma brincadeira de criança. E na qualidade de servo, integrante da comitiva, e principalmente na confusão que se estabelecera na primeira noite deles em Tenochtitlán, ele obteve permissão para entrar no palácio onde dormiam os oficiais espanhóis.

A questão era saber qual seria o método mais rápido e silencioso para realizar sua tarefa, pois se Malintzin – que, segundo ouvira dizer, estava dormindo com Cortés naquela noite – despertasse e o surpreendesse no ato, quem poderia saber qual seria a reação dela? Ele teria de matá-la também. Sem a menor dúvida. Não que ele não acolhesse bem o pensamento de se livrar de uma vez por todas de uma traidora, mas havia decidido que seria melhor deixá-la viva, para ser condenada. A execução de uma mulher não era algo tão raro assim. Ele já tinha visto crânios de mulheres sobre o painel. Será que eram criminosas comuns, ou prisioneiras? Na verdade, muito tempo atrás, uma princesa mexica que cometera adultério e mandara esculpir a figura do amante fora apedrejada até a morte por seus crimes.

Mantendo a faca escondida numa bolsa pendurada ao ombro, ele entrou no palácio como se tivesse sido convocado para aplicar uma massagem, tarde da noite, colocar pedras quentes sobre as costas de alguém ou ministrar seus talentos de curador e confortador. Era um simples servo, um escravo, que não podia olhar para cima. Ninguém iria detê-lo.

Como todos os suntuosos edifícios oficiais, o palácio de hóspedes do antigo imperador Axayácatl era composto de uma confusão de quartos dispostos em torno de um pátio interno. Os assoalhos e paredes eram feitos de blocos quadrados de pedra, recortados com extrema precisão e dispostos de forma tão ajustada que nem um filete de vento ou uma gota de chuva podiam penetrar entre eles. Cortés gostava de quartos situados nos cantos, não se sentia bem no meio de uma fileira. E enquanto os outros penduravam panos de algodão em suas portas, ele preferia manter a dele aberta, em respeito aos costumes dos astecas.

Ali estavam eles. Garra de Jaguar, quase se deliciando, olhava fixamente para o casal: o quadril de Malintzin recebia a luz do luar. Cortés estava deitado de costas, com uma perna passada sobre a cintura de Malintzin. Uma corda a prendia ao pulso dele. Que hábitos esquisitos tinham aqueles brancos. O corpo esparramado de Cortés era um convite à evisceração. Mas a garganta era o melhor ponto. Garra de Jaguar já tinha visto animais correndo com os intestinos saindo fora dos corpos, balindo e uivando. Um ser humano poderia fazer a mesma coisa. Sufocá-lo com a esteira seria fácil, porém Cortés era muito forte e iria se debater, sem dúvida alguma acordando Malintzin e os demais. Jaguar retirou a faca que usava quando tinha de cortar o couro um tanto espesso dos veados. O cabo era curto e bom para ser seguro pela palma da mão. Na ponta dos pés, ele penetrou no quarto, segurando a respiração e mantendo o corpo junto às sombras da parede. Então caiu de cócoras e, com a faca presa à boca, arrastou-se em direção à esteira. Malintzin se virou, suspirou, mexeu-se e, sentindo a corda prendê-la, voltou-se de costas. A corda esticou-se ao redor do pulso dela. Continuando a dormir, ela ficou de lado e começou a ressonar levemente. O comandante expirou de maneira ruidosa. E babava. Furtivo como um gato, Garra de Jaguar se preparou para atacar e golpear.

Malintzin despertou e por alguns instantes não soube onde estava. Nos sonhos ela sempre estava lutando sem conseguir se libertar. O sono ainda estava em sua boca, e seus olhos ainda não distinguiam bem as coisas, mas ela achou ter visto a grande sombra de um enorme gato se arrastar em sua direção. Seria o mesmo jaguar que a beijara na floresta de Cholula? Ela conteve a respiração, cerrou bem os olhos para que aquilo pudesse ir embora, em seguida abriu-os de novo, mas lá estava ele, mais perto, e não era um gato: era um homem, e pronto para apunhalá-la.

— Não! – gritou ela. — Não!

Malintzin brandiu a mão livre e derrubou alguma coisa que o agressor segurava. O objeto caiu no chão.

Cortés acordou com um sobressalto.

— O que aconteceu? O que foi?

— Jaguar – falou Malintzin na língua maia, arfando, ao reconhecê-lo. — O que você está fazendo aqui?

Apanhando no chão o punhal que caíra, Cortés cortou a corda que o prendia a Malintzin. Pôs-se de pé com um salto, chutou o rosto do outro, tomando-lhe os braços e os segurando por trás das costas, em seguida desferiu uma cabeçada na testa de Garra de Jaguar. Lutando corpo a corpo até deitar o adversário no chão, ele montou sobre o ventre do oponente, mantendo-o por baixo, e amarrou-lhe as mãos sobre a cabeça.

— Por que você está aqui? O que está acontecendo? *Doña* Marina, você está bem?

— Estou bem – disse Malintzin tremendo.

Erguendo-se do chão, Cortés empurrou Garra de Jaguar com os pés até a esteira de dormir. Malintzin batia os dentes, mas ela sentia calor no corpo inteiro. Estava vestida com o *huipilli* e o *cueitl* que Cortés, na pressa, não retirara.

— Acenda as velas, atice os carvões.

Havia uma pequena lareira numa parede, na qual os carvões ainda ardiam. As mãos de Malintzin tremiam quando ela apanhou um bastão encostado à parede, remexeu os carvões e, com a extremidade em brasa, acendeu diversas velas colocadas em alguns cantos da parede.

— Então, o que temos aqui? – Cortés abaixou os olhos para o açougueiro de lábios torcidos. Os olhos do maia estavam arregalados, sem se concentrarem em nada, como se ele olhasse para dentro, sem perceber mais o mundo ao redor.

Malintzin começou a chorar.

— Pelo amor de Deus, isso não é hora para lágrimas. Este bandido estava tentando me matar, *doña* Marina, pode imaginar isso? Chame os guardas, pelo amor de Cristo!

— Garra de Jaguar – disse Malintzin –, você não estava tentando matar ninguém, não é mesmo?

— *Doña* Marina, faça o que eu disse!

— É um engano. Ele não estava querendo...

— Socorro! – gritou Cortés. — Alguém venha aqui! Ajudem-me! Diga isso em asteca, Malintzin. Depressa!

Malintzin já podia ouvir os passos macios de sandálias pelo chão de pedra. Logo o quarto se encheu de guardas de Montezuma. Cinco agarraram Garra de Jaguar e o puseram de pé.

— Ele, este escravo – disse Malintzin em nahuatl, com a voz hesitante –, ele se enganou de quarto. Ele não desejava fazer nenhum mal.

— O que você está dizendo, *doña* Marina?

Mesmo sem entender as palavras, Cortés sabia que ela estava mentindo.

— O coitado estava perdido – prosseguiu ela em nahuatl, em seguida disse em espanhol: — Quando eu era criança, Cortés, eu costumava andar durante o sono. Eu saía de casa. Você tem de ser bom com as pessoas que caminham quando estão dormindo. Meu pai me guiava de volta à minha esteira e esfregava os meus pés. Quando eu acordava, não sabia onde tinha estado.

— Esse homem ia me matar, *doña* Marina – disse Cortés, que, de pé, deixava seus órgãos à vista, balançando frouxamente sob a camisa suja. O cabelo estava em total confusão. — Venho observando esse patife há algum tempo e sei que ele não vale nada. É depravado, ruim, morde a mão que lhe dá comida. Não diferencia o certo e o errado. É um açougueiro, um assassino.

— Ele não queria fazer isso, Cortés. É o pulque, são esses brotos de cacto. Às vezes as pessoas não sabem o que estão fazendo. Por favor, deixe ele ir.

Um dos guardas se aproximou dela.

— O senhor Malintzin quer que o levemos para a prisão? Devemos acordar o imperador?

— Não, não, não o acordem – respondeu ela em nahuatl. — É um grande engano. Esse homem entrou no quarto errado.

— O senhor Malintzin deseja que o libertemos? – perguntou outro guarda.

Todos olhavam fixamente para ela. Seu cabelo, antes preso modestamente entre dois discos achatados para a audiência com Montezuma, agora estavam soltos, e suas roupas, em completa desordem. Em maia, ela se dirigiu a Garra de Jaguar:

— Você não estava querendo nos fazer mal, estava, Garra de Jaguar?

Os olhos dele brilharam de ódio.

— Você estava se dirigindo para a ala da cozinha e acabou se perdendo, não foi isso, Garra de Jaguar?

Se os braços dele não estivessem bem amarrados, Garra de Jaguar estrangularia Malintzin.

— Aguilar! – gritou Cortés. — Isla, Bernal Díaz, Alvarado, Núñez, padre Olmedo, Francisco!

— Francisco está morto – disse Malintzin secamente.

— Meus oficiais, juntem-se aqui em minha defesa. Será que ninguém aparece, pelo amor de Cristo?

Isla chegou primeiro, sempre pronto para servir, com a espada já desembainhada.

— Esse canalha tentou me matar, Isla, e Malintzin está pedindo que o libertemos.

— Talvez ela tenha conspirado com ele – disse Isla.

— Cortés, tenha misericórdia – implorou Malintzin.

— Deus é misericordioso, eu não.

— Correto – concordou Isla.

— Jaguar não tem nada. É um homem inofensivo. Deixe que ele vá.

— Para que tente me matar de novo?

Os guardas arrastavam os pés de tão nervosos que estavam. Aguilar chegou.

— Ah, Aguilar, o náufrago. Qual é a punição mais apropriada para um assassino ingrato?

Aguilar fora interrompido no primeiro bom sono que conseguia ter em muito tempo. Em seus sonhos ele estava num barco que navegava com segurança em águas tranqüilas, porém ao longe era possível ver nuvens se aproximarem. Da última vez em que estivera num navio de verdade, no meio do mar, uma ventania surgira do nada. As ondas se elevaram, altas como igrejas, arremessando-se contra o convés como facas desembainhadas. Os bodes no navio baliam como mulheres, e os homens imploravam misericórdia ao Salvador. O mar tinha sua própria vontade, nada poderia detê-lo. Uma onda negra como tinta se enroscou no barco e o engoliu por completo. Aguilar se viu atirado para fora do convés. A escuridão da água era tanta que parecia que todos tinham sido lançados de volta a um tempo anterior àquele em que Deus disse "Que se faça a luz!". Ele estava prestes a morrer sozinho, no meio do nada, sem nem o consolo de um pedaço de chão para se firmar. Mal dava para manter a cabeça acima da superfície, não podia evitar engolir água e sufocar-se. Ele lutou, tentou nadar, conseguindo apenas se debater. Seria horrível morrer afogado. Imaginou as bolhas subindo, com sua respiração a abandoná-lo, os peixes juntando-se para comê-lo. E então, no meio de todos esses medos, ele se acalmou. Ia morrer, isso era certo. Então ele parou de lutar e se rendeu à morte. "Que ela venha, estou pronto." Não que em sua vida as coisas já estivessem organizadas. Estava tudo inacabado, desarrumado, mas isso não tinha mais importância. Ele não tinha mais preocupações. Foi nesse momento que avistou um grande pedaço de madeira boiando bem perto de onde estava. Nadou naquela direção e atracou-se a ele. No meio de toda aquela escuridão, avistou uma fina faixa de areia.

— Mas o senhor está vivo, comandante – disse Aguilar para Cortés.

Garra de Jaguar não era um sujeito especialmente agradável, mas representava uma ameaça menor até mesmo do que Quintaval.

— Por pouco – disse Cortés quase choramingando. — *Doña* Marina me salvou.

— Só levantei a mão e então a faca caiu. Não salvei ninguém.

— Salvou sim.

Depois do naufrágio, logo que Aguilar pôde erguer o rosto da areia molhada, ele procurou por outros sobreviventes. Cadáveres inchados eram arrastados pela praia como toras destinadas às serras. Pedaços e destroços do navio balançavam como brinquedos sobre as ondas. Ele então montou uma pequena casa com troncos de palmeiras e sugou patas de caranguejos numa espécie de exaltação febril. E quando, três dias mais tarde, avistou uma mulher recolhendo sargaços na praia, correu até ela e daquele momento em diante não soube exatamente o que estava fazendo, pois jamais estivera com uma mulher e estava muito feliz por ver uma pessoa, ainda mais uma mulher. Tudo aquilo escapou dele. Desde aquele tempo, e desde o término de sua escravidão – que aceitou como uma punição justa –, ele passou a entender todo e qualquer ato de desespero. Eles vêm do fundo da pessoa e ultrapassam aquele momento em que tudo poderia ter sido diferente.

— Ele não queria matar o senhor, Cortés.

— Um homem com uma faca entra no seu quarto e... Ora, por favor, Aguilar.

— Ele não queria – insistiu Malintzin.

— Não defenda a causa dele – disse Islã, irritado por toda aquela situação de mau gosto. Seu comandante, a puta, o açougueiro. — Se esse vira-lata tivesse assassinado Cortés, você seria a única culpada, Malinche. Ou talvez você tivesse algum outro plano em mente, você e Garra de Jaguar.

— Não, Isla, não, não houve combinação alguma.

Malintzin sabia que Isla a odiava de tal maneira que beirava a loucura.

— Ou talvez ele estivesse querendo matar você também, Malinche?

— Não, não estava não, Isla.

Aguilar sabia que Isla não gostava de Malintzin, ou talvez de ninguém.

— Malintzin tem o coração puro e a mente clara – ele disse. — E o índio, ele é ignorante, seu temperamento é desequilibrado.

— Estou defendendo sua vida – disse Malintzin para Garra de Jaguar em voz baixa, no idioma maia. — Faça um ar de arrependido.

— Quero é que você desça para o mundo inferior.

— Garra de Jaguar, escute, diga algo, qualquer coisa. Estou dizendo para eles que você estava indo para a ala da cozinha, que você veio parar aqui por engano. Toda aquela sua falação te subiu à cabeça.

— Não, desceu para as mãos – retrucou Garra de Jaguar.

— Ele está dizendo que já é tarde. Onde fica a ala da cozinha? Ele quer acender o fogo para a refeição da manhã.

Os guardas olhavam para ela impacientes.

— Vou levá-lo – e então ela vestiu a capa de Cortés.

— Pare, *doña* Marina.

— Só peço uma coisa, Maax – interveio Garra de Jaguar. — Quero ser sacrificado como um guerreiro. Não quero ser executado como um criminoso comum.

— E agora, o que foi que ele disse? Implorou pela vida? – perguntou Cortés. — Você tem consciência de que ao me matar ele também não queria o seu bem, *doña* Marina?

— Você não entende nada, Maax – disse Jaguar.

— Entendo o bastante para saber que ninguém deseja morrer.

— Você não entende a extensão da ameaça, Malintzin – disse Garra de Jaguar. — Seremos completamente arrasados, os maias e os astecas, e todos nós que vivemos na floresta, nos planaltos, nas planícies, o povo que vive no norte e no sul, toda a nossa terra, todo o nosso povo, se não resistirmos agora ao poder dos brancos. Não iremos simplesmente ser derrotados, assistir a uma mera troca de imperadores, pagar novas taxas, seguir como antes. Nossos ossos serão esmigalhados, nossos templos destruídos, nossos livros queimados, nossa arte apagada. Nosso mundo ficará invisível. Seremos menos do que fantasmas. Você sonha voltar a ser uma princesa. Liga-se a um homem que você acha que é forte. É governada por sua vidinha estreita e se agarra à segurança da mesma forma que a marmota rouba a fruta que come. Você também não será nada, o que é pior do que estar morta.

— *Você* é que irá morrer, Jaguar. Não terá uma vida, nenhum tipo de vida.

— Estarei com o sol. Os guerreiros irão me louvar.

Malintzin balançou a cabeça.

— Você está errado.

— O que vocês estão falando? – quis saber Cortés. — Minha paciência se esgotou.

Aguilar e Isla permaneciam no quarto. Os guardas continuavam segurando Garra de Jaguar.

— Ele deseja que eu transmita o adeus dele a Cuy.

Malintzin se perguntava se, assim como Cortés tinha libertado os coletores de impostos em Cempoala e fora capaz de realizar tantas dissimulações e estratagemas, ela também não poderia salvar Garra de Jaguar, ela e Cuy?

— Levem-no – falou ela em nahuatl.

— Que noite mais miserável! – exclamou Cortés, jogando-se sobre a esteira.

— Posso ajudar em alguma coisa? – perguntou Isla.

— Não, pode ir. Você também, Aguilar. Deixem-me só.

— Também voltarei para o meu lugar – disse Malintzin.

— Lembrem-se que amanhã faremos um passeio pela cidade. E *doña* Marina, não fique pensando em nenhum complô para salvar aquele abominável Garra de Jaguar, ouviu?

— Não farei isso.

— Isla?

— Senhor?

— Vá com *doña* Marina até a cabana dela. *Doña* Marina, você salvou minha vida. Devo-lhe minha vida. Obrigado.

— Não, você não me deve sua vida.

— Estou cansado demais para rodeios.

Malintzin olhou ao redor com raiva. Ela odiava a todos eles.

— Isla, não a perca de vista.

— Pode deixar, Cortés. Não será preciso nem escoltá-la.

— E traga-a de volta aqui amanhã de manhã.

Garra de Jaguar foi levado até o subsolo, para um aposento sem janelas, onde ficaria preso com ladrões e bêbados. Ele ficava repetindo em maia:

— Sou um guerreiro. Sou um guerreiro.

Em sua mente ele era um homem forte, pois não recuara diante do dever. Sabia que no devido tempo seu heroísmo e seu sacrifício seriam celebrados. O principal era morrer como um homem.

No dia seguinte, sem que ninguém soubesse quem iniciara e espalhara as notícias, todo mundo sabia o que havia se passado. Durante a refeição matinal, Malintzin revelou a Cuy que tinha um plano para salvar Garra de Jaguar: iria implorar misericórdia a Montezuma.

— O que você irá fazer? – perguntou Cuy, enfiando uma colherada de torta de milho na boca com tanta velocidade que chegou a engasgar. — Garra de Jaguar tentou matar Cortés, o seu senhor.

— Quando eu for pedir a Montezuma, implorarei de índio para índio.

— De índio para índio? Mas as guerras de Montezuma são contra outros índios. Contra quem mais ele precisa lutar?

— Cuy, sou uma princesa.

— Garra de Jaguar não vai gostar nada desses esforços para salvá-lo, e você ainda irá se arriscar muito.

— Não posso simplesmente deixá-lo ir.

— Que outra escolha você tem? Aliás, foi ele que lhe denunciou à senhora quando éramos crianças.

— Mas agora nós somos adultos.

Malintzin queria contar a Cuy uma outra coisa que acontecera a ela naquela noite com Garra de Jaguar, algo que fora terrível. Mas era tão horrível que ela não teve coragem de falar. Ela olhou as próprias mãos: tremiam. Não conseguia mastigar um pedaço de comida. E se a mente dela fosse como um lar, com esteiras de dormir, caixas, pedras de moer, então tudo estaria destruído, desmoronado.

Depois da refeição, acompanhado por garotas virgens, lindos meninos, belos cortesãos e guerreiros renomados, todos cobertos de plumas, jóias e vestidos em trajes resplandecentes, Montezuma liderou, de cima de sua liteira, a expedição até o zoológico, que ficava a certa distância a oeste do Templo Mayor e próximo à passarela para Tacuba. A comitiva seguia devagar. Malintzin e Cortés iam um de cada lado da alta liteira do imperador, com os olhos postos no chão. Os oficiais e suas amantes seguiam mais atrás. Montezuma, um anfitrião sempre solícito, pediu a Malintzin que dissesse a Quetzalcoatl-Cortés que ele havia sido informado sobre o ato covarde cometido por Garra de Jaguar. Embora o autor daquele ato não fosse um de seus homens, ele pedia desculpas por tal incidente ter acontecido no palácio de seu pai, sob a sua proteção. É claro que, sendo imortal, Quetzalcoatl-Cortés não teria morrido, não desta vez, mas mesmo assim a idéia por si só já era odiosa. Ele, Montezuma, sentia-se bastante embaraçado por algo tão rude ter acontecido em Tenochtitlán. E por que Quetzalcoatl-Cortés estava andando a pé, quando também poderia seguir numa liteira enfeitada com guirlandas? Não era bom pôr seus pés divinos diretamente sobre o chão.

— Renomado e magnífico Montezuma – começou Malintzin, pois ela sabia que quanto mais cedo se aproximasse do imperador, maiores seriam as chances de Garra de Jaguar –, ouço falar do vosso poder desde menina. Meu pai era um funcionário, um dos vossos leais servidores, e eu também, da minha maneira humilde, sou vossa mais leal servidora. Vossa generosidade e sabedoria são conhecidas por todo o império, e por isso me atrevo a pedir que deixeis a pessoa que foi presa ontem à noite retornar ao reino maia do sul, onde poderá relatar vossa generosidade. Ele é um pobre escravo que na noite passada estava a caminho da cozinha, atrapalhou-se, pois são tantos corredores, e entrou no quarto errado. Hoje ele se encontra na prisão. Não passou de um engano sem importância

— O que você disse a ele? – perguntou Cortés, indo até o lado da liteira em que ela se encontrava.

— O cumprimentei pelo belíssimo reino.

— Não, você estava pedindo pela lamentável vida daquele vagabundo. Assim você irá deixar nosso anfitrião infeliz e o colocará contra nós. Você não percebe como a situação é delicada? Um passo em falso e ele matará a todos nós.

— Pergunte ao seu senhor – disse Montezuma, assim que Cortés retornou ao lugar dele –, pergunte a meu honrado convidado como ele gostaria de ver o vilão ser executado.

Malintzin repetiu isso para Cortés.

— Responda ao nosso anfitrião, *doña* Marina, diga à sua mais elevada majestade Montezuma, que se puderem executar Garra de Jaguar arrancando-lhe o coração, nós ficaríamos satisfeitos.

Malintzin ficou calada.

— Anda, diga a ele. E se não lhe disser fielmente o que estou pedindo, irei estrangulá-la eu mesmo.

Montezuma replicou que morrer em sacrifício era uma grande honra, que a morte na escadaria era um sinal de bravura e que os heróis que eram submetidos ao punhal do sacerdote seguiam diretamente para a casa do Sol. Aquele era um pedido incomum, ao qual em circunstâncias normais ele não atenderia, mas como eles eram convidados, e além disso Quetzalcoatl era um deus, e como o reino de Montezuma era o reino de Quetzalcoatl, ele, Montezuma, acataria o desejo. O imperador também disse que Quetzalcoatl-Cortés e seus amigos poderiam assistir à execução. Ele os levaria agora mesmo até lá para mostrar-lhes o local onde tudo aconteceria. Poderia ser o entretenimento daquela noite.

Montezuma não galgou os 114 degraus até o topo da pirâmide, em vez disso, foi transportado na liteira por quatro homens. Cortés insistiu em subir a pé. Malintzin e todos os oficiais também subiram a pé até lá em cima, onde chegaram bufando e resmungando. Enquanto recuperavam o fôlego lá no alto, todos puderam ver as três estradas elevadas que conduziam até a cidade, a estrada vindo de Iztapalapa, a que levava a Tacuba e a que vinha de Tepeaquilla. Puderam ver as águas frescas vindo pelos aquedutos da Montanha dos Gafanhotos, Chapultepec. Havia muitas canoas no lago Texcoco, e as praias eram margeadas por casas com telhados de palha. Era dia de feira, por isso uma praça bastante grande estava repleta de gente. Cortés declarou que Tenochtitlán era mais magnífica do que Constantinopla e Roma. Londres, Madri e Paris não podiam nem ser comparadas. E nas pirâmides gêmeas, que era onde eles se encontravam, dedicada a Huitzilopochtli, com certeza o edifício mais alto do mundo, Cortés desejou construir capelas em louvor à Santa Maria, erguendo cruzes e pequenas estátuas. Padre Olmedo advertiu-o de que seria uma boa idéia esperar alguns dias antes de falar sobre o assunto com Montezuma.

Em seguida eles foram conduzidos a um aposento no interior do monumento. Havia dois altares. Um deles tinha a figura de Huitzilopochtli, o deus da guerra, feita de massa, sementes, repleta de pedras preciosas e pérolas e contornada por serpentes feitas de ouro. Ao redor do pescoço havia um colar de jóias do qual pendiam esculturas de rostos e corações. Próximo a ele estava o deus do mundo inferior, Tezcatlipoca. Diante dele, num braseiro, um coração novo, recém-colocado ali, desfazia-se. As paredes daquela sala eram negras de tanto sangue respingado, e havia uma mancha nova de sangue que brilhava. Apesar do incenso de copal queimando o tempo todo, o lugar recendia a morticínio recente. No fundo da grande *cu*, como era conhecida a pirâmide mais alta, havia uma imensa área de cozinha com blocos de pedra para se deceparem os membros dos sacrificados, que depois eram servidos num banquete de celebração aos guerreiros que os haviam capturado.

Montezuma tinha uma confissão a fazer, disse ele a Malintzin, pedindo-lhe que a transmitisse ao senhor dela. Fora tudo uma leve brincadeira. A verdadeira questão era que eles não poderiam assistir ao sacrifício de Garra de Jaguar. Ele já ocorrera. Naquela mesma manhã, assim que o sol nasceu, Garra de Jaguar conseguira a sua incomum requisição. Tivera seu coração arrancado. Montezuma apontou para o braseiro.

— É dele.

Malintzin sentiu vontade de vomitar.

— O amigo de vocês, Garra de Jaguar, já se encontra no sol. Depois de se banhar, vestido com o maior refinamento e de cabeça erguida ele foi conduzido com grande dignidade para sua morte. O sangue fresco que podem ver na parede é dele. Seu corpo, lançado lá para baixo pelos 114 degraus, está sendo desmembrado enquanto estamos aqui. Em breve poderão ver a cabeça dele sobre o nosso painel.

Como se não bastasse, também foi oferecida a Cortés uma das coxas de Garra de Jaguar para a refeição daquela noite. Cortés declinou polidamente. Os espanhóis estavam muito cansados, explicou, talvez por causa do intenso calor daquele dia. Quetzalcoatl-Cortés sugeriu, com toda delicadeza, que se adiasse o passeio até o zoológico e o aviário para o dia seguinte.

Capítulo 30

Situado dentro da cidade, próximo à zona dos templos e dos palácios, o aviário era constituído por uma imensa gaiola, embora as redes que o cercavam, esticadas sobre as copas das árvores, fossem tão altas e de trama tão delicada que não se tinha a impressão de se tratar de uma gaiola. Os jardineiros do império tinham plantado palmeiras do litoral ali, e em outras partes havia pinheiros, carvalhos e amieiros do alto das montanhas. Pequenos riachos, cascatas pitorescas, rochas empilhadas e orquídeas formavam uma paisagem idílica. As flores de maracujá, cujo néctar era utilizado para acalmar os mais agitados, eram dispostas de maneira artística para deleitar a vista. Uma das aléias que atravessava o aviário era margeada e sombreada por conjuntos de amoreiras. Outra, ladeada por sálvias, levava até uma vasta savana de relva e a um pequeno lago. As aves de rapina ficavam separadas dos outros pássaros, mas, de modo geral, cada espécie vivia em seu hábitat próprio. Uma águia solitária e seu arbusto de cacto espinhoso, o símbolo do império, tinha um lago e uma ilha com um modelo em miniatura de Tenochtitlán só para si.

Nenhuma outra coleção de pássaros debaixo do sol poderia rivalizar com aquele aviário do imperador. Os escribas da corte imperial catalogaram todas as aves. Havia papagaios, araras, tucanos com seus bicos grossos e pesados, pequenos periquitos verdes, beija-flores com suas pequeninas asas batendo mais rápido do que a vista pode registrar, tentilhões marrons, pássaros canoros vermelhos, passarinhos que não voavam muito mas que corriam saltitando e andorinhas que ficavam com o bico aberto e apanhavam moscas em pleno vôo. Havia pássaros que não se distinguiam da folhagem até que alçassem vôo. Um pássaro preto de tamanho médio tinha um papo vermelho bem debaixo do bico. Bem-te-vis, passarinhos de peito amarelo, outros com manchas brancas na cabeça. Havia papagaios cor de canela, pássaros salpicados, outros de barrigas amarelas com listras púrpura, e mais os com plumas cinzentas, caudas azuis, outros arrepiados, graciosos, bicudos, pretos, tangarás e todo tipo de codornas. A coleção incluía corujas, trigueirões, pegas, cambaxirras, flamingos cor-de-rosa, capitães-do-mato, pássaros azul-turquesa, alguns com manchas magenta, outros com leques pintalgados de vermelho e azul sobre a cabeça, garças, pelicanos, cormorões, gaivotas, fragatas, louros e falcões, gaviões, abutres, pica-paus e o raríssimo e muito valioso quetzal, com suas longas penas verdes na cauda, a cabeça chata e o peito vermelho.

Malintzin deveria ter sentido um enorme prazer com aqueles cantos: o crocitar rude, o arrulho delicado, o coaxar ruidoso, o chilreio alegre, a algazarra, as escalas, as melodias que pareciam vir de flautas de madeira, os corais de gorjeios, as zombarias e os cochichos, os trêmulos e os trinados. No entanto, aquele amontoado de cores e cacofonias agrediu os sentidos estropiados dela. Ela fechou os olhos e tapou os ouvidos com as mãos. O aviário lhe causou enjôo.

Adu, afastado dos outros oficiais, deu alguns passos em sua direção. Ela tomou um susto.

— Perdão, Malintzin. Não quis te assustar.

Ele então entregou dois pedacinhos de pano para Malintzin colocar nos ouvidos. Ela murmurou "*gracias*" e se voltou para o outro lado. Aquele era o passeio oficial, cujo cicerone era um cortesão especializado em pássaros.

— Malintzin, a senhorita está cansada? – perguntou Adu.

— Um pouco.

Ela se sentia exausta, estava ali apenas porque era obrigada. Quando retornasse, teria de contar tudo a Cortés sobre aquele local. Ele estava explorando o palácio dos hóspedes em busca de aposentos secretos, tesouros ocultos.

— Venha comigo, Malintzin – disse Adu. — Deixe-me levá-la de volta à sua cabana.

Do lado de fora das redes, de volta às ruas e canais da cidade, ela melhorou um pouco.

— Posso achar meu caminho de volta, Adu.

Eles já tinham ultrapassado a zona dos templos e dos palácios, diante da passarela para Tacuba, e estavam contornando o mercado.

— Gostaria de caminhar a seu lado, Malintzin. Você me permite?

Quando ela ergueu os olhos para o sol, que agora incidia quase verticalmente sobre suas cabeças, imaginou Garra de Jaguar se deleitando entre os raios. Ele a provocara, fizera com que se sentisse infeliz a maior parte do tempo, quase a matou, pretendia matá-la, porém tudo isso parecia um incômodo menor diante do fato de os membros dele serem comidos pelos sacerdotes, do tórax ser entregue às cobras do zoológico e de sua cabeça, com o retorcido lábio superior aberto sobre os dentes, ficar exposta no painel dos mortos no terraço. Ela não conseguia parar de pensar que em certa época Garra de Jaguar fora um bebê, nos braços de alguma mãe, com o rosto inocente como uma flor.

Então, o que se passou com ele? Será que havia bebês em demasia? Teriam-no chutado enquanto engatinhava, deixado que comesse com os cachorros, agarrando para si tudo o que pudesse? Quando deu os primeiros passos, havia alguém perto para aplaudi-lo? Teria ele aprendido a falar apenas observando os outros?

Malintzin amenizou suas mágoas com a idéia de que, de alguma forma misteriosa, a morte libertara Garra de Jaguar de sua miséria. Mas no fundo do coração, ela tinha dúvidas de que o deus do Sol o tivesse acolhido, como ele previra, ou que o sacrificado Jesus o estivesse aguardando de braços abertos, tal como Francisco descrevia a vida após a morte; ou que o velho pai de Jesus deixasse Garra de Jaguar sentar-se à direita dele. Qualquer mexica comum ao morrer tinha de permanecer quatro anos em Mictlán, encontrar seu caminho em meio a campos cobertos de facas de obsidiana, de montanhas que se moviam e através de um rio furioso. Mas se Malintzin pudesse escolher para Garra de Jaguar uma vida após a morte, ela o faria descansar no eterno abraço de uma mãe que o amasse incondicionalmente e que não o traísse.

— Você está bem, Malintzin? – perguntou Adu.

— Estou sim.

— Mas não parece.

Dois dias em Tenochtitlán tinham sido como dois meses, e tantos meses decorridos na odisséia do litoral até a cidade pareciam ter passado como o sonho de uma noite. Pelo menos daquela vez, ela não tivera recursos, nenhuma possibilidade de salvação. Lançada de volta aos seus tempos de *auianime*, ela se submetera a Cortés em silêncio, na verdade ficara amarrada a ele por uma corda. Assim, naquela noite, quando Garra de Jaguar apareceu empunhando a faca, por que não fechara ela os olhos, apenas, deixando a coisa acontecer? Deixando que ele matasse Cortés? Porque, disse ela consigo mesma, Garra de Jaguar ou a teria matado também ou a teria deixado viva para ser acusada pelo assassinato. Em defesa própria, então? Talvez. Será que a verdade mais profunda é que ela não podia deixar que Garra de Jaguar matasse Cortés? Não, ela não achava isso. Por qualquer pessoa que estivesse ali, à mercê da faca de Garra de Jaguar, ela teria erguido sua mão. Era nisso que acreditava. Primeiro o ato, depois o pensamento.

— Você salvou minha vida, *doña* Marina – ela ouviu Cortés dizer mais uma vez enquanto caminhava para o quarto dela ao lado de Adu.

— Vamos nos tornar invisíveis, Malin*tzin* – avisara Garra de Jaguar.

— Devo-lhe a vida, *doña* Marina.

— Nossos livros serão queimados, Malin*tzin*.

— Sou o seu destino, *doña* Marina.

— Conceda-me um favor, Malin*tzin*, peça que me sacrifiquem como um guerreiro cativo.

— Isla, você acompanha *doña* Marina de volta ao quarto dela? Não queremos que mal algum lhe aconteça.

— Com certeza não queremos isso, comandante.

Para Malintzin, a primeira noite passada em Tenochtitlán foi como rolar todo um lance de escadas. Não as escadas do templo, e sim as que levavam a um poço profundo. Sentiu-se afogada. Lembrava-se da capa de Isla, revestida de brocado vermelho, como ondulava por trás dele feito as asas de alguma ave de rapina, e como seus passos leves deslizavam sobre a terra como um fantasma demoníaco. Os dentes de coiote brilhavam como adagas afiadas.

— Será que a senhorita orgulhosa ficará bem, sozinha na escuridão da noite, nesta cidade estranha? – perguntara Isla com sua voz viperina e traiçoeira.

— Ficarei bem.

Um rato branco e gordo correu ao longo da parede do quarto e contraiu o focinho rosa, farejando o ar. Seria a alma de Francisco? A luz da Lua, que naquela noite estava cheia e com manchas cinzentas, penetrava em seu quarto como um convidado não desejado.

— Obrigada por ter me acompanhado, Isla.

— Está certa disso, senhorita Marina?

— Estou.

O quarto dela não tinha porta, mas ela lhe voltou as costas. Ele literalmente saltou sobre ela e a empurrou para o chão. Depois arrastou-a até pressioná-la contra a parede.

— Não tão depressa assim, sua putinha.

O joelho pontudo dele separou-lhe as pernas como se fosse um punhal. Ele manteve os pulsos dela abaixados, comprimiu todo o peso contra ela, em seguida penetrou-a com tanta força que ela mordeu os lábios, sentindo os dentes se chocarem.

— *Dios mío, ayúdame*! – gritou ela, enquanto dores ardentes apunhalavam-na da virilha até o umbigo.

— Cale a boca senão te mato – sibilou Isla entre os dentes. — Irei matá-la se alguém ouvir, e também se contar para qualquer pessoa.

Essas palavras faziam eco a outras, ditas não em espanhol, mas em nahuatl – matar, matar-te, matá-la –, o eco de uma lembrança tão longínqua, tão apavorante, que apenas sua borda se mostrava, a borda se levantando, as pernas se movendo para longe do quarto. Na noite seguinte, Isla usou a mão com a unha comprida, como se quisesse remover as partes femininas dela.

— Você não está caminhando como costuma, Malintzin – disse Adu.

— Não se preocupe, Adu. Estou bem.

O mercado que ambos tinham de contornar no caminho de volta do aviário para os seus alojamentos era o mais exuberante que jamais se vira. Bernal Díaz declarou-o uma das maravilhas do mundo. Do maior interesse para aos espanhóis eram as barracas onde se comerciavam ouro e prata. Com o ouro e a prata também se viam pedras preciosas. Bernal Díaz registrou esmeraldas, turquesas, rubis, e também corais, opalas, pérolas, âmbar indo do marrom-escuro até o amarelo-translúcido, ametistas púrpura, granadas vermelhas. E próximo ao local das pedras e do ouro era onde os pobres coitados eram vendidos. Recolhidos de todo o império, eram na maioria homens jovens, de corpos saudáveis, os que vendiam a si próprios por serem desprovidos de posses ou meios, e moças cujas famílias não podiam arcar com as despesas de casá-las ou sustentá-las. Crianças e velhos sem família também estavam à venda. Alguns haviam sido vítimas da guerra; outros foram apanhados e roubados. Outros estavam destinados ao sacrifício. Todos ali eram desgraçados.

— Escravos – disse Adu a Malintzin.

— Como nós.

— Não desanime, Malintzin. Nossa situação vai mudar com a conquista.

— Então você está louco para também se tornar um dono de escravos, Adu?

— Você está dizendo coisas tão tristes. Será por causa da morte de Garra de Jaguar?

— Nós já fomos conquistados, Adu, e vamos continuar como conquistados.

— Você está falando igual a Garra de Jaguar, Malintzin. Aconselho você a ser muito sábia em tudo o que disser. Quintaval já morreu, agora foi a vez de Garra de Jaguar, e frei Francisco também pode ter morrido por ter falado mais do que deveria.

— As palavras de Francisco não eram venenosas, ele não precisava engoli-las, Adu.

— Ele tinha de corresponder às palavras que proferia, Malintzin. Ele tinha de *ser* as próprias palavras que proferia. Mas ele não conseguiu viver e ser as palavras ao mesmo tempo, por isso morreu.

Adu tinha as pernas longas e suas passadas eram as de um jovem com muito vigor, mas ele diminuiu o ritmo para ajustá-lo ao de Malintzin.

— Se eu estivesse com o meu cavalo aqui, você poderia ir montada nele.

Desde que Francisco desaparecera, era o próprio Adu quem cavalgava o animal que Cortés lhe dera. Todos os cavalos, com exceção do que pertencia a Alvarado, tinham sido levados da cidade insular até Coyoacán, a região dos coiotes, onde havia muito capim a céu aberto. Alvarado dormia lá, debaixo das patas dos cavalos, cercado pelo cheiro dos mesmos, pelos sons deles, e tinha sonhos felizes, sempre com cavalos. Na cidade, as multidões avançavam sobre ele, e Alvarado odiava aquilo, e todos punham as mãos sobre os seus ombros, e as prostitutas o chamavam de *Cuaacualtzin, cuaacualtzin*. Bonito, bonito.

— Gosto dos mercados pequenos, não dos grandes – disse Malintzin.

— Também prefiro os mercados pequenos.

Com certeza não era esse o sentimento dos oficiais. Bernal Díaz anotara:

O Maior Mercado do Mundo
com a maior quantidade de ouro.

Cortés já havia perguntado casualmente a Montezuma, por intermédio de Malintzin, acerca daquele generoso suprimento de ouro. Apenas por curiosidade. Na verdade, ficara espantado que no império de Montezuma não se utilizasse o ouro como dinheiro nem como medicamento. No seu país, informou ele ao asteca, o ouro aquecia o coração. Explicou que algumas pessoas ficavam doentes por falta de ouro. Montezuma jamais ouvira falar em doença do ouro, e ficou pensando se qualquer tipo de doença poderia acometer os deuses e seus séquitos. As flores eram o que ele mais gostava.

Tenochtitlán era uma cidade de flores. Normalmente, os moradores das cabanas plantavam gerânios vermelhos e cor-de-rosa em potes de argila na frente de suas portas. Algumas casas tinham jardins sobre os telhados, cheios de flores plantadas em vasos e penduradas em estacas. Diante do centro da cidade, num ponto onde confluíam os canais – uma região chamada Xochimilco –, viam-se jardins flutuantes. Originalmente, os astecas plantavam hortaliças em ilhas feitas com palha trançada, que aos poucos foram se transformando numa ilha e acabaram formando a cidade.

— Você está mancando, Malintzin?

— São meus pés – disse ela. — Estão doendo – ela falou e olhou para ele. Sorrir teria sido demais. Mas ela forçou seus olhos a se encontrarem com os dele. — Há flores lá na sua terra?

Malintzin relacionara Adu como um dos homens que ela podia suportar, e uma dessas coisas no mundo que lhe poderiam dar esperanças, como a neve, as flores, os *tamales*, a música da flauta. Seria possível ela viver apenas dessas coisas?

— Temos flores, sim, mas elas crescem por si mesmas. Não as cultivamos por sua beleza. É claro, elas são lindas assim mesmo.

Eles passaram pelo templo com as armações de crânios. Malintzin não quis olhar. Contornaram os palácios e desceram por uma rua estreita com um pequeno canal no meio. Mesmo ali se viam flores em vasos, e as flores também cercavam pequenos trechos de terra usados para alguns pés de tomates e um pé de abóbora. Algumas pessoas tinham os seus próprios perus e cachorrinhos. Tudo estava calmo no início da tarde, e fazia frio à sombra das casas.

— Chegamos – disse ela. — Minha casa.

Era uma casa comum, com paredes grossas feitas de barro, uma esteira, uma lareira, tudo de que ela realmente precisava.

— O que você espera que aconteça depois de tudo, Malintzin? – perguntou Adu. — Espero que não haja mortes, Adu. Nem escravidão. E que haja muita comida. Desejo isso para todos.

— É. Eu também. Você quer que eu fique com você durante a tarde?

Existiam três fontes para o ouro. Finalmente, na noite anterior, Montezuma satisfizera à curiosidade de Cortés, depois de mais um lauto banquete. As três grandes minas de ouro do império ficavam na região bárbara do sul, onde havia tribos de pessoas que andavam nuas, comiam comida crua, devoravam crianças, não tinham escrita e não possuíam a menor noção do que é o comportamento civilizado. Essas regiões não eram bem conhecidas, e se Quetzalcoatl-Cortés quisesse visitá-las, Montezuma teria de enviar guias para orientá-lo. Levaria algum tempo, preveniu o imperador, e implicaria uma longa caminhada, não só atravessando o território dos bárbaros, mas seguindo pelas terras dos traiçoeiros jaguares. Além disso, confidenciou Montezuma, em algum lugar da floresta existia uma tribo de mulheres que viviam em total independência dos homens. Poderia Quetzalcoatl-Cortés imaginar uma rejeição mais monstruosa aos deuses e à natureza?

Cortés respondera que ele já sabia da existência dessas mulheres, pois elas eram famosas por todo o mundo, e também no domínio celestial dos deuses. À luz dessa informação, Cortés pôde compreender bem que Montezuma não quisesse desviar homens para lhe servirem como guias, que seriam mais bem utilizados na capital. Mas também pôde apreciar a orgulhosa ânsia dele para mostrar-lhe seu império em pleno esplendor. Os bons conviviam com os maus, repetia Cortés, a pressa não trazia necessariamente o desperdício, continuava ele afirmando, então por que não começar o mais depressa possível uma expedição para visitar as minas? Ele poderia despachar de imediato alguns soldados – é claro, se Montezuma estivesse de acordo com isso. Montezuma replicou que não havia nada que ele não fizesse por seus honrados convidados. Cortés prometeu que durante a viagem seus homens haveriam de descobrir aquela tribo de mulheres e acabar com todas. Montezuma agradeceu a generosidade do bom amigo-deus Quetzalcoatl, porém preferia que as mulheres fossem trazidas vivas, como cativas, pois que espetáculo não haveria de ser para seu povo ver os corações delas serem arrancados.

— Não o seu coração, minha filha – garantiu ele a Malintzin, que traduzia toda a conversa.

No dia seguinte à tarde, Cortés, ao saber que Malintzin já voltara para casa, pediu a Botello para ir buscá-la, para que ela lhe relatasse sua visita ao aviário.

— Ela está indisposta – informou-lhe Botello. Ele vira Adu entrar na cabana dela.

— Indisposta? Quem ela pensa que é?

— É coisa de mulher – esclareceu Botello. — Ela precisa descansar alguns dias.

— Primeiro Cuy, agora *doña* Marina. Graças a Deus que sou homem.

Malintzin disse que seria bom que Oduduwa-Adu ficasse com ela por algum tempo, talvez durante aquela tarde. Mas antes ele teria de tirar seus sapatos, seus *huaraches*. Também disse que ele poderia se deitar ao lado dela, mas desde que ele ficasse com os pés virados para a cabeça dela. Não deveriam se tocar. Nem mesmo as roupas poderiam se tocar. Lado a lado, mas sem se tocarem, os pés dela junto da cabeça dele, a cabeça dele próxima dos pés dela, sem se tocarem. Mesmo assim, ela se surpreendeu segurando-lhe os tornozelos, chorando junto dos pés grandes e bonitos dele.

Capítulo 31

Foi Isla quem teve a idéia de seqüestrar Montezuma.

— E depois? – quis saber Botello. Depois de algumas semanas em Tenochtitlán, Botello conheceu uma bela mulher, instalando-se com ela na região de Xochimilco, próximo aos jardins flutuantes. Pelo que lhe dizia respeito, não só descobrira o seu verdadeiro lugar no México como – atrevia-se a dizer – encontrara o amor de sua vida: Cipactli. Ela nascera no mês do crocodilo. Os outros oficiais chamavam-na de mulher-crocodilo.

— No momento em que o líder deles se mostrar impotente – prosseguiu Isla –, os mexicas terão dificuldade para se unirem. Eles irão se render se ameaçarmos matar o imperador. Poderíamos conseguir por ele um resgate digno de um rei, todos os nobres juntando os seus colares, braceletes, pinos de lábio e brincos para ele que possa retornar são e salvo, e também estaríamos em posição de recolher o tributo pago a ele pelas cidades-estado conquistadas, toda a riqueza que normalmente flui para a capital.

— Seqüestrar o imperador, com todo o Exército do império à nossa volta? – Aguilar já estava farto de conquistas. Já fizera a parte dele. Era tempo de voltar para casa. — Que horas são, Núñez?

— São dez horas da manhã, *señor* Aguilar.

Núñez estava pálido, com o semblante tenso. Botello fora chamado duas vezes para examinar Cuy.

— Não, não, você está errado, Aguilar. Não é uma má idéia – ponderou Cortés. — Podemos, por assim dizer, mantê-lo sob custódia e coletar os tributos em seu lugar. E mais tarde exigiremos um resgate se for necessário. Ele é uma espécie de semideus aqui, ou algo assim. Tenho certeza de que eles não querem que nada de mal aconteça a Montezuma.

— Você é o único deus por aqui, Cortés – disse Bernal Díaz, sem qualquer intenção de sarcasmo.

— Exatamente o que eu disse: o homem a ser seqüestrado é apenas um imperador. Ninguém pode questionar isso – disse Isla enquanto observava as próprias mãos. Sua unha comprida se quebrara, mas ele a estava deixando crescer de novo.

— Eu me sentiria muito estranho praticando uma aventura dessas, Cortés. Muito melhor seria atacá-los de fora, e ter um plano de fuga, caso isso fosse necessário.

Alvarado detestava as reuniões, aspirava sempre por tarefas mais simples, como escovar os cavalos, remover o esterco deles, alimentá-los, exercitá-los...

— Alvarado, como poderemos sitiar uma cidade que tem apenas três estradas elevadas conduzindo a ela, e um Exército em seu interior? – Isla, que a princípio se mostrara reticente quanto à viagem, ganhara confiança desde a execução de Quintaval, e ali em Tenochtitlán se considerava o vice-comandante. Ficava se exibindo pela cidade como se fosse um pavão premiado.

— A chave de tudo é a água – disse Núñez. Não sabia por que dissera aquilo, a não ser por considerar evidente. Ele não desejava a guerra. Queria permanecer em Tenochtitlán. Ali no império eles tinham as melhores parteiras e as melhores condições sanitárias.

— Eles são cercados pela água, Núñez – rebateu Isla, como se Núñez fosse algum miolo mole que não entendesse nada.

— O que estou querendo dizer é que se houver um cerco, o suprimento de água será cortado. Não se pode beber a água do lago, que é salgada demais. Eles só têm uma fonte de água: Chapultepec. Se for cortado o fornecimento, a cidade terá de se render.

Se os astecas se rendessem logo, e ele sabia que o fariam, um povo tão polido e benevolente como aquele, acabaria toda aquela tensão e desconfiança. As pessoas poderiam continuar tocando suas vidas. A única diferença era que Cortés seria o imperador, e seus oficiais, os nobres. Núñez lembrou-se da antiga Massada, de como aquela fortaleza situada em um planalto árido fora sitiada pelos romanos e como, para não serem escravizados, todos os judeus se mataram. As mães mataram seus próprios filhos e os maridos tiraram as vidas de suas esposas. Todos morreram, sobrou apenas um para contar a história. Jamais aquilo poderia acontecer em Tenochtitlán. Poderia até acontecer de os cidadãos de Tenochtitlán se sentirem aliviados com a transferência de poder, coisa que poderia ser obtida apenas com um cavalheiresco aperto de mãos. O que ele desejava fazer era se aperfeiçoar no cultivo do milho, do feijão, criar alguns perus. Para alguém como ele seria impossível possuir terras na Europa.

Isla se curvou para a frente e sussurrou algo no ouvido de Cortés.

— Sim, sim, sei disso – Cortés assentia com a cabeça.

Mesmo assim, justiça seja feita, a expedição se beneficiara muito com os mapas e as plantas de construção elaborados por Núñez. Fora ele quem pilotara o navio de Cortés. E era um excelente carpinteiro. Estava claro que ele se identificava com os conquistados, pois ele não tinha lugar algum para viver. Retornar à Espanha, ou mesmo a Cuba ou Hispaniola seria se arriscar a ser preso pelos representantes da Inquisição. Não existia melhor motivo para promover o bem-estar geral, acreditava Cortés, do que o interesse próprio, a necessidade de sobrevivência.

— Como, exatamente, iremos seqüestrar o imperador? – disse Cortés, que mantinha a voz abafada. Aquela reunião de oficiais estava sendo realizada no aviário, num local pitoresco que na mente de Aguilar lembrava um anfiteatro grego, com fileiras de assentos feitos de pedras brancas e uma ala de paineiras centenárias por trás.

— Não chamemos isso de seqüestro – disse Isla. — Iremos simplesmente fazer um convite para ele – falou Isla, que, com ar pensativo, esfregava suas mãos. — Esse povo é regido pelas boas maneiras, pelo protocolo, pelo decoro. O comportamento dele é contido, circunspecto. Por que não tirar vantagem disso?

Padre Olmedo olhou atentamente para Isla. Assim como Montezuma, Isla também tinha poucos pêlos no corpo. Sua barba era rala, o bigode era como o de um menino recém-ingressado na fase adulta. Os cabelos da cabeça ele penteava retos, para trás, e estavam sempre úmidos, emplastrados sobre o couro cabeludo. Padre Olmedo achava que ele devia usar algum tipo de cera ou de gordura. Jamais alguém o vira fazendo sua toalete. Teria ele tatuagens no corpo, como sinal de alguma misteriosa seita relacionada ao diabo?

— Faremos um convite a Montezuma com toda cortesia – prosseguiu Isla. — Nossa casa é a vossa casa, nosso palácio é o vosso palácio, por favor, vinde visitar-nos em nossas acomodações para um tranqüilo jantar entre amigos. Vossos servidores serão bem-vindos, porém é a vossa graciosa companhia que de fato desejamos. Será um encontro íntimo. À luz de velas.

— Poderemos dizer-lhe – retomou Cortés, entusiasmando-se com a idéia – que ele dirigiria as coisas tal como antes, e ia parecer isso mesmo, com a administração emanando de Axayácatl, o palácio do pai dele, e nós constituiríamos o poder por trás do trono.

Já que Núñez estava na reunião dos oficiais, Malintzin foi visitar Cuy em seu quarto, que na verdade era o quarto de Núñez no palácio dos hóspedes.

— Preciso lhe dizer uma coisa – disse Cuy à amiga.

— Eu sei o que você tem a me dizer. Mas por que eu sou sempre a última a saber?

— Não é maravilhoso, Maax? – Cuy mal conseguira deixar a esteira nos últimos dias. Ela já estava enorme.

— Não, não acho nada maravilhoso. Como você pôde ser tão egoísta numa época como esta? Você não tem mãe para ajudá-la. Não tem nada.

— Tenho Núñez.

— O que ele poderá fazer?

— Vamos nos casar. Somos uma família.

Malintzin balançou a cabeça e imitou a voz de Cuy:

— Ele irá se casar comigo. Irá me ajudar, amar-me, tomar conta de mim – ela estremeceu e se enlaçou com os próprios braços. — Como você é boba, Cuy.

Cuy, que estava passando manteiga de aloé e cacau sobre a barriga intumescida quando Malintzin chegou, interrompeu-se:

— Isso é porque Cortés não quer se casar com você.

— *Eu* é que não quero me casar com ele. Como está sua perna? Já está completamente curada?

— Está.

Cuy levantou a perna da esteira. Malintzin pôde ver onde a flecha havia atravessado. O pequeno ferimento estava enrugado, parecia uma boca.

— Tem alguma suspeita?

— Tenho.

— Também.

— Ouça, Maax, Núñez e eu teremos um pequeno pedaço de terra, nada mais do que aquilo que pudermos cultivar nós mesmos: plantar milho, criar perus, algumas hortaliças, você sabe.

— Todo mundo e seu pedacinho de terra. Estou cansada de ficar ouvindo essas coisas. E quando será? Depois que a guerra destruir tudo?

Certa vez Garra de Jaguar dissera que Cortés era uma aranha tecendo sua teia e que, uma por uma, as moscas seriam todas devoradas. Agora que ele estava morto, suas palavras tinham o peso de uma profecia.

— Você não compreende, Maax, porque você não ama mais a Cortés.

Malintzin olhou em volta. A cama de Cuy era composta de diversas esteiras, uma junto da outra. Um tecido tingido em vários tons de azul, adquirido no mercado, estava pendurado na entrada, como uma cortina, e pinturas feitas em cascas de árvores, representando pássaros e borboletas, estavam presas nas paredes brancas. Um tecido fino como gaze pendia do teto, servindo como proteção contra mosquitos. Cuy, o passarinho, havia construído seu próprio ninho.

— Por que você o amava antes?

— Porque ele fazia com que eu me sentisse viva.

Agora, dificilmente isso parecia um motivo suficiente, mas na época fora toda a razão de que ela necessitava. Antes de Cortés, ela sentia estar vivendo num mundo confuso, indistinto, era como se ela fosse o fundo de um lago cheio de algas. Cortés queria que ela subisse à tona e respirasse o ar.

— Ele dizia que iria me libertar. Mas na verdade ele já tinha começado a me libertar.

— Não é essa a razão, Maax. Eu sei a razão. Você o amava porque era uma órfã em busca de alguém que tomasse conta de você. O que é uma mulher sem um homem, Maax? Podemos viver sozinhas?

— E a *sua* resposta, Cuy, menina órfã, foi virar mãe?

A cabeça de Cuy, tal como sua barriga, parecia ter se desenvolvido. Para uma escrava que chorara ao sair da casa de sua dona, ela se tornara alguém com idéias próprias.

— Fui feliz pelo pai que consegui para o meu filho.

— É verdade.

— Você se sentiu como se tivesse morrido ao descobrir que Cortés já era casado?

— Você acha que eu só me preocupo comigo mesma?

— Acho. Como foi que você parou de amar Cortés? – Cuy soergueu-se, ávida por ouvir.

Malintzin reclinou-se para trás, apoiando-se nas mãos.

— Parei – disse ela lentamente, tentando encontrar a melhor forma de se expressar – porque ele matava muitas pessoas durante o dia. Não importava mais como ele me fazia sentir à noite – ela olhou para o rosto contraído da amiga, com seu cabelo liso e brilhante, os olhos oblíquos. — Um dia acordei e me dei conta de que ele era um homem mal, e isso fez com que eu me sentisse péssima. Talvez Francisco tenha me mostrado uma maneira melhor de me libertar.

— Isla é pior do que Cortés.

— Também acho – disse Malintzin.

— E Cortés não é totalmente ruim, Maax. Ele é muito gentil com Núñez. É bom com Alvarado, faça este o que fizer. Não exige que seus homens se arrisquem em algo em que ele próprio não se arriscaria. Quintaval era um louco intrometido, e teria desagregado os soldados.

— E as mãos dos tlaxcalas, Cuy?

— Estávamos em guerra contra os tlaxcalas.

— E os cholulas?

— Apesar de toda sua veneração por Quetzalcoatl, eles iam nos matar. E Garra de Jaguar era uma ameaça para todo mundo.

— Cortés vai além da guerra.

— O que é ir "além da guerra"? Matar ou ser morto, Maax, não é essa a questão?

— Ninguém antes havia chegado a esta terra para fazer guerra e conquistá-la para si próprio.

— Nossos barcos não são grandes como os deles.

— Como você é obstinada, Cuy. Você condena a todos do nosso povo defendendo a causa de Cortés.

— Você pode ter aberto seus olhos, Maax, mas eu, eu uso óculos.

— Como Núñez?

— Se Francisco usasse óculos...

— Francisco era um homem livre, Cuy.

— Francisco não era livre – Cuy disse e então se ergueu, apoiando-se nos cotovelos. — Francisco não podia viver no mundo feito pelo deus dele. É muito melhor acreditar em deuses que cobram tributos, deuses cruéis, num mundo cruel. É muito melhor ter uma razão para sofrer do que não saber por que se está sofrendo e esperar que os outros façam as coisas por nós.

— Não gosto que digam nada contra Francisco.

— Eu sei – Cuy disse e depois colocou as mãos da amiga entre as suas. — Também sinto tanta pena...

Ambas estavam quase a ponto de chorar por Francisco, cuja falta sentiam muito. Cuy, sua amiga mais velha, que lhe ensinara as coisas das mulheres, agora estava com 29 anos, segundo o calendário cristão, porém parecia ter mais idade, como se a vida dela já tivesse ultrapassado a metade.

— O que eu não compreendo – disse Malintzin – é como Montezuma deixa que os espanhóis permaneçam aqui como convidados reais, como ele pode aceitar ser o anfitrião dos homens que irão se apoderar do reino dele.

— Ele acredita que isso está escrito, Maax.

— Se eu soubesse escrever, eu escreveria: "Malintzin é um deus, deitem aos pés dele e obedeçam-no." Mas sei bem o que é isso. Montezuma quer acreditar no que está escrito porque na mente dele a derrota já aconteceu. Posso ver isso nos olhos dele. O povo acredita naquilo que o imperador acredita porque tem medo, ou então é muito preguiçoso para acreditar em outra coisa.

— Você não sente medo, Maax?

— Sinto.

— Se tiver de acontecer uma verdadeira guerra, o que Núñez não acredita, nossa terra estará bem longe, lá em Coyoacán, e você pode vir conosco.

— Para a terra dos coiotes?

— Núñez tem um mosquete.

— Coyoacán fica muito perto daqui. Todos saberão onde vocês estão. Eles irão descobrir, caçar e abater vocês.

— E quem iria fazer isso? Outra índia grávida toda encurvada, Maax, atravessando a ponte na hora da feira, indo para o campo? Ninguém iria reparar nisso.

— E Núñez, que é um homem branco?

— Alvarado vai sempre a Coyoacán. Quer começar uma criação de cavalos lá.

— Os coiotes irão devorar todos os preciosos cavalos dele. E a guerra irá se espalhar, Cuy. Xochimilco, Cuernavaca, Tacuba, Tlaxcala, Xocotlan, todas as cidades entrarão na guerra.

— Então, se convidarmos Montezuma para vir às nossas acomodações – dizia Alvarado aos oficiais –, por qual motivo haveria ele de querer vir até aqui para jantar?

— Já não falamos sobre essa parte? – Bernal Díaz repassou suas páginas com o polegar, usando o dedo sujo para encontrar o local exato. Então ele citou:

30 de dezembro de 1519

Hospitalidade e gestos de boa-vontade entre amigos e convidados são da maior importância para o sentido asteca de decência. Tudo é feito segundo o livro, segundo a lei e os precedentes.

— Por falar nisso, onde está *doña* Marina? – perguntou Cortés.

— O que fico imaginando – interpôs Isla – é por que ninguém mais por aqui se preocupou em aprender nahuatl. Qualquer um é substituível.

— Ela tem feito muito mais do que simplesmente traduzir – disse Aguilar. — Tem interpretado toda uma cultura, tornado possível que fiquemos em pé de igualdade com os caciques, com o imperador.

— Se ela pôde aprender espanhol, com certeza qualquer um de nós pode aprender nahuatl, estou certo disso.

Isla acreditava ser capaz de tudo caso se dedicasse. Quanto à linguagem, bem, ele simplesmente não tivera tempo, ocupadíssimo como estava em se apropriar do império.

— Já aprendi algumas palavras – disse Bernal Díaz.

— O bastante para falar com Montezuma?

— Não o bastante, Isla. Sei dizer "olá", "até logo", mas em breve me tornarei um mestre no vocabulário inteiro.

— Isso não irá acontecer tão rápido. A observação de Isla foi muito boa. O destino de uma nação não pode depender de uma mulher.

— Ainda mais quando se tem novas concubinas todos os dias.

Isla estava só brincando. Todos riram.

Botello encontrou Malintzin no quarto de Núñez, que, segundo ele observara, havia se transformado em algo semelhante a uma fantasiosa tenda mourisca, com panos pendurados e desenhos, souvenires e um tapete de palha grossa. A próxima coisa que ela iria pedir seria um macaquinho ou um papagaio para ficar sempre no ombro dela.

— Odeio o ofício de mensageiro, Malinche, pois sempre traz más notícias. Gostaria de lhe dizer: Você está livre. Estamos ricos. Deus chegou.

O paraíso está à sua espera. Mas a verdade é que Cortés está precisando de você. Venha comigo.

— Botello, queria lhe pedir uma coisa.

Eles estavam seguindo pelos corredores do palácio dos hóspedes, atravessando pátios e jardins, fontes de água borbulhante, bosques de hibiscos, trepadeiras multicoloridas e pássaros canoros.

— Você acha que Cuy ficará bem? – perguntou Malintzin.

— Ter um bebê é a coisa mais natural do mundo.

Ele pensou que ela fosse lhe perguntar algo diferente. *Ela* o deixou preocupado.

— Eu sei, mas numa guerra?

— Talvez os astecas se rendam. Montezuma está confuso, parece ser um covarde, quem sabe até um impostor, e definitivamente é um fraco.

— Ele já conquistou muitos inimigos.

— Quando era mais moço, Malintzin. Há generais que ficam bem longe do centro da batalha. Cortés é diferente nesse aspecto. Além disso, Montezuma segue as pegadas dos ancestrais dele e não vai se desviar desse caminho. Ele não tem confiança na própria intuição, não tem ambição. Mesmo estando no cume da sociedade, ele continua sendo, não posso deixar de dizer, um enigma, um feixe de contradições.

Os cabelos negros e ondulados de Botello obscureciam-lhe os olhos. Ele caminhava sempre com as mãos para trás, jogando a perna defeituosa para adiante, curvando os ombros como se estivesse apreensivo, totalmente afastado das coisas simples com que em geral as pessoas costumam se preocupar. Ele residia, pensava Malintzin, não num reino celestial como o que Francisco lhe descrevera, mas em algo enraizado na terra escura, algo muito antigo e misterioso.

— Você estava precisando de mim? – perguntou Malintzin com um jeito travesso ao ver Cortés e o bando de oficiais no aviário, alguns sentados nos degraus, outros andando para lá e para cá. Isla olhou para o chão e remexeu os pés. Ela balbuciou uma praga.

— O que você disse? – perguntou Cortés.

— Ah, falei uma coisa em nahuatl.

— *Doña* Marina, eis o que estamos planejando. Iremos convidar Montezuma para nos fazer uma visita em nossas acomodações e compartilhar uma pequena refeição conosco. É muito importante que ele seja nosso convidado.

Queremos que você proponha isso a ele, nos termos mais polidos possíveis, e também de modo muito casual. Talvez você possa passar uma escova nesses cabelos, vestir o seu melhor vestido, tornar-se apresentável. O seu aspecto está terrível.

— Este *huipilli* não está bom?

— *Doña* Marina, querida, vamos ser agradáveis e amáveis um com o outro? Não pude evitar que Montezuma me desse a filha dele, ou sobrinha, ou seja lá o que for, mas seria muito difícil para mim ignorá-la. Ela é uma princesa. Volte, vá trocar de roupa. Fique bonita, por favor.

Señor Cienpés, Senhor Centopéia, pode ter uma perna para cada negócio, porém é cego para a verdade. Ela vestiu um *cueitl* limpo, com listras vermelhas, e o *huipilli* bordado com flores. Pôs no pescoço o colar de conchas, escovou o cabelo, afofando-o com os dedos. Apanhou um bastão de carvão para delinear os olhos, esfregou suco de cerejas nos lábios, passou tintura de cochinilha nas faces e, suspirando diante daquele incômodo todo, foi conferir se estava suficientemente apresentável em seu espelho de obsidiana.

— Você está parecendo uma puta — falou Cortés quando ela veio encontrar o grupo, a caminho para fazer o convite ao imperador.

— É isso que eu sou — respondeu ela.

— Não seja assim, Malintzin.

— Assim como?

— Eu lhe salvei a vida.

— Também salvei a sua.

— O fato de eu estar fazendo favores à filha de Montezuma não quer dizer que não me importe com você. É meu dever satisfazer nosso anfitrião. Sei e respeito o quanto você é ciumenta.

— Não sou.

— Você está com ciúme.

Quando ele disse isso, ela mal podia se recordar da dor que havia sentido por cada nova mulher a quem ele olhava, mesmo que, recentemente, como na noite em que Isla lhe informara que Cortés era casado, ela se sentira atingida. Não passava de uma menininha tola naquela ocasião. Hoje não estava mais interessada. Ele a aborrecia.

Aguilar pigarreou e então disse:

— Calma, calma. Vamos convidar Montezuma para jantar e acabar logo com isso.

Levada até a presença de Montezuma, Malintzin descalçou as sandálias e manteve a cabeça baixa. Sentado de pernas cruzadas sozinho, ele tocava uma melancólica canção em sua flauta. Ergueu os olhos para os visitantes.

— Sim, filhinha.

Montezuma estava em um aposento de seu palácio, com o comprido cabelo solto, usava uma simples faixa para afastá-lo do rosto.

— Quetzalcoatl deu nome a todas as coisas – disse ele —, às montanhas, a todas as florestas, e fez crescerem o milho e o cacau. Nos tempos anteriores ao primeiro homem, Quetzalcoatl juntou ossos do mundo inferior, instilou seu próprio sangue neles e ensinou à sua criação as artes da música e da dança, do tecido, do artesanato, do calendário, da oração, e de como fazer um cultivo. Como homem-deus, fundou a primeira cidade do nosso povo, da nossa terra, a cidade sagrada de Tula, capital de Tollon. Ele se olhou num espelho mágico, viu que estava velho e feio, foi tentado a beber pulque e pecou com a irmã. A fome se abateu sobre a terra, invasores estrangeiros chegaram do leste e do norte. Ele foi derrotado. Saiu em peregrinação pelo país para expiar seus pecados, e por fim, na borda do mar Oriental, acreditando que ainda estava impuro, pôs uma máscara de turquesa, uma roupa de plumas e construiu uma jangada de serpentes. Já sobre o mar, ele explodiu em chamas e se transformou na mais brilhante estrela da noite. A data para o retorno dele foi prevista para Ce Acatl, o Ano 1 do Junco, este em que estamos agora. Meu coração, minha jovem filha, está queimando, aguilhoando-me como se tivesse sido lavado com água de chili. O círculo se refez. É o final dos tempos.

Aquele solene e monótono discurso, e a extrema seriedade com que foi pronunciado irritaram os ouvidos de Malintzin. Ela teve vontade de dizer: "Assim como o vosso coração foi lavado com água de chili, o meu está repleto de neve. E se o senhor Quetzalcoatl foi um homem tão nobre e heróico assim, como podeis tomar Cortés por ele?" Mas em vez disso, falou:

— Senhor Montezuma, desejamos convidar-vos, apenas a vós, para ir até nossas acomodações, para compartilhardes conosco uma refeição, sentando-vos em nossa companhia. Nós, que somos vossos humildes convidados, seremos os vossos anfitriões. Ficaríamos extremamente honrados.

— Pergunte-lhe quando ele poderá vir.

— Desejamos saber quando vos seria mais conveniente.

— Quando seria mais conveniente para vocês?

Malintzin respirou fundo e se arriscou a dizer.

— Ó grande Montezuma, correis um grande perigo. Cortés não é Quetzalcoatl. É um invasor estrangeiro. Se vierdes às suas acomodações, jamais saireis de lá.

Essas palavras foram ditas num tom como se ela anunciasse o próximo jantar, detalhando o cardápio, sem qualquer impressão de insistência em sua enunciação.

— O que ela falou? – perguntou Cortés a Bernal Díaz, que se gabara de estar aprendendo nahuatl.

— Que ele ficaria encantado de ser recebido em nossas acomodações.

— Filha – disse Montezuma, permitindo que seu olhar e o dela se encontrassem, um privilégio verdadeiramente inaudito –, você me previne daquilo que eu já sei. É o meu destino. Foi previsto que Quetzalcoatl retornaria. É o tempo dele, agora. E é meu dever passar o trono para ele.

— O vosso deus não é Huitzilopochtli? O que ele vos diz? – Malintzin nunca pensou em poder invocar o nome do deus da guerra. Além disso, Montezuma sacrificara Garra de Jaguar, entre muitos outros. No entanto, o imperador se lamentou e falou em palavras pesadas e cheias de importância:

— Huitzilopochtli está silencioso, filha. Mas está escrito que no Ano 1 do Junco começa o novo ciclo do mundo, e já tivemos todos os sinais. O passado previu isto.

— E se Cortés for Tzitzimitl, o demônio disfarçado de deus, uma ilusão tão desesperada quanto a que iludiu Quetzalcoatl?

Malitntzin estava furiosa. Será que o imperador não via que ela estava lhe dizendo todas aquelas coisas para o próprio bem dele? Não se dava conta do risco que ela estava correndo por sua causa? "O que foi escrito" não fora escrito por um escriba de muito tempo atrás, e que antes de ser escrito fora um poema, e antes disso um sonho, uma visão, algo tão sem substância que seria levado para longe se não tivesse sido talhado em pedra e fixado sobre o papel? E se "o que foi escrito" fosse o relato de algo que aconteceu, não poderia o autor desse relato ter posto nele tudo aquilo que desejava? Ela sabia que a "história" que Bernal Díaz estava escrevendo não passava de uma glorificação a Cortés. Quem falava pelos astecas, com aquele imperador totalmente inútil que eles tinham?

— O passado é um conto, imperador, o passado já se acabou.

— O passado é agora, Malintzin, todos os tempos são um só. O passado é uma profecia, é um mapa, e se ele é um conto, é um conto que precisa ser relatado e observado com atenção.

Ele estivera olhando fixo para a frente, com os olhos brilhantes. Então se voltou para ela e, pela primeira vez, impôs um tom mais feroz ao que dizia.

— Você, uma simples mulher, como se atreve a insultar e blasfemar contra o deus a quem serve? Você não acha que ele é Quetzalcoatl? Você já viu em alguém tanta ousadia, tanta autoridade, modos tão diferentes? Ele atravessou fronteiras. Só um deus poderia ser tão presunçoso. Não lhe ensinaram que ele, Quetzalcoatl, era um homem com um belo rosto, um homem com barba, que viria do mar Oriental tendo à cabeça uma cobertura semelhante a uma concha dupla? Poderemos ignorar o que está tão evidente diante dos nossos olhos? Os bastões de trovão, os túneis que lançam bolas, os enormes animais, o fio das espadas que derrotaram todas as cidades pelas quais ele passou não são evidências suficientes? Você tem explicação para isso? Você serve ao seu senhor sem nenhuma fé, e o trairia sem o menor escrúpulo? Por que você acha que sabe mais do que os grandes eruditos do nosso reino?

— Eu viajei com os invasores. Eu vi como eles são.

— Através de que olhos?

— Dos meus.

— Seus olhos carregam nossos ancestrais e tudo o que eles nos ensinaram. Vemos por meio da experiência do nosso povo. Enxergamos o que os deuses desejam que enxerguemos.

— E então, *doña* Marina, quando é que Montezuma virá para o nosso jantar? – indagou Cortés.

— Diga ao seu senhor, filhinha, que irei jantar em suas acomodações hoje mesmo.

E então começou uma grande confusão, pois embora a refeição devesse ser servida no palácio dos hóspedes e preparada pelos próprios cozinheiros de Montezuma, os espanhóis precisavam se comportar como os verdadeiros anfitriões e decidir quem faria o que, quando e onde. Alvarado deveria ficar de vigia. Isla saltaria sobre Montezuma. Adu lhe imobilizaria os braços. Aguilar despacharia sumariamente quaisquer visitantes. Núñez o amarraria. Cortés pressionaria uma faca à sua garganta. Bernal Díaz registraria o evento para a posteridade. Mas não foi preciso ter todo esse trabalho, pois Montezuma caminhou sem quaisquer seguranças até o palácio dos hóspedes, foi servido por apenas um cortesão, que colocou o cortinado e atendeu separadamente ao imperador. Depois do jantar, o imperador dispensou seu atendente e agradeceu ao anfitrião pela excelente comida que, aliás, ele mesmo oferecera.

Quando Isla o segurou, ele não resistiu. Não foi necessário torcerem o braço dele. Não precisou ser agarrado ou espancado, arrastado, obrigado a passar fome, afogado ou queimado. Não precisaram acorrentá-lo ou manietá-lo. Cortés não teve de ameaçá-lo com uma faca na garganta.

Foi tudo muito simples. O imperador dos mexicas, cuja capital, situada no ponto central do país, era uma maravilha do mundo; o homem que governava mais de 400 cidades e que era o grande sacerdote de milhares de templos-pirâmides; o homem que ditava a religião do Estado e que possuía imensas extensões de terra acima e abaixo da costa, no coração do continente, terras ricas em substâncias necessárias à vida, como o milho, o tomate, a batata-doce, o tabaco, abóboras de todas as variedades, plantas medicinais capazes de curar a dor e proporcionar visões sagradas, flores tão extraordinárias que traziam lágrimas aos olhos, terras repletas de ouro e pedras preciosas; um homem que dirigia uma vasta e treinada burocracia, além de uma bem adestrada força de trabalho que cumpria todas as ordens dele, cultivando as plantações, construindo as obras de arquitetura e modelando os mais lindos objetos; esse homem, comandante de um Exército de centenas de milhares de homens, que supervisionava a tortuosa execução de milhares de seres humanos, esse homem tão rico se curvou humildemente diante do destino, quase beijando os pés do seu astuto conquistador, Hernán Cortés, o filho único de um fidalgo de Medellín, em Extremadura, Espanha. O caçador de fortuna cubano, Cortés, o primeiro de todos os amantes latinos, o galanteador com um jeito especial para lidar com as pessoas, que sabia identificar sua grande chance logo ao vê-la e que não tinha medo de absolutamente nada debaixo do sol.

Montezuma comportou-se como se estivesse residindo no palácio do pai, como se fosse um privilégio seu e simplesmente tivesse transferido a corte e suas atividades oficiais para um lugar mais vantajoso, logo do outro lado da rua. Cortés, por seu lado, garantiu a ele, assim como a um irmão, um camarada homem-deus, que ele poderia continuar agindo como se de fato fosse o imperador, realizando suas funções oficiais com todos os propósitos práticos, presidindo os festivais, reunindo-se com os coletores de impostos e comerciantes, efetuando as atividades governamentais do dia-a-dia. Quetzalcoatl-Cortés queria apenas duas ou três pequenas concessões: que as tarefas administrativas fossem realizadas sob os auspícios e a direção dele, Quetzalcoatl-Cortés. Montezuma pôde conservar seu círculo social íntimo, suas esposas, seus servos e contar com acomodações domésticas dignas de alguém da sua posição. Ia poder tocar seu tambor, fumar seu cachimbo, ler seus preciosos livros. Mas não recolher os tributos em ouro, prata e pedras preciosas para o próprio ganho ou da sua elite dirigente. Não houve necessidade de se pagar pelo resgate, e foi melhor que não se tratasse de um seqüestro manifesto. Toda a riqueza do país seria encaminhada para a Espanha, explicou Cortés a Montezuma, para o maior imperador de todos, e também para seu leal servidor, Quetzalcoatl-Cortés, e seus oficiais. Apenas uma outra ligeira alteração foi exigida: os sacrifícios humanos teriam de ser interrompidos e os ídolos pagãos deveriam ser substituídos por cruzes benevolentes. E tão logo o povo se desse conta de que se tratava de uma nova era, o Deus verdadeiro deveria ser adorado no país inteiro. Padre Olmedo começaria a dar lições no *zócalo*. Assim que tudo estivesse estabelecido, novos sacerdotes seriam requisitados, cavalos seriam importados, além de gado, ferreiros, pedreiros, carpinteiros, artesãos...

— Eu me encarregarei do trabalho pesado, imperador Montezuma. O senhor fará as coisas mais fáceis: governará, nominalmente e na prática, até chegar o momento.

— Que momento, Quetzalcoatl?

— Diga a ele, Malintzin: quando for estabelecida a *Nueva España*, segundo os princípios cristãos. Diga-lhe que será quando a transferência de poder for completa e bem-sucedida, as minas de ouro devidamente localizadas, com a amável ajuda dos guias dele, e quando já tivermos recebido tributos suficientes para valer a pena mantê-lo vivo.

— Até eles decidirem vos matar – foi o que disse Malintzin ao imperador.

Na verdade, bastaria Montezuma fazer algum tipo de sinal para um de seus milhares de soldados e os espanhóis seriam vencidos, passando a ser uma simples página desbotada nos livros dobráveis dos anais de guerras astecas. Mas nos dias que se seguiram, Cortés e Montezuma aparentavam ser grandes amigos, inseparáveis. Os espanhóis confeccionaram pequenos botes e chalupas de um só mastro com bandeiras e toldos para os dois chefes navegarem pelo lago, de onde podiam lançar flechas contra patos domesticados e outras aves marinhas. À noite, os dois jogavam um tipo de jogo de malha, conhecido entre os astecas como *totloque*, e iam assistir aos jogos de *pelota* como dois colegiais, com a diversão sendo intensificada pelas grandes fogueiras em que iriam arder os perdedores. Os dois amigos íntimos escutavam música juntos, tanto espanhola quanto asteca. O pulque circulava como água. Em pouco tempo foi descoberta uma câmara secreta cheia de tesouros no templo dos hóspedes. Cortés pensou consigo mesmo que afinal estavam chegando ao ponto mais importante. Quando os grupos de busca retornaram com as informações sobre a localização das minas de ouro do império, Núñez foi posto para trabalhar na elaboração de mapas e para calcular métodos eficientes de mineração. Os astecas só escavavam superficialmente os sedimentos, colocavam-nos em cabaças, jogavam água por cima e recolhiam as pepitas de ouro. Se cavassem mais fundo, como imaginava Cortés, não haveria limites para as riquezas a serem descobertas.

E não foi só isso: logo começaram a chegar à capital, como tributos, montes de objetos e peças de ouro, todos – a não ser as jóias mais sofisticadas – sendo derretidos e prensados em lingotes. Na verdade, recolhiam-se menos alimentos, menos tecidos, sal e tabaco, menos grãos de cacau e de feijões-vermelhos, porém, se por um lado os armazéns não se enchiam, por enquanto a quantidade bastava para as necessidades da população. Certas atividades também foram executadas de forma bem menos meticulosa. Por exemplo: o lixo humano, que em geral era retirado em canoas e usado como adubo e na curtição de couros, agora era largado nas casinhas públicas de teto vermelho, com um cheiro tão nojento que elas não eram mais usadas. Os nativos adotaram os hábitos dos forasteiros com muita rapidez. Os varredores de rua não se davam mais ao incômodo de varrer: para que, se ninguém os obrigava a isso? E os canais se entupiam com o lixo, pois não havia por que se preocupar quando quem dominava era um poder estrangeiro. Os animais do zoológico não recebiam alimentação com regularidade. Os grandes felinos se enfraqueceram, perderam os dentes, os focinhos começaram a sangrar. Os jardins e o aviário, que Montezuma criara com tanto cuidado, foram abandonados: as flores tropicais da costa murcharam, as muitas e variadas orquídeas definharam. As damas-da-noite se mantinham com as pétalas fechadas o tempo todo. Tudo o que dependia do elaborado sistema de irrigação se tornou amarronzado. Apenas os cactos sobreviveram. Os livros dos astecas foram queimados, pois para os espanhóis aqueles volumes, montados com páginas dobráveis, confeccionados com cascas de árvore tratadas, só tinham a ver com os deuses pagãos e com uma história que seria melhor cair no esquecimento. Além disso, Bernal Díaz, o encarregado das questões literárias, achava os escritos astecas mal redigidos. Produção menor, menos produtos. O mercado agora já não era como antes. A sesta da tarde se iniciava mais cedo e acabava mais tarde. E por que se levantar de madrugada quando não havia nada para fazer? A cidade dormia com a desconfortável premonição de um desastre iminente, embora durante o dia não se fizesse menção alguma ao fato de o seu augusto imperador estar sendo mantido como refém.

Só quando o sol se punha era que algumas canoas seguiam às pressas, levadas por remos silenciosos através do lixo flutuante, até residências de nobres, galpões vazios, lugares obscuros, longe do centro da cidade, onde jovens guerreiros se reuniam em segredo. Eles se juntavam como sombras em Tacuba e Coyoacán, perto dos pântanos alagados de Xochimilco e em Chapultepec, a Montanha dos Gafanhotos, cujas nascentes abasteciam os aquedutos de Tenochtitlán. Em sussurros subversivos, à luz de velas de cera de abelha – uma invenção dos espanhóis – eles concordavam que a mente de Montezuma estava em desordem, que ele fora alimentado com veneno ou atordoado pelo sol, ou quem sabe habitado por espíritos demoníacos libertados pela invasão dos espanhóis, que deixou a terra perturbada. Todo mundo conhecia a loucura que tornava a pessoa incapacitada. A vontade era paralisada e o juízo dispersado. Fora isso o que acontecera a Montezuma, explicavam as pessoas. Havia casos de idosos que perambulavam pelas ruas, de jovens confusos a respeito da própria masculinidade, de espectros de mulheres que seduziam os homens até destruí-los. Os imperadores eram deuses, é verdade, mas também eram pessoas. Assim, cada guerreiro, ao retornar ao quartel de seu batalhão, jurava fazer sua parte na construção de um Exército independente de Montezuma, que haveria de destruir os espanhóis e, se necessário fosse, matar o próprio Montezuma.

Além disso, as chuvas tinham sido escassas naquele ano, e em março do ano cristão de 1520 os coiotes desceram das montanhas escuras e estéreis, ávidos por cães pequeninos e bebês. Os animais famintos cruzavam as ruas e passavam a toda a velocidade pelos canais. Caçavam junto dos palácios e templos, nas quadras de jogo de pelota, davam a volta no mercado e assustavam e perseguiam os moradores de todas as localidades. Os uivos faziam as mães ficarem petrificadas. Os pais deixavam as casas correndo, armados com cassetetes revestidos de pontas agudas feitas com pedras vulcânicas. E, então, pouco antes da madrugada, elevou-se um som ainda mais aterrorizador: era o choro e o lamento de uma mulher solitária. Sem dúvida alguma, uma deusa a lamentar a perda dos filhos, ou mesmo, como acreditavam os espanhóis, o fantasma daquela mulher de Cholula procurando pelo filho. "Meu filho, meu filho, onde está ele?"

Capítulo 32

Montezuma, aparentemente sem se dar conta da decadência da cidade e da desintegração do império, começava seus dias sentando-se à sombra de um limoeiro num dos jardins suspensos sobre os telhados do palácio. Ele gostava de se bronzear ao sol, tomar bebidas feitas com néctar de hibisco adoçado com mel, saboreando biscoitos crocantes salgados e apimentados com chili vermelho. Gostava de ter Malintzin a seu lado como ouvinte oficial, e não só por ela ser uma criada atenciosa e atraente. Por exigência de Cortés, Aguilar, que também costumava aparecer, pedia a Malintzin para traduzir-lhe as palavras, que eram então transcritas em seu caderno. Aguilar não tinha aspirações como as de Bernal Díaz del Castillo, para quem todo europeu que pudesse ler e comprar seu livro, graças à nova invenção, a imprensa, saberia um dia quem ele era: nada menos que o brilhante autor Bernal Díaz del Castillo.

Em vez disso, Aguilar considerava seu livro, ou seja lá o que fossem aquelas anotações, como um trabalho a ser usado nas escolas que os espanhóis criariam para os indígenas. É claro que eles teriam de aprender a história da Espanha em espanhol, e seria necessário que acompanhassem o progresso da mensagem cristã por todo o globo, isso acima de tudo, mas também iriam precisar conhecer a própria história deles depois da destruição da civilização asteca. Ele afinal se resignara a viver entre os mexicas como uma pessoa importante: possuía um leito de penas com estrutura de madeira, fabricado especialmente para ele, e colecionava as melhores e maiores velas em sua mesa de cabeceira. Como ministro da Educação, iria receber uma máquina impressora que viria de Sevilha, ensinaria os índios a comprimir trapos de algodão e transformá-los em papel, a fazer tinta com plantas regionais, encadernar livros e até mesmo lê-los.

Malintzin também caiu na rotina das narrativas de Montezuma nos jardins suspensos. Apesar de sua história sangrenta, Montezuma era um narrador talentoso, e embora ela soubesse que o passado talvez nada mais fosse do que um conto, ao menos era uma boa história, na qual ela acreditava em grande parte. O relato de Montezuma sobre os astecas errantes, suas viagens desde seu país natal, Aztlán, até o coração da terra, Tenochtitlán, representada por marcas e hieróglifos nos mapas, fazia com que ela sentisse que podia haver um significado maior para sua própria existência. Além de descender de um povo errante, em busca de um local seguro, a busca dela por um destino livre de acontecimentos apavorantes e horríveis correspondia àquilo. Entretanto, era difícil afirmar que Tenochtitlán fora sua salvação. Se por um lado as atenções de Isla de algum modo haviam diminuído, as de Cortés tinham se intensificado. Quanto menos ela podia suportá-lo, mais ardente ele se tornava. Quanto mais ela o odiava, mais ele a amava. *Cuanto más ella lo odió, más él la amó.*

— Corresponda ao meu amor, maldita. *Díme que me quieres, maldita.*

Cortés se inflava cada vez mais, tentando com seu corpo atravessar o muro de indiferença de Malintzin. Ela não era mais capaz de simular interesse. Ele enlaçava os braços dela entre os seus com tamanha força que chegava a machucá-la.

— Você é minha, está entendendo? É minha prisioneira, minha escrava do amor, não vou deixá-la ir embora.

Ao invés de amarrá-la a ele, às vezes Cortés a despachava. E essas ocasiões eram ainda piores, pois justamente quando ela pensava que ele não iria mais incomodá-la, Isla podia estar na cabana, esperando que ela voltasse, como uma daquelas cobras do palácio do imperador, guardadas em enormes cântaros de fundo largo e acolchoados com plumas. Essas víboras eram alimentadas com o leite de mulheres em período de amamentação.

Em nome da paz e para acabar logo com aquilo, ela consentia, como bonecas feitas de casca de milho, com a pele fina como papel e os membros molengas, e praticava o seu velho truque de afastar a mente do corpo. Como uma pedrinha chata lançada rente à água parada, seus pensamentos saltavam para o local e o momento em que tudo já estivesse terminado, embora soubesse que ninguém poderia salvá-la. Ninguém sabia de nada. E por que iriam querer saber dos hábitos do comandante, uma vez que isso poderia lhes custar a cabeça ou as mãos, suas posições, suas comidas, e por que haveriam de se importar com isso? Botello tinha sua mulher-crocodilo. Adu, acreditava ela, ocupava-se com as jovens que se aproximavam dele em bandos, querendo pegar no cabelo dele e tocar naquela pele incomum. Ele era educado, atencioso, não considerava as mulheres nativas como um direito seu, como faziam os outros soldados. Na verdade, ele era muito valorizado. Ela desviava os olhos quando ele a olhava, agindo como se jamais houvesse chorado agarrada aos pés dele.

Lá no telhado, sentada com Montezuma e Aguilar, Malintzin observava a longa fila de mulheres que chegavam à cidade, equilibrando cestos de frutas na cabeça, conduzindo crianças pela mão, puxando cachorros gordos e suculentos pela coleira e com varas entre os ombros em cujas extremidades balançavam gaiolas com iguanas.

Em seu apogeu, apenas cinco meses antes de os espanhóis chegarem, o mercado oferecia tudo o que se podia encontrar no império: feijões, chili, tomates, amaranto, sementes de sálvia, sal, perus, abóboras, coelhos, lebres, carne de veado, patos, mel de agave, favos de mel de abelhas, abacates, mandioca, ameixas selvagens, sementes de pepino, sapos, salamandras, papel de casca de árvore, incensos, borracha de resina, gomas, limões, lâminas de obsidiana, sarrafos de madeira, couros de animais, instrumentos de cobre, tabaco, cerâmica, panelas, tigelas e bacias.

Embora os suprimentos estivessem minguando, a praça do mercado ainda ficava cheia de gente, os ambulantes e vendedores de comida armavam suas tendas à sombra da grande pirâmide e as canoas manobravam em meio ao lixo, cheias de maços de flores e espigas de milho.

Acima daquilo tudo, Montezuma ficava sentado numa cadeira feita de cipós e junco tecidos em uma rede pendurada numa estrutura de madeira. Ele cruzava uma perna sobre a outra e repassava sua linhagem com satisfação. Abaixo, à sombra da muralha, um bando de mendigos acampava junto a uma pilha de detritos.

Quando os espanhóis chegaram a Tenochtitlán, Cortés ficou feliz ao ver mendigos e prostitutas pelas ruas. "É uma cidade de verdade," pensou, "como Sevilha." Bernal Díaz ficou satisfeito quando viu os escravos no mercado, amarrados por coleiras a um poste, e comparou aquela prática à das cidades espanholas onde se vendiam escravos negros vindos da Guiné. Alvarado comentara que os canais de Tenochtitlán eram semelhantes aos de Veneza, e um dos soldados comuns disse que o mercado dos mexicas era mais impressionante do que o que ele vira em Constantinopla. Características familiares tornavam as coisas estranhas mais palatáveis para eles todos.

— Os olmecas, chamados de povo de *ulli*, faziam bolas com a resina das árvores do litoral. Foram eles que inventaram o jogo de bola.

Malintzin ainda usava seu pequeno disco de borracha, inserindo-o previamente se reparasse alguma intenção, porém muitas vezes Cortés a tomava nos momentos mais improváveis e ela não tinha tempo de colocá-lo. Isla jamais lhe dava tempo para isso.

— Os olmecas esculpiam enormes rostos de seus ancestrais, e tinham um calendário como o dos maias, com o mês tendo 18 dias, 20 meses para cada ano e cinco dias de trevas no final. Naqueles tempos, nós, astecas, começamos a descer de uma cidade à beira de um lago, ao norte, chamada Aztlán, a terra das garças. Foi no Ano 1 da Lasca.

Enquanto isso, a barriga de Cuy crescia. Ela estava parecendo uma tartaruga, com as pernas e os braços e a pequenina cabeça esticados para fora de maneira desajeitada, como se quisesse investigar o mundo. Malintzin se lembrava da própria mãe, grávida de seu irmão, e não lhe parecia que Cuy estivesse especialmente cansada. Ela cumpria todas as tarefas. Naquela época, Malintzin se lembrou muitas vezes da mãe, perguntando-se se ela ainda estaria viva. O filho dela já devia estar crescido.

— Éramos guiados pelo nosso deus Huitzilopochtli, o beija-flor. Ele era um deus severo, e nós, um povo ignorante e sem civilização. Os otomi nos chamavam de selvagens, povo cachorro. Apesar de tudo, foi um começo, e foram previstas coisas grandiosas para nós. Fundamos nossa primeira colônia perto de Tula, a região de Quetzalcoatl, embora ele tivesse saído de lá há muito, seguindo para o mar Oriental.

Malintzin ficava confusa com as diversas tribos, quem era quem, quando eles existiram e quais deles ainda eram eles mesmos, e não simplesmente um povo conquistado pelos astecas. Os maias eram um povo independente, mas o período de grandeza deles já terminara, e muitas de suas grandes cidades estavam em ruínas. Quando ela fora levada para Bak, em Yucatán, e viu as longas cordas de musgo pendendo das árvores, e os macacos brincando entre os destroços, as plantas cobrindo as muralhas esburacadas, ela pôde sentir a presença dos fantasmas. Malintzin se perguntara se Tenochtitlán, com ou sem a presença dos espanhóis, estaria fadada a ter o mesmo destino. Cholula havia sido, no passado, um grande centro religioso que celebrava Quetzalcoatl. Chichen Itzá estava totalmente deserta. Teotihuacán fora uma cidade sagrada, e residência de artistas. Hoje o mato crescia sobre a avenida dos Mortos e os templos no interior das pirâmides do Sol e da Lua eram usados como latrinas.

Aguilar, tomando suas notas e fazendo parte do grupo de ouvintes, acostumado a sentar-se no chão, ficava de pernas cruzadas ali sobre o telhado. Estava deixando o cabelo crescer e o mantinha afastado do rosto com uma tira de pano, e como também estava muito bronzeado, poderia passar por um asteca usando roupas espanholas. Ele tinha consciência de sua identidade mutável. Não a desprezava e, em segredo, sentia-se fascinado pela história dos aztláns. Já sabia que eles descendiam dos toltecas, que por sua vez remontavam aos olmecas. O verdadeiro Quetzalcoatl, rei de Tula, a capital tolteca, foi expulso de sua cidade pelos inimigos. Os locais onde Quetzalcoatl descansara, pernoitara ou fizera uma refeição eram reconhecidos pelo povo asteca como sítios sagrados num roteiro de peregrinação. A destruída Cholula era um desses lugares, e para Aguilar era um mistério que Montezuma, sabendo da devastação que ocorrera, pudesse considerar Cortés como santo patrono de Tenochtitlán.

Além disso, o chapéu de Quetzalcoatl – com duas metades semelhantes a conchas, unidas de cada lado de sua cabeça – na verdade era um antigo elmo espanhol recolhido na praia, oriundo de uma viagem anterior à de Cortés, e fora colocado numa estátua memorial de Quetzalcoatl como se fosse o chapéu verdadeiro dele. E mais uma coisa: o deus Quetzalcoatl supostamente nascera de uma virgem, Chimalman, que engolira uma esmeralda. Aguilar não se atrevia a investigar o quanto aquela lenda lhe lembrava de ensinamentos que recebera quando menino e depois como sacristão.

— Em nossas primeiras colônias, represamos o rio e deixamos as águas inundarem a planície. Essas lagoas se transformaram em pântanos e logo se encheram de juncos, peixes, garças e outras aves marinhas. Nossa comida era o que podíamos encontrar: ovas de insetos, que cozinhávamos como bolinhos, salamandras, camarões, sapos, girinos, pássaros, algas, peixes... Começamos a nos sentir orgulhosos, pois estávamos construindo um povoado. Mas o nosso deus, Huitzilopochtli, considerou-nos, a nós e ao nosso comportamento, arrogantes e desobedientes, presunçosos, blasfemos, e então matou nossos líderes arrancando seus corações. Ordenou que os sacerdotes rompessem a represa e assim fomos lançados ao nosso caminho através das terras do deserto ao sul de Tula e mandados combater o povo de Otomi. Lá nós comemos cogumelos, cebolas selvagens, nozes, *yucca*, mel silvestre, cerejas, vagens de algarobeira.

Durante aqueles cinco primeiros meses de ocupação espanhola da capital, antes da refeição do meio-dia, padre Olmedo dava aulas de cristianismo. Eram ministradas em estilo peripatético, uma vez que Jesus havia comunicado sua sabedoria e suas vigorosas palavras tanto em locais cobertos por telhas como nos pátios, nas esquinas das ruas e debaixo das árvores. Padre Olmedo, usando grandes figuras presas em molduras que podiam ser desdobradas, à maneira dos livros astecas, revelava os detalhes da vida e da mensagem de Jesus. Malintzin, claro, era chamada para fazer a tradução.

Naquelas imagens, mostrava-se um Jesus achatado e de pernas tortas, por causa da falta de perspectiva do padre, e seu rebanho, os carneiros, mais pareciam barris inflados sobre gravetos. Os carneiros eram um verdadeiro enigma para os mexicas. Os cães eram domesticados e ensinados, os perus eram guardados por cercas, mas os animais maiores – os grandes gatos, o veado – andavam livremente.

Quando Jesus fazia pães ou pescava, tornava-se mais familiar. Talvez fosse apenas algum tipo de mágico, um feiticeiro do mal, alguém que pudesse lançar um encanto sobre outra pessoa e esgueirar-se na casa dela para roubar armas e ferramentas.

A traição a Jesus foi descrita por meio de desenhos grosseiros, de pessoas cochichando por trás de suas costas, em volta de uma grande mesa. Caluniadores. Apunhalando-o pelas costas. *Aquilo* os mexicas podiam compreender muito bem, pois quem ainda não fora traído de diversas maneiras?

A crucificação de Jesus era uma forma desconhecida de execução, mas que ele devesse ser executado, ou que aquela execução não era justa, este conceito não era estranho aos mexicas. Compartilhar da carne e do sangue de um deus, entretanto, em lugar de o deus compartilhar da nossa, *essa sim*, era uma idéia nova. Seria ótimo não ter de espetar ou cortar os braços ou as pernas, os ouvidos e o nariz, não ter de perfurar o pênis, a língua, não se preocupar pelo resto da vida com quem seria o próximo a subir a escadaria. E aquele homem viveu para sempre, sem ter de vaguear pelo traiçoeiro terreno de Mictlán. Essas novidades foram bem recebidas.

E então um dia, um dia tão comum quanto qualquer outro, no início de mais uma tarde enevoada e tediosa, Cortés recebeu uma mensagem de Vera Cruz trazida por um mensageiro corredor asteca e enviada por um dos homens deixados no forte. Homens do governador Velázquez, dizia a carta, tinham aportado no litoral com uma verdadeira armada: 18 navios. E pareciam estar se dirigindo a Tenochtitlán para prender Cortés e levá-lo acorrentado de volta a Cuba, onde teria de enfrentar um julgamento por rebelião e insurreição.

— Eles afinal chegaram até mim, os patifes.

Havia dias que Cortés estava aflito, mas sem saber por quê. Ele de imediato levou a missiva a Botello em sua nova casa em Xochimilco.

— Seu palerma, você tinha de ter me avisado! – Cortés agarrou-o pela gola do *tilmatli*, a roupa asteca que ele agora usava com o *maxtili*, a tanga, e o sacudiu com toda força.

— Perigo, *capitán*! Eu realmente vi o perigo! – falou Botello com a voz esganiçada.

— Já era tempo de você predizer alguma coisa, Botello, seu trabalho é me alertar dos acontecimentos – Cortés disse e então deixou o pobre homem cair sobre o chão de terra da cabana.

— Ah... – Botello olhou para cima, para a palha entrelaçada do teto. Era verdade: por intermédio de sua amante, a mulher-crocodilo, ele soubera dos barcos cubanos atracando perto de Vera Cruz. Como vendedora de ervas no mercado, mulher de idade indefinida e alma generosa, ela estava em contato com praticamente tudo no império. Na verdade, todos nas ruas de Tenochtitlán já sabiam que novos "templos alados" estavam no litoral, que mais guerreiros de roupas de prata montando veados monstruosos haviam desembarcado e estavam nas vizinhanças de Cempoala. O que Botello ficou imaginando foi por que Malintzin não soubera disso, ou por que, se sabia, nada dissera a Cortés. Ele tinha como certo que Cortés sempre era informado dos mínimos detalhes. Com certeza os oficiais estavam discutindo isso.

— Então você viu o perigo, não foi? — Cortés não achava que Botello alguma vez tivesse "visto" alguma coisa, realmente não, mas o mantivera consigo porque todas as suas previsões sempre tinham sido corretas. Não previra ele que a expedição seria um sucesso, que o próprio Cortés se mostraria destemido na batalha? O velho cigano, com seu estilo vago e desleixado, era de fato dotado de intuição, mostrava grande sensibilidade em relação às forças invisíveis ao redor, e em geral era possível contar com ele para se obter boas informações. No entanto, por que esse homem tão perspicaz havia falhado agora, justo quando era mais importante? Cortés não sabia se demitia o bandido ou se o punia severamente. Desde que os sacrifícios humanos haviam sido banidos, o clima andava muito tedioso na capital. Uma boa execução poderia animar as coisas.

Estavam naquele momento do dia em que Botello costumava tirar uma boa soneca em sua rede. Sempre em movimento, na maior parte de sua vida, tudo que ele desejava agora era se estabelecer em Xochimilco, gabando-se de morar perto do lago. "Moro ali perto do lago", diria ele para as pessoas. Fizera amizades com gente como ele: feiticeiros, ladrõezinhos, estudantes com pouca disciplina e muitas aspirações, músicos, poetas. Graças a esses novos amigos, ele às vezes conseguia plantas e sementes que tinham o poder de provocar a mais agradável embriaguez. Tomando essas poções doces numa casa de banhos de um tal Xocono, fabricante de pulque, ele viu a si mesmo na forma de uma pomba voando mais alto que as pirâmides.

— O que você acha que eu devo fazer, Botello?

Cortés não queria demonstrar seu desespero, mas estava aflito. Como poderia conquistar o império de Montezuma e ao mesmo tempo acuar o indesejável Velázquez? Duas frentes, uma adiante, outra atrás, era esse o pesadelo de qualquer general. Ele decidiu que se fosse punir Botello, ficaria para depois, quando ele provasse ter ficado totalmente inepto e inútil. Primeiro uma coisa, depois outra. Velázquez primeiro, depois Montezuma, e então Botello.

— Vá encará-los de frente, *mi amigo*.

Cortés era do signo de Touro. Botello achava que de fato o capitão se parecia com um touro, com a cabeça grande projetada para adiante, a testa saliente a abrir caminho, os ombros largos como uma muralha, estreitando-se para baixo até chegar a uma cintura de moça, e um jeito de andar com as pernas tão arqueadas que parecia que seus grandes órgãos sexuais lhe atrapalhavam o caminho.

— Encará-los de frente? Como?

— Com cestos de comida e lindas mulheres.

— Botello...

— Estava brincando. Quero dizer: encare-os com os soldados. E com nossos aliados indígenas.

Botello sabia que Cortés, embora tão astuto e esperto nas artimanhas da corte, gostava era de estar bem à frente de uma horda em fúria. Maquiavel podia ser o mentor intelectual dele, mas Gengis Khan era o herói.

— Você sabe me dizer se é o próprio Velázquez que está à frente dos homens? – Cortés gostaria muito de poder decepar pessoalmente a cabeça de seu patrão.

Botello franziu a testa, coçou os vincos da mesma, assumindo a postura de estar em transe.

— Eu vejo... eu vejo...

— Fale logo!

— Não creio que Velázquez esteja neste solo. Está acontecendo uma epidemia de varíola em Cuba, ele precisa estar lá para dar assistência. Mandou um capitão competente em seu lugar.

Botello ouvira isso de sua mulher, que escutara de um ex-coletor de impostos, que ouviu a história de um mercador que passara perto de Vera Cruz, a caminho do sul, e que conversara com um cacique que trocava tabaco por contas de vidro verde com um membro do grupo que fora deixado em Vera Cruz. Esse cacique soube da notícia por um marinheiro de um dos navios da expedição contra Cortés.

Doença em Cuba.

Cortés, que já se encontrava na cabana de Botello havia um bom tempo, agora olhava à sua volta. O chão era de terra batida, as paredes eram de terra, o lugar todo fez Cortés sentir-se como uma reles toupeira.

— Como é que você agüenta viver aqui, Botello? Isso fede horrores!

— Estou gostando muito, é pertinho do lago.

Era muito melhor aquilo do que bater queixo numa palhoça em Sevilha ou mergulhar atrás de moedas lançadas de algum cais escorregadio e verde de limo, ou trabalhar feito um mouro em troca de algumas lascas de pão de mandioca em Cuba ou ter de ficar subindo e descendo todo dia pelas montanhas com neve entre os dedos dos pés ou com medo de que a lava vermelha em brasa de algum vulcão espirrasse em cima dele no caminho para Tenochtitlán. Agora residia na casa do vendedor de ervas, que se tornara muito amigo dele. Numa região pantanosa e fértil, onde os dejetos humanos eram usados nos jardins flutuantes, a cabana parecia ter surgido espontaneamente do meio da imundície.

— É tão... tão... tão úmido aqui – disse Cortés, que não ficaria surpreso se visse os pés grandes e achatados de Botello criarem de repente membranas entre os dedos. A mulher dele, pelo que Cortés ouvira dizer, era morena e enrugada como um velho pergaminho, mas por debaixo da roupa o corpo era macio como o de uma donzela. Isla costumava dizer que ela era uma bruxa, mas Cortés, que conhecia bem o assunto, comentava: "Cada qual com o seu gosto."

— Sim – murmurou Botello, com uma expressão enigmática –, posso ver que o senhor será bem-sucedido em seu empreendimento contra os homens de Velázquez.

Ele observava o fundo de uma caçarola que estivera fervendo sobre a lareira no meio do aposento. A receita era muito simples. Um maço de folhas de louro, um bolo de sementes prensadas de girassol, uma pitada de sal. Deixava-se ferverem as folhas, que subiam à superfície e depois se depositavam novamente no fundo. Quando o bolo de sementes se desintegrava e ficava girando ao redor da fervura como peixes enlouquecidos, então esfriava-se o cozimento. Impregnado pela luz da Lua, misturado com mel e limão, essa infusão fazia bem para a digestão, para a circulação sangüínea e também para o período de menstruação da mulher. E também abrandava o coração e a mente, além de proporcionar ereções muito firmes.

— Você tem certeza absoluta de que irei derrotá-los, Botello?

— Pela vida da minha mãe.

Ele acreditava que sua mãe estava viva em algum lugar. Abandonara a caravana quando era um menino de dez anos, juntando-se a um bando de salteadores, com o qual aperfeiçoou seus talentos como leitor da sorte, aprendeu a nadar e a trapacear. Ocupações muito úteis.

— Quem devo deixar em meu lugar quando for enfrentar o Exército?

Botello hesitou, olhou mais uma vez fixamente para a caçarola, coçou a testa e os testículos. Ele ficava o tempo todo mascando um chumaço de folhas de cacau, como uma vaca ruminando, hábito que pegara da mulher. Cortés não conseguia entender como um homem que tivera contato com os vestuários e as belezas da cultura espanhola pudesse ficar daquele jeito.

— Vejo que Isla é o melhor.

Qualquer idiota teria dito a Cortés que Isla seria o melhor comandante em sua ausência. Embora existissem razões muito boas para definitivamente não tê-lo por perto, ele conseguiu manter sua compostura. Capaz e cruel, assim era Isla.

— Não confio em Isla.

— O senhor pode confiar que Isla fará o melhor para ele próprio, dom Cortés, o que significa manter uma paz severa na cidade até o senhor voltar.

— É, mas...

— Há certos homens que o senhor não pode confiar que irão fazer o melhor para si próprios, e esses são os mais perigosos, Cortés.

— O que você quer dizer com isso?

— Estou me referindo ao tipo de homem que joga fora a própria segurança e coloca em risco a vida dos outros.

— Não existe ninguém assim. Todo homem procura o próprio bem.

— Eu gostaria de pensar assim também, *señor*, mas existem homens que buscam o próprio mal, e também há os que, assim como os carneiros, seguem o chefe até o precipício.

— Não levarei ninguém para o precipício.

— Não foi isso que eu disse.

— Bem...

— E há homens como a mãe-pelicano, que se machuca para que seus filhotes possam se alimentar nela.

— Botello, os homens não são animais. Fomos criados à imagem de Deus.

— E os animais, eles foram criados à imagem de...

— Deus os imaginou.

— Entendo... – e Botello riu consigo mesmo. — E existem, *señor*, aqueles que abandonariam o grupo e brigariam para conseguir o domínio. E também ouvi falar de pássaros que botam seus ovos nos ninhos de outros, além daqueles que não reconhecem um intruso quando encontram um. Eu poderia continuar falando...

— Deus do céu. Você me faz pensar que o mundo é uma droga de um zoológico.

— Em vez de Isla, sugiro então Alvarado.

— É o que eu estava pensando.

Alvarado, na mente de Botello, era a pior possibilidade para ficar no comando. Era volúvel, infantil, tropeçava nos próprios pés, tinha medo da própria sombra, desejou a senhora do comandante, era dado a tiques e trejeitos impróprios para um cavalheiro. Alvarado gostaria de ter nascido cavalo, pelo amor de Deus!

— Alvarado encarregado do comando, Isla comigo, e também Bernal Díaz, é claro, para fazer o registro das nossas vitórias. Vou deixar Adu. Núñez pode ficar também, pois sou um homem bom e vejo que ele quer bancar o escravo para a escrava dele. Aguilar pode ficar para emprestar um sentimento de solenidade e respeito a Deus e ao país. Conto com ele para manter o tom elevado. Você pode ficar de olho em *doña* Marina enquanto eu estiver fora? Levarei a maioria dos meus soldados. Oitenta homens ficarão.

— Apenas 80?

— E alguns tlaxcalas.

— Entendo. E o senhor diz para eu ficar de olho em Malintzin. E exatamente de que modo devo manter meus olhos sobre ela, *mi amigo*, se posso perguntar?

— Não me venha com galhofas lascivas, Botello.

Todo mundo, exceto Cortés, sabia que Isla violentava Malintzin sempre que podia. Mas Cortés não desistia dela. Botello achava que se não contasse nada a ninguém ou não interferisse, estava contribuindo para a desgraça dela. Mas o que ele poderia fazer? Ser morto por Cortés ou por Isla por falar demais? O melhor para Malintzin seria fugir para bem longe. Ele já lhe dissera isso muitas vezes.

— Serão enviados despachos com regularidade para Alvarado. Não levará muito tempo para resolver a questão e o canalha, aquele patife do Velázquez, ser eliminado, ou melhor, levado a julgamento sob a autoridade do imperador Carlos. Botello, deixe que lhe diga, minha vida não é nada fácil – então Cortés chegou mais perto do vidente e passou um dedo pelo rosto dele. — Mas faço isso pelo bem comum. É muito melhor ser um vassalo do imperador Carlos do outro lado dos mares que ser súdito de um reles tirano ao alcance da mão, é isso o que eu acho. Para os índios, é o que quero dizer. E para nós, é muito melhor ter a oportunidade de obter riquezas, fama e terra de nossa propriedade do que atender às necessidades e obedecer às ordens de um homem que é um usurpador, pois Velázquez não tomou Hispaniola de pessoas que eram parentes e da mesma classe de Colombo? Meu dever é fazer com que os soldados lacaios de Velásquez caiam em si e vejam o erro que estão cometendo ao seguirem aquele falso governador, e que consigam decidir qual é o maior interesse deles, como diz você. Se for por eles próprios, com certeza eles ficarão a meu favor e da nossa missão aqui. E qual é essa missão, isso não preciso lhe dizer: é Deus, a glória e o ouro. O ouro é o maior interesse de todos os bons homens. A glória é para os bravos no coração e nas ações. E quem pode ser contra Deus, a não ser um infiel ou as legiões do demônio? Uma escaramuça para demonstrar força, uma ou duas batalhas viris, mas acima de tudo, meu caro amigo, conversa, negociação, companheirismo, quero dizer companheirismo fora do campo de batalha. A guerra é um jogo de perspicácia, você não acha?

— Com certeza. Mas pense no seguinte... – Botello praticamente recuara até os carvões de sua lareira. — As pessoas tendem a se ressentir mais contra o reles tirano ao alcance da mão que contra a figura vaga de um rei distante, simplesmente por causa daquela mesma proximidade. Não podemos suportar o imperfeito que nos é familiar.

— Como sempre, Botello, você só diz asneiras, vive arrepiando suas penas, confundindo os sentidos e esquentando os ânimos até pô-los para ferver. Alvarado será perfeitamente adequado para o comando.

Parte V

Capítulo 33

Cortés partiu para o litoral com mais de 200 homens do seu Exército e centenas de xocotlanos, tlaxcalas e cempoalas. Seu objetivo era fazer Narváez, o tenente e capanga de Velázquez, bater em retirada. Não sabia ao certo quantos homens estavam sob o comando dele. Dezoito navios podiam abrigar muita gente, mas, fossem quantos fossem, ele sabia que os seus bravos conquistadores, com maior experiência nas batalhas, seriam bem mais do que um problema para eles. Segundo as informações que pudera recolher, os tais soldados de Narváez tinham marchado sobre Vera Cruz, participado de uma ou duas escaramuças contra os homens posicionados ali e agora estavam a caminho de Cempoala. Cortés planejava empurrá-los em direção ao mar e depois incendiar seus miseráveis navios, de maneira que, caso pretendessem rever algum dia as praias de Cuba, teriam de ir a nado. Os que conseguissem chegar lá poderiam, no último fôlego de suas vidas, contar a história em altos brados ou se lamentarem para seu líder nefasto, o tal Velázquez, um ganancioso, um cachorro furtivo, uma serpente traiçoeira.

Alvarado observou a expedição deixar Tenochtitlán sentindo o coração pesado. Ele não gostou nada de ter ficado encarregado do comando. Isso haveria de mudar o ritmo de seus dias, de afetar seu sono, perturbar sua digestão... Na verdade, cada dia seria uma provação. Seu temperamento não era próprio para o comando, e fora isso mesmo que ele dissera a Cortés. Este lhe respondeu que não desejava pressionar o nobre Alvarado, ele não queria obrigar alguém a fazer o que não queria. Mas confidencialmente, só ali entre os dois, Alvarado era o único entre os capitães que poderia se incumbir da tarefa.

— Muito obrigado, *capitán*. Fico muito feliz com a confiança que tem em mim.

Suas palpitações no coração, que lhe subiam em tremores pela garganta, já tinham começado. Ele ficou surpreso de poder articular uma palavra sem sentir-se sufocado. Então, o motivo real de ele ter sido escolhido era porque ninguém mais estava em condições de arcar com a responsabilidade, ou seja, Cortés não confiava em mais ninguém. Mas o motivo pelo qual confiava nele, no *señor* Alvarado, este era um mistério que não conseguia decifrar. Seus antecedentes não eram propriamente ilustres, para se dizer o mínimo. Desde o começo ele se mostrara uma pessoa não-confiável: acelerando seu navio para chegar à costa de Yucatán antes da nau capitânia, comportando-se de forma canhestra em todo o episódio com o infeliz Quintaval, para não mencionar o caso com Malintzin.

— Uma oportunidade para progredir, Alvarado, não é algo que um soldado ambicioso possa recusar.

— Não acho que eu seja merecedor de uma honra tão grande.

E ele não era uma pessoa especialmente ambiciosa. Só queria era sair vivo de tudo aquilo, e montado em seu cavalo.

— Quanto tempo o senhor acha que levará sua missão, *comandante*?

— Muito pouco mesmo, Alvarado. Um mês... Estamos em maio. Acredito que até meados de junho.

Muitas coisas horríveis poderiam acontecer num único mês. Durante essa conversa, eles caminhavam perto do Templo Mayor, contornando-o e passando pela frente do painel com os crânios.

— Todas essas pessoas decapitadas, coitadas – Alvarado disse e então notou a cabeça de Garra de Jaguar, que era o crânio mais recente ali.

— É muito feio o que eles fazem uns com os outros.

Cortés conversara longamente com Montezuma a respeito de se interromper os sacrifícios humanos, porém Montezuma lhe garantiu que o poder estava preservado e a ordem mantida, e que todos se sentiam felizes com aqueles rituais. Sem os sacrifícios, sem alguma coisa visível para se temer, haveria o caos, a revolta, a guerra entre as classes. Cortés então propôs o deus cristão como forma de manter a civilidade, a disciplina e a hierarquia organizada. Montezuma poderia ser batizado, tornar-se um renomado cristão convertido. O imperador asteca riu daquela proposta.

— Quetzalcoatl-Cortés, para se manter o povo obediente é preciso existir o medo da morte, e o senhor sabe muito bem disso.

Por isso, quando os conquistadores ouviam os tambores rufando naquele ritmo lento e fúnebre, e as notas estridentes das flautas feitas de osso, sabiam que não deviam se aventurar longe de seus aposentos. Caso o fizessem, iriam se defrontar com uma multidão de espectadores, ver as grandes urnas começarem a ferver diante da carnificina real, observar as fogueiras brilhando no topo da pirâmide, os recipientes em brasa para os corações sendo expostos do lado de fora, e as compridas *tilmatli*, as capas dos sacerdotes, a esvoaçarem por trás deles, negras e endurecidas de sangue pisado. E então, quando tudo voltasse a se acalmar, haveria uma trilha fresca de sangue ainda recente descendo de alto a baixo, e uma nova cabeça para apodrecer no painel.

— Deixarei Aguilar e Adu como seus seguranças pessoais de confiança.

— Adu é um escravo – protestou Alvarado. Aguilar, na melhor das hipóteses, era uma pessoa muito relutante, e na pior, um preguiçoso.

— Adu ganhou a liberdade por sua bravura, Alvarado. E Aguilar é uma de nossas melhores cabeças. E Botello também irá permanecer aqui.

— Grande consolo...

Na opinião de Alvarado, Botello era uma completa fraude e, o que era pior, não sabia manejar uma espada.

— Além de Núñez.

— O judeu?

— Núñez tem um relógio é o nosso piloto. E ainda é um carpinteiro com muito talento, extremamente hábil no combate e um verdadeiro sábio na estratégia. Eu preferia estar com um homem desses ao meu lado, mas generosamente o deixarei com vocês.

— Botello vive numa cabana, com um deles.

Além disso, Núñez apaixonado era a mesma coisa que Núñez incapacitado. E agora, com a mulher grávida, os três seriam um verdadeiro escoadouro de recursos.

— Botello está em uma posição privilegiada por morar numa cabana. Assim ele poderá ficar de orelhas atentas ao ritmo da nação.

— Mas o senhor disse que não iria acontecer nada.

— E como poderia acontecer? Temos Montezuma sob total controle. Diga-me, Alvarado, depois de quase seis meses nesta capital, quantas batalhas já tivemos? Isso mesmo: nenhuma. *Doña* Marina estará sempre a seu lado, para traduzir tudo. Padre Olmedo permanecerá aqui para dar orientação espiritual.

— Grande alívio...

Malinche para a tradução? Teria Cortés esquecido a imprudência dele, Alvarado, com ela? Além do mais, ele ouvira dizer que ela não estava mais correspondendo às atenções de Cortés. Significaria isso que ela andava em busca dos favores dele próprio, Alvarado? Problemas nunca mais, jurou ele.

— Vai haver uma grande festa aqui, você sabe. Pense que estarei no meio da floresta, infestada de mosquitos, enquanto você estará no meio de uma celebração. Creio que será o festival do milho verde.

— É quando eles costumam decapitar as virgens?

Cortés pigarreou e chutou o lixo para longe do caminho. As ruas agora estavam tão sujas quanto as de qualquer cidade européia.

— Minha obrigação é manter nossos interesses em segurança, Alvarado, ou seja, manter nosso ouro em nossas próprias mãos, quer dizer, para o rei Carlos, independentemente do que isso possa exigir. A sua obrigação é permanecer aqui, ser simpático e inteligente, comer, beber, sorrir o máximo que puder. Os índios acham que você tem relação com o deus Sol; que você, com esse seu cabelo de fogo, é uma encarnação dele, como Tonatiuh. Eles te amam, Alvarado, é verdade. Deus do céu, você poderá velejar no lago num dos nossos pequenos bergantins, caçar patos... Você e seus homens poderão satisfazer todos os seus caprichos enquanto os nossos estarão numa batalha feroz contra os traidores cubanos, chefiados por aquele desgraçado do Narváez. Pode ser que chova. Vai haver muita lama, e moscas.

— É, como o senhor disse, haverá muitos mosquitos. O senhor conhece Narváez, *capitán*?

— Nunca pus os olhos naquele filho de uma apanhadora de trapos.

— Por que Velázquez não veio pessoalmente comandar as tropas?

— Por causa da epidemia de varíola em Cuba. Uma desculpa que aquele covarde encontrou para não me encarar frente a frente. Em vez disso, manda o lacaio dele, Narváez.

Os dois se detiveram debaixo de uma árvore corticeira. À direita estendia-se um canal. Cortés estava com um grande rolo de tabaco espetado na boca. Aquilo se tornara um hábito. Toda manhã, depois do desjejum, ele fazia um dos índios enrolar seu estoque para aquele dia, que guardava numa pequena caixa de madeira que um dos mestres artesãos fizera para ele. Um pouco de tabaco depois do desjejum, depois para uma caminhada matinal, mais um pouco após a refeição da tarde, uns tragos depois da sesta e por fim para acompanhar o conhaque que ele tomava todos os dias antes de dormir.

— Sabe uma coisa que ainda me deixa muito irritado, Alvarado?

Chegara a hora. Ele ia puni-lo por causa de Malinche e daquela malfadada noite que, para ser bem preciso, jamais acontecera de verdade, pois ele não fora capaz de levá-la até o ápice.

— Velázquez não aceita a minha posição de superioridade aqui, apesar do fato de o imperador Carlos IV, segundo tudo o que já ouvi dizer, ter demonstrado benevolência com a minha iniciativa, a minha liderança.

— Achei que era o imperador Carlos V.

— Pouco importa se é IV ou V, o que ele aprova é o ouro. Isso lhe surpreende?

Quando Cortés partiu para o litoral, apesar da apressada facilidade com que ele falava em despachar os inimigos, levou consigo uma grande quantidade de peças de artilharia, que os carregadores indígenas já tinham transportado desde Cempoala: as escopetas, os pequenos canhões e os mosquetes, além de muitos frascos de pólvora e caixas de cartuchos, e floretes, adagas, lanças e albardas, machados e bordões, escudos de aço com ferro dourado, bronze e couro, e muitas balestras de aço, madeira e chifre. A balestra preferida de Cortés era decorada com ébano, marfim e madrepérola, com desenhos de trepadeiras retorcidas, pássaros em vôo e dragões mostrando suas línguas bipartidas e ondulantes. Ele também não pôde deixar de levar seu mosquete com trava, decorado com figuras em marfim representando uma cidade murada, um castelo e várias mulheres dançando uma giga com seus ventres nus. E a armadura dele era composta por mais do que um peitoral e um elmo, havia também a túnica e as luvas metálicas, e seu cavalo tinha a cabeça protegida por uma peça revestida de pontas na parte da frente. O estandarte de Cortés, com o lema "Irmãos, sigamos a Cruz, e por nossa fé haveremos de conquistar" era levado por Isla. Alvarado achou que eles se pareciam com os cruzados, que tantas vezes partiram para libertar a Terra Santa dos pérfidos infiéis. Aquela batalha era a que Cortés esperara por toda sua vida.

E apesar dos temores de Alvarado, nas primeiras duas ou três semanas de ausência de Cortés tudo correu bem, tanto que ele se sentiu inclinado a achar que o comandante estava certo ao descrever os deveres da ocupação como algo insignificante. Os mexicas estavam se preparando para a maior festa do ano, dedicada ao deus Tezcatlipoca. Era o mês de Toxcatl – maio no calendário cristão. Tezcatlipoca, também conhecido como "espelho fumacento", era um deus enganador, o senhor da noite, que tentou Quetzalcoatl com pulque. Um deus assim, tão desonesto, exigia que lhe proporcionassem uma grande satisfação.

Na grande praça eram oferecidos cortes de cabelo, que eram cortados curtos na frente e mantidos compridos atrás. Os guerreiros que haviam se destacado nas batalhas podiam cortar todos os seus compridos cachos. Os sacerdotes usavam o cabelo raspado dos lados, e na frente havia um firme emaranhado bem no meio da cabeça. As mulheres compravam ungüentos, *axin*, ou terra amarela, para usarem no rosto, tinturas para os dentes e prendiam o cabelo em duas voltas, terminando em dois pequenos chifres na frente da cabeça. Os *huipilli* para o feriado tinham vindo em cestos de vime. As mulheres que iriam dançar com soldados tinham seus *cueitl* decorados com corações e outros desenhos bordados. Algumas tinham franjas na borda dos *cueitl* e traziam peixes desenhados nos *huipilli*.

As flores dos campos inundaram a cidade: íris púrpura, lírios bege com felpudos estames amarelos, rosas silvestres, botões de rosas amarelas, cosmos rosados e ramos de tremoços azuis. Os melhores tecedores de plumas e joalheiros das cidades tributárias foram para a capital confeccionar bastões, cocares e *maxtlatl* decorados. Todas as equipes de cozinha da classe alta se dedicaram a arquitetar os mais saborosos pratos: codornas, veados, pombas, perdizes, faisões e javalis. A batata-doce seria assada, o peixe branco, preparado com sementes de cabaça amassadas. O cozido da salamandra *axolotl* seria misturado com pimentas-amarelas; o milho, cozido com pimentões e mel. Todas as iguanas deveriam ser agrupadas e depois mortas, amaciadas com molho de sálvia e assadas em espetos. Peixes do mar, tartarugas, caranguejos e ostras vieram do litoral. O ar estava impregnado de perfume de incenso de copal. A antiga escassez ficou esquecida, assim como qualquer possibilidade de fome generalizada ou seca.

Durante esse período excitante, foi fornecido a Montezuma um novo *timaltli* azul-esverdeado – a cor real que só ele podia usar –, um *maxtili* de algodão branco lindamente tecido e novos *cactli* com tiras se cruzando das pernas até os joelhos. Jóias nunca vistas antes pelos espanhóis, apesar de todas as suas buscas, começaram a aparecer. Ainda assim, Montezuma não parecia tomado por nenhuma grande alegria. Estava calmo, bronzeava-se todos os dias no terraço, fumava tabaco, rezava e continuava a contar para Malintzin a vitoriosa história do povo dele.

Quando já se passara quase um mês da partida de Cortés, chegou o dia em que um jovem perfeito, chamado Tonatiuh, seria sacrificado. Ele havia passado um ano como filho do Sol, rodeado de lindas donzelas, que atendiam a todos os seus desejos. Alimentado com a comida mais saborosa, aprendendo a tocar as mais melodiosas canções na flauta, no dia de sua morte ele foi vestido como um deus e conduzido de barco até um pequeno templo situado em uma ilha do lago. Enquanto subia os degraus, como era requerido, ele foi quebrando e lançando ao chão as flautas que recebera para aquele ano. Ao chegar ao topo da escadaria, foi sacrificado.

Alvarado preferiu não testemunhar aquele acontecimento. Montezuma, embora prisioneiro, oficiou a cerimônia durante a qual o coração do jovem foi arrancado e suas pernas e braços levados de volta ao palácio dos hóspedes, onde foram preparados pelos cozinheiros reais, depois de assados em um espeto na brasa, sendo umedecidos pela aplicação de tomates espremidos. Em seguida foram lindamente servidos com molho de chocolate e grãos de baunilha, pimenta e especiarias picantes. Montezuma ofereceu um pouco a Alvarado, mas este se sentiu enjoado só em pensar, estava horrorizado com toda aquela celebração, apesar de Malintzin lhe dizer que era um grande privilégio provar um pouco da porção do imperador. Em vez de Alvarado, Botello comeu, declarando depois que a carne era muito macia e adocicada, como carne de peru.

Alvarado não havia conhecido o jovem sacrificado, porém já o tinha visto caminhando pela rua, acompanhado por suas jovens, sem aparentar estar infeliz. Segundo todos os relatos, ele galgou os últimos degraus em ótimo ânimo. Botello, tentando confortar Alvarado, revelou-lhe que acreditava que o deus-homem recebia antes de morrer uma boa dose de *teonanacatl*, botões de um tipo de cacto. As flores róseas desse cacto desabrochavam em maio e podiam ser encontradas nas saliências rochosas das montanhas e cânions. Ele já havia acompanhado os sacerdotes na colheita de *teonanacatl*.

Durante todas as festividades, que deviam culminar numa cerimônia de encerramento realizada no Templo Mayor, Cuy sentiu-se feliz por estar abrigada em segurança no quarto de Núñez. As melhores parteiras da cidade já haviam sido contatadas por intermédio de Malintzin e estavam prontas para atendê-la ao menor sinal. Todos os instrumentos para o parto já tinham sido reunidos: o pano de algodão branco, nunca utilizado antes, para ser estendido sobre o chão; grandes caçarolas a serem postas sobre a lareira para que o aposento se enchesse de vapor; e os brinquedinhos que deveriam ser dados ao recém-nascido: um pequeno arco-e-flecha se fosse menino, e uma roca e uma vassoura se fosse menina. Botello, com sua bolsa cheia de ervas e de apetrechos de barbeiro, estava preparado para dar assistência se houvesse necessidade.

Depois do nascimento do bebê, a pequena família pretendia se mudar para Coyoacán, onde estavam construindo uma casinha com tijolos de adobe. A palha para o teto seria trançada por mestres artesãos. A estrutura da casa tinha a forma de um quadrado, o chão era de pedra, e tal como as dos mexicas mais ricos, era construída ao redor de um pátio descoberto. Embora a conclusão da estrutura ainda estivesse longe, Botello já plantara a terra ao redor com sálvia vermelha brilhante, calêndula e margaridas brancas. Núñez, muito competente nesse tipo de coisas, estava fabricando um berço de madeira entalhada para a criança. Mas Malintzin observou essas providências com reticência.

— Cuy, já lhe disse isso antes. Se houver uma guerra, vocês estarão muito perto da cidade.

Quando Isla e Cortés partiram, Malintzin pôde passar a dormir todas as noites sem sobressaltos. Ultimamente, porém, vinha sonhando com a morte. Nesses sonhos, Tenochtitlán era arrasada, as pirâmides eram derrubadas, os palácios destruídos, toda a estatuária era esmagada e o povo do Sol ficava arrasado pela doença e a fome, com os cadáveres entupindo os canais ou sendo empilhados sobre as avenidas que em outros tempos foram tão lindas. Durante o sonho ela perambulava pelo meio dos destroços, apanhando máscaras de barro quebradas, uma pedra de uma pirâmide, um braseiro fumegante em que estava um coração, uma roupa de bebê...

— Se todos irão morrer na cidade e nas redondezas, Maax, então por que *você* permanece aqui?

Cuy passava as manhãs deitada de costas, olhando o ventre crescer, uma vez que de noite as crianças em fase de desenvolvimento costumam ficar acordadas tentando alcançar as pernas, que estão se alongando.

— Você pode vir conosco para Coyoacán.

— Já somos duas mulheres adultas, Cuy. Você vai dar início à sua família.

— Então fuja sozinha. Agora é um bom momento. Cortés está fora. Alvarado seria incapaz de encontrar os próprios dedos se eles não estivessem bem na ponta dos pés.

Malintzin pensou na odisséia dos astecas, contada nos livros que Montezuma lhe permitia dar uma olhada quando ambos ficavam sobre a *azotea*. Pequenas pegadas mostravam a longa caminhada desde Aztlán, a terra das garças, até Tenochtitlán. Cada parada era assinalada por um homem sentado com sua manta aberta ao redor. As conversas eram indicadas por nuvens com contornos floreados que saíam da boca das figuras. Para ela havia um detalhe notável naquela jornada. A fundação da cidade de Tenochtitlán, o lugar certo, de acordo com a profecia, estava marcado por uma águia pousada sobre um arbusto de cacto com uma serpente na boca. Nas imagens dos mapas, era esse emblema que ficava no centro das quatro direções.

— Você quer ficar aqui só por causa do Cortés, não é mesmo? Porque já ficou habituada com ele.

— Porque me habituei à minha vida, Cuy.

Os primeiros anos do povoamento asteca no lago Texcoco, entretanto, não tinham sido nada gloriosos, admitiu Montezuma. O lago estava cheio de cobras e de lama, e era totalmente inóspito. Mas os astecas, que declaravam ser parentes dos aristocráticos toltecas, estavam destinados a permanecer no local que o deus deles, Huitzilopochtli, designara-lhes. Então mataram as cobras, comeram-nas assadas em espetos, fizeram os jardins flutuantes sobre a lama, drenaram terra suficiente para construir ali uma grande cidade e continuaram conquistando outros povos até se tornarem a força dirigente do país.

— Há diversos caminhos que conectam todas as cidades do império, caminhos que são sempre percorridos por mensageiros corredores, comerciantes e coletores de impostos — prosseguiu Cuy, tentando convencer Malintzin.

Embora as pequeninas pegadas da viagem dos astecas fossem estimulantes para o olhar e deliciosas de se imaginar, ela não se via fazendo aquela jornada sozinha. Em sua mente ela via cacos de luz solar sobre a terra escura da floresta, a água cintilando sobre ânforas quebradas, as sombras tão profundas que a engolfavam e causavam estremecimento, areias movediças, plantas venenosas, animais devoradores de mulheres... Era assim o lugar em que a mãe fugitiva e seu bebê haviam morrido.

— Quem iria me proteger?

— E quem está lhe protegendo aqui?

Malintzin pensou que era muito fácil para Cuy dar conselhos, deitada ali, como uma grande abóbora prestes a estourar.

— Pense nisso como se fosse a neve, Maax. Não é você mesma que vive dizendo que Francisco lhe ajudou a ver as coisas de um jeito diferente?

— Cuy, você foi a única pessoa que conseguiu me convencer de que Francisco estava errado. O povo dele e o meu povo...

— O *seu* povo? Quem é que está dizendo isso? Maax, Malinche, Malintzin ou *doña* Marina? Você está parecendo Garra de Jaguar, sacrificado pelos mexicas porque tentou matar o inimigo dos mexicas.

— Ele caminhou para a morte cheio de orgulho.

— Porque não conhecia outra forma melhor.

— Todos morreremos algum dia.

— Maax, você nunca desejou morrer, de forma alguma, muito menos no topo dos 114 degraus com uma faca no coração. Seu povo te vendeu, como você se lembra muito bem.

— Talvez minha mãe tenha me vendido para o meu próprio bem.

— Seu próprio bem?

— Poderia ter sido pior se eu tivesse permanecido em casa, é isso o que eu acho agora.

— Pior do que a escravidão?

— Talvez eu tivesse sido apedrejada.

— Por quê? Só o adultério é que merece o apedrejamento. Do que você está falando?

— Na verdade, não sei o que estou falando.

Cuy lançou um olhar de reprovação para Malintzin.

— A Maax que eu conheci sabia sempre do que estava falando.

Alvarado estava no estábulo com Alonzo, seu cavalo favorito. Em uma das mãos ele segurava uma escova, para passar no corpo do animal, e na outra o pente de ferro. Começava pelo pescoço, trabalhando só de um lado, indo para baixo até chegar ao ombro e à pata dianteira, prosseguindo pelo corpo e a anca. Depois passava para o outro lado, repetindo o processo todo: escovar, retirar os fios da escova com o pente, depois escovar novamente e passar o pente. Estava trabalhando na crina e no rabo do cavalo quando chegou o mensageiro com a carta de Cortés.

25 de mayo de 1520

Alvarado, preciso lhe contar como estamos aqui e expressar o meu caloroso agradecimento a você e a todos os capitães. Tenho certeza de que Montezuma ainda está com vocês. Transmita-lhe as minhas mais afetuosas saudações. Houve uma batalha decisiva contra Narváez perto de Cempoala. O cacique gordo lhe envia saudações. Narváez, com 18 navios cheios de homens, prometeu dois mil pesos para quem matasse a mim ou a Isla. Pode imaginar uma coisa dessas? Narváez teve um olho arrancado por uma lança. Estou escrevendo sozinho. Bernal Díaz está muito ocupado com o registro de tudo. Ele está com feridas muito feias entre as pernas. Estamos com poucas armaduras. Você poderia enviar algumas? Eu agradeceria muito.

Como poderiam estar precisando de armaduras, perguntou-se Alvarado, pois ele se lembrava de os ver partir levando praticamente todas as peças que tinham?

Estamos precisando de barreras de ferro.

Alvarado achou muito estranho aquele pedido. A *barrera* era a parte da armadura que protegia a boca e o queixo, com apenas uma abertura estreita para a vista, de maneira que o lutador de justa precisava se inclinar para baixo, localizar o alvo, retornar para a posição original e em seguida atacar às cegas. Naqueles tempos as justas raramente aconteciam em torneios. Se eles estivessem combatendo próximo a algum rio ou pântano, peças daquele tipo seriam as últimas coisas de que iriam precisar.

As barreras não são necessárias, Alvarado. Eu só estava brincando com você. Na verdade, temos aqui tudo de que precisamos. Nossa senha durante a luta é "Espiritu Santo". A deles é "Sangre de Cristo".

Alvarado pôs-se a imaginar a qual das senhas Deus iria ouvir e atender.

Nossa batalha perto de Cempoala aconteceu debaixo de muita chuva. Atacamos o grupo deles com lanças. Foi um arraso, posso lhe garantir. A artilharia nem teve tempo de disparar direito. As balas zuniam sobre nossas cabeças, os flautins e os tambores soavam pela noite. Eu gritei: "Atacar!" Do lado de Narváez foram lançados flechas e tiros de mosquete. Muitos deles caíram dos cavalos. Um pouco de habilidade na equitação teria sido muito proveitoso para todos eles, e além disso eles nem sabiam lutar direito.

Alvarado desejou que nenhum cavalo tivesse sido ferido. Um cavalo machucado era uma coisa terrível. Precisavam ser abatidos. Muito pior do que um homem ser atingido no coração.

Ganhamos terreno e capturamos a artilharia e os arqueiros deles. Todos gritamos vitória, vitória em nome do Espírito Santo. Capturamos Narváez debaixo de uma chuva muito forte. Os vaga-lumes eram tantos que parecia que a floresta estava cheia de jóias. Ganhamos o dia, ou melhor, a noite. Foi o triunfo do bem sobre o mal, pura e nitidamente.

Tudo aquilo soava bastante caótico para Alvarado, uma confusão de equívocos e bazófias, mas ele sabia que Cortés jamais perdia a cabeça, tanto literalmente quanto no sentido figurado. Situações que deixariam intrigado um Platão ou um santo Tomás de Aquino, Cortés resolveria como um verdadeiro Euclides. Ele era como os melhores pensadores mouros, ou mesmo judeu. Inteligente na sua posição, nunca desencorajado pela desordem, com uma clara e inabalável compreensão dos próprios interesses, aquele homem jamais era assaltado por dúvidas. Completamente à vontade nas mais estranhas circunstâncias, Cortés abria o mundo diante de si como um livro muito querido, um grande romance, a cada página uma nova aventura, mesmo que a trama fosse tão familiar quanto a Bíblia para um herege. Aquele homem era capaz de dormir um sono de pedra num momento e no seguinte já estar decepando, sem qualquer hesitação, mãos e cabeças de pessoas, patinhando sobre o sangue sem o menor estremecimento. Parecia que tudo fora colocado sobre a Terra para que ele usasse. E o *señor* Cortés agradecia a Deus por ajudá-lo, a ele, que ajudava a si próprio tão bem.

Quarenta cavaleiros estavam vigiando a passagem para o acampamento deles.

Alvarado se pôs a pensar no olho arrancado do coitado do Narváez, naquela horripilante órbita vazada, presa à ponta de uma lança de justa. Ele estava enganado ou Cortés já havia dominado o acampamento? Derrotado, pacificado, destruído, aniquilado. Eu venço, você perde, morremos todos.

Algemado, vigiado, o caolho Narváez, líder dos rebeldes, ainda está esperando que os soldados venham resgatá-lo.

Também mencionou um negro chamado Guidela, que já chegara doente por causa da epidemia em Cuba. Um transtorno. "Batemos os tambores e tocamos os flautins", gabou-se Cortés.

Assim, fomos imediatamente para a praia, a fim de retirar as velas, os lemes, o que mais houvesse nos navios deles. E verdade seja dita: os homens, que no princípio eram nossos inimigos, tornaram-se nossos amigos graças à promessa de ouro que, como asseguramos, supera tudo o que poderiam receber pela missão original. Não foi preciso muito para os persuadir a entregarem as armas e se juntarem às nossas heróicas forças, para marcharem em grande estilo lado a lado conosco, fazendo nosso Exército espanhol ficar pelo menos três vezes mais poderoso. Bernal Diaz está fazendo os cálculos dos números.

Seu fiel comandante, prefeito de Vera Cruz, Hernán Cortés.

Alvarado ficou sem saber o que fazer com aquela carta. Uma escaramuça, a guerra ganha? Alguém teve o olho arrancado, mas... e as fatalidades? Probabilidades insuperáveis, vitória num cenário de chuva torrencial, iluminada por vaga-lumes, descarga de mosquetes, choques entre armaduras, cavalos empinados dando coices por suas vidas. Os exageros e as glorificações de costume, vagamente heróicos à custa da exatidão, cheiravam ao trabalho manual de Bernal Díaz. E nenhuma palavra sobre a data do retorno.

Nesse meio-tempo, ele, Alvarado, o mais humilde servidor do capitão, precisava voltar a Tenochtitlán para o momento máximo das festividades: discursos pronunciados por dignitários e caciques em visita, celebrações e, naquela noite, danças. Para os capitães, roupas luxuosas de festa eram as armaduras e os elmos com plumas, além das espadas seguras por faixas com borlas. Alguns homens estavam a cavalo, e no meio de todos estava Montezuma, surgindo em toda a sua glória, como se fosse o verdadeiro anfitrião e não um simples prisioneiro. Deveria ser algo como um espetáculo alegórico, um baile a fantasia à meia-noite, o momento da revelação, mas não da revelação total, pois os espanhóis continuariam sendo os lobos sob pele de cordeiros, fazendo sua entrada como se fossem convidados, e não invasores, como libertadores, e não como senhores de escravos.

Capítulo 34

Foram as músicas e as danças naquela noite, durante a principal parte da celebração a Tezcatlipoca, que fizeram Alvarado chegar ao seu limite. Depois de um dia de muitos discursos, em idiomas que ele não compreendia, foram apresentadas danças no *coatepantili*, uma área bastante estreita, muito semelhante às quadras de jogo de bola, com muros altos para que os sons, ao invés de se dispersarem pelo ar da noite, ficassem retidos ali dentro reverberando pelas paredes num verdadeiro bombardear de ecos. As flautas de cinco tons penetravam pelo zumbido alvoroçado da multidão em tons dissonantes e estridentes, atacando-lhe os ouvidos como se fossem alfinetes. Ossos cheios de sulcos eram friccionados por conchas com as bordas afiadas, o que produzia um ritmo descompassado que deixava seu cabelo em pé. E que tipo de osso estaria sendo usado ali, isso ele nem se atrevia a supor.

Então, tudo o que viera massacrando e aguilhoando os sentidos de Alvarado se juntou dentro da cabeça dele, como se uma esteira de formigas vermelhas fosse se espalhando por entre a pele e o crânio. Um gongo de duas toneladas soou um dobre fúnebre e os tambores infernais fizeram-no pensar em todas as coisas desagradáveis da vida, as dores monótonas antes de dormir, os intestinos se aliviando na frente de toda a companhia, a língua grossa de tanta sede, o período passado na beira da praia, quando a areia entrava no seu guarda-sexo.

— Que horas são, Núñez?

— São nove da noite, *señor*.

Núñez sabia que não devia deixar Cuy sozinha no palácio, mas todos tinham sido instados a saírem às pressas para assistir às cerimônias, com suas armaduras brilhando de tão limpas. Núñez também estava com o melhor traje dele – o único que possuía, aliás: calções até os joelhos, blusa por cima, cinto, uma sacola com ferramentas e mais outra em que o relógio ficava guardado.

Alvarado olhou para a esquerda e para a direita. Tochas altas, fixadas nas paredes dos edifícios, ardiam com vigor ao longo da área percorrida pelos dançarinos que desfilavam. Braseiros cheios de incenso cintilavam como besouros venenosos, soltando um perfume estonteante. Os dançarinos, que agora avançavam, vinham pintados de vermelho e branco, os rostos das mulheres estavam coloridos de amarelo e os dentes haviam sido tingidos com uma cor escura. Os trajes dos homens iam desde as tangas quase imperceptíveis até as peles inteiras de jaguares e grandes macacos. Algumas pessoas besuntadas de preto exibiam desenhos brancos de ossos, tendo os rostos pintados como se fossem caveiras. Certos dançarinos vinham enfeitados com cordões de garras nos tornozelos, cintos feitos com ossos e cocares de chifres de veado. Enquanto uns dançavam seus passos repetitivos, batendo os pés com toda força, outros saltitavam e se curvavam com leveza. Alguns homens saltavam muito alto. Outros davam cambalhotas acrobáticas. Todos, na opinião de Alvarado, pareciam loucos que haviam sido soltos na Lua cheia. As chamas das tochas diminuíam, separavam-se, tornavam a diminuir, tremulavam. Alvarado sentiu que estava prestes a vomitar. "Deus do céu," pensou ele, "que isso acabe o mais rápido possível."

Assim que fez aquela prece, conseguiu recuperar um pouco o equilíbrio e sentiu-se capaz de ficar mais ereto. Então viu se aproximar, transportada de pé sobre uma liteira, da mesma forma como a Virgem Maria nessas procissões religiosas das cidadezinhas espanholas, uma estátua de Huitzilopochtli feita com sementes de amaranto presas a uma pasta de sangue e mel. Em volta do pescoço pendia uma capa esvoaçante, uma *tilmatli*, decorada com *cactli* bordados, conchas estilizadas e borboletas. Numa das mãos havia um buquê de lírios brancos, na outra um leque. O aspecto mais aterrador daquela monstruosidade era a cabeça, a gigantesca cara de um beija-flor, com o bico feito com um osso comprido e olhos de ônix ou obsidiana polida. Aquele rosto horripilante vinha acompanhado por uma tropa de pessoas cobertas por peles escamosas de serpentes. O ritmo da dança se acelerou e os cantos se fundiram numa reverberação espiralada. Então, de repente a pulsação acelerada ficou mais lenta e os dançarinos, assim como velhos cansados, começaram a dançar a ondulante, sinuosa, convulsiva e horrorosa dança da serpente. O suor escorria pelas costas de Alvarado. Ele estava ardendo em febre, e calafrios faziam seus dentes se baterem. Os pés, pegajosos e escorregadios, mal lhe suportavam o peso, e as costas das mãos ficaram inchadas e vermelhas. O cabelo da nuca ficou arrepiado. "Estou me transformando numa cobra", pensou ele num sobressalto, sentindo a garganta se fechar. Lutando para conseguir respirar, ele começou a ficar sufocado quando um grupo de dançarinos veio rugindo em sua direção, vestindo saias, feitas com cobras e iguanas, que se balançavam para dentro, para fora, para dentro, para fora...

— Levem Alvarado daqui antes que algo horrível aconteça! — gritou Malintzin para Aguilar, conseguindo se fazer ouvir mesmo com todo aquele barulho. O rosto de Alvarado estava rubro e reluzente. Arfante, ele lutava para respirar.

Foi quando, com um grito, ele desembainhou a espada e, apertando bem os olhos, começou a brandi-la para todos os lados. Num golpe preciso ele degolou um dos homens-cobra. À esquerda, arrancou o braço de uma mulher-cobra. Um homem-jaguar perdeu as pernas num único mergulho da espada. Um homem-águia foi desmembrado. Decepando e mutilando tudo em seu caminho, Alvarado foi em direção aos tambores, decapitou vários homens ali, amputou os dedos dos flautistas, decepou mãos, braços, mãos, pernas e pés de todos os dançarinos que sua espada pôde alcançar.

— Pare! Pare! – disse Aguilar em estado de choque. — Pare, em nome de Deus! *¡En el nombre de Dios!*

Assim que conseguiu se mexer, correu e se lançou sobre Alvarado, porém este, tomado pela fúria, chutou-o para fora do caminho e, açoitando o ar com a espada ensangüentada, continuou avançando, cortando, ceifando a multidão como se fosse um campo de trigo. Atirando-se como um cego desvairado com sua bengala, ele cortou todos os que lhe passaram pela frente.

— Toque de retirada! – berrou Aguilar, que, engalfinhando-se com a multidão, conseguiu assumir o comando. — Retirada! Retirada!

Mas naquela confusão, a ordem soava como eliminar, ou reconhecer, ou recuperar, ou redimir a honra da rainha Isabel, o que seria um terrível desrespeito às regras do combate, e de imediato uma rebelião eclodiu entre os soldados. Sem comando, eles se juntaram, avançaram aos tropeções e começaram a lutar corpo a corpo. Não seria aquele festival um simples disfarce, um plano maligno para emboscar os espanhóis? Eles já tinham desconfiado disso antes. Um por um, cada homem deu sua contribuição, mutilando dançarinos, músicos, caciques, cozinheiros, transportadores de madeira, pescadores, vendedores de tortilhas, tecedores de cestos, mensageiros, mercadores, todos os que eram morenos, bronzeados, qualquer índio com a pele pintada de vermelho. Os infelizes astecas, vestidos para o festival e desarmados, tentando escapar subindo pelas paredes, eram abatidos e degolados. Mulheres que procuravam fugir com seus bebês tinham os ventres rasgados, cambaleavam e caíam sobre os próprios intestinos. Os bebês eram erguidos na ponta das espadas. Lamentos horripilantes se elevaram entre as pirâmides, gritos ecoavam pelas redondezas como os das feras enlouquecidas acuadas em um túnel.

Padre Olmedo, com a batina amarrada ao redor das pernas, segurava diante de si o crucifixo que trazia no pescoço, como um talismã da paz, patinando pelo meio daquela carnificina e suplicando:

— Parem, parem, pelo amor de Deus!

Adu, ao tentar arrebanhar um grupo de índios para a salvação, viu que em vez disso os havia dirigido para o assassínio, tornando-se testemunha inadvertida da morte de todos eles pelas mãos de seus próprios companheiros. Aguilar, tentando tomar as rédeas da situação, pisava sobre os corpos de muitos que morriam ou se esvaíam em sangue e, por comiseração, aplicava-lhes o golpe final.

— Voltem, voltem, voltem para o castelo. Chega! – gritou ele seguidas vezes.

Malintzin foi se arrastando para se abrigar perto de alguns corpos caídos. Iriam os espanhóis tomá-la por uma asteca? Mas ela *era* uma asteca! Onde estaria Cuy? Onde estaria Núñez? Os aliados tlaxcalas, jamais tendo presenciado uma guerra conduzida tão desordenada e covardemente, fugiram todos, espavoridos. O sangue dos índios gotejava sobre as pedras arredondadas das ruas, escorrendo como minhocas depois da chuva e penetrando na terra batida. Com certeza aquele espetáculo haveria de apaziguar mesmo o mais selvagem dos deuses. Os canais se tingiram de vermelho. Imensas manchas rubras se espalharam pelos lados do Templo Mayor de Tenochtitlán. O sangue fresco pingava dos beirais mais baixos dos muros, como a chuva prestes a cessar.

— Sou eu, *doña* Marina! – gritou Malintzin em espanhol, quando um dos soldados partiu para cima dela para esfaqueá-la.

O toque das trombetas ordenava a retirada.

— Voltem para o palácio! – ordenava Aguilar. — Recuar!

— Recuar! – a ordem foi sendo repetida pelas fileiras.

— Bater em retirada!

Alguém ergueu Malintzin do chão. Era Padre Olmedo.

— Vá cuidar das mulheres! – sussurrou-lhe ele ao ouvido.

Ela cambaleou para a frente, encostando-se às paredes dos edifícios de pedra, passando primeiro pelo palácio de Tlillancalqui, depois pelo espaço interno do templo, e pelo palácio de Montezuma, expondo-se o mínimo possível, avançando palmo a palmo até o palácio dos hóspedes. Os guerreiros mexicas que não haviam sido assassinados tinham ido apanhar suas armas e escudos e agora iniciavam uma contra-ofensiva. Pedras, dardos e flechas voavam pelos ares. Os espanhóis foram forçados a recuar, porém outros vieram em socorro. Malintzin, tomada pelo pânico, viu-se de repente imprensada no meio de uma multidão, jogada ao chão entre os mortos e agonizantes. Ela conseguiu se arrastar até a entrada do palácio dos hóspedes. Montezuma, cercado por um anel de soldados espanhóis, foi empurrado em sua direção. Ela conseguiu se desviar e, no meio da confusão, lançou-se através da porta.

Adu já estava no pátio maior, instruindo os soldados a como arrancar as pedras do chão com suas lanças. Outros homens, revezando-se, carregavam essas pedras, para empilhá-las em barricadas diante das entradas dos fundos e das poucas janelas. Núñez dirigia um grupo que fazia escudos juntando esteiras de dormir na frente de todas as passagens para os quartos individuais e para as varandas. A preciosa cadeira de Cortés fora colocada na frente do quarto de Núñez, onde Cuy se protegia por trás de uma barreira feita com partes de armaduras, botas e peças de pano. As escravas, alvoroçadas, corriam em círculos, e os carregadores tlaxcalas se amontoavam numa massa aturdida na outra extremidade do pátio. Soldados feridos, estirados pelo chão, imploravam por água.

— Cuy, Cuy! – exclamou Malintzin. — Onde está você?

Por trás de sua barricada, Cuy segurava um machado.

— Cuy, você está bem?

— A guerra já começou? Nós vamos morrer? Meu bebê vai morrer? Não me responda, Maax. Onde está Rafael?

Adu surgiu por trás de Malintzin:

— Botello está precisando de você.

— Cuy, já volto. Fique calma – Malintzin disse e então avistou Botello ajoelhado diante de uma pequena caçarola, onde fazia uma infusão de medicamentos.

— Mexa isso – falou ele. Estava preparando bálsamos de jalapa e salsaparrilha.

Padre Olmedo, caminhando por entre os homens jogados pelo chão, procurava aqueles que precisavam dos últimos sacramentos.

— Está tudo explicado – gritou uma voz.

— Tudo explicado – repetiu outra voz.

Aguilar imobilizara-se no meio da confusão.

— Vamos agradecer a Deus – exclamou ele, caindo de joelhos, e todos os que tinham forças recitaram com ele:

— Pai nosso, que estais no céu, santificado seja o Vosso nome, venha a nós o Vosso reino, seja feita a Vossa vontade assim na terra como no céu. O pão nosso de cada dia nos dai hoje, e perdoai-nos as nossas ofensas, assim como nós perdoamos aqueles que nos têm ofendido. Não nos deixeis cair em tentação, mas livrai-nos do mal. Amém.

Quando terminaram de rezar, uma tranqüilidade lúgubre tomou conta do ambiente.

— O que faremos? – lamentou-se uma voz muito débil, partindo de algum ponto no meio das pessoas.

Um coro de vozes repetiu:

— É, o que faremos?

Aguilar se pôs de pé e ordenou:

— Alvarado, chegue à frente!

Pequenos soluços começaram a escapar da boca de Alvarado.

— Você está me ouvindo, Alvarado? Venha à frente, seu louco covarde!

Soluços incontroláveis escaparam de Alvarado.

— Você quer que eu o arraste pelo cabelo?

Uma nova torrente de soluços foi escutada.

— Alvarado, estou falando com você.

Alvarado foi se arrastando sobre as mãos e os joelhos, aproximando-se como um cão submisso, até se deter diante de Aguilar. Este lhe deu vários chutes pelo corpo. Alvarado se curvava como um inseto, com as mãos protegendo a região entre as pernas.

— Eles eram demônios! – tentou se explicar.

— Você tem alguma noção do que fez?

— Eles iam me pegar!

Aguilar balançou a cabeça:

— *Este hombre necesita de su madre.*

— Eles iam nos massacrar.

— Com o quê? Com plumas e flores? Mas *agora* eles estão com as armas e, graças a você, Alvarado, estamos todos cercados aqui dentro. *Nós* é que estamos sitiados. Culpa *sua*. *Nossas* mortes serão pelas *suas* mãos. Deus do céu, estou com vontade de lhe matar!

— Mate-me, por favor. Mate-me, Aguilar, eu mereço!

— Cale a boca!

— Se você não me matar, Cortés irá fazê-lo!

Alvarado se levantou. O cabelo ruivo estava todo rajado de sangue. Seu belo rosto estava coberto de hematomas e arranhões. Parecia estar chegando diretamente do inferno.

— Cortés irá...

— Irá o que: matá-lo? Espero que ele faça isso!

— Não, ele irá...

— Salvar-nos? Vem correndo nos salvar? E então tudo vai voltar a ser maravilhoso, voltaremos às nossas redes, ao nosso cacau espumante, às nossas escravas e a todas as quinquilharias de ouro. Depressa, vá chamar um mensageiro para mandar Cortés vir nos salvar!

— Eu só queria dizer que...

— Alvarado, maldito idiota, não poderemos nem enviar a Cortés uma notícia do que aconteceu. Ele está no litoral, lutando contra os homens de Velázquez. Ele nos deixou aqui sob o *seu* comando, muito capaz por sinal, e nós tínhamos sido convidados para uma festa. Pelo amor de Cristo!

— Uma festa com sacrifícios humanos — acrescentou Alvarado, reunindo alguma coragem.

— Você deveria ser o último a se queixar dos sacrifícios humanos, Alvarado. Agora, a única coisa que você tem a fazer é rezar, rezar muito para não ter nos levado à ruína total com seus impulsos. Nossos aliados indígenas fugiram apavorados. Estamos sozinhos, temos só uns 80 dos nossos aqui, com mais alguns tlaxcalas feridos. Por milagre, nenhum espanhol foi morto. Por milagre, Alvarado.

Um dos soldados exclamou:

— Nós tivemos de matar os astecas, Aguilar. Era matar ou morrer. Nós os matamos. Foi uma vitória.

— Uma vitória? Seu imbecil, foi uma *matanza,* isso sim: um morticínio de animais indefesos. Foi uma matança de inocentes. Matar, matar, matar, é esse o seu lema? Olhe para esse ousado soldado diante de você. Apresento-lhe o *capitán Alvarado,* esse farrapo patético, esse destroço humano.

Alvarado deixou a cabeça pender.

— E se você chorar agora, se você chorar novamente, seu desastre, enfiarei minha espada pelos seus culhões. Agora é tarde demais para chorar, tarde demais para se arrepender.

Aguilar sacudiu a cabeça, exausto, e soltou um suspiro. Fora para isso que havia sido salvo? Olhou para todos à sua volta. Que visão... Selvagens vestidos com suas roupas de gala. Nada mais podia ser feito. Agora estavam todos na mesma situação.

— Precisamos resolver a questão da melhor forma possível, homens. Tragam Montezuma aqui. É a nossa única esperança. Cavalheiros, vamos lançar nossa última carta.

O imperador, com as mãos amarradas, foi puxado para fora do aposento para onde o tinham levado e então foi conduzido até o terraço sobre o telhado. Malintzin e os soldados seguiram logo atrás. Assim que puderam ser vistos, lá em cima, uma rajada de flechas sibilou pelo céu e caiu aos pés deles.

— Recuem, recuem! – exclamou Aguilar, empurrando o grupo para trás. — Agora diga a eles, Malinche, grite com o máximo de força que puder, diga-lhes que mataremos o imperador se eles não nos deixarem sair em segurança da cidade.

Malintzin deu alguns passos adiante e ficou bem ereta. Nenhuma flecha foi lançada. Um enorme silêncio teve início.

— Ande! – exclamou Aguilar. — Diga isso para eles!

Ela respirou fundo e, trazendo para perto da boca um instrumento cônico para projetar a voz, declarou:

— Iremos matar o imperador. Deixem-nos passar, deixem-nos sair da cidade.

Montezuma, ainda com as mãos amarradas atrás das costas, foi empurrado para adiante. Uma faca estava sendo apertada contra a garganta dele. Então, do outro lado do palácio dos hóspedes, do alto do palácio de Montezuma I, um grupo de guerreiros deu alguns passos à frente. Um dos nobres começou a falar. Todos os demais permaneceram quietos.

— O que ele está dizendo? – quis saber Aguilar.

— Que podemos matar Montezuma. Eles não irão se importar. Já têm outro imperador.

— Isso é um blefe. Montezuma está relacionado aos deuses deles.

— Estão dizendo que já têm um novo imperador. É o irmão de Montezuma, da linhagem real que remonta diretamente ao sol.

— Diga a eles que iremos matar o imperador Montezuma e que todos os deuses irão puni-los por deixarem seu filho Montezuma morrer.

Ela obedeceu.

Houve um silêncio.

Um outro homem do grupo, um sacerdote, a julgar pelo manto e o cabelo embaraçado, proferiu um canto longo. Depois daquilo tudo, o único som que se podia escutar era o dos pássaros no aviário.

— O que ele falou?

— Ele disse, Aguilar, que somos intrusos, invasores, destruidores. Fingimos ser amigos mas na verdade estamos tramando derrubá-los, despojá-los de suas mulheres, roubar-lhes seus ricos estoques de alimentos, derreter suas jóias maravilhosas, desfigurar sua cidade. Que nada temos a oferecer senão desgostos. Falou que Montezuma é um covarde, que não foi feito para governar, e que o irmão dele, Cuitlahuac, foi declarado imperador. Que irão nos matar agora mesmo, que seremos capturados e sacrificados. Disse que irão nos arrancar os corações, comer nossa carne, beber nosso sangue, chupar os nossos ossos.

Malintzin se deteve. Tinha de haver, pensou, uma forma de livrar Cuy daquilo tudo.

Aguilar desfaleceu. Não desejara aquilo, nada daquilo.

Montezuma parecia estar atordoado, sem consciência do drama que se desenrolava ao seu redor.

— Alteza, Alteza! – Malintzin segurava Montezuma pelos ombros e o sacudia. – Alteza, é preciso que o senhor diga algo para eles, seremos todos mortos!

Montezuma podia ouvi-la, sabia o que ela estava dizendo, mas isso não fazia mais nenhuma diferença. Ele já dera início à sua jornada interior, aquela que todo homem faz quando sente a proximidade da morte. Não tinha o menor interesse por nada do que antes fora tão caro a ele: as flores, o canto de um pássaro, os livros, a poesia, sentir a água pura correndo por seu corpo, a espuma do cacau... Montezuma não ligava para mais nada.

— Levem Montezuma de volta para o interior do palácio – ordenou Aguilar. — Ainda precisamos dele, não importa o que eles estão falando.

Os guardas, Malintzin e Aguilar retornaram para o grande pátio, onde os espanhóis aguardavam. Alguns estavam sentados com as pernas cruzadas em meio aos feridos. Outros se encostavam contra as paredes ou sentavam-se nas escadas, apoiando os braços sobre os joelhos e torcendo as mãos. Todos já haviam tirado as armaduras, cujas peças jaziam por ali como conchas soltas ou cascas jogadas fora.

— Vocês se desgraçaram hoje, todos vocês, exceto Adu, que nem mesmo é um dos nossos – declarou Aguilar. Na verdade, ele estava exausto demais para sentir raiva, mas achou que precisava manifestar sua indignação. Era uma forma de bravura.

— O que se passou lá em cima? – perguntou Núñez. — Eles nos deixaram sair?

— Núñez, seu trabalho é vigiar o tempo – disse Aguilar, ignorando a pergunta dele. Aguilar então se voltou para o restante dos homens e prosseguiu: — Vocês causaram uma desonra para o nosso país, para o nosso rei, para o nosso Deus. Se houvesse tempo, eu faria com que todos vocês fossem enforcados por desobediência, ladroagem, estupro, estupidez... Mas não há tempo. Enquanto os índios estão lá fora arengando contra nós, quero 12 mosqueteiros para reagirem com suas armas, e seis arqueiros prontos para disparar suas flechas. Façam isso abrigados pelos parapeitos. Não se exponham nem se arrisquem. Só os mantenham distraídos. Não desperdicem munição. Você, padre Olmedo, escreva rápido uma carta para Cortés, explicando-lhe nossas terríveis dificuldades. Cortés deve estar em Cempoala ou em Vera Cruz, ou quem sabe já está voltando para cá. Você, Alvarado, irá se esgueirar pelas barricadas até a saída dos fundos. É você quem vai levar a mensagem. Vá até Xochimilco, depois siga por Mixcoac. Pegue o cavalo mais ligeiro que temos e galope por sua vida, por *nossas* vidas. Leve uma bolsa com sementes de *chia* para combater o cansaço.

— Mas o meu cavalo, e se ele...

— Que o diabo carregue o seu maldito cavalo!

— O cavalo é a noiva dele! – gritou alguém na multidão.

Todos riram.

— Não temos tempo para bobagens, homens!

Aguilar se surpreendeu quando percebeu que estava falando igual a Cortés.

— Agora me ouçam, cheguem mais perto.

Todos se juntaram até ficarem ombro a ombro. Padre Olmedo, que apanhara sua pena e a tinta em pó, dissolveu-a num frasco, desenrolou uma folha de papel do seu estoque e começou a escrever a carta. Núñez, que voltara de seu quarto, onde estivera para conferir como estava Cuy, foi saindo novamente.

— Que horas são, Núñez?

Núñez retirou o relógio da bolsa e abriu a tampa protetora de prata.

— São dez e trinta da noite, Aguilar.

Aguilar se esquecera das suas orações noturnas. Estava tudo um completo caos. Então o maldito vento começou a soprar. Jesus Cristo e Maria. Estariam também os elementos conspirando contra eles?

Malintzin pôs-se a escutar. Era o vento. Quetzalcoatl. Tlaloc viria logo em seguida. Assim que pensou nisso, grandes rajadas atingiram o palácio com violência, fazendo as tochas colocadas sobre as cornijas do pátio arderem crepitando e estalando com ferocidade. E então todas se apagaram. Uma grande quietude acometeu a todos, como se fosse um manto caído do céu, ocultando os cumes das pirâmides, abaixando as cristas emplumadas no aviário, apagando todas as maravilhas arquitetônicas dos palácios. O silêncio rolava das montanhas para dentro dos vales e se espalhava sobre a superfície do lago. Então um tambor começou a ser ouvido em algum lugar; um animal faminto do zoológico rugiu, e nas montanhas os coiotes começaram a se reunir para o ataque noturno. Malintzin escutou os guerreiros astecas, no exterior do palácio, circulando por entre os edifícios, depois o choro solitário de uma criança, o fluxo da água pelos aquedutos, o suave marulhar da água ao longo das margens do lago. Ela chegou a pensar que podia ouvir os milharais de Xochimilco esticarem seus caules para atingirem o céu. O cheiro dos corpos cremados, da carne queimada, temperava a noite. Ela olhou para Adu. Ele lhe fez um sinal afirmativo com a cabeça.

E então tudo aquilo já passara, pensava Aguilar. O impensável. Lembrou-se da imagem relatada por Cortés de um moinho de água, com alguns baldes cheios e outros vazios. *Fortuna.*

— O desespero é o mais grave dos pecados – falou ele em voz baixa no pátio às escuras. Acima, um quadrado de céu estava semeado de estrelas.

Olhando para baixo, para sua vida desperdiçada, ele se deu conta de que sempre viera se preparando para ser sitiado, de uma forma ou de outra: a resistência final ao destino. Erguendo o queixo, ele se dirigiu aos soldados:

— Homens, não somos nós que estamos atacando, como havíamos imaginado. Com um único erro, Alvarado nos colocou na defensiva, e vocês, como carneiros, seguiram a liderança dele. Agora somos *nós* que estamos sendo cercados dentro desses muros, *nós* é que estamos sendo perseguidos, que caímos na armadilha. Então, que seja assim. Precisamos nos manter com a cabeça fria e não podemos abrir mão da disciplina. Quando Cortés chegar, ele terá derrotado as tropas de Velázquez e as terá convencido a passarem para o nosso lado. Tenho certeza disso. Ele é um homem de extraordinário talento. O que eu quero sugerir, e faça o favor de anotar isso na sua carta, padre Olmedo, é que Cortés bombardeie a cidade de fora, e que quando os mexicas se lançarem na batalha externa, nós aqui, sitiados dentro deste edifício, possamos escapar e pôr um ponto final nesta história desgraçada. É esta a minha esperança.

— Três hurras para Aguilar! – gritou alguém.

— *Todavía no, no hurras por favor*. Ainda não. Nada de hurras, por favor!

— Quem sabe se Cortés não será derrotado.

Essa observação jocosa partiu de Botello.

— Derrotado! – elevou-se o grito.

— Jamais! – bradou Aguilar em resposta. Como já dissera, ele acreditava na inteligência de Cortés.

— Nunca! Vocês conhecem nosso *capitán general*, nosso comandante? Conhecem? – então Aguilar ergueu os dois punhos. — Alguma vez ele já foi derrotado?

Aguilar se deu conta de estar sendo muito demagogo, aparentando uma bravura que na verdade não possuía. Mas se tinha fé em alguém, esse alguém era sem dúvida Cortés. Independentemente dos defeitos de Cortés como homem, não havia soldado mais bravo ou comandante com maior habilidade para convencer seus homens. E se existia alguém com o poder de arrancar a vitória das mandíbulas da derrota, esse alguém era Cortés.

— Alguma vez Cortés foi derrotado, alguma vez ele desistiu? – bradou Aguilar de novo com o punho erguido.

A resposta não tardou a chegar:

— Não, Cortés jamais foi derrotado!

— Então, isso basta. Os reforços estão a caminho. Adu, você precisa ir conferir o arsenal disponível, contar as balestras, os mosquetes, os canhões, a pólvora, tudo. Faça uma estimativa de quanto tempo podemos agüentar. E você, Malinche, vá com as mulheres para o setor da cozinha. Verifique quanta comida temos em estoque. Comida, óleo e, o mais importante, água. Coloquem bacias e baldes nos pátios descobertos e nas *azoteas* para recolhermos a água da chuva. De agora em diante teremos de fazer racionamento. Podemos conseguir isso?

— Podemos, podemos!

Aguilar se dirigiu a Núñez:

— Você pode?

— Posso, mas minha mulher, Cuy... – ele se interrompeu e juntou suas forças. — Posso, sim. Nós podemos.

— Sei que você pode. E quanto a você, Adu?

— Posso, senhor.

— E você, Botello?

— Gostaria que minha Cipactli estivesse comigo. Mas posso sim.

— Malinche?

Malintzin, quando escrava, já sobrevivera com besouros e minhocas. O povo mexica, ao chegar pela primeira vez a Tenochtitlán, também comia besouros e minhocas. Na cidade ainda havia gente que vivia como esses ancestrais. Eles não usavam pinos nos lábios nem tecidos de plumas, sapatos ou algodão, tampouco podiam cheirar certas flores. Nunca tinham comido carne.

— *Si* – disse ela. — *Yo puedo.*

Uma xícara de água por dia, a não ser para os feridos e para a pequenina futura mãe. Que Deus, Santa Maria, Jesus e todos os santos do céu nos ajudem.

— Amém – responderam os soldados.

Capítulo 35

Em momento algum Núñez achou que iria morrer, pois se morresse Cuy também morreria, e também o bebê, o que era impossível. Haviam se passado séculos, de existência do povo dele e de todo o povo de Cuy, até a formação daquela criança. E ele, Rafael Núñez, não iria permitir que ela morresse. Ficava tranqüilizando Cuy, e três vezes por dia louvava a Deus por tê-lo conduzido até aquele momento de sua vida. Por isso não se desesperou, achando que a situação exigia apenas paciência. Ele ficava a maior parte do tempo deitado ao lado de Cuy, contando histórias de momentos anteriores àquela viagem.

Quando partiram de Cuba no final de março de 1519, contou ele, a primeira parada deles, no percurso de 193 quilômetros, foi na ilha de Cozumel, ao largo da costa sul de Yucatán. Já tinham sido realizadas duas expedições anteriores ao litoral de Yucatán e outra para o Panamá. Naquela época, os espanhóis ocupavam Cuba, Hispaniola e Jamaica. Nenhuma dessas primeiras explorações produzira qualquer evidência das amazonas. Mas aqueles homens, soldados com muita experiência e de sangue quente, estavam abertos para tudo o que pudesse acontecer. E vejam só: quando galgaram os degraus do templo daquela pequena ilha, Cortés e seus capitães se depararam com espantosas figuras femininas de argila que usavam saias feitas de cobras e cintos de corações. Além disso, as paredes de pedra do templo estavam besuntadas de sangue humano que fora respingado ali havia pouco tempo. E mais ainda: espalhados pelo chão, muitos corpos humanos mutilados eram vistos. Os torsos dos homens tinham sido abertos, e os corações, arrancados.

— *¡Dios mío!* – exclamou Alvarado, que de todos era o mais medroso. — Foram as amazonas que fizeram isso!

— Esta é a prova da terrível verdade – declarou padre Olmedo, comprimindo o nariz com uma das mãos, enquanto com a outra fazia o sinal-da-cruz.

— Amazonas, *ahoy* – gritou Puertocarrero do templo, dirigindo-se aos soldados reunidos na base da pequena pirâmide.

— Matadoras de homens – prosseguiu o brado pela tropa de 400 homens.

Botello declarou não acreditar que aqueles assassinos sanguinários, que se deliciavam com carne humana, necessariamente fossem mulheres. Mas se todos achavam que eram mulheres, também não havia motivo para não acreditar. A coisa toda o deixava fascinado – deusas da fertilidade, sacrifícios humanos.

— Trata-se de um ossário das amazonas, onde elas sacrificam os homens que capturam para os oferecerem à deusa delas – afirmou Cortés, tentando parecer forte e inabalável diante de seus oficiais, a despeito do cheiro nauseabundo daquele abatedouro. Logo na primeira parada, precisava ser justo aquela a sua primeira "descoberta", pelo amor de Cristo e Maria... Aquilo era o suficiente para desencorajar até o mais vigoroso matador de touros. Cortés já estava mais furioso que uma pulga ávida por sangue, pois Alvarado, que pilotava um dos navios, tinha acelerado demais seu barco adiante da frota e acabara se perdendo, até por fim ser alcançado pelos outros dez navios.

Desde Heródoto, explicou Núñez a Cuy, existiam testemunhos sobre as amazonas, as guerreiras de um seio só, que combatiam os homens e que, sem piedade, os seqüestravam durante a primavera. Faziam isso com o propósito de reprodução, informou Cortés a todos. De fato, as histórias daquelas mulheres selvagens, com suas práticas revoltantes e bárbaras eram conhecidas por todo marinheiro de sangue vermelho e todo descobridor de coração valente. Com esperanças de encontrar alguma menção a elas, Cortés quando jovem havia pesquisado com avidez as narrativas de Marco Pólo e de John Mandeville, e posteriormente os relatos de Cristóvão Colombo, além dos escritos das experiências de Vasco da Gama e Américo Vespúcio no continente ao sul.

— Acho que elas são canibais – disse Bernal Díaz, tomando coragem e examinando um daqueles cadáveres. — Vejam, estão todos sem as mãos!

— E sem os braços – acrescentou Isla.

— Canibais, *ahoy* – gritou Puertocarrero para os soldados.

— Comedoras de homens! – repercutiu o coro dos soldados.

Adu passou o braço pelos ombros de Quintaval porque, apesar de todo o discurso de bravura, seu senhor tinha uma natureza muito sensível. Ele também se sentira aliviado, pois o doce frei Francisco, pesado demais para subir todos aqueles degraus, permanecera embaixo da pirâmide, à sombra de uma paineira, com os outros soldados. Mesmo ele, que podia se recordar dos companheiros escravos sendo lançados ao mar acorrentados uns aos outros, achou extraordinariamente cruel a visão dos corpos daqueles pobres homens, violados de forma a não terem nem a privacidade de suas entranhas.

— Este templo é dedicado à adoração do diabo em sua forma feminina – disse Puertocarrero, pegando seu odre de vinho e lançando à boca um jato do líquido vermelho para afogar a perturbação que sentia no estômago.

Núñez olhava fixamente pela única janela que se abria no templo, procurando consolo na visão das ondas a se quebrarem lá na praia. Mesmo Isla, que raras vezes sentia medo, precisou dar uma saída até o beiral que rodeava o templo em busca de um pouco de ar. Ainda um tanto nauseado, mas sem querer passar uma imagem pouco viril, ele voltou para dentro do templo e se pôs a observar Alvarado tremer, apesar de lá fora o sol estar implacável. Alvarado era um covarde, e Isla sabia disso. No entanto, curiosamente, aquele jovem parecia ter uma saúde robusta, um homem com a pilhéria sempre na ponta da língua e que cantava de maneira muito estimulante. Naquele instante, Bernal Díaz deu um grito, apontando para um canto do recinto, onde estivera examinando uma escultura de barro. Nela estavam representados corpos de homens engatados uns aos outros, pela frente e por trás, 20 homens numa única fila.

— Santa Maria e todos os santos do céu! – exclamou padre Olmedo. — Os pecados todos se combinando uns atrás dos outros!

— Sodomitas, *ahoy* – gritou Puertocarrero para os homens lá embaixo.

— *Puertocarrero, cállate la boca, por favor. ¡Basta!* – advertiu Cortés.

— Sodomitas – repetiu a tropa em grande júbilo.

Francisco, ao perceber aquela comoção toda, deu de ombros. De fato, ele tivera conhecimento de práticas desse tipo no monastério, e a julgar pelas aparências externas, aqueles irmãos eram iguais aos do grupo que praticava essas mesmas coisas com as mulheres. Ele, Francisco, de qualquer forma, não participara de nenhum dos grupos. Não era um homem bonito: na verdade, era muito gordo, com as orelhas estropiadas, o nariz quebrado em dois lugares, o ombro esquerdo pouco confiável e constantemente dolorido, de modo que não esperava ter algum atrativo para alguém, embora não fosse por esse motivo que ingressara no monastério. Sua decisão, quando ainda tinha dez anos de idade, fora por motivos de ordem prática: sabia que se pretendesse se desenvolver teria de ser longe do alcance do pai. Ele simplesmente procurara sua segurança. E dentro do monastério, acabou por encontrar o amor puro de Deus.

— Vamos sair depressa deste lugar! – declarou Cortés. — Isto aqui é mal-assombrado.

— Mal-assombrado! – gritou Puertocarrero lá para baixo.

— Mal-assombrado! – repetiram os soldados.

Ovas do demônio, bruxas que acabam de chegar do inferno. Bernal Díaz estava planejando usar essas expressões em seu relato sobre a conquista.

— Esses índios não são humanos – concluiu Isla.

Antes, a bordo da nau capitânia, tinha havido uma discussão entre os oficiais sobre a humanidade dos índios. Quintaval, que lera os clássicos em sua formação na Espanha, disse que Aristóteles acreditava que certos homens não eram realmente homens, e sim algo menos do que isso, e que, enquanto espécie, esses meios-homens eram, por natureza, próprios para serem escravos. Ouvindo isso, Adu, embora com apenas 15 anos, pensou (porém, muito prudentemente, nada disse) que os índios, independentemente do que fizessem, eram, como todos os homens, homens por natureza, assim como cada animal da floresta era macaco, pássaro, gato ou cobra. Era a escravidão que os tornava fragmentos ou sombras de si mesmos, fazendo com que ficassem atados aos caprichos e vontades de seus senhores. Francisco, rebatendo a citação de Aristóteles feita por Quintaval, lembrou que dificilmente santo Agostinho concordaria com essa idéia de desigualdade inata. Ele poderia também ter mencionado as observações de são Francisco sobre a santidade das criaturas de Deus, mas os membros da expedição consideravam são Francisco uma espécie de lunático.

Cortés, voltando-se para os oficiais no templo, disse:

— Ah, eles são humanos sim, essa gente capaz de arrancar braços, pernas, corações...

— Não permitirei que ninguém me arranque o coração – declarou Quintaval. O seu queixo já tinha parado de bater, e ele afinal recuperara a voz. — Ou que meus membros sejam decepados e depois comidos. Pretendo morrer na minha cama, seguro e sólido, é isso o que desejo, e com meu corpo inteiro. Nossa viagem foi autorizada por Velázquez, governador de Cuba, para resgatar quem pudesse ter restado das duas viagens anteriores, para conseguir escravos e investigar os rumores a respeito de ouro. Afirmo que já cumprimos nosso dever. Podemos retornar a Cuba e fazer um relatório de que não encontramos ouro, nem escravos, e que este é um país selvagem, com um inimigo muito pior do que alguém apenas sedento por sangue. *Fini.*

— Sedento de sangue e faminto de carne – repetiu Puertocarrero para os soldados.

— Sedento de sangue e faminto de carne.

— *Cálmense* todos. Você, Puertocarrero, pare de bancar o idiota. E você, Quintaval, lembre-se da sua posição, homem – Cortés apontou-lhe o dedo em riste e lhe lançou um olhar raivoso. Achava que podia matar e esquartejar qualquer um de seus oficiais, um ou todos, tanto agora como mais tarde. — Não iremos tolerar a covardia em nosso meio. Ninguém arrancará o seu coração ou mutilar os seus membros. Afinal, somos todos soldados habituados às dificuldades. O que estamos vendo aqui é obra de infiéis que necessitam de Cristo.

Infiéis, refletiu Núñez. Antes de subirem aqueles degraus, ele notara que as pequenas cabanas da aldeia, abaixo do templo, estavam vazias, porém não havia muito tempo. Não se viam cachorros nem perus andando em volta. No entanto, réstias de pimentas secas em bom estado pendiam nas entradas das casas. Além disso, havia água fresca em grandes ânforas, à sombra das árvores. Os peixes estavam sobre tabuleiros para que secassem. Ele reparou num tear abandonado, um dos lados amarrado a uma árvore, com uma forma vermelha sendo executada, como se a tecelã tivesse acabado de largar tudo ali. Além disso, os corpos no templo tinham sido mortos recentemente, ainda não estavam em decomposição. Ele tinha certeza de que todos os movimentos deles no templo tinham sido observados pelos infiéis. Infiéis. Termo muçulmano para "outro", e agora os cristãos também o estavam empregando. Se os infiéis o capturassem, poderia ele, de alguma forma, transmitir-lhes que ele próprio não era cristão e que por isso devia ser poupado?

— Esta missão é de exploração, Cortés, e não de conversão ou conquista.

— Quintaval, na qualidade de cristão, você, em qualquer lugar ou época, tem o dever de transmitir a palavra de Deus.

Adu também percebeu que eles estavam sendo observados. Podia vê-los escondidos – o povo da aldeia – nos galhos das árvores, nos arbustos, atrás das pedras. Se os índios atacassem e os espanhóis fossem capturados, será que eles o libertariam? Poderia explicar-lhes que era apenas um escravo, sem vontade própria e sem outra crença particular senão nos deuses que viviam em todas as coisas, em cada planta e gota d'água, em cada homem e mulher, na cobra e até mesmo nos dentes da Morte?

Naquela noite os capitães, que jantaram (pão de mandioca duro, carne-seca de porco, azeitonas espanholas, goiabas de Cuba, peixe fresco pescado naquele dia mesmo e assado numa fogueira na praia, além de uma dose extra de vinho, porque Cortés achou que todos mereciam) no *Santa María* discutiram os acontecimentos do dia. Mais cedo, durante a refeição, todos admitiram que os matadores canibais não eram necessariamente as amazonas.

— Homens selvagens – propôs Bernal Díaz, embora já tivesse escrito em seu livro que se tratava de mulheres.

— Esses selvagens vivem nas florestas – disse Francisco. — Não no mato. São eles que abandonam suas casas e suas plantações, vão cultivar a terra e perambulam sem destino e se tornam eremitas.

Ele sentia uma simpatia natural por homens assim.

Botello, o vidente, não comia só a polpa do mamão papaia, mas também as sementinhas pretas, e ainda mastigava a casca. Alvarado, pegando seu odre de vinho, jogou a cabeça para trás e deixou que o vinho escorresse pela garganta, fazendo um longo e suave arco. O candelabro sobre a mesa comprida tremulava ao balanço do navio, e a Lua cheia, esbranquiçada, dependurada sobre a água negra, se parecia com a cara esburacada de Botello querendo se intrometer naquela refeição noturna. Adu, Juan e Manuel, os dois índios mudos de Cuba que eram criados de Quintaval, cozinhavam, serviam a mesa e lavavam a louça e as colheres de pau. Cada capitão, é claro, tinha a sua faca, que carregava consigo e limpava nas meias depois de usá-la.

— Os selvagens da Europa vivem nas florestas, deixam a barba crescida feito lã e ficam apavorando os cavaleiros que andam sozinhos pelas estradas – prosseguiu Botello, como se fosse dar início a uma história de fantasmas. Ninguém da tripulação admitiria já ter visto um selvagem.

— O que os selvagens comem? – perguntou Alvarado. Ele ouvira dizer que eles gostavam de comer criancinhas suculentas.

— Cogumelos – respondeu Botello. — Comem cogumelos.

— Então você é um selvagem? – perguntou-lhe Isla, com sua característica falta de tato.

— Já conheci alguns selvagens – respondeu Botello com ar circunspecto, enquanto cavucava com a unha preta e quebrada um pedacinho de casca preso nos dentes.

Núñez sabia que existiam loucos que não conseguiam viver nas cidades, e que as amazonas deviam viver em alguma parte do mundo, mas não acreditava, como muita gente, que naquele ou em qualquer outro continente fosse possível encontrar homens com os pés brotando da cabeça, ou com os olhos na bunda, ou que ele pudesse se deparar com um grupo de cristãos chefiado por alguém chamado presbítero João. Tinha gente que dizia que os índios de Yucatán eram uma tribo perdida de Israel, pois os primeiros exploradores tinham avistado pirâmides, como as que os escravos hebreus haviam construído no Egito. Índios, não da Índia, como insistia Cristóvão Colombo. Outro tipo de índio. Afinal de contas, o sol não faz todo mundo ficar marrom?

— Nós, da linhagem branca de sangue nobre, fomos mandados por Deus para civilizar essas criaturas – disse Cortés, segurando verticalmente sua colher de pau. — Por isso, não temos de temê-las.

Ele pronunciou aquelas palavras com confiança, como cristão e fidalgo.

Quintaval tinha conhecimento – e falara sobre isso com Adu no navio, durante a ida de Havana para Yucatán – que a rainha Isabel havia distribuído títulos de nobreza na Espanha sem muita consideração pelas virtudes interiores e tradicionais, e que todo o prestígio da família de Cortés, dessa forma, fora adquirido pelos serviços prestados durante a guerra contra os mouros. Mas por outro lado, a família dele, os Quintaval, podia retraçar sua origem a propriedades de terras nos Pireneus, e a linhagem da família remontava a mais de seis gerações. Se fosse preciso provar isso num tribunal da Inquisição, não se encontraria a menor mancha mourisca ou judaica nessa linhagem. Cortés era um arrivista, um desses nobres inferiores recém-fabricados. A família de Alvarado, por exemplo, viera caminhando da Itália, e o tempo todo trazendo as velhas mães às costas. Fora isso o que ele ouvira contar. Isla era um sujeito muito esquisito. Ninguém sabia de onde ele procedia. E seu espanhol, seria aquilo um sotaque italiano? Seria ele algum mercenário italiano pago por Cortés?

Na verdade, Cortés admirava os escritores italianos: Dante, cuja descrição do purgatório o deixava bastante satisfeito, e o supremo dom M., senhor Maquiavel, que explicava a conduta e a estratégia necessárias a um príncipe ou a quem desejasse se tornar um. Ser príncipe, segundo dom M., não era necessariamente algo inato, mas uma série de atributos que deveriam ser aprendidos por meio da instrução e adquiridos pela prática.

No dia seguinte, os espanhóis subiram o litoral, contornando a ponta de Yucatán e detendo-se em um rio. Quando estavam carregando água fresca para o navio e iam içar a âncora para prosseguirem em direção ao norte, Puertocarrero, um dos vigias, avistou algumas penas surgindo acima da mata.

— Cortés! – gritou ele. — Plumas *ahoy*!

— Cortés! – seguiu o grito. — Plumas!

— O que é agora? Passarinhos nas árvores? – Cortés não estava disposto a ouvir bobagens, porém ordenara que seus homens se mantivessem sempre vigilantes, que o tempo todo usassem as armaduras e estivessem preparados para o combate, por mais desconfortável que isso fosse. Em seus cavalos, ele, Alvarado e Quintaval galoparam até o local para examinar o motivo da agitação de Puertocarrero.

— Estão vendo? – apontava Puertocarrero.

E naquele momento mesmo, um feixe de penas vermelhas brilhantes voou na direção deles, como se alguns sanhaços vermelhos ou cardeais machos estivessem lançando um ataque frenético. Mas as pontas afiadas e as longas hastes nada tinham de bicos de pássaros.

— Flechas! – gritou Alvarado, que por pouco escapou de uma que visava sua perna.

Outro grupo de flechas caiu sobre a areia, bem diante do cavalo de Cortés, e então, em altos brados, um bando de maias se lançou correndo para eles, armados com bordões revestidos de espinhos de cacto e lanças de obsidiana.

— Às armas – gritou Cortés.

Do seu lado, pulando de trás das dunas de areia, surgiram centenas de índios.

— Floretes! Floretes! – ordenava Cortés. — Atinjam os olhos, mirem nos rostos!

Eles haviam se exercitado com os floretes. As espadas longas demoravam muito para serem desembainhadas, deixando o espadachim em perigo. Não eram boas para os combates de perto.

Os índios também usavam armaduras, só que feitas apenas de algodão trançado, de modo que pouco valiam contra o aço de Toledo. Logo eles foram postos em debandada, contou Núñez a Cuy. Porém, aquele primeiro grupo retornou, com suas fileiras reforçadas por mais homens. E então os espanhóis, que estiveram arrastando os tonéis de água pela areia, abandonaram a carga e atacaram, lançando as espadas à sua frente. Atrás, sob o comando de Isla, vieram os arqueiros em formação, com suas balestras já engatilhadas, chanfradas e controladas por cordas muito bem esticadas, lançando 50 flechas a intervalos de dois segundos.

— Atirem, atirem, atirem!

A cavalaria – cujos cavalos, ao soar o primeiro alarme, encontravam-se pastando no campo – arremessou-se sobre eles. A bordo dos navios, os canhões foram carregados. Oito homens, com mais quatro arcabuzeiros e muitos lanceiros portando suas compridas lanças, desceram para os barcos a remo, apontaram e atiraram. Os estopins foram acesos e os canhões dispararam, e embora as balas caíssem muito aquém do alvo, as grandes bolas negras deixaram os índios aterrorizados e fizeram com que muitos deles caíssem de costas. Além disso, eles ficaram totalmente intimidados pelo tamanho e pelos poderosos cascos dos cavalos.

— Soltem os cachorros! – bradou Cortés. Na praia, presos em grandes jaulas e prontos para serem levados de volta ao navio, estavam dez cachorros, de raça de grande porte e muito ferozes, mastins que passavam fome e eram treinados para perseguir e estraçalhar pessoas.

Pouco tempo depois, quando Bernal Díaz vasculhou a praia para registrar as baixas em seu livro, ele pôde anotar que apenas um espanhol fora morto, alguns poucos foram feridos e que, sem muito exagero, 800 maias jaziam mortos no campo de batalha. O chefe deles logo apareceu, cercado por uma comitiva de nobres. Todos vestiam, tal como os guerreiros, uma espécie de tanga amarrada e pregueada na frente, mas também usavam mantos cobrindo as costas nuas, tecidos com elaborados desenhos geométricos, e sandálias que pareciam feitas de couro de veado e fibra. Seus cocares eram de plumas muito bem trançadas, e traziam pinos engastados com jóias no lábio inferior, de forma que suas bocas ficavam sempre abertas. A testa deles era alongada, e os narizes, curvos. Ao se renderem, ofereceram cestos com peixe seco, feijão, abóboras e ameixas. Além disso, enroladas em peles, pilhas do fino pão deles, feito de milho, em forma de hóstia. Um dos cestos se encontrava repleto de penas de gaivotas e o interior do estreito tubo de cada pena estava cheio de ouro em pó.

— Viu isso? – falou Bernal Díaz para Francisco. — É ouro.

A noite caiu. Os mortos jaziam sobre a areia do campo de batalha que, antes queimando de tão quente, agora esfriava, obscurecendo-se com as sombras, e se umedecia com cada pequena onda. Diversas algas estavam espalhadas por ali, como cabeleiras negras de mulheres perturbadas, e a espuma da maré crescente tocava e encobria com delicadeza alguns corpos. Os cães estavam novamente enjaulados, não foi permitido que eles comessem os cadáveres, e as armas estavam dispostas em diversas pilhas: as balestras, as lanças, os machados, os mosquetes, os artefatos, os escudos. As espadas estavam de volta às bainhas, e os punhais, às botas. A melancolia da noite acalmava tudo.

Cada homem tinha a sua história, que mais tarde, a bordo, iria contar ao círculo íntimo de companheiros, à luz das velas, depois da chamada no navio, com o vinho sobre a mesa, o familiar e suave dedilhar do violão de Botello e os trinados da flauta de Alvarado.

Francisco contou como fora ficar atrás de um rochedo durante a batalha, rezando agarrado como um louco ao seu rosário e arregalando os olhos ao ver um homem se lançar sobre ele, um dos índios. Francisco berrou para que ele parasse. O homem se deteve de súbito com a faca erguida e os dois ficaram se olhando fixamente. Francisco estava apavorado, mas naquele instante todo o pavor pareceu se esvair dele, deixando-o seco, quase abandonado numa ilha de serenidade. Agora irei ao encontro da morte. "Verei a face de Deus", foi isso o que Francisco pensou. Ambos tinham olhos escuros. Francisco sorriu levemente. O homem recuou, como se aquele sorriso fosse um ataque, uma afronta. Em seguida chegou mais perto e pôde perceber todas as imperfeições de Francisco, o nariz quebrado e achatado, o ombro mais alto e o corpo pesado e curvado. Francisco sorriu.

— Sou feio, não? – e o guerreiro então se foi.

— Por que você não o matou? – lamentou Isla. — Era um inimigo.

Os maias vieram uma segunda vez, na noite seguinte, para juntar seus mortos naquela praia triste. Desta vez, um grupo de 20 mulheres, amarradas tão juntas que tinham de andar em passinhos curtos para não esbarrarem umas nas outras, vinha acompanhando o chefe. Este fez um sinal de assentimento com a cabeça e então todas, com os olhos voltados para baixo, passaram do lado dos índios para o dos espanhóis. O sol no horizonte sangrava sobre o mar.

— Não fazemos sacrifícios – falou Cortés para o cacique derrotado.

— Ele não compreende – disse Bernal Díaz.

Alvarado avançou alguns passos, fez com os dedos um sinal de cortar a garganta, de arrancar o coração do tórax, de dar um golpe na cabeça e de enfiar uma espada no peito.

O cacique compreendeu e balançou negativamente a cabeça. Em seguida, fez movimentos oscilatórios com o corpo, e depois sensuais, fazendo com que um homem jovem avançasse e exibisse o seu órgão genital na direção das mulheres.

— Ah... mulheres escravas – alguém sussurrou. — Estão nos dando escravas, para nosso prazer.

Cuy estava entre elas. Estava chorando, e timidamente ergueu os olhos. Núñez gostou dela no mesmo instante.

Ela gostou muito daquela história, e acreditava que o bebê dentro dela também pudesse ouvir e compreender.

Capítulo 36

Quando Cortés, após lutar no litoral contra as tropas enviadas por Velázquez, retornou a Tenochtitlán, os espanhóis sitiados com suas mulheres estavam enfiados no palácio de Axayácatl há mais de duas semanas. Havia muito pouca comida, quase não restava água e todos estavam bastante desanimados. O palácio era atingido constantemente por um bombardeio de pedras, massas de excrementos misturadas com seixos e fragmentos pontiagudos de cerâmica. Se alguém se aventurasse a sair para o telhado, no mesmo instante seria alvo de dezenas de flechas sibilantes. A qualquer momento – era o que todos temiam – poderia ocorrer o ataque final: aqueles conquistadores magros, famintos, além de uns poucos tlaxcalas, contra milhares de guerreiros bem treinados e alimentados. O que poderiam fazer? Sentavam-se em círculo jogando cartas ou dados, apostavam tudo que tinham – adagas, botas, cintos, capacetes, armaduras, coletes, meias, suas casas em Cuba, esposas e filhos.

Padre Olmedo entregava sua parte da comida para Cuy. Botello vez ou outra dedilhava seu violão, cantando canções tristes em tom menor, sem nunca terminá-las, interrompendo-se no meio com uma expressão perplexa no rosto. Gastou sua porção de água regando um hibisco no pátio e conversava com a planta como se ela fosse sua filha e sua última esperança neste mundo. Separado de sua vendedora de ervas de Xochimilco — Cipactli, a mulher-crocodilo –, lamentava-se como se fosse um viúvo. Adu conservara a força e o ânimo correndo de manhã e de noite pelo perímetro interno do palácio, subindo e descendo as escadas, erguendo pedras pesadas e praticando esgrima com Aguilar, tal como Quintaval o havia treinado. Durante aqueles poucos dias, padre Olmedo ouviu mais confissões do que na viagem inteira. Os pecados coletivos da conquista cresceram mais que qualquer pirâmide no mundo.

Além disso, xingamentos nunca imaginados antes, novas maldições envolvendo mães, cachorros, bodes, porcos e funções corporais eram criados no próprio local. Alguns homens se dedicavam a entalhar seus nomes nas pedras das paredes: Juan, Rodrigo, José, Federico... Todo o ouro que haviam juntado durante a expedição e que ainda não fora dividido com Cortés ou enviado para o imperador na Espanha estava estocado num quarto, e com toda certeza era uma grande quantia, mas ninguém se importava muito em saber a quantidade exata. O ouro não podia cantar para ninguém, nem conversar ou consolar. Não seria possível comê-lo, bebê-lo, usá-lo para se aquecer ou para se refrescar. Era impossível fazer amor com ele, tampouco ele poderia corresponder ao amor de quem quer que fosse.

Desde os últimos dois dias, alguns homens começaram a se lamuriar, dizendo que preferiam morrer por suas próprias mãos a serem feitos prisioneiros e terem seus corações arrancados. Núñez prevenia a todos contra essas idéias. Padre Olmedo declarou que seria pecado fazer uma coisa dessas. Aguilar não queria saber desse tipo de conversa, concentrando-se apenas no seu *Livro das horas* e em algumas orações a que ele se agarrara quando era escravo dos maias. Ele e Núñez passavam horas a fio jogando xadrez com peças pequeninas esculpidas por Botello. Cuy, que todos os dias esperava dar à luz, sabia que não teria leite suficiente para alimentar um bebê e se entregava às orações – aos deuses dos espanhóis, ao grande Deus de Núñez e aos velhos deuses do povo dela: Tepeu, Pakat, Pauahtunes e Naxcit Xuchid, um dos nomes maias de Quetzalcoatl. Malintzin se refugiava no sono. Mas sempre acordava tão cansada quanto antes.

Cortés chegou de volta a Tenochtitlán em junho de 1520, no dia de são João. No caminho ele se deparou inesperadamente com tlaxcalas, xocotlanos e cempoalas que haviam fugido da capital quando Alvarado deu início à carnificina. De forma muito desajeitada, sem nenhum intérprete para ajudá-los, eles tentaram explicar o que tinha acontecido. Cortés ainda recrutou mais dois mil tlaxcalas, ávidos por romper o jugo dos mexicas, além dos 1.300 soldados de Narváez que ele acrescentara às suas forças – 80 arqueiros, 80 mosqueteiros, 96 cavalos, o próprio Narváez caolho e mais um escravo negro, muito doente. Entretanto, por algum motivo o encontro de Cortés com Alvarado não acontecera. Como se soube depois, Alvarado jamais chegou muito mais longe que a Coyoacán, onde seu cavalo começou a mancar, forçando-o a uma parada. Depois ele se perdeu nas vizinhanças de Chimaluacán, passou alguns dias sentado embaixo de uma paineira, chorando muito, foi levado por alguns aldeões solidários para ser consolado com algumas tortas de milho e então tomar novo fôlego e partir mais uma vez. Assim, Cortés, sem conhecer exatamente a situação, pois havia deixado todos em paz, retornou a uma Tenochtitlán totalmente silenciosa. Seus aliados indígenas, um exército de milhares de homens, aguardavam perto de Tacuba.

Certa madrugada, foram ouvidos golpes violentos na barricada da entrada principal do palácio dos hóspedes, despertando brutalmente os conquistadores. Aguilar, em seu delírio esfomeado e ainda meio dormindo, achou que era a morte vindo buscá-los e rolou pelo chão tapando os ouvidos.

— Pelo amor de Cristo, deixem-nos entrar! – gritou Cortés.

Aguilar sentou-se num sobressalto:

— Cortés, é o senhor?

— E quem mais poderia ser, seu preguiçoso? Abra!

E ali estava ele, *el comandante*, em carne e osso, com todo o esplendor de sua armadura, montado num bom e forte corcel. Atrás dele, soldados e mais soldados.

— Deus escutou as minhas orações! – exclamou Aguilar. — Que dia mais feliz!

— Que diabos anda acontecendo por aqui? – Cortés não acreditava no que estava vendo: uma barricada, o magro Aguilar convertido praticamente num esqueleto e o lugar numa maldita confusão.

— Cortés voltou! – prosseguiu a exclamação, enquanto as esteiras, as tábuas e todo tipo de objetos eram afastados para dar espaço a uma passagem. Cortés conseguiu abrir caminho e entrou, seguido por Isla, Bernal Díaz com seu livro e o caolho Narváez e centenas de outros homens. Os muitos cavalos, tantos que poderiam lotar três estábulos, foram conduzidos para uma área descoberta no primeiro nível do palácio. Eram tantos homens que não era possível sentar.

— Eles deixaram o senhor entrar para prendê-lo aqui conosco – disse Aguilar, que um momento antes sentira um indescritível alívio mas agora voltava a ficar preocupado. — Por isso o senhor pôde continuar. Onde está Alvarado? Ele não lhe avisou? Meu Deus, é um milagre que o senhor esteja aqui. Por favor, perdoe-me – Aguilar disse e então caiu de joelhos.

— Levante-se, Aguilar, você sabe que odeio esse tipo de demonstração.

Cortés não esperara por nada que se parecesse com aquilo. Como as coisas podiam ter dado tão errado, e tão depressa? Ele estivera fora por apenas algumas semanas, no máximo um mês e alguns dias.

— Padre Olmedo, o que aconteceu por aqui? Meus conquistadores se transformaram num grupo esfarrapado de loucos e miseráveis. Que belo bando eles formam! Onde está Alvarado? Eu o deixei no comando. Onde estão as roupas de todo mundo?

Muitos dos conquistadores de fato estavam despidos, tendo perdido as próprias roupas no jogo. Padre Olmedo, embora conservasse seu hábito, estava barbado como um urso e não conseguia parar de se coçar.

— *Señor* Cortés – começou o padre –, aconteceu algo terrível.

— Bote tudo para fora.

O padre contou-lhe, o mais depressa que pôde, sobre o festival, sobre a dança, como tudo aquilo provocou em Alvarado um delírio assassino, como os demais acabaram aderindo e depois como todos foram caçados, tendo de se refugiar no palácio, de onde não puderam mais sair.

— Onde está Montezuma?

— Num quarto. Mas eles agora têm um novo líder.

— Onde está *doña* Marina?

— Dormindo.

— Já é de manhã. Mande ela se levantar. E você – ele apontou para um dos homens nus –, onde está sua roupa?

— Perdi no jogo.

— Jogo? Mas que despropósito! Pegue-as de volta, vistam-se todos e vão se lavar!

— Não temos água suficiente – disse Aguilar.

— O senhor, padre Olmedo, parece precisar de um bom tratamento contra piolhos!

— Não temos água para usar em nossa limpeza e não sobrou quase nenhuma para beber.

— Não há água? E de quem foi essa idéia?

— De Deus, senhor. Não choveu. Nós pensamos que choveria na primeira noite, mas não caiu nem uma só gota. Só vento e mais vento.

— Vocês parecem um bando de lavradores. Deus está do nosso lado, mas Ele não recompensa a estupidez. Reúna um grupo, vá lá fora na praça com uns baldes e...

— Mas eles irão nos matar – protestou Aguilar.

— Quer dizer que, para não se arriscarem a algumas flechadas, todos permanecerão aqui para morrer de sede e imundos?

— Com todo respeito, senhor, não são apenas algumas flechas.

— É claro que são muito mais do que algumas flechas. Adu, por que você não está com a sua armadura?

— José, ele ganhou a minha armadura. Agora é dele.

— José, devolva a armadura de Adu. Quero ver todo mundo vestindo sua própria armadura. Aguilar, então é você o encarregado aqui? E o que você tem feito?

— Tenho jogado xadrez, comandante.

— E Núñez?

— Ele joga xadrez com o Aguilar, senhor – informou Adu.

— Onde está Núñez agora?

— Com a esposa dele, senhor – respondeu Aguilar.

— Aguilar, não posso acreditar no que estou ouvindo. Toda essa desordem, essa indisciplina, e pensar que você foi agraciado por seu Criador com alguma sabedoria... Você sobreviveu a um naufrágio, à floresta, à escravidão e a tudo o mais só para se degenerar e se tornar isso – Cortés acenou com a mão apontando para todos, nus e imundos. Apenas Adu parecia completamente vivaz e alerta.

— Senhor, nunca pensei que desse muita importância à limpeza – disse Aguilar.

— Vivi o bastante entre os índios para valorizá-la. E vocês não estão com sede? Não se aventuram a sair em busca de água? Estão sem comida? Isso é ridículo. Ninguém vai morrer de fome. Cortés morrer de fome? Ninguém vai nos capturar. Cortés morto? Que eles tentem. Não irão se atrever. Algumas semanas sem tortilhas, abóboras, tabaco e vinho e estão todos infestados de vermes, fracos das pernas? Vocês são mesmo homens? Ou será que são mulheres? E por falar em mulheres, não pedi para alguém ir acordar *doña* Marina? O que as outras mulheres estão fazendo? A única pessoa que pode dormir até mais tarde aqui é Cuy. O bebê já veio? Ainda não? Mas que bastardo teimoso!

— Com todo respeito que me é devido, o bebê não será um bastardo. Cuy e eu nos casamos, *señor* Cortés – Núñez disse, avançando cautelosamente alguns passos. Tal como Adu, ele estava quase como antes, pois estava com suas roupas limpas, os calções, a túnica apertada, as meias brancas finas, os óculos sobre o nariz e o lenço guardado no bolso.

— Casado, Núñez? Quando foi isso? E por que não fui convidado? Vocês não podiam esperar até que eu voltasse? Padre, isso foi obra sua?

— *Sí, señor* Cortés.

Não fora propriamente o que padre Olmedo chamaria de uma cerimônia cristã. Houve alguns toques de práticas pagãs e, ele se atrevia a dizer, judaicas também, mas como de qualquer forma todos morreriam em pouco tempo, isso pouco importava? Deus era Deus, e Ele não se incomodaria com algumas palavras ditas em hebraico, referências a Moisés e a Israel, um toldo e poucos passos sobre cacos de barro. Aguilar havia atuado como escrivão e a cerimônia fora registrada oficialmente, mesmo na falta de um certificado legal. Cuy conseguira ficar de pé com ajuda, perto do hibisco de Botello, que parecia se desenvolver muito bem em meio àquilo tudo. No casamento, Núñez usou a velha boina de veludo de Aguilar. Surpreendentemente, Botello conseguira acompanhar no violão algumas melodias hebraicas que Núñez cantou, embora ele próprio não pudesse evitar, como pagão que era, parecer-se – segundo a opinião de padre Olmedo – com o deus Pã. E os homens, recuperando suas roupas apenas para aquela ocasião, dançaram em pares, como se fossem homens e mulheres. As mulheres de verdade não estavam com ânimo para dançar. Alguém distribuiu algumas tortilhas, e uma caçarola de feijão que estava sendo guardada para a última refeição de todos foi servida. Malintzin, ao lado de Adu, chorou um pouco. É evidente que todos gostariam que Francisco estivesse lá, mas não estava, ou se estava, ficou espreitando tudo sem ser visto, por detrás de uma coluna, com aquele grande sorriso em seu rosto redondo. E todos gostariam que a situação fosse um pouco mais favorável. As pessoas se alegram no momento e no lugar onde se encontra a alegria, declarara padre Olmedo. Tinha sobrado um pouco de vinho. Era um casamento.

— Hum...

Então, foram escutadas algumas batidas tímidas na entrada dos fundos.

— *¿Qué es éso? ¿Un ratón?* – perguntou Cortés.

— Sou eu – falou uma voz débil –, Alvarado. Deixem-me entrar antes que me acertem pelas costas.

— Não o deixem entrar – ordenou Cortés. — Ele traiu a todos nós.

Ninguém pôde dizer nada diferente. Era verdade. Alvarado estava fora de questão.

— Comandante, apesar de todos os pecados, ele é um de nós.

— *Él nos ha costado mucho*, padre Olmedo – respondeu Cortés. — *Si, mucho*.

Isla acenou com a cabeça em sinal de aprovação. Ele estivera o tempo todo atrás de Cortés com um sorriso malvado no rosto, como se soubesse que no momento em que Cortés virasse as costas o desastre se abateria sobre a tropa. Bernal Díaz já havia se instalado sobre um degrau e aberto seu caderno em uma nova página. Alvarado deveria estar relacionado entre os seres infames.

— Então está bem. Deixem-no entrar.

Padre Olmedo fez um sinal para Aguilar, este se encaminhou até a entrada dos fundos e afastou uma esteira.

— O que você quer? – perguntou ele a Alvarado.

— Por favor, Aguilar. Eu me perdi. Por favor, perdoe-me.

Aguilar suspirou, empilhou algumas esteiras sobre o chão e abriu espaço para Alvarado passar.

— Deus o recompensará por esses atos de bondade – declarou Alvarado, apressando-se em entrar e indo discretamente se colocar no círculo mais distante dos homens que cercavam Cortés. Assumiu um ar pensativo e distraído, como se estivesse ali entre eles o tempo inteiro.

— Tragam Montezuma aqui. Ou será que ele está muito ocupado dormindo ou jogando xadrez. Ou quem sabe muito deprimido no seu papel de refém importante para querer vir me ver?

— Ele está no quarto dele, *capitán*. Anda muito triste.

— Parece que não é o único neste estado por aqui. Façam essa cadela chamada Montezuma sair do quarto, vamos fazer ele trabalhar. E mandem *doña* Marina levantar o seu traseiro da cama. Temos de negociar com o novo imperador, o irmão de Montezuma. Cuitlahuac, não? Vamos ver se podemos nos desembaraçar dessa prisão. Proporemos a devolução de Montezuma. Ainda temos o ouro, não é mesmo? E por falar nisso, onde está a minha cadeira?

— Nós tivemos de quebrá-la para usar como barricada no quarto de Cuy – explicou padre Olmedo.

— Foram capazes de quebrar uma cadeira espanhola tão boa? Sabe, Aguilar, a sua estratégia, e fico impressionado que Núñez não tenha lhe corrigido, está completamente equivocada. Vocês se enfiam num buraco quando são cercados? Errado, errado, errado. Quando cercados, não devemos ajudar o inimigo piorando nossa situação já deplorável. Agir assim é tornar as coisas ainda piores para nós. Na falta de ar, devemos ir atrás de ar. Bom, deixa para lá. Podemos encontrar outra cadeira? Não. Bem, deixem-me retirar esta armadura e me sentar numa dessas malditas esteiras astecas. Mandem umas mulheres armarem-nas no formato de uma cadeira. Acontece que trouxemos alguns suprimentos conosco. O cacique gordo pensou em todos nós aqui e os enviou com os seus mais afetuosos sentimentos. Sobrou ainda um pouco de feijão seco, pimenta, tortilhas, tomates, peixe seco, que por sinal é muito bom por aqui, um tonel de vinho, cerca de dez barris de água e, olhem só para isso – Cortés enfiou a mão no bolso e retirou um pequeno saco fechado por um cordão –, tabaco!

— Viva Cortés! Viva Cortés!

— Alvarado, estou vendo você escondido atrás de uma viga, bancando o inocente. Você foi e voltou a Coyoacán, parece, num pé só, e com o coração saindo pela boca, estou certo? Você não era o comandante encarregado na minha ausência? Não deixei o destino da nossa expedição em suas mãos?

— Senhor...

— Sabe, Alvarado, quando retornarmos para Vera Cruz, prenderei você por negligência. No mínimo isso. E depois, bem, as acusações são tantas que fica difícil mencionar todas elas aqui. Mas pode se considerar livre do seu posto.

— Senhor...

— Precisamos de todos os cavalos. Precisamos deles aqui e por isso você, já que tem tanto talento para cuidar desses animais, terá de partir com alguns homens, botar os cavalos para pastarem em Coyoacán e depois trazê-los de volta para cá.

— Mas...

— Fico contente de ver que você deseja ser útil e sugiro que vá agora mesmo. Não é hora para ficar flanando, palitando os dentes. E Botello, temos um homem doente conosco, o qual trouxemos em cima de uma maca. Vá vê-lo, por favor.

Adu, que em geral ajudava na assistência aos doentes, seguiu com Botello, mas quando viu o homem que tinham trazido com eles, recuou horrorizado. Aquele escravo negro tinha pústulas sobre toda a pele, e a boca estava tão inchada que se fechara. Algumas das feridas sangravam. Os olhos estavam abertos, mas ele parecia cego.

— Não chegue perto, Adu – disse Botello, empurrando o amigo para mais longe. — Já vi isto antes.

Capítulo 37

Com Cortés de volta, as pessoas, que nas últimas semanas mal conseguiam se mexer, agora andavam apressadamente por toda parte, cheias de energia. As mulheres pegaram suas vassouras de palha e começaram a varrer tudo, tal como Quetzalcoatl quando quis purificar o mundo. A água foi posta para ferver nos caldeirões. Deram ervas de hortelã-pimenta a padre Olmedo para que eles as aplicasse nos cabelos, repletos de piolhos. Cortés, é claro, estava por trás daquilo tudo.

— Núñez, quero que você escolha alguns homens e usem todas as suas ferramentas, se for necessário, usem tijolos como martelos, para fabricar uma carroça coberta.

— Uma carroça coberta, *señor* Cortés?

— É. Uma carroça coberta por tábuas, para que homens e mulheres possam sentar-se dentro dela, do jeito que for possível. Faça pequenos buracos para os mosquetes, as balestras e as lanças. Lembre-se do tatu que existe por aqui, ou da tartaruga com aquele casco, e tudo isso em cima de rodas. Com dois cavalos para puxar e as mulheres no interior. Faça quantas carroças puder. E elas não podem ser mais largas que as pontes. Comece agora mesmo.

— E as rodas?

— Use os barris, as beiradas dos barris, qualquer coisa. Bote a cabeça para funcionar, homem. A vida da sua mulher está em risco. Entende? Onde está *doña* Marina? Estou perguntando por ela há algum tempo.

Malintzin cambaleou para adiante, atordoada, sonolenta, muito enfraquecida. Ela dava a Cuy toda a ração de água e comida a que tinha direito.

— Dêem um pouco de água a essa mulher, pelo amor de Deus! Ela é a nossa voz. Vocês ainda não aprenderam o bastante para cuidar de *La Lengua*?

Estenderam a Malintzin uma jarra com água. Precisaram ajudá-la a beber.

— Não tão depressa. Você pode vomitar.

Malintzin olhou para Cortés.

— Então, meu amor. Feliz por me ver?

— Não temos nenhuma esperança, Cortés – a voz dela estava seca e sinistra.

— Sim, sim. Já ouvi todas essas bobagens – Cortés respondeu e se voltou para Aguilar. — Diga às outras mulheres para começarem imediatamente a cozinhar. Precisamos ter as pessoas de pé antes de começarmos as negociações. Pode dobrar a ração de vinho.

Cortés enlaçou Malintzin em seus braços, ajudando-a a se abaixar até o chão.

— Você não me parece nada bem. Mas precisa me ouvir. Quero que fale com Montezuma. Assim que tivermos nos alimentado, vamos mandar Montezuma sair para falar com eles.

— Os nobres e os sacerdotes organizaram um Exército, Cortés, não vai adiantar.

Malintzin estava tão cansada que até mesmo engolir era muito difícil. Suas palavras saíam fracas, pareciam de fora dela, como se estivessem vindo de uma outra pessoa.

— Quando levamos Montezuma até o terraço, atiraram pedras nele. Acham que ele os traiu – completou ela.

— Entendo. Traição. Sei como isso dói...

Cortés parecia tão robusto, falava com tamanha satisfação que ela se sentiu arrasada. A saúde dele quase que a ofuscava. Ela desejava se proteger dele, assim como se procura a sombra para se defender do sol.

— Beba, coma, mas nada de descansar. Você precisa se mexer por aí, reunir suas forças e não se entregar à fraqueza – Cortés falava com severidade. — Meu coração dói por vê-la desse jeito, *doña* Marina. Você poderia ter morrido enquanto eu estava fora.

Ela o ouvia, mas não podia acreditar naquelas palavras. "Meu coração dói"? Será que isso vinha mesmo da boca de Cortés?

Trouxeram-lhe um pouco de feijão cozido. Cortés amassou os grãos com uma colher, misturou com um pouco de saliva e levou a colher até a boca de Malintzin.

— Prove isto. Coma bem devagar – ele mascou um pouco da tortilha, depois cuspiu a massa sobre a mão e deu para ela com as pontas dos dedos. — Pequenos pedaços. Boa menina.

— Você só está sendo gentil para conseguir salvar seus homens.

— Para salvar você também, *doña* Marina. Ou você não reparou ainda onde está?

— Diga-me o que você quer que eu fale.

— Um pouco de delicadeza, por favor. Que tal assim: querido Cortés, meu amor, o que você gostaria que eu dissesse?

Em seguida ele convocou os homens.

— Onde está o cone que uso para falar? Ela precisará dele.

Amparada de ambos os lados, Malintzin acompanhou Aguilar e Cortés até onde se encontrava Montezuma, que estava sendo levado por dois soldados até o terraço mais alto. Imediatamente caiu uma chuva de flechas, pedras e gritos insultuosos.

— Veneráveis mexicas – anunciou Cortés. — Queremos conversar.

Malintzin repetiu a mensagem em nahuatl, procurando emitir sua voz bem alta e de maneira solene.

Tudo se aquietou. Um nobre, com o cabelo cortado à maneira dos guerreiros vitoriosos e usando um diadema – nitidamente uma prerrogativa exclusiva do imperador – avançou pelo terraço do templo.

— Cuitlahuac – sussurrou Malintzin. — O irmão mais jovem de Montezuma.

— Então, o que essa língua torcida e partida quer dizer? – esse insulto mordaz de se dirigia diretamente a Malintzin. — Iremos matar vocês, todos vocês, chupar o tutano de seus ossos esmigalhados e depois cuspir fora.

— Antes de fazerem isso – respondeu Malintzin por iniciativa própria –, mataremos seu irmão.

Cuitlahuac riu.

— Meu irmão, o grande Montezuma, traiu nosso povo. Ele é uma mulher que deseja morrer em sua confortável esteira. E já está muito velha, a mente dela está atrapalhada. O líder de vocês, o usurpador, o invasor estrangeiro, o hóspede que não foi convidado, o ocupante das nossas terras, o assassino de mulheres e de crianças não é Quetzalcoatl. Longe disso. Ele é excremento de vermes.

Montezuma, de pé ao lado de Malintzin, amparado por dois soldados que também já pareciam mortos, reanimou-se com a menção a Quetzalcoatl.

— Exigimos um salvo-conduto – prosseguiu Malintzin sem se perturbar – para deixarmos Montezuma viver. Só queremos ir embora, retornar ao lugar de onde viemos.

Cuitlahuac riu mais uma vez. Ele se parecia com Montezuma, porém sua musculatura era mais sólida, e a postura, mais firme.

— E de onde foi que você veio, Língua Partida?

— Se nos derem salvo-conduto, deixaremos todo o ouro para vocês.

Outro riso de Cuitlahuac.

— Pagaremos a vocês tributos das nossas terras, do outro lado do mar.

— Das *nossas* terras? Suas terras, Malintzin? Você já esteve lá alguma vez? Eles cultivam o milho por lá? Se tudo é tão maravilhoso assim nas terras deles, por que então vieram para as nossas, por que estão querendo as nossas terras?

O modo de falar dele lembrava tanto Garra de Jaguar que Malintzin teve a impressão momentânea de que ele teria retornado à vida.

Com toda certeza o senhor não quererá ver seu irmão mais velho morto.

Enquanto dizia isso, ela se lembrou de que era rotina da realeza matar os irmãos homens por causa dos direitos de sucessão. Sua argumentação carecia de consistência. Ela se sentiu debilitada, mas precisava manifestar sua força.

— Possuímos muito ouro, e podemos dá-lo a vocês.

— Vocês estão oferecendo o nosso próprio ouro para nós? Como eles corromperam você, mãezinha!

— Pagaremos tributos a vocês do nosso país distante, do outro lado do mar Oriental. Possuímos tecidos belíssimos e também artigos de metal muito mais afiados do que a obsidiana. Daremos bastões de trovão a vocês, e também nossos altos veados, para que o imperador nunca mais tenha de pôr os pés novamente sobre o chão. Nossas panelas de cozinha e pás também são feitas desse material duro. Temos muitos instrumentos e ervas medicinais, além de todo tipo de tintura das cores mais brilhantes. Temos outros animais que podem puxar carroças sobre rodas, e ferramentas que podem cortar e derrubar árvores num só dia, além de aplainar as tábuas.

Malintzin já estava exausta. Ela segurou no braço de Aguilar para recuperar o equilíbrio.

— Continue com essa ladainha, mulher, e sua língua cairá da boca. Mas iremos considerar a sua oferta – declarou Cuitlahuac. — Envie-nos um emissário para as negociações.

Malintzin transmitiu as palavras de Cuitlahuac para Cortés. Seu corpo cambaleava.

— Um homem, apenas um homem! – repetiu Cuitlahuac. — E não mandem uma mulher.

Malintzin voltou-se para Cortés.

— Eles não querem que eu vá. Quem poderemos mandar para negociar?

— Botello.

— Botello? Botello não, Cortés. Eu irei.

— Vamos mandar Botello. Não diga mais nada. Botello é perfeito.

Malintzin então gritou com a voz trêmula:

— Enviaremos nosso médico, um homem que vive com o seu povo, cuja mulher é do seu povo, um homem que conhece os segredos da terra e do céu. Ele já conhece algumas palavras de sua língua. Sente grande simpatia pelos costumes de vocês.

— Os costumes *de vocês*, princesa? Então você não é mais uma de nós?

— Não... Sim...

— Muito bem. Mande-nos esse demônio pálido. Mande-o quando o sol estiver no meio do céu.

O novo imperador e sua comitiva viraram as costas e desapareceram no altar em cima do templo em pirâmide.

— Não mande Botello – implorou Malintzin. — Ele não terá nenhuma chance, Cortés.

— Isso não é verdade. Botello é invencível, é eterno. Ele pode fazer feitiços para eles. Botello é o melhor de todos. Vive no meio dos jardins flutuantes, fala um pouco da língua deles, veste-se com aquelas roupas fininhas... Botello é um homem simpático, *doña* Marina. Por favor, vá chamar esse cigano danado.

Ela entrou e desceu as escadas. Os soldados estavam reunidos, amontoados no pátio, e a olharam na expectativa de algum anúncio.

— Botello! – chamou ela da escada.

— Sim, tenho de dizer uma coisa ao comandante imediatamente – respondeu Botello.

Malintzin, apoiando-se na parede, sentiu que o mundo escurecia. Suas mãos escorregaram, ela perdeu o controle das pernas e rolou pelos últimos degraus até chegar ao pátio.

— *Doña* Marina, *doña* Marina! – Cortés correu atrás dela. — *Doña* Marina! – ele se ajoelhou ao lado dela, tomou seu rosto entre as mãos e encostou o ouvido em seu peito. — Ela respira, graças a Deus. Levem-na para um quarto.

Aguilar e Cortés desceram a escada e carregaram Malintzin até um quarto, onde a estenderam sobre uma esteira. Botello os seguiu.

— *Doña* Marina, meu bichinho, meu amor... – com delicadeza, Cortés bateu-lhe nas faces. — Não morra, por favor, *doña* Marina.

As pálpebras de Malintzin tremeram. Ela viu o rosto de Cortés muito próximo ao seu.

— *Gracias a Dios* – Cortés limpava o suor da testa dela com a mão. — *Tú vives*.

Amparando a cabeça dela com o braço, ele a fez beber um pouco de água.

— *Doña* Marina, você precisa ficar bem, meu bichinho. Botello, ela está precisando de algum tônico fortificante. Precisa fazer uma sangria, e os humores dela têm de ser equilibrados.

— Preciso lhe dizer uma coisa, Cortés – disse Botello.

— É necessário preparar um chá para ela, Botello, espremer umas ervas, fazer alguma coisa que lhe dê forças. Será que temos sanguessugas por aqui?

— *Mi amigo*, preciso lhe falar em particular.

— Não podemos deixar que ela ande por aí sem qualquer assistência.

— Senhor...

— O que foi, Botello? Não está vendo que *doña* Marina precisa dos seus cuidados?

— Posso falar com o senhor em particular?

— Está bem.

Os dois se afastaram até um canto do recinto.

— Aquele escravo negro que vocês trouxeram do litoral morreu – segredou Botello.

— Bem, menos um para nos preocuparmos.

— Ele morreu de varíola, Cortés. De varíola.

Cortés cerrou os olhos, deixando pender a cabeça. Comprimiu a ponta do nariz com os dedos, balbuciou uma ou duas pragas e mordeu o lábio.

— Deus do céu, poupai-nos – murmurou. Mas logo se reanimou. — Já estive perto da varíola antes, e o mesmo se aplica à maioria dos homens. Nunca pegamos a doença. Não importa. Alguém tocou nele?

— Adu.

— Hum... Isso é mau. Os africanos são vulneráveis às doenças de fora, os índios também. Precisamos manter nossos aliados longe disso. Diga a Adu para se lavar muito bem. Mas faça isso em segredo. Não vamos pôr os homens em pânico. Adu é um bom guerreiro, um desses que não podemos nos dar ao luxo de perder.

— E tem outra coisa – disse Botello.

— Deus do céu e todos os santos, homem, o que mais pode estar dando errado?

— O bebê está chegando. O bebê da garota está chegando.

— Isso é assunto de mulher. Não me incomode com essas besteiras.

— Não temos nenhuma parteira aqui.

— Temos dezenas de escravas, de concubinas, com certeza haverá uma mulher entre nós que saiba fazer uma criança nascer. Você mesmo é capaz de fazer isso com o pé nas costas. É um processo natural, nada para se ficar apavorado – Cortés se deteve e em seguida se lembrou: — Botello, eu é que preciso dizer uma coisa *a você*.

Botello não gostou nada do tom de voz de Cortés.

— Você sempre nos serviu muito bem.

— É meu dever – retrucou ele com modéstia.

— E somos muito gratos. Você é um homem de muitas habilidades, e com um raro talento para fazer amigos, onde quer que esteja.

— Muito obrigado, senhor. Mas agora, preciso ir atender a Cuy. O parto não promete ser muito fácil. Ela está muito fraca e o bebê é muito grande. E os ânimos, como o senhor já deve ter observado, andam muito baixos por aqui. Mente e corpo precisam trabalhar juntos. O parto é o mais importante trabalho das mulheres. Na verdade, do trabalho humano, se é que nós...

— Vai ser de meia estirpe, Botello, se é que vai sobreviver. E não só isso, tem sangue judeu, é um vira-lata bastardo e mestiço.

Não era assim que Botello via as coisas.

— Eles se casaram, senhor.

Ele também era de raça indeterminada. E o próprio Cortés não havia manifestado interesse pela saúde de Cuy?

— O que tenho a lhe falar, Botello, é que você foi escolhido para negociar com o novo imperador.

— Eu?

— Você é o mais qualificado. Diga ao imperador que daremos a ele tudo o que temos e que só pedimos um salvo-conduto. E assim que terminar, volte correndo para nos relatar o que eles disseram.

— Eu? Mas não falo a língua deles.

— Não é verdade. Pelo que sei, você tem uma mulher, mora na cidade e se relaciona com poetas, estudantes e gente assim.

— Mas isso seria uma missão oficial. Falo pouca coisa. *Un poco* – ele fez com os dedos a medida de uma polegada e depois diminuiu para meia polegada –, *un poquito*. Por que não mandam Malintzin? Ela é sua assistente oficial. Não estou dizendo para colocá-la em perigo, de jeito nenhum. Eles não irão agredir uma mulher.

— Eles não querem uma mulher. Querem um homem.

— Então é o senhor que deve ir, Cortés. É claro, o senhor é a escolha mais óbvia.

— Precisam de mim aqui, Botello. Isso não é evidente? Viro as costas um minuto e o que acontece? Os homens não são nada sem a minha presença.

— Também precisam de mim aqui. Uma mulher está para dar à luz um bebê. Temos um doente que morreu dentro dos nossos muros, e de uma doença extremamente contagiosa.

— Isso é diferente. Lembre-se de que sou o comandante, Botello. Lembre-se de Quintaval.

— Eu me lembro. Mas *señor*, os índios morrerão de varíola se não tomarmos precauções.

— Antes eles do que nós.

— E os nossos aliados?

Cortés fez uma pausa.

— Não, não, não estou me referindo a eles, eles não irão morrer, eles não podem morrer. E não diga uma palavra sequer sobre a varíola para ninguém. Já existem problemas demais aqui. Não me atrapalhe.

— Cortés...

— Você tem de fazer como eu lhe disse, sob pena de... Você sabe, Botello, pelo bem maior, todos temos de fazer pequenos sacrifícios.

— *Pequenos* sacrifícios?

— Pense em Santiago, o santo padroeiro da Espanha, que lutou contra os mouros.

— Ele sobreviveu?

— Não me lembro. Mas o que sei é que ele foi um herói. E então, quando você for até os astecas, diga-lhes que existem estoques secretos de milho aqui, e que tem o suficiente escondido fora para alimentar a cidade durante semanas, meses, para sempre.

— Eles não irão acreditar nisso.

— Se tudo for dito com bastante segurança, as pessoas irão acreditar em qualquer coisa. Ninguém está interessado na verdade, ou em qualquer outra coisa, mas apenas naquela mão firme e sólida, no sorriso confiante, na voz calorosa. Não seja evasivo, limite-se à sua declaração, não manifeste dúvidas. Eles irão acreditar em você. Vão acabar querendo comprar o milho que nós não temos, e do qual não têm necessidade alguma. Você já convenceu as pessoas de que pode predizer os destinos, Botello. Pode fazer qualquer pessoa acreditar em qualquer coisa. Tenho certeza disso. Diga a eles que são os estoques pessoais de Montezuma. Diga-lhes que as coisas que temos podem transformá-los em amantes ardorosos, em grandes guerreiros, em seres eternos. Diga-lhes que os deuses desceram dos céus, conversaram conosco na noite passada e nos mandaram compartilhar os estoques secretos graças à bondade de nossos corações, e o que desejamos é apenas partir em paz.

Botello olhou duramente para Cortés. Depois olhou para os homens no pátio, alguns sentados nos degraus e nas entradas dos quartos. As mulheres limpavam e empilhavam as caçarolas. Um grupo de homens prendia esteiras nos lados de pequenas plataformas. Tinham retirado as bordas metálicas dos barris de vinho para fazer rodas para as carroças.

— Então, a que horas eles me esperam? – Botello, apesar de toda sua vidência, cartomancia, leitura dos astros e oráculos em folhas de chá, simplesmente não previra aquilo. Sabia perfeitamente como Cortés era egoísta, mentiroso, um homem cuja vontade jamais se abalara, em toda a sua vida, e que nunca sentira uma gota sequer de arrependimento. Porém, ele sempre contou com a lealdade de Cortés com relação a seus soldados. A morte inglória de Quintaval deveria ter lhe mostrado até onde Cortés era capaz de ir. Mas havia esquecido de Quintaval, do litoral e de tudo o mais. Esse um ano que havia decorrido parecia estar num passado muito distante, era como se tudo tivesse acontecido numa inocente época de ouro.

— Quando o sol estiver incidindo diretamente sobre as nossas cabeças é quando você deverá ir. E na velocidade de um raio.

Botello desceu a escada devagar e se dirigiu para o quarto de Núñez.

Este esfregava a testa de Cuy com um pano umedecido. Uma mulher estendia um tecido branco muito limpo sobre o chão.

— Que horas são, meu bom amigo?

Núñez retirou o relógio da sacola.

— São onze e trinta, Botello.

— Pelo aspecto da coisa, Núñez, ela ainda vai permanecer umas seis horas assim. Pode ser que eu não esteja aqui quando acontecer. Entregue tudo às mulheres. Elas vão saber o que fazer.

— Mas Botello, você precisa estar aqui, onde mais poderia estar? Não sairemos daqui, ficaremos até conseguirmos o salvo-conduto. Cortés disse que...

— Núñez – Botello apoiou ambas as mãos nos ombros do amigo, procurando tranqüilizá-lo –, Cortés me mandou ir até o outro lado para negociar.

— Negociar? Mas eles não irão negociar! Eles odeiam Montezuma. Isso é ridículo. Cortés está lhe pedindo uma coisa totalmente inútil. Está enviando você para a morte, Botello – disse Núñez, que se agachara junto da mulher. Então se levantou, segurou o braço de Botello e o puxou para um canto do quarto. — Não vá. Recuse. Você será o cordeiro do sacrifício. Não está vendo? Você não pode simplesmente sair andando em direção à morte para obedecer a um capricho de Cortés.

— Mas não é isso que todos estamos fazendo aqui? E não é esse o dever de um soldado? Os generais e os reis são famosos pela capacidade de sacrificar os jovens.

— Você não é mais um jovem.

Botello riu.

— É verdade. E talvez seja esta uma razão a mais para eu ter sido o escolhido. Ficar, Núñez, seria aceitar o rótulo de covarde, o que eu não me importo. Mas eu seria arrasado pelo comandante diante de todos os meus amigos – ele disse. Sorrindo, Botello acrescentou: — Preciso ir, Núñez. É preciso. Agora é minha vez. Você é o guardião do tempo, não? Já é tempo.

— O relógio é um instrumento, Botello. Não é Deus. É só uma máquina. Deus nunca ordena que nos deitemos para morrer. Não há encontro marcado. Deus diz para sobrevivermos até não podermos mais. É este o nosso dever, nosso dever mais importante: este, e não machucar ninguém.

— Na verdade, meu amigo, já machuquei muita gente. Estamos no Exército, como seria possível não machucar ninguém? Como não morrer? Não se atormente, meu bom companheiro. Eu vi o futuro: você, Cuy e o bebê irão sobreviver a tudo isso. Vocês três sobreviverão – Botello estava enfeitando a coisa, como costumava fazer em relação a tudo.

— Sei que iremos sobreviver – retrucou Núñez.

— Acredite, não recebi esse dom a troco de nada. E vou deixar algumas coisas com você, umas coisas da minha sacola – Botello tirou a sacola do ombro e continuou. — Meu saquinho vermelho: aí dentro dorme o sono. Uma pitada é suficiente para uma noite inteira de descanso. Na sacolinha verde estão umas substâncias para as dores. É uma erva que funciona melhor quando se fuma, feito tabaco. Na bolsinha amarela você verá que tem um tampão, ele adere e fica preso ao ser colocado sobre uma ferida. Se a vagina se abrir muito, comprima o tampão no lugar. Na eventualidade de a dor ser mesmo terrível, mande ela mascar estas sementes. Não são tão inofensivas quanto parecem. Eu, se puder, também tomarei algumas, pode ser que eu venha a precisar, nunca se sabe...

— Mas você garantiu que não iria ser terrível...

— Não, não será, mas só na eventualidade... – Botello, com um soluço entalado na garganta, voltou-se para outra direção. — Tenho de me despedir do padre Olmedo, de Malintzin, de Adu...

Malintzin estava dormindo quando Botello passou por lá.

— Melhor assim – pensou ele, seguindo para o quarto do padre.

— Padre, estou partindo.

O padre se ajoelhou e começou a rezar.

Foi necessário que contivessem Adu.

Fazia muito calor quando Botello saiu para a luz do dia. Brilhante, límpido, um bom dia para se morrer, sem dúvida, mas as pernas de Botello, com as quais ele esperava chegar até o outro lado da rua com certa dignidade, vacilaram. Dois guardas astecas se aproximaram dele, seguraram-no pelos braços e o levaram. Não foram diretamente para os degraus, como ele pensara, mas sim para uma pequena entrada lateral do palácio. Ao contrário da luz ofuscante do exterior, o vestíbulo estava frio, cheirando a terra úmida. Foi como penetrar numa catedral ou no interior de um túmulo e os olhos ainda não se acostumaram à escuridão. Botello sabia que não estava ingressando na morte, pelo menos não ainda, pois isso costumava acontecer a céu aberto, lá no topo da pirâmide. Iriam deitá-lo e a última coisa que veria seriam os sacerdotes com aquele cabelo emaranhado; o último cheiro, o das fétidas capas feitas com pele humana podre; o último som, o lamento fúnebre dos tambores de couro de cobra. Precisava ser corajoso. Depois não precisaria ser mais nada.

Capítulo 38

Malintzin jamais tivera permissão para entrar numa cabana de partos. Por causa de sua profissão, ela era considerada contaminada, trazia má sorte. Mas no momento em que Cuy gritou "O bebê está chegando!", ela, até pouco antes tão fraca e doente, levantou-se da esteira, bebeu uma xícara de água quente, comeu um pedaço de tortilha seca e foi se juntar às outras seis mulheres, todas jovens escravas presenteadas aos espanhóis no decorrer daquele período. Agora, elas iriam atuar como parteiras, na ausência de Botello e dos curandeiros profissionais de Tenochtitlán.

Outras mulheres também foram se reunir ali. Todo mundo estava querendo ver. A encarregada do parto, falando um nahuatl muito áspero, gritava instruções para as demais. Era a sobrinha gorda do cacique de Cempoala, aquela que tantos ciúmes provocara em Malintzin. Agora, sem os risinhos e os flertes, não mais tola e infantil como antes, seu ar era o de quem sabia o que estava fazendo.

— Todos os homens fora daqui!

Surgindo como uma deusa por trás de uma nuvem de vapor, ela expulsou todos os homens do aposento, inclusive Núñez. Malintzin, na qualidade de amiga mais próxima de Cuy, e como tradutora da língua maia (falada por Cuy) para o nahuatl (falado pela sobrinha do cacique) pôde entrar, mas lhe foi ordenado que se colocasse mais atrás, enquanto as caldeiras cheias de água fervendo eram levadas para perto das paredes do quarto. Tudo ali estava tomado por uma fumaça espessa, como uma casa de banhos a vapor ou algum enevoado vale de sonhos, onde nada era realmente o que parecia ser. Era tudo muito estranho e fascinante. Para Malintzin, era o próprio mundo das mulheres.

Uma esteira foi desenrolada para o parto. Esticaram um pano de algodão para encobrir a entrada do quarto, e uma fileira de velas perfumadas de cera de abelha, feitas pelos espanhóis, contornou todo o recinto. A sobrinha do cacique e várias outras mulheres lavavam cuidadosamente Cuy com panos que embebiam em água quente, e depois cobriram-na com uma espuma feita com gordura humana retirada de inimigos mortos. Esfregavam-lhe a pele com instrumentos apropriados, e os dentes dela foram raspados com varinhas perfumadas de hortelã. Depois de lhe lavarem o cabelo, elas o engorduraram com manteiga de cacau e banha de pato. Também passaram banha na sua vagina, para que o bebê pudesse deslizar por ali. Depois Cuy foi posta para caminhar, com Malintzin sustentando-a de um lado e a sobrinha do cacique do outro. Segundo o costume, ela ainda não podia se agachar ou se deitar. Quando estivesse no momento de dar à luz, na posição de cócoras, em cima do tecido de algodão, a placenta e as membranas fetais deveriam ser recolhidas com cuidado para depois serem enterradas junto à lareira.

Cuy precisaria ser uma guerreira valente, explicou a sobrinha do cacique a Malintzin. Seu dever era produzir um guerreiro, um cativo ou, se assim o decidissem os deuses, a esposa de um guerreiro ou a esposa de um cativo.

Ao que Malintzin contrapôs:

— Um bebê. Em primeiro lugar, vamos providenciar isso.

— Durante o nascimento, Cuy será possuída pelo espírito de Cihuacoatl, a mulher serpente, e sentirá o parto como a deusa da terra sendo dividida em duas pelos deuses celestes, Quetzalcoatl e Tezcatlipoca. O corpo de Cihuacoatl se partiu em dois: o céu e a terra – prosseguiu a sobrinha do cacique, citando versos famosos. — Originalmente, flores e ervas cresciam do cabelo de Cihuacoatl; de sua pele, grama; de seus ombros, montanhas; de seus olhos, poços e fontes. Corações e sangue humanos eram o alimento dela.

Malintzin não traduziu tudo isso para a língua maia. Achou que as referências à violência contra uma deusa não haveriam de ser um estímulo à resistência. A futura mãe estava curvada e pálida, como um passarinho cujas asas haviam sido aparadas. Ela estava atordoada de tanta dor, cada contração a fazia se contorcer toda.

— Será que irei sobreviver? – perguntou ela baixinho a Malintzin.

— Irá sim, você viverá. Pense no momento em que já estará com um lindo bebê entre os braços.

— E o bebê sobreviverá também?

— Vocês dois sobreviverão.

— Você promete, Maax?

— Prometo.

A sobrinha do cacique disse a Malintzin que Cuy estava participando de algo verdadeiramente grandioso e nobre; que ela, uma simples mulher, seria conduzida até o tempo por esse acontecimento, tal como as estrelas no alto e o grande mar do leste. Seu corpo, ela precisava saber disso, iria se contrair e relaxar de acordo com a própria vontade dele. As dores não iriam pedir licença, chegariam como remos de canoas pressionando-a de todos os lados e esmagando-a como as faixas de borracha feitas de *hule* que os jogadores de bola usavam na testa. Apertariam, afrouxariam, apertariam, afrouxariam, empurrando o bebê para fora. Cuy iria sentir-se como o milho moído sobre a pedra, como um bagaço, como uma iguana cortada e sovada até virar tiras de carne, ou um tatu golpeado seguidas vezes com um bastão de obsidiana coberto de espinhos... Ela se juntaria a todas as mulheres em seu sofrimento.

Malintzin dirigiu um olhar zangado para a sobrinha do cacique e então disse a Cuy:

— Você irá ficar bem, Cuy. Todas as pessoas que você vê saíram de uma mãe.

— Maax – choramingou Cuy, tomada por um espasmo –, ajude-me!

— Estou aqui ao seu lado, Cuy. Você não está sozinha.

— Estou sozinha sim!

— Não, você não está. Seu bebê não está sozinho. Há muitas mulheres aqui, todas sabem da alegria que é um nascimento.

Na verdade, nenhuma daquelas jovens ali já tivera um filho. Entretanto, embora com pouca idade, já haviam presenciado muitos partos em suas cidades e vilarejos e sentiam-se ligadas a Cuy como a uma irmã.

— Esta dor é diferente de qualquer outra. É muito pior. Elas não fazem idéia!

— Fazem sim.

Malintzin fez um gesto para que uma das mulheres viesse tomar seu lugar ao lado de Cuy, enquanto ela ia até a ânfora com a água mais fria.

Mergulhou um pano na água, torceu-o e veio comprimi-lo sobre a testa de Cuy, esfregando-o em volta do pescoço, refrescando-lhe as faces e o queixo.

— Faça sua mente pular por cima da dor. Jogue aquele meu jogo da dor – disse ela a Cuy. — Faça sua mente ir para onde tudo já passou. Você e o seu bebê juntos, tão certo como as ondas no mar.

Malintzin entoou baixinho uma canção.

— Quero me deitar, por favor – implorou Cuy.

As pernas dela então se dobraram.

— Não deixem ela se deitar! – exclamou a sobrinha do cacique.

— Ainda não, Cuy.

— Eu imploro a vocês, em nome da minha mãe, deixem-me deitar!

Malintzin não disse nada sobre Cuy não ter mãe.

— Ela quer a mãe dela – disse, dirigindo-se à sobrinha do cacique.

— É normal querer ter a mãe ao lado nessas horas ou procurar consolo em nome da deusa Ciucoatl Quilztli.

— Deixe que ela pare um instante – implorou Malintzin.

— Não – replicou a sobrinha. — O bebê precisa se soltar da gaiola.

— Só um instante, para ela juntar as forças.

Elas a abaixaram sobre a esteira. Passaram delicadamente uma mistura de raiz de valeriana, aloé e gordura de pato em seu órgão genital. Também lhe deram sementes de *chia* para mascar e respingaram água sobre seus lábios ressequidos. Depois ela foi novamente colocada de pé.

Alguém afastou o pano da entrada do quarto e enfiou a cabeça para o interior do aposento.

— Rafael Núñez, meu marido! – gritou Cuy. — Salve-me!

— Homens não! Homens fora, fora! Vá para o seu lugar! – e então a sobrinha do cacique bateu palmas para espantar Núñez dali.

— Ela está bem? – perguntou Núñez.

— Ela está bem? – Malintzin transmitiu a pergunta de Núñez à sobrinha.

— Maravilhosa. Não poderia estar melhor. Está agindo como os deuses decidiram que ela deveria agir. Está cumprindo o seu destino de mulher. Não devemos encarar esses acontecimentos como uma doença. Isto é saúde, é a coisa mais saudável que alguém pode fazer.

Malintzin então disse a Núñez:

— Não se preocupe, não se preocupe.

E assim prosseguiram as coisas, Cuy caminhando para cá e para lá, chorando e gritando, implorando para descansar, as contrações apertando cada vez mais depressa, contorcendo-a ora para a direita, ora para a esquerda. A intervalos, permitiam-lhe que se agachasse sobre o tecido. Finalmente, justo no momento em que ela se preparava para se levantar e continuar caminhando, um forte jato d'água desceu por entre suas pernas, ela se abaixou involuntariamente e, com um grande impulso, o bebê escorregou para fora, um bebê esguio, todo coberto de sangue. O cordão foi cortado e amarrado num laço. A sobrinha do cacique de Cempoala começou a entoar o canto próprio das recém-nascidas.

— Assim como o coração fica dentro do corpo, você terá de ficar dentro de casa. Não deve nunca sair de casa, como as brasas numa lareira.

Ao lavar o bebê, ela rezou para Chalchiuhtlicue, a deusa da água. Cuy, aliviada, cansada como jamais estivera na vida e feliz como nunca, cerrou os olhos, com sua filha curvada a seu lado, toda envolta em panos limpos.

— Você fez um bom trabalho – disse-lhe a sobrinha do cacique cumprimentando-a. — É uma linda criança.

— Não foi tão difícil assim, foi? – cochichou Malintzin ao ouvido da amiga, embora para ela na verdade tivesse parecido muito difícil. Próximo ao término do parto, Cuy havia arquejado como um cachorro, implorando que a poupassem daquele horror. Mas ali estava ela, Cuy prosseguia sendo Cuy, limpa, com pedaços de pano enfiados entre as pernas para estancar o sangue. — Agora estamos numa praia segura.

Deram permissão a Núñez para entrar. Ele se ajoelhou ao lado de Cuy, beijou-lhe as mãos, agradeceu a ela pela criança, aquela criança abençoada, e não pôde deixar de chorar um pouco.

— Minha linda esposa, minha linda filha, nossa pequena família...

— Ainda está doendo, Rafael.

— Mas vai passar, Cuy, minha querida – respondeu-lhe ele. — Logo.

— Você promete?

— Prometo.

— Em um dia você já se sentirá melhor – disse a sobrinha em nahuatl. — Mas a mãe não deve sair do quarto antes da cerimônia de nomeação.

— Em uma ou duas horas você se sentirá melhor – traduziu Malintzin, sabendo muito bem que dentro de uma ou duas noites todos ali iriam escapar do palácio, tentando atravessar a ponte até Tacuba sem serem vistos pelos astecas. Não haveria tempo para nenhuma cerimônia de nomeação.

— Acabou, Cuy. Todos esses meses de espera, de desconforto...

— Não sinto que acabou, Rafael. Tem algo errado.

— Calma, descanse, Cuy, só descanse.

Mas alguma coisa de fato *estava* errada. O corpo de Cuy começou a se contrair de novo.

— Está vindo outra vez! – gritou ela. — A dor está voltando!

— Mas Cuy, o bebê já está aqui, olhe!

O bebê era claro, com o cabelo preto e muito cheio. As duas perninhas se agitavam pelo ar, os pés, as mãos, todos os dedinhos, tudo perfeitamente formado. A menininha contraiu o rosto, dobrou as pernas e começou a chorar.

— Não! – gritou Cuy. — Não levem ela daqui!

A sobrinha do cacique entregou o bebê a Malintzin e pôs as mãos sobre o ventre de Cuy. Alarmada, olhou para Malintzin.

— O que foi?

— Os tecidos fetais já saíram – disse a sobrinha. — O bebê está ótimo.

Cuy se retorceu rolando de dor.

— Firme, firme – a sobrinha do cacique disse. Depois colocou as mãos em volta da barriga de Cuy, encostou o ouvido no peito dela. Então afastou as pernas dela. – Deixem-me olhar. Não irei machucar você, meu passarinho. Deixe-me olhar.

Em seguida ergueu os olhos para Malintzin.

— Tem mais alguma coisa aqui – disse.

— Mais alguma coisa?

— É. Outro bebê.

Malinche se voltou para Núñez, que estava com a filha nos braços.

— É outro bebê.

— Tirem-no, tirem-no – gritava Cuy. — Tirem, está me matando!

— Coloquem ela de pé – ordenou a sobrinha.

— Não posso! – exclamou Cuy. — Não me obriguem!

— Não a torturem – implorou Núñez.

O rosto de Cuy, que havia retornado à cálida cor morena após o parto, agora estava tenso e acinzentado.

— Rafael! *¡Me voy a morir!*

— Não – tranqüilizou-a Malintzin. Mas quando quis olhar para a sobrinha, esta se voltou em outra direção, evitando seus olhos.

— Deitem-na sobre a esteira com as pernas para baixo.

Cuy esperneava e lutava.

— Diga-lhe para ficar quieta – disse a sobrinha, chamando duas outras mulheres para segurarem os tornozelos de Cuy. Depois afastou as pernas dela e colocou o dedo no canal vaginal enquanto pressionava o abdômen de Cuy com a outra mão. Os gritos podiam ser ouvidos por todo o palácio.

— O que irá acontecer? – perguntou Núñez.

— Parece errado, parece que a posição está errada – explicou a sobrinha a Malintzin. — Levantem-na. Vamos sacudi-la, sacudi-la para que o bebê se solte.

— Sacudi-la – traduziu Malintzin para o espanhol. A sobrinha e outra mulher também forte seguraram Cuy pelos braços e pelos ombros, ergueram-na e passaram a sacudi-la até que seus dentes começaram a se bater.

— Está doendo tanto – soluçou Cuy. — Rafael, salve-me!

— Tirem o homem daqui – ordenou a sobrinha. — Ele vai distraí-la do trabalho dela.

— Vá, Núñez, vá – disse Malintzin. — Leve o bebê com você.

— Deixem que ele fique! Deixem que ele fique!

— Vou estar logo ali fora, Cuy, meu amor.

— Botem-na sobre a esteira – ordenou a parteira. — Separem novamente as pernas dela.

As duas ajudantes seguraram as pernas de Cuy, afastaram-nas bastante e, enquanto Cuy gritava de dor, a parteira tentou enfiar a mão pelo canal vaginal mas não obteve sucesso.

— Não estou sentindo a cabeça. Posso sentir as pernas dobradas. A criança é grande, grande demais. E está na posição errada.

— O que isso quer dizer?

— Que vou ter que abrir a barriga. Dê-me uma faca afiada.

— O quê? O quê? – gritava Cuy.

— Ela está dizendo que o bebê está preso – explicou Malintzin.

— Não! Não! – Cuy berrava desesperada.

— Diga para ela – disse a sobrinha do cacique – que o bebê tem de sair assim, ou então irá morrer.

— Mas se você arrancar o bebê assim, Cuy morrerá.

— Ela vai morrer de qualquer maneira.

— Ela irá morrer com certeza?

— Da dor, do sangramento... A única outra coisa que se pode fazer será cortar o bebê em pedaços, por baixo. Então, o bebê e a mãe morrem, ambos. Mas não temos como matar o bebê para manter a mãe viva.

— Temos sim.

Segundo a crença que Malintzin conhecia, o pai verdadeiro da criança não era Núñez, não era um ser mortal, mas Tezcatlipoca, o tão estranho senhor do aqui e agora. O marido e a esposa – a mãe e o pai temporais – tinham apenas, por meio da cópula e da liberação de seus fluidos, ajudado o bebê naquela fase. A constante implantação da semente masculina era necessária durante dois ou três meses depois da concepção para fazer o bebê crescer. Mas depois desse período, o pai temporal tinha de parar de copular. Se o trabalho do parto fosse difícil, isso significava que o pai havia continuado com a cópula depois do prazo permitido.

— Pergunte ao pai terreno o que é que ele prefere. Ele foi o causador disso tudo – disse a sobrinha. — Com seus atos imoderados ele provocou isso para ele próprio.

— Maax, o que ela está dizendo?

— Você tem uma linda filha para cuidar, Cuy, ela precisará de você, e você tem seu marido...

— Diga ao pai branco que entre – falou a sobrinha.

— Maax, Maax – gemeu Cuy –, eu vou morrer.

— Você não vai morrer – insistiu Malintzin. Depois levantou-se e foi afastar a cortina da porta. — Núñez, entre aqui.

Núñez entregou a recém-nascida a uma das mulheres que esperavam do lado de fora e entrou no quarto.

— Eis a situação: ou cortam o bebê para retirá-lo, ou abrem o ventre de Cuy e retiram o bebê. Ou salvam o bebê, ou salvam a mãe.

— Salvem Cuy – declarou Núñez. — Salvem a mãe. É a lei.

— Rafael – gemeu Cuy. — Quero morrer. Ajude-me a morrer. Leve esse sofrimento de mim.

Padre Olmedo, que aguardava com o grupo de homens, penetrou no recinto.

— Posso fazer alguma coisa para ajudar? – perguntou.

— Traga Cortés aqui – pediu Malintzin.

— Vamos te salvar – disse Núñez a Cuy —, mas o bebê, que ainda está aí dentro, pode precisar ser sacrificado, se...

— Não! – gritou Cuy.

— Vocês estão fazendo ela sofrer enquanto ficam conversando – disse a sobrinha.

— Cortés já está vindo – anunciou Malintzin.

— E o que ele tem a ver com isso? – perguntou a sobrinha, furiosa por um homem vir lhe usurpar a autoridade.

— Ajudem-me a morrer, salvem a criança – chorava Cuy. — Por favor, por favor, alguém me ajude!

— *El comandante* está chegando – disse Malintzin retornando para junto da amiga. — Cuy, você poderá ter outros filhos.

— Mas não quero ter outros filhos. Não quero nada. Só me ajude a morrer, Maax, por favor, se você me ama, ajude-me. Não agüento mais a dor.

Cuy se retorcia para a direita e para a esquerda, seu corpo era como um turbilhão de agonia, as mãos tentavam agarrar o ar.

— Minha querida, meu amor, não desista. Eu te amo! – Núñez disse enquanto tocava-lhe o ventre.

— Muitas mulheres precisam se sacrificar ao darem à luz – sentenciou a sobrinha. — Quando morrem, elas ficam assombrando as encruzilhadas.

— *Shhhhh*! – fez Malintzin. — Pare de mentir!

— Algumas pessoas dizem que dois não dá sorte. Um deles precisa morrer, de qualquer maneira.

— Cale essa boca, mulher!

Cortés entrou no quarto. Adu vinha logo atrás, em seguida Aguilar e Bernal Díaz.

— Mulheres, boa-tarde a todas. O que se passa aqui?

Cortés estava usando sua armadura, com a espada presa ao ombro. Não tinha mais esperanças de que Botello se saísse bem na negociação. Aquilo fora uma tática. Eles iriam fugir acobertados pela noite.

— Traga Botello de volta – pediu Malintzin. — Ele ainda deve estar vivo, não ouvi os tambores.

— É impossível chegar até Botello. Qual é o problema?

— Explique a ele – disse Malintzin a Núñez, pois não conseguia encontrar as palavras certas.

Núñez resmungou um pouco, chorou, depois ergueu os ombros e se lançou ao peito encouraçado de Cortés.

— Eu entendo – disse Cortés, mantendo Núñez a distância e olhando-o diretamente nos olhos. — Existiu um grande homem, chamado Júlio César, um grande capitão, grande governador. Para ele nascer tiveram de abrir o ventre da mãe.

— *Pero la madre no sobrevivió* – disse Núñez.

— Hum... sim, não sei, talvez tenha acontecido isso mesmo – refletiu Cortés alisando a barba. — E compreendo também sobre Botello. É muito ruim que ele não esteja aqui conosco. Poderia costurá-la bem. Mas o que tem de ser, será. E o que tem de ser feito deve ser feito, e depressa. Adu, vá pegar a sacola de Botello.

— Ele levou a sacola com ele – respondeu Adu semicerrando as pálpebras.

— Não, não estou falando da sacola dos remédios. É a que está em cima da minha mesa, a dos instrumentos de barbearia. Para qualquer tarefa precisamos usar os instrumentos certos, que neste caso é uma lâmina bem afiada, não é mesmo? Vejam a minha espada, por exemplo. Puro aço de Toledo. Mais afiada do que a obsidiana deles. É um aço capaz de vencer guerras. Nossos cavalos também são capazes de vencer guerras. Na bolsa de Botello, encontraremos uma agulha de aço e um fio de verdade, bem diferentes desses espinhos de cacto e dessa fibra de mescal. Qual é a melhor costureira daqui deste lugar? Malinche, vá perguntar a essas mulheres. E não quero saber do nascimento em cima do chão. Quero métodos mais adequados e atualizados. Mandem uns homens trazerem a minha mesa para que eu possa ver o que estou fazendo. Deus do céu, e peguem também a garrafa de aguardente que está junto da minha esteira. Temos de dar muito conhaque a Cuy, até fazer a dor desaparecer. Como vão as coisas, Cuy, minha menina? – ele disse e então se curvou, acariciando o cabelo de Cuy, que estava emplastrado de suor sobre a testa. — Instrumentos certos, ânimo adequado, minha querida menina. Sorria para nós, como uma boa menina. E será que alguém poderia abrir minha armadura?

Ele ergueu os braços enquanto uma das ajudantes do parto desatava as fivelas de sua carapaça metálica e a retirava.

— Andem, andem! – gritou ele para Adu e Malintzin. — Não fiquem aí de boca aberta.

— Será que ela irá precisar de uma trava para os dentes? – Núñez perguntou, lembrando-se de quando ela foi atingida por uma flechada, ocasião em que ela quebrara um dente ao morder um pedaço de madeira.

— Não, nada disso. Queremos ouvi-la gritar. Gritar faz bem. Gritar é vida. Queremos mantê-la viva, queremos saber que ela está viva.

Cortés despiu o colete e a blusa, ficando apenas com o seu guarda-sexo de pano, as meias e as botas.

— Não vale a pena manchar de sangue uma blusa tão bonita. Assim é melhor. Abram a cortina. Façam entrar ar puro aqui. Deus Todo-Poderoso, como está sufocante aqui, levem daqui esse incenso, isso dá náuseas. Isso aqui não é uma igreja, nem um bordel. Não é de se admirar que a menina esteja chorando. Jesus, Maria, todos os santos! E ouçam: ela precisa de algo para acalmar os nervos. Núñez, aquelas ervas usadas para os cativos antes de lhes tirarem o coração, Botello as tem?

— Botello deixou alguns cogumelos.

— Não, não. Nada de visões. Vão deixá-la confusa. Precisamos dominar a dor, mas ela tem de poder se concentrar na tarefa dela, trabalhar conosco. Bem, um pouco de conhaque resolverá.

— Rafael – choramingou Cuy –, por favor, ajude-me a morrer. Por favor, não tenho mais forças. Morrer não é o pior de tudo. Vou morrer de qualquer maneira. Por favor…

Núñez se ajoelhou ao lado dela e segurou-lhe a mão.

— Cortés irá salvá-la.

— Irei tentar – disse Cortés. — Farei o melhor que puder. Você precisa é de coragem. Seja um touro, minha menina, seja um touro.

— Ela é uma mulher muito forte – disse Núñez a Cortés.

— Estou certo de que é. Onde diabos está Adu?

Cortés virou-se para Cuy:

— Não deixarei você morrer. Está me ouvindo?

Cuy, que quase perdera os sentidos, conseguiu produzir um sussurro:

— Não quero morrer.

— É claro que não. Tire essa idéia da cabeça, mande ela embora!

— Perdoe-me por ter desejado morrer. Não quero morrer.

— O que ela está dizendo? – quis saber a sobrinha. — E por que estão todos esses homens aqui? A deusa irá se zangar e fechará o ventre do passarinho. Irá trazer morte e devastação!

Adu surgiu com a sacola de Botello. Malintzin vinha logo atrás, com a costureira que havia encontrado.

— Não quero morrer – exclamou Cuy, tomada por outra contração.

— O que foi?

— Ela não quer morrer – explicou Malintzin para a sobrinha.

— Mas o dever dela é morrer, se este for o destino. Achei que ela havia dito que desejava morrer. Dois bebês... Um precisa ser sacrificado. A mãe deve morrer por tal afronta. Alguém deve morrer. É esse o costume. Alguém tem de pagar.

A mesa de Cortés chegou: era uma tábua sobre dois barris. Um pano limpo foi estendido sobre ela e Cuy foi erguida e deitada ali. Cortés retirou uma navalha afiada da sacola de Botello.

Vendo aquilo, Cuy sentiu-se mais apavorada do que nunca.

— O que irá acontecer comigo?

— Cortés irá... – começou Malintzin, mas não pôde concluir.

— Os deuses irão puni-la por isso – sentenciou a sobrinha.

— Tome um pouco disso – disse Cortés, mantendo a cabeça de Cuy levantada e fazendo-a beber um pouco de conhaque. Mas ela engasgou e não conseguiu engolir.

— Bem, desperdiçamos um pouco de um bom conhaque – Cortés disse, limpando as mãos em suas meias. — Estamos prontos?

Ele ergueu a navalha, que reluziu mesmo naquele quarto escuro e fechado. Adu recuou. Aguilar e Bernal Díaz se afastaram para bem longe. Isla passou a cabeça pelo espaço entre a cortina e a entrada.

— Tirem esse homem daqui! – exclamou a sobrinha.

— Vejo você mais tarde, Isla – disse-lhe Cortés. — *Hasta luego, Isla.*

— Não abra o ventre dela – pediu Núñez. — Insisto que a salvemos.

— A dor é demais para mim – encolheu-se Cuy. — Ajude-me a morrer, Maax.

— O que ela disse?

— Ela quer viver – respondeu Malintzin.

— Pensei que ela queria morrer, como é necessário – disse a sobrinha.

Cortés alisou a barba, coçou a cabeça e em seguida se ajoelhou.

— Santo Deus, ajudai-me a fazer o que estou em vias de fazer. Poupai a vida desta mulher, permiti que o bebê nasça inteiro. Peço isto em nome de Vosso Filho. Amém.

Ele se levantou, sorriu e fez um sinal animador para todos que assistiam.

— Tudo bem. Vamos abrir espaço para que o bebê possa sair. Adu, chegue até aqui. Mantenha uma das pernas dela para baixo. *Doña* Marina, faça o mesmo com a outra. Separem-nas bem. Abram-nas e não deixem que ela se mexa. *Doña* Marina, diga a ela que vou cortar aqui, e não no ventre. Vai doer, doer terrivelmente, ela vai perder mais sangue, mas não vai morrer, nem o bebê. Diga-lhe isso, Marina. Diga-lhe que ela precisa ter esperança, vontade, força e também confiança em mim. Ela tem de *acreditar* na minha força – Cortés pôs as mãos sobre as dela e as pressionou. — Está sentindo isso, Cuy? É a minha força, passando para você, entende? Comprende? Seja forte, seja corajosa – ele disse e então pigarreou. — Pronta? Mantenham-na abaixada. Vou cortar e abrir espaço para o bebê. Vai sangrar muito. Se eu puder pôr as mãos lá dentro, poderei puxá-lo para fora, fazer o bebê sair, se puder alcançá-lo. Com a ajuda de Deus, vou fazer o melhor que puder. Ela vai gritar. Mas gritar será bom. Significa que ela ainda vive. Não tenham medo de alguns gritos, de um pouco de sangue. E Núñez: fique segurando as mãos dela. Não vá desmaiar. Sua esposa conta com você. *Doña* Marina, assim que eu terminar e tiver retirado o bebê, estanque o sangue e faça a mulher costurá-la. Ela não vai ser cortada em fatias. Não vai se partir em duas ou morrer disso. Vai ser tudo rápido e simples. Irei fazer um corte grande e preciso. Agora, continuem falando. Conversem com ela. Conversem comigo. Um clima muito bom, este dos últimos dias, vocês também não acham?

— Está um tempo belíssimo – apoiou Malintzin.

— Lembro de um verão, quando eu era menino – disse Cortés. — Choveu todos os dias das férias escolares. Eu estava com tanta raiva que pedi para minha mãe fazer a chuva parar.

— Quero morrer – disse Cuy. — É só cortar a minha garganta e colocar a esteira sobre a minha boca. Acabem logo com isso. Ajudem-me, não agüento a dor.

Ela debatia a cabeça para um lado e para o outro, mordendo os lábios com toda força. Implorava a todos os deuses, e mesmo aos deuses cristãos, Jesus e Maria, e ao deus de Abraão suplicou gritando para que a livrasse daquele horror.

— Fique conosco, Cuy – disse Cortés. — Fique firme. Não iremos deixar você partir.

A dor estava além de qualquer possibilidade de resistência. Era pior que qualquer coisa. E então, ali naquele pequeno quarto fedorento, rodeada pelo marido, por sua melhor amiga, por *el comandante*, Adu e a sobrinha, em meio a dores insuportáveis, com um terror tão espesso quanto o barro, Cuy teve um relance do mundo do além. Não era o submundo dos demônios e do horror, não aquele para onde iam as mulheres que morriam durante o parto.

Era o lusco-fusco, o sol estava se pondo, havia um caminho por entre as árvores. Tudo muito quieto. Muita paz. Ali, naquele lugar, aquilo era a morte. Viam-se as silhuetas negras das árvores, com as folhas negras brilhando após a chuva. O céu estava róseo, e o caminho que subia pela montanha era pequeno, porém bem nítido. Ela reconhecia o que estava vendo, e de repente compreendeu que morrer não era terrível, não era difícil. Tudo o que tinha de fazer era se entregar. Sentia tristeza por Rafael, por Maax, por sua recém-nascida, mas não por si mesma. "Outros já percorreram este caminho, também posso percorrê-lo." Então, com o que pensou ser seu último suspiro, ela lançou um uivo.

— Não gosto quando fica muito quente. Ameno, temperado, o meio-termo é o meu preferido para o clima. Núñez, você se lembra das tempestades de areia na Espanha? Que coisa terrível! A gente costumava se arrastar para debaixo da saia das nossas mães. Lembra-se daquelas tempestades de areia? Eram atrozes.

— Lembro sim, *señor* Cortés, lembro sim, de verdade.

— Lá de onde você vem, Adu, existem tempestades de areia?

— Sim, dom Cortés.

Malintzin sentiu como se o próprio coração dela estivesse sendo cortado.

— Cortés, Cortés...

— Como o ar aqui em Tenochtitlán é fino, já repararam? Mas é refrescante. Mais uma virada... peguei-o. É agora. Aqui vem ele.

Rápido, decidido, sem medo, sem qualquer melindre e, apesar de todo sangue, enfiando a mão no interior dos lábios da vagina para que o corte não invadisse a pele, ele moveu a navalha para baixo com a outra mão. Depois alcançou o interior e, com um movimento preciso de dobrar e torcer a mão, conseguiu virar a criança e puxá-la pelo canal vaginal.

— Amarrem, amarrem o cordão.

A sobrinha avançou e fez o seu trabalho. O bebê nasceu, chorou, Adu caiu em lágrimas. Núñez permanecia abobalhado.

— Cuidem da mãe, cuidem da mãe, estanquem o sangue, costurem o corte, rápido, rápido. *Apúrele, rápido.*

Núñez, que sentira a mão de Cuy se afrouxar, apertou-a com mais força, e então sentiu que depois de quase escorregar da sua mão, ela voltou a se firmar.

— Peguem agulha e linha. Costurem o corte, costurem o corte!

A sobrinha estancou o sangue, limpou a ferida e, enquanto Cortés juntava as abas da pele com os dedos, a mulher costurou. Ela se mostrou hábil, rápida, uma verdadeira profissional. Ao todo se passaram não mais do que cinco minutos.

— Estou viva! – exclamou Cuy, antes de cair e dormir. — Estou viva...

— Santo Deus! – exclamou Cortés. — Graças, graças a Deus – ele disse e depois caiu de joelhos. Núñez ajoelhou-se ao lado dele. Adu afastou-se. Malintzin juntou as mãos, à maneira cristã. Graças, Mãe Maria.

— Querem se levantar do chão? – falou a sobrinha. — Precisamos limpar tudo.

— Ela está viva! – gritou Malintzin, abrindo a cortina diante da entrada. — Ela está viva! A criança está viva! O menino está vivo!

— Ela está viva! – propagou-se o grito. — Ele está vivo, ela está viva! Eles estão vivos! *¡Él vive, ella vive, ellos viven!*

A sobrinha então entoou:

— Filho querido... Você precisa compreender que a sua casa não é aqui onde você nasceu, pois você é um guerreiro, é um pássaro *quecholli*, e esta casa em que você nasceu é apenas o ninho... Sua missão é dar o sangue dos inimigos para o sol beber, e dar os corpos deles para alimentar Tlaltchutli, a terra. O seu país, a sua herança e o seu pai estão na casa do Sol, no céu.

— *Shhhhh*! – fez Malintzin cuspindo. — Nada disso!

Bernal Díaz anotou o acontecimento em seu caderno:

30 de junio de 1519

Uma filha, Claudia Núñez de Tenochtitlán, e um menino, Noah Núñez de Tenochtitlán, nasceram em Tenochtitlán do Señor Raphael Núñez de Sevilla e da Señora Cuy Núñez de Tabasco.

Capítulo 39

Eles partiram na noite seguinte, assim que o sol se pôs. Forraram os cascos dos cavalos com panos, os peitorais das armaduras foram revestidos de tecido preto, os capacetes também foram cobertos de preto, tudo o que brilhasse ou fosse cintilante foi oculto, todo barulho emudecido. Eram como figuras de um outro mundo a se arrastarem para fora do palácio, figuras espectrais, com Cortés seguindo à frente. O ouro, muito ouro, em barras e objetos – anéis, brincos, pinos de lábio, de orelha, de nariz, braceletes, colares, pingentes, máscaras, leques, todo tipo de ornamento e pequenas estatuetas – seguia em bolsas e macas cobertas apoiadas, sobre vigas e transportadas por dois homens, protegidas de ambos os lados por cavalos. A cavalaria, a infantaria e depois a retaguarda, como fantasmas, aparições e sonâmbulos enlutados, caminhavam pé ante pé em fila indiana, seguindo em quatro longas linhas a partir da entrada do palácio. A ponte até Tacuba tinha espaço para apenas quatro homens lado a lado ou dois cavalos de cada vez.

Era assustador o silêncio daquele cortejo humano, as criaturas migrando na noite e se espalhando pelas ruas enquanto a população dormia, só os monumentais edifícios de pé, num testemunho silencioso. Felizmente, o palácio dos hóspedes ficava bem próximo da ponte para Tacuba. Precisavam passar pelo palácio de Montezuma I, pelo zoológico e atravessar a ponte de Tecautzinco. Malintzin, Cuy e os bebês seguiam na única carroça acolchoada que foi construída a tempo, com as rodas abafadas por tiras de borracha de um equipamento de jogo de bola encontrado num armário do palácio.

Malintzin mal conseguia respirar dentro daquela caixa fechada. Cuy, com os bebês apertados contra os mamilos, rezava para que nenhum deles chorasse. Não se ouvia nem o mais leve sinal de um sussurro, ou um arrastar de botas, ou uma tosse leve, e o grupo da dianteira – Cortés, Alvarado, Aguilar, Núñez, padre Olmedo e Isla – já havia atravessado a metade do caminho. Parecia que iriam todos escapar sem serem descobertos. Foi quando, no meio da noite, uma mulher asteca que ninava, na rua, seu bebê atacado por cólicas os avistou e começou a gritar:

— Mexicas, acordem!

Os guerreiros, que deviam estar adormecidos no fundo das canoas ao longo da ponte, pularam de súbito e começaram a remar loucamente na direção do silencioso desfile dos espanhóis. Armados com arco-e-flecha, lanças, bordões e lançando gritos de guerra, mais guerreiros surgiram das casas e fortalezas na base da ponte. Os astecas em geral, estudantes guerreiros do *calmecac* e soldados dos acampamentos começaram a lançar paus e pedras por todos os lados, disparando também zarabatanas e flechadas. Outros civis da capital, lembrando os castores com pedaços de pau entre os dentes, deslocavam os cavaletes de madeira de sustentação e, com longos pés-de-cabra com a extremidade em gancho, retiravam as pedras da ponte. A saída para Tacuba foi fechada, assim como o retorno para Tenochtitlán.

— Salvem o ouro! – ordenou Cortés.

A maior parte do ouro estava na retaguarda, transportado por soldados da expedição de Narváez. Sobrecarregados, eles não conseguiriam salvar o ouro, mesmo que houvesse algum lugar para onde ir. Vendo isso, Cortés modificou a ordem:

— Larguem o ouro. Voltaremos depois para pegá-lo.

Mas a maioria dos homens não queria se separar do ouro, por nada nesse mundo iriam desistir dele. Então, abraçados aos seus tesouros que comprimiam contra o peito, foram atingidos pelas lanças e caíram da ponte, indo parar dentro do lago. Entre os que não se feriram, alguns não sabiam nadar, e mesmo os que sabiam se afogaram, levados ao fundo pelo peso da carga que seguravam. Pela primeira vez em toda a sua vida Cortés se viu num verdadeiro impasse. Não podiam atirar com os arcabuzes, que precisavam ser montados sobre tripés para que fossem equilibrados. Não havia tempo para acender os pavios dos mosquetes ou chegar perto o bastante para atacar os astecas com lanças, já que os índios podiam manobrar as canoas, assim como libélulas contornando a superfície da água. Os capitães que estava à frente, os primeiros do grupo – Alvarado, Núñez e Isla –, haviam conseguido passar antes que a ponte fosse obstruída e, galopando até poderem se abrigar atrás de grandes penedos, esperavam que o restante deles os alcançassem.

— Voltarei para pegar Cuy – declarou Núñez.

— E eu para resgatar Cortés – disse Alvarado.

— Ficarei parado aqui aguardando os outros – disse Isla.

Cuy e Malintzin, dentro da caixa-carroça, encontravam-se bem no meio do cortejo, com o caminho para a frente e para trás totalmente impedido pela destruição. Os mexicas estavam despedaçando a estrada com tal rapidez que logo as duas mulheres com os gêmeos, confinadas num estreito espaço da ponte e já à mercê das flechas, não viam alternativa a não ser pularem na água ou serem alvejadas.

— Cortés! – gritou Alvarado. — Agüente firme, estou chegando!

Cortés fora derrubado do cavalo, porém estava de pé num trecho da ponte que permanecera intacto. Muitos astecas o cercavam, sem no entanto alvejarem-no com flechas, pois queriam apanhá-lo vivo para sacrificá-lo. O círculo dos guerreiros astecas ia se fechando, como coiotes encurralando suas presas.

Malintzin retirou Cuy da carroça com os dois bebês, que estavam amarrados ao peito da mãe por tiras de pano. As duas mulheres se esconderam debaixo do veículo, com a esperança de não serem descobertas ali. Porém, quase de imediato foram vistas. *Poc, poc*, dezenas de flechas crivaram o forro de esteiras sobrepostas, estofadas com palha de milho, até que a estrutura inteira vacilou com aquele furioso ataque e a carroça virou e caiu na água.

— Precisamos nadar! – exclamou Malintzin.

— Mas os bebês... – protestou Cuy.

— É nossa única chance.

Malintzin pôde ver a margem no lado de Tacuba. Não ficava longe, e se ela conseguisse arranjar um pedaço de madeira, qualquer coisa que pudesse flutuar, seguraria um dos bebês e elas manteriam seus corpos flutuando com a cabeça para fora da água. Com uma das mãos apoiadas na madeira, poderiam se debater até chegarem à margem. Cuy estava tão enfraquecida pelo parto e pela perda de sangue que mal podia se mexer, de modo que não havia outra saída.

Núñez, vendo-as escorregarem para a água no lado mais seguro, pulou do cavalo, correu até o lago e mergulhou, empurrando na direção das duas mulheres um dos barris de vinho que se soltara de seu suporte e se balançava na superfície.

— Agarre isto, Cuy, pegue! Dê-me um bebê. Você fica com o outro.

Diversas canoas partiram então na direção delas. Cadáveres, tanto de mexicas como de espanhóis esbarravam neles enquanto tentavam avançar. O lago negro ficara rajado com uma coloração carmim brilhante. Cuy segurou-se no barril. Núñez apanhou o bebê. Malintzin empurrou o outro bebê para Cuy e se lançou na direção oposta para desviar a atenção e assim ganhar tempo para que as crianças fossem salvas. Ela então começou a gritar em nahuatl:

— Matem-me! Matem-me! Sou a princesa Malintzin!

Uma flecha lhe atingiu o ombro e ela submergiu.

— Maax! – gritou Cuy.

Alvarado encalhou numa ilha de pedras a cerca de dois metros de onde estava Cortés, que também estava sobre um pedaço da passarela destruída, com um círculo de canoas astecas rodeando-o.

— Volte, meu amigo! – ordenou Cortés. — Volte, salve-se!

Alvarado perdera a espada e a adaga que trazia dentro da bota. A única coisa que tinha era um piquete. Como às vezes agimos inconscientemente e com excelência em circunstâncias extremas, Alvarado despiu sua armadura, apanhou o piquete, enfiou-o com firmeza no solo descoberto entre as pedras e conseguiu saltar até Cortés. Assim que caiu perto dele, duas flechas varam-lhe o braço.

— Ave Maria, cheia de graça! – arfou ele.

— Alvarado, Alvarado! – Cortés o alcançou, tentando manter o corpo na superfície, porém sentiu um peso bruto caindo sobre ele e o arrastando para as profundezas escuras da água.

— Jesus, ajude-me!

Rapidamente, Cortés desembaraçou-se da própria armadura, respirou fundo e mergulhou, segurando a cabeça de Alvarado. Começou a nadar por debaixo d'água em direção à Tacuba. O lago estava repleto de cavalos mortos. Padre Olmedo, que já estava quase na margem, retirou a batina, o que fez com que ele ficasse parecido com uma minhoca recém-nascida, frágil e muito branca, arrastou-se por debaixo de uma rocha. Ele saltou sobre os destroços da passarela e conseguiu chegar até o local em que Aguilar se encontrava acuado. Pulou na água e puxou o amigo pela perna, nadando com um braço e com o outro arrastando Aguilar. Após um momento ele retornou à tona e foi empurrando Aguilar até a parte mais rasa da costa.

Isla, que estava no lado seguro da passagem, abrigado por arbustos espessos, observava a cena toda.

O braço ferido de Malintzin para nada estava servindo, e cada vez que ela afundava na água, menos forças tinha para tomar impulso no fundo e chegar à superfície. "Então", pensou ela, dominada por uma grande calma, "é este o caminho para o fim..." Ela esqueceu o bebê, deixou que tudo acontecesse por si só. Por tanto tempo lutara que quase sentia alívio por estar morrendo. Sabia que de qualquer modo não iria sobreviver. Botello lhe dissera que ela morreria jovem, mas era uma pena, justo agora, entre todos os outros momentos.

Cuy, que atingira a margem, gritou:

— Minha filhinha, minha filhinha, salvem a minha filhinha!

Será que ela estava carregando a criança, que lhe escapara das mãos? Era Maax quem estava com a menina? Núñez empurrou o recém-nascido para os braços de Cuy e mergulhou. A água estava agitada, negra e repleta de canoas. Os corpos dos cavalos e dos homens se chocavam em Núñez. Ele não conseguia ver nada, mas continuou nadando, e continuaria nadando até o final e até o fundo da Terra se fosse preciso, certo de estar sendo guiado por algum guia divino até a filha, a recém-nascida luz da vida dele. Noah, o filho, não se afogara na correnteza e se encontrava nos braços da mãe. Mas Claudia, onde estaria a sua Claudia? Os braços de Núñez estavam tão cansados que ele nem sabia como conseguia se mexer. Mas persistia, arriscando ser atingido pelas flechas e lanças, ser puxado por alguma canoa que o levasse como cativo sacrificial. Passado o que pareceu um longo tempo, com a boca cheia de água, os olhos ardendo, ele precisou nadar até águas mais rasas para descansar um instante antes de retomar tudo de novo. Tantas vezes ele repetiu isso que às vezes lhe parecia que estava no meio de um sonho, em que nadava a vida inteira sem nada encontrar, perdendo, sentando-se na areia, recomeçando mais uma vez.

Isla observava dos melhores ângulos que podia, por trás da vegetação, todos os inúteis esforços de Núñez. Então avistou Cortés de pé na areia. Parecia um Proteu emergindo das profundezas. Em seguida viu Aguilar e padre Olmedo, ambos correndo pela areia e chamando por Núñez.

Adu chegou na margem, retirou algo do fundo e colocou sobre os ombros. Com aquela carga nos ombros ele parecia um Leviatã erguendo-se ali para sempre. Naquela escuridão, apenas os olhos e os dentes alvos estavam visíveis. Isla distinguiu alguns homens da tropa e algumas escravas se agrupando. Logo em seguida, percebeu que Adu estava vendo-o escondido no matagal. De fato, aquele abominável negro olhava diretamente para ele.

Malintzin sentiu-se içada para cima e jogada sobre ombros largos.

— Meu bebê, meu bebê! – gritava Cuy. Seus gritos superavam todos os brados, choros e comoção da batalha. — Meu bebê! Meu bebê!

— Cuy – falou Malintzin arfando quando Adu a deixou sobre a areia. Depois perdeu momentaneamente a consciência.

Era madrugada. Os sobreviventes, aqueles que sobraram entre os soldados, estavam agachados em grupo atrás das rochas. Adu curvou-se sobre Malintzin.

— Tragam uma tocha. Preciso olhar a ferida.

— Onde está Botello? – perguntou alguém. — Ele pode operar.

Mas, partindo do outro lado do lago, todos começaram a ouvir os tambores no edifício mais alto, a pirâmide dedicada ao deus da guerra, Huitzilopochtli, e ao deus da chuva, Tlaloc. De duas fogueiras se erguiam labaredas. Era uma manhã de sacrifícios. Tão logo surgisse o sol, os 114 degraus teriam de ser galgados.

— Ai, não! – exclamou Malintzin sem conseguir se conter. Só podia ser Botello.

— *Shhhhhh!* – fez Adu, tentando confortá-la, enquanto ao mesmo tempo observava a outra margem do lago. A passarela elevada fora totalmente destruída. Corpos de soldados espanhóis boiavam sobre a água. Os que não se agarraram ao ouro já tinham alcançado a areia. Eram como vítimas de um gigantesco naufrágio. Uma canoa vazia vinha flutuando, aproximando-se da praia. De repente um homem que estivera deitado no fundo se ergueu.

— Botello! É Botello!

De um salto, Adu correu em direção à canoa. Núñez estava ao lado de Cuy e do filho, tentando recuperar as forças para retornar às buscas pela filha afogada. Cortés, sentado na areia, chorava. Padre Olmedo e Aguilar rezavam. Isla continuava atrás do mato.

— Não fale nada – disse Botello, entregando a recém-nascida para Adu. — Ela está viva, está bem. Consegui pescá-la antes que ela fosse para o fundo. Entregue-a para a mãe. Não fale nada sobre mim.

— Botello, espere!

— Não sou mais um de vocês.

Botello se deitou de novo no fundo da canoa e, mergulhando os remos como se tivessem apenas tombado para os lados, e a canoa estivesse deslizando ao sabor da correnteza, seguiu em direção a Tenochtitlán.

Da praia, Adu gritou:

— Sua filha, Cuy! Sua filha está salva!

Malintzin, com o ombro fraturado e o braço pendendo inútil, foi cambaleando até os pais da menina.

— Como foi que ela foi salva? Quem a salvou? O que aconteceu?

— Foi Quetzalcoatl que a salvou – respondeu Adu. Ele não ficou sentado com os pais para participar da alegria deles. — Tenho de fazer uma coisa. Volto daqui a pouco.

— Onde está Alvarado? – quis saber Aguilar depois de alguns minutos.

O sol nascia. O lento bater dos tambores ainda era audível. Cortés, sentado com as pernas esticadas sobre a água rasa pela qual flutuavam os destroços da travessia, não podia dizer ou fazer nada. Seus olhos cintilavam com lágrimas. Sua vontade se esvaíra.

— Ele não pode ter morrido – exclamou Aguilar. — Alvarado não pode ter morrido.

Começou a correr pela praia, revirando os corpos que tinham ido parar na areia.

— Procure pelo cabelo – gritou padre Olmedo ao se juntar a ele, sabendo que isso de nada adiantaria. — O cabelo brilhante.

Reconheceram muitos dos soldados, com os braços estendidos como se buscassem a salvação na margem, encontrando-se com o deus da manhã de braços abertos.

— Alvarado não está aqui – disse padre Olmedo.

— Espere! – exclamou Aguilar, ajoelhando-se junto de Cortés. Alvarado estava deitado ao lado dele.

Estava deitado de costas, com as pernas abertas, o belo cabelo espalhado sobre o rosto, feito sargaço. O peito dele parecia não se mexer.

— Pobre Alvarado, tão desorientado...

— Apesar de tudo, era um cristão – comentou padre Olmedo. — Um mau cristão, mas um cristão apesar de tudo.

— Um terrível cristão, mas eu lhe perdôo todos os pecados – disse Aguilar.

Então, Alvarado piscou com os olhos cheios de areia e falou:

— *¿Un cristiano terrible?*

— Alvarado!

— E os cavalos?

— Sobraram alguns.

— E o meu Alonzo, e Luce, e a Liliana?

— Não conseguiram.

— Deus do céu! – lamentou-se Alvarado.

Cortés não vira a ressurreição de Alvarado. Mas parou de chorar e se levantou. Passo a passo, examinou cada um dos soldados para que pudessem ter um enterro digno.

— E Isla? – gritou. — Onde está o meu braço direito, Isla?

— Foi morto – anunciou Adu. — Eu estava procurando por ele e o encontrei com uma flechada nas costas.

Malintzin fitou Adu e depois desviou os olhos.

— Que estranho – comentou Aguilar. — Eu tinha certeza de que de todos nós ele seria o único a sobreviver. Uma flecha asteca deve tê-lo alcançado.

— Olhem! – disse padre Olmedo. — Olhem quem está aqui!

— Alvarado – exclamou Adu sorridente. — Alvarado, presente.

Cortés não se conteve. Sentia uma grande felicidade. De um momento para o outro, nem tudo parecia estar perdido. Abraçou-se ao amigo.

— Você pensou que eu deixar você morrer, seu bandido?

— Não me lembro como foi que cheguei até a praia – disse Alvarado. — Eu estava sobre a passarela e de repente estava dentro d'água, e depois estava na areia... Agora estou aqui.

— *Gracias a Dios* – disse padre Olmedo.

— O ouro? Onde está o ouro? – era isso que Cortés queria saber agora.

— Perdi o meu livro – lamuriou-se Bernal Díaz, juntando-se ao pequeno círculo. — Perdi meu livro. Todo o meu trabalho.

Todos olharam espantados para ele.

— Seu livro, Bernal Díaz? – exclamou padre Olmedo. — Você está chorando por causa de um livro? As pessoas perderam suas vidas!

Outras pessoas que de algum modo haviam conseguido sobreviver, cambaleavam pela praia.

— Onde está o ouro? – repetiu Cortés.

— No fundo do lago – respondeu Aguilar. — Muitos dos nossos morreram ricos.

— *¡Maldiciones!* Voltaremos depois para dragar o fundo e recuperar até a última peça – Cortés disse enquanto batia com o pé no chão, de punho erguido. — Núñez, você está aí? Você está vivo?

— Vivo, *señor*.

Cuy estava com os bebês.

— Ah, ei-lo aqui, o nosso guardião do tempo... Isso é muito importante, *muy importante*. Tempo e barcos, um relojoeiro e um carpinteiro. Ouçam, meus capitães, tive uma idéia. Não ficaremos sem vingança, de forma alguma. Não iremos renunciar ao que queríamos fazer.

Cortés estava encharcado, com o cabelo todo grudado à cabeça. Sem cavalo, sem espada, sem ouro, sem terra, sem nada para comer. Seu glorioso Exército fora derrotado.

— Núñez, você irá projetar barcos em Tlaxcala que possam ser desmontados. Vamos transportá-los por terra, remontá-los e atacar do lago. Seremos todos marinheiros. E homens! – e Cortés ergueu o punho em direção aos céus. — Pouco a pouco, vamos reunir novos aliados. Tlaxcalas, cempoalas, xocotlanos... – ele percorreu o olhar em volta. — Onde estão os índios que estavam do nosso lado?

— Muitos morreram, Cortés. Outros... Não sei.

— Não importa. Preencheremos nossas fileiras. Hoje estou aqui, na manhã de 30 de junho de 1520, e digo a todos vocês: Bernal Díaz, não chore. Iremos lhe arranjar outro livro, mais papel, penas, tinta. Não esquecerei de nada. Garanto a vocês, e além do mais você poderá continuar tomando nota da nossa brava cruzada para levar a palavra de Jesus e os benefícios da civilização até esse povo bárbaro. Eles pagarão por essa insurreição. Vamos arrasar a cidade deles e dizimá-los. Recuperaremos nosso ouro, todo o nosso ouro, e mais ainda. Este país é nosso. Sob às ordens de Deus, do papa, do rei e da lei. A Nova Espanha é a nossa Espanha.

Ninguém o escutava. À medida que o sol se elevava, novos corpos chegavam à areia, chocando-se contra as pedras. Soldados, cavalos, astecas, destroços... a espuma da maré era rubra. Padre Olmedo conduziu as orações daquele grupo totalmente enlameado.

— Esta noite foi triste, uma noite de lágrimas, de lamentos – disse Padre Olmedo. — *Noche triste*.

Bernal Díaz teria escrito, caso ainda tivesse seu caderno, as penas e seu ânimo:

30 de junio de 1520, noche triste

Noite de lágrimas, noite de lamentos.

Cortés mal podia esperar a conclusão da reza. Mas padre Olmedo continuava, como se não tivessem de fugir dali para se salvar. Mais uma ou duas palavras e eles precisariam juntar tudo o que tinham e pegar a estrada. Cortés tinha sua Malintzin, Núñez, Alvarado, Adu, Aguilar... Foi muito triste o que acontecera a Isla.

— Sim, homens. Foi uma noite de lamentos, uma *noche triste* – começou ele, assim que todos pronunciaram amém. — Temos uma longa viagem diante de nós.

Corpos se espalhavam pela areia molhada, os tambores soavam a toada fúnebre no topo do templo dos sacrifícios, o sangue corria mais denso do que a água. Mas, ali na margem, Cortés assumia a mesma postura de sempre ao pronunciar algum discurso: o pé direito à frente, o ventre contraído, o peito estufado.

— Perdemos muitos dos nossos mais bravos soldados – ele disse e depois alçou os braços num gesto dramático. — Deus do céu, por favor, recebei-os! Mas uma coisa eu prometo a todos vocês, sobreviventes: nós voltaremos – falou ele com o dedo em riste, como se estivesse se dirigindo a um público embevecido, aos membros de sua corte, a uma sala cheia de bons alunos.

Cuy secara os dois bebês, enrolara-os e agora dava de mamar a ambos. Padre Olmedo estava deitado de costas, tal como Francisco gostava de fazer. Aguilar pensava que tão logo todos chegassem a Vera Cruz haveria algum meio de ele seguir para a Espanha, nem que fosse apenas para levar uma carta ao imperador, escrita por Bernal Díaz. E pensar que ele pensara em fazer de Tenochtitlán seu novo lar... Adu olhava para Malintzin. Será que seu braço ficaria para sempre pendendo do ombro? Haveria algum meio de curá-lo? Toda vez que ela erguia a mão, uma dor lancinante fazia-a se contorcer. E ele sentia a dor como se fosse em si próprio.

— Fabricaremos uma imensa catapulta para lançar blocos de pedra sobre a cidade. Bloquearemos a entrada de alimentos na cidade. Cortaremos o fornecimento de água. Faremos os mexicas morrerem de fome e de sede. Iremos sitiá-los, esmagaremos esta cidade. Tomaremos conta do império.

— Perdão – disse padre Olmedo. — Não enterraremos os nossos mortos?

— Jamais sinta temor. Jamais ceda. *Nunca, nunca.* Não há tempo. Não há tempo.

Infelizmente, a maioria dos soldados das tropas de Narváez estavam mortos, ou pior do que isso. Cortés podia ouvir os tambores batendo para o sacrifício. Era o momento do coração. Botello, pobre companheiro, sem dúvida havia subido aqueles degraus. E Francisco, que morrera no deserto... Também outros haviam morrido. Quintaval, aquele *cobarde de mierda*. Francisco, Botello... E agora, Isla. Que mistério ele morrer depois de ter alcançado a margem... Mas havia *doña* Marina, ainda viva, ainda de pé. Parecia um rato afogado, um ombro erguido, o outro caído. Seios adoráveis. E aqueles olhos grandes. Pernas duras. Ele detestava admitir, mas ela era crucial, o coração dos corações, uma verdadeira rainha.

— Começaremos nossa longa caminhada de retorno à costa. Os astecas pensam que voltaremos para casa, para Cuba, para a Espanha, mas o império dos mexicas é a nossa casa, voltaremos para reclamar o que é nosso por direito.

— Cortés – disse Malintzin –, antes de começarmos...

— Eu sei. O seu ombro. Na primeira noite, no final do dia de hoje, irei examiná-lo. Uma tipóia, talvez uma pequena sangria...

— Não, outra coisa.

— O que é? Você sabe que estou deprimido, a minha paciência está quase no fim. Todo o meu tabaco molhou. Não temos comida. Seremos perseguidos. Você está querendo me agradecer por eu ter salvo o bebê e Cuy? Estou feliz por poder ter sido útil. O menino vai crescer para se transformar num belo soldado espanhol, e a menina, para ser uma mãe espanhola de soldados.

— Não poderei voltar quando você retornar a Tenochtitlán, Hernán.

Ele a olhou incrédulo.

— Você ainda é minha escrava, *doña* Marina.

— Não posso.

— Você é tão rebelde, *doña* Marina, sempre se esquece do seu verdadeiro lugar. Não pode dizer a mim o que você vai fazer. Não pense de outra forma. Você ainda não está livre. Não posso ficar sem você, e isso é tudo.

Ele bateu com a bota molhada no chão, espirrando água.

— Estou grávida, Hernán.

Por um momento, Cortés ficou abobalhado.

— Estou grávida – disse ela de novo. — *Estoy embarazada.*

— Uma criança? *¿Un niño?*

— É.

Então ele sorriu.

— Um filho, um herdeiro, um filho – disse ele, que tinha uma ou duas filhas em Cuba, mas agora era diferente. — Meu sangue. Um filho da Nova Espanha, do Novo Mundo, a nova nobreza, a primeira criança concebida, o primeiro menino cristão, ou seja, enraizado, criado e nascido no novo país. Estou muito feliz. Está no tempo certo, no lugar certo.

Ele avançou e tomou Malintzin nos braços, beijando-a. Intérprete, tradutora, amante, mãe, mulher. A morte estava por toda parte, e agora também a vida. Definitivamente, Deus estava do lado dele. Mas assim que ele chegou perto de sua pequena escrava, esta recuou.

— Não, não, não tenha medo. Abraçá-la não irá machucar o bebê. Não pense que irei fazer pressão sobre o seu corpo, de modo algum. Com suavidade. Sou um homem suave. Você precisa cuidar de si, *doña* Marina. De modo algum pode se cansar. Gostaria de ter um cavalo para você ir montada nele. Assim que derrotarmos os astecas e voltarmos para reclamar o que nos pertence, meu filho irá governar esta terra. A Casa de Cortés.

Em seguida ele se voltou para Núñez, pois o sol estava cada vez mais alto. Em breve o calor estaria escaldante.

— Não percam o ânimo, homens. Iremos conquistá-los. Núñez, que horas são?

Núñez não estava mais com seu relógio, que agora jazia em algum lugar no fundo do lago Texcoco. Mesmo assim ele respondeu, como se soubesse a hora, os minutos e os segundos:

— Hora de parar, Cortés.

Capítulo 40

Era um daqueles dias sem uma nuvem sequer na Nova Espanha. Quatro anos haviam se passado desde a Noite Triste, e três anos da derrota final do México em junho de 1522. O ano era 1525. Malintzin estava com 25 anos, Cuy adentrara a casa dos 30, e o pequeno Martín Cortés, filho de Malintzin e Cortés, ia completar três anos. O céu estava tão azul que naquele dia seria impossível imaginá-lo com relâmpagos, tempestades de granizo ou mesmo ficando escuro com o anoitecer. O pior que se poderia imaginar seria uma chuvinha fina no meio da manhã. Malintzin estava na cozinha de sua casa em Coyoacán, dando instruções às criadas. Os convidados estavam para chegar, as flores deviam ser arrumadas, os incensos colocados pelos cantos da sala e as tortilhas precisavam ser devidamente enroladas. Cuy, Núñez e as crianças chegariam a qualquer momento, além da sobrinha do cacique de Cempoala com sua família, padre Olmedo e Cortés, que iria aparecer para levar Martín para uma visita à sua casa em Cuernavaca.

A casa de Malintzin era uma grande edificação de três andares pintada de vermelho-escuro. O teto era plano e tinha vigas de cedro cruzadas para canalizar a água. As extremidades dessas vigas eram decoradas com cabeças de carneiros entalhadas, com os chifres redondos e os olhos vazados. Placas com a forma do sol adornavam ambos os lados das duas pesadas portas de carvalho da frente, e havia um sino pendurado por uma corda para anunciar os visitantes.

Enquanto Malintzin percorria todos os aposentos para conferir se estava tudo em ordem, o pequeno Martín tropeçou à sua frente.

A criança, batizada com o nome do pai de Cortés, tinha as pernas arqueadas e era muito robusto. Era uma graça. Quem o visse passava a amá-lo no mesmo instante, porém não era dele que ela estava grávida na noite triste de junho de 1520. Na longa caminhada de volta a Tlaxcala, Malintzin sofreu um aborto, e em seu desgosto e desejo por um filho, ia sempre até a esteira de Cortés após sua menstruação. Finalmente, tendo se passado quase um ano, ela engravidou de novo. Embora legitimado pela intervenção do papa e batizado por padre Olmedo, *en el nombre del Padre, del Hijo y del Espíritu Santo*, o pequeno Martín foi considerado um *mestizo*, uma mistura com pouca coisa de espanhol.

— Senhora Malintzin, senhora Malintzin! – uma das criadas entrou afobada na cozinha. — Uma pobre mulher velha está na porta com um rapaz, os dois insistem em ver a senhora.

Malintzin soube de imediato quem eram.

Houvera sinais.

Um ninho de filhotes de passarinho caiu de uma árvore no pátio. Alguns de seus melhores tomates murcharam. As abóboras haviam arrebentado. E na semana anterior fizera tanto calor que ninguém se aventurara a ir muito longe. Mas quando Malintzin os viu de fato, ficou chocada. Sua mãe, envelhecida a ponto de estar irreconhecível, vestia uma roupa de fibra de agave e, embora fizesse calor, usava um pesado xale sobre a cabeça e os ombros, como as pessoas idosas que nunca se sentem aquecidas o bastante. Estava descalça e as unhas dos pés eram amarelas, gretadas e compridas como garras. O filho, entretanto, afetava o estilo espanhol, com um colete e meias que não combinavam, uma capa comprida, botas e um chapéu de veludo ridiculamente folgado, muito parecido com a velha boina de Aguilar. O irmão dela se tornara um jovem calado e taciturno. Por baixo das sobrancelhas espessas, ele conservava o mesmo olhar desaprovador do pai.

— Filha – soluçou a velha com a voz trêmula, como se não tivesse passado um só momento sem pensar na criança há tanto tempo perdida, como se recuperá-la fosse sua busca de uma vida inteira.

— *Madre, Naantli* – disse Malintzin, avançando alguns passos para abraçar a mãe com força. Não pôde evitar: seus olhos estavam cheios de lágrimas. — Senti falta da senhora.

O parto não modificara Malintzin. No máximo ressaltara ainda mais a beleza dela. O rosto era notável, o corpo, esguio, a postura era a de uma princesa. Tinha diversos pretendentes, porém considerava ultrapassada aquela parte de sua vida. A paixão a havia inflamado na juventude, e quase a consumira. Agora ela sabia mais, suas energias eram dedicadas ao filho, à casa, à sua coleção de objetos artísticos. Sabia que não experimentara o amor verdadeiro até ter um filho. Além do mais, possuía a sua própria casa. Mobiliada ao estilo espanhol, não faltava nenhum conforto. Suas cadeiras eram forradas de couro do rancho de Oduduwa, em Oaxaca. Oduduwa criava principalmente touros para a corrida de *toros*, um entretenimento criado pelos soldados mouros. Um homem, um touro, a morte. Os espanhóis adoravam, e o que sobrou da nobreza asteca também. Oduduwa também treinava cavalos para os *caballeros*. Alvarado, que agora era o governador da Guatemala e detinha o monopólio da importação de cavalos no continente, era o fornecedor de Oduduwa.

— E este é o meu neto? – falou a mãe de Malintzin com suavidade, porém Martín enfiou o dedo na boca e não quis sair de perto da saia da mãe. — Como ele se chama, esse menino encantador?

— Martín.

O menino tinha o cabelo preto e liso, cortado em franjas ao redor da cabeça, e os olhos eram negros e oblíquos. Vestia-se com calções brancos de algodão até os joelhos, atado com borlas multicores, uma túnica folgada presa ao pescoço e uns *huaraches* perfeitos fabricados por Núñez. A arte de sapateiro era um dos muitos passatempos dele.

— Martín, venha até sua avó.

A velha se curvou para a frente e estendeu os braços.

Martín achou que ela era uma feiticeira e começou a chorar.

— María! – chamou Malintzin se dirigindo a uma criada. — Leve Martín para brincar, sim? *Gracias*.

— Que casa linda! – disse a mãe de Malintzin sem se perturbar diante da recepção do neto. Ela procurou ficar mais à vontade e sentou-se no chão de pedra. O irmão de Malintzin optou por uma cadeira. — E você está tão famosa...

— Eu? Famosa?

Sua mãe dissera aquelas palavras de um modo que soava como uma difamação, embora Malintzin naquela época ainda não fosse nem famosa nem difamada. Bernal Díaz ainda não reescrevera o seu livro *A conquista*, perdido no fundo do lago Texcoco, e por isso eram escassos os relatos do papel que ela havia desempenhado na conquista. Além disso, quando tudo veio à luz, ela sabia que pouca atenção seria dada à sua atuação como tradutora e intérprete. O que poderiam dizer? Ela era uma escrava, e mulher. Por outro lado, Díaz já tinha os nomes e as cores de todos os cavalos usados, e descrito o corajoso estilo de combate de Cortés, assim como a popularidade deste com os soldados. Havia ainda algumas outras coisas que ele poderia recordar, se necessário, porém, como um próspero senhor de terras na Guatemala, só de vez em quando ele aplicava a pena sobre o papel, na serenidade de um início de tarde, depois de um pouquinho de aguardente e um belo charuto.

— Então – perguntou Malintzin à mãe –, a senhora está bem?

Ela reparou que a mãe esticava as pernas sem nenhuma cerimônia, e que quando falava a saliva se juntava nos cantos da boca. Ela cheirava a forno, e sua pele era frouxa e pendia dos ossos.

— Você tem algo aí para beber? – perguntou a velha.

Malintzin bateu palmas. Uma criada trouxe suco de tamarindo em três pequenas jarras sobre uma bandeja de madeira.

— Não comemos nada hoje – prosseguiu a mulher.

A criada trouxe pratos com tortilhas doces salpicadas com mel.

— Há dias que não fazemos uma refeição completa – disse a mãe, limpando a boca com a manga rasgada da camisa.

Malintzin mandou que a cozinheira esquentasse um pouco de feijão e cortasse tomates.

— Se estou bem, foi isso que você perguntou, filha? Estou bem, sim.

Contudo, ela falou aquilo numa voz lamentosa, e continuou enumerando suas diversas moléstias incuráveis. Não enxergava nem escutava direito. As pernas doíam o tempo todo. Tinha dores no peito e na barriga. Às vezes ficava com o intestino preso. Outras vezes acordava à noite com o coração batendo muito rápido. Muitas vezes se perguntava a razão de ainda estar viva. Ela não ia durar muito, isso era certo.

— Dizem que você viaja muito, Mallalini, que você já foi para o sul, a Honduras, e mais longe ainda, até a Guatemala, que os espanhóis conquistaram todas as terras, que Cortés será o imperador do mundo.

Malintzin ficou surpresa ao ver a mãe pronunciar tais palavras: Honduras, Guatemala, espanhóis, Cortés. Como uma mulher asteca, ela dedicara a vida a tecer, varrer, fiar, cozinhar e ao cultivo e moagem de milho. Entretanto, parecia que mesmo no sul, mesmo nas remotas aldeias do interior, as pessoas estavam falando a nova língua. Os maias em Chiapas ainda resistiam, mas era só uma questão de tempo até todo o continente pertencer à Espanha.

— E você se tornou uma bela jovem, Mallalini.

O cabelo da mãe era branco como a neve, e ficara tão fino que se podia ver o couro cabeludo dela, brilhante e frágil como uma cabeça de bebê.

— Você me perdoa por tê-la vendido, Mallalini?

A mãe franziu as sobrancelhas e inspirou o ar, fazendo com que as narinas se comprimissem. E deixou pender a cabeça de lado, como uma criança a pedir desculpas por ter derrubado a comida.

— É estranho... – Malintzin hesitou. Malinche, Maax, *doña* Marina e agora Mallalini. Era a pergunta de toda a sua vida, algo que ela quisera saber por 15 anos, e ainda assim hesitava. Respirou fundo. — Gostaria de saber por que a senhora me vendeu, por que a senhora me traiu.

Pronto: conseguira dizer.

— Você não me perdoou. Posso notar

Agora, a mãe era a criancinha petulante.

— Eu gostaria de compreender.

Como sua mãe pôde mandá-la embora? Ela não era tão encantadora quanto Martín, sua mãe não quisera protegê-la de todas as doenças, não fugiria para a floresta para afastá-la de qualquer mal, vivendo até entre os macacos?

— Foi por causa do seu marido, não foi?

O cabelo de Malintzin estava lindamente penteado em coques apertados, comprimidos com gordura de porco e aromatizado com rosas, cravejado de pedras de turquesa. Ela usava um colar de contas de âmbar com um pequeno escorpião preso a uma delas. Os pés estavam inteiramente cobertos por couro de boi, as solas tinham um forro bastante macio de algodão. Seu aspecto apurado disfarçava o tumulto que lhe corria por dentro.

— Vendi... – a mãe dela se interrompeu e olhou em volta. As paredes da casa de Malintzin eram repletas de cestos de palha, provenientes de todas as regiões do México. Além das cerâmicas e das máscaras, que faziam parte de sua coleção de objetos. Ela também conseguira salvar alguns livros astecas antes de serem queimados, alguns ornamentos antes de serem derretidos, algumas cerâmicas antes de serem destruídas.

— A senhora me vendeu porque...

Malintzin desejava ouvir: "Vendi você para salvá-la dos maltratos noturnos do meu marido. Eu não sabia o que fazer, minha filha querida, e então, quando os mercadores de escravos chegaram, imaginei que podia livrar você das garras dele mandando-a para longe. Vendi você por amor e preocupação."

— Vendi você, Mallalini, porque você trouxe a desarmonia para a nossa casa. Você era sempre a princesa. Lembra-se como você era? Era arrogante, sabia tudo. Achava que sabia mais do que sua própria mãe. Seu pai a estragou, e você não quis se submeter ao seu padrasto. Não obedecia ao comando dele, que era o homem da casa. Ele me disse que você era incorrigível, que tinha os ares de uma mulher feita, que era... Tenho certeza de que você, como uma mulher feita, entende que uma mulher tem o seu lugar, e que uma menina...

— Onde está o seu marido agora? – perguntou Malintzin depressa, com medo de chorar e de se mostrar frágil.

— Morreu. De varíola.

— Que desgraça. Espero que não tenha sofrido muito.

— A varíola é uma doença terrível.

Trazida pelo escravo negro da expedição cubana para derrubar Cortés, a varíola se propagara como um incêndio. Na época do cerco a Tenochtitlán em 1521, mais da metade dos astecas que viviam na cidade morreu por causa da doença. O irmão de Montezuma, eleito imperador quando este ainda vivia, morrera de varíola. A defesa da cidade e o comando dos guerreiros mexicas foram assumidos por Cuauhtémoc, outro membro da família que, ao ver seu povo derrotado, pediu que o matassem. Em lugar disso ele foi perdoado e em seguida torturado. Foi a varíola, mais ainda do que a seca, quando o fornecimento de água foi cortado, e a fome, quando parou de chegar comida à cidade, que venceu a guerra para os espanhóis. Mais de 240 mil mexicas foram encontrados mortos depois do cerco espanhol. Os corpos estavam empilhados, em decomposição. Os que ainda agonizavam escavavam entre as pedras em busca de folhas. A fome era terrível. Contou-se que 40 mil mexicas se mataram atirando-se nos canais com as esposas e os filhos para não serem escravizados. Dos aliados espanhóis, 30 mil tlaxcalas morreram. Cerca de 60 castelhanos foram mortos. Entretanto, veio a se saber que, enquanto a cidade e o povo eram derrotados em nome de Deus e da glória, foi extremamente pequena a quantidade de ouro obtida. Cortés foi forçado a retornar à velha moeda de grãos de cacau para poder pagar os soldados de sua tropa.

— Essa casa tão grande, Mallalini, é toda sua?

— É.

— Você é dona dela e vive nela sozinha?

— Sim, isso mesmo.

Malintzin conduzia a conversa como se tudo estivesse em ordem. Tentava se lembrar da mãe que um dia ela provavelmente amou. Mas tudo o que conseguia evocar era a imagem do cabelo despenteado à noite. O cabelo dela se parecia com um grande ninho de penas de corvo. E, quando ainda era menina, sua mãe lhe fazia pensar nos grandes animais peludos, uma lenda do norte, em um daqueles que se elevavam acima dos homens, corriam mais depressa que um cachorro, subiam nas árvores como os macacos e eram loucos por mel, mas não faziam ruído algum. Na verdade, Malintzin sempre sentira medo dela. E ficava impressionada por aquela mulher ainda ser capaz de ferir.

— É uma casa muito grande, Mallalini – a velha disse enquanto girava os olhos ao redor, cobiçando, reivindicando.

— É...

— Grande para uma pessoa só.

— Tenho um filho.

— Para uma pessoa adulta. É uma casa muito grande.

— Tenho muitos hóspedes.

— Imagino – a boca da mulher se enrugava nos cantos, como uma fruta podre. — Hoje, as pessoas que podem ter um teto sobre a cabeça, depois da guerra, são felizes.

Às vezes, Malintzin gostava de percorrer a casa enumerando as coisas. O piso era feito de grandes pedras cinzentas, alisadas e suavizadas com areia. As paredes de adobe, caiadas por dentro, eram espessas, de modo que era sempre fresco durante o verão, e nas estações chuvosas, grandes lareiras cavadas nas paredes aqueciam os quartos. O aposento da cozinha tinha uma mesa de madeira e cadeiras com assentos de junco. A esteira onde ela dormia era alta e não ficava no chão, emoldurada por uma estrutura de madeira, com pés e cordas trançadas. Todas as noites as cordas deviam ser ajustadas por uma manivela. A de Martín, no quarto de dormir dele, era menor. E todas as noites ela lhe dizia: "Durma bem, não deixe que os percevejos lhe mordam", e logo lhe dava uns beliscões e lhe fazia cócegas. "*Hijo, hijo...*" – *Madre, madre...*" Os travesseiros eram estofados com penas de pato, e na sala principal pendia do teto, por correntes de ferro, um lustre composto de dois anéis metálicos, que podia ser abaixado por uma roldana para que se acendessem as velas presas com argolas.

Cortés insistiu para que se colocasse um pequeno crucifixo acima da cama de Martín, e no corredor contornando o pátio viam-se pequenos nichos nas paredes abrigando estatuetas da Virgem Maria e pequenas esculturas de deuses astecas feitas em obsidiana. Malintzin tinha em seu quarto uma grande escultura de Quetzalcoatl, com todos os seus adornos de plumas, segurando uma vassoura. Espelhos colocados em caixas de estanho, com portinholas para as velas, eram dispostos nas paredes do quarto onde se encontrava uma grande banheira de madeira. "Isto é meu. Minha casa. Minhas coisas. Eu, meu, mim. *Yo, mío, mí.*" Agora ela dominava essas palavras, os pronomes pessoais, os possessivos... Ela possuía sua própria vida. Ela possuía a si mesma.

— Alaminos, seu irmão – falou a mãe –, transformou-se num jovem bonito, não acha?

— O nome dele é espanhol? – Malitnzin não se lembrava mais do nome original do irmão. E ele se mantivera tão quieto, sentado, que ela chegara a se esquecer de que ele estava ali.

— Troquei o nome dele. Tecayehuatzin é tão... tão asteca.

Então, Malintzin se lembrou. Tecayehuatzin, seu irmão. Embora o sufixo tzin fosse apenas para pessoas de linhagem nobre, e o pai *dele* não era nobre. Ela ficou se perguntando se aquele menino seria capaz de falar por si mesmo. Então lembrou que antigamente a mãe era uma pessoa muito calada. O silêncio dela era cúmplice daquilo que não era dito, do que não era mencionado.

— Você nunca se casou, Mallalini? – disse a mãe como se fizesse uma acusação e um julgamento ao mesmo tempo.

— Não. Não quero me casar.

Mas Malintzin podia se lembrar de um tempo em que aspirara ao matrimônio, levada pelo desespero de alguém que se afoga e tenta se agarrar a um pedaço de pau que segue correnteza abaixo.

— Ninguém quis se casar com você?

Malintzin dirigiu um olhar cansado para a mãe. Desejou dizer: "Esta é a minha casa, e a senhora precisa me respeitar na minha própria casa."

— Não sei, nem quero saber.

— Você deve ser muito só – a mãe disse e então colocou uma gota de tristeza solícita na voz, como se durante 15 anos tivesse se preocupado com a solidão da filha.

— Não me sinto só, de maneira alguma. Tenho Martín e meus amigos.

Quando Oduduwa vinha de Oaxaca, os dois costumavam levar esteiras para o telhado e lá dormiam sob a tenda da noite procurando estrelas, formas e desenhos. Tentavam sempre localizar Quetzalcoatl. Durante uma parte do ano, o deus morto vivia como a estrela do entardecer, depois desaparecia no mundo inferior e voltava a aparecer como a estrela da manhã. O povo costumava dizer que Quetzalcoatl estava descendo à Terra em seu grande navio-templo.

Aguilar sempre vinha nas noites de quinta-feira para beber vinho e conversar sobre o livro de poesias em nahuatl que estava compilando. Eles não subiam para o telhado, como ela fazia com Oduduwa, e sim ficavam no quarto de dormir dela. Malintzin gostava da sonoridade do termo "quarto de dormir", *cuarto de alquiler*. Sua colcha, a *cubrecama*, era de puro algodão branco, com pequenos bordados representando diversas figuras: a deusa Tlazolteotl, Tezcatlipoca, em formas pretas e vermelhas, representado ora como mercador, ora como guerreiro, um jogador de bola, uma nobre *tarasca* sendo cortejada para seu casamento, um *mixtec* em um *maxtlatl*. Foi a sobrinha do cacique de Cempoala que bordara para ela.

Além disso, padre Olmedo a visitava depois da missa nas tardes de domingo. Conversavam sobre Francisco, sobre os bons e velhos dias na estrada.

— O pai da criança é... quer dizer, Mallalini, ele é...

— Rico e poderoso? – ela sabia onde a mãe queria chegar.

— Vocês estão em bons termos?

— Sim, estamos.

Ela fizera as pazes com Cortés. E desde o início ele se preocupara com o bem-estar de Martín, tendo importado, antes mesmo de o bebê ser capaz de sentar-se, um pequeno cavalo para o filho. Prendendo a criança na sela com faixas, Cortés puxava o pônei em volta do pátio por uma corda e falava com excitação dos tempos em que haveria de ensinar Martín a usar uma arma. O palácio de Cortés em Cuernavaca, uma região não muito distante de Tenochtitlán, com um clima bem temperado, era de estuque pintado de amarelo-limão. Pés de jacarandá faziam sombra sobre os bancos ao longo dos muros do pátio.

A esposa de Cortés, que veio de Cuba depois da queda de Tenochtitlán, era magrinha, modesta, calada, nada da imperiosa mulher de um vice-rei ou um governador, como Cortés teria gostado que ela fosse. Infelizmente, ela morreu enquanto dormia, numa noite após uma discussão com Cortés por causa do tratamento dado aos escravos. Houve rumores de que sua morte não foi tão natural quanto Cortés sustentava, mas o imperador Carlos não quis dar continuidade ao processo. O rei, embora não se preocupasse com questões menores, temendo a energia de Cortés, sua forma autônoma de pensar e as próprias coisas que o distinguiam como um general, nomeou-o apenas para posições de menor importância. Vieram burocratas espanhóis para governarem a Nova Espanha e representarem o trono naquele lado do oceano. Carlos considerou que Cortés tinha sido muito bom na conquista, porém que seria ruim para o minucioso, inglório e, acima de tudo, sempre *obediente* trabalho de governar um império.

— O seu irmão está pensando em conseguir um posto no novo governo – disse a mãe de Malintzin, como se não tivesse sido este o objetivo da sua visita.

— Verdade? No novo governo?

— Você tem contato com pessoas importantes, certo?

Pessoas importantes. Uma vez por ano, todas as pessoas importantes se reuniam. Cortés chamava essa ocasião de Dia de Todos os Santos, um dia em que todos os espíritos vinham para uma visita. Mas no que dizia respeito a todos, o Dia de Todos os Santos era o Dia dos Mortos, ou antes, os dois dias dedicados aos mortos, o 1º e o 2 de novembro no calendário espanhol. Nesses dias eles acolhiam Francisco de volta à Terra, e também Botello, que morrera em sua cabana de barro, enlaçado com Cipactli, sua alma gêmea asteca, durante o cerco a Tenochtitlán. Cuy e Malintzin também homenageavam Garra de Jaguar. Cortés insistia para que fizessem o mesmo em relação a Isla. Os que moravam próximo a Tacuba, onde o *señor* Isla encontrara o seu infeliz final, faziam um santuário. De acordo com o costume, deveriam colocar ali a comida preferida de Isla, e também pequenas lembranças. Mas a verdade é que ninguém sabia qual era a comida mais apreciada por Isla. Por isso, Malintzin, Cuy e Núñez apanhavam melões podres e fedorentos, uma pilha de tortilhas peludas de tanto mofo, sapos mortos, feijão em quantidade suficiente para inchar e fazer um defunto flutuar, e uma fruta espanhola muito rara, chamada maçã, *manzanilla*, com larvas dentro dela, em honra às origens cristãs de Isla.

Faziam uma pequena figura dele, um boneco com a cabeça pequena, olhos de ossos de cobra costurados na cabeça como dois botões. Colocavam larvas de mosquito no seu guarda-sexo em miniatura, escorpiões entre os dedinhos, piolhos e gordura rançosa de pato espalhados sobre a cabeça de pano para servir de cabelo. Padre Olmedo acrescentava uma pequena folha de papel com um trecho de João, cap. X, que começava por "Na verdade, na verdade eu vos digo...".

— Como eu estava dizendo... Você está me ouvindo, Mallalini?

— Estou, estou sim – Malintzin não conseguia chamar aquela mulher, sentada em sua casa como se fosse a dona, de mãe.

— Seu irmão deseja um posto no novo governo. Ele é muito talentoso.

— O que ele sabe fazer?

Malintzin pensou em várias mães com seus respectivos filhos. A mãe em Cholula, que queria que ela se casasse com seu filho, e como o povo em Tenochtitlán ouvia o mesmo choro todas as noites no *zócalo*, com as casas em ruínas, nem mais uma pedra de pé, um palácio nacional e uma igreja construídos sobre os destroços dos palácios e dos templos.

— Seu irmão é muito inteligente. Ele aprende rápido. Pode aprender qualquer coisa. Está estudando espanhol.

— Ah é? *¿Habla español?*

O irmão não disse nada.

— *Un poco* – a mulher juntou os dedos mostrando a distância de uma polegada, mas depois a reduziu. — *Poquito.*

O irmão tentou sorrir, mas esta expressão ele ainda não aprendera a dominar. Não tinha os lábios adequados para tanto. Malintzin imaginou-o comendo com muita rapidez e bebendo água diretamente com a língua, como um animal.

— Seria uma atitude de irmã nos dar ajuda, mas, que posso eu dizer, eduquei você para ser generosa e gentil, e eu sabia que poderia contar com você para honrar as relações familiares. Viemos de muito longe, da costa, como você deve saber. Precisamos descansar, ficar aqui até que seu irmão consiga o merecido posto dele. Quando pudermos nos pôr de pé...

— Seu filho pode carregar a senhora nas costas – disse Malintzin. Botello e Adu não tinham carregado Francisco, e Alvarado não carregara a mãe para transpor as montanhas?

— Carregar-me nas costas? Você só pode estar brincando – a gargalhada da mulher tinha duplo sentido.

Malintzin se levantou da cadeira, aproximou-se da mãe, deu-lhe um beijo pleno e apaixonado nos lábios.

— A senhora irá voltar.

— Não temos para onde voltar, Mallalini. As guerras...

— Irei providenciar uma casa para vocês. Para a senhora e o seu filho. Mas vocês não podem ficar perto daqui.

— Mas mal chegamos aqui, Mallalini. Uma visita tão curta, minha filha. O feijão não está pronto? Aquele que estava esquentando? Você não tem aí umas redes para nos deitarmos? Com certeza não deseja a nossa partida. O sangue é mais espesso do que a água. Eu gostaria de um pouco de água. Não a escutei mandar esquentar feijão? Esta casa é muito grande, você só tem o seu filho...

— E a senhora também tem o seu.

— Você é uma mulher rica, uma mulher de posses, fala com as pessoas importantes.

— Nunca com as minhas próprias palavras. Falo pelos outros.

Malintzin se ergueu de novo, curvou-se, chegou seu rosto para perto do da velha e falou:

— Agora estou falando por mim mesma. Estou lhe dizendo: vá, vá embora antes que eu faça algo que depois possamos lamentar.

— Ora, vamos. Você tem de admitir que ser escrava só lhe fez bem. Você aprendeu muita coisa. Onde estaria agora se não tivesse sido vendida por mim? Olhe só quem você conheceu, tudo o que realizou. Suas mãos são macias, você tem sapatos. Meu marido me preveniu sobre você, a sua ingratidão, a sua...

— *María*, pode acompanhar os convidados até a rua. E chame Juan. Você pode precisar de ajuda.

— Você vai providenciar uma casa para nós, foi isso que disse, uma casa na costa com vários quartos, e um jardim, é, um jardim e alguns animais. Uma velha como eu precisa de ajuda. Um escravo...

— María!

— *¿Señora?*

— Livre-se deles.

QUETZALCOATL DORMIA DEBAIXO de uma grande paineira, com as costas repousando sobre o tronco. Os galhos se curvavam tão para baixo que se misturavam às raízes que brotavam do solo formando guirlandas em espiral, a árvore criava sua própria floresta. Quetzalcoatl sonhava, um sonho tão real quanto os pesadelos da infância de Malintzin, embora não fosse povoado pelos demônios do mundo inferior. Antes, o sonho era sobre o grande retorno de Cortés, o cerco final e poderoso a Tenochtitlán no ano de 1521 do calendário cristão. No sonho, os carregadores indígenas obsequiosamente transportavam partes de bergantins construídos há pouco tempo e que podiam ser engenhosamente desmontados e reunidos na margem do lago Texcoco. Além disso, os espanhóis possuíam catapultas que podiam lançar grandes balas de canhão feitas de pedra, recipientes com chamas que podiam ser lançados por fundas, foles gigantescos capazes de projetar fogo como num raio, pequenos mosquetes manuais que não necessitavam de suporte algum, e muita pólvora feita com o enxofre raspado do vulcão Popocatepetl. Não só o seu armamento era mais do que suficiente para a tarefa prestes a se realizada como as tropas tinham sido reforçadas por novos guerreiros vindos de outras cidades-estado tomadas de ciúme, convencidas de que podiam pôr fim à imperialista Mexica.

Depois de várias escaramuças e batalhas campais nas cidades fronteiriças, Cortés cortou o fornecimento de água dos mexicas em Chapultepec e bloqueou a entrada de qualquer alimento pelas três passarelas sobre o lago. A varíola já estava devastando a população. O irmão de Montezuma, Cuitlahuac, imperador por um curto espaço de tempo, morreu na epidemia. Os animais remanescentes do zoológico foram comidos. As plantas dos jardins murcharam e morreram. A fome devastou a população, os corpos jaziam uns sobre os outros pelas ruas, como toras empilhadas. Alguns sobreviventes resistiam com lama, terra, tufos de relva arrancada de entre as pedras, e de pedras chupadas até virarem grãos de areia. O novo imperador, Cuauhétmoc, num último e desesperado esforço, vestiu e armou as mulheres como se fossem guerreiros, para iludir os espanhóis em relação ao número de astecas. O cerco durou 93 dias. A rendição oficial aconteceu na manhã de 13 de agosto de 1521.

Alguns acreditavam que Quetzalcoatl podia mudar de forma, como um *anualli*, um *cunandaro*, que podia ser qualquer coisa que desejasse: uma serpente emplumada, um pássaro quetzal, um *coatl*, o primitivo lagarto da terra, o dragão-serpente renascido a cada estação do ano com a troca da pele. Poderia Quetzalcoatl ser o jaguar dos olmecas, cujo couro era manchado como as estrelas do céu? Seria capaz de abrir as asas como o grandioso pássaro do mundo, erguendo-se das próprias cinzas e pairando entre os astros celestes?

A sesta de Quetzalcoatl podia ter acontecido às duas da tarde, se precisasse ser registrada por Núñez em seu relógio, resgatado das profundezas do lago todo coberto de lodo, e o dia, qualquer dia, pois tanto podia ser aquele de então quanto de agora, tanto aqui quanto ali, o tempo e o lugar comprimidos na eternidade do momento.

Este livro foi composto por Letra e Imagem
em Adobe Jenson e Birch e impresso por
Geográfica Editora em outubro de 2008.